LUZIFER
VERLAG

SHAMROCK ALLEY

IN DEN GASSEN VON NEW YORK

RONALD MALFI

Copyright © 2009 by Ronald Malfi

Die Originalausgabe erschien 2012 bei Medallion Press, Inc., USA,
unter dem Titel SHAMROCK ALLEY.
Dieses Buch wurde vermittelt von der Literaturagentur erzähl:perspektive,
München (www.erzaehlperspektive.de), in Zusammenarbeit mit Gloria Goodman.

The original edition was published in 2012 at Medallion Press, Inc., USA,
under the title SHAMROCK ALLEY.
This book was arranged by erzähl:perspektive Literary Agency, Munich
(www.erzaehlperspektive.de), in cooperation with Gloria Goodman.

IMPRESSUM

Deutsche Erstausgabe
Originaltitel: SHAMROCK ALLEY
Copyright Gesamtausgabe © 2018 LUZIFER-Verlag
Alle Rechte vorbehalten. Das Werk darf – auch teilweise –
nur mit Genehmigung des Verlages wiedergegeben werden.
Printed in Germany

Übersetzung: Raimund Gerstäcker
Lektorat: Johannes Laumann
Umschlaggestaltung: Michael Schubert | Luzifer-Verlag

ISBN: 978-3-95835-273-5
Dieses Buch wurde nach Dudenempfehlung (Stand 2018) lektoriert.

Bibliografische Information der Deutschen Nationalbibliothek:
Die Deutsche Nationalbibliothek verzeichnet diese Publikation in der Deutschen
Nationalbibliografie; detaillierte bibliografische Daten sind im Internet über
http://dnb.d-nb.de abrufbar.

*Für meinen Vater, der bei jedem Basketballspiel,
Schwimmwettkampf und Karateturnier dabei war*

...

und trotzdem noch Zeit hatte, die Welt zu retten.

HINTERGRUND:

Dieser Roman basiert auf wahren Begebenheiten. Obwohl ich mir einige Freiheit genommen habe, mit bestimmten Namen und Ereignissen umzugehen, sind die Figuren von Mickey O'Shay und Jimmy Kahn ganz und gar der Wirklichkeit entnommen. Die irische Gang, die sie anführten, terrorisierte Hell's Kitchen für viele Jahre, bis zu dem Punkt, an dem sogar auf die bloße Erwähnung ihrer Namen hin Türen verriegelt und Gebete gesprochen wurden. Was nun folgt, ist die Geschichte des jungen Secret-Service-Agenten, der es schaffte, sich in ihre Organisation einzuschleichen, um ihrer grässlichen Herrschaft der Gewalt ein Ende setzen zu können.

Dieser Agent war mein Vater.

NOVEMBER

KAPITEL 1

Unter einer Flut von Discolicht öffnete John Mavio den Reißverschluss seiner Lederjacke und schüttelte sein strähniges Haar, sodass es wie ein Vorhang vor seine Augen fiel. Krachende Klänge feinsten Industrials ließen die Wände erzittern. Vor ihm zuckte eine Masse tanzender Körper wie mit elastischen Schnüren verbundene Korken. Die Tanzenden sahen bleich aus im harten Neonlicht und waren von dichtem, künstlichem Nebel umhüllt. In seinem trockenen Mund breitete sich ein saurer Geschmack aus.

Zu seiner Linken schniefte Jeffrey Clay laut und bot ihm eine Zigarette an.

»Nein, danke.«

»Mann, ein paar dieser Miezen sehen zum Anbeißen aus!« Clay war jung, vielleicht Anfang zwanzig, aber sein zerknittertes Gesicht und sein nikotinfarbener Teint verliehen ihm etwas Altersloses. Eine Gruppe zappelnder, in Leder gekleideter Frauen in der Nähe der Bar hatte seine Aufmerksamkeit erregt. Clay starrte sie an wie ein hungriger Wolf. »Jedes gottverdammte Wochenende dasselbe. Warst du schon in der Pinken Bar? Genau wie hier, nur besser.« Clay pfiff durch die Zähne. »Bei allem, was recht ist, sind diese Mädels heiß oder was?«

John schob sich von der Wand nach vorn und sah für einen Augenblick Tressa Walker hinter Clays Schulter. Tressa Walker, amphetamin-dünn und mit gespenstisch weißer Haut, streifte seinen Blick und schaute sofort zur Seite. Auf einem Podest über ihrem Kopf, versiegelt in einer Glaskabine, stand ein DJ mit einer Wollmütze auf dem Kopf und bediente die Turntables. Die blitzenden Lichter reflektierten und brachen sich im Glas.

John verlagerte sein Gewicht. Er war durchschnittlich groß, gut gebaut, mediterraner Typ. Er fühlte sich fehl am Platz in diesem Klub. »Was dauert so lange? Wo ist dein Kumpel?«

Clay zündete sich eine Zigarette an und sog den Rauch tief ein. Seine Lippen verzogen sich, als ob er etwas Bitteres schmeckte. Noch immer starrte er die Mädchen an. Schließlich sagte Clay: »Entspann dich. Es geht darum, Spaß zu haben, den Moment zu leben. Das hier tun wir alles für den verfickten Moment, verstehst du? Also nur keine Eile.«

»Da sind ein paar Menschen, zu denen ich wieder zurückmuss.«

»Schon gut, Mann.«

»Dieser Typ, ist er in Ordnung?«

»Wir kennen uns seit Ewigkeiten, Frankie und ich. Sind im gleichen Viertel aufgewachsen, haben die gleiche Scheiße erlebt.«

»Ich hasse diese Klubs.«

»Dann trink was, mach ein paar Frauen an«, sagte Clay.

»Um Himmels willen, kein Bier mehr.«

»Zigarette?«

»Her damit.«

Clay nahm einen letzten Zug und reichte John die Zigarette. Hinter Clay tauchte wieder Tressa Walker auf, die aussah, als würde sie sich am liebsten in Luft auflösen. Sie war zweiundzwanzig und hatte ein Kind, wirkte aber nicht gerade mütterlich. Mit zusammengekniffenen Augen und fest aufeinandergepressten Lippen starrte sie ins Meer der Tanzenden. Ihren Kopf durchtosten Gedanken, die fast so laut waren wie die Musik. Dann erkannte sie jemanden in der Menge und hob den Kopf. Sie berührte Clay an der Schulter.

»Jeffrey«, sagte sie.

Jeffrey Clay bewegte seinen Kopf, spannte die Sehnen in seinem Hals und grinste. Zwei Männer bahnten sich einen Weg durch die Menge. Der Anführer, gekleidet in ein eng anliegendes Hemd mit italienischem Schnitt und gebügelten Stoffhosen, schlug Clay auf die Schulter und flüsterte ihm etwas in die Biegung des ihm zugeneigten Halses. Beide lachten. John erkannte ihn: Es war Francis Deveneau. Deveneaus größerer Begleiter, mit schwarzen Lederhosen, silberfarbenen Kontaktlinsen und einem Festival zahlloser Piercings im Gesicht, stellte sich an die Seite und betrachtete John mit offensichtlicher Missbilligung. Seine Haut war so blass, dass sie im Licht des Klubs durchscheinend wirkte.

»Das ist Johnny«, sagte Clay zu Deveneau.

»*Bonsoir*, Johnny«, sagte Deveneau und hob die Hand. Seine Augen waren blutunterlaufen und trüb. »Francis Deveneau.«

John nickte. »Der Klub gehört dir?«

Deveneau schüttelte den Kopf und brachte ein schiefes Grinsen hervor. Mit einem Fuß klopfte er den Takt der Musik. »Nur einiges davon. Die guten Sachen. Gefällt es dir?«

»Einiges davon«, sagte John. »Die guten Sachen.«

Deveneau lachte. »Du hast gegessen?«

»Alles gut.«

»Jeffrey hat die Rechnung bezahlt?«

»Er ist ein billiger Hurensohn«, sagte John, und Francis Deveneau lachte wieder. Hinter ihm trat sein blasser Begleiter ungeduldig von einem Fuß auf den anderen.

»Na gut«, sagte Deveneau, »heute Abend ist alles inklusive. Was immer du willst, es geht aufs Haus.« Er wandte seine Aufmerksamkeit Tressa Walker zu, die ihm ein nervöses Lächeln schenkte. Deveneau erwiderte es. Seine Zähne sahen trocken und glanzlos aus. »Wie geht es dir, Baby?« Er war ein schlanker Mann mit Händen so knochig wie Hufe. »Alles klar bei dir?«

»Ja.« Es war das Einzige, was sie bislang den ganzen Abend gesagt hatte.

»Du hast gegessen?«

»Ich habe Hunger.«

»In dem Klub hier«, sagte Francis, »gibt es nur furchtbares Essen. Kein Scherz. Lässt sich nicht ändern.«

Er sah John von der Seite an. Zwinkerte. »Absolut grauenhaft, *sans doute*. Später«, sagte er zu dem Mädchen. »Später. Irgendwo in einem netten Lokal in Downtown. Vielleicht bei Guspacco's.« Er blickte wieder zu John. »Du bist also mit meinem Mädchen zur Schule gegangen?«

»Für eine Weile. Bevor ich rausgeflogen bin.«

»Habt ihr beiden Täubchen was miteinander gehabt?«

John grinste. »Nein.«

»Sie ist ein Prachtstück«, sagte Deveneau.

Tressa nahm Deveneau am Arm. »Er war älter«, sagte sie. »Und in einer anderen Klasse.«

Deveneau lächelte. Klatschte in die Hände. »Der große Zampano auf dem Schulhof.«

»Nicht so ganz«, sagte John. »Ich war eher ein Niemand an der Schule.«

Clay schob sich zwischen sie. »Auf geht's«, sagte er, und seine Finger umklammerten Johns Unterarm.

Sie schlängelten sich durch ein Labyrinth aus schwingenden Hüften und wedelnden Armen. Der Albino hatte sich wie ein Hund an Johns Fersen geheftet und sagte kein einziges Wort. Seine Augen waren auf bösartige Weise nüchtern. Ab und an blickte er zu Tressa, aber niemals, wenn das Mädchen in seine Richtung schaute. Er behielt auch John im Blick. Sein Misstrauen war ihm anzusehen. Die Musik hämmerte weiter und weiter, programmiert als Endlosschleife. John spuckte auf den Boden und schnippte seine Zigarette zur Seite, während er Clay, Francis Deveneau, Tressa und dem Albino eine eiserne Treppe hinab folgte. Ein zerfurchter Betontunnel schloss sich um sie. Metallgitter hingen an Ketten von der Decke herab, geschmückt mit flackernden Kerzen. Je tiefer sie in den Untergrund eintauchten, desto stärker wurde der Geruch nach Schweiß, Schimmel und Weihrauch.

»Frankensteins Schloss«, murmelte John. Clay kicherte.

Die Treppe endete in einem schwach beleuchteten Korridor, der gleichzeitig überall und nirgends hinzuführen schien. Sie durchquerten den Korridor und betraten eine große Bar. Rote Samtsofas, feucht vor Fäule und abgenutzt, standen wie eine Herde weidender Rinder mitten im Raum. Ein mit Zink verkleideter Tresen klammerte sich an die Wand am anderen Ende und zog die Trinker an wie Fruchtfliegen. Groß und verzerrt traten ihre Schatten an den Wänden hervor. Eine Weihnachtslichterkette, hier wahrscheinlich ein ganzjähriges Gestaltungselement, hing schlaff hinter dem Tresen an der Wand herunter.

»Sie haben verdammt noch mal ganze Arbeit geleistet«, sagte Deveneau. »Die komplette Bar stand voller Abwasser, vielleicht – wann war das? Vor zehn Monaten, Jeffrey? Kaputte Stromleitungen, verrottete Rohre. Weiß Gott was noch. Ratten so groß wie Thanksgiving-Truthähne, die dich aus jeder Ecke beobachten und deren kleine Füße du durch den Schlamm tapsen hörst. Hab versucht, Eddie davon zu überzeugen, aus der Bar eine Art Underground-Casino zu machen. Wie im Film. Pokertische, Roulette, Würfeln – das ganze Programm.«

»Und wenn die Bullen kommen, dann dreht er die Tische um, und sie verschwinden hinter den Wänden wie in diesen Gangsterfilmen«, sagte Jeffrey Clay kichernd.

Deveneau schüttelte den Kopf und sah seinen Freund über die Schulter an. »Immer noch der alte Klugscheißer, was?«

Aber Clay hatte einen Lauf. »Auf der anderen Seite wird es eine komplette zweite Bar geben, und heiße Bardamen mixen Drinks, echten James-Bond-Shit …«

John rang sich ein Grinsen ab. Er wurde immer unruhiger, aufgeladen durch den Stress der Inaktivität. Die wenigen Drinks, die er sich zuvor genehmigt hatte, schlugen jetzt durch, und er hatte plötzlich das Gefühl, immer zwei Schritte hinter sich zu sein.

»Aber du kannst dir vorstellen, was ich meine, oder?« Deveneau hielt plötzlich inne, wodurch die anderen ins Straucheln gerieten. Er hob den Kopf und sah sich um. Sein linkes Augenlid zuckte. Einige der Trinker an der Bar blickten in seine Richtung. »Gedämpftes Licht, jede Menge Nachtschwärmer, eingehüllt in schweren Zigarrenrauch. Luft, die nach Alkohol und billigem Parfüm stinkt. Atme es ein, Mann. Alles davon. Alles.« Deveneau schüttelte den Kopf. »Besser als der gottverdammte Swingerklub, den Eddie hier aufbauen will.« Er stach mit seinem Finger in Johns Richtung in die Luft. »Du hast das Geld?«

»Du hast mein Zeug?«

»Verdammt«, sagte Deveneau grinsend. Hinter ihm traten ein paar übergewichtige Männer mittleren Alters aus der Dunkelheit, umgeben von einer Gruppe junger Mädchen, die tropische Cocktails trugen. Irgendwo musste eine Tür geöffnet worden sein. Auf einmal war Musik zu hören. Jemand an der Theke lachte zu laut. Als die Männer und Frauen vorbeigingen, folgte ihnen eine unbestimmte Geruchswolke, dominiert von Schweiß und Marihuana. Deveneaus Albino-Begleiter verlagerte sein Gewicht auf das andere Bein, um sie vorbeizulassen, wobei er John berührte. John spürte die Hand des Mannes auf seiner Hüfte.

»Bist du neugierig auf etwas, Süßer?«

Der Albino sagte nichts. Aus dieser Nähe konnte John ihn riechen: ein Konglomerat aus Haarfärbemittel, Fluorid und Ammoniak. An seinem Mundwinkel hatte er eine Narbe in der Form eines Kommas, die rosa und nach rohem Fleisch aussah.

Die aufziehende Anspannung schien Francis Deveneau nichts auszumachen.

»Wollen wir was trinken? Lasst uns einen Drink bestellen.«

»Ich muss mich noch um etwas anderes kümmern«, sagte John. »Außerdem, wenn ich mir noch einen Drink mehr genehmige, finde ich mein Auto nie wieder.«

»Ja, Frank«, hakte Clay ein, »lass es uns einfach über die Bühne bringen. Johnny-Boy scheint heute Abend nicht sehr gesellig zu sein.«

Deveneau küsste Tressa auf die Wange und führte sie zu einer kleinen Tür neben der Theke. John folgte ihnen, sich stets bewusst, dass der Albino direkt hinter ihm war. Er konnte geradezu spüren, wie der fremde Schatten gegen seinen Rücken drückte.

Francis Deveneau lachte über einen Spruch des Barkeepers, während er abwesend mit seiner rechten Hand eine Fliege verscheuchte. Tressa wurde in Deveneaus Armbeuge mitbewegt, fing Johns Blick auf und sah schnell zur Seite.

Jemand schrie. Plötzlich waren die Geräusche von einem Dutzend Warnsignalen zu vernehmen, die alle auf einmal losgingen: heranstürmende Schritte, Schreie, zerberstendes Glas hinter der Bar. Nicht identifizierbare Schatten schwärmten aus, ballten sich zusammen, zerstreuten sich, ballten sich erneut zusammen, zerstreuten sich wieder. Zu gewaltig war der Lärm für John, um abgrenzbare, individuelle Geräusche auszumachen. Überall Fetzen von Wörtern und Befehlen. Aber seine Augen erfassten blitzschnell die Situation im Raum, verarbeiteten die Informationen und sagten ihm, dass etwas schrecklich schiefgelaufen war.

»Polizei!« Eine Flut blauer Nylonjacken ergoss sich in den Raum, schwärmte an den Wänden entlang aus und tauchte in jede Ecke und jeden Schatten. Ein Tisch wurde umgeworfen. Dann noch einer. Dann eines der fleckigen Sofas. Menschen stoben in alle Richtungen auseinander. »Keine Bewegung! Stehenbleiben! Polizei!« Sie schlugen zu wie ein Schwarm Insekten, unmittelbar und zu einem Körper vereinigt, nur um sich im letzten Augenblick zu zerstreuen und zu verteilen wie gebrochenes Licht.

»Stehenbleiben, verdammt!«

»Polizei! Niemand bewegt sich!«

John prallte gegen die Wand, als hätte ihn eine vorbeifahrende Lokomotive erwischt. Rasch sammelte er die Beine um seinen Körper herum wieder zusammen und rollte sich hinter eine Ecke des Tresens. Sein Kopf schlug gegen die Tür des Geschirrspülers. Grelle, ölige Spiralen explodierten hinter seinen Augenlidern. Beine schwirrten an ihm vorbei, ein Barhocker krachte auf den Boden. Er atmete schwer, plötzlich brannte seine Kehle. Neben ihm ruderte jemand mit den Armen. Es war Jeffrey Clay, dem die Farbe auf einen Schlag aus dem Gesicht gewichen war, mit weit aufgerissenen Augen in der Größe von Hühnereiern. Clay fummelte an einer .38er Pistole herum, jonglierte sie von einer Hand zur anderen, als wären ihr Gewicht und ihre Beschaffenheit etwas Ungewohntes.

Er winkte Clay zu. »Scheiße«, zischte er durch zusammengebissene Zähne. »Scheiße, Jeffrey!«

Jeffrey Clay hörte ihn nicht.

Sie steckten hinter der Theke fest, buchstäblich mit dem Rücken zur Wand. Einer der Polizisten schrie, sie sollten sich hinstellen, aber niemand bewegte sich. Es fühlte sich an, als bebte der Raum wie von dutzendfachem, akustisch verstärktem Herzklopfen. Hektisch suchte John den ihn unmittelbar umgebenden Bereich nach irgendeinem Zeichen von Francis Deveneau ab. Zuerst konnte er keine Spur von ihm entdecken. Dann bemerkte er, wie Deveneau sich rückwärts auf Händen und Knien über den Boden schob, mit verzerrtem Gesicht und blitzenden Augen. Immer weiter kroch er rückwärts auf ein verdunkeltes Zimmer zu. Ihre Augen trafen sich und für einen Augenblick starrten sie sich an.

Tressa Walker hockte am Rand des Tresens gegen den Türrahmen gelehnt. Ihre blassen, schlanken Arme waren eng um die Knie geschlungen. Sie zitterte heftig. John hatte das Gefühl, beinahe hören zu können, wie ihr Kopf gegen die Wand schlug und die Zähne in ihrem Schädel klapperten…

»Aufstehen!«, schrie einer der Polizisten. Viel zu nah war die Stimme. John spürte ihre Präsenz überall um sich herum, dicht und schwer wie feuchtwarme Luft. Die Wände vibrierten. »Aufstehen, aber ganz *langsam!*«

John schob sich an der Wand entlang, bis er Clay neben sich hatte. Auch Clay zitterte. Mit der flachen Hand schob er Clays Pistole beiseite. »Ganz ruhig«, flüsterte er. »Beruhige dich. Du wirst dir noch in deinen gottverdammten Fuß schießen. Gib mir die Waffe.«

Clay reagierte nicht.

»Jeffrey ...« Mit seinen Fingern umschloss er den Griff von Clays Pistole und schob seinen Zeigefinger hinter den Abzug. »Gib sie mir ...«

Clay erwachte aus seiner Erstarrung und riss die Waffe weg. Er keuchte schwer, mit schnellen, schnappenden Atemzügen.

»Das ist Bullshit.« Die Stimme klang seltsam ruhig. John drehte sich um und sah den Albino hinter dem Tresen auf dem Boden kriechen.

»Was für eine Scheiße.« Der Albino schob sich vor Francis Deveneau, wobei sein Knie gegen eine Flasche Whiskey stieß und sie taumelnd über den Boden schickte. Neben John hockte Clay, lehnte den Kopf an die Wand und schloss angestrengt die Augen.

»Wir sind bewaffnet!«, schrie Clay mit brechender Stimme.

»Die Waffen weg und aufstehen!«, antwortete einer der Polizisten.

Clay schüttelte den Kopf, die Augen noch immer geschlossen. Er kaute an seiner Unterlippe.

Dann öffnete er die Augen. »Keiner bewegt sich!«, schrie er, dieses Mal mit kräftigerer Stimme. »Keiner von euch Scheißkerlen bewegt sich! Jeder bleibt, wo er ist!«

Das Gesicht des Albinos war unmittelbar vor dem Deveneaus. Er war wütend. Eine lilafarbene Vene pochte an seiner Schläfe. An seinem Hals standen die Adern hervor, dick wie Aufzugskabel. Eine weiße Hand schoss vor und packte Deveneau am Kragen, schüttelte ihn und schlug dabei seinen Kopf gegen die Wand.

»Siehst du das? Diese verdammte *Sauerei?*« Nach einem letzten heftigen Schlenker ließ er Deveneau los. Deveneaus Kopf prallte erneute gegen die Wand.

»Was habe ich dir gesagt? Was habe ich von Anfang an gesagt? Was ...«

Wieder schoss seine Hand hervor. Diesmal packte sie Tressa an den Haaren und riss sie zu Boden. »Siehst du das? Siehst du das hier?«

Von der anderen Seite der Bar näherten sich noch mehr leise Schritte. In einem jetzt wieder ängstlich klingenden Wutausbruch schrie Jeffrey Clay die Polizisten an, stehen zu bleiben, einfach stehen zu bleiben, verdammt noch mal stehen zu bleiben, verstanden sie kein Englisch?

Der Albino riss noch einmal an Tressas Haaren, das Mädchen kreischte. John hörte Clay unterdrückt fluchen. Der Albino zerrte das Mädchen vor seine Brust und wickelte einen blassen Arm um ihren Hals. Tressa wimmerte.

»Ich bin auf *Bewährung*, verdammt!«, fauchte er Deveneau an. »Dauernd schleppst du diese Nutte mit dir herum und weißt nicht, wem sie was erzählt, wo sie ihren verdammten Mund aufmacht! *Und jetzt das?*« Er schlug mit der Faust in Deveneaus Gesicht. »*Was habe ich dir von ihr erzählt? Was habe ich gesagt?* Du Arschloch, das alles war *sonnenklar!* Habe ich dir nicht gesagt, dass sie mit den Bullen gesprochen hat? Habe ich dir nicht gesagt, dass sie Abschaum ist, sie war gottverdammt noch mal ...«

In einer einzigen flüssigen Bewegung zog der Albino eine Pistole aus seinem Gürtel, schwang sie herum und drückte den Lauf an Tressas Kopf. Sein Ellbogen stieß einen Besen um, der seinerseits einen mit Schildpatt verzierten, riesigen Spiegel traf, der an zwei Drähten hinter dem Tresen hing. Der Spiegel drehte sich wie ein Mobile hin und her, bevor er seine ursprüngliche Lage wieder einnahm. Für einen Augenblick konnte John eine größere Anzahl Polizisten sehen, mit gezogenen Waffen, breitbeinig aufgestellt, jenseits des Tresens im Spiegelbild schwebend. Sie waren grobe Reflexionen von Menschen: keine Gesichter, keine Details. Nur Waffen mit Beinen.

Mit einer Hand umklammerte der Albino das Mädchen am Hals und presste mit der anderen die Pistole heftig gegen ihre Schläfe. Sein Gesicht war rot geworden, ausgebrochen in bunte Magnolienblüten.

Es war, als ob ein barmherziges und göttliches Wesen plötzlich die Hand ausstreckte und auf den Knopf für die Zeitlupe drückte. Der Albino, die Pistole, der gesamte Raum – alles erschien plötzlich vergrößert. Vor seinem inneren Auge konnte John sehen, wie sich der Hammer der Waffe zurückbewegte, wie der bleiche, schmale Finger den Abzug drückte, konnte sehen, wie sich die Kammer langsam drehte und eine neue Ladung vorbereitete.

John feuerte zwei Mal mit seiner Pistole, die tief in der Innentasche seiner Lederjacke vergraben gewesen war. Der erste Schuss traf den Albino in die Stirn und tötete ihn auf der Stelle mit einer fast blutlosen Wachsamkeit. Das Gesicht des Albinos blieb ausdruckslos. Nur der rechte Arm zuckte, der Finger auf dem Auslöser seiner Waffe spannte sich. Ein ungezielter Schuss explodierte, der Querschläger prallte von der Decke zurück. Der Albino fiel rücklings um wie ein Stück Treibholz. Johns zweiter Schuss verfehlte das Ziel komplett und zerschmetterte einige halbleere Flaschen unter dem Tresen.

Die Polizisten erwiderten das Feuer. John zuckte zusammen, duckte sich, packte Tressa und drückte ihr Gesicht auf den schmutzigen Boden. Über ihren Köpfen schlugen die Geschosse in die Wand ein, ließen Flaschen zerspringen und Holz zersplittern. Der enorme Wandspiegel, der sich fast über die gesamte Länge der Theke erstreckte, zerbarst in einem Schneesturm aus messerscharfen Scherben. Unter ihm kämpfte das Mädchen und versuchte, sich zu befreien. Mit einer Hand drückte er ihren Kopf nach unten, um ihren Bewegungsradius einzuschränken. Einer ihrer Arme schwang nach oben, knallte ihm seitlich gegen das Gesicht und ließ die Welt vor seinen Augen verschwimmen.

»Hier rüber, hierher!«, schrie Deveneau und bedeutete John, in dem verdunkelten Raum hinter ihm in Deckung zu gehen. Auch er hantierte auf einmal mit einer Pistole und schob Munition ins Magazin. »Nun macht schon!«

Jeffrey Clay, dessen Gesicht jetzt noch abgehärmter aussah und der die Augen unnatürlich weit aufgerissenen hatte, stieß sich von der Wand ab und taumelte auf die Füße. Er hielt seine .38er mit ausgestrecktem Arm vor sich, stand mit gebeugtem Körper und eingezogenen Schultern da und schrie so laut, dass seine Kehle zu zerreißen drohte. In einer gleichbleibenden Seitwärtsbewegung, wie ein Schießbudenziel auf dem Rummelplatz, stolperte Clay hinter der Theke entlang und gab mit seiner Waffe eine Serie greller, peitschender Schüsse ab. Kleine Flammen leckten aus der Mündung. Er feuerte schnell und schaffte es, die Pistole leerzuschießen, bevor er getroffen wurde. Die erste Kugel traf ihn in die Schulter, zwei weitere in die Brust, eine schnitt ihm durch die rechte Wange... dann ging alles zu schnell für John, und er verlor die Übersicht, was genau eigentlich gerade passierte. Jeffrey Clay zuckte unkontrolliert, stolperte nach vorn und schlug mit dem Kopf gegen den Tresen wie ein nasser Sack Mehl. Er taumelte weiter und sackte schließlich auf dem Boden zusammen. Sein Gesicht war aschfahl, besprenkelt mit glänzenden Spritzern in so brillantem Rot, wie nur Blut es hervorbringen konnte, als wäre er ein Exponat postmoderner Kunst. Er hustete mit einem feuchten Rasseln, das tief aus seinem Hals kam. Blut schäumte auf seinen Lippen.

Ab diesem Moment explodierte alles. Es gab keinerlei Ordnung mehr, nur noch Chaos... wie zahllose Teile eines großen Puzzles, beliebig verstreut auf dem Boden eines ansonsten leeren Raumes.

Er hörte, wie sich jemand an der gegenüberliegenden Wand plötzlich bewegte, gefolgt von dem unverwechselbaren *Klack-klack-klack!* ausgeworfener Patronenhülsen. Jemand kreischte auf. John spürte, wie eine Hand ihn am Hemdkragen packte. Er drehte sich um und hatte Deveneau vor sich, der ihm seinen sauer riechenden Atem ins Gesicht blies. John betrachtete seine Pistole, aus deren Mündung noch immer Qualm aufstieg.

»Du hast gesagt, dieses Drecksloch hier ist sicher«, stieß er hervor. »Was zur Hölle ist los?«

»Bleib an mir dran«, sagte Deveneau nur. »Los, komm. Schnell.« Schon war er auf den Beinen und schlich in der Hocke durch die Dunkelheit des angrenzenden Raumes. John konnte gerade so die Umrisse von Tressa ausmachen, die hochgezogen und nach vorn geschoben wurde.

Er folgte ihnen in die Dunkelheit. Sein Herz klopfte dröhnend in seiner Brust. Der Raum gab das Echo ihrer Atmung zurück und ließ ihre Schritte widerhallen. John flüsterte Deveneau etwas zu und das

Geräusch seiner Stimme hielt für einige Sekunden an. Der Raum musste größer sein, als er ursprünglich angenommen hatte. Nein, es war kein Raum – die Umgebung öffnete und vervielfachte sich zu einer Reihe schmaler, zylindrischer Tunnel.

»Hier lang«, hörte er Deveneau flüstern.

Hinter ihnen vernahm er die fernen, sich aber rasch nähernden Geräusche der Polizisten – ihre Stimmen und schweren Stiefel. Sonst waren nur das Knirschen seiner Schuhe auf dem bröckeligen Betonboden, Tressas leises Stöhnen und das fast meditative Rauschen von fließendem Wasser zu hören, das überall durch die Wände flüsterte.

»Wohin gehen wir?«, fragte er mit unterdrückter Stimme. Deveneau und das Mädchen waren ein paar Schritte vor ihm.

»Nach draußen«, waberte Deveneaus Stimme zu ihm zurück.

Er hörte, wie Tressa lauter keuchte. Eine Flüssigkeit fiel ihm von oben ins Gesicht und in die Augen. Er stolperte und stieß gegen eine kalte Betonwand. Seine Füße gerieten in eisige Pfützen und ließen Wasser aufspritzen.

»Kann nichts mehr sehen …«

Sie liefen um eine Kurve, stoppten und standen schnaufend unter gerastertem Licht. John blickte nach oben und sah etwas, das ein rechteckiges Kanalgitter zu sein schien, ungefähr fünfzehn Fuß über ihren Köpfen. Wasser lief von ihm herunter und sammelte sich in Pfützen zu ihren Füßen. Metallsprossen ragten an einer Seite aus der Wand und führten nach oben.

»Ist das die Straße?«

Deveneau ergriff eine der Sprossen. Wasser spritzte in sein Gesicht, lief ihm den Rücken hinunter und durchtränkte sein Hemd. Seine Haut schien durch den nassen Stoff hindurch.

»Richtig«, gab Deveneau außer Atem zurück. »Seitengasse. Ich klettere zuerst hoch und schiebe das Gitter zur Seite. Als Nächstes schickst du Tressa hoch, dann kommst du nach.«

»Nichts wie los.« Er hörte jetzt dumpfe Geräusche, die in den Tunneln widerhallten. »Sie kommen.«

Schnell kletterte Deveneau die Sprossen nach oben. Er benötigte nur ein paar Sekunden, um den Ausstieg zu erreichen. Das Wasser von der Straße über ihm lief in sein Gesicht, über die Hände, die

Schultern. Mit einer Hand griff er nach einer Metallstrebe des Gitters. Seine Hand zitterte, er murmelte etwas in sich hinein, trocknete die Hand an seinem rechten Hosenbein und packte das Gitter erneut. Nach ein paar kräftigen Stößen lockerte sich das Gitter und schrammte über den Rand der rechteckigen Betoneinfassung.

John packte Tressas Arm und schob sie auf die eisernen Sprossen zu.

Sie sah ihn mit einer Mischung aus Verwirrung und Eindringlichkeit an.

Er nickte. »Geh. Jetzt.«

Sie hielt inne, und für einen Moment hatte er den Eindruck, ihr Körper hätte einfach jede Funktion eingestellt. Dann endlich drehte sie sich um, griff mit beiden Händen nach einer Sprosse und zog sich nach oben. Über ihnen hatte Deveneau das Kanalgitter zur Seite geschoben und war auf die Straße geklettert. Für einen kurzen Moment verdeckte die Silhouette seines Kopfes das orange-gelbe Licht der Straßenlampen.

Sobald Tressa aus dem Weg war, kletterte John nach oben. Er konnte deutlich hören, wie hinter ihm zahlreiche Stiefel durch Pfützen stürmten.

Tressa erreichte die Öffnung und Deveneau hievte sie auf die Straße. Eine Sekunde später war John oben und suchte fieberhaft nach etwas zum Festhalten, um sich herauszuziehen. Deveneau packte sein Handgelenk, riss ihn hoch und bekam dann seine andere Hand zu fassen. John stolperte aus dem Loch im Boden auf die Straße, überwältigt von der kalten Nachtluft und dem erdrückenden Gestank des East River. Sie befanden sich in einer Gasse zwischen dem Klub und einem heruntergekommenen Mietshaus. Unzählige Müllsäcke und weggeworfene Kartons lagen wie in einer aus Unrat gebauten Metropole um sie herum.

Ihm war schwindlig und er brachte gerade so heraus: »Sie sind immer noch hinter uns her.«

»Gottverdammt.« Deveneau bückte sich und schob das Gitter zurück an seinen Platz. Seine Hände zitterten heftig.

Neben dem Mietshaus entdeckte John einen großen Müllcontainer auf Rollen. Er rannte hinüber und rief Deveneau ohne sich umzudrehen zu, er solle ihm helfen. Sie packten den Müllcontainer an den Seiten und rüttelten daran. Er war voll und schwer, und die Geräusche der Ratten, die sich tief in sein Inneres gegraben hatten, ließen Deveneau zurückspringen. Er lachte nervös auf. Mit dem Fuß löste John die Feststellbremsen der Räder. Der Container ließ sich überraschend leicht über die Straße rollen. Jetzt hörte John das sich nähernde Heulen von Polizeisirenen.

Deveneau stieß ein weiteres ersticktes Lachen aus. »Das darf verdammt noch mal nicht wahr sein!« Sein Gesichtsausdruck lag irgendwo zwischen einem halben Grinsen und subtiler Angst.

Sie brachten den Müllcontainer über dem Kanalgitter zum Stehen. John ließ die Bremsen einrasten.

Schließlich brach Deveneau in schallendes Gelächter aus. »Verdammte Scheiße!« Er boxte in die Luft. »Verdammte *Scheiße!*«

»Jetzt komm schon!«, schrie Tressa. Immer lauter wurden die Sirenen.

Deveneau stieß Tressa vor sich her und drängte sie, die Gasse hinunterzulaufen. Er hielt kurz inne und sah John mit einem irren, aufgeputschten Blick in die Augen. »Wir sehen uns.« Dann stürmte er hinter seinem Mädchen her. Seine Beine arbeiteten sich durch den Berg aus Müllsäcken, seine Füße ließen das Wasser aus den Pfützen stieben.

John blieb in der Gasse stehen, holte tief Luft und gestattete seinem Kopf, wieder herunterzukommen. *Elf,* dachte er. *Elf Polizisten habe ich gezählt, als dieser Spiegel sich gedreht hat. Wie konnte das passieren?*

Er schloss die Augen, ihn schauderte. In seinem Kopf hörte er noch immer die Phantomschreie der Polizisten in den Gängen unterhalb des Klubs. Als er an sich herabsah, stellte er fest, dass er immer noch die Pistole in der Hand hielt. Geistesabwesend fragte er sich, wie er es mit nur einer freien Hand geschafft hatte, nach oben zu klettern und den Müllcontainer auf das Gitter zu schieben.

Weiter die Straße hinauf hörte er Sirenen. Auch unter ihm waren jetzt Geräusche, genau unterhalb des Kanalgitters. Schritte liefen durch Pfützen. Stimmen. Er drehte sich um und ging die Gasse langsam in die entgegengesetzte Richtung von Francis Deveneau und Tressa Walker. Er ließ die Waffe in seine Jackentasche gleiten, fuhr sich mit den Fingern durch seine nassen Haare und trat auf die Straße hinaus.

KAPITEL 2

Es war der Geruch nach gebratenem Speck, der ihn aus dem Schlaf holte.

John drehte sich auf die andere Seite. Er hörte das Fett in der Pfanne zischen. Katie war wie immer früh auf. Entspannt ließ er sich auf ihre Hälfte des Bettes rollen und drückte sein Gesicht in ihr Kissen. Sie hatte unsichtbare Spuren zurückgelassen: den Geruch von Lavendel und Ingwer und den abgestanden-süßen Duft des Schlafes. Er sog den Duft tief durch die Nase ein und rollte sich dann auf seine Seite zurück. Am anderen Ende des Zimmers war ein winziges Fenster mit einer Scheibe aus Einfachglas, das von außen durch die davorliegende Feuertreppe verdunkelt wurde. Gerade einmal ein Schimmer von Sonnenlicht schaffte es, in den Raum zu zwinkern. John zuckte zusammen.

Er setzte sich auf, und plötzlich wurde ihm sein Körper schmerzlich bewusst. In seinem Kopf schien es besonders zu wüten. Der Raum kippte eine Winzigkeit. Er hielt inne, nach vorn gebeugt und in Unterhose, presste seine schlaffen Hände zwischen seinen Knien zusammen und atmete immer wieder tief ein und aus. Selbst seine Kehle schmerzte. Als er seine Augen schloss und sich mit den Fingern über die müden Lider rieb, wurde ihm bewusst, dass er letzte Nacht geträumt hatte … obwohl er sich nur blitzlichtartig an Bilder und Gefühle erinnern konnte. Alles Unfug, der nur im Schlaf etwas bedeutete.

Auf dem Nachttisch neben dem Bett lag ein Stapel College-Lehrbücher. Er dachte an seine Frau, und wie es aussehen mochte, wenn sie an der Universität war. Wie sie mit zurückgebundenen Haaren hinter einem der unbequemen hölzernen Schreibtische saß und das Radiergummiende ihres Bleistifts sanft ihren Mundwinkel berührte. Sie sah auf jeden Fall jung genug aus, um für eine reguläre Studentin gehalten zu werden – vielleicht sogar eine Studentin im Grundstudium – und sie war hinreichend intelligent, um ohne Schwierigkeiten durchzukommen. Das Einzige, womit sie sich tatsächlich von der Masse der anderen Studentinnen abhob, war ihr dicker Schwangerschaftsbauch. Er fragte sich, ob das in der heutigen Zeit überhaupt noch einen Unterschied machte.

Neben den Büchern hing seine Lederjacke über dem Bürostuhl. Auf dem Bett sitzend konnte er deutlich die Stellen an der rechten Seitentasche erkennen, die noch in der letzten Nacht Einschusslöcher gewesen waren. Während er geschlafen hatte, waren sie genäht worden.

Als er aufstand, durchzuckte ein stechender Schmerz von seinem Knöchel aus sein Bein, wie ein Blitz, der im Zickzack nach oben schoss. Sein rechtes Knie sah rot und geschwollen aus.

Er humpelte in den Flur, wobei er das verletzte Bein deutlich sichtbar hinter sich her zog. Die Geräusche, die der brutzelnde Speck machte, surften sanft auf den Wellen von Katies melodischem Summen. Der Flur war schmal, dunkel und vollgestellt mit noch ungeöffneten Kisten vom letzten Umzug. Aus einigen Kisten lugten hölzerne Bilderrahmen mit alten Fotos hervor, dazu Karate- und Baseball-Pokale, ein abgenutztes Paar lederner Schlittschuhe, die an den Schnürsenkeln zusammengebunden waren, ein alter Sombrero mit einem grünen Plastikpapagei auf der Hutkrempe.

Die Küche am Ende des Flurs war eng und schlecht beleuchtet mit nur einem einzigen kleinen Fenster über der Spüle mit dem Doppelbecken. Katie untersuchte die störrische Kaffeemaschine. Ihr Körper war in einen pinkfarbenen Bademantel gehüllt und wandte ihm die sanfte S-Kurve ihres Rückens zu. Er schlang ihr von hinten seine Arme um den schwangeren Bauch und vergrub sein Gesicht in ihrem Haar. Er wusste, dass sie lächelte.

»Deine Arme reichen nicht mehr ganz herum.«

»Es gefällt mir«, gestand er und streichelte ihren sich nach vorn wölbenden Bauch.

»Du magst dicke, fette Mädchen?«

»Nur dich.«

»Pass ja auf, Freundchen. Willst du etwas essen?«

Er schüttelte den Kopf. Er musste die ganze Zeit an letzte Nacht denken, an das Chaos seiner Flucht durch die unterirdischen Tunnel.

»Du solltest etwas essen«, sagte Katie. Sie machte ihm einen Teller mit Speck, Eiern und Toast, und bestand darauf, dass er sich an den Tisch setzte. »Musst du heute arbeiten?«

Er nickte. Es fiel ihm schwer, sich hinzusetzen. Sein Knie fühlte sich an, als wäre es mit heißen Steinsplittern gefüllt. »Ja.«

»Heute ist Samstag«, sagte sie.

»Hmmm.«

Katie war sein Humpeln aufgefallen: Ihre Augen hatten sich genau in dem Moment getroffen, als er sich hinsetzte, und John wusste, dass sie seine Schmerzen bemerkt hatte. Aber sie sagte nichts. Sie sagte kaum etwas, fragte ihn nur selten, was in den langen Nächten geschah, in denen er in Dunkelheit und Kälte unterwegs war. Es war ein stiller Pakt, den sie nach seinem Eintritt in den Secret Service geschlossen hatten. Und in vielerlei Hinsicht waren Katies plötzliches Interesse an einem College-Abschluss, ihr Umzug in die neue Wohnung und sogar das Baby alles nur kleine, unbedeutende Dinge, nur Tapete, um die löchrige Wand eines Zimmers zu verdecken. Alles nur, damit ihre Ehe und seine Arbeit strikt getrennt blieben.

Er aß. Durch die Wände hörte er das schwache Dröhnen einer Stereoanlage. »Hast du heute viel vor?«, fragte er.

»Nicht so richtig.« Sie ließ Wasser aus dem Hahn in der Spüle über die Pfanne laufen. Es zischte, Dampf stieg auf. »Ich versuche, die restlichen Kisten im Flur auszuräumen.«

»Wie konnten wir nur so viel Mist ansammeln?«

»Frag mich doch nicht. Das meiste davon gehört dir. Ich sollte es vielleicht einfach nur verbrennen.«

»Ich sortiere alles durch, versprochen.«

»Wann?«

»Sobald ich Zeit habe.«

Er beobachtete sie dabei, wie sie von der Spüle zum Kühlschrank und wieder zurück schlurfte. Sie war wunderschön. Selbst im letzten Drittel ihrer Schwangerschaft sah sie fast kindlich unschuldig, beinahe naiv aus. Die Blicke, die sie ihm von Zeit zu Zeit von der Seite zuwarf, zeigten eine gewisse Verspieltheit, die bei einer erwachsenen Frau nur zu bewundern war. Irgendwie hatte sie es geschafft, zu einem absolut reinen Wesen zu werden, mit ihrem leichten Lächeln und ihren gelegentlichen Blicken, die an Teilen seines Körpers naschten, wenn sie aneinander vorbeigingen. Es lag sogar Magie darin, wie sie eine Haarlocke hinter ihr Ohr zurückschob.

Am Fenster über der Spüle hielt sie kurz inne, als die Sonnenstrahlen sie auf die genau richtige Weise trafen. Er spürte, wie ihn eine Spur Nostalgie ergriff.

John legte seine Gabel zur Seite. »Was ist?«

»Übelkeit.« Sie schüttelte den Kopf. »Es geht vorbei.«

»Musst du dich übergeben?«

»Nein, es geht schon wieder.«

»Setz dich. Und hör auf, dich um den Abwasch und irgendwelche Kisten zu kümmern.«

»Es geht mir gut.« Sie stellte sich hinter ihn und fuhr mit den Fingern durch seine Haare, während er weiter aß. Er konnte spüren, wie ihre Augen prüfend auf ihm lagen, als versuchte sie, etwas Wahres von seiner Haut abzulesen, ohne sein Zutun und ohne dass er etwas davon mitbekam. Er sah nicht auf. Bei jedem Mal, wenn ihre Finger in seinem Haar innehielten, spürte er, wie sie sich noch stärker konzentrierte.

Nach einer Weile fragte sie: »Besuchst du heute deinen Vater?«

»Wenn ich Zeit habe.«

»Du solltest sie dir nehmen.«

»Das will ich ja. Mal sehen.«

»Alles gut bei dir?«, fragte sie, immer noch mit den Fingern in seinem Haar. Ihre Stimme war nun beinahe ein Flüstern.

»Nur müde«, sagte er.

Sie beugte sich herab und küsste seine Wange. »Geh zu deinem Vater«, sagte sie.

Im Bad stand er einige Zeit in Unterwäsche vor dem Spiegel. Sechsundzwanzig, jugendliches Lächeln und dunkle Augen, mit dem Körper eines Läufers, verfeinert um die wohldefinierten Brustmuskeln und den Bizeps eines Mannes, der sich leidenschaftlich dem Training und der persönlichen Pflege widmete. Er war kein Fanatiker, was das betraf, obwohl er mit einigem Elan an sich arbeitete, wenn er die Zeit fand. Obwohl er nicht sehr groß war, vermittelte sein Körper eine gewisse Kompaktheit, die eine nicht unerhebliche Kraft ausstrahlte. Als Jugendlicher war er dünn und klein gewesen, und manchmal dachte er, einen kurzen Blick auf diesen Jungen erhaschen zu können, der noch immer irgendwo in ihm war und sich vielleicht unmittelbar unter der Oberfläche seines Körpers versteckte.

Auf seiner Stirn befand sich knapp über dem rechten Auge eine verblasste, hervortretende Narbe, die von seinem Haaransatz nach unten verlief und im grellen Licht des Badezimmers deutlich zu sehen war.

Schnell duschte er und zog sich an. Für einen Augenblick musste er an seinen Vater denken und versuchte, sich an den Traum von letzter Nacht zu erinnern. Als er sich bewusst wurde, was er tat, verjagte er den alten Mann rasch aus seinen Gedanken.

Stattdessen konzentrierte er sich auf das, was gestern Abend tatsächlich geschehen war, und noch wichtiger, was künftig geschehen würde. Er wollte alles so genau wie möglich in seinem Kopf sortieren, bevor er sich hinsetzte und auch nur ein Wort zu jemandem sagte. Jetzt an seinen Vater zu denken brachte ihn nur durcheinander.

Bevor er ging, küsste er Katie auf den Mund, beugte sich hinunter und küsste ihren Bauch. Dann schlüpfte er aus der Wohnung. Seine Frau wusste, dass sie nicht zu fragen brauchte, wann er wieder nach Hause kam.

♣

Bill Kersh saß auf einer Bank unter einem riesigen Ölgemälde, das zwei Jagdhunde zeigte. Die Bank stand vor dem Büro des stellvertretenden U.S.-Bezirksstaatsanwalts Roger Biddleman. Kersh war vierzig, sah aus wie sechzig und rauchte, als bräuchte er den Tod nicht zu fürchten. Er saß mit geschlossenen Augen da, den Kopf nach hinten gegen die Alabasterwand gelehnt, und trug Kopfhörer. Sein Hemd war weiß mit zahlreichen Falten, einer der Knöpfe stand offen. Die Krawatte hing schief und war mit auffälligen Brandspuren sorglos abgeaschter Zigaretten übersät. Er war ein schwerer, beleibter Protestant und gehörte zu der Sorte Menschen, die, sobald sie allein waren, über die Schwierigkeiten des Lebens und des Todes und all der Widrigkeiten dazwischen grübelten. Es gefiel ihm auf eine schlichte Weise, sich mit vertrauten Menschen und Dingen zu umgeben, und er hatte es geschafft, sein Leben so zu organisieren, dass es so vorhersehbar wie möglich verlief. Bill Kersh war ein Gewohnheitstier.

John näherte sich und setzte sich neben ihm auf die Bank. Ein Blick in das Gesicht von Kersh zeigte, dass sich der ältere Secret-Service-Agent in einer Art Trance zu befinden schien. Mit geschlossenen Augen klopfte Kersh mit einem Finger leicht auf den tragbaren Kassettenspieler, der auf seinem Schoß lag. Er verbreitete den schwachen Geruch von altem Tabakrauch und billigem Aftershave.

Ohne die Augen zu öffnen, sagte Kersh: »Dein Herzschlag vibriert durch die ganze Bank.«

»Ich habe die Treppe genommen.«

Kersh antwortete nicht, seine Augen blieben geschlossen. Ihnen gegenüber befand sich die schwere Holztür mit der Milchglasscheibe – Biddlemans Büro. Einige schemenhafte Gestalten bewegten sich hinter dem Glas.

»Wer ist jetzt da drin?«, fragte John. Er sah Kersh an. »Kannst du mich mit diesen Dingern auf den Ohren überhaupt hören?«

Kersh seufzte und schaltete den Kassettenspieler aus. Er schob die Kopfhörer nach unten, sodass sie um seinen Hals hingen, und summte die letzten Takte einer Melodie. In Bill Kershs Summen lag nichts Musikalisches. Er musterte John von oben nach unten auf eine Art, wie ein Psychiater seinen Patienten beim ersten Termin inspizieren möchte. Bill Kersh war ein guter Kerl und ein talentierter Agent. Obwohl er älter war als die meisten Kollegen in Johns Einheit, sahen sie Kersh nicht als Vaterfigur, sondern eher als abgestumpften Eigenbrötler mit einer Vorliebe für das Banale. In einem weniger rücksichtsvollen Umfeld hätte seine zerzauste und ungelenke Figur für Kichern hinter seinem Rücken gesorgt. »Alles klar bei dir?«

»Geht schon«, sagte John und blickte auf das Milchglas in der Tür, »aber ich denke, die Dinge werden sich ändern.«

»Mach dir keine Sorgen. Wie geht es deinem Vater?«

»Stabil.«

»Alles klar.« Kersh schaute beiläufig auf seine Fingernägel. Er hatte sie bis auf das Nagelbett abgekaut. »Katie?«

»Sie ist hart im Nehmen.«

»Hm.« Kersh ließ seinen Kopf gegen die Wand sinken. An seinem Kinn war ein kleiner roter Schnitt, den er sich beim Rasieren zugefügt hatte. »Diese Typen hier verstehen nicht, was wir tun. Und es interessiert sie auch nicht. Vergiss das nicht.«

Die Bürotür öffnete sich und ein paar Anzugträger kamen im Gänsemarsch heraus. Sie sprachen leise miteinander und widmeten John und Bill Kersh nicht mehr als einen Blick aus den Augenwinkeln. Als Gruppe zogen sie sich über den Flur zurück. Ihre Schuhe klackerten laut auf dem Marmorboden, während ihre langgezogenen Schatten sich die Wand entlang schoben.

Eine junge Frau trat aus Biddlemans Büro. »Mr. Biddleman empfängt Sie jetzt.«

Roger Biddlemans Büro war geräumig und gut eingerichtet, mit einer Wand aus Fenstern, unter der sich die Heilige Dreifaltigkeit des Polizeiplatzes, des Metropolitan Correctional Centers und der gotischen Kirchtürme von St. Andrews ausbreiteten. An den holzgetäfelten Wänden hingen gerahmte Fotografien, in deren Glasscheiben die Reflexionen Manhattans schimmerten. Den Boden bedeckte ein Schritte schluckender, flauschiger grüner Teppich und die Stühle vor Biddlemans Schreibtisch waren mit Cordovan-Leder gepolstert und mit Messingnägeln verziert. Das gesamte Zimmer roch nach Zedernholz und schwach nach Zigarrenrauch.

Biddleman stand von seinem Schreibtisch auf und deutete mit einem Kopfnicken auf die Stühle. Er war ein großer Mann mit schmalen Schultern, silbergrauen Augen und eingedrückten Schläfen. Er lächelte und zeigte eine perfekte Reihe weißer, ebenmäßiger Zähne. »Nehmen Sie Platz.«

Sie setzten sich.

»Roger«, sagte Kersh und faltete die Hände in seinem Schoß.

»Bill.« Biddleman ließ sich in seinen Stuhl sinken und massierte seine Schläfen. Unterhalb seiner Augen waren dunkle Furchen zu sehen und entlang seiner Nase verliefen zahllose kleine Blutgefäße. »Sie werden von mir keine Streicheleinheiten bekommen, meine Herren. Letzte Nacht war eine gottverdammte Katastrophe.« Auf Biddlemans Schreibtisch lagen verstreute Papiere.

Biddleman blätterte wie abwesend und mit einer Hand, bis er das fand, was er gesucht hatte. »Polizeibeamter ... Leland Mackowsky«, las er laut. Er machte eine Pause und sah sie über den oberen Rand des Papiers hinweg an. »Ein siebenundzwanzigjähriger Junge, der seit drei Jahren bei der Truppe ist. Er liegt im Krankenhaus, NYU Downtown, mit einem zerschmetterten Schlüsselbein und massiven inneren Blutungen. Alles Folgen der Schießerei von letzter Nacht. Hat eine gottverdammte Kugel im oberen Brustbereich abbekommen, knapp unter seinem Hals. Zum Glück hat er sein Gesicht nicht eingebüßt. Es hat ihn ganz schön erwischt.«

»Das ist uns bewusst«, sagte Kersh. »Wir haben gestern Abend mit den Kollegen vom Detective Department und dem Staatsanwalt gesprochen.«

»Ganz zu schweigen von den beiden Männern, die erschossen hinter dem Tresen lagen, John.« Die Augen des stellvertretenden Bezirksstaatsanwalts waren jetzt auf ihn gerichtet. »Einen davon haben Sie getötet.« In seiner Stimme lag Verachtung, von der John den Eindruck hatte, dass sie bewusst zur Schau gestellt wurde. Biddlemans Augen waren klein und nagetierartig, sein Teint war wächsern und die Gesichtshaut grobkörnig. Er erinnerte John an eine alte Schaufensterpuppe, von der sich die Oberfläche abschälte. »Was zum Teufel ist letzte Nacht passiert?«

»Offenbar hat das New York Police Department Deveneau und seinen Klub seit Monaten wegen Rauschgifthandels im Visier«, sagte John. »Informanten hatten den Kollegen beim NYPD gesteckt, dass an diesem Abend ein Geschäft über die Bühne gehen würde, also haben sie zugeschlagen. Sie wussten nicht, dass wir da waren, und wir hatten keine Ahnung, dass sie kommen würden.«

Biddleman trommelte mit den Fingern auf seinen Schreibtisch. »Ich denke, die Dinge hätten ein wenig kontrollierter ablaufen sollen.«

»Wir sind nur für uns selbst verantwortlich …«

»Die Kommunikation hätte besser sein müssen, mehr Professionalität wäre angebracht gewesen …«

»*Professionalität?*« John stieß ein Lachen aus. »Kommen Sie schon. Es gibt das FBI, die Drogenbehörde, den Secret Service, die Bundespolizei, das NYPD, die Verkehrspolizei – da laufen eine Million Jungs mit Knarren und Dienstplaketten herum und versuchen, die Scheiße in den Griff zu kriegen. Denken Sie, wir setzen uns vor jeder Operation zusammen, trinken Tee und diskutieren mit aller Welt?

Manchmal läuft es eben scheiße, und letzte Nacht war es mal wieder so weit.«

»Ich bin nicht an Entschuldigungen interessiert«, sagte Biddleman, »und Sie sollten nicht so überheblich sein. Wir haben diese Art von Unterhaltung schon einmal geführt. Sie haben einen Menschen erschossen und sind dann davongerannt, wie der Verbrecher, der Sie zu sein vorgaben. Das hier ist kein Filmset. Das ist das wirkliche Leben. Alle Ihre Handlungen haben Konsequenzen.«

John schob sich auf seinem Stuhl zurück. Er konnte Kersh neben sich spüren, reglos und unbeeindruckt. »Ich brauche keinen Vortrag.«

Biddleman beugte sich auf seinem Stuhl nach vorn. Sein schmales Gesicht spiegelte sich auf dem polierten Mahagoni-Tisch. »John, haben Sie den ersten, tödlichen Schuss abgefeuert?«

»Ja. Er wollte die Informantin töten. Ich habe ihn erschossen, um ihr Leben zu retten.«

»Hatte er die Absicht, *Sie* zu töten?«

»Ich weiß nicht, was nach ihrem Tod geschehen wäre.«

»Waren Sie in unmittelbarer Gefahr oder haben Sie nur Ihre Rolle als Undercover-Agent nicht unter Kontrolle gehabt?«

John fühlte ein Brennen in der Magengrube. Aus irgendeinem Grund dachte er in diesem Augenblick an seinen Vater: niedergestreckt und unbeweglich unter einer Wand von blinkenden, piependen medizinischen Geräten. »Das steht Ihnen nicht zu«, sagte er zu Biddleman. »Was zum Teufel denken Sie, wer ich bin?«

Kersh hob eine Hand. Seine Stimme war ruhig. »Roger«, sagte er. »Hören Sie zu. Der Schuss war gerechtfertigt, das wissen Sie. Was soll das Ganze?«

»Gar nichts. Sie haben Francis Deveneau laufen lassen. Der Fall hat sich erledigt. Niemand von meinen Leuten wird die Sache anrühren. John, ich persönlich denke, dass Sie die Kontrolle verloren haben, dass Sie die Situation falsch eingeschätzt haben. Aber das ist das Problem des Secret Service.«

»Das darf doch nicht ...«

»Roger«, sagte Kersh, »lassen Sie uns die Sache noch einmal in Ruhe durchgehen. John ist Deveneau noch immer dicht auf den Fersen. Wir müssen sein Falschgelddepot ausheben und uns dann seinen Lieferanten vornehmen. Die lokalen Behörden haben kein Problem damit. Das NYPD und das Büro des Staatsanwalts sagen beide, dass sie nichts tun werden, was unsere Operation gefährdet. Wir sind noch dran.«

»Ich habe mit dem Staatsanwalt gesprochen«, sagte Biddleman, dessen zusammengekniffene Augen sie beide abwechselnd ins Visier nahmen. »Sie sind deutlich toleranter, als ich zu sein bereit bin.«

John fixierte Biddleman mit seinem Blick. »Warum lassen Sie den Fall platzen?«

»Weil Sie sich durch diese Tunnel davonmachen, während ein Dutzend Polizisten den Ort auseinandernimmt und wild um sich ballert. Dabei sind Menschen gestorben, einige sind verletzt. Wer hat Jeffrey Clay erschossen?«

»Clay? Er ist durchgedreht und hat angefangen, auf die Polizisten zu schießen.«

»Und jetzt ist er tot.«

»Ich bin nicht für das NYPD verantwortlich. Sie können erschießen, wen immer sie wollen, verdammt noch mal.«

»Sehr intelligent.« Biddleman richtete sich in seinem Stuhl auf. »Ist es Ihnen nicht in den Sinn gekommen, sich gegenüber den Polizisten als Secret-Service-Agent zu erkennen zu geben?«

»*Was?*« Er beugte sich vor und legte eine Hand auf Biddlemans Schreibtisch. »Was zum Teufel hätte ich machen sollen? Aufstehen, winken und mein gottverdammtes Abzeichen in die Luft halten? Ich sitze mitten in der Scheiße, und Sie wollen, dass ich eine verdammte *Haltet-euch-an-das-Gesetz*-Ansprache halte?«

»Sie haben Ihre Kollegen gefährdet, indem Sie ihnen diese Information vorenthalten haben. Sie haben einen Mann getötet und sind dann weggerannt. Genau das wird Deveneaus Anwalt vor Gericht vortragen und die Jury wird uns schuldig sprechen. Deswegen hat sich die Sache erledigt. Halten Sie Abstand zu Deveneau. Und scheiß auf sein verdammtes Falschgeld. Das ist alles, meine Herren. Ich hoffe, ich habe mich gottverdammt klar ausgedrückt.«

»Sie liegen falsch«, sagte John.

»Das ist alles.« Seine gepflegten Hände lagen flach vor ihm auf dem Schreibtisch. Roger Biddleman sah sie von unten über die Augenbrauen hinweg an. Er bewegte sich nicht, bis John und Kersh aufgestanden waren und sein Büro verlassen hatten.

Draußen im Flur trat John gegen die Bank. Das Geräusch schepperte den Gang hinunter. »Was für ein Dreck. Unglaublich.«

»Glaub es lieber«, sagte Kersh. Er taste an sich herum und suchte nach einer Zigarette.

»Der kleine, erbärmliche Wurm. Was ist mit mir? Er war nur besorgt darüber, wie die Dinge aussehen, wie sie wahrgenommen werden. Er hat nicht einmal gefragt, ob es mir gut geht, ob man mir vielleicht fast meinen Kopf weggeblasen hätte, ob ich stinksauer war, ob ich die Hose voll hatte.«

»Du spielst für ihn keine Rolle. Er ist ein Künstler – du bist der Pinsel. Wenn du zu viele Haare verlierst oder er kein gutes Gefühl mehr beim Malen hat, dann wirft er dich weg und holt sich einen neuen. Und denk daran«, fuhr Kersh fort, und ein halbes Lächeln umspielte seine fettglänzenden Lippen, »die Jungs waren in Harvard. Sie haben nicht an irgendeiner staatlichen Uni oder mit einem Sportstipendium studiert.«

Schritte auf hochhackigen Schuhen hallten über den Flur. Die attraktive junge Empfangsdame steckte den Kopf um die Ecke. Wahrscheinlich war sie durch den Tritt gegen die Bank aufgeschreckt worden. Nach einem Moment verschwand sie wieder.

»Du bist an diesem Tag voller Weisheit«, sagte John, nachdem sie verschwunden war. »Du musst einen wunderbaren Guten-Morgen-Schiss gehabt haben.«

Bill Kersh fand seine letzte Zigarette und schob sie zwischen die Lippen. »John«, sagte er, »es war *großartig*.«

KAPITEL 3

Mickey O'Shay, sechsundzwanzig und ganz und gar auf Kokain und dem wunderschönen Thorazine aus der Familie der Psychopharmaka, grinste seinem Spiegelbild zu. Für einen Augenblick war ihm alles bewusst – die nach Ammoniak riechende Fäulnis der Toilette der Bar, das kalte Waschbecken aus Porzellan unter seinen Händen, das unkontrollierbare Zucken in seinem linken Augenlid und der Geschmack nach Erbrochenem in seiner Kehle. Von seiner Schädelbasis ging ein andauerndes Dröhnen wie von großen Trommeln aus. Er sog die Luft durch seine zusammengepressten Zähne, grinste noch breiter und spuckte in das Waschbecken.

Sieger, dachte er und schob die Toilettentür auf.

Jimmy Kahn lag zusammengerollt in der düstersten Ecke der Bar, neben sich ein Berg aus zertrümmerten leeren und halbleeren Guinness-Flaschen. Mickey klatschte ihm auf den Rücken und setzte sich rittlings auf einen Stuhl, während er den Kopf schüttelte.

»Ich musste die ganze verdammte Nacht an dieses Lied denken«, sagte er und trommelte mit seinen Fingern auf den Tresen. »Du kennst es bestimmt auch – dum da dum da da dum ... oder so ähnlich. Scheiße noch mal.«

»Schau mal da«, sagte Jimmy und deutete mit dem Kopf zum hinteren Ende der Bar.

Mickey drehte sich um, sah ein wildes Durcheinander aus Freiern und Nutten, aus Betrunkenen und minderjährigen Kapuzenträgern, und kicherte. Eine junge Brünette in einem fast durchsichtigen, gepunkteten Kleid lachte an einem der Tische mit einer Gruppe grauhaariger Männer und nickte, als stimmte sie dem Mann zu, der ihr am nächsten war. Der Mann zündete ihre Zigarette an und Mickey beobachtete, wie sie heftig den Rauch einsog.

»Ja, und?«, murmelte Mickey.

»Der Tisch bei der Jukebox«, sagte Jimmy.

»Jukebox«, wiederholte Mickey wie ein Papagei, drehte sich um ... und hielt inne. Noch immer trommelte es dröhnend in seinem Hinterkopf, was neben dem Schmerz grelle Farbblitze durch sein Gehirn schießen ließ. Dann traf es ihn. »Verdammter Hurensohn!« Er schob den Stuhl unter sich weg, stand schwankend auf und lehnte sich schief gegen den Tresen. »Verdammter ...«

Jetzt drehte sich Jimmy ebenfalls um. Beiläufig schob er eine Zigarette in seinen Mund und hob *ganz langsam* eine Hand. Der Zeigefinger zeigte gerade nach oben in die muffige Luft. »Raymond«, rief er. »Ray-Ray!«

Raymond Selano sah auf und erstarrte. Die Farbe schien unmittelbar aus seinem Gesicht zu weichen. Für einen kurzen Moment sah es aus, als wollte er zur Tür stürzen, aber dann änderte er in letzter Sekunde seine Meinung. Seine Augen, groß und braun und weit aufgerissen, blickten ebenso ungläubig wie hastig zwischen den beiden Männern an der Bar hin und her. Raymond Selano war ein dürrer Drecksack aus dem Viertel mit einem unersättlichen Appetit für Kleinscheiß: Raubüberfälle, Glücksspiel, Körperverletzung, alles Mögliche. Wie eine Infektionskrankheit verbreitete sich der Typ über die ganze Stadt und nannte schäbige Bars und Klubs von der Upper West Side bis hinunter zum Battery Park sein Zuhause.

»Du Hurensohn!«, rief Mickey wieder. Er rollte mit den Schultern und schlenderte zu Raymonds Tisch. »Wo warst du, Ray-Ray? Trinkst du etwa allein?« Er ließ beide Handflächen auf die Tischplatte knallen.

»Na, Jungs«, sagte Raymond. Er zwang sich ein halbes Lächeln ab, aus dem nicht mehr als ein schiefes Grinsen wurde, und fuhr sich mit seinen Fingern durch sein fettiges Haar. »Was geht?«

Jimmy näherte sich, zog einen leeren Stuhl neben Raymond und setzte sich. Verglichen mit Raymond Selano sah Jimmy Kahn wie ein Preisboxer in einem karierten Blazer aus, dachte Mickey bei sich. Er kicherte, was bei Raymond einen unsicheren Blick auslöste.

»Entspann dich, Ray-Ray«, sagte Jimmy. »Hast du Feuer?«

Wie jemand, dem gerade mit einem Kantholz ein Schlag in die Magengrube verpasst worden war, brauchte Raymond einen Moment, um zu sich zu kommen. Dann reagierte er, klopfte wie gedankenverloren mit zitternden Händen seinen Mantel ab und holte aus einer versteckten Tasche ein silbernes Zippo hervor. Er öffnete es mit beiden Händen, ließ das Rädchen schnippen und hielt die Flamme an Jimmys Zigarette.

Jimmy nahm einen langen Zug und atmete eine blaue Wolke an die Decke. »Ich habe gesagt, entspann dich, Kumpel. Mach dir keine Sorgen – die Zwölfhundert sind schon Schnee von gestern.«

»Hab euch ewig nicht gesehen«, sagte Raymond. Unter seinen Augen verliefen dunkle Ringe. Sein Kinn und die Seiten seines Gesichts waren ungleichmäßig mit Bartstoppeln übersät, die an Spinnenhaare erinnerten. Immer wieder kratzte er sich an einer roten, wunden Stelle am Schlüsselbein unterhalb des Halsausschnitts seines Hemdes. Wenn er nur ein klein wenig heftiger an sich herumfuhrwerkte, dachte Mickey, würde der Kopf des verdammten Jungen geradewegs von seinem Hals purzeln.

»Wir dich auch nicht«, sagte Jimmy. »Alles in Ordnung bei dir?«

»Du siehst scheiße aus, Ray«, sagte Mickey.

»Ist alles ganz okay.«

Jimmy grinste und drückte Raymonds Schulter. Raymonds Augen zuckten, sein Kopf bewegte sich reflexartig nach hinten und zur Seite. »Hast du ein Problem mit uns, Ray-Ray? Du wirkst ganz angespannt. Was meinst du, Mickey?«

»Bist du angespannt, Ray?«

Zwanghaft ließ Raymond seine Knöchel knacken. »Ich will, dass ihr wisst«, sagte er mit brechender Stimme, »dass ich euer Geld bald zusammenhabe. Ich betrüge niemanden. Da war nur eine Menge Bullshit, der mich zurückgehalten hat. Ziemlich verrücktes Zeug. Könnt ihr mir glauben! Da kommt eine verdammte Sache nach der anderen, und in Nullkommanichts steckst du bis zum Hals in der Scheiße, wisst ihr? Scheiße ohne Ende.«

»Was für eine verrückte, gottverdammte Welt«, sagte Mickey.

»Es ist nur so, ich muss noch ein paar Leute anquatschen, noch ein paar Anrufe machen. Alles ist gut und läuft nach Plan. Na ja, wisst ihr, ich will nur, dass ihr auf dem Laufenden seid.«

»Wir vertrauen dir, Junge«, sagte Jimmy. »Vergiss die Sache. Tatsächlich kannst du heute Abend alles wieder gutmachen. Kannst du ein paar einfachen Typen wie Mickey und mir unter die Arme greifen?«

Raymond grinste und wirkte zumindest etwas erleichtert. Seine Zähne sahen aus wie abgebrochene Zaunpfosten. »Scheiße«, sagte er, »was kann ich für euch tun?«

Jimmy sagte: »Lass uns eine Runde um den Block fahren.«

Raymond sah Jimmy dabei zu, wie er aufstand, seine Zigarette auf dem Boden austrat, sich halb schlurfend, halb trabend zum Tresen bewegte und sein letztes Guinness leerte.

»Mir geht dauernd dieses eine Lied durch den Kopf«, sagte Mickey zu Raymond. »Verdammtes Ding. Weißt du, wie sich das anfühlt? Wenn du es hören kannst, aber nicht darauf kommst, welches Lied es ist? Genauso geht es mir gerade. Was für ein Mist.«

Der Raum schien zu kippen, sich zu drehen und zu versuchen, ihn vom Boden abzuschütteln. Mit einer Hand packte Mickey einen Stuhl an der Lehne und trommelte mit seinen Fingern darauf. Mit einem Schulterblick suchte er nach dem jungen Mädchen in dem heißen, gepunkteten Kleid, aber sie war verschwunden. Genau wie der alte Kerl, der ihr die Zigarette angezündet hatte.

Sie schafften es zu Jimmys Cadillac, obwohl Mickey sich nicht erinnern konnte, die Bar verlassen zu haben. Vom Rücksitz aus beobachtete er den rötlichen Lichterglanz Manhattans, der vor seinem Fenster wie in einem Traum vorbeizog.

Fünfzehn Minuten später manövrierte Jimmy den Cadillac durch ein Labyrinth heruntergekommener Wohnanlagen an der Tenth Avenue. Am frühen Abend hatte es geregnet, und nun spritzte das Auto durch die Pfützen und zerklüfteten Schlaglöcher entlang der Straße. Nur wenige Fenster waren erleuchtet. Plötzlich fühlte sich die Zeit wie eine Absurdität an. Mickey fragte sich, ob der Lebensmittelladen, der bis elf Uhr offen hatte, noch geöffnet war.

Die Bremsen quietschten. Jimmy parkte den Cadillac vor einer der Mietskasernen, knallte den Schalthebel in die Parkposition und überfiel Raymond mit der Pointe irgendeines Witzes, den er gerade erzählt hatte. Mickey sah, dass die Uhr im Armaturenbrett des Cadillac 10:47 anzeigte.

Die Luft draußen war bitterkalt. Mickey blies Dampfwolken in die Luft. Als ob sie Teil einer Parade wären, machten die drei Männer gleichzeitig ihre Mäntel zu, während sie die Stufen des Hintereingangs eines der Wohnblöcke nach oben stiegen. Eine unsichtbare Katze fauchte sie an und huschte durch eine Mauer aus metallenen Mülleimern davon. Raymond zuckte bei dem Geräusch zusammen, was Jimmy sehr komisch fand.

»Ist das hier dein Revier?«, fragte Raymond in das Dunkel der Nacht.

Jimmy hämmerte mit beiden Fäusten gegen die Tür. »Juhu«, rief er.

Nach ein paar Sekunden ging hinter der Glastür ein Licht an. Mickey konnte schwere Schritte hören, die sich der Tür näherten. Durch das Drahtgitterglas, hinter dem sich die Küche erahnen ließ, sah er die grizzlyhafte Gestalt von Irish. Riegel schnappten und beim Öffnen knarrte die Tür, aus der sich ein weicher, gelber Glanz auf die nasse Terrasse ergoss.

»Mistkerle«, brummte Irish und grinste so breit, als könnte sein Gesicht jeden Moment in der Mitte reißen. Irish war alt – in seinen späten Fünfzigern, schätzte Mickey – und sah aus wie ein dickbäuchiger Zementlaster, den man in ein ärmelloses Unterhemd und in Kakis mit Tabakflecken gesteckt hatte. Er hatte dicke, fleischige Wangen, und sein Mund war mit etwas gefüllt, das aussah wie eine Million Zähne. Sein Bauch war so riesig, dass er schon abstoßend wirkte.

»Na, was treibst du, Irish?«

»Jimmy«, sagte er. »Kommt rein. Kalt hier draußen.«

Sie betraten die enge Küche und standen etwas planlos herum, die Hände in den Manteltaschen vergraben, bis Irish ihnen befahl, sich hinzusetzen und sich zu entspannen.

Der Raum war nur schwach beleuchtet und vollgestopft mit sinnlosem, willkürlich übereinandergestapeltem Schrott, der sich vermutlich über die letzten Jahrzehnte angesammelt hatte. Der Teppich war dick und produzierte Funken von Elektrizität, als Mickey darüber schlurfte. Die ganze Wohnung roch nach faulen Eiern.

»Hier ist es nicht gerade warm«, entschuldigte sich Irish und riss den Kühlschrank auf, um einige Biere hervorzuholen. »Ist ein alter Heizofen. Ich schwöre bei Gott, nichts funktioniert richtig in dieser miesen Stadt. Wenn es nicht die Heizung im Winter ist, ist es das gottverdammte Fenster im Sommer. Das geht mir auf den Sack.«

Er verteilte die Biere. Raymond nahm sich einen Stuhl neben einem flackernden Schwarz-Weiß-Fernseher. Sobald er sich hingesetzt hatte, schien er vordringlich damit beschäftigt zu sein, den Dreck auf der Unterseite seiner Turnschuhe zu untersuchen.

Irish seufzte, machte sich über sein Bier her und leerte in einem enormen Zug die Flasche bis auf die Hälfte. »Und ich darf mich bloß nicht aufregen über diese verdammte Nutte in der Wohnung über mir und ihre verdammten Katzen. Ich sag euch, Jungs, so viele verdammte Katzen habt ihr noch nie *gesehen*. Alle möglichen Arten. Die großen Flauschigen und die ohne Haare – die sehen aus wie die Ratten in den Abwasserkanälen. Einige der verdammten Viecher haben nicht mal Schwänze, könnt ihr euch das vorstellen.«

Jimmy lehnte sich gegen die Wand und spannte die Sehnen in seinem Rücken. »Hast du was zu essen?«

»Wenn du was findest, ist es deins«, sagte Irish und trank sein Bier aus.

Jimmy sah Raymond an und hielt seine Flasche in die Höhe. »Willst du noch?«

»Eins werde ich mir noch genehmigen.«

Jimmy ließ seine Flasche durch die Luft wirbeln. Sie drehte sich zweimal und er fing sie – gerade so – am Hals, während er in der Küche verschwand.

Irish quetschte sich an der Wand entlang hinter einen kleinen Tisch und öffnete die fleckige Zinnschachtel, die darauf lag. »Wollt ihr euch ein paar Lines reinziehen?«

Links neben Mickey lachte Raymond über etwas im Fernsehen, während er sich mit dem Ärmel des Mantels den Speichel von seinen rissigen Lippen wischte. »Ich bin dabei«, sagte Raymond, der inzwischen ein wenig entspannter klang.

Jimmy kam zurück, die Hände voller gefrorener Burritos. »Haut rein«, sagte er. Wie ein Messerwerfer im Zirkus schleuderte er die Burritos in die Luft und musste laut lachen, als Raymond versuchte, einen zu fangen und dabei fast vom Stuhl fiel.

»Gutes Zeug hier«, sagte Irish, während er die kleine Zinnschachtel durchsuchte. Er holte etwas hervor, das aussah wie die Bauchbinde einer Zigarre, schnüffelte daran und legte es wieder in die Box.

Raymond sammelte zwei Burritos vom Boden auf und untersuchte die Verpackung. »Die verdammten Dinger sind ja noch kalt, Jimmy. Machst du sie nicht warm?«

»Sehe ich aus wie deine Mutter?«, fragte Jimmy und holte eine .38er aus seinem Mantel. In einer einzigen flüssigen Bewegung zog er den Hammer zurück, wobei seine Finger auf merkwürdige Weise nicht mit dem Ausdruck auf seinem Gesicht in Verbindung standen. Er richtete die Waffe auf Raymond.

Raymond lachte gequält auf. Die Burritos fielen ihm aus den Händen und rutschten über den Mantel in seinen Schoß. »Jimmy, was zur Hölle …«

Jimmy Kahn feuerte zwei Schüsse unmittelbar aufeinander ab. Der erste traf Raymond in die Brust und schleuderte ihn nach hinten gegen den Stuhl, während seine linke Hand nach oben vor sein Gesicht schoss, mit Fingern, die zu einer Kralle gebogen waren. Der zweite Schuss erwischte Raymond seitlich im Gesicht und trieb eine schwarze Blutfontäne aus seinem Hinterkopf, die gegen die Rückseite des Stuhls spritzte und sich auf der Alabasterwand hinter ihm verteilte. Eine Sintflut aus Blut ergoss sich aus seinem Mund, während er sich auf dem Stuhl krümmte, die Augen zurückgezogen in den Schädel, und seine blutüberströmten Lippen lautlose Worte formten.

»Himmel *Herrgott!*«, brüllte Irish und presste seine großen Hände an beide Seiten seines Schädels. »Herrgott noch mal – in meinem verdammten *Zuhause*, Jimmy?«

Einer von Raymonds Füßen schlug unwillkürlich aus und erwischte ein Bein des kleinen Tisches an der Wand, zerbrach es in der Mitte und ließ den Tisch zu Boden gehen. Irish unternahm einen heldenhaften Versuch, seine Zinnschachtel zu retten, aber er war zu langsam. Die Schachtel fiel auf den Teppich, der Deckel sprang in eine Zimmerecke davon und der Inhalt verteilte sich als Schleier aus feinem weißen Pulver über den Boden.

Raymonds Körper zuckte unkontrolliert. Wie ein Sack nasses Getreide rutschte er von seinem Stuhl herunter und schlug auf dem Boden auf. Ein vertikaler, purpurroter Streifen teilte die Rückseite des Stuhls in zwei Hälften.

Jimmy lud zwei neue Patronen nach. Seine Zähne kauten an der Innenseite seiner rechten Backe. Mickey beobachtete, wie Jimmys Hände sich bewegten, und er sah, wie Irish zur Seite an die Wand zurückwich, mit einem Blick absoluten Abscheus auf seinem Gesicht. Der alte Mann vermochte den Blick nicht von Raymond und seinem zuckenden Bein abzuwenden, das weiter seine Körperflüssigkeiten in den Teppich einarbeitete.

Jimmy ging einen Schritt näher an Raymond heran. Er hielt die Pistole auf Armeslänge vor sich und drehte langsam sein Handgelenk hin und her, als ob es ihm schwerfiel sich zu entscheiden, auf welche Art und Weise er die Waffe am liebsten halten wollte. Er zog den Hammer zurück.

»Nimm das«, sagte er und feuerte drei weitere Ladungen in Raymond Selano.

Mickey trank sein Bier aus und stopfte die leere Flasche in die Manteltasche. Wie vorhin in der Bar begann der Raum zu schwanken und sich zu verschieben, sich auszudehnen und zusammenzuziehen ... es war, als ob Mickey ihm beim Atmen zusehen konnte.

»Verdammt«, stammelte Irish. »Schau dir diese Sauerei an.«

Jimmy steckte die .38er in den Hosenbund. Ohne die Augen von Raymonds Körper zu nehmen, befahl er Irish: »Hol ein paar Messer und ein paar Plastiktüten.«

»Verdammt«, stammelte Irish wieder. »Ihr macht diese Scheiße in meiner Wohnung, ohne mir Bescheid zu sagen? Wenn man so was in meiner gottverdammten Bleibe tun will, Jimmy, dann sagt man gefälligst was. So was wie hier macht man einfach nicht.«

»Plastikmüllsäcke«, wiederholte Jimmy, »große. Und ein paar dieser kleinen Plastiktüten für Sandwiches. Ich will die Hände.«

Verstört schlurfte Irish in die Küche und kehrte mit einer Auswahl von Fleischermessern und einer zylindrischen Rolle aus Plastikmüllsäcken zurück. Er gab alles Jimmy, der auf ein Knie gestützt nach unten ging, das Ende der Rolle aus Müllsäcken festhielt und die Rolle wie ein Zauberer schüttelte, der ein Tischtuch unter einem mit Porzellangeschirr gedeckten Tisch wegzieht. Ein Teppich aus Plastik entrollte sich über die Länge des Wohnzimmers. Mickey hockte sich neben Jimmy auf den Boden und kratzte sich geistesabwesend an der Rückseite seines zottigen Kopfes. Mit wenig Begeisterung holte Mickey ein langes, dünnes Messer aus seinem Mantel und rammte es in Raymonds Brust.

Er zwinkerte Jimmy zu. »Nur um auf Nummer sicher zu gehen.«

Grinsend schnippte Jimmy nach Mickeys Ohr und stand auf. »Hilf mir, ihn ins Bad zu schleppen«, sagte er. »Wir legen ihn in die Wanne.«

Jimmy zog seinen Mantel aus wie ein Chirurg, der sich auf eine Operation vorbereitete. Mickey steckte die Sammlung Fleischermesser in die Tasche seines Mantels, beugte sich nach unten und packte Raymond Selanos Hände. Irish stand im Türrahmen zwischen der Küche und dem Wohnzimmer und beobachtete, wie die beiden Männer den leblosen Körper ohne größere Schwierigkeiten ins Badezimmer brachten. Während er den Körper trug, die Hände voll mit Ray ...

Ray Selanos Blut, erinnerte sich Mickey endlich an den Song, der ihm den ganzen Abend nicht hatte einfallen wollen.

Er fing an zu summen.

KAPITEL 4

Im sanften Regen des Mittags stand John auf der anderen Straßenseite einer Gruppe baufälliger Wohnhäuser auf der West Side. Der Regen half ihm, herunterzukommen. Jedes Mal, wenn er die Augen schloss, sah er das wachsartige, emotionslose Gesicht von Roger Biddleman vor sich. Selbst in der Erinnerung regten ihn Biddlemans gezwungen wirkende Haltung und seine klinisch reine, von der Heiligkeit seines Hochglanzbüros umrahmte Miene maßlos auf. Leute wie Biddleman waren wie ein offenes Buch. Ihre Absichten und Beweggründe lagen so deutlich in der Luft wie die Kondensstreifen eines Jets bei blauem Himmel. Und meist waren ihre Absichten und Beweggründe, das wusste John aus Erfahrung, ausnahmslos eigennützig.

Ein Taxi rauschte durch eine Pfütze neben dem Bordstein und John erhaschte einen Blick auf sein müdes Spiegelbild in den flüchtigen Fenstern.

Er trank den letzten Schluck Kaffee aus seinem Styroporbecher und zitterte vor Kälte, als er die Tenth Avenue überquerte und durch einen Eingang den Drahtzaun hinter sich ließ, der neben anderen Dingen auch Tressa Walkers Gebäudekomplex umgab.

Der Secret Service hatte Tressa Walker vor etwa zwei Monaten geschnappt, nachdem sie ein paar gefälschte Hunderter in einer Reihe kleinerer, über ganz Manhattan verteilter Läden zurückgelassen hatte. Die Banknoten waren ausgezeichnete Fälschungen. Kersh erkannte sie von einem früheren Fall sofort wieder und erklärte, dass der Drucker – ein Jude aus Queens namens Lowenstein – derzeit in Haft war. Mit Tressas Fingerabdrücken auf den Geldscheinen war es für den Secret Service ein Leichtes gewesen, sie zu finden. In ihrem Auto fanden sich zahlreiche Packungen Pampers und Aspirin, die jeweils in einem anderen Geschäft mit einem gefälschten Hundertdollarschein bezahlt worden waren. In ihrer Geldbörse entdeckten sie zwei weitere Hunderter. Tressa Walker erwies sich als eine junge, zu Tode erschrockene Drogenabhängige mit einem Baby zu Hause, die schnell bereit war, ihre Informationen preiszugeben. Das Falschgeld kam von ihrem Freund, Francis Deveneau, der ihr einige Scheine gegeben hatte, um potenzielle Kunden zu überzeugen. Als Kind des Kapitalismus hatte Tressa jedoch beschlossen, die falschen Banknoten einfach selbst unter die Leute zu bringen und das Wechselgeld von ihren kleinen Einkäufen zu behalten. Aus Angst vor dem, was sie erwarten mochte, wenn sie sich weigerte zu kooperieren, stimmte sie bereitwillig zu, John in den Kreis von Deveneau einzuführen.

Tressas Wohnkomplex war heruntergekommen. Die Ziegelfassade war von zahlreichen Bränden dunkel wie ein blauer Fleck. Er war nur einmal hier gewesen, aber wie es aussah, hatte sich kaum etwas verändert. Hinter einem Metallzaun bellte ihn ein mürrischer Airedale-Terrier an, als er vorbeiging. Der Lärm zog mehrere Augenpaare an, die ihn aus verdunkelten Fenstern im ersten Stock anstarrten wie Fledermäuse mit schwarzen Knopfaugen aus ihrer Höhle heraus. Auf einer Feuerleiter über ihm saß eine Clique struppig aussehender Kinder, die ihn beobachteten wie Bauern, die einem Reisenden aus einem weit entfernten Land dabei zusahen, wie er ihr Dorf betrat.

Ein Notausgang auf der Rückseite des Gebäudes wurde durch einen Plastikbehälter offengehalten. John stieg über ihn hinweg und betrat einen dunklen, schimmlig riechenden Flur. Der stechende Geruch nach frischem Urin schlug ihm ins Gesicht. Irgendwo in weiter Ferne konnte er ein kleines Kind weinen hören, und eine TV-Spielshow war zu laut aufgedreht. Tressa Walker wohnte im zweiten Stock. Obwohl John schon einmal hier gewesen war, hatte er ihre Wohnung nicht betreten.

Er ging die Treppen nach oben und gab sich Mühe, leise zu laufen. Entlang der unverputzten Wände aus Ziegelsteinen boten Graffiti Lebensweisheiten wie *phuck off* und *smoke it*. Oben angekommen blieb John vor der Tür zu Tressas Wohnung stehen. Er klopfte einmal. Aus dem Inneren waren einige aufgeregte Geräusche zu hören, aber niemand kam, um zu öffnen. Wie beiläufig sah er sich um. Der Flur war leer, nur eine hungrig aussehende Katze starrte ihn von ihrem Platz auf der Fensterbank an.

Er klopfte wieder. »Tressa?«

Er hörte, wie sich Schritte der Tür näherten und ein Riegel zurückgeschoben wurde. Die Tür öffnete sich einen Spaltbreit. Hinter einer Sicherheitskette tauchte der Kopf von Tressa Walker auf, die ihn mit großen Augen anstarrte. Sie sah misstrauisch aus. Eine Strähne ihrer lockigen Haare fiel ihr ins Gesicht und verdeckte ihr linkes Auge. Als sie ihn erkannte, legte sich ihre Stirn in Falten und sie sah aus wie jemand, der gezwungen war, sich auf zu viele Dinge auf einmal zu konzentrieren.

»Äh ...«

»Bist du allein?«, fragte er.

Sie kaute an ihrer Unterlippe, nickte, schien die Situation zu durchdenken. Schließlich öffnete sie die Kette und ließ ihn herein.

»Ganz schönes Chaos hier«, sagte sie.

Die Wohnung war klein und zugig. Es gab nur ein größeres Wohnzimmer mit einer Kochnische sowie einen kurzen Korridor, der zu zwei Räumen führte, bei denen es sich wahrscheinlich um ein Bad und ein Schlafzimmer handelte. Bis auf wenige Ausnahmen war nichts dekoriert oder wohnlich eingerichtet. Das Wohnzimmer war gefüllt mit einer Ansammlung weggeworfener *Dinge*: zersplitterte Möbel und zerfetzte Sessel, aus denen sich die Federn wie Schlangen aus einer Grube emporwanden; Gartenlaternen aus Krepp, zusammengebunden und an der Decke befestigt; nicht zueinander passende Keramikvasen; staubige Schallplatten, die ohne Hülle auf dem Teppich ausgebreitet waren; winzige Bilder in Holzrahmen an den Wänden, mit so kleinen Fotos, dass es unmöglich war, die Gesichter zu erkennen. Trotz der zahlreichen merkwürdigen Artefakte, die im Raum verteilt waren – allen voran ein ausgestopfter Leguan, der auf einer alten Zenith-Tischuhr saß – waren es die gerahmten Bilder, die die meiste Aufmerksamkeit auf sich zogen. Es dauerte eine Weile, bis John begriff, woran das lag: Auf ihre Art waren diese Bilder Tressa Walkers Versuch, etwas Menschliches, Zivilisiertes in ihr Leben zu bringen. Im Gegensatz zu den Keramikvasen, den Gartenlaternen und dem ausgestopften Leguan waren diese Bilder *geplant* aufgehängt worden, und sie waren *menschlich*. Auch er hatte zu Hause Bilder an den Wänden.

»Erwartest du jemanden?«, fragte er.

Sie schüttelte den Kopf und rieb sich den linken Arm, bevor sie in die Küchenecke schlüpfte und so tat, als sei sie beschäftigt. Durch das kleine Fenster über der Spüle kam graues Tageslicht herein und ergoss sich als stumpfes Halbdunkel über die schmutzige Formica-Arbeitsplatte. Ein leichter Nieselregen pochte gegen die Scheibe.

»Nein.«

»Deveneau ist nicht da?« Er blickte den Flur entlang und versuchte, einen Blick ins Schlafzimmer zu werfen. Die Tür war geschlossen.

»Er ist rausgegangen. Warum bist du hier?«

In der Mitte des Zimmers stand ein Babybett, halb verborgen unter einem Berg ungewaschener Wäsche. Wie die Bilder an der Wand gab auch das Bettchen dem Raum etwas seltsam Menschliches, wenn auch mehr aus Notwendigkeit denn aus bewusstem Handeln.

»Ist das Baby da?«

»Schläft im anderen Zimmer. Wir sollten also leise sein.« Sie ging ans andere Ende des Raumes und sammelte etwas Wäsche auf, um auf dem Sofa Platz zu machen. »Du kannst dich hinsetzen.«

»Schon gut.«

»Was ist los? Warum bist du gekommen?«

»Was ist mit deinem Arm passiert?«

Sie blickte an ihrem Arm herab, als ob der unübersehbare, zwischen lila und braun schimmernde blaue Fleck ihr erst jetzt aufgefallen wäre. Der blaue Fleck kam nicht von den Drogen – sie hatte genug davon zum Vergleich – sondern sah eher aus wie die Art von Bluterguss, die durch starke, grob zupackende Finger verursacht wurden. Die Finger einer anderen Person.

»Es ist nichts«, sagte sie. Dann wechselte sie das Thema: »Ich sollte mich für gestern Abend bei dir bedanken. Dieser Kerl wollte mich umbringen. Ich dachte schon, ich wäre ...« Sie zuckte mit den Schultern, als ob das, was in der letzten Nacht geschehen war, plötzlich keine große Sache mehr wäre. »Und dann Deveneau – er hat dich wie verrückt gelobt dafür, was du getan hast, weißt du? Wie du diesen Typen erschossen hast, um mein Leben zu retten, und wie du uns dann geholfen hast, abzuhauen.«

»Ich habe niemandem geholfen, abzuhauen«, sagte er. »Ich bin euch beiden nur gefolgt. Ich bin kein großer Freund davon, mir ein Loch in den Kopf schießen zu lassen.«

»Gut, aber du hast immer noch diesen Typen umgebracht. Hättest du das nicht getan, wäre ich jetzt tot. Ich verdanke dir also mein Leben. Dafür danke ich dir.«

Verlegen trat er von einem Fuß auf den anderen. »Ich bin gekommen, um dir zu sagen, dass wir die Ermittlungen einstellen.« Es gab keine Notwendigkeit, ihr die Situation zu erklären, keine Notwendigkeit, ins Detail zu gehen. Solche Dinge würden sie ohnehin nicht interessieren. Sie berührten sie nicht, spielten keine Rolle und hatten nichts mit ihr an diesem Ort und in diesem Moment zu tun.

»Was ist mit mir?«

»Ich lasse dich laufen«, sagte er. »Dich und Deveneau.«

Es brauchte etliche Momente, bevor sie die richtigen Worte fand, überhaupt irgendwelche Worte. »Das war es dann?« Sie schien gleichzeitig erleichtert und enttäuscht zu sein, und unsicher, was das alles wirklich bedeutete. Geistesabwesend betastete sie den blauen Flecken auf ihrem Arm, dessen Farbe an die eines frühen Sonnenuntergangs erinnerte. »Du lässt mich einfach so laufen?«

»Du kannst Deveneau sagen, dass mir die Situation zu abenteuerlich geworden ist, nach dem, was im Klub passiert ist, und dass ich nicht mehr daran interessiert bin, Geschäfte zu machen.«

»Einfach so?« Bevor sie zugestimmt hatte, mit dem Secret Service zusammenzuarbeiten, hatte Tressa Walker eine lange Zeit im Gefängnis gedroht. Und sie hatten ihr klargemacht, dass der Kinderfürsorgedienst ihr das Baby wegnehmen würde, wenn sie nicht kooperierte. Ihre Einwilligung, John in den inneren Kreis von Deveneau einzuführen, hatte ihr das Gefängnis erspart und ihr Baby hatte zu Hause bleiben können. Er sah es ihren Augen an, dass sie gerade nicht wusste, was sie mit dieser neuen Information anfangen sollte. Sie blinzelte zweimal, langsam und sichtbar, und strich sich die Haarsträhne aus den Augen. »Du lässt mich einfach so laufen?«

»Einfach so.«

»Was ist mit unserem Deal?«

»Ich habe gesagt, dass ich dich davonkommen lasse. Mit der ganzen Geschichte. Es ist vorbei.«

»Dann ... danke. Noch einmal.« Sie bewegte ihren Wäschehaufen in einen anderen Teil des Zimmers in dem verzweifelten Bemühen, beschäftigt zu wirken. Währenddessen kaute sie die ganze Zeit lautlos an ihrer Unterlippe – ein Zeichen dafür, dass ihre Gedanken weiter durch den Kopf kreisten.

»Sei schlau und mach was daraus. Bring dein Leben in Ordnung. Du hast jetzt wieder eine saubere Weste, aber das bedeutet nicht, dass sie nicht ganz leicht wieder schmutzig werden kann.«

»Oh, damit bin ich fertig«, sagte sie. »Ich habe gesagt, dass ich die Finger davon lasse, nicht wahr? Ich habe ein Baby, um das ich mich kümmern muss.« Mit dem Rücken zu ihm hantierte sie mit einigen Plastik-Babyflaschen und trug sie zur Spüle. Verloren in dem Versuch, alle Puzzleteile zusammenzufügen, drehte sie das Wasser auf, bewegte sich aber nicht. »Ganz ernsthaft. Vielen Dank.«

»Sorg dafür, dass es nicht umsonst war.«

»Richtig.« Sie drehte sich um und trocknete ihre Hände an einem Küchentuch. »Das Baby weint.«

»Oh …« Er ging zur Tür. »Ich gehe.«

Wieder konnte er sich des Eindrucks nicht erwehren, dass sie furchtbar jung und furchtbar naiv war. Sie war nicht mehr als ein Kind.

»Gut … danke.«

Er nickte und schlüpfte in den Flur hinaus.

❦

Manhattan hatte eine Art, seine Bewohner zu bestimmten Zielen zu führen, ohne dass ihnen dies bewusst wurde. Jedenfalls war dies Johns Gefühl, als er am späten Nachmittag vor dem NYU Downtown stand, dem Krankenhaus, in dem sein Vater lag.

Im Inneren, auf der Intensivstation, war ein ständiges Kommen und Gehen. Die Krankenschwestern, die über den Flur eilten, sahen aus wie Frauen auf dem Weg zur Beichte – düster, trostlos und unfähig oder unwillig, einem Fremden in die Augen zu sehen. Gelegentlich schlurften Patienten in weißen Papierhemden und mit einem verlorenen Ausdruck im Gesicht vorbei, wie Menschen, die nicht so recht wussten, wo sie hinsollten. Meist war es einfach nur still.

Das Zimmer seines Vaters befand sich am Ende des Korridors. Die Tür war geschlossen. Neben der Tür war ein Fenster mit heruntergelassener Jalousie, an der Wand hing ein Trinkbrunnen. Er stellte sich davor und starrte ihn lange an. Dann beugte er sich hinunter und trank.

Sein Vater. Eine Vielzahl von Bildern überflutete ihn – von Gedanken und Erinnerungen, von Vorstellungen und Ideen und Konflikten. Für einen Augenblick konnte John sich fast an den Traum von letzter Nacht erinnern, aber zu schnell war alles wieder verschwunden. Sein Vater. Das Leben hatte dem alten Mann einen Knüppel zwischen die Beine geworfen und damit dafür gesorgt, dass auch sein einziges Kind ins Stolpern geraten war. So stand er nun vor der Tür zum Krankenzimmer seines Vaters, auf einem Korridor, der so farb- und leblos wirkte, dass die sonnenbeschienenen Lamellen in den Jalousien beinahe einen spöttischen Eindruck machten. John verschränkte die Finger ineinander, legte beide Hände auf seine Brust und lehnte sich mit dem Rücken an die Wand. Er starrte auf die Schrammen in den Bodenfliesen, auf das Holzmuster der Türen, blickte nach oben zu den Leuchten an der Decke.

In seiner Vorstellung sah er den alten Mann, wie er einst gewesen war – männlich und mit unerschöpflicher Kraft, lebendig, mit einer Jugendlichkeit, die sowohl die Natur als auch Gott herausforderte. Und das Schlimmste: All dies war er vor nicht allzu langer Zeit noch gewesen. In gewisser Weise war es nicht der unvermeidliche Tod des Vaters, der John am meisten Angst machte. Viel mehr Angst machte ihm die unerwartete Geschwindigkeit, mit der ihn die Krankheit besiegte.

John erinnerte sich an ein altes, gerahmtes Foto, das sein Vater in einem Regal in der Garage aufgestellt hatte. Damals hatten sie noch zusammen in dem kleinen Haus in Brooklyn gelebt. Das Foto zeigte den Vater in seinem Feuerwehranzug mit gelb leuchtenden Reflektorstreifen und mit dem Feuerwehrhelm auf dem Kopf. In großen weißen Buchstaben war die Abkürzung »FDNY« auf seiner breiten Brust zu sehen. Den Mann auf diesem Bild hatte John immer vor Augen, wenn er an seinen Vater dachte. Einen Mann, der nie jemanden um Gefälligkeiten bat, nie die Anerkennung von irgendjemand anderem als sich selbst brauchte, der jede Handlung durchplante, kalkulierte und bis zur Perfektion ausführte.

Sie hatten zu zweit gelebt und ein Zuhause geteilt, in dem die Wärme der Mutter gefehlt hatte. Ihre Beziehung war eng, aber stets angespannt gewesen, der Vater unerbittlich und streng. Als John sich für den Secret Service entschieden hatte, war sein Vater wenig begeistert gewesen. Er hatte gehofft, sein Sohn würde Anwalt werden, oder Arzt – irgendetwas richtig Ordentliches. Nicht irgendein besserer Polizist mit College-Ausbildung.

»Warum sein Leben riskieren, wenn einem die Welt offensteht?«, hatte ihn sein Vater eines Abends gefragt.

»Es ist ein guter Job«, hatte er erklärt. »Und es ist genau das, was ich machen will.«

»Du warst auf dem College, hast einen Abschluss …«

»Den man braucht«, hatte John zurückgegeben, »um beim Service aufgenommen zu werden.«

Unbeeindruckt hatte sein Vater abgewinkt, sich weggedreht und dabei gemurmelt: »Du brauchst einen College-Abschluss, um dir für den Präsidenten eine Kugel verpassen zu lassen?«

Mit einer Hand schob John die Tür zum Krankenzimmer seines Vaters auf und betrat leise den Raum.

Auf dem Rücken, wehrlos, fast ununterscheidbar von den weiß gestrichenen Wänden und der Einwegbettwäsche, die ihn einschlossen, lag der alte Mann schlafend in seinem Bett. Seine knorrigen Hände lagen auf der weißen Bettdecke, die Knöchel verdreht wie ein Henkersknoten. Die Haut um seine Augen war zu einem dunklen Purpur verblüht, die Augen selbst tief in ihren Höhlen versunken. Der alte Mann wirkte wie die grobe Malerei eines Kindes – die Arme überzogen mit dicken blauen Adern; die wabenartige Nasenspitze, die langsam in das Gesicht zurücksank; die spinnennetzdünnen Haarsträhnen auf dem Kopf, die bis zur Nichtexistenz ausgedünnt waren. Ein Netz gebrochener Blutgefäße zog sich wie die Wurzeln eines alten Baumes über den oberen Teil seiner Brust. Auf seinen Wangen hatte sich weißer Flaum gebildet, fein wie Pulver. Er roch nach Arzneimitteln und Salben, süßlich nach Glukose und, wenngleich schwach, nach Urin. Und doch war noch immer die grundierende Präsenz von Old Spice und Listerine auszumachen.

Auf einem kleinen ausklappbaren Nachttisch neben seinem Bett lagen seine Lesebrille, einige Western-Taschenbücher mit übergroßer Schrift, ein eisernes Kruzifix und eine goldene Taschenuhr. Die Uhr war einige Tage nicht aufgezogen worden und stand still. Neben dem Tisch standen drohend große, kompliziert aussehende Maschinen, verschiedene Beutel mit Flüssigkeiten hingen an Infusionsständern, am Bett war der Urinbeutel mit dem Katheter befestigt, dazu ein Gewirr farbiger, ins Nirgendwo führende Drähte und ein hörbar atmender Kunststoffzylinder. All diese Gerätschaften funktionierten nicht lautlos – sie summten und piepten und sirrten und zischten und rasselten. Und in letzter Konsequenz waren sie lebendiger als der Mann, den sie am Leben erhielten.

Für lange Zeit blieb John an der Tür stehen und beobachtete das Zimmer und seinen einzigen Bewohner mit passiver Distanz. Für einen Moment überlegte er, die Uhr des alten Mannes aufzuziehen – etwas an ihrem Ruhezustand irritierte ihn – musste aber feststellen, dass er nicht imstande war, sich zu bewegen, dass er sich nicht dazu bringen konnte, seine Augen von der steifen Topografie der Bettdecke seines Vaters zu lösen. Dass dieser alte Mann – dass sein *Vater* – auf diese Weise hier lag, fühlte sich unendlich traurig an.

Er beschwor das gesunde Gesicht seines Vaters herauf, wie es gewesen war, bevor das Zauberkunststück der Krebserkrankung und die Magie des Todes seine Lebendigkeit verdorben hatten. Er sah ihn, wie fast alle Jungen ihre Väter sehen – groß und nachdenklich, dunkel und rätselhaft, im Besitz aller Dinge, die stark und mächtig und übermenschlich sind. Ein kleines Haus in einem armseligen Stadtviertel von Brooklyn mit abgewetzten Teppichen und rostigen Hämmern und Schraubenziehern in jeder Küchenschublade. Ein Baseballschläger und schlammige Turnschuhe auf der Terrasse. Ein Zuhause ohne Mutter, in dem die Abwesenheit dieser essenziellen weiblichen Energie wie etwas Physisches an jeder Wand, jedem Bett, jedem gewaschenen und ungewaschenen Kleidungsstück klebte; in dem der einzige Beweis, dass die Mutter jemals existiert hatte, ein Schwarz-Weiß-Foto am Ende der Treppe war, nur wenige Schritte von seinem eigenen Zimmer entfernt. Auf dem Foto lag eine Frau mit blasser Haut auf einem grasbewachsenen Hügel im Central Park, mit einem koketten Lächeln, das an ihren Mundwinkeln zog. Er sah, wie sein Vater durch die Hintertür in die Küche kam, Gesicht und Hemd mit Ruß bedeckt, die Stiefel schlammig, und als er sich einen frischen Kaffee machte, sagte er: »Das war ein Feuer heute Nacht, Johnny. Die Flammen sind bis hoch in den Himmel geschlagen.« Und John stellte sich die Flammen vor wie Wolkenkratzer, die sich in einem grellen Schauspiel in die Nacht brannten.

Der alte Mann bewegte sich.

»Dad«, sagte John.

Es dauerte ein paar Minuten, bis das Bewusstsein des alten Mannes die Oberhand gewann.

Als sich seine Augen öffneten, war für den Bruchteil einer Sekunde eine Verwirrtheit in seinem Blick, die fast kindlich wirkte. Seine rauen Hände wanderten über den Stoff der Bettdecke. Er sah aus wie jemand, der gerade wieder zum Leben erweckt wurde.

»Dad«, wiederholte er.

»Johnny.« Das Wort kam schleifend und unbequem aus seinem Mund und war langgezogen bis zur Unverständlichkeit. Der alte Mann fuhr sich mit der Zunge über seine rissigen Lippen und gab sich Mühe, klarer zu sprechen. »Du bist hier.«

»Geht es dir gut?« Er blieb im Türrahmen stehen. Mit feuchter Hand schob er sich die Haare aus dem Gesicht.

»Ist es spät?«

»Spät? Nein, Dad. Brauchst du etwas? Ich kann eine Krankenschwester holen.«

»Keine Krankenschwester.«

»Wasser?«

»Nichts.« Er vermochte kaum seine Augen offenzuhalten. Eine Nebenwirkung des Morphiums. »Katie, sie ist …«

»Sie ist hier gewesen«, sagte John schnell.

»Sie ist … *okay?*«, beendete der alte Mann den Satz.

»Äh, na klar. Ja, Dad, ihr geht es wirklich gut. Alles in Ordnung.«

»Aus dem Baby wird einmal ein Boxer.«

»Ist das so?«

»Habe zwei Nächte hintereinander davon geträumt. Das bedeutet *etwas*, nicht wahr? Groß, ein starker Schwergewichtler. Wart's nur ab. Jetzt komm schon in das gottverdammte Zimmer, John.«

Er betrat den Raum und ging schnell zum Tisch neben dem Bett seines Vaters. Um sich mit irgendetwas zu beschäftigen, nahm John die Taschenuhr und begann sie aufzuziehen. Er war so nah, dass er den Atem des alten Mannes rasseln hörte. Es war ein Geräusch der Verdammnis, ergänzt um den Geruch des nahenden Todes.

»Du passt auf dich auf?«

»Ja, Dad.«

»Im Dienst ...«

»Ja.«

»Hm. Du siehst gar nicht gut aus. Zu müde. Ich sehe dir an, dass du nicht genug schläfst. Schlaf ist wichtig. Du arbeitest zu lange und zu den falschen Zeiten. Gesund ist das nicht. Du solltest mehr schlafen.«

»Es gibt viel zu tun«, versuchte John eine Erklärung. Und bereute sie sogleich.

»Was du jetzt tun solltest, ist Zeit zu Hause zu verbringen. *Das* ist wichtig.«

John legte die Uhr wieder auf den Nachttisch. »Hat sich Katie bei dir über mich beschwert?«, fragte er nur halb im Scherz.

»Sie schmuggelt mir dein Abendessen herein, wenn du nicht zum Essen nach Hause gekommen bist. Kannst ruhig weiter so machen. Sie ist eine gute Köchin.« Der alte Mann lächelte, was die Krähenfüße an seinen Augen mit ihrer dünnen, faltigen und zerklüfteten Haut besonders sichtbar machte.

John starrte auf das Kruzifix auf dem Nachttisch. Er konnte spüren, wie die Augen des Vaters auf ihm lagen. Das Morphium hatte nicht alle Sinne des alten Mannes betäubt. Wieder fühlte er sich wie ein Kind unter dem vor allen Wettern und Stürmen schützenden Schirm, der der Schatten seines Vaters war.

»Das Baby wird bald da sein«, sagte der Vater. In seiner Stimme lag jetzt eine gewisse Schwere. »Du musst darüber nachdenken, was zu tun ist.« Nach einem Zögern fügte er hinzu: »Mit deinem Job.«

»Dad«, sagte er und rieb sich den Nacken, während er seinen Kopf nach hinten streckte. »Wir haben so oft darüber geredet ...«

»Deine Arbeit ... so kannst du kein Kind großziehen.«

»Du hast es auch so gemacht.«

»Du kannst es besser machen als ich.«

»Mein Job hat nichts damit zu tun, wer ich zu Hause bin«, sagte er.

Stille befiel das Zimmer. Eine gefühlte Ewigkeit stand John da, ohne ein Wort zu sagen, und fühlte sich wieder wie der unfähige kleine Junge, als der er sich im Angesicht seines Vaters immer gefühlt hatte.

»Du musst nicht herkommen«, sagte sein Vater nach einer Weile mit einer Stimme, die so sehr sein altes Selbst war, dass sie John frösteln ließ. »Wenn du zu beschäftigt bist, verstehe ich das. Die Ärzte und Schwestern hier sind gut. Sie behalten mich im Auge. Du musst nicht kommen, wenn du zu beschäftigt bist.«

»Erzähl keinen Quatsch.«

»Du weißt, was ich meine. Du musst dich um deine Angelegenheiten kümmern, statt dir um einen alten Dummkopf in einem verdammten Krankenhaus Sorgen zu machen.«

»Hör auf.«

»Ich will nur, dass du weißt, dass ich Verständnis dafür habe.«

»Sei nicht so. Es gibt nichts, wofür du Verständnis haben musst«, sagte er. »Ich wollte nach dir sehen, schauen, wie du dich fühlst.«

»Wie ich mich fühle …« Der alte Mann kicherte und keuchte, während er mit einer Skeletthand über seinem Kopf wedelte, als wollte er sagen: *Siehst du diese Drähte, diese Maschinen? So, mein einziger Sohn, fühle ich mich.*

John seufzte, steckte die Hände in die Taschen und entfernte sich einen Schritt vom Bett. »Kann ich irgendetwas für dich tun, bevor ich gehe?«

Sein Vater blickte ihn mit nüchternen Augen an. Einst waren diese Augen dunkelbraun gewesen, fast schwarz. Jetzt waren sie von einem stumpfen Grau, wie Asche, und sie wirkten, als stünden sie zu nahe beieinander in seinem Gesicht.

»Du hast die Uhr aufgezogen?«, fragte der alte Mann.

»Sie ist aufgezogen.«

»Dann brauche ich nichts«, sagte er.

Später, auf dem Flur, ertappte sich John dabei, wie er durch die Lamellen in den Jalousien aus dem Fenster starrte. Der Tag war noch kühler geworden und im Westen verschwand die Sonne gerade hinter einer Reihe von Gebäuden.

Er blieb lange Zeit stehen, ohne sich zu bewegen.

KAPITEL 5

Detective Sergeant Dennis Glumly vom New York Police Department wäre auf dem Weg zum Pier 76 beinahe zweimal getötet worden. Zuerst hatte sein Auto in der 34. Straße einen Platten gehabt, und als er ausgestiegen war, um den Schaden zu untersuchen, hatte ihn ein Taxi fast in zwei Hälften geteilt. Im letzten Augenblick war es ausgewichen und hatte sein Leben verschont. Der Luftstoß des Taxis hatte seine Jacke aufgebläht, sodass er das Gleichgewicht verloren hatte. Rückwärts war er über die Motorhaube seines Wagens gestolpert. Unter langsamen, schweren Atemzügen hatte sich der Detective Sergeant aufgerichtet, im Wissen um das fehlende Ersatzrad im Kofferraum geflucht und ein Taxi gerufen.

Ein paar Minuten später, als der Taxifahrer am Rande der Twelfth Avenue anhalten wollte, schlug ein rostfarbener Kleintransporter in das Heck des Taxis ein, ließ Glumlys Zähne klappern und sorgte dafür, dass sein Knie punktgenau den Kunststoffknauf des mechanischen Fensterhebers rammte. Der plötzliche Geruch von verbranntem Gummi und Öl durchdrang das Taxi. Glumly hörte, wie Dampf zischend aus dem Kühler des Transporters entwich.

»Verdammt *noch mal*«, keuchte er entsetzt. Sein Verstand war nicht in der Lage, einen klaren Gedanken zu produzieren.

Der Fahrer war weniger verwirrt. »Hurensohn!«, schrie er aus dem Fenster.

Dennis Glumly war einundfünfzig und gut in Form. Er machte regelmäßig Sport, aß gesund und ging zweimal täglich mit einer Hingabe und Pünktlichkeit kacken, mit der ein strenggläubiger religiöser Fanatiker an der Sonntagsmesse teilnahm. Er sprang aus dem Taxi, sprintete auf die andere Straßenseite und setzte seinen Weg zum Hudson River zu Fuß fort. Als gebürtiger New Yorker registrierte er kaum den amphibischen, muffigen Gestank des Flusses. Mit der konstanten Geschwindigkeit des geübten Läufers eilte er das Ufer entlang auf die Piers zu, ohne dass es seine Atmung beeinträchtigte.

Pier 76 fungierte in erster Linie als Abschlepphof. Seit Kurzem dachte die Stadtverwaltung darüber nach, ein neues, von Midtown aus besser erreichbareres Gelände zu finden, um Platz für weitere zahlreiche hochkarätige Eigentumswohnungen zu schaffen, die sich seit einigen Jahren am Ufer ausbreiteten. Als Kind hatte sich Glumly für alles begeistert, was groß und mechanisch war. Zahllose Stunden hatte er an den Piers verbracht, um den großen Schiffen beim An- und Ablegen zuzusehen, Schiffe, deren Rümpfe grob und eisenbeschlagen gewesen waren, mit vorstehenden Bolzen so groß wie die Faust eines erwachsenen Mannes. Das Kielwasser, das sie hinter sich herzogen, hatte weiß und frisch geschäumt. Er hatte immer versucht, so nah wie möglich an die Piers heranzukommen, trotz des stechenden Gestanks nach Fisch, der überall in der Luft gelegen hatte. So nah, bis ihn jemand entdeckt und angeschrien hatte, von hier zu verschwinden, bevor er verletzt oder getötet wurde. Über die Jahre hatten sich die Piers stark verändert, so wie der gesamte West Side Highway, und dennoch lag für ihn ein Hauch Nostalgie in der Luft. Sogar jetzt war er sich dessen bewusst, als Erwachsener und Polizist, der nicht länger nach großen Schiffen Ausschau hielt, sondern nach einem abgetrennten menschlichen Kopf.

Brice war der Name des Mannes, der vor etwa dreißig Minuten den Kopf auf dem Abschlepphof entdeckt hatte. Ein Kollege vom NYPD war schon bei Brice am Fundort, zusammen mit einem bunten Haufen Arbeiter in verschmutzten Overalls und Schals, die in die Kragen ihrer Arbeitshemden gesteckt waren. James Brice stellte sich als Platzmeister des Abschlepphofs heraus. Er war in seinen Dreißigern, mit klarem Blick und Verstand, einem rauen Teint, überraschend guten Zähnen sowie Koteletten, die wie zwei Eishockeyschläger an den Rändern seines Kiefers herunterhingen. Glumly vermutete, dass Brice in einem anderen Leben als gut aussehend wie ein Filmstar gegolten hätte, aber in diesem hatte die bittere Seeluft in langen Arbeitsjahren am Fluss seine Gesichtszüge gehärtet und verformt.

James Brice berichtete gerade seinen Männern mit großem Brimborium, wie er den abgetrennten Kopf gefunden hatte. »Ich hab schon mal einen Toten gesehen, aber ein Kopf, der nicht mehr an einem Körper ist, sieht ganz anders aus. Dieser Kopf hier hatte einfach so einen *Blick*, mein Gott, und ich sag euch: Was zur Hölle auch immer in diesem Fluss ist, hat sich von ihm genommen, was immer es wollte. Augen, Lippen, Nase. Alles weg. Erst hat es gar nicht wie ein Kopf ausgesehen, bis ich es auf den Kai gehievt habe, um zu sehen, was zum Teufel das ist. Aber, Mann, ein Kopf bleibt ein gottverdammter Kopf.«

»Denkst du, der Körper ist noch da unten, Brice?«, fragte ihn einer der Arbeiter.

»Verdammt«, antwortete Brice, »da unten kann *alles Mögliche* sein – ihr wisst, was ich meine. Wer sagt überhaupt, dass das der letzte Kopf ist, den ich da rausziehe? Wenn wir ein paar Haken auswerfen, ziehen wir vielleicht noch einen ganzen Haufen Köpfe an Land.«

Einige der Männer lachten.

Der fragliche Kopf wurde auf dem Boden des Büros in eine Plane gehüllt. Ein bleicher Mann namens Kroger, der Glumly als der Chef vorgestellt worden war, stand auf der Rückseite des Büros, so weit weg von dem deformierten Klumpen wie möglich. Im Gegensatz zu den Neugierigen, die sich um James Brice geschart hatten – und Brice selbst natürlich – sah Kroger aus wie am Rande eines Nervenzusammenbruchs. Mit der rechten Hand stützte er sich gegen die Büromauer, während seine Linke nervös an einem Lederband herumfummelte, das an seiner Gürtelschlaufe hing. Seine Haut hatte die Farbe von rohem Fisch, und seine kleinen, rattenähnlichen Augen blinzelten unkoordiniert wie die eines Neugeborenen.

»Das verheißt nichts Gutes«, sagte Kroger zu Dennis Glumly, als ob eine solche Aussage eine Neubewertung der gesamten Situation nach sich ziehen müsste.

Ein zweiter Polizist packte für Glumly den Kopf aus. Glumly hockte sich hin, betrachtete ihn, hielt dabei eine Hand an sein Kinn und stieß nach einem Moment einen Pfiff aus.

»Beeindruckend«, murmelte er.

»Schon übel, oder?«, fragte der Polizist, um überhaupt etwas zu sagen. »Was zum Teufel machen Sie sich für einen Reim *darauf?*«

»Na ja, der Kopf ist ziemlich schlecht erhalten. Könnte eine ganze Weile da unten gelegen haben.«

»Die Fische haben daran herumgeknabbert.«

»Sieht aus, als ob es der Kopf eines Mannes ist. Ein Kerl in seinen Vierzigern vielleicht. Was ist das hier?« Glumly zeigte auf eine Stelle knapp oberhalb der linken Schläfe, wo der Schädel gebrochen und ein Loch so groß wie ein Silberdollar zu sehen war. Er konnte hören, wie Kroger hinter ihm etwas zu sich selbst brummte.

»Scheiße«, sagte der Polizist. »Das war der Typ, der das Ding aus dem Fluss gezogen hat …«

»Jimmy Brice«, meldete sich Kroger mit stumpfer Stimme.

»Hat gesagt, er hätte nicht genau gewusst, was es war, als er es zum ersten Mal gesehen hat«, fuhr der Polizist fort, »also hat er irgendeine Stange mit einem Metallhaken genommen, um den Kopf aus dem Fluss zu fischen.«

»Oh Mann, um Himmels willen …«

»Tja.« Der Polizist kicherte fast.

»Haben Sie Taucher angefordert?«

»Nein.«

»Fordern Sie Taucher an.«

»Sie denken, der Körper liegt noch da unten?«

Glumly stand auf, spürte ein Knacken im Rücken und spähte durch die schmutzig-verschmierten Fensterscheiben des Büros hinaus auf den Fluss. »Wer zur Hölle weiß schon, was da unten ist«, antwortete er.

Der Polizist zog die Ecke der Plane wieder über den Kopf und stand auf. Er kratzte sich an der Augenbraue und blickte in Glumlys Richtung. »Was halten Sie von der Sache?«, fragte der Polizist sachlich.

Glumly zuckte nur mit den Schultern.

Er sagte nicht, dass er an den abgetrennten Fuß dachte, der im vergangenen Monat auf einer Müllkippe gefunden worden war.

KAPITEL 6

In vielerlei Hinsicht ist Falschgeld wie eine Krankheit. Zuerst tauchen die Scheine bei einem einzigen Vorfall auf, ähnlich wie bei einem kranken Kind, das in ein Klassenzimmer von vielleicht dreißig Kindern kommt und sie alle ebenfalls mit Grippe ansteckt. Auf ähnliche Weise verbreitet sich Falschgeld überall in einer geschäftigen, gigantischen Stadt wie Manhattan, bevor es jemandem auffällt. Vielleicht in einer örtlichen Spelunke, einem Bordell, einer teuren Boutique auf der Park Avenue. Das Falschgeld verteilt sich wie bei einem Niesen, und manchmal löst es sich scheinbar in Luft auf, bevor es Schaden anrichtet. Manchmal aber werden die Banknoten wie ein Grippevirus durch die Luft getragen und verbreiten sich immer weiter. Bald hat derselbe Virusstamm das Immunsystem eines jeden dritten oder vierten Kindes in der Klasse befallen – oder in einer größeren Stadt jeden dritten oder vierten Block. Eine Bank auf der 86. Straße gerät mit hohem Fieber ins Schwitzen, und die Mediziner der US-Notenbank rufen den Notarzt. Und wenn die Belastung besonders virulent ist, beginnen die Mediziner von der US-Notenbank, nach der Ursache Ausschau zu halten. Sie sehen die Erkrankung entlang der Lexington Avenue; sie studieren den bösartigen Tumor unter den monochromatischen Lampen der Wall Street; sie folgen ihr durch den Neon-Dschungel des Times Square; sie bemerken vor Münder gehaltene Hände und Hustenanfälle in den schäbigen Gassen und heruntergekommenen Mietshäusern der Tenth Avenue; Prostituierte, alle in Nylonstrümpfen und Kleidern mit Leopardenmuster, bemerken, dass sie sich angesteckt haben; ein Kassierer im Kaufhaus befühlt wieder und wieder die Konsistenz der Krankheit, hält sie ins Licht, prüft erneut und versteht plötzlich, dass er sich inmitten einer von Betrügern gemachten Pest befindet. Und wie bei jeder Krankheit, die zu lange unbemerkt bleibt, ist es nur eine Frage der Zeit, bis sich alle Kinder in der Klasse angesteckt haben. Bis die eiternde Krankheit die gesamte Stadt befallen hat.

Und manchmal, wie das eben bei Krankheiten so ist, sterben Menschen.

Irgendwo in den verschmutzten Gassen und schlecht beleuchteten, unterirdischen Korridoren entlang des West Side Highways von Manhattan äußerte ein Mann mit zitternder Stimme irgendeine unsinnige Entschuldigung und bekam ein Messer in die Kehle. Ein zweiter Mann, der ein wenig schneller war als sein Begleiter, begann zu rennen.

Der Atem brannte in seiner Kehle. Er rannte, so schnell er konnte, um Gott und Teufel zu schlagen. An einem Punkt erstickte er fast vor Lachen, als er sich seiner gelungenen Flucht sicher glaubte. Dann spürte er, wie etwas in seinem rechten Knie riss. Mit einem qualvollen Schrei brach er in der müllübersäten Gasse zusammen, hielt sich das Knie und stöhnte leise. Heiße Flüssigkeit durchströmte sein Bein. Hinter ihm – nein, überall um ihn herum – materialisierten und verfestigten sich Schatten, aus der Andeutung von Körpern wurden tatsächliche Menschen, und ihre Schritte knirschten durch die Glasscherben auf der Straße.

»Wegen dir müssen wir so durch die Gegend rennen, du Scheißkerl?«

Der Mann krümmte sich auf dem Boden zusammen, schloss die Augen und öffnete sie nicht wieder. Er konnte den Gestank des Abwasserkanals unter der Straße riechen und den alkoholisch-sauren Geruch des Atems seiner Verfolger. Hinter seinen Augenlidern sah er noch einmal seinen Freund zusammensacken, bis er in der Gasse tot liegen blieb. Diesmal geschah alles in Übelkeit erregender Zeitlupe. Kaum eine Minute alt war seine Erinnerung daran, und wieder sah er zu, wie die Messerklinge nach vorn schoss und seinen Freund in der Kehle traf. Ein dumpfes *Plink!* war zu hören, als die Spitze der Klinge das Fleisch an der Rückseite des Halses durchbohrte und gegen die Betonmauer der Gasse stieß.

Ein Stiefel trat zwei Zoll von seinem Gesicht entfernt auf den Boden. Er schnappte nach Luft, die Augen noch immer geschlossen.

»Siehst du das? Jetzt bin ich verdammt noch mal außer Atem.«

Jemand lachte. Dann Stimmen, die keinen Sinn ergaben.

»Was – hey, du hast …«

»Das gehört mir …«

»Jetzt mach schon.«

»Hey, nimm das hier, Mickey.«

»Ich habe einen Hammer.«

»Mach deine Augen auf.« Jemand war seinem Gesicht jetzt sehr nahe. Der Mann konnte den Atem seines Peinigers riechen, konnte fühlen, wie dessen Hitze gegen seine Wange drückte. »Mach deine verdammten Augen auf, Harold.«

Langsam befolgte Harold die Aufforderung. Aber er konnte keine Einzelheiten erkennen, seine Augen waren nass und verschwommen. Auf der anderen Straßenseite gaben einige Straßenlaternen orangefarbenes Licht ab – sie waren nah und wirkten doch zugleich wie aus einer anderen Welt. Als schwinge ein Maler abstrakter Kunst seinen Pinsel, legten sich die Lichter wie ein Schmierfilm über sein Sichtfeld. Ab und an wurden sie ausgeblendet, wenn jemand vor ihn trat.

»Hat er seine Augen auf?«, fragte jemand.

»Ja«, sagte der Mann ganz nah an seinem Gesicht, »sie sind offen. Kannst du mich gut sehen, Harold? Wie geht's dir, mein Junge? Alles in Ordnung bei dir? Dir geht's verdammt prima, was, Harold? Mich gottverdammt noch mal so rennen zu lassen ...«

Etwas Metallenes und Stabiles kratzte auf dem Boden vor Harolds Gesicht. Sein Blick klarte auf und verschwamm wieder, synchron mit den pochenden Schmerzen in seinem rechten Knie. Für einen Augenblick konnte er deutlich erkennen, was der Gegenstand vor ihm war: ein gezacktes Messer.

»Mick–« Seine Kehle verschloss sich, und er konnte den Namen nicht zu Ende sprechen.

»Ich wollte nur, dass du genau siehst, womit ich dich gleich bearbeiten werde, Harold«, sagte die Stimme unmittelbar vor seinem Gesicht. Es war die Stimme von Mickey O'Shay. »Siehst du, was für ein netter Typ ich bin, dass ich dir das zeige? Es ist ein verdammt großes Messer, Harold, du mieses Stück Scheiße. Ganz schön schwer, das Teil. Ist für Jungs, die nicht wissen, wie sie ihren verdammten Job erledigen sollen.«

Dann war das Messer weg.

Es gab einen Moment absoluten, gesegneten Schweigens. Harold hörte nur das Rascheln der weggeworfenen Zeitungen, die der Wind durch die Gasse trieb. In diesem Augenblick existierte nichts anderes als er und die umherwirbelnden Zeitungen. Dann gerieten die Füße um ihn herum in Bewegung. Jemand packte seinen Unterkiefer und zwang ihn, den Mund zu öffnen. Er versuchte zu schreien, aber es kam kein Geräusch aus seinem Hals. Finger pressten sich schmerzhaft in sein Gesicht.

»Haltet ihn fest!«, schrie jemand. »Haltet den Mund auf!«

Er versuchte, seinen Kopf zu bewegen, versuchte, der klammernden Hand zu entgehen, aber es war vergebens. Die Hand drückte ihn auf das Straßenpflaster. Helle Wirbel aus allen möglichen Farben explodierten unter seinen Augenlidern. Etwas schlängelte sich in seinen Mund: fremde *Finger*. Er würgte, wurde geschlagen und fühlte, wie die Finger sich tiefer in das weiche Fleisch seines Unterkiefers gruben. Verzweifelt versuchte er, sie mit seiner Zunge aus dem Mund zu schieben.

»Ich will seine Zunge!«

Ein plötzlicher scharfer, stechender Schmerz drängte sich in seinen Mund. Flüssigkeit rann ihm in die Kehle und erstickte ihn fast. Er fühlte Schmerzen, starken Druck und das abrupte *Klang!* der gezackten Klinge, als sie seine Zunge durchbohrte und gegen seine Zähne stieß. In seiner Qual tastete er mit der Zunge in seinen Mund umher, um die Verletzung einschätzen zu können ... nur um herauszufinden, dass seine Zunge nicht mehr da war.

»Das wird dir eine Lehre sein«, sagte eine Stimme. »Die Schule hat begonnen.«

Dann traf der Hammer sein verletztes Knie und eine elektrische Ladung Schmerz explodierte in seinem Bein. Er schrie in die Nacht, die Kehle voller Blut, und auf einmal hörte er nichts anderes mehr als die Geräusche seiner Qual. Wieder tauchte hinter seinen fest zusammengekniffenen Augenlidern ein Bild auf. Aber diesmal war es nicht das nur einige Minuten alte Bild vom Tod seines Freundes in der Gasse. Dieses Bild zeigte einen Ort auf dem Land, wo seine Familie während seiner Kindheit oft Urlaub gemacht hatte, wo er und sein Vater große Barsche aus einem hinter Riesentannen verborgenen See gezogen hatten und wo seine Mutter abends für sie gesungen hatte, bis ...

Der Hammer kam an diesem Abend dreiundvierzig Mal über Harold Corcoran. Doch Harold lebte nur bis zum elften Schlag.

✤

Special Agent Bill Kersh, der nie geheiratet und nie den Wunsch nach Gesellschaft verspürt hatte, schätzte die Stille eines leeren Raumes sehr. Wenn er spät arbeitete, bevorzugte er die Anwesenheit von Charlie Byrd, Benny Goodman, Dave Brubeck und Billie Holiday anstelle der rauen Kakofonie der jüngeren Kollegen. An stürmischen Herbstabenden beruhigte ihn das weiche Muster des Regens, der gegen die Bürofenster prasselte. Der Anblick der zur späten Stunde abgedunkelten würfelförmigen Arbeitsnischen in ihrem Großraumbüro gefiel ihm, und manchmal pausierte er und sah von seiner Arbeit auf, nur um die Leere des Büros auf eine Art und Weise zu studieren, wie ein Priester in einer leeren Kathedrale nach Frieden suchen mochte. Gelegentlich, wenn er Zeit für solche Gedanken fand, fragte er sich, was die jüngeren Agenten von ihm hielten. Nicht, dass es wirklich wichtig war. Sie gehörten einfach einer anderen Generation an.

Das Büro schlief nie. Abgesehen von Kersh gab es immer auch andere Kollegen, die in der Spätschicht arbeiteten, Berichte tippten und in das Büro hinein- und wieder herausschlüpften wie Phantome durch Wände. Obwohl er am liebsten allein arbeitete, störte ihn ihre Anwesenheit nicht. Im Gegenteil, ihre herannahenden Schritte auf dem Flur und ihr verhaltenes Murmeln zu sich selbst, wenn sie von der Toilette kamen, gaben seiner Umgebung Struktur und verortete sie in Zeit und Raum. Es hatte Nächte gegeben, in denen er in absoluter Stille hätte arbeiten können, nur um perplex festzustellen, dass er nichts anderes tat als durch die lange Reihe von Bürofenstern die aufgehende Sonne anzustarren. Uhren, egal ob am Arm oder an der Wand, erfüllten für ihn keinen Zweck; sie tickten still vor sich hin und waren leicht vergessen. Eine lebendige, sich bewegende Präsenz aber hielt ihn geerdet.

Entspannt lehnte er sich in seinem Bürostuhl zurück und rieb sich die Augen. Vor ihm lag die Stadt, schwarz und gepunktet mit farbigen Lichtern. Der Blick auf seine Uhr sagte ihm, dass er nur noch etwa zehn Minuten hatte, bevor er wieder in die Stadt musste, um sich in der Paradise Lounge mit Sloopy Black zu treffen, einem seiner regelmäßigen Informanten. Seit Biddleman darauf bestanden hatte, dass Kersh und John ihre Verbindungen mit Deveneau und seiner Clique abbrachen, hatte sich Kersh wieder auf seine eigenen Kontakte konzentriert. Doch obwohl es gut lief und er seine Informanten schnell wieder am Start hatte, wurde Kersh das Gefühl nicht los, dass er in die falsche Richtung blickte. Das Treffen mit Sloopy Black heute Abend, der auf eine gewisse Weise an ein Reptil erinnerte, würde nichts Neues zutage bringen. Daran hatte Kersh keinen Zweifel. Er traf sich nur mit ihm, um für eine Weile dem Büro zu entkommen und wieder einmal wie ein menschliches Wesen die Straße entlang zu gehen und frische Luft zu atmen.

Drei Tage waren seit dem Fiasko im Klub vergangen, und Francis Deveneaus gefälschte Scheine tauchten noch immer in der ganzen Stadt auf. Allein in der vergangenen Woche hatte der Secret Service Falschgeld im Nennwert von rund 100.000 Dollar erhalten, die in New York ausgegeben worden waren. Etwa der gleiche Betrag kam noch einmal aus Jersey, Boston und sogar Miami hinzu. Kersh hatte einige der gefälschten Banknoten vor sich auf dem Schreibtisch liegen, die meisten von ihnen einzeln in Plastikfolie versiegelt. An den Scheinen, die zuletzt übermittelt worden waren, hingen noch die ausgefüllten Formulare der verschiedenen Banken, die das Falschgeld in der ganzen Stadt eingesammelt hatten.

Seufzend lehnte sich Kersh in seinen Stuhl zurück.

Echte U.S.-Banknoten wurden vom Bureau of Printing and Engraving in Washington, D.C. gedruckt. Das Papier bestand aus 75 Prozent Baumwolle, 25 Prozent Leinen und enthielt durchgängig winzige rote und blaue Fasern. Die Banknoten wurden im Tiefdruckverfahren hergestellt. Dabei wurde für die Vorderseite vor allem schwarze Farbe verwendet, lediglich für die Seriennummern und das Siegel des Finanzministeriums wurde grüne Farbe genutzt. Die Rückseite war komplett grün gehalten. Für gewöhnlich produzierten Fälscher ihre Ware, indem sie echte Banknoten fotografierten und dann die Negative auf Druckplatten aufbrachten. Sie verwendeten zwei Druckplatten für die Vorderseite – eine für Schwarz und eine für Grün – und eine dritte Platte für die Rückseite der Scheine. Ein akribischer Fälscher erstellt sogar zwei weitere Druckplatten, um die roten und blauen Fasern zu imitieren, die bei echten Geldscheinen in das Papier eingearbeitet waren. Die meisten Fälscher allerdings waren nicht in der Lage, die winzigen Details einer Banknote zu duplizieren. So waren häufig die Sägezähne der Siegel der U.S.-Notenbank und des Finanzministeriums leicht uneben und stumpf. Deveneaus Scheine dagegen waren fast perfekt. Es war beinahe unmöglich, die Sicherheitsmerkmale des »New Money«, der neu gestalteten Banknoten, zu duplizieren, nicht einmal mithilfe eines leistungsstarken Computers. Aber Deveneaus Scheine kopierten die *alten* Banknoten, was es deutlich schwieriger machte, sie als Fälschungen zu erkennen. Der Drucker hatte sogar spezielle, säuregeätzte Platten verwendet, um den Tiefdruck zu imitieren.

Der Drucker ...
Charlie Lowenstein.
Es war kein Geheimnis, dass Charlie Lowenstein für Francis Deveneau das Falschgeld druckte. Der Secret Service pflegte einen umfangreichen Katalog, der alle jemals dem Dienst untergekommenen gefälschten Banknoten enthielt, und als Deveneaus Scheine erstmals vor mehreren Monaten wie alte Wunden in der ganzen Stadt aufgebrochen waren, hatte Kersh sie sofort erkannt. Lowenstein war zwei Jahre zuvor nach einem Streit mit ein paar Straßenschlägern in Harlem verhaftet worden. In Lowensteins Auto hatte die Polizei etwa 150.000 Dollar in gefälschten Hundertern entdeckt. Die Scheine waren hervorragende Reproduktionen, aber sie waren nicht in Umlauf gekommen, da Lowenstein über keinerlei Netzwerk verfügte. Charlie Lowenstein war ein spindeldürres Männchen mit tintenfleckigen Augen, einer schnabelförmigen Nase und einem fast lippenlosen Mund, das eine kleine Druckerei in Queens besaß. Dank seines überbordenden Talents war es ihm nicht schwer gefallen, eine gute Gelegenheit zum Geldverdienen zu finden, und so druckte er gefälschte Football- und Baseball-Tickets für die Mafia in der Nachbarschaft. Kurze Zeit später begann er damit, seine Talente der Reproduktion der U.S.-Währung zu widmen. Nach Lowensteins Verhaftung nahm sich der Secret Service seine Druckerei vor, nur um keinerlei Spuren zu finden – sehr zur Empörung des Dienstes. Trotz des Mangels an Beweisen war klar, dass Lowenstein das Geld gedruckt hatte. Es blieben viele Fragen offen: *Gab es noch mehr Falschgeld? Wo waren die Druckplatten? Hatte er irgendwelche Partner*

oder Stammkunden? Wie viel hatte er verkauft? Aber genau wie sein störrisches und unfreundliches Auftreten vermuten ließ, weigerte sich Charlie Lowenstein, mit dem Dienst zusammenzuarbeiten. Schließlich wurde er zu fünf Jahren Gefängnis verurteilt.

Jetzt, zwei Jahre später und trotz der Tatsache, dass Charlie Lowenstein noch hinter Gittern saß, war Lowensteins Geld wieder aufgetaucht. Daran gab es keinen Zweifel – alle Scheine trugen eine der zehn alternativen Seriennummern, die auf dem gefälschten Geld in Lowensteins Fahrzeug gefunden worden waren.

Sobald das erste Falschgeld aufgetaucht war, hatte Kersh Charlie Lowenstein einen Besuch in seiner Zelle in Connecticut abgestattet. Lowenstein hatte sich wie vermutet geweigert zu kooperieren und Kersh aus dem Interviewraum nur mit toten Augen angestarrt. Vor der Rückfahrt war Kersh die Besuchsprotokolle des Gefängnisses durchgegangen, um zu sehen, wer sich vielleicht für eine Stippvisite bei Charlie Lowenstein hatte erwärmen können. Doch abgesehen von seiner Frau Ruby war das bei niemandem der Fall gewesen. In einem letzten verzweifelten Versuch, doch noch eine Spur zu finden, hatte sich Kersh die Telefonlisten der Privatnummer von Lowenstein geben lassen, in der Hoffnung, dass Ruby Lowenstein Informationen zwischen ihrem Mann und möglicherweise bereits aktenkundigen Kriminellen übermittelte. Doch auf keiner der Listen war ein bekannter Name dabei. Lowenstein war eine Sackgasse.

Kersh stand auf und streckte sich. Er dachte an Schlaf, an sein Einzelbett in der Abgeschiedenheit seiner Wohnung, eingehüllt in Dunkelheit, den Vorhang des winzigen Fensters gegenüber des Bettes zugezogen, um das zu grelle Licht zu vieler Straßenlaternen auszublenden. Der Bodenbelag knisterte elektrostatisch, als er den Gang entlang schlurfte. In einem anderen Teil des Gebäudes konnte er jemanden staubsaugen hören.

Heute war ein Hundertdollarschein mit handschriftlichen Notizen hereingekommen, die auf den Rand gekritzelt waren. Aber die Buchstaben waren zu klein und standen zu dicht gedrängt, um etwas erkennen zu können. Es war ein absoluter Schuss ins Blaue – wer wäre so unvorsichtig, Nachrichten auf diese Weise zu übermitteln? Trotzdem brachte Kersh den Schein in die forensische Abteilung.

Die Forensiker ließen die Handschriftenprobe durch FISH laufen, das Forensische Informationssystem für Handschriften, um zu sehen, ob sich eine Übereinstimmung finden ließ. Aber es war ein vergeblicher Versuch.

»Das ist nur sinnloses Gekritzel. Hast du etwa erwartet, den Jackpot zu knacken?«, fragte einer der Kollegen Kersh lässig.

Kersh schüttelte nur den Kopf und kratzte sich an seinem unrasierten Hals. Er griff nach Strohhalmen und fühlte sich plötzlich sehr einsam, wie ein kleines Kind, zurückgelassen in der Mitte eines wüsten Ödlands. »Habt ihr Jungs vielleicht frischen Kaffee hier unten?«, war seine Antwort.

Jetzt, als er die Geldscheine auf seinem Schreibtisch betrachtete, wunderte er sich immer mehr, wie Francis Deveneau zu dem Falschgeld gekommen war. Sein Verstand spielte verschiedene Szenarien durch, die alle zu esoterisch und zu stümperhaft waren, um laut ausgesprochen zu werden.

Er blätterte die in der vergangenen Woche mit dem Falschgeld eingereichten Formulare der Banken durch: ein gefälschter Hunderter aus einer teuren Boutique in Downtown; zwei weitere aus einem Kaufhaus; noch ein Hunderter aus einem gehobenen Restaurant. Grüne und schwarze Farbe, gedruckt auf krauses Papier – einige der Länge nach gefaltet, andere beschädigt und mit Eselsohren, manche fettverschmiert oder an den Ecken ausgefranst. So viele Geldscheine, so viele Menschen, die sie in der Hand hatten. Es mussten hunderte Fingerabdrücke sein. Papierfetzen. Das war alles, was hier zu sehen war. Alles nur *Papier*. Papier, das den Lauf der Welt bestimmte.

Was war die Lösung dieser Gleichung? Er vermochte sie nicht zu erkennen.

Als hätte ihn eine unsichtbare Macht erschreckt, sah Bill Kersh plötzlich auf seine Uhr, nahm seinen Mantel und schlurfte aus dem Büro.

☘

Sloopy Black verkörperte die Paradise Lounge wie kein Zweiter. Wie der Klub selbst war Sloopy schmal gebaut und unscheinbar, der Teint seiner Haut hatte die Anmutung von durch Zigarettenrauch verfärbter Tapeten. Seine Augen standen so nahe beieinander, dass sie beinahe eine Augenhöhle teilten, und seine Zähne – oder das, was von ihnen übrig war – waren in so viel Gold gekleidet, dass sein Lächeln die Neonlichter aus der Paradise Lounge aufblitzen ließ wie Sterne in einer entfernten Galaxie. Wie ein Nebel unsichtbarer Insekten umgab ihn ein Geruch aus drei Teilen Alkohol und einem Teil, der beängstigend an Fäulnis erinnerte. Wenn er redete, huschte dauernd Sloopys Zunge mit so fieberhafter Schnelligkeit zwischen seine dicken Lippen, dass es Kersh nicht überrascht hätte, wenn dem Mann die Zunge bei Gelegenheit einfach aus dem Mund fallen würde.

Kersh kam zu spät zu seinem Treffen mit Sloopy. Als er die Paradise Lounge betrat und Sloopy nicht zu sehen war, vermutete er zunächst, dass die schmierige Kreatur sich entweder schon davongestohlen hatte oder gar nicht erst aufgetaucht war. Dann erkannte er Sloopys absurde Erscheinung am anderen Ende des Klubs und ging zu ihm. Natürlich hatte Sloopy das Treffen nicht platzen lassen. Genaugenommen hatte noch niemand von Bill Kershs Informanten jemals ein Treffen platzen lassen. Durch die Treffen fühlten sie sich wichtig. Außerdem bezahlte Kersh die Drinks.

»Hallo, Sloopy. Tut mir leid, bin spät dran.«

»Schon gut, Mr. Bill. Heute ist es sowieso viel zu kalt, um draußen zu sein.« Die unglaubliche umherflitzende Zunge verschwendete keine Zeit und hatte sofort ihren ersten Auftritt an diesem Abend.

»Willst du was trinken?«

»Ein Bier wäre schön.« Sloopy blickte über Kershs Schulter zur Hauptbühne der Lounge. Ein halbnacktes Mädchen drehte sich zwischen sich zwei Messingstangen. Der Klub war klein und bedrückend heiß, Schweißperlen bedeckten ihren Körper und reflektierten die Bühnenlichter.

Kersh bestellte zwei Bier und sagte nichts, bis sie serviert wurden und Sloopy zu trinken begann.

»Erinnerst du dich an das Falschgeld, von dem ich dir letzte Woche erzählt habe?«

»Na klar.«

»Hast du seitdem irgendwas gehört, irgendwas gesehen?«

Sloopy tat so, als konzentriere er sich, wobei sich die Konturen seines Gesichts verzerrten, bis sie der verdrehten Spitze eines zugebundenen Müllsacks glichen.

»Nein, nein, überhaupt nicht.«

»Die Jungs, mit denen du unterwegs bist, Sloopy – denkst du, sie wissen vielleicht etwas?«

»Nein, Sir. Ich habe für Sie rumgefragt. Keiner von denen macht was mit Falschgeld. Wir versuchen alle, sauber zu bleiben, das wissen Sie doch?«

»Wie ist dein Bier?«

»Ein bisschen warm. Sonst ist es gut. Ich trinke es auf jeden Fall.«

Sloopy Black schlich für gewöhnlich mit einer Horde ähnlich Degenerierter durch die Stadt, aß, wo er Essen fand, und stahl, wo er stehlen konnte, um über die Runden zu kommen. Die schlimmsten Verbrechen, die Sloopy Black und seine Jungs begingen, waren diejenigen an sich selbst. Am Morgen nach einer guten Nacht war die graue Haut von Sloopys Unterarmen mit blauen, bis ins Purpur leuchtenden Flecken überzogen, die mit Nadelstichen übersät waren. An diesen Tagen fiel Kersh immer auf, dass die Resonanz in Sloopys Augen verblasste ... wie ein Feuer, dem langsam der Sauerstoff ausging. Trotz allem waren Sloopy und seinesgleichen noch immer die besten Augen und Ohren der Stadt. Sie krochen auf ihren Bäuchen die Straßen voller Abfall entlang und beschnüffelten den Boden, die Luft, die Menschen. Sie wussten von Morden, bevor die Leichen überhaupt entdeckt waren; sie lebten inmitten des Mülls der Menschheit, was sie zu wahren Experten darin machte, ihresgleichen zu erkennen; und sie fanden große Bestätigung darin, solche Informationen an alle weiterzugeben, die sich dafür interessierten und dafür zahlten. Sloopy war wie jeder andere Informant – es war wichtig, ihm zuzuhören, egal was er zu sagen hatte, ob Lüge oder nicht. Kershs Aufgabe bestand darin, den Mist zu filtern und die sinnvollen Informationen zusammenzustellen, egal wie viel Bullshit dabei war.

Kersh pochte mit einem Finger auf die Tischplatte, um Sloopys Aufmerksamkeit auf sich zu ziehen. »Die Karte mit der Telefonnummer, die ich dir gegeben habe, die hast du noch?«

»Aber sicher.« Sloopys Augen blieben auf Kersh gerichtet. »Mr. Bill? Ist alles okay?«

Kersh beobachtete, wie die junge Stripperin zum Rand der Bühne tanzte, sich arschvergrößernd hinhockte und dabei ihre Mähne zurückwarf. Dem Gentleman mittleren Alters, der am Fuße der Bühne saß, schenkte sie ein libidinöses Lächeln. Sie schien in Zeitlupe aufzustehen, und gerade als der Horizont ihres String-Tangas das Messinggeländer erreichte, streckte der mittelalte Mann die Hand aus, eine zusammengefaltete Dollarnote längs zwischen Zeige- und Mittelfinger, und schob den Geldschein zusammen mit seinen dicken Fingern unter den elastischen Bund ihrer Unterwäsche.

»Mr. Bill …«

Kersh stand abrupt auf. Ohne Sloopy eines Blickes zu würdigen, warf er etwas Geld auf den Tisch und entließ seinen Informanten mit einer Handbewegung.

»Mr. Bill …«

»Wir sprechen uns später«, sagte Kersh. »Ich muss los.«

Noch während er sprach, ging er zur Tür.

KAPITEL 7

»Was machst du?« Katie stellte sich hinter John und massierte ihm die Schultern. Die Deckenlampe warf Katies Schatten auf den Küchentisch.

»Ich mache noch etwas Papierkram«, antwortete er. »Ist es schon spät?« Er saß gebeugt über dem Küchentisch wie ein Mönch beim Gebet. Vor einer Stunde hatte sein Rücken zu schmerzen begonnen, aber inzwischen war der Schmerz so dumpf geworden – oder er hatte sich so daran gewöhnt – dass er kaum noch etwas spürte.

»Ziemlich spät. Weißt du, was ich denke?«

»Hm?«, gab er unverbindlich zurück.

»Ich denke, wir sollten einige dieser schicken italienischen Armaturen für das Bad organisieren. Die echten, glänzenden.«

»Was genau meinst du?«

»Ich vergesse immer den Namen der Marke, die mir so gefällt …«

»Ich mag es so, wie es ist.«

»Tust du nicht«, sagte sie und presste ihren Mund leicht auf sein Ohr. »Du weißt nicht einmal, was jetzt im Bad eingebaut ist. Na, wie sieht unser Bad aus?«

Er zuckte mit den Schultern und grinste. Vor ihm auf dem Tisch ausgebreitet lagen die Verbindungsdaten von Francis Deveneaus Mobiltelefon aus den letzten drei Monaten. Unzählige Male hatte er die Nummern studiert, bestimmte Zahlenfolgen eingekreist und wieder durchgestrichen, aber es war ihm nicht gelungen, einen Faden aufzugreifen, eine neue Spur zu finden.

»Sie sind hässlich und verkalkt«, sagte Katie.

»Was meinst du?« Er hörte sie kaum.

»Die Armaturen im Bad.«

»Sie sind nicht verkalkt.« Waren sie es? Er hatte keine Ahnung.

»Und ein Fenster in der Decke wäre schön«, fuhr Katie in sein Ohr flüsternd fort. »Ein großes, gleich über der Toilette.«

»Wir sind im zweiten Stock. Du würdest das Bad in der Wohnung über uns sehen.«

»Ich weiß. Wäre das nicht lustig?« Sie küsste seine Wange und beobachtete sein Gesicht. Er spürte, wie sie ihren Blick eine gefühlte Ewigkeit auf ihn gerichtet hielt, als versuchte sie, etwas Neues über ihn zu erfahren, indem sie ihm ihre Blicke unter die Haut zwang. Visuelle Osmose. Er erinnerte sich an das Mädchen vom Land, das sie einst gewesen war. Es fühlte sich an wie vor lange vergangener Zeit: Sie war das Country Girl, das von einem Bauernhof stammte, er der City Boy aus der großen Stadt, der hoffnungslos in sie verliebt war. Er erinnerte sich daran, wie er sie zum ersten Mal geküsst und sich dabei ständig gefragt hatte, was sie von ihm hielt, sogar als ihre Lippen sich berührten. Ob sie ihn mochte? Ob sie ihn *liebte*? Es war so lange her, dass die Erinnerung aus einem anderen Leben zu kommen schien.

Schließlich stand sie entmutigt auf. Die Rundung ihres Bauches war nun fast auf seiner Augenhöhe. »Ich gehe ins Bett«, sagte sie und betrachtete ihre Fingernägel. »Ich muss morgen an die Uni.«

»Ich bin auch gleich da.«

Sie flüsterte etwas zurück, aber er konnte nicht verstehen, was es war.

Nach einiger Zeit schob er sich vom Küchentisch weg und betrachtete die Wände um ihn herum. Langsam wurde die Wohnung zu einem Zuhause. Nur selten fand er die Zeit, Dinge außerhalb seines Jobs zu betrachten, aber wenn er es tat – so wie jetzt – dann schienen alle Gedanken auf einmal auf ihn einzustürzen, ihn zu bombardieren, bis sein Verstand erschöpft war durch die schiere Masse und Brutalität des Angriffs. Er dachte an seine Frau und was es bedeutete, Vater zu sein. Dann hatte er seinen *eigenen* Vater vor Augen, und er dachte an den Krebs, der ihn langsam lebendig auffraß.

Am anderen Ende des Flurs war ein kleines Zimmer mit einem hässlichen Teppich, das vollgestopft war mit Kisten und anderen Gegenständen, die nach dem Umzug nicht zum Einsatz gekommen waren. Ein Sofa stand gegen die Wand gelehnt. Auf dem Boden daneben war ein Geschenk von Katies Eltern abgestellt; ein alter Fernseher mit staubigem Bildschirm, zu dem auch ein Videorekorder gehörte. Er stellte einige Kisten um und freute sich, wie gut es sich anfühlte, aus ihrer alten Wohnung ausgezogen zu sein.

Die meisten Kisten untersuchte er, ohne sie zu öffnen, indem er sie nur leicht kippte. Auf den Seiten war vermerkt, was sich darin befand. Die meisten Kisten waren voll mit Katies Sachen – irgendwelches Zeug, das sie im Laufe der Zeit angesammelt hatte, und noch mehr Zeug, das ihre Eltern angesammelt und in einer eher traurigen Tradition an sie weitergegeben hatten.

Als er das Schlafzimmer betrat, hörte er Katies Atem, der weich und leicht war. Er schlüpfte aus seiner Kleidung und legte sich leise neben sie ins Bett. Sie murmelte etwas unter ihrem Atem, drehte sich um, und auf einmal atmete sie tiefer.

»Schläfst du?«, flüsterte er. Sie schlief.

Als er endlich einschlief, kamen die Träume: ein Flickenteppich irrationaler Geräusche und Bilder, darunter falsch klingende Ouvertüren und schlecht gespielte Einakter mit laienhaften Schauspielern und unlogischer Symbolik. Irgendwo in all der Verwirrung träumte er von seinem Vater.

Als das Telefon in der Nacht klingelte, erwachte er schweißnass. Sein Herz hämmerte in der Brust. Er saß in der Dunkelheit mit unfokussiertem Blick und nahm sein Mobiltelefon vom Nachttisch. Neben ihm bewegte sich Katie, wachte aber nicht auf.

»Ja, hallo?«

»Ist dort John?«, frage eine Frauenstimme.

»Wer ist da?«

»Hier ist Tressa Walker. John?«

»Ja, ich bin dran.« Es dauerte einen Moment, bis der Schlaf Platz gemacht hatte und die Realität übernahm. »Tressa, was ist los? Stimmt etwas nicht?«

»Ich ...« Sie atmete schwer. »John, können wir ... können wir uns treffen?«

Er kniff die Augen zusammen und entzifferte mühsam die glühenden smaragdfarbenen Ziffern auf seinem Wecker: 1:15 Uhr. »Ja, okay. Ich hole dich in deiner Wohnung ab in ...«

»Nein.« Ihre Stimme klang peinlich berührt und weit weg. »Nicht hier. Ich denke ... ich kann ...« Sie hielt inne und holte tief Luft. »Ich weiß, wo wir uns treffen. *McGinty's,* drüben auf der Ninth Avenue. Ein kleiner Pub, hat ziemlich lange auf. Ich gehe jetzt dort hin. Kommst du?«

»*McGinty's*«, überlegte er laut. »Ja, ich komme.«

Nachdem er aufgelegt hatte, stellte er fest, dass er zusammengesunken am Rand des Bettes hockte und in die Dunkelheit des Schlafzimmers starrte. Die Finger seiner rechten Hand zeichneten die Narbe auf seiner Stirn nach.

❧

McGinty's auf der Ninth Avenue war dunkel, trostlos und wenig besucht. Mit seinen verräucherten Backsteinmauern und den schmalen, vergitterten Fenstern hatte der Pub etwas von einem Verlies. An der Wand auf der rechten Seite neben dem Eingang war eine Bar aus Mahagoni eingebaut, hinter der ein streng aussehender, schnurrbärtiger Barkeeper Gläser mit einem Tuch reinigte. Auf der anderen Seite des Eingangs standen ein mit Kunstleder bezogener Sessel und ein paar hölzerne Klappstühle unter einigen gerahmten Drucken lokaler Künstler, die an der Wand hingen. Der Pub selbst war klein und bot lediglich einer Handvoll runder Holztische Platz. In dieser Nacht waren nur zwei der Tische besetzt. An einem Tisch saßen zwei Männer mit bronzefarbener Haut in Arbeitskleidung, die sich über dunkle Biere mit dickem Schaum beugten und leise auf Spanisch sprachen. Sie sahen nicht auf, als John den Pub betrat, und sie reagierten nicht, auch als er sehr dicht an ihnen vorbeiging.

Am zweiten Tisch saß ein dünner, bleichgesichtiger Mann in einem dunklen Mantel und mit einer randlosen Brille. Er saß ohne Getränk da und kritzelte mit großer Intensität etwas in ein Notizbuch mit Spiralbindung, wobei seine spitze Nase nur anderthalb Zoll vom Papier entfernt war. Eine Ansammlung grimmig wirkender Schrammen überzog die Knöchel seiner wütend schreibenden Hand.

Die Gewohnheit, eine solch detaillierte Bestandsaufnahme seiner Umgebung vorzunehmen, hatte er sich nicht erst durch seinen Job antrainiert. Die Dinge aufzunehmen und einzuordnen – Menschen, Orte, alle möglichen Umstände – war eine Fähigkeit, die er schon in seiner Jugend ausgebildet hatte. In der Gegend in Brooklyn, in der er aufgewachsen war, war es im Grunde nicht anders gewesen, als hätte man ein Heim für Waisenjungen unbeaufsichtigt gelassen.

Die Gang, in der er dabei war, nahm die Unruhestifter des Viertels auf, die missbrauchten und vernachlässigten Jungs von der Straße, die stets eine Lucky Strike dabei hatten und tranken, wann immer sie etwas Trinkbares in einer Flasche finden konnten. Das Herrische und Dominante an seinem Vater hatte ihn dazu getrieben, eine Art Trost in solchen Gruppen und bei Jungs zu suchen, die alle nur aufwuchsen, um später an der Tankstelle zu arbeiten, in verschiedenen Gefängnissen zu landen oder jung zu sterben.

Jemand bewegte sich in einer im Schatten versteckten Sitzecke am hinteren Ende des Raumes. Er erhaschte einen Blick auf ein Paar nervöser Augen und erkannte Tressa Walker. Sie lächelte ihn matt an, als er sich näherte und sich hinsetzte.

»Ich dachte schon, du hättest deine Meinung geändert.«

»Auf der Brücke war Verkehr.« Er deutete auf die Sammlung leerer Guinness-Flaschen, die in einem Halbkreis vor dem Mädchen standen. »Sieht aus, als legst du es auf einen ordentlichen Kater an.«

Sie lächelte nervös mit ausdruckslosen Augen. Aus einer Tasche ihres Mantels holte sie eine Packung Camel hervor, schüttelte eine Zigarette heraus und steckte die Packung wieder ein. Sie steckte die Zigarette zwischen ihre Lippen und zündete sie mit der Kokosnuss-Duftkerze an, die auf dem Tisch stand. Ihr erster Zug war übertrieben, und als sie ausatmete, legte sie den Kopf weit zurück und zeigte dabei ihre blasse Kehle. Eine große Wolke aus blauem Rauch legte sich um ihren Kopf. Die folgenden zwei Züge waren das genaue Gegenteil – hastig und unsicher, als ob sie Angst hatte, etwas falsch gemacht zu haben und dabei erwischt zu werden, und als wollte sie die Situation schnell hinter sich bringen.

»Was ist denn los, Tressa? Du siehst schrecklich aus. Ist irgendetwas nicht in Ordnung?«

»Nein, nein.« Sie schüttelte den Kopf und schaffte es tatsächlich, ein überzeugendes Lachen hervorzubringen. »Nein, alles okay. Mir geht's gut. Ich wollte nur …« Bis jetzt hatte sie ihm noch nicht in die Augen geblickt. Sie sah ziemlich fertig aus. John erinnerte sich an die blauen Flecken auf ihrem Arm und fragte sich, ob Deveneau oder einer von Deveneaus Ganoven-Freunden sich wieder an ihr vergangen hatte.

»Entspann dich erst einmal«, versuchte er sie zu beruhigen. Er drehte sich um und warf einen Blick in den Raum. Der Barkeeper war verschwunden, aber die anderen Gäste saßen noch an ihren Plätzen. Die Nase des immer noch angestrengt schreibenden Mannes befand sich jetzt unmittelbar vor seinem Notizbuch. »Atme einmal tief durch.«

»Nein, es geht mir gut. Tut mir leid«, sagte sie.

»Schon in Ordnung. Entspann dich einfach.« Er versuchte mitzubekommen, wohin der Barkeeper verschwunden war. Nach ein paar Augenblicken kehrte der Kerl zurück, sein Geschirrhandtuch lässig über die breite Schulter geworfen.

»Okay.« Sie rauchte ihre Zigarette, ihr Gesicht wirkte ausgezehrt im Kerzenlicht. »Ich habe in den letzten Tagen über ein paar Dinge nachgedacht, weißt du? Einfach … ich weiß nicht … einfach um die Scheiße in meinem Kopf klarzukriegen. Du hast vermutlich keine Ahnung, aber mein Leben war nicht leicht. Okay, vielleicht weißt du das eine oder andere.« Sie lachte nervös auf. »Ich habe eine Menge angestellt, mich mit vielen bösen Jungs eingelassen. Ich war immer so fertig von den Drogen, und … verdammt noch mal …« Ihre Hände zitterten und ihre Knöchel waren kurz davor, durch das Fleisch ihrer Hände zu brechen. »Mein Vater hat immer die Scheiße aus mir herausgeprügelt, als ich ein Kind war. Er war ein wertloses Arschloch, ein Stück Müll. Meine Mutter war immer betrunken und wusste die Hälfte der Zeit nicht einmal, was los war. Als ich von dort abgehauen bin, habe ich die gleichen verdammten Dinge weitergemacht … mich immer wieder den gleichen verdammten Typen anvertraut.« Sie sah plötzlich aus, als wäre sie spontan um zwanzig Jahre gealtert. »Herrgott, ich schwafele einen Mist. Tut mir leid, ich weiß nicht, warum ich so angefangen habe.«

Er saß nur still da und beobachtete sie.

»Ein paar Mal haben sie mich verhaftet, und ich war eine ganze Weile in ziemlich schlechter Verfassung. Aber jetzt habe ich die Wohnung, und auch wenn es nicht viel ist, es ist meins, und ich kümmere mich, ich bezahle die Miete, so gut ich kann, und ich habe meine Tochter …«

»Reg dich nicht auf.«

»Schau mal ...« Sie begann, wie eine Verrückte ihre Handtasche zu durchsuchen. »Ich denke, was ich sagen will, ist ... ich will nur ...« Ihr Oberkörper bebte und ihre Stimme verfing sich in ihrer Kehle. »Meghan ... so heißt meine Tochter, Meghan. Irgendwo hier habe ich ein Bild von ihr. Du solltest sie sehen, John. Sie ist die eine gute Sache, die ich habe. Ich bin nicht nur schlecht, John ...«

Er lehnte sich über den Tisch nach vorn und legte seine Hände auf ihre Handtasche und ihre Hände. Sie erstarrte und senkte den Blick auf den Tisch.

»Mach es dir nicht so schwer, Mädchen ...«

Schließlich lächelte sie schwach und schüttelte nur den Kopf. »Ich weiß nicht einmal, warum ich dir das alles erzähle.«

»Steckst du in irgendwelchen Schwierigkeiten, Tressa? Hat Francis dir Fragen gestellt, hat er dir das Leben schwergemacht?«

Jetzt sah sie ihm geradewegs ins Gesicht. Der schwache Geruch nach ungewaschenem Haar, der sich mit Zigarettenrauch vermischt hatte, berührte ihn. In diesem Augenblick sah sie aus wie ein Porträt ihrer selbst, gemalt von einem wütenden, nicht sehr geschickten Künstler. »Ich will dir helfen«, sagte sie leise.

»Mir? Womit?«

»Ich kenne Frankies Quelle. Ich weiß, wo er sein Geld herbekommt.«

Zigarettenrauch, blau und dick, hing zwischen ihren Gesichtern in der Luft wie Gaze. Über Tressas Kopf hing eine Uhr an der Wand, auf dem Ziffernblatt grüne Kleeblätter anstelle der Zahlen, und der Sekundenzeiger tickte wie ein Puls.

Tressa lehnte sich über den Tisch. Ihr Blick war fest und ernst, ihre Haut schien grau durch den Rauch. Als sie sprach, flüsterte sie beinahe. »Hast du schon mal von zwei Typen gehört, die Mickey O'Shay und Jimmy Kahn heißen?«

»Nein.«

»Das sind zwei irische Kerle von der West Side, die Chefs einer Gang. Bei allem, was in Hell's Kitchen vor sich geht, haben sie ihre Finger drin. Frankie kennt sie durch einen Freund eines Freundes, nur so kommt man an sie ran. Seit Monaten füttern sie ihn mit dem Falschgeld.«

»Du hast ausgesagt, dass du seine Quelle nicht kennst ...«
»Ich habe gelogen.«
»Diese Kerle, O'Shay und Kahn – drucken sie das Zeug?«
»Was genau sie für Dreck am Stecken haben, weiß ich nicht. O'Shay habe ich nur ein paar Mal gesehen. Was ich weiß, habe ich vor allem von Frankie gehört, dazu ab und an etwas auf den Straßen. Du hängst an den richtigen Stellen ab, und bald hörst du, wie jemand ihre Namen flüstert. Hell's Kitchen zittert vor ihnen.«
»Wegen ein bisschen Falschgeld?«
»Du hast ja keine Ahnung«, beharrte sie. »Kerle wie die hast du noch nie gesehen.«

Sie hielt inne, vielleicht überdachte sie ihre Optionen. Plötzlich wurde John klar, dass Deveneaus Quellen – O'Shay und Kahn – der Grund sein mussten, weshalb Tressas Hände zitterten und ihre Knie unter dem Tisch gegeneinander schlugen. In diesem Moment begriff er noch etwas: Auch Tressa hatte alle, die sich im Pub aufhielten, erfasst und sie die ganze Zeit beobachtet.

»Diese Schweine musst du auf jeden Fall zur Strecke bringen«, fuhr sie fort, »und ich kann dich reinbringen. Ich lasse Frankie beiseite und spreche direkt mit Mickey O'Shay. Er weiß, was in dieser Nacht im Klub passiert ist. Ich sage ihm, dass du der Typ bist, der das Zeug abholen wollte, als die Scheiße über uns hereinbrach, und dass du keine Geschäfte mehr mit Frankie machen willst, aber immer noch an den Scheinen interessiert bist. Aber hör mir zu – diese Kerle sind schlau. Und sie machen keine halben Sachen, um es vorsichtig auszudrücken. Wenn sie denken, dass etwas faul ist, sind wir beide auf jeden Fall tot.«

Er rutschte auf seinem Stuhl nach vorn und seine Augen beobachteten ihre Augen, die den Pub im Blick behielten. »Warum machst du das?«

»Dank dir bin ich noch am Leben«, sagte sie. »Und du hast gesagt, dass du mich vom Haken lässt. Du lässt mich laufen und ich kann meine Wohnung behalten. Ich kann meine Tochter behalten. Weißt du, was ich meine?« Sie schien über etwas nachzudenken. »Ich bin nicht nur schlecht, das habe ich doch schon gesagt.«

»Und du denkst, du kannst mich mit diesen Typen zusammenbringen, ein Treffen mit O'Shay einfädeln?«

»Ich werde mich mit ihm treffen, sehen, was er dazu sagt. Wenn er denkt, dass du jemand bist, der etwas auf die Beine stellen kann und der ihm Geld einbringt, wird er interessiert sein.«

»Und dieser Jimmy Kahn?«

»Ich habe ihn nie getroffen. Ich weiß nur, was ich gehört habe, was Frankie über ihn sagt und was man sich auf der Straße erzählt. Er und Mickey, sie kümmern sich gemeinsam um die Show. Sie sind ein Wirklichkeit gewordener Todeswunsch. Ich habe Geschichten über sie gehört, die ich sonst über niemanden glauben würde. Sie sind wahnsinnig. Und soweit ich weiß, versucht Kahn, im Hintergrund zu bleiben.« Sie holte eine zweite Zigarette aus ihrem Mantel, zündete sie an und nahm einen Zug. »Es gibt da noch eine Sache ...«

»Was ist es?«

»Ich will ins Zeugenschutzprogramm, wenn diese Sache durch ist. Ich und mein Kind – wir müssen hier raus. Hier würden wir nicht überleben.«

»Wir können dir eine neue Adresse organisieren ...«

»Scheiße, das bringt nichts. Du weißt nicht, wozu diese Schweine fähig sind.« Ihre Stimme wurde schrill, bevor sie brach. Rasch senkte Tressa ihre Stimme wieder zu einem Flüstern. »Nur die Adresse zu wechseln, bringt nichts. Ich will raus aus der Stadt. Ich kann dich direkt in das Zentrum des Wahnsinns bringen, dich ins Haifischbecken werfen, aber dann will ich sicher sein, dass du dich um mich und mein Kind kümmerst. Dass du uns beide hier rausholst.«

»Okay, in Ordnung. Ich denke, wir können da was organisieren.«

»Sobald du sie getroffen hast, wirst du mich verstehen.«

In diesem Moment schien ihr etwas einzufallen und sie drehte sich um und zog ihre Geldbörse aus der Handtasche. Sie öffnete den Druckknopf, wühlte sich durch eine wilde Ansammlung von Kassenzetteln und holte schließlich ein kleines Fotoalbum aus Plastik hervor. Tressa legte das Fotoalbum vorsichtig auf den Tisch und schob es John zu, sodass er die Bilder sehen konnte.

»Da«, sagte sie, »das ist Meghan.«

»Sie ist sehr niedlich.«

»Als sie geboren wurde, hat sie nicht geatmet und war zu klein. Die Ärzte mussten sie wiederbeleben. Ich dachte, sie würde sterben.« Tressa Walker lächelte in sich hinein. Sie strich mit einem Finger über eines der Bilder. »Ich bin nicht nur schlecht«, sagte sie.

KAPITEL 8

Am nächsten Morgen fand John seinen Partner Bill Kersh versteckt in einer dunklen Ecke der Bibliothek des Secret Service, die zwei Ebenen unter der Erde lag. Der Raum war fensterlos, klein, quadratisch und katakombenartig, die Beleuchtung schlecht. Die Wände stöhnten unter dem Gewicht zahlreicher in Leder gebundener Fachbücher und Ordner voller vergessener Akten, deren muffiger, alter Geruch die Luft durchdrang. Dazu kam ein weiteres Aroma, das fremdartiger und irgendwie schwerer wirkte. Es war der säuerliche Gestank nach altem, wieder getrocknetem Schweiß, der sich an die Luft klammerte wie flatternde Unterwäsche an eine Wäscheleine. Die Rohrleitungen waren stümperhaft installiert und verliefen zu dicht hinter den Wänden, sodass die Stille immer wieder mit Geräuschen von fließendem Wasser oder der Toilettenspülung unterbrochen wurde. In den letzten Jahren war die unterirdische Bibliothek mit der Modernisierung des Secret Service immer überflüssiger geworden. Mehrfach war vorgeschlagen worden, die Bibliothek – von der neuen Generation Greenhorns schlicht »die Grube« genannt – solle renoviert werden. Ein beliebter Vorschlag war, die Bücherregale abzureißen, um Platz für eine Reihe neuer Computer-Terminals zu schaffen, aber keine der Anregungen war jemals umgesetzt worden. Und obwohl niemand mit Sicherheit sagen konnte, weshalb die Bibliothek immer noch nicht abgeschafft worden war, vermuteten die meisten, dass es etwas mit der Verehrung des Menschen für alles Alte und Nutzlose zu tun hatte. Und passenderweise wurde sie nur von jenen Agenten genutzt, die sich gelegentlich selbst alt und antiquiert fühlten.

An diesem Morgen war Kersh der einzige Nutzer der »Grube«. Merkwürdig verdreht saß er in seinem Stuhl, mit dem Rücken zur Tür, und beugte sich mit verschränkten Armen über den Tisch. Sein Kopf war nach unten geneigt, seine Augen geschlossen. Vor ihm lag ein offenes Buch. Für jeden, der nur einen zufälligen Blick auf ihn warf, sah es aus, als wäre Kersh tief in Konzentration versunken. In

Wirklichkeit hatte Kersh mehrere Stunden geschlafen und seinen Verstand und seinen Körper aus jeglicher Zeit herausgelöst.

»Bill.« John kam hinter ihm zur Tür herein und nahm sich einen Stuhl, setzte sich aber nicht. Kersh rührte sich, aber seine Augen blieben geschlossen. Grinsend trommelte John mit den Fäusten auf die Tischplatte. Kersh zuckte zusammen, blinzelte und starrte dann verwirrt auf John und seine Umgebung, bis seine Sinne zurückkehrten. »Du warst den ganzen Morgen hier unten?«

Kersh rieb sich die Augen. »Ich habe nur was nachgeschaut.«

»Gehst du eigentlich nie nach Hause? Hier unten riecht es wie in einem Bahnhofsklo.«

»Du willst nicht wissen, wie meine Wohnung riecht.«

»Hör zu«, sagte John und setzte sich. »Ich habe gestern Nacht einen Anruf von Tressa Walker bekommen. Wir haben uns dann in einem Pub auf der West Side getroffen. Keine Ahnung, was in sie gefahren ist, aber sie sagt, sie will uns helfen. Sie kennt Deveneaus Lieferanten, zwei irische Typen aus Hell's Kitchen.«

Kersh blickte auf. Im künstlichen Licht sah er sehr alt und blass aus. »Sie hat uns doch gesagt, dass sie nicht weiß, wo Deveneau das Geld herhat …«

»Sie hat gelogen«, sagte John.

»Warum hat sie ihre Meinung geändert?«, fragte Kersh.

»Wer weiß? Vielleicht mag sie mein Aftershave.«

»Wer sind die beiden?«, fragte Kersh.

»Zwei junge Typen namens Mickey O'Shay und Jimmy Kahn.«

»Noch nie gehört. Und diese Jungs sind Deveneaus Quelle?«

»Tressa zufolge ja. Ich habe ihre Namen in unsere Datenbank eingegeben. Wir haben nichts über sie.«

»Ich lasse die Namen beim NYPD prüfen. Wenn die beiden mit Deveneau zusammenhängen, wird es einen Eintrag geben. Was ist der Plan?«

»Das Ganze sieht einfach aus. Sie sagt, sie schleust mich ein und organisiert mir ein Treffen mit diesem O'Shay.«

»Biddleman wird Probleme machen«, sagte Kersh ohne sichtbaren Ausdruck im Gesicht.

»Scheiß auf Biddleman.«

»John …«

»Biddleman hat gesagt, wir sollen die Hände von Deveneau lassen, richtig? Wir gehen aber nicht zu Deveneau. Wir haben die ganze Zeit auf einen Durchbruch hingearbeitet, und jetzt haben wir ihn. Ich werde diesen Fall nicht zweimal in die Tonne treten.«

»Biddleman hat auch Tressa gemeint.«

»Na so was, das hat er mir gegenüber gar nicht erwähnt. Auf jeden Fall nicht explizit.«

»Wie dem auch sei, lass uns die Klappe halten, bis wir mehr haben. Gibt es schon einen Termin für das Treffen?«

»Tressa muss zuerst mit O'Shay reden, ob er mich treffen will.« Er warf einen Blick auf das Buch, das vor Kersh lag. »Was machst du eigentlich hier?«

Für einen Moment, der wie eine kleine Ewigkeit wirkte, reagierte Kersh nicht. Seine beiden Hände lagen flach auf der hölzernen Tischplatte. Die Fingernägel waren dick und vom Tabak rötlich-gelb verfärbt. Dunkle Augenringe, die wie große blaue Flecken aussahen, bezeugten seinen Mangel an Schlaf.

Er war die ganze Nacht wach, dachte John. *Und verdammt, wie es aussieht, trägt er immer noch dieselben Klamotten wie gestern.*

»Komm mit«, sagte Kersh schließlich mit trockener Stimme. »Ich will dir etwas zeigen.«

♣

Kershs Schreibtisch sah aus wie eine Schneekugel, die jemand heftig geschüttelt und dann auf den Kopf gestellt hatte. Willkürlich lagen überall Papiere verstreut, während sich zahllose leere und halbleere Styropor-Kaffeebecher in einer Ecke des Schreibtisches versammelt hatten wie eine Gruppe Straßengangster mit schlechter Laune. Tabakkrümel lagen wie gefrorene Käfer zwischen dem übrigen Müll auf dem Schreibtisch. Zahllose Karteikarten und Plastiktüten mit beschlagnahmten gefälschten Scheinen bildeten das Sahnehäubchen dieses Kuchens. Kersh reihte die Scheine für John auf, der den Händen seines Kollegen beim Arbeiten zusah und bei sich dachte, dass sogar Bill Kershs Hände *müde* aussahen, falls so etwas möglich war.

»Manchmal werden Fälle am Schreibtisch und nicht auf der Straße entschieden, John. Hier, das alles kam in der letzten Woche«, sagte Kersh, während er noch damit beschäftigt war, das Falschgeld zu ordnen. »Fällt dir etwas auf? Irgendeine Gemeinsamkeit?«

»Was meinst du?«

»Sieh sie dir genau an.«

John betrachte die Scheine. Er hatte die gefälschten Scheine oft genug gesehen, sie wieder und wieder untersucht, genau wie Kersh, genau wie der Rest der Truppe. Er vermochte nichts Neues zu entdecken.

»Keine Ahnung, was du meinst«, sagte er. »Gib mir einen Tipp.«

Kersh nahm einen Schein in die Hand. Sorgfältig faltete er ihn entlang der Knicke im Papier wieder zusammen, so wie der Geldschein vor nicht allzu langer Zeit gefaltet worden war. Er faltete ihn einmal der Länge nach, dann an den Flügeln nach außen, sodass er an ein Akkordeon erinnerte.

»Na, wie sieht das aus?«, fragte Kersh, nachdem er mit seiner Bastelstunde fertig war.

»Hä?«

»Sieh es dir an! Woran erinnert dich das?«

»Ich habe keine Idee. Sieht aus wie plattgedrückter Strohhalm ...«

»Nein, völlig daneben.« Zu Johns Überraschung versuchte Kersh, ein Kichern zu unterdrücken, während er zweimal rasch hintereinander mit den Augen blinzelte. Seine dunklen Bartstoppeln begannen, sich entlang der Kinnlinien aufzustellen. »Schau doch mal *hier*.« Er wedelte mit der gefälschten Banknote vor Johns Gesicht herum. »Wer faltet Scheine auf diese Weise?«

»Woher soll ich ...« Aber dann traf es ihn wie der Blitz. »Moment mal ...«

»Genau.« Kersh grinste und nickte. »Stripper.« Sein Grinsen wurde breiter, aber seine Augen sahen noch immer wie tot aus. »So faltet ein Kerl sein Geld, bevor er es in den String einer Stripperin steckt.«

John riss Kersh den Schein aus der Hand. Als müsste er noch einmal überprüfen, was er schon begriffen hatte, faltete er ihn wieder auseinander, untersuchte die Knickstellen und faltete ihn erneut zusammen.

»Siehst du das?«, fuhr Kersh fort. »Der Schein lässt sich sogar einmal genau in der Mitte zusammenfalten. Siehst du?«

»Tatsächlich ...«

»Riech daran.«

John hielt das Papier an seine Nase und sog die Luft ein. »Parfüm«, sagte er.

»Wir haben fünf solche Scheine hier. Alle kamen in der letzten Woche, alle sind auf die gleiche Weise gefaltet. Der dort ...« Er zeigte auf einen anderen Geldschein. »Hier ...« Noch einer. »Und hier die drei. Alle sind auf die gleiche Weise gefaltet, alle riechen wie eine Stripperin.«

John beugte sich über den Schreibtisch und betrachtete die Banknoten genauer. »Wo genau hat man sie gefunden?«

»Genau da, wo man eine Stripperin mit viel Geld vermuten würde: teure Boutiquen, Dessous-Shops, zwei schicke Restaurants. Sie hat überall je einen gefälschten Hunderter dagelassen.« Kersh wühlte sich durch einen Berg Papiere und holte einen Ordner hervor. Er fischte eine Karteikarte heraus, an die ein weiterer gefälschter Hunderter geheftet war, und gab sie John. »Letzte Nacht habe ich versucht, die Scheine zurückzuverfolgen. Der hier kam diese Woche von der First National Bank.«

»Er ist auf die gleiche Weise gefaltet.«

»Der Bankmitarbeiter sagte, eine Kundin namens Heidi Carlson hätte ihn zusammen mit anderem Bargeld auf ihr Konto eingezahlt.«

»Lass mich raten ...«

»Carlson arbeitet wochentags in einer Spelunke, die *Black Box* heißt, gleich am Times Square. Zwei unserer Jungs sind gleich zum Klub, nachdem wir den Hinweis bekommen haben. Sie haben sie ausgefragt: Wo sie das Geld herhat, ob sie sich an etwas erinnern kann, das ganze Programm. Sie hat gesagt, dass sie in bar bezahlt wird und vermutet, dass es auf diese Weise bei ihr hängengeblieben ist. Ihr Boss hat bestätigt, dass er seine Mädchen so bezahlt und dass er jede Nacht viele Hunderter einnimmt. Da es eine einzige Banknote war und sie das Geld auf ihr Konto einzahlen wollte, sind unsere Jungs davon ausgegangen, dass es Zufall war.«

»Nun ja, da ihr Boss sie kaum bezahlen wird, indem er ihr den Lohn ins Höschen steckt, hat sie die Jungs ganz schön verarscht.« Er warf den Hunderter auf Kershs Schreibtisch.

»Sehr gut, Billy-Boy. Ich bin beeindruckt. Wer waren die beiden Jungs, die der Sache nachgegangen sind?«

»Steve und Charlie.«

»Es ist ihnen durch die Lappen gegangen«, sagte John.

»Alles eine Frage des Trainings«, sagte Kersh. Sein rechtes Augenlid zuckte, als wollte er zwinkern. »Die beiden gehen nach der Arbeit ins Fitnessstudio. Und ich? Ich ziehe durch die Bars.«

KAPITEL 9

Das *Cloverleaf* war ein kleiner Pub an der Ecke von Tenth Avenue und 57. Straße, nur ein paar Blocks südlich von der Fordham University. Der Pub war ein dunkles, bröckelndes Etablissement, geführt von zwei irischen Brüdern mittleren Alters namens McKean, von denen einer schräger, verschlagener und grotesker war als der andere. Hinter dem Tresen führte ein kleiner Durchgang zu einem Lagerraum, von dem aus man eine geheime Spielhalle erreichte, die nur sehr wenige Menschen kannten. Obwohl das *Cloverleaf* in der Nähe der Universität lag, war es kein Ort für Studenten. Selten geschah es, dass ein vorwitziger Student, der noch nicht das gesetzliche Mindestalter für den Konsum von Alkohol von einundzwanzig Jahren erreicht hatte, in den Pub schlenderte, um zu sehen, ob sich dem Barkeeper nicht eine Flasche Bourbon abschwatzen ließ. In diesen Fällen genügte ein kurzer Blick auf die Stammgäste des *Cloverleaf*, um den Studenten zum Umkehren zu bewegen.

Im Außenbereich gab es kein Schild, das auf den Pub hinwies, aber Tressa Walker kannte das Lokal. Sie schob die Eingangstür auf und schlüpfte hinein, dankbar darüber, die Kälte der Straße hinter sich lassen zu können.

Ein warmer Luftzug schlug ihr entgegen. Ohne sich umzusehen, durchquerte sie den Raum und setzte sich am Tresen auf den Hocker, der der Tür am nächsten war. Sie legte ihre Hände mit den Handflächen nach unten vor sich auf die Theke und ignorierte den Raum hinter ihr. Obwohl sie sich nicht genau umgesehen hatte, waren ihr einige Gäste in den dunklen Nischen aufgefallen, und sie war sich ziemlich sicher, dass Mickey O'Shay dabei war.

Als ob ich ihn beinahe riechen könnte. Zu ihrem Erstaunen brachte sie dieser Gedanke zum Schmunzeln.

Der Barkeeper schob sich vor ihr Gesicht. Er war groß, muskulös und hatte eine schwach rosafarben leuchtende Narbe, die sich die linke Seite seines Gesichts herunterzog. »Du brauchst was zu trinken?«

»Guinness.«

Der Barkeeper füllte ein Glas zur Hälfte, wartete eine volle Minute, bis der Schaum sich gesetzt hatte, und füllte dann das Glas bis zum Rand. »Sonst noch Wünsche?«, fragte er und stellte das Glas vor sie hin.

Sie berührte es mit zwei Fingern. Es fühlte sich warm an. »Nein.«

»Die Küche ist zu.«

»Gut.«

Hinter dem Tresen hing ein Spiegel, der zu sehr mit Aufklebern übersät war, um noch seinen eigentlichen Zweck zu erfüllen. Tressa nippte an ihrem Guinness, nahm den ersten Schluck, der vor allem aus Schaum bestand, und drehte leicht ihren Kopf, um einen Blick auf die anderen Gäste zu werfen. So beiläufig wie möglich beobachtete sie die Gesichter und entdeckte schließlich Mickey O'Shay, der mit zwei anderen Männern an einem Tisch am hinteren Ende des Raumes saß. Offenbar waren sie gerade dabei, Witze zu reißen, und Mickey – mit gestikulierenden Händen und rollenden Augen – schien kurz davor, die Pointe zu servieren. Sie sah den Männern nur so lange zu, bis sie sicher war, dass es tatsächlich O'Shay war. Dann widmete sie sich wieder ihrem Bier. Sie war gut darin, Menschen zu lesen und Situationen schnell zu erfassen. Obwohl sie Mickey nur wenig kannte, kannte sie ihn gut genug, um zu wissen, wie sie ihn am besten um den Finger wickeln konnte.

Mickeys Begleiter blieben weitere zwanzig Minuten sitzen und lachten über schmutzige Witze, bevor sie ihre leeren Biergläser mit mechanischer Genauigkeit umdrehten und auf den Tisch stellten. Dann rappelten sie sich mühsam auf und wankten zur Tür. Sie waren älter als Mickey und trugen durchschnittlich aussehende, braune Anzüge. Einer der Männer grinste sie anzüglich an, bevor er auf die Straße hinaus stolperte.

Noch einmal drehte sie sich um. Mickey trank sein Bier aus, während er mit seiner freien Hand die leeren Gläser auf die Seite drehte. Sie beobachtete, wie er eines der Gläser unter seiner Hand auf dem Tisch hin und her rollte.

Sieh nach oben, beschwor sie ihn. *Sieh mich an.*

Mickey leerte den letzten Schluck, stellte sein Glas ab und lehnte seinen Kopf an die Wand. Er schloss seine Augen, holte Luft durch die Zähne, und als er die Augen wieder öffnete, begegneten sich ihre Blicke. Sie nickte mit einem deutlich desinteressierten Blick und wandte sich wieder ihrem Bier zu.

»Frankie Deveneaus Mädchen.« Einen Augenblick später stand er direkt hinter ihr, so nahe, dass sie die Wärme seines Atems an ihrem Hals spürte.

Sie drehte sich um und ließ ein halbes Lächeln ihre Lippen umspielen. »Ich dachte mir schon, dass du das bist, Mickey. Setz dich.«

Mickey kletterte auf den Hocker neben ihr und bestellte ein weiteres Bier. »Was zur Hölle machst du hier allein?«

»Nichts. Frische Luft schnappen.«

»Ach ja?«

»Das Baby ist krank und hält mich wach. Zum wahnsinnig werden.« Sie beobachtete, wie er mit schmutzigen Händen die Seiten seines Gesichts rieb. Seine Haut war blass, sein Kinn unrasiert. Mit seinen langen, flachsfarbenen Haaren und verblüffend blauen Augen war Mickey O'Shay schön in einem universellen Sinn: Seine Züge waren vollkommen symmetrisch und sein Körper schlank und sportlich, wie der Körper eines Langstreckenläufers. Seine Zähne waren klein, weiß und ebenmäßig, und er hatte sogar etwas Vorpubertäres an sich – was Tressa schon immer aufgefallen war, sie aber nie ganz einzuordnen wusste. Sie konnte nicht benennen, was genau es war. Wahrscheinlich kein einzelnes Merkmal, sondern eher die Summe seiner Gesichtszüge und Eigenarten, vermutete sie.

»Frank macht sich noch immer in die Hose wegen dem, was im Klub passiert ist?«, fragte Mickey und sah an ihr vorbei.

»Ich habe ihn zuletzt kaum gesehen«, log sie und zwang sich, entspannt zu wirken, während sie an ihrem Bier nippte. Es schmeckte plötzlich sehr bitter.

Mickey kicherte und fuhr mit dem Finger den Rand seines Glases entlang.

»Frankie, Frankie, Frankie«, sinnierte er.

»Wir drei haben wirklich Schwein gehabt, dass wir es da rausgeschafft haben, ohne erwischt zu werden«, warf sie vorsichtig den Köder aus.

»Ist dieser Polizist gestorben?«

»Was meinst du?«

»Dieser eine Polizist, der getroffen wurde. Hast du was gehört, ist er gestorben?«

»Nein ... ich weiß nichts davon. Ich hab das gar nicht mitbekommen.«

»Verdammt noch mal.« Er lachte wieder, aber im Klang seiner Stimme lag keine Emotion.

Wenn ich das hier mache, dachte sie bei sich, *mache ich es jetzt.*

»Versuchst du immer noch, das Geld loszuwerden?«

Mickey drehte ihr den Kopf zu und sah sie mit einem Auge forschend an. Er war jetzt so nah, dass sie fast ihr Spiegelbild in seiner Pupille erkennen konnte. »Wie bitte?« Er sprach langsam und kaum hörbar, wie ein Sünder, der gerade mit seiner Beichte begann. »Wovon redest du?«

»Ich bin diejenige, die diesen Typen zu Frankie gebracht hat, damit er das Zeug kauft.«

»Und was hat das mit mir zu tun?«

»Mickey, Frankie hat mir gesagt, woher er das Geld hat. Ich bin seine Freundin.«

Mickey sah nach unten auf sein Bier. »Frankie hat gesagt, der Kerl hat Schiss bekommen, ist abgehauen und hat keinen Bock mehr auf Geschäfte mit ihm ...«

»So ist es«, sagte sie, »deshalb bin ich hergekommen, um dich zu treffen. Nach der Scheiße im Klub will er mit Frank nichts mehr zu tun haben, er denkt, er bringt nur Unglück. Was auch immer. Er hat keinen Schiss, aber dumm ist er auch nicht. Komm schon – Frank hat mit allem möglichen Mist von diesem Klub aus gehandelt, von Anfang an. Es war nur eine Frage der Zeit, bis sie den Laden auseinandernehmen.«

»Also, was ist mit diesem Kerl?«

»Er will immer noch kaufen.«

»Wie viel?«

»Das Geschäft bleibt das Gleiche. Hunderttausend, wie bei Frank. Er ist ganz gierig darauf, hat schon Käufer dafür.«

»Kennst du ihn?«

»Ich habe ihn zu meinem Freund gebracht.«

Mickeys Lippen wurden zu einem Strich, hinter seinen blauen Augen flackerte Misstrauen auf. Eine lange Haarsträhne fiel in sein Gesicht und teilte es in zwei Hälften. Auf einmal schienen hunderte kleiner Falten unter Mickeys Augen aufgetaucht zu sein.

»Weiß dieser Typ, wer ich bin?« Er flüsterte fast.

»Ich habe deinen Namen nicht genannt«, sagte sie. »Er hat nur gesagt, dass er nichts mehr mit Frank zu tun haben will, dass er am liebsten direkt an Franks Quelle will, um die Sache zu regeln.« Sie zwang sich ein möglichst überzeugendes Lächeln ab, das jedoch nicht dazu beitrug, Mickeys finsteren Gesichtsausdruck aufzuhellen. »Jetzt weißt du Bescheid. Ich sage dir nur, was er mir gesagt hat. Okay?« Sie zuckte innerlich zusammen – das »okay« hatte zu unsicher geklungen, zu sehr nach Entschuldigung.

»Ich treffe mich mit niemandem«, sagte Mickey, wandte sich ab und trank sein Bier. Sein jungenhaftes Profil erinnerte Tressa an Bilder von Engeln, die sie als Kind in Büchern gesehen hatte.

»Wie du willst.« Für eine gefühlte Ewigkeit beobachtete sie den Barkeeper, der gerade unter dem Tresen ein neues Fass anschloss.

»Wie heißt er?«

»John.«

Mickey O'Shay kicherte. »Johnny-John-John.« Er sprach es aus wie ein neues Wortspiel. »Wo kommt dieser Kerl her?«

»Ich bin mit ihm zur Highschool gegangen.«

»Ist er irisch?«

»Italienisch. Dreh ihm keinen Strick draus.«

»Und dieser Typ taucht jetzt einfach so plötzlich auf?«

»Nein, von Zeit zu Zeit treffen wir uns.«

»Hat er diesen Polizisten umgelegt?«

»Ich weiß nicht«, sagte sie ehrlich. »Es war eine ganz schöne Schießerei.«

»Frankie-Baby war es sicher nicht«, sagte Mickey leichthin. »Dieser Johnny ist mit euch weggelaufen?«

»Weggelaufen?«

»Durch die Tunnel.«

»Oh, ja. Hat einen kühlen Kopf bewahrt. Und mir seine Nummer gegeben. Ich habe ihm gesagt, dass ich ihn anrufe, wenn ich mit dir gesprochen habe. Jetzt habe ich mit dir gesprochen. Was soll ich ihm sagen?«

»Ich bin kein Freund davon, mit Unbekannten Geschäfte zu machen.«

»Es liegt allein bei dir.«

»Verdammter Mist«, sagte Mickey und trank sein Bier aus. Er hielt sich das leere Glas vor die Augen und untersuchte den Boden. Seine Lippen waren feucht und reflektierten die Neonlichter über der Bar. Nach einiger Überlegung wandte er sich wieder Tressa zu. »Okay«, sagte er, »ich treffe mich mit ihm. Wir machen das so.« Sie sah zu, wie er mit einer Hand über die Oberseite der Theke strich und schließlich mit dem Finger in die Mitte eines Haufens Servietten stach. Er schien sich dessen nicht bewusst zu sein, als ob seine Hand – oder sein ganzer Arm – die Kontrolle über sich selbst hatten.

»Okay«, sagte sie.

»Was hast du dir denn als deinen Anteil vorgestellt?«

»Schätze dasselbe, was du Frankie geben würdest.«

»Fünf Prozent. Und mach dir keine Sorgen – ich werde deinem Alten nichts davon erzählen.«

Mickey stand auf, streckte sich und zog einige zerknüllte Zehner aus seinen Kakis. Er warf zwei Scheine auf die Theke.

»Wann?«, fragte sie.

»Wann …«, wiederholte er und seine Augen schienen sich in Alkohol und komplexen Gedanken zu verlieren. Für eine Sekunde dachte Tressa, er würde einfach vornüberstürzen und sein Gesicht würde auf dem Tresen einschlagen. Aber dann klickte etwas in ihm und er sah plötzlich sehr nüchtern, sehr bewusst und wachsam aus. »Bete, dass dieser Kerl uns keine Probleme bringt«, sagte er.

Ja, dachte sie, *das hoffe ich auch.*

KAPITEL 10

Die *Black Box* entsprach genau ihrem Namen: Sie war dunkel, quadratisch und eng. Ganz sicher war sie kein Ziel für Touristen und gehörte auch nicht zu den Unzuchtshöhlen der Stadt, die sich inzwischen mehrere Blocks vom Times Square entfernt versteckten. Der Klub war roh und unfreundlich, wie ein verletztes Tier, das sich in einem Loch im Boden zusammenrollt und dessen silberne Augen in der Dunkelheit leuchten. Die umliegenden Straßen waren dunkel, schmal und voller Ratten. Eine einzelne Straßenlaterne stand vor dem Klub, in deren stumpfem Licht ein feiner Nebel aus Wasser und Staub wirbelte. Draußen stand ein grobschlächtiger Türsteher, der gerade eine erschrockene, zwielichtige Gestalt am Nacken packte, als John und Kersh sich näherten.

»Du hast wohl große Lust auf Stress, Kumpel? Willst mich verfickt noch mal verarschen? Du Stück Scheiße«, knurrte der Türsteher. Sein Gesicht sah aus wie der Kühlergrill eines Mack-Trucks. »Verschwinde, du Penner!« Der Türsteher verpasste dem kleineren Mann einen Tritt in den Allerwertesten, der daraufhin benebelt und betrunken die Straße hinunter taumelte.

Der Türsteher wandte seine Aufmerksamkeit John und Kersh zu. »Fünfzehn pro Nase.«

John war im Begriff, seine Dienstmarke hervorzuholen, als Kersh ihn mit dem Ellbogen anstieß und ihm ein Augenzwinkern zuwarf. »Lass nur«, sagte Kersh, »ich übernehme das.« Er zog zwei Zwanziger heraus und drückte sie dem Türsteher in die Hand, der das Restgeld herausgab und sie eintreten ließ.

Wie in den meisten Strip-Klubs war es in der *Black Box* dunkel, laut und verraucht.

An drei von vier Wänden waren Bühnen montiert, die in ihrer Länge an Laufstege bei Modenschauen erinnerten. An der vierten Wand, die der Eingangstür am nächsten war, stand eine schmale Bar, hinter der einige junge Frauen in fadenscheinigen Tops Getränke servierten. Die Theke bestand aus Holz und Messing, das mit unzähligen Fingerabdrücken übersät war. Gegenüber der Bar standen einige Münztelefone und ein Geldautomat.

»Ganz schön voll heute Abend«, murmelte John und schob sich an zwei großen Männern mit Krawatten vorbei. Von den meisten Gästen waren nicht mehr als die Umrisse zu erkennen, die wie Zerrbilder in der Dunkelheit schwebten.

John und Kersh drängten sich an der Bar vorbei und platzierten sich vor einer der langen Bühnen. Ein junges asiatisches Mädchen, das verzweifelt versuchte, wenigstens wie achtzehn auszusehen, hielt sich an einer Messingstange fest und ließ ihren Hintern kreisen. Alles, was sie trug, waren ein Paar hoher, weißer Go-Go-Stiefel und ein Lächeln, das von einem Ohr zum anderen reichte.

»Verdammt«, sagte Kersh und rieb sich Augen und Nase, »die Räucherstäbchen hier sind übel für meine Nebenhöhlen.«

»Du meinst, du bist hier kein Stammgast?«

»Ha, ha.«

»Weißt du, wie diese Carlson aussieht?«

Kersh rieb sich mit den Handgelenken die Augen. »Nein.«

John überflog die Menge. Die Klientel der *Black Box* bestand vor allem aus Männern mittleren Alters in billigen Anzügen, bei denen mehr Kopfhaut als Haare zu sehen war. Einige wenige jüngere Männer hatten sich am Fuß einer Bühne versammelt, schrien den Tänzerinnen zu und winkten mit Händen voller schmieriger Ein-Dollar-Scheine. Hinter der Bühne kamen und gingen Mädchen, die nichts weiter als Nylonstrümpfe trugen, durch die Türen zu den Toiletten und Ankleideräumen.

Kersh beugte sich vor und flüsterte einer vorbeigehenden Bedienung etwas zu. Sie flüsterte etwas zurück und deutete mit ihrem Kinn auf die andere Seite des Raumes. Kersh kicherte und klang dabei absolut fehl am Platz. Das Mädchen lachte mit zurückgeworfenem Kopf einmal scharf auf. Bevor sie in der Menge verschwand, steckte Kersh ihr einen Dollar zu.

»Mir nach«, sagte er zu John. Sie schlängelten sich in den hinteren Bereich des Klubs, wo sich die Gerüche intensivierten: Flieder und Bourbon und Schweiß – viel und noch mehr Schweiß – und etwas, das sehr nahe an faulen Früchten war. Einige Paare waren im schützenden Schatten auf zerfetzten Sofas und vor holzvertäfelten Wänden ineinander verschlungen. Selbstvergessen bekamen sie nicht mit, was um sie herum geschah oder wer an ihnen vorüberging.

John und Kersh stoppten vor einem kleinen Tisch, an dem einige junge Männer in Skijacken und Strickmützen saßen und Zigaretten rauchten. Zwei der Männer hatten jeweils ein Mädchen auf dem Schoß, was von ihren betrunkenen Kumpels mit Pfiffen und klirrenden Bierflaschen gewürdigt wurde. Eines der Mädchen, eine junge Schwarze, knabberte bei einem der Männer am Ohr.

»Heidi Carlson?«, fragte Kersh.

Einige der Männer sahen auf, ebenso die halbnackte Naschkatze. Sie war jung und attraktiv. Im Neonlicht hatte ihre Haut die Farbe von Motoröl. Sie trug einen schmalen BH und einen bunten Sarong, der um ihre Taille gewickelt war. Ihr schwarzes Haar umrahmte in langen, herunterhängenden Locken ihr Gesicht. Im Dunkeln schien sie fast nur aus Augen zu bestehen.

»Miss Carlson?«, wiederholte Kersh.

»Ja?« Das Mädchen richtete sich aus dem Schoß des Mannes auf und zog ihren Sarong zurecht. »Oh, Sie sind der mit …«

»Tut mir leid, dass wir stören«, fuhr Kersh fort, »aber wir möchten mit Ihnen sprechen. Hätten Sie vielleicht ein paar Minuten für uns?«

»Jetzt sofort?«

»Jetzt sofort.«

Ihre Augen schossen zwischen John und Kersh hin und her. Nach einem Augenblick des Zögerns nickte sie. »In Ordnung.«

Der junge Kerl, auf dessen Schoß Heidi eben noch gesessen hatte, griff nach ihr und packte sie am Handgelenk. »Hey!«, rief er. Er stand vom Stuhl auf und blickte Kersh finster an. Er war ein hässlicher Bastard, mit Augen, die zu dicht beieinanderstanden und mit einer Reihe von oberen Vorderzähnen, die an Zaunpfosten am Tag nach einem Tornado erinnerten. »Warte ab, bis du gottverdammt noch mal an der Reihe bist, Kumpel.«

»Setz dich, mein Sohn«, sagte Kersh ungerührt.

»Du denkst, du kannst dich hier als Daddy aufspielen?«

John machte einen Schritt auf den Tisch zu.

»Lass mich los«, sagte Heidi Carlson und versuchte, ihr Handgelenk freizuschütteln. »Du tust mir weh ...«

»Setz dich verdammt noch mal wieder hin«, grollte der Kerl, während sein Blick auf Kersh gerichtet blieb.

Sie kämpfte weiter gegen ihn an. »Hör auf ...«

»Pass auf, Schiefzahn«, sagte Kersh und griff beiläufig in seine Jackentasche, um seine Dienstmarke hervorzuholen. Beim Anblick von Kershs goldfarbener Plakette runzelte der Mann die Stirn und ließ Heidi Carlson los. Sobald sie frei war, hob die Stripperin in einer abwehrenden Geste schnell ihre Hand vor die Brüste. »Ich kann dein Vergnügen für ein paar Minuten unterbrechen oder deine nächsten Tage ruinieren. Wie möchtest du es haben?«

Der Mann war für vielleicht volle zehn Sekunden komplett gelähmt. Er stand nur da, seine Augen fixierten Kersh und seine pockennarbigen Wangen zitterten wie dünn geschnittene Scheiben Mozzarella. Wiederholt öffneten und schlossen sich die Finger seiner rechten Hand.

Die Bedienung, der Kersh nur wenige Augenblicke zuvor ein Trinkgeld zugesteckt hatte, kam an den Tisch. Kersh suchte ihren Blick und lächelte, dann bewegte er leicht seinen Kopf zu den Männern am Tisch und lächelte sie ebenfalls an. Er sah aus wie ein mechanischer Clown, der sich vor einem Bonbongeschäft hin und her dreht. »Tut mir leid, Jungs«, sagte er. »Wie wäre es mit einer Runde für alle?« Er drehte sich zur Kellnerin um und sagte: »Mach ihnen die Gläser voll, ja? Was immer sie haben wollen.«

Einige der Männer am Tisch applaudierten. Selbst das Stirnrunzeln von Schiefzahn wurde weicher.

Die Kellnerin lächelte und zwinkerte Kersh zu. »Aber gern«, sagte sie, kam um den Tisch herum und stieß Kersh spielerisch mit ihrer Hüfte an. Sie schaffte es sogar, einen Arm um seinen kurzen, dicken Hals zu legen. Einige der Männer am Tisch johlten und lachten.

Kersh lächelte noch breiter und beugte sich über die Kellnerin, als ob er ihr einen Kuss auf die Wange geben wollte. »Schreib es auf ihre Rechnung«, flüsterte er ihr zu, bevor er sich umdrehte.

Mit einer Hand auf Heidis Rücken führte Kersh die Stripperin vom Tisch weg. »Gehen wir. Gibt es hier irgendwo eine Ecke, wo wir in Ruhe reden können?«

»Wir gehen nach hinten«, sagte Heidi und führte sie zu einer kleinen Tür in der Wand neben der mittleren Bühne. Sie klopfte zweimal – und wartete. »Okay«, sagte sie und schob die Tür auf.

Hinter der Tür verbarg sich ein Ankleideraum. Gegenüber einigen Spinden und Hockern befand sich ein Wandspiegel, der auf einer Seite mit Polaroid-Fotos beklebt war. Der lange Tisch unterhalb des Spiegels war übersät mit Unterwäsche, Schminkkoffern und unzähligen Paaren hochhackiger Schuhe, die wie frisch erlegtes Wild ausgebreitet waren. Ein verdrehter Nylonstrumpf lag zu einer Kugel gerollt neben einer Zahnbürste. An einem Kleiderständer neben der Tür hingen zahlreiche bunte Federboas. John bemerkte, wie Kersh die bunten Teile wehmütig ansah und sogar eine von ihnen mit dem Finger anstupste. Der ganze Raum war mit Luft gefüllt, die so dicht war, dass man sie kaum atmen konnte. Luft mit dem Geruch von Babypuder, Zimt und noch mehr Schweiß.

»Okay, okay …«, sagte Heidi mehr zu sich selbst. Langsam ging sie zu einem der Hocker und setzte sich, wobei sie ihre Beine an die Brust zog, als habe sie plötzlich Angst, den Boden zu berühren. In diesem Licht sah sie deutlich älter aus. Ihre Haut hatte nun die Farbe von Asche, war aber feucht vor Schweiß und Lanolin. Ihr Körper, so fest und gepflegt er zunächst erschienen war, sah jetzt erschöpft und durch Jahre des Missbrauchs abgenutzt aus. Die Haut unter ihrem Kinn war dunkel und bestand aus runzligem Narbengewebe – etwas, das nur ungünstige Lichtverhältnisse enthüllten.

»Ihr seid von der Polizei«, sagte sie. Der Ton in ihrer Stimme deutete darauf hin, dass sie die Worte laut aussprechen musste, um ihnen tatsächlich Glauben zu schenken.

»Secret Service«, korrigierte Kersh.

»Schon wieder?« Sie gab sich Mühe, desinteressiert zu wirken, und blickte die Agenten nur beiläufig an. »Ich dachte immer, ihr treibt euch einfach nur um den Präsidenten herum.«

»Hm«, sagte Kersh und warf John einen Blick zu. Er fischte eine Plastiktüte mit der gefälschten Banknote aus seiner Jacke. »Du weißt, was das ist?«

»Oh Mann«, murmelte sie. »Darüber haben mich schon ein paar Typen ausgefragt.«

»Nun, jetzt fragen *wir* dich aus. Wo hast du den Schein her?«

»Wie ich den anderen beiden gesagt habe, werde ich es wohl mit meinem Lohn bekommen haben.«

»Oder vielleicht hat dir ein Bewunderer den Schein zugesteckt?«, fragte John.

»Jetzt mal im Ernst. Du denkst, einer dieser Verlierer würde einen Hunderter in meinem Höschen lassen? Ich bekomme Trinkgeld – aber nicht *so*. Daran würde ich mich erinnern.«

Kersh legte das Falschgeld auf einen Hocker neben sie. »Ich glaube dir. Ich glaube dir, dass du dich auf jeden Fall an einen Kunden erinnern würdest, der dir einen Hundertdollarschein zugesteckt hat. Und was du sonst noch außer dem Tanzen für die Hundert gemacht hast, wäre mir egal.«

Sie zuckte mit ihren knöchernen Schultern, ihre Augen auf den Plastikbeutel und den gefälschten Hunderter gerichtet. »Keine Ahnung«, sagte sie.

Kersh schüttelte den Kopf. »Falsche Antwort. Steh auf. Du kommst mit. Auf geht's.«

Heidis demonstratives Desinteresse war wie weggeblasen. »Scheiße, du lochst mich ein?«

»Das liegt allein bei dir«, fügte John hinzu, »aber wir verlassen jetzt definitiv den Klub. Mit dir.«

»Das ist Bullshit!« Sie wurde entweder nervös oder wütend, ihr Blick irrte zwischen John und Kersh hin und her. In ihrer Aufregung begann sie, mit ihren langen, gepflegten Fingernägeln kleine Stückchen der Füllung des Stuhlkissens unter sich herauszureißen. »Wisst ihr was? Das ist absoluter Blödsinn!«

»Auf geht's«, wiederholte Kersh und stopfte den gefälschten Hunderter zurück in seine Jacke. Frustriert an ihrer Unterlippe kauend stand sie auf und griff nach einer auffälligen, roten Handtasche, die auf dem Tisch lag. John nahm ihr die Handtasche ab, öffnete sie und durchsuchte sie nach Waffen.

»Muss das sein«, sagte sie beinahe jammernd.

»Hol deine Jacke«, gab John zurück, ohne aufzusehen.

Sie ging zu einem offenstehenden Spind und zog eine kurze Lederjacke heraus, die knapp unterhalb der Taille endete. Als sie sie anziehen wollte, unterbrach Kersh sie mit einem in die Höhe gehaltenen Finger. Er nahm ihr die Jacke ab, um die Taschen zu durchsuchen.

»Herrgott noch mal«, stöhnte sie.

Zufrieden gaben sie ihr die Sachen zurück. Sie stand da mit ihrer Jacke und ihrer Handtasche wie jemand, der auf den Bus wartete. Kersh nahm sie am Unterarm und führte sie zurück in den Klub und dann mitten über die Tanzfläche zur Eingangstür. John folgte ihnen auf dem Fuß, die Hände in den Jackentaschen vergraben, während er versuchte, alle Ecken des dunklen Raumes gleichzeitig im Blick zu behalten. Draußen warf ihnen der Türsteher einen fragenden Blick zu, sagte aber nichts. Anscheinend war es nichts Ungewöhnliches, dass Mädchen ihren Kunden zu ihren Autos folgten.

Sie überquerten die Straße zu Kershs Limousine. Kersh hielt Heidi weiter am Arm fest und warf John die Schlüssel zu. John ging zur Fahrerseite und sprang hinter das Lenkrad, während Kersh die hintere Tür auf der Beifahrerseite öffnete und Heidi hineingeleitete. Er glitt neben sie und schlug die Tür zu.

»Ihr müsst das nicht machen«, begann Heidi. Ihre Stimme klang angespannt wie die Saite einer Geige, die kurz davor war, zu reißen. »Ich habe kooperiert. Aber ich kann nicht helfen, wenn ich nichts weiß.«

Kersh schaute aus seinem Fenster und ignorierte das Gesicht des Mädchens. John beobachtete sie im Rückspiegel. Er hatte Kersh oft bei Verhören zugesehen, aber nie verstanden, was der Sinn dahinter sein sollte, dem Blick des Befragten auszuweichen.

»Schätzchen«, sagte Kersh, »du verarschst uns. Ich habe fünf weitere gefälschte Scheine in meinem Büro, mit denen in ein paar schicken Boutiquen, einem Restaurant und einem Schuhgeschäft eingekauft wurde. Die sind alle von dir.« Kersh hatte den Satz nicht als Frage formuliert. Und obwohl sein Ton kühl und überlegen klang, wurde er nicht laut. Er hätte aus der Weinkarte eines teuren Restaurants vorlesen können. »Überall sind deine Fingerabdrücke.« Das war gelogen – die Fingerabdrücke auf den neuen Scheinen waren noch nicht aus dem Labor zurück – aber die Gewissheit in Kershs Stimme machte die Behauptung für den Moment unangreifbar. »Ich weiß, dass du das Falschgeld nicht von deinem Chef am Ende der

Schicht bekommen hast. Jemand hat dir die Scheine direkt zugesteckt.«

Sie schob ihren Unterkiefer nach vorn, ihre Augen verengten sich. Gleichzeitig bemerkte sie, wie John sie im Rückspiegel anstarrte. »Also wer verarscht jetzt hier wen?«, fragte sie.

»In Ordnung.« Kersh griff wieder in seine Jackentasche und zog noch einmal den gefälschten Hunderter hervor. Dieses Mal holte er den Schein sorgfältig aus der Plastiktüte und legte ihn entlang seiner Faltstellen zusammen. Er sah aus wie ein alternder Zauberer, der einen Trick vorführte. »Deine ganzen Scheine sind so gefaltet«, sagte er. »Auf allen sind deine Fingerabdrücke und alle falten sich auf die gleiche Weise.« Er tippte mit einem Finger auf den Geldschein. »Wer hat sie in dein Höschen gesteckt, Heidi?«

»Nein.« Zu Johns Verwunderung geriet das Mädchen tatsächlich *ins Kichern*. Sie schüttelte ihren Kopf, ließ dabei schwarze Haarspiralen hüpfen und rückte ihre Handtasche heftig auf ihrem Schoß zurecht, als wäre sie wütend. »Nein«, wiederholte sie. »Ich lass euch nicht diese ganze Scheiße über mir auskippen. Ich bin nicht die einzige Tänzerin in diesem Klub und in dieser gottverdammten Stadt. Gefaltet? Verdammt noch mal! Menschen falten ihr Geld aus allen möglichen Gründen – das bedeutet überhaupt nichts. Viele verdammte Menschen ...«

»Vergiss nicht deine Fingerabdrücke«, erinnerte Kersh sie. Seine Stimme blieb weich und gelassen, stark und unantastbar wie der gefiederte Rücken eines großen Vogels.

Sie antwortete nicht. Ihr Kopf neigte sich leicht zu Boden und sie starrte Kersh von unten herauf an. In diesem Augenblick schien es John gleichermaßen wahrscheinlich, dass sie entweder Kersh angriff oder einfach nur schluchzend zusammenbrach.

»Ich fasse dauernd Geld an«, sagte sie schließlich. »Jeder tut das. Ihr wollt nur irgendjemanden dafür einlochen, und ich bin ein leichtes Ziel. Scheiße, wenn ich gewusst hätte, dass der Schein falsch ist, denkst du, ich hätte ihn dann bei meiner Bank eingezahlt? Bullshit!«

John beobachtete sie im Rückspiegel von seinem Platz hinter dem Steuer. Er respektierte Kersh und hatte keine Zweifel daran, dass der Mann wusste, was er tat. Aber er hielt es nicht aus, hier noch länger tatenlos herumzusitzen. Für einen plötzlichen und quälenden Moment tauchte ein Bild von Katie in seinem Kopf auf, wie sie allein zu Hause saß. Seine Hände sehnten sich danach, die Rundung ihres Bauches zu berühren, eine ihrer Brüste in die Hand zu nehmen und sein Gesicht in ihren weichen Haaren zu vergraben.

Im Auto war es plötzlich zu warm. Er steckte den Schlüssel in die Zündung, ließ den Motor an und drehte sich nach hinten um. Er musste sehr glaubhaft ausgesehen haben, denn Heidi Carlsons Gesichtsausdruck wurde zu einem Aufzug, den nichts mehr hielt und der in freiem Fall nach unten stürzte, Stockwerk für Stockwerk. »Hör zu, du dumme Schlampe, wir haben dich erwischt. Vor fünf Minuten hast du noch mit deinem Arsch auf der Bühne gewackelt, in zwanzig Minuten wirst du im Knast tanzen. Das verschissene Trinkgeld allerdings ist nicht so gut im Gefängnis.«

Darauf hatte sie keine Antwort mehr, was er auch nicht erwartet hatte. Jetzt war Schluss mit dem Gelaber und Gejammer auf dem Rücksitz. Sobald sie hinter Gittern war, würde sie deutlich williger kooperieren.

Er legte den Gang ein und zirkelte den Wagen aus der Parklücke auf die schmale Straße. Im Rückspiegel sah er, wie Kersh ihn anblickte. John schaute schnell zur Seite und sagte: »Bill, ich buchte sie jetzt ein. Sie ist erledigt. Ich habe keine Lust auf diese dämlichen gottverdammten Spielchen …«

»John …« begann Kersh, und John konnte nicht umhin, erneut einen Blick auf Kershs Gesicht im Rückspiegel zu werfen. Zu seiner Überraschung sah Kersh entspannt aus und war nicht einmal leicht verärgert. Stattdessen breitete sich auf seinem Gesicht ein Ausdruck von Zufriedenheit aus, der beinahe etwas Tröstendes hatte.

»Halt!«, schrie Heidi. Sie schob sich auf den Rand des Sitzes nach vorn. »Stopp! Warte eine Sekunde! Halt! Stopp! Okay, ich sage alles. Ich will keine Probleme.« Die Stripperin streckte die Hand aus und zog an Johns Arm. Schweigend drehte er am Lenkrad und brachte den Wagen am Rand der leeren Straße zum Stehen.

»Schon gut, schon gut«, gab sie zu. »Ich habe die Scheine bekommen. Aber ich schwöre, dass ich keine Ahnung hatte, dass sie gefälscht sind. Auch noch als ich mit ihnen bezahlt habe. Erst bei der

Sache mit der Bank habe ich es mitbekommen. Danach habe ich die Dinger nicht weiter ausgegeben.«

John stellte den Motor aus.

»Wer ist der Typ, Heidi?«, fragte Kersh. Etwas seltsam Zärtliches, fast Besänftigendes war in seiner Stimme. Für John hörte sich sein Kollege plötzlich mehr wie ein Therapeut an und nicht wie ein Secret-Service-Agent.

»Wer ist der Typ«, flüsterte sie ihm nach. Mit großen Augen betrachtete sie die Fensterscheiben der Limousine und die Polster. Sie blinzelte mehrmals. Große Klumpen Wimperntusche, die selbst in der Dunkelheit sichtbar waren, hatten sich in ihren Augenwimpern verfangen. »Ich kann nicht ... ich weiß nicht, wie er heißt. Habe ihn nur ein paar Mal gesehen vor der ... der Nacht, in der er ... mich angemacht hat.« Sie wählte ihre Worte vorsichtig. »Ich tanze, und er schaut zu, steckt dann einen Schein in meinen String. Als ich fertig bin, hole ich das Geld heraus, und dann habe ich es bemerkt, weißt du, dass er mir einen Hundert-Dollar-Schein gegeben hat. Ich war ganz schön fertig, weißt du?« Sie sprach jetzt schnell, nicht aus Angst, sondern vor Wut, und Wut machte Heidi Carlson unattraktiv. »Ich habe mich dann nach ihm umgesehen«, fuhr sie fort, »und er war noch da, aber nicht mehr an der Bühne. Er saß allein an der Bar. Hat mich durch den ganzen Raum beobachtet, sogar bevor ich ihn dort entdeckt hatte, also bin ich zu ihm rüber. Hat mir ein paar Drinks spendiert. Wir haben uns eine Weile unterhalten. Dann gingen wir zu seinem Wagen.«

»Und du hast keinen Namen?«, fragte Kersh.

Heidi schüttelte den Kopf. »Nein.«

»Was hatte er für ein Auto?«

»Scheiße, woher soll ich das wissen. Autos sind mir egal. Es war ein großer, älterer Wagen, dunkelrot, denke ich. Wie Blut. Das Innere war weiß, aber sehr schmutzig, überall auf den Sitzen waren Brandstellen von Zigaretten ...«

»Wirklich viel hast du hier ja nicht beizutragen«, sagte John, »was mich zu der Annahme verleitet, dass du uns noch immer etwas vorspielst.«

»Hey Süßer, ich kann dir nur das sagen, was ich weiß.« In ihrer Stimme war ein Funke Trotz zu hören. »Ich habe ihn noch ein paar

Mal gesehen – jedes Mal lief die gleiche Show. Ich tanze, er steckt mir einen Hunderter zu, wir genehmigen uns ein paar Drinks und landen dann in der Horizontalen in seinem Auto.«

»Wenn kein Name gefallen ist«, sagte Kersh, »wie hast du ihn dann genannt?«

Sie lachte über die Frage und ihre Stimme klang bittersüß dabei. Mit einer Hand tätschelte sie eine Seite ihres Gesichts, wobei die riesigen, knallrot angemalten Nägel im Halbdunkel leuchteten. »Wie ich ihn genannt habe? Was für eine Scheißfrage – na einfach Honey, Baby, Sugar, was auch immer. Der übliche Mist.«

John blickte Kersh an und runzelte die Stirn. »Die erzählt nur Quatsch. Ich schlage vor, wir buchten sie ein und versuchen es morgen wieder.«

Panisch schob sich Heidi vor Kersh und hielt sich an der Rückseite von Johns Sitz fest. »Ehrlich, das war's, Mann! Ich wusste nicht, dass die Scheine gefälscht sind. Ich habe mich von diesem Penner doch nicht für Toilettenpapier vögeln lassen. Ich habe doch *gesagt* ... ich meine ...« Sie schnappte nach Luft. »Hört zu – ich *habe gesagt,* dass ich es erst mitbekommen habe, als ich in der Bank war. Okay? Gottverdammt! Da war mir klar, dass er mich übers Ohr gehauen hat, ich schwöre es. Ich hatte keine verdammte *Ahnung* davon, versteht ihr das nicht? Als deine Kollegen kamen, bin ich in Panik geraten. Ich wusste, dass ich ein paar der Scheine verteilt hatte, aber ich hatte nicht vor, mich für etwas einlochen zu lassen, woran ich nicht einmal beteiligt war. Der Typ hat mich verarscht ... vielleicht habe ich nicht immer die Wahrheit gesagt. Aber verdammt noch mal, ich habe damit wirklich nichts zu tun – *und ich habe nicht den blassesten Schimmer, wer dieses Arschloch ist.*«

Kersh, der immer noch in der Lage war, mitleidsvoll zu klingen, fragte sie, wann sie ihn zuletzt gesehen hatte. Sie holte mehrmals tief Luft, ihr Brustkorb hob und senkte sich, dann antwortete sie: »Vor drei Tagen.« Sie fuhr mit ihren langen, roten Fingernägeln über ihr Dekolleté und hinterließ weiße Streifen auf ihrer braunen Haut.

»Hast du ihn wegen des Falschgelds zur Rede gestellt?«

»Nein.« Nach einer Weile sagte sie nachdenklich: »Ich meine, ich hatte es vor. Er hat mir im Klub noch einen gegeben. Ich habe ihn genommen und dachte, draußen mache ich ihn fertig. Ganz ehrlich – ich hatte vor, ihn zu erpressen. Ich will echtes Geld für echten Service. Aber als wir draußen ankamen, hatten sie sein Auto abgeschleppt.«

Die Worte schlugen bei John und Kersh ein wie eine Peitsche bei neugeborenen Kälbern. John sah Heidi an, dann Kersh, dann wieder Heidi. »*Was?!*«

»Genau so war's. Was ist los?« Sie hatte keine Ahnung. »Zuerst dachte er, es wäre gestohlen worden, dann hat der Idiot bemerkt, dass er auf einem der Taxiplätze vor dem Klub gestanden hatte. Die Polizei hat das Ding abschleppen lassen.«

Kersh sah aus wie völlig neben der Spur. Er war ein Mensch, der sich sonst keine extravaganten Emotionen leistete, aber sogar im Halbdunkel seines Wagens war deutlich, dass sich sein Gesicht von einem Moment auf den anderen *verändert* hatte, irgendwie heller geworden war.

Sie weiß nicht, was sie gerade gesagt hat, dachte John.

»Wo genau?«, fragte John. »Das Auto?«

»Äh ...« Sie drehte sich um und spähte durch das Heckfenster des Autos zurück zum Klub. Das Fenster war beschlagen und sie wackelte seitwärts mit dem Kopf, als ob eine solche Bewegung die Sicht klarer werden ließe. In diesem Moment sah sie verloren und fehl am Platz aus. »Irgendwo ...«, sagte sie. »Irgendwo dort drüben, an der Ecke vor dem Klub, auf der anderen Straßenseite.«

»Bist du sicher, dass das Auto abgeschleppt wurde?«, fragte Kersh. Er sah immer noch John an.

Heidi blickte auf ihren Schoß und rückte ihre Handtasche zurecht. »Ganz sicher. Er hat die Bezirksverwaltung angerufen, dann sogar den Abschlepphof. Er war stinksauer. Hat mir gesagt, es wäre abgeschleppt worden, hat die ganze Zeit geflucht, sich ein Taxi genommen und ist abgehauen. Und das war es – das war das letzte Mal, dass ich ihn gesehen habe. Vor drei Tagen.« Der Blick in die Gesichter ihrer Kidnapper verriet der Stripperin, dass sie nicht länger wichtig war. Erleichterung machte sich auf ihrem Gesicht breit und sie fing wieder damit an, ihre übertriebenen Fingernägel langsam über die bronzefarbene Haut oberhalb ihrer Brüste zu ziehen. »Vor drei Tagen«, wiederholte sie.

»Okay, okay«, sagte Kersh schließlich, wandte seinen Blick von John ab und grub in seiner Jacke nach etwas. »Wenn dieser Kerl wieder auftaucht, ruf uns an und halte ihn auf. Du sorgst dafür, dass er hier im Klub bleibt. Wenn du ihn nicht in einer Woche wiedergesehen hast, kommen wir zurück und holen dich. Alles klar?« Aber in seiner Stimme lag nichts Drohendes und Heidi kaufte es ihm auch nicht länger ab.

Trotzdem nickte sie und nahm die Visitenkarte, die Kersh ihr hinhielt. »Ich rufe an. Ich schwöre, dass ich anrufe. Ich werde einen unserer Jungs von der Security den Typen festhalten lassen, wenn es sein muss. Ihr werdet schon sehen.«

»Sehr gut«, sagte Kersh. Er lehnte sich über Heidis Schoß und öffnete ihr die Tür. »Dann mal los.«

»Ich rufe euch an«, wiederholte sie, als sie aus dem Wagen stieg. Sie stolperte einmal über ein Schlagloch, richtete sich wieder auf und ging mitten auf der leeren Straße zurück zum Klub.

»Kaum zu glauben, oder?«, flüsterte Kersh vom Rücksitz.

»Ja, ich …« John sagte nichts mehr, drehte sich um und öffnete die Fahrertür.

»Was ist los?«, rief Kersh und stieg ebenfalls aus. Wie Heidi stolperte er über den bröckelnden Asphalt. »John?«

John holte Heidi kurz vor der Eingangstür des Klubs ein. »Warte mal.« Sie drehte sich mit einem skeptischen Gesichtsausdruck um. Ihre Handtasche hielt sie wie ein Schild vor ihre Brust. Hinter ihr behielt sie der große Türsteher über verschränkte Arme hinweg im Blick. »Was hast du mit dem Hundert-Dollar-Schein gemacht?«

»Mit welchem?«

»Der letzte, den er dir vor drei Tagen gegeben hat.«

Ihre Augen verengten sich und sie brachte ein Lächeln hervor, das beinahe sympathisch war. Es trug nichts dazu bei, ihre Erscheinung freundlicher zu machen. Aus dem Nichts kam John der Gedanke, warum an einem Ort wie der *Black Box* so viele Spiegel hingen.

Heidi griff in ihre Handtasche und kramte darin herum. Sie ging näher an die Lichter über der Tür heran, um in ihrer Tasche etwas sehen zu können. Sie holte ein Bündel Geldscheine hervor, zog einen Hunderter heraus und hielt ihn vor sich hin. »Hier«, sagte sie.

John fasste ihn an nur einer Ecke mit zwei Fingern an. Er hatte die Scheine lange genug gesehen, um die Merkmale auf der Stelle zu erkennen.

»Unglaublich.« Sie stieß ein Lachen hervor, aber ihre Augen blieben reglos. »So ein Schwachsinn.« Dann drehte sie sich um und lief langsam zurück in den Klub.

Der Türsteher nickte in Johns Richtung. »War mir gleich klar, dass ihr zwei Bullen seid«, meinte er beiläufig.

»Ach so? Wie wäre es dann, wenn du uns unsere dreißig Dollar zurückgibst? Nachdem wir hier so hart arbeiten ...«

Der Türsteher starrte nur wortlos auf ihn herab, die tätowierten Arme regungslos über der breiten Brust verschränkt. Dann, völlig überraschend, lachte er. Zwischen seinen beiden Vorderzähnen wurde eine große Lücke sichtbar. Noch überraschender war, dass der Türsteher ein dickes Bündel Scheine aus seiner Gesäßtasche zog, dreißig Dollar abzählte und sie John hinhielt.

»Kommt an einem Abend wieder, an dem ihr nicht im Dienst seid«, sagte der Türsteher, »du und dein Partner. Dann geht der Eintritt auf mich.«

Als John wieder zurück beim Auto war, saß Kersh hinter dem Steuer. Er hatte den Motor laufen lassen. Kershs Kopf war nach vorn gebeugt und befand sich sehr nah am Lenkrad. John kletterte auf den Beifahrersitz, schlug die Tür zu und warf die dreißig Dollar in Kershs Schoß. Der ältere Agent zog eine Augenbraue hoch, als er das Geld einsteckte.

»Ist das zu glauben?«, fragte John und grinste. »Scheiße!« Er schlug mit einer Hand auf das Armaturenbrett. »Wenn das kein Durchbruch ist, oder? Soll ich fahren?«

»Willst du jetzt weitermachen? Heute Nacht?«, fragte Kersh.

»Was, machst du Witze? Auf geht's!«

Kersh legte den Gang ein und trieb den Wagen durch die schmale Straße voran. Ab und an säumten Straßenlaternen ihren Weg und Linien aus horizontalem Licht rollten über die Motorhaube, die Windschutzscheibe, das Dach.

»Auf geht's«, sagte Kersh.

KAPITEL 11

Die meisten der Männer, die auf dem Abschlepphof der Polizei am Pier 76 arbeiteten, waren alte Kerle kurz vor dem Ruhestand. Sie trugen die üblichen Standard-Uniformen und ihre Pistolen, und in der Regel verhielten sie sich ungenießbar gegenüber allem und jedem, was nicht aus dem Dunstkreis der Ordnungshüter stammte.

Es war spät in der Nacht, als Kersh seine Limousine entlang des Hudson River Greenway zum Pier 76 steuerte. Während sie das Ufer entlangfuhren, betrachtete John die auf dem Hudson River glitzernden Lichter von Weehawken. Selbst aus dieser Entfernung konnte er die roten und grünen Lichter der Mautstellen des Lincoln Tunnel erkennen. So viele Menschen lebten ihr Leben, ohne sich der Dinge, die in der Welt unter ihnen krochen, bewusst zu sein. Für eine Weile sah er dem Wechselspiel der Lichter der Mautstellen zu. Die Nacht war windig und klar. Durch das einen Spalt geöffnete Beifahrerfenster drangen die strengen und salzigen Gerüche des Flusses ins Auto. Und unterhalb dieser Gerüche, irgendwie verborgen und weniger aufdringlich, lag der Dunst von Diesel und Öl, den die Kreuzfahrtschiffe ausströmten, die an den nördlichen Piers angedockt waren.

Polizisten haben einen anderen Blick auf die Docks der West Side von Manhattan als die meisten Menschen. Für sie geht es weniger um Boote und Kreuzfahrtschiffe, die in den Hafen ein- und wieder auslaufen und deren Gestank nach verbranntem Treibstoff beständig die Luft durchdringt. Für die Polizisten von New York sind die Docks ein Schatz von Hinweisen für alle möglichen Fälle, vor allem die hoffnungslosen. Die Zahl der Verbrechen, die dank der stadtweit abgeschleppten Autos aufgeklärt werden konnte, war atemberaubend. Doch so oft Fälle auf den Docks gelöst wurden, so oft nahmen sie dort auch ihren Anfang. Die Anzahl der in einem Jahr aus dem Hudson River gezogenen Leichen entsprach ungefähr der Anzahl von Homeruns, die die Yankees in einer Saison warfen.

Kersh fuhr entlang eines stacheldrahtbewehrten Metallzauns auf das mit einem Wärter besetzte Eingangstor des Abschlepphofs zu.

Kurz davor ließ er sein Fernlicht zwei Mal aufblinken. Der Wärter stolzierte zum Auto, beugte sich hinunter und spähte hinein. Kersh klappte seine Dienstmarke auf und der Wärter nickte und winkte sie durch das Tor. Auf der anderen Seite standen zwei grauhaarige Männer in Uniform und sahen zu, wie das Auto vorbeirollte. Der eine hielt die Arme vor der Brust verschränkt, der andere hatte seine Hände in die Hüften gestemmt.

Hier enden Polizisten, wenn sie alt werden, dachte John und beobachtete die Männer durch sein Fenster. *Abgeschleppt aus der Realität der Straßen und der Stadt zu dieser Verwahranstalt für Autos und Polizisten.*

Für einen wahnsinnigen Moment dachte er an seinen Vater.

Der Platz war voll mit Autos aller möglicher Größen, Formen, Marken und Farben. Einige sahen im Mondschein neu und glänzend aus; andere schienen ebenso brüchig und glanzlos wie Knochen, überzogen mit einer Kruste aus Schmutz, Schmiere und Meersalz. Geradeaus und ein paar Schritte nach rechts stand das Bürogebäude des Abschlepphofs im Dunkeln wie vor einem schwarzen Vorhang. Warme gelbe Lichter ließen den Empfangsbereich im Inneren vergleichsweise einladend wirken. Kersh stellte den Motor ab, beide stiegen aus.

In der Nähe des Flusses war es kalt. Aus westlicher Richtung konnte John hören, wie das Wasser beruhigend gegen die Hafenpfähle schlug, während aus dem Osten immer noch der gedämpfte Lärm der Stadt herüberschwappte. Er zog den Reißverschluss seiner Lederjacke auf und folgte Kersh ins Büro, der soeben mit leichter Altstimme Beethovens »Ode an die Freude« zu summen begann.

Im Gegensatz zur Nachtluft war das Innere des Büros erstickend warm. Ein großer, hagerer Gentleman in einem Baumwollhemd stand hinter einem langen Schreibtisch. Darauf stand ein Namensschild, auf dem *Kroger* zu lesen war. Kroger – wenn dieser Typ tatsächlich Kroger war – blickte auf, als sie das Büro betraten, aber sein Gesicht blieb ausdruckslos und seine Augen unbewegt. Mit einer Hand grub er in einer Dose schwarzer Oliven, die auf seinem Schreibtisch stand.

»Kann ich helfen?«

Wieder holte Kersh seine Dienstmarke heraus. »Special Agent Kersh, Secret Service. Das hier ist Agent Mavio. Wir brauchen Informationen über ein Auto, das vor drei Tagen auf der 41. Straße in der Nähe des Times Square abgeschleppt wurde. Vor einem Klub namens *Black Box*.«

»Vor drei Tagen?«, fragte Kroger und drehte sich zu einem Computerterminal auf seinem Schreibtisch um. Von seinen Fingern tropfte Olivensaft auf die Tastatur.

»Das ist korrekt.«

»Sonst irgendwelche Informationen?«, fragte Kroger. »Marke, Modell? Fahrzeug-Identifizierungsnummer? Kennzeichen vielleicht?«

»Keine Nummern. Ein älteres, großes Auto«, sagte John. Er machte seine Jacke auf, das Büro war unbequem warm. »Dunkelrot.«

»Tatsächlich, ja, hier ist es«, sagte Kroger. »Das ist das Auto.« Er leckte sich die Lippen mit seiner kleinen rosafarbenen Zunge. »Ja, der hier kam vor drei Tagen rein. Ganz sicher.«

Er hackte schneller auf die Tastatur ein. »Ein 1979er Lincoln Towncar, metallic-karminrot, cremeweißes Interieur, Kennzeichen EGA-419, New Yorker Nummernschild. Registriert auf den Namen … den Namen … Evelyn Gethers.« Kroger stieß einen Pfiff aus. »Lebt auf der Upper East Side. Ich drucke die Adresse aus.«

»Evelyn Gethers«, wiederholte Kersh leise. John sah ihn an und versuchte, den Ausdruck auf dem Gesicht des Älteren zu entziffern. Aber Kersh hatte keinen.

»Sagt dir der Name etwas?«, fragte John.

Kersh runzelte die Stirn, zog ein Paar buschige Augenbrauen hoch und zuckte mit seinen massigen Schultern. Sein weißes Hemd quoll aus der Hose. Knapp oberhalb seines Gürtels konnte John durch den Stoff des Hemdes das buntgemusterte Band von Kershs Boxershorts erkennen. Bei diesem Anblick, kontrastiert von Kershs sehr nachdenklichem Gesichtsausdruck, musste John in sich hinein grinsen.

»Und schon geht's los«, sagte Kroger. Ein Drucker im Regal hinter seinem Schreibtisch spuckte Papier aus. Kroger nahm die Informationen in Augenschein, riss dann das Papier aus dem Drucker und reichte es Kersh. Kroger, halb über den Schreibtisch gelehnt, beobachtete interessiert Kershs Gesicht.

Kersh starrte auf den Ausdruck und kaute an seiner Unterlippe. »Nun gut«, sagte er mehr zu sich selbst als zu den anderen im Raum. »Ein Loft im zweihunderter Block der 72. Straße East.«

John runzelte die Stirn. »72. Straße East? Beeindruckend. Schöne Gegend.«

»Ihrem Geburtsdatum nach ist die Dame vierundsechzig.« Kersh sah Kroger an. »Sind Sie sicher, dass es das richtige Auto ist?«

»Aber selbstverständlich«, sagte Kroger nachdrücklich.

»Sehr merkwürdig«, wunderte sich John.

»Hey, äh …« Kroger räusperte sich und blickte beide Besucher unter seinen drahtigen, pfefferfarbenen Augenbrauen heraus an. »Hat das irgendwas mit diesem Kopf zu tun?«

»Kopf?«, fragte John. Kersh sah nicht einmal zu Kroger auf. Er war noch immer mit dem Ausdruck beschäftigt.

»Der Kopf, den sie vor ein paar Tagen aus dem Fluss gezogen haben. Gleich hier neben dem Dock.«

John blinzelte. »Das ist eine gute Frage«, sagte er und musterte den Mann. »Wir werden im Büro einige Tests durchführen. Besten Dank.«

Kroger interpretierte Johns Sarkasmus als echte Anerkennung. »Ja, das ist gut. Immer wenn jemand einen Kopf im Fluss findet, brauchen alle länger für ihre Arbeit, es ist wirklich unglaublich. Über diese eine Sache quatschen dann alle in der Mittagspause, aber wir haben hier eine Menge zu tun – Sie wissen, was ich meine? Mittagspausen sind so eine Sache. Immer diese Geschichten. Ich meine, es ist doch nur ein *Kopf*.«

Kersh blickte auf, faltete den Ausdruck zusammen und stopfte ihn in die Gesäßtasche seiner Stoffhose. Auf seiner Oberlippe hatte sich ein Schweißfilm gebildet. »Waren Sie hier, als das Ding aufgesammelt wurde?«

»Aufgesammelt? Der Kopf?«

»Das Auto«, sagte Kersh.

»Nein.«

»Wer war hier?«

»Nein, nein«, sagte Kroger und schüttelte den Kopf, »das Auto ist noch hier. Draußen auf dem Hof. Wollen Sie es sehen?«

Kersh starrte nur ausdruckslos. »Ja«, sagte er.

John ergänzte: »Wir brauchen was zum Autoknacken.«

»Ich hole Werkzeug«, sagte Kroger und fühlte sich wie ein Mitverschwörer. »Ich zeige Ihnen, wo das gute Stück steht.«

♣

Der Lincoln Towncar von Evelyn Gethers war ein auffälliger Wagen, der in dieser Phase seiner Existenz zwischen einem verbeulten Volkswagen und einem Mercedes mit platten Reifen stand. Die Frontpartie des Lincoln war teilweise verbeult und die Windschutzscheibe durchzog ein feines Netz von Rissen. Die Farbe des Autos erinnerte tatsächlich an die Farbe von Blut, wie Heidi Carlson gesagt hatte.

Die Fenster waren mit dem grauen Schmutz der Stadt überzogen und an zahlreichen Stellen mit sternförmig aussehenden Flecken aus Möwenkot verziert. Durch die Fenster konnte John das einst weiße und jetzt eher gelblich-graue Innere erkennen, in dem rissiges und abgewetztes Leder dominierte. Ein grünes Plastikkleeblatt und ein Paar Augäpfel aus weichem Kunststoff mit beweglichen Pupillen hingen vom Rückspiegel herunter.

John bemerkte, dass das Schloss auf der Fahrertür geöffnet war. Hinter ihm durchsuchten Kersh und Kroger die Werkzeugkiste. John griff nach der Tür und zog sie auf. In der schmutzigen Scheibe des Seitenfensters sah er, wie Kersh den Kopf hob.

»Offen«, sagte John und steckte den Kopf in das Auto. Die Innenbeleuchtung ließ sich nicht anschalten. »Verdammt, das riecht hier wie in einem Abwasserkanal.« Es gelang ihm nicht, sich vorzustellen, wie man jemanden dazu bringen konnte, in einem übelriechenden Auto wie diesem Sex zu haben.

»Was gefunden?«, rief ihm Kersh zu.

»Eine leere Packung Marlboros, ein paar Münzen im Aschenbecher ... und etwas auf dem Beifahrersitz, das wie ein Haufen Hundekot aussieht. Ist wahrscheinlich nur eine Tootsie Roll.« Er hielt den Atem an, lehnte sich weiter in das Fahrzeug hinein und schob den Beifahrersitz nach vorn. Auch der Rücksitz war so gut wie leer.

»Hier ist nichts«, sagte er. »Nur eine zusammengeknüllte Socke und eine nasse Packung Taschentücher.«

»Komm schon, wir machen den Kofferraum auf«, sagte Kersh, holte einen längeren Schraubenzieher aus Krogers Werkzeugsammlung und ging zum Heck des Fahrzeugs. Er steckte den Schraubenzieher in das Kofferraumschloss, drückte ihn mit seinem Gewicht nach unten und hebelte das Schloss heraus. »Ein schönes Geräusch«, sagte Kersh und ließ den Schraubenzieher auf den Boden fallen.

John und Kroger versammelten sich zu beiden Seiten um Kersh – drei Wahrsager, die unbedingt die Zukunft in derselben Kristallkugel sehen wollten. Kroger, dem die Kälte zu schaffen machte, zitterte. Kersh streckte vorsichtig zwei Finger aus und schob sie unter die Kofferraumklappe. Er hob sie langsam an, die Scharniere quietschten, bis die Klappe mit einem Knall aufsprang. Die drei Männer starrten hinein.

Der Erste, der die Sprache wiederfand, war Kroger. »Heißer Scheiß«, sagte er, »ist *das* nicht ein Anblick?«

Im Kofferraum befanden sich: eine Skimaske, eine kugelsichere Kevlar-Weste und eine kleine Pistole mit aufgeschraubtem Schalldämpfer. Bei der Waffe handelte es sich um eine halbautomatische Pistole Kaliber .22, die gern von Auftragskillern verwendet wurde. Diskret, kompakt und ohne die Mannstoppwirkung von Waffen größeren Kalibers war die .22er allein auf ihre tödliche Wirkung hin entwickelt worden. Sie war in der Lage, innerhalb des getroffenen Körpers vom Knochen abzuprallen und so maximale Schäden anzurichten.

Erst nach einigen Augenblicken drehten sich John und Kersh zueinander um und sahen sich ungläubig an.

»Sieht so aus, als ob wir ein paar Plastikbeutel für die Beweise brauchen«, sagte Kersh schließlich.

KAPITEL 12

Die wie Schmelze leuchtende Sonne schien herab auf die Akropolis Manhattans, die Upper East Side. John steuerte seinen Camaro durch eine endlose in der Rush Hour gefangene Masse von Autos. Durch das heruntergelassene Seitenfenster betrachtete er immer wieder das fantastische Schauspiel der Gebäude zu seiner Linken. Das Radio war auf die Frequenz eines Senders eingestellt, der Modern Rock spielte. Neben ihm auf dem Beifahrersitz saß Kersh, der trotz des Schlafmangels erfrischt und munter wirkte. Nicht zum ersten Mal fragte sich John, was Kersh von ihm hielt. Eigentlich war John exzellent darin, Menschen einzuschätzen. Aber Bill Kersh war eine Nuss, die schwer zu knacken war. Beinahe war es, als wäre Kersh eine faszinierende, unbekannte Spezies Mensch. Er wusste, dass Kersh mit den meisten Menschen um ihn herum gut auskam und einige wenige wirklich verabscheute. Aber ihm fiel niemand ein, den Bill Kersh tatsächlich *mochte*. Was ihn für John umso interessanter machte.

»Hast du letzte Nacht noch etwas Schlaf abbekommen?«, fragte Kersh.

»Geht so.« Er konnte sich des Eindrucks nicht erwehren, dass Kersh versuchte, ihn ein wenig abzutasten. »Wir hätten schon letzte Nacht dort hinfahren können. Wir hätten nicht warten müssen.«

»Das ist egal. Die Sache wird uns ganz wild im Kreis herumführen«, sagte Kersh mehr zu sich selbst. »Diese Sache mit Evelyn Gethers. Wart's nur ab. Ich habe da so ein Gefühl.« Kersh lehnte sich gegen seine Kopfstütze. »Verrätst du mir etwas?«

»Schieß los.«

»Du hörst tatsächlich diesen Müll?«

John lachte und drehte das Radio lauter. »Für einen Kerl, der angeblich so intelligent ist, bist du verdammt engstirnig.«

Kersh trommelte mit den Fingern auf das Armaturenbrett. »Intelligent? Ich? Von wem hast du dir das nur erzählen lassen, mein lieber Junge?«

John bog auf die 72. Straße ab und hielt die Augen nach dem Gebäude offen, in dem Evelyn Gethers wohnte. Dieser Teil der Stadt, strahlend sauber und von deutlich sichtbaren Zeichen des Reichtums überzogen, war das polare Gegenteil zu dem engen, schmutzigen Straßengewebe rund um die *Black Box*. Die Häuser waren massiv und prächtig, einige geradezu prahlerisch. John hatte den Gedanken, dass dies die einzige Stadt der Welt war, in der die unerträglich Reichen ihre Ärsche unmittelbar in die Gesichter der Gequälten und Bettelarmen hielten.

»Dort ist es«, sagte Kersh und zeigte auf ein mehrstöckiges, altes Wohnhaus mit einer Markise über dem Eingangsbereich, die in weiß-goldenen Streifen leuchtete. »Hier findest du nicht mal einen Fleck auf der Straße.«

»Was für eine Gegend.« Die Fenster im Erdgeschoss waren mit Chromleisten verziert und unterhalb der Markise stand ein Portier, der wie ein dressierter Affe gekleidet war. »Was zum Teufel soll unser Verdächtiger mit einer alten Schachtel von hier zu tun haben? Was meinst du, ob er vielleicht ihr Sohn oder Enkel oder etwas in der Art ist?«

Kersh biss sich auf die Unterlippe. Er sah nicht zu John, sah nicht zu dem Haus, in dem Evelyn Gethers wohnte. Seine Augen waren geradeaus auf die Straße gerichtet, als ob dort eine Antwort läge, die er nur aufzuheben brauchte. Er sagte nichts.

Fünf Minuten später, nach einer langsamen Fahrt mit dem Aufzug in den obersten Stock, klopfte John an Evelyn Gethers Tür. Der Flur – weiß, penibel sauber, minimalistisch und doch anspruchsvoll eingerichtet – war ein Museum.

Die Tür öffnete sich und ihnen gegenüber stand ein streng aussehender Mann in Hemd und Fliege. Sein Gesicht war rötlich und seine Nase groß und stumpf wie der Stopper an einem Rollschuh. Die Ausmaße seiner Glatze waren enorm, nicht ein einziges Haar war zu sehen. John und Kersh konnten sich beide als Reflexionen auf seiner Kopfhaut sehen. Als er sprach, verriet sein Ton leise Irritation und ein grundsätzliches Desinteresse an allen Dingen, die lebten und atmeten.

»Die Polizei«, sagte er, wobei er vor allem zu sich selbst zu sprechen schien. »Der Portier hat Sie vor einer Minute angekündigt.«

John und Kersh sagten, wer sie waren, und zeigten ihre Dienstmarken vor.

»Kommen Sie herein«, sagte der Butler. Er öffnete die Tür und stellte sich neben den Durchgang, wo er völlig emotionslos verharrte, während John und Kersh die Wohnung betraten.

Der Loft wirkte wie aus einem Roman von F. Scott Fitzgerald. Das Foyer war eine schier endlose Ausdehnung von Fischgrätparkett und hohen, mit Stuck verzierten Decken. In westlicher Richtung endete der Raum in mehreren Spitzbogenfenstern, die einen Ausblick auf ähnliche Gebäude und das dahinterliegende herbstbunte Band des Central Park boten. Die Einrichtung verriet eine gewisse Sentimentalität gegenüber dem vergessenen Goldenen Zeitalter und die Wände bluteten geradezu von den Farben der exquisiten Gemälde, die in schwerer Bronze oder lackiertem Mahagoni gerahmt waren.

»Mrs. Gethers wird gleich herunterkommen«, sagte der Butler. Er stand neben einer Marmorstatue irgendeines griechischen Kriegers, die die stoische, emotionslose Haltung des Butlers zu imitieren schien. »Darf ich den Herren in der Zwischenzeit etwas anbieten?«

»Nein, danke«, sagte Kersh. Er bewegte sich langsam durch den Raum und bewunderte die Gemälde. »Das hier sind ...«

»Impressionisten«, sagte der Butler. »Cézanne, Manet, Monet ...«

»Sind die *echt?*«

Der Butler ließ sich nicht dazu herab, Kersh zu antworten.

»Mrs. Gethers lebt allein?«, fragte John, während er dem Butler bei der Arbeit zusah. »Ich meine, abgesehen von Ihnen. Ist sie verheiratet? Kinder?«

»Ihr Mann war C. Charles Gethers. Er ist tot. Mrs. Gethers hat nie ...« Ein kleiner Schluckauf schien sich in die Antwort des Butlers eingeschlichen zu haben, während er nach dem geeigneten Vokabular suchte, um eine möglichst fade Auskunft zu geben. Er entschied sich für: »Mrs. Gethers hat nie Kinder *gehabt.*«

Wer zum Teufel war C. Charles Gethers?, dachte John, fragte aber nicht nach.

Kersh näherte sich einer Wand aus Büchern und holte eines aus dem Regal. Er schlug es auf und blätterte durch ein paar Seiten. Als Evelyn Gethers Stimme vom oberen Ende der Wendeltreppe erklang, zuckte Kersh zusammen und ließ das Buch beinahe auf den Boden fallen.

»Gesellschaft!«, sang sie fast. »Was für eine Freude!«

Auch John sah erschrocken auf. Sie stand auf dem Treppenabsatz direkt über einem weißen Steinway-Piano auf der Ebene unter ihr. Sie erwies sich als eine schmale alte Dame, die ein mintgrünes Seidenkleid und eine dazu passende Federboa trug. Ihr Haar war vollkommen weiß und glänzte im weichen Licht des riesigen Kronleuchters, der knapp über ihrem Kopf hing. Mit stark geschminktem Gesicht und dünnen, aus dem Stoff ihres Kostüms auf merkwürdige Weise herausragenden Armen stand sie strahlend da und lachte sie von oben an. Dann schritt sie langsam und bedächtig die Treppe hinab, wie eine Schauspielerin, die ihren großen Auftritt hat.

Wahnsinn, sie ist Katherine Hepburn, dachte John in diesem Augenblick.

Auch Kersh beobachtete, wie die Frau die Treppe herunterkam. Er lächelte schief und schenkte ihr ein halbes Nicken, als sie den Boden erreichte.

»Morris«, sagte Evelyn Gethers, »bringen Sie bitte etwas Kaffee. Karibische Bohnen, nicht dieser importierte mexikanische Müll.«

»Ma'am«, sagte Morris der Butler, nickte einmal und verschwand.

»Also«, sagte die Frau und bewegte sich in die Mitte des Raumes, von wo aus sie ihre Gäste besser in Augenschein nehmen konnte. »Ist das nicht nett?« Aus der Nähe sah sie ihrem Alter entsprechend aus und das Licht des Kristall-Kronleuchters war eher wenig schmeichelhaft. Ihr Gesicht war mit Make-up geradezu verkleistert und ihre großen und farblosen Augen stachen hinter dick mit schwarzem Mascara verklumpten Wimpern hervor. Offenbar hatte sie roten Lippenstift frisch aufgetragen, aber sie hatte keinen guten Job gemacht. Wenn sie lächelte, zeigte sie eine Reihe von Zähnen, die aus dem Zahnfleisch ragten wie Dorfbewohner auf der Flucht vor einer biblischen Plage.

Kersh stellte sich und anschließend John vor, der nickte, ohne etwas zu sagen. Die alte Dame lächelte unablässig und nickte zweimal als Antwort auf jede Vorstellung. »Das hier ist ein erstaunlicher Ort«, sagte Kersh mit echter Bewunderung.

»Dieser Raum«, begann Evelyn Gethers, »ist ein *duplicato* unserer Suite im Hotel Lungarno in Florenz, wo wir früher in den Wintermonaten oft Urlaub gemacht haben. Herrlich. Wirklich herrlich. Florenz. Waren Sie dort, Inspektor Kersh?«

»In Italien? Leider nein.«

»*Tristemente*, es ist nicht mehr das, was es einst war. Kein Ort ist das mehr. Wir haben auch Monate in Paris verbracht und sind über die Pflastersteine der Rue Mouffetard flaniert, aber auch dort hat sich vieles verändert. Und die Kunst. Haben Sie meine Kunstwerke gesehen?«

»Sehr beeindruckend, ja.«

Sie seufzte und schloss ihre großen Augen, deren Lider mit einem elektrisch wirkenden Blau bemalt waren. »Manche Dinge bleiben besser der Fantasie überlassen, und sie sind nie gleich. Nicht für uns jedenfalls.«

»Uns? Sprechen Sie von Ihrem Mann?«, fragte Kersh.

»Sie meinen Charles?« Sie lachte, und ihr Hals verengte sich bei der Kraftanstrengung wie ein Gummischlauch, aus dem die Luft entwich. »*Charles* liebte die Kunst, liebte die Städte. Aber Charles war arrogant, sogar auf seinem Sterbebett, und er fluchte wie ein Seemann, der zu viel Rum getrunken hat. Aber er war beliebt, und er liebte Paris.« Sie schüttelte den Kopf, ihr Lächeln schwand langsam, und sie sah plötzlich sehr verloren aus. »Sie müssen mir verzeihen«, entschuldigte sie sich. »Mein Gedächtnis ist auch nicht mehr, was es war. Es ist alles sehr, sehr lange her.«

»Das macht nichts«, sagte Kersh.

»Mrs. Gethers«, hakte John ein, »besitzen Sie einen roten 1979er Lincoln Towncar?«

Sie blinzelte einmal, zweimal. »Der Lincoln«, murmelte sie. Dann: »Ja, ja! Ich habe einen roten Lincoln. Es war Charles' Auto. So temperamentvoll wie er. Möchten Sie beide sich nicht setzen?«

»Nicht nötig«, erwiderte John.

»Nun kommen Sie schon«, bestand Evelyn Gethers und ging zu ihrem Sofa. Sie machte Platz für Kersh, der sich etwas unbeholfen neben sie setzte und dabei noch immer das Buch aus dem Bücherregal in der Hand hielt. John blieb gegenüber von ihnen stehen.

»Ihr Auto wurde vor einigen Tagen abgeschleppt und beschlagnahmt, Mrs. Gethers«, sagte er. »Was genau ist passiert?«

»Abgeschleppt?« Sie faltete ihre knöchernen Hände in ihrem Schoß. An ihren Handgelenken glitzerte eine beeindruckende Auswahl von Diamant-Armbändern. »Sie meinen von der Polizei?«

»Hat außer Ihnen jemand das Auto benutzt?«, fragte Kersh.

»Den Lincoln? Ich fahre nicht mit dem Lincoln.« Eine kleine, rosafarbene Zunge schoss aus ihrem Mund hervor und arbeitete sich an ihrer mit Lippenstift verkrusteten Unterlippe ab. »Ich bin jahrelang nicht gefahren. Meine Augen sind zu schlecht dafür geworden, fürchte ich.«

Kersh formulierte die Frage neu: »Wer fährt sonst mit dem Lincoln?«

»Oh, Douglas natürlich«, sagte sie in einem sachlichen Tonfall.

»Douglas?«, fragte John. »Wer ist Douglas?«

»Er fährt den Lincoln«, sagte die alte Frau.

»Wie lautet sein Nachname?«

»Er …« Sie hielt inne, als hätte sie den Faden verloren. Sie lächelte John entschuldigend an und wandte sich dann Kersh zu, um ihn nicht außen vor zu lassen.

Morris betrat den Raum mit einem Tablett mit Kaffeetassen und Kaffeekanne. Kurz vor dem Tisch aus Granit hielt er inne, immer noch das Tablett in den Händen, und räusperte sich mehrmals. John verspürte das Bedürfnis, dem Butler eins mitten auf die Nase zu geben, begnügte sich aber mit einem finsteren Seitenblick. Kersh jedoch bedankte sich höflich bei ihm für den Kaffee.

»Trinken Sie, trinken Sie«, sagte Evelyn Gethers und nahm sich eine Tasse. Ihre Hand zitterte. John war erstaunt, dass sie es schaffte, die Tasse an die Lippen zu setzen, ohne auch nur einen Tropfen zu verschütten. »Vielen Dank, Morris.«

Morris drehte sich um und stolzierte aus dem Zimmer wie jemand, der auf seine schon immer großartige Idee hin plötzlich doch gelobt wird.

»Clifton«, sagte sie. »Sein Nachname ist Clifton. Wir werden heiraten.«

John warf Kersh einen raschen Blick zu, den Kersh über den Rand seiner Kaffeetasse hinweg erwiderte. »Er wohnt hier?«, fragte John.

»Ja«, antwortete die Frau. »Nun ja, nicht wirklich. Jedenfalls nicht die ganze Zeit. Er hat ein Zimmer im Obergeschoss, aber er bleibt nur selten über Nacht. Er ist sehr beschäftigt.«

»Wie alt ist er?«

»Oh, zwanzig, dreißig ... fünfzig vielleicht. Ich bin mir nicht ganz sicher.« Sie kratzte sich mit einem krummen gelben Daumen im Mundwinkel, wobei sie die Schminke verschmierte. »Ich glaube, ich habe ihn niemals gefragt.«

»Wo ist er jetzt?«

»Jetzt? Nun, ich glaube, er ist krank. Er ist recht krank. Das ist wirklich guter Kaffee.«

»Er ist jetzt nicht hier?«, fragte John.

»Im Moment nicht. Er ist sehr krank. Er liegt im Krankenhaus.« Mrs. Gethers nickte in Richtung des Tabletts mit dem Kaffee. »Es ist noch eine Tasse da, Herr Inspektor ... Mavio? Möchten Sie noch etwas?«

»Er hat Ihnen gesagt, dass er im Krankenhaus liegt?«, fragte Kersh neben ihr.

Sie richtete ein Lächeln auf ihn, das ganz aus Zähnen, Zahnfleisch und Schminke bestand, nickte einmal und blinzelte mit ihren massiven Augen. »Er hat mich gestern angerufen«, sagte sie. »Aus dem Krankenhaus.«

»Welches Krankenhaus?«, fragte John.

Mit zusammengepressten Lippen blickte sie zu ihm auf, als hätte er sie gerade gefragt, welche Farbe ihre Unterwäsche hatte. Auf einmal sah sie sehr verletzlich aus.

»Es gibt etwas, das Sie wissen müssen«, flüsterte sie fast. »Ich mag es nicht, wenn Menschen vorgefertigte Meinungen haben, also bin ich lieber direkt und spreche die Dinge an, damit sie die Worte aus meinem eigenen Mund hören und es keine Missverständnisse gibt. Verstehen Sie?«

John nickte.

Sie sprach langsam und wählte ihre Worte mit Bedacht, aber es machte den Eindruck, als versuchte sie eher sich selbst als die anderen im Raum zu überzeugen. »Ich habe meinen Mann geliebt. Ich war eine gute Ehefrau. Nie habe ich mich beschwert. Nie. Verstehen

Sie? Es ist wichtig, dass Sie mich verstehen, dass Sie die ganze Sache verstehen. Können Sie mir folgen?« Aber niemand antwortete, und nach einigen Augenblicken der Stille richtete sie sich auf und nippte noch einmal an ihrem Kaffee. »Ah, jetzt erinnere ich mich wieder an den Ort«, sagte sie plötzlich genauso fröhlich wie in dem Moment, an dem sie sie an der Treppe begrüßt hatte. »Der Palazzo. Der große, großartige Palazzo. *Spettacoloso*.«

Den Korridor hinunter war das Geräusch knarzender Dielen zu hören. John drehte den Kopf gerade noch rechtzeitig, um einen sich langsam bewegenden Schatten an der Wand des angrenzenden Zimmers zu sehen. Vermutlich lauschte Morris ihrer Unterhaltung.

»Möchten Sie sein Zimmer sehen?«, fragte sie plötzlich. »Das Zimmer von Douglas?«

»Das wäre wunderbar«, sagte Kersh und stand auf.

Während sie Evelyn Gethers zur Wendeltreppe nach oben folgten, ließ John sich leicht zurückfallen und warf einen Blick durch jede der zum Teil offenstehenden Türen. In seinem Kopf formte sich bereits ein erstes Bild von der Situation. Die Frau war alt, exzentrisch, litt unter Wahnvorstellungen und wahrscheinlich mindestens unter einem Hauch Alzheimer. Er hatte wenig Hoffnung, dass der Name, den sie genannt hatte, überhaupt zu einer realen Person gehörte.

Sie führte sie in einen kleinen, leeren Raum mit blauen Wänden und einem einzelnen Fenster, das auf die 72. Straße hinausblickte. Im Zimmer stand ein Einzelbett, das ordentlich gemacht war und in dem wahrscheinlich schon einige Zeit niemand mehr geschlafen hatte, ein Pappkarton neben dem Bett und an einer Wand eine handgeschnitzte Kommode mit Messinggriffen und vergoldeter Frontpartie. Das war alles.

»Wann war er das letzte Mal hier?«, fragte John, bückte sich und spähte in den Karton. Er war leer. Mit einem Fuß hob er die Ecke der Tagesdecke an und ging in die Hocke, um unter das Bett zu sehen. Nichts.

»Oh, du meine Güte. Er war lange Zeit nicht bei mir. Ich kann mich nicht erinnern.«

Kersh fragte die Frau, von welchem Krankenhaus aus Clifton angerufen hatte, ob er gesagt hatte, warum er dort war und was mit ihm geschehen war. Kershs lächelnde Stimme musste auf bessere Resonanz in Evelyn Gethers Kopf gestoßen sein, denn sie zog sich nicht in sich selbst zurück, wie sie es noch auf Johns Frage hin getan hatte.

Aber auch Kersh konnte ihr keine neuen Informationen entlocken. Vielleicht habe Clifton es ihr gegenüber einfach nicht erwähnt, mutmaßte die Frau. »Ich bin ziemlich sicher, dass ich mich daran erinnern würde, wenn er es mir erzählt hätte«, sagte sie.

John öffnete die Schubladen der Kommode. Leer. Leer. Leer. In einer von ihnen fand er eine halbleere Schachtel Marlboros.

»Seine Zigaretten sind hier«, sagte er zu Kersh. »Dieselbe Marke.«

Neben der Schlafzimmertür war ein Einbauschrank in die Wand integriert. Kersh schob die Türen auf und spähte hinein. Abgesehen von zwei sehr teuren Anzügen und einer Ansammlung nicht zueinander passender Kleiderbügel war der Wandschrank leer. Kersh verschwendete keine Zeit damit, die Taschen der Anzüge zu durchsuchen, und holte sie stattdessen komplett aus dem Schrank. Er hielt sie auf Armeslänge vor sich, um eine Vorstellung von der Größe Douglas Cliftons zu bekommen.

»Ich habe sie für ihn gekauft«, sagte die Frau und klang niedergeschlagen. »Riechen sie daran. Finden Sie es nicht auch wunderbar, wie neue Anzüge riechen?«

»Wir würden gern Ihrem Butler eine Telefonnummer hinterlassen«, sagte John. »Falls Sie wieder etwas von Douglas sehen oder hören, soll er uns anrufen.«

»Oh.« Sie sah zu, wie Kersh einen der Anzüge wieder in den Schrank hing. »Ist er in irgendwelchen Schwierigkeiten?« John bemerkte, dass das Spiel ein wenig zu weit vorangeschritten war, um diese Frage erst jetzt zu stellen. Aber Evelyn Gethers spielte auch nicht mit einem vollständigen Satz Karten.

»Wir wollen ihm nur ein paar Fragen stellen«, sagte Kersh, der sich bewusst war, dass er nicht weiter ins Detail gehen musste.

Evelyn Gethers führte sie wieder nach unten, wo Morris damit beschäftigt war, die Kaffeetassen vom Tisch zu räumen. Er sah sie mit zusammengekniffenen, misstrauischen Augen an und gab sich Mühe, seine spürbare Anwesenheit auf ein Minimum zu reduzieren.

Evelyn Gethers führte John und Kersh durch den großen Raum zur Eingangstür. Kersh, dem das subtile Interesse des Butlers an ihren Aktivitäten ebenfalls aufgefallen war, empfahl sich dem Mann auf freundlichste Weise und holte eine Visitenkarte heraus. Morris starrte sie für eine Sekunde an, bevor er sie mit zwei zangenartigen Fingern aufnahm wie jemand, dem die Konventionen der westlichen Welt völlig unbekannt sind. Kersh erläuterte dem Butler kurz die Situation und blieb dabei so vage wie gegenüber der alten Frau.

Morris' Augen wanderten zu Mrs. Gethers und dann zurück zu Kersh. »Ich kenne ihn kaum. Manchmal kommt er einfach vorbei, aber das war eine ganze Weile nicht der Fall.«

Kersh nickte und bat Morris, sie sofort anzurufen, falls Clifton wieder auftauchte.

Der Butler fuhr fort, die Visitenkarte zu betrachten, wobei er sich des Secret-Service-Emblems oberhalb von Kershs Namen bewusst war und offensichtlich über etwas nachgrübelte. Dann wandte er sich wieder seiner Aufgabe zu, den Couchtisch abzuräumen.

Kersh lehnte sich über das Sofa, griff nach dem Buch, das er aus dem Regal genommen hatte, und schob es wieder zurück an seinen Platz.

»Nein, nein, nein«, sagte ihre Gastgeberin und sorgte dafür, dass Morris der Butler wieder in ihre Richtung blickte. Mrs. Gethers nahm Kersh das Buch aus den Händen, hielt es vor ihr Gesicht, als wollte sie das Kleingedruckte auf dem Ledereinband studieren. Dann atmete sie tief ein und nahm den muffigen Duft des Buches in sich auf. Mit halb geschlossenen Augen und einem sanften verschwimmenden Lächeln im Gesicht gab sie Kersh das Buch vorsichtig zurück. »Behalten Sie es«, sagte sie. »Es gehört Ihnen.«

»Oh, das kann ich nicht annehmen.« Der ältere Agent stieß ein verlegenes Lachen aus. »Es ist sehr alt. Muss eine Menge wert sein ...«

Evelyn Gethers winkte nur mit kleiner Geste ab. »Unsinn«, sagte sie. »Wie viel Mist kann eine alte Frau erben? Es ist nur ein weiterer Gegenstand, den Morris abstauben muss.«

Auf diese Äußerung hatte John erwartet, dass der Butler missbilligend murren und dann rasch aus dem Raum schlurfen würde. Aber Morris blieb stumm und wachsam wie bisher.

»Wirklich ...«, beharrte Kersh.

»Nein«, erwiderte sie unnachgiebig, »ich will nichts davon hören. Es gehört jetzt Ihnen. Behalten Sie es. Und viel Vergnügen beim Lesen, Inspektor Kersh.« Plötzlich stemmte sie die knöchernen Hände in ihre spitzen Hüften und drehte sie sich zu ihrem Butler um. »Geleiten Sie die Herren hinaus, Morris. Ich gehe auf den Balkon, um etwas frische Luft zu holen.«

»Ma'am«, sagte er, richtete sich auf und ließ die Kaffeetassen demonstrativ stehen.

Sie wandte sich den Agenten zu, machte mit überraschender Beweglichkeit eine Pirouette und verabschiedete sich.

»Gentlemen«, sagte Morris und öffnete die Eingangstür. In seiner Stimme und in seinem Verhalten lag etwas, das John dazu brachte, sich den Butler genauer anzusehen und sein Gesicht zu studieren. Wenn Kersh auch etwas aufgefallen war, so enthielt er sich jedes Zeichens.

Er war nicht überrascht, als Morris ihnen in das Treppenhaus folgte.

»Was hat er gemacht?«, waren die ersten Worte aus Morris' Mund. Sein Atem roch abgestanden, als hätte er sich tagelang nicht die Zähne geputzt. »Dieser Hurensohn.«

Fassungslos drehte sich Kersh um. »Wie bitte?«

»Clifton«, sagte Morris. »Können Sie mir sagen, was er getan hat, warum Sie ihn suchen?«

»Sir, wir ...« begann Kersh, aber John unterbrach ihn.

»Sie kennen ihn? Was wissen Sie?«, fragte er den Butler. Fast vermochte er die Gedanken des Mannes direkt aus seinem Kopf abzulesen, konnte sehen, wie sie in glühendem Neon über seinen kahlen Schädel liefen. »Erzählen Sie alles.«

»Clifton ist ein schlechter Mensch und verdient nichts von dem, was Mrs. Gethers für ihn tut. Ich weiß, was hier vor sich geht, ich bekomme mit, was er tut. Er ist ein Rowdy, und ich bin nicht überrascht, dass er Schwierigkeiten mit den Behörden hat.«

»Wie sind dieser Kerl und die alte Dame zusammengekommen?«

»Wie kommt es *überhaupt*, dass Dinge passieren?« Morris flüsterte jetzt beinahe. Sein Gesicht war ganz nah bei John, sein Atem drückte. »Er hat uns Lebensmittel geliefert. Mrs. Gethers ist alt, einsam und ein wenig neben der Spur – und sie hat eine Menge Geld. Dieser Clifton hat das ausgenutzt. Manchmal kommt er vorbei und sie gibt ihm Geld, bezahlt für seine Gesellschaft, so in der Art.«

»Wie alt ist er?«, fragte John.

»Ungefähr so alt wie Sie. Er liegt im Bellevue«, brach es aus Morris heraus, so schnell, dass er fast über seine Worte zu stolpern drohte. »Bellevue Hospital. Manchmal …« Dann fing er sich, schien zu überlegen und dann zu denken: *Was soll's*. »Manchmal höre ich ihre Anrufe mit.« Er sah peinlich berührt aus, als mache ihm die ganze Situation mächtig zu schaffen. »Ihr Ehemann war ein guter Mann – ein guter Arbeitgeber und ein guter Freund. Ich mache mir Sorgen um sie. Dieser Clifton – er ist ein übler Kerl. Ich habe das von Anfang an gewusst, aber was sollte ich tun? Sie hört nicht auf Argumente. Außerdem hat er sie glücklich gemacht. Ich denke, es ist keine ganz schlechte Sache, wenn sie glücklich ist. Ich weiß nicht. Muss er ins Gefängnis?« In seiner Stimme lag ein wenig Hoffnung. Und obwohl John sich sicher war, dass auch Morris einigen Dreck am Stecken hatte, wusste er, dass der Mann sich *wirklich* um Evelyn Gethers sorgte und Douglas Clifton *wirklich* hinter Gittern sehen wollte. An Letzterem lag ihm wahrscheinlich am meisten.

»Wir müssen nur mit ihm reden«, sagte John dem Butler. »Danke, dass Sie uns helfen wollen.«

»Was soll ich tun, wenn …«

»Rufen Sie uns einfach an, wenn Sie ihn sehen oder von ihm hören, okay?«

»Ja«, sagte Morris und blickte noch einmal auf Kershs Visitenkarte. Nach einem Augenblick steckte er die Karte in die Brusttasche seines Hemds, nickte ihnen einmal auf nachlässige Weise zu und zog sich dann ins Innere des Apartments zurück. John hörte, wie er die Tür auf der anderen Seite verriegelte.

»Sieht aus, als machen wir einen Ausflug zum Bellevue Hospital«, sagte John, als sie mit dem Aufzug in die Lobby hinunterfuhren. »Das war ein gottverdammter Palast, nicht wahr? Stell dir vor, du würdest so leben.«

»Unglaublich«, sagte Kersh. Er blätterte in dem alten Buch, das Evelyn Gethers ihm gegeben hatte, und untersuchte die Seiten wie ein Archäologe prähistorische, in einer fernen Wüstenlandschaft ausgegrabene Werkzeuge untersuchen mochte. Er erstarrte mit dem Finger auf der Titelseite. Ein kleines, ironisches Kichern drang aus seiner Kehle.

John drehte sich zu ihm um.

»Was?«

»Hör zu.«

Kersh hielt ihm das Buch hin und zeigte mit dem Finger auf eine Textzeile am unteren Rand. Der Titel des Buches lautete *Riders of the Black Storm*, wahrscheinlich ein alter Western. John blickte auf die Zeile, auf die Kersh seinen Finger gedrückt hielt. Dort stand: *Gedruckt von C.C. Gethers Publishing, Inc.*

»Wirklich unglaublich«, sinnierte John.

Kersh lächelte und sah nach oben. Er beobachtete, wie die Zahlen auf der Anzeige des Fahrstuhls nach unten zählten, bis sie die Lobby erreicht hatten.

❖

Dreißig Minuten später liefen sie auf der Suche nach Douglas Cliftons Zimmer im Bellevue Hospital Center durch ein Gewirr aus Korridoren. Johns Kopf schmerzte und seine Gelenke fühlten sich müde an. Zu allem Überfluss war er überrascht und ein wenig beschämt, dass Bill Kersh ihn so leicht durchschaut hatte. Die kritischen Blicke, mit denen Kersh ihn im Auto auf dem Weg zu Evelyn Gethers gemustert hatte, waren deutlich genug gewesen. Der ältere Agent sorgte sich um seinen jungen Kollegen, und das brachte John Mavio aus dem Konzept. Ab und an ertappte er sich dabei, wie er versuchte, sich Bill Kersh als Kind vorzustellen. Aber das war unmöglich. Männer wie Bill Kersh konnten nie Kinder *gewesen sein,* auf irgendeine Weise waren sie eines Tages einfach *erschienen,* schlampig gekleidet in zerknitterten Hemden mit Brandflecken von Zigaretten, fleckigen und schief sitzenden Krawatten und Stoffhosen mit durchgewetzten Knien. Menschen wie Bill Kersh hatten mit den meisten normalen Menschen auf der Welt nichts gemeinsam.

Nach einiger Verwirrung und ausdauernder Suche fanden John und Kersh das Zimmer von Douglas Clifton. Kersh klopfte zweimal leicht an, unsicher, was er erwarten sollte. Das Treffen mit Evelyn Gethers hatte sie in einen Zustand gespannter Erwartung versetzt. Jetzt waren sie auf alles vorbereitet.

Unvermittelt öffnete sich die Tür, beide Männer erschraken, und ein großer, dunkelhäutiger Arzt in einem weißen Kittel trat heraus auf den Flur. Mit seinen scharfen Gesichtszügen hatte er etwas Vogelähnliches an sich, und aus seinem Kopf sprossen kurze, an Metallspiralen erinnernde Locken.

»Kann ich etwas für Sie tun?«

»Ist das Douglas Cliftons Zimmer?«, fragte John.

»Sind Sie Verwandte von Mr. Clifton?«

John zeigte seine Dienstmarke. »Wir sind vom Secret Service. Wir würden gern ein paar Worte mit Clifton …«

»Mr. Clifton ist nicht in der Lage, mit irgendjemandem zu sprechen.«

John musterte den Arzt abschätzend und suchte nach einem Namensschild auf seinem Kittel. Es war keines zu sehen. »Wer sind Sie?«

»Dr. Kuhmari, Mr. Cliftons Arzt. Ich werde darauf bestehen müssen, dass Mr. Clifton ungestört bleibt.«

»Sehen Sie, ich respektiere, was Sie tun. Jetzt respektieren Sie, was ich tue.« Neben der Tür war ein kleines Fenster, dünn und schmal wie Fenster in einem Schlossturm. Aber die Jalousien waren heruntergelassen und John konnte nicht ins Innere sehen. »Was stimmt nicht mit ihm? Wann wurde er aufgenommen?«

Eingeschüchtert von Johns Direktheit und offenkundiger Unlust, sich an ärztliche Gepflogenheiten zu halten, seufzte Dr. Kuhmari resigniert und fing an, seine Stirn mit seinen braunen Fingern zu massieren. »Er kam gestern zu uns«, sagte der Arzt. »Ist in die Notaufnahme gestolpert, hatte starke Blutungen und war kaum noch bei Bewusstsein, als …«

»Blutungen?«, fragte Kersh. Er hatte auf der Fahrt seine Krawatte gelockert, was nun einen Blick auf seinen roten, roh aussehenden Hals unterhalb des Hemdkragens gestattete. »Was zur Hölle ist passiert?«

»Mr. Cliftons rechte Hand war vollständig abgetrennt. Es sah übel aus. Er hat viel Blut verloren.«

»Hat er gesagt, was passiert ist?«, hakte Kersh nach.

»Er hat nur gesagt, dass es ein Unfall war. Keine Details. Aber die Hand ist ziemlich grob abgetrennt worden. Kein sauberer Schnitt. Wir mussten noch etwas mehr vom Arm amputieren, nur um eine potenziell heilbare Wunde zu bekommen. Es geht uns nichts an, was die Ursachen der Unfälle unserer Patienten sind. Ich bin Arzt, ich versuche nur, das unmittelbare Problem zu lösen.«

John widerstand dem Drang, dem affektierten Scheißkerl eine zu verpassen. »Sie werden noch eine Weile in der Nähe sein, falls wir Fragen haben?«

Kuhmari warf einen Blick auf sein Klemmbrett, dann auf seinen Pager. »Ich habe heute eine Menge zu tun. Sie können mich ja rufen lassen.«

Kersh bedankte sich, der Arzt nickte und eilte davon.

»Arschloch«, grummelte John leise.

»Dr. Arschloch«, korrigierte Kersh, griff nach der Klinke und öffnete die Tür zum Patientenzimmer.

Das Erste, was ihnen entgegenschlug, war der Geruch – nach geronnenem Blut, Ammoniak und unglaublich viel menschlichem Schweiß. Der Gestank schlug ihnen unmittelbar auf den Magen.

Für ein Krankenhauszimmer war der Raum ungewöhnlich groß. Vor einer enormen Fensterfront stand ein einziges Bett. Die Fensterscheiben waren getönt, sodass es draußen düsterer aussah, als es tatsächlich war. Es dauerte einen Moment, bis sich ihre Augen an das Halbdunkel angepasst hatten. Unruhig bewegte sich die Gestalt im Bett. John ließ die Tür wieder ins Schloss gleiten, was das Zimmer noch dunkler machte. Am anderen Ende des Raumes wälzte sich die Gestalt unter der Bettdecke ruhelos hin und her. Aus dem Mund des Patienten drang ein leises, erbarmungswürdiges Stöhnen, als John und Kersh näher kamen.

In der Tat fehlte dem Mann im Bett die rechte Hand. Der verletzte Arm, der in einer mechanischen, am Gestell über dem Bett festgemachten Schlinge ruhte, verjüngte sich zu einem verbundenen Stumpf. Ein Geflecht aus Schläuchen, das mit einer verwirrenden

Maschine neben dem Bett des Mannes verbunden war, ragte aus der Wunde. Der mit Bandagen umwickelte Abschnitt am Ende des Handgelenks – der Abschnitt, der den Stumpf, die eigentliche Wunde, bedeckte – war mit angetrocknetem Blut getränkt, das so dunkel war, dass es im schwachen Licht fast schwarz wirkte. Der metallische Geruch von Blut lag so dick in der Luft, dass John sich an den Schauplatz eines brutalen Verbrechens erinnert fühlte.

Der Mann selbst sah aus, als wäre er beinahe achtzig Jahre alt, obwohl John wusste, dass er höchstens ein wenig älter war, als er selbst. Das Morphium hatte seiner Jugendlichkeit einen grausamen Streich gespielt. Er trug einen dünnen Bart und beobachtete die beiden Agenten aus trüben Augen mit herunterhängenden Lidern. Bis auf einen Rest dunkler, stummelkurz geschnittener Haare war sein Kopf kahl. Kraftlos zuckten die Beine des Mannes unter der gestärkten, schneeweißen Bettdecke.

»Douglas Clifton?«, fragte Kersh mit leiser Stimme, während er sich an die Seite des Bettes stellte.

»Hallo-hallo-hallo.« Cliftons Gesichtsausdruck deutete darauf hin, dass sein momentanes Geistesvermögen dem eines fiebernden Kindes entsprach. Kersh erfasste die Situation rasch.

»Ist er überhaupt bei Bewusstsein?«, flüsterte John.

»*Ahhh ...*« Die Gestalt im Bett bewegte die Schultern, und ihr Kopf drehte sich ungeduldig hin und her. Vom Fuß des Bettes aus betrachtete John den amputierten Arm. Er konnte erkennen, wie die Muskeln und Sehnen an der Stelle arbeiteten, an der die Bandage abschloss und die Haut begann. *Phantomschmerzen*, dachte er und vermutete, dass Clifton seine verschwundene rechte Hand noch fühlen konnte.

»Mr. Clifton«, sagte Kersh wieder und kam noch näher ans Bett. »William Kersh, Secret Service.« Kersh blieb neben dem Bett stehen, schien nachzudenken, stellte sich dann vor die getönten Fenster und stemmte seine Hände auf seine großzügigen Hüften. Sein Schatten fiel auf Cliftons Gesicht. Doch Clifton ließ noch immer nicht erkennen, ob er sich der fremden Präsenz im Raum bewusst war. Vermutlich hatten ihn seine Medikamente außer Gefecht gesetzt.

»Hören Sie ... hören Sie das Klingeln?«, brachte Clifton mit schlaffer Stimme und undeutlicher Aussprache hervor. Der Mann blickte mehrmals zwischen John und Kersh hin und her, wobei seine Augen leer und stumpf wirkten wie die Augen eines gerade Gestorbenen. »Können Sie es hören?« Die Augen bewegten sich in ihren trüb-nassen Höhlen. Schließlich, gerade als es so aussah, als wäre Douglas Clifton außerstande, den Teil seines Gehirns zu stimulieren, der mit der Wirklichkeit als Medium arbeitete, gelang Clifton ein kraftloses: »Wer sind Sie?«

John und Kersh warfen sich einen Blick zu. Wie beiläufig bewegte sich John auf die andere Seite von Cliftons Bett, gegenüber von Kersh. Ihre doppelte Präsenz hätte jeden eingeschüchtert, der nicht unter Medikamenten stand, aber bei Douglas Clifton blieb sie wirkungslos.

»Was ist mit Ihnen passiert, Doug?«, fragte Kersh mit ruhiger Stimme.

Clifton starrte Kersh stumm an. John beugte sich etwas über das Bett, aber die Position des Kopfes auf dem Kissen blieb unverändert. Aus dieser Nähe konnte John die Abdrücke von Zähnen auf Cliftons Unterlippe erkennen, auf der sich getrocknetes Blut gesammelt hatte.

»Doug?« Kersh hielt zwei Finger hoch und winkte mit ihnen vor Cliftons Gesicht. »Was ist mit Ihrer Hand passiert?«

»Ein Unfall«, sagte Clifton tonlos.

»Wie ist es passiert?«, fuhr Kersh fort und versuchte weiter, dem Mann brauchbare Informationen zu entlocken. Er war wie ein Tiefseefischer, der langsam seinen Fang einholt.

»Erzählen Sie mir von dem Unfall.«

»Ich ...« Die Augen des Mannes schienen sich in seinen Kopf zurückzuziehen, als suchten sie die Antwort in den tiefsten Verästelungen seines Gehirns. Dann blinzelte er, wandte sich ihnen zu und musterte John von oben nach unten mit zusammengekniffenen Augen, die unvermittelt auf unheimliche Weise nüchtern wirkten. »Wer hat Sie *geschickt?*«, verlangte er zu wissen.

»Douglas«, begann John, »was ...«

»Wer hat Sie geschickt?«

»Niemand hat uns geschickt. Wir sind vom Secret Service.«

Seine Augen versuchten John zu durchbohren, die Unterlippe zitterte. »Sie sind kein Agent«, stieß Clifton hervor. Dann drehte er den Kopf zur Seite, um Kersh anzusehen. »Dieser Typ da soll ein Agent sein? Er und Sie? Sie beide ... Sie beide sollen Agenten sein?«

»Wir beide«, sagte Kersh. »Wollen Sie uns etwas über Ihre Hand erzählen, Doug?«

»Meine *Hand*?« Cliftons blutige Augen weiteten sich. Er atmete so heftig aus, dass der Gestank John fast bewusstlos werden ließ. »Was ist mit meiner Hand?« Seine Stimme bettelte plötzlich; eine bebende Brücke am Rande des Zusammenbruchs. »Sie haben meine Hand?«

»Das ist sinnlos«, murmelte John enttäuscht. »Der Kerl ist komplett neben der Spur. Er könnte uns nicht mal seinen Geburtstag nennen.«

»Meine Hand«, fuhr Clifton fort. Und lachte. Plötzlich packte ihn der Wahnsinn. John sah zu, wie der Adamsapfel des Mannes vibrierte. »Keine Ahnung, wovon Sie *reden*. Verdammt.« Eine zweite Lachsalve schoss aus ihm hervor. »*Gottverdammt!*«

Eine Minute später waren beide wieder auf dem Flur. John stand an der Wand und starrte die Tür zu Cliftons Zimmer an, während Kersh wie ein Tiger im Käfig auf und ab lief und sich dabei wütend die Schläfen rieb. Sie ließen Dr. Kuhmari rufen, der sich viel Zeit ließ, bevor er sie erneut beehrte.

»Wann wird der Mann entlassen?«, fragte Kersh den Arzt und bearbeitete mit einem Finger weiter seinen Kopf. *Er wird sich noch ein Loch in den Schädel bohren,* dachte John, als er ihn gegen die Wand gelehnt beobachtete.

»Vielleicht in drei, vier Tagen«, sagte der Arzt, »je nachdem, wie gut sein Körper die Operation verkraftet.«

»Okay, in der Sekunde, in der dieser Kerl hier rauskommt, nehmen wir ihn fest«, sagte Kersh zu dem Arzt, »also bitte ich Sie, uns anzurufen, bevor Sie ihn entlassen. Sie haben ihm etwas gegen die Schmerzen gegeben?«

Kuhmari spuckte ein verächtliches Lachen aus. »Ist das Ihr Ernst? Selbstverständlich. Haben Sie eine Ahnung, unter welchen Schmerzen er leiden würde, wenn ...«

»Nein«, sagte Kersh und schüttelte den Kopf, »und es ist mir auch egal. Setzen Sie die Medikamente ab. Wir sind morgen wieder hier, um ihn zu vernehmen. Ich will, dass er klar im Kopf ist. Außerdem hat ein wenig Schmerz noch niemandem geschadet.«

Unbeeindruckt von Kershs Humor scharrte Kuhmari mit den Füßen und blickte ihn über den Rand seiner Brille hinweg finster an. Als Kersh ihm seine Visitenkarte gab, nahm sie der Arzt, ohne auch nur einen Blick darauf zu werfen. Rasch entfernte er sich über den Korridor. Sein Schatten hatte es schwer, mit ihm mitzuhalten.

John schob sich von der Wand zurück und ging neben seinem Partner zum Ausgang.

»Gut, dass du mit ihm gesprochen hast. Ich hätte ihn windelweich geprügelt.«

»Hätte ihm vielleicht ganz gut getan, damit die Neuronen richtig feuern.« Kersh zwinkerte ihm zu, was John plötzlich sehr müde werden ließ. Die düsteren Schatten des Korridors und das künstliche Licht der Deckenleuchten machten ihn fast depressiv und raubten ihm die letzte Energie. Und sie sorgten dafür, dass er sich ein wenig schuldig fühlte. Wieder dachte er an seinen Vater, und er war dankbar, als Kersh wieder etwas sagte, dankbar dafür, über etwas anderes nachdenken zu können. »Ich lasse den Kerl durch alle Datenbanken laufen, die wir haben«, sagte Kersh. »Dieser Idiot muss irgendwo einen Eintrag haben. Inzwischen lasse ich die gefalteten Hunderter auf Fingerabdrücke überprüfen. Mal sehen, ob er sie in den Fingern hatte. Dasselbe mache ich mit der Pistole und dem Schalldämpfer, die wir im Kofferraum gefunden haben. Ich habe einen Kollegen, der das schnell für uns erledigt. Ich will so viel Munition wie möglich haben, wenn dieser Kriminelle aus dem Krankenhaus kommt. Wir gehen auf Nummer sicher. Willst du mit mir Mittagessen?«

John schüttelte den Kopf. Es hatte keinen Sinn. Die Geräusche und Gerüche des Krankenhauses hatten einen anderen Teil von ihm angesprochen, einen Teil, der nicht vollständig Gesetzeshüter war. »Heute lasse ich das Mittagessen ausfallen«, sagte er. »Ich denke, ich sollte meinen Vater besuchen.«

Kersh lächelte und drückte Johns Schulter. »Das Leben ist nicht mehr als ein langer Krankenhausbesuch nach dem anderen, was?« Als John Kersh in die Augen schaute, konnte er sehen, dass der Mann noch mehr sagen wollte. Aber er war zu langsam, um die richtigen Worte zu finden.

KAPITEL 13

Katie war schon da, als er im nächsten Krankenhaus eintraf. Wie ein unentdecktes Gespenst stand er unmittelbar vor der Tür zum Zimmer seines Vaters und lauschte ihrem Gespräch.

»Das ist wirklich sehr, sehr merkwürdig«, hörte er seinen Vater sagen, »dass ihr Frauen so eine Art übernatürlichen Sinn habt, so wie eine Hexe vielleicht. Wie soll man das verstehen? Ich denke, nicht einmal *ihr Frauen* versteht es ganz.«

Katie lachte. Er verspürte einen plötzlichen Anflug von Traurigkeit und Neid, als er ihr unbefangenes Plaudern und das Lachen seiner Frau hörte. Er warf einen Blick um die Ecke und konnte sehen, wie sie auf einem kleinen Faltstuhl am Bett seines Vaters saß und sanft seine Hand hielt. In diesem Augenblick sah sie so jung aus, dass ihre Unschuld ihn zurückschrecken ließ, ihn fast beschämte, als wäre er jemand, der sich ihr gegenüber eines großen Verbrechens schuldig machte. Die zarte Schwellung ihres Bauches ruhte versteckt unter einem übergroßen Strickpullover auf ihrem Schoß.

»*Ich* verstehe es ganz bestimmt nicht«, sagte Katie.

»Nun, das musst du auch nicht. Ich will das jedenfalls nicht *aufklären*. Das ist Gottes Job, das sollten wir Ihm überlassen, Er sortiert und erklärt die Dinge. Aber weißt du, Rachel war genauso, sie hat es auch gewusst.«

»Johns Mutter«, sagte Katie. Und obwohl es nicht als Frage formuliert war, verriet ihre Stimme, dass sie mit dem Namen nicht vertraut war.

»Sie wusste vom ersten Monat an, dass wir einen Jungen bekommen würden. Sie hat sich nicht eine Minute damit aufgehalten, nach Mädchennamen zu suchen, und ist sofort losgelaufen, um Babysachen zu kaufen – kleine blaue Strampler mit Baseballmotiven, alles, was du dir nur vorstellen kannst. Ich habe ihr gesagt, sie soll sich nicht so darauf versteifen, dass das Baby genauso gut ein Mädchen sein könnte. Aber sie hat immer nur gesagt: nein, nein, nein, sie sei sich sicher, dass es ein Junge werden würde, das sei endgültig und ich solle es nur abwarten, dann würde ich schon sehen. Und sie hatte recht.«

»Das ist erstaunlich und wunderbar«, sagte Katie. »Ich wünschte, ich hätte sie gekannt.«

»Sie war wunderschön«, sagte sein Vater. »Freundlich ... und großzügig ... und ...« Er lächelte. »All das Zeug, das Männer so sagen, richtig?«

»Es ist trotzdem schön, es zu hören.«

»Nun ja ...« Er schob sich gegen sein Kissen zurück und streichelte ihre Hand.

»Wir waren jung und sorglos und freuten uns auf die Zukunft. Sie war eine gute Ehefrau. Sie ... sie war großartig ...«

»Eine besondere Lady«, sagte Katie. Ihre Stimme klang, als würde sie gern mehr erfahren, sich aber nicht trauen, nachzufragen. Sie sah auf und bemerkte, dass ihr Mann in der Tür stand. »Na, du. Lauschst du etwa?«

»Was machst du hier?«

Sein Vater runzelte die Stirn. »Ist das eine Art, mit deiner hübschen Frau zu sprechen?«

Mit einiger Mühe stand Katie auf und drückte John mit einem Arm an sich. »Ich hatte noch etwas Zeit vor dem Unterricht, also dachte ich, ich sage deinem Vater kurz Hallo.«

»Sie ist ein gutes Mädchen«, sagte sein Vater. »Hält es sogar mit einem mürrischen alten Bastard wie mir aus.«

»Und einem mürrischen jungen Bastard zu Hause«, fügte sie grinsend hinzu.

»Wie fühlst du dich, Dad?«

»Soweit ganz gut.« Der alte Mann drehte sich zu einem an der Wand montierten Fernsehgerät und schaltete mit einer Fernbedienung durch die Kanäle.

Katie, die zwischen ihnen stand, sah aus, als könnte sie das Unangenehme an der Situation spüren wie einen festen Gegenstand. Leise schlich sie sich an die Seite des alten Mannes, beugte sich hinab und küsste ihn auf die Stirn. »Mach's gut«, sagte sie.

»Warte!« Sein Vater legte ihr die Hand auf den Arm. »Du schuldest mir noch einen Namen, bevor du gehst.«

Lachend nahm Katie ihre Bücher vom Nachttisch neben dem Bett. »Oh, ich hatte schon befürchtet, dass du mich nicht einfach so davonkommen lassen würdest.«

»Na komm schon«, stichelte sein Vater verspielt, »du kennst den Deal. Ein Name pro Besuch.«

»Schon, allerdings wird dir der Name wahrscheinlich nicht gefallen.«

»Warum nicht? Wenn es ein guter, kräftiger Name ist, werde ich ihn mögen.«

Katie runzelte die Stirn, schmollte gespielt und stützte eine Faust in die Hüfte. Ihre Augen verengten sich und ein karges Lächeln umspielte ihre dünnen Lippen. »Fielding«, sagte sie endlich.

»*Fielding?*«, fragte sein Vater. »Das soll einer der Namen sein, die du für meinen Enkel in Erwägung ziehst? *Fielding?* Klingt nach einem alten jüdischen Kerl. Das kannst du dem armen Kind nicht antun.«

»Ich habe ja gesagt, dir würde der Namen nicht gefallen.«

»Das kannst du besser«, sagte er. »Beim nächsten Mal.«

Sie küsste ihn noch einmal auf die Stirn. »Beim nächsten Mal«, sagte sie. »Immer beim nächsten Mal. Ruh dich etwas aus und hör auf, dir diese billigen Talkshows anzusehen, in Ordnung?«

»Du gehst?«, fragte John beinahe flüsternd und berührte mit seiner Hand ihre Schulter, als sie vorbeiging. Er folgte ihr auf den Flur hinaus. »Bleib doch.«

»Ich habe Unterricht.«

»Lass mich dich fahren.«

»Ich nehme ein Taxi. Ich bin ein großes Mädchen.« Sie rieb sich den geschwollenen Bauch. »Sieht man doch.« Sie streichelte seine Wange und kniff ihm ins Kinn. Und doch sah sie aus, als ärgerte sie sich über etwas.

»Was?«, fragte er. »Was ist los?«

»Das Krankenhaus. Sie werden ihn entlassen, ihn nach Hause schicken.«

»Um Gottes willen. Wann denn? Wer hat dir das gesagt?«

»Der Doktor. Irgendwann nach Thanksgiving.«

»Weiß Dad Bescheid?«

»Noch nicht. Ich habe es ihm nicht erzählt. Der Arzt hat es mir gesagt, kurz bevor du gekommen bist. John, früher oder später musste es so kommen.«

»Er wird in diesem Haus ganz allein sein. Hier können sie ihn versorgen. Er sollte hierbleiben.«

»*Mich* musst du nicht überzeugen. Aber so funktionieren die Dinge nun einmal nicht.«

»Verdammt.« Er presste zwei Finger gegen seine Stirn und knetete die Hautpartie zwischen ihnen. Dann drehte er sich um und betrachtete die Jalousien an den Fenstern und den Trinkbrunnen an der Wand. Ab einem bestimmten Zeitpunkt neigten die Dinge dazu, noch schneller auseinanderzufallen. »Sie schicken ihn einfach nach Hause zum Sterben, nicht wahr? *Verdammt noch mal.*«

»Es wird alles gut werden«, versprach sie. »Jetzt geh zu ihm.«

»Katie, das geht so alles nicht ...«

»Hör auf zu murren.«

»Ich murre nicht.«

»Tust du doch. Lächele.« Sie umarmte ihn, wobei ihr Bauch zwischen ihnen sich ungewohnt, aber schön anfühlte. Es gab kein besseres Gefühl als dieses auf der Welt. »Bist du heute Abend zum Essen zu Hause oder speise ich wieder allein?«, fragte sie.

»Ich versuche, rechtzeitig zu Hause zu sein.«

»Ich mache einen London Broil mit überbackenen Kartoffeln, Spargel und Apple Pie als Dessert, dazu eine schöne, kühle Flasche Dom Pérignon.«

»Hört sich fantastisch an.«

»Ich würde mir das alles nur ungern allein hineinzwingen.« Sie zwinkerte ihm zu, als sie sich am anderen Ende des Flurs noch einmal umdrehte. »Ich hebe dir ein paar Hotdogs auf. Und jetzt geh zu deinem Vater.«

Zurück im Krankenzimmer schaltete der alte Mann noch immer durch die Fernsehkanäle. Als er zu sprechen begann, sah er nicht in Johns Richtung; wie ein unerfahrener Reporter, der sich mit den Augen am Teleprompter festhält, starrte er auf den Fernseher. »Sie ist etwas Besonderes, deine Frau.«

»Ja, das ist sie.«

»Sie vermisst dich, du solltest öfter zu Hause sein. Du arbeitest zu lange und zu unmöglichen Zeiten. Du solltest mehr Zeit daheim verbringen.«

»Bitte, Dad. Ich bin kein Kind mehr.«

»Sie ist sich verdammt sicher, dass das Baby ein Junge wird. Soll ich dir was sagen? Ich habe auch das Gefühl. Ich denke, manchmal weiß man so etwas einfach.«

John ließ seinen Blick durch das Zimmer wandern – über die Wände, die Bettdecke, die Fliesen auf dem Boden, die Maschinen am Kopfende des Bettes. Er setzte sich auf den Stuhl neben dem Bett und beobachtete, wie sich die schmale Brust seines Vaters unter der dünnen Decke langsam hob und senkte. Er war dankbar, dass der Fernseher lief und er dem Blick seines Vaters nicht begegnen musste. Die Krankheit – selbst das Sterben – war nicht das Schlimmste. Noch schlimmer war die Machtlosigkeit, die damit einherging. Väter waren einfach nicht dazu bestimmt, schwach zu sein, und er war wütend über die Unfähigkeit des alten Mannes, diesem Prinzip zu folgen. Wie bei einer unverhofften Auferstehung tauchten die Worte von Bill Kersh wieder in seinem Kopf auf: *Das Leben ist nicht mehr als ein langer Krankenhausbesuch nach dem anderen, was?*

»Ihr habt über Mom gesprochen«, sagte er.

Die Finger seines Vaters bewegten sich langsamer über die Fernbedienung. Vielleicht verlor er sich gerade in seinen Erinnerungen. »Deine Mutter«, begann er, seine Worte so trocken und brüchig wie alter Stoff. In seiner Stimme war keinerlei Emotion. »Katie hat vom Baby erzählt und gesagt, sie sei sich sicher, dass es ein Junge wird. Ich habe ihr gesagt, dass es deiner Mutter genauso gegangen ist.«

»Das wusste ich nicht. Das hast du mir nie erzählt.«

»Sie kam auch auf den Namen John. Aus der Bibel. Sie hat gemeint, es würde Katholiken großes Unglück bringen, wenn ihr erstes Kind keinen biblischen Namen erhält. Du hast Glück gehabt. Meine Wahl wäre auf einen der alten Namen aus dem 5. Buch Mose gefallen.«

»Vermisst du sie?« Die Worte waren aus seinem Mund, bevor er Zeit hatte, darüber nachzudenken.

»Jeden einzelnen Tag«, sagte sein Vater, der unverwandt den Fernseher anstarrte. Um etwas zu tun zu haben, begann er wieder, durch die Kanäle zu schalten. Schneller als zuvor. »Sie war eine gute Frau.«
»Ich wünschte, ich hätte sie gekannt.«
Sein Vater begann zu husten, bellend, heftig, ein Husten, der ihn immer wieder durchschüttelte. Seine gebrechlichen Beine bewegten sich ziellos unter der Decke mit der Hilflosigkeit eines kleinen Kindes. Scheppernd schlug die Fernbedienung auf dem Boden auf.
»Soll ich jemanden holen?«
Der alte Mann schüttelte unnachgiebig den Kopf und hielt eine knöcherne Hand nach oben, um John zu signalisieren, dass er allein klarkommen würde. Als der Hustenanfall endlich vorbei war, lehnte er sich mit rotem Gesicht zurück gegen das Kopfkissen. Die Ränder über seinen Augenlidern sahen jetzt rosa aus und die Haut unterhalb seiner Augen hatte die Farbe von milchigem Gelb. Er schnappte ein-, zweimal nach Luft, bevor er seine Selbstbeherrschung wiedergewann.
»Soll ich dir etwas Wasser holen?«
»Nein.«
»Wir verbringen Thanksgiving diesmal bei Katies Eltern«, kam es wie aus dem Nichts aus ihm heraus. Als sein Vater ausatmete, meinte er, eine kleine Verschiebung des Luftdrucks im Zimmer wahrnehmen zu können.
»Oh.«
»Hat sie es dir nicht erzählt?«
»Nein.«
»Wir sind nur für den einen Tag weg. Ich gebe einer der Krankenschwestern die Telefonnummer, falls sie mich erreichen müssen.«
»Du solltest früh losfahren«, sagte sein Vater. »Das ist der schlimmste Tag des Jahres, um unterwegs zu sein.«
»Ich weiß, Dad. Du hältst die Stellung?«
»Ich gehe nirgendwo hin«, gab der Alte zurück und hustete zweimal. Es hörte sich wie kleine Schüsse an. »Tu mir nur einen Gefallen heute Abend, ja?«
»Welchen?«

»Zu Hause im Flur hängt mein schwarzer Wollmantel. Bitte bring ihn mir.«

»Du brauchst einen Mantel? Ist es so kalt hier? Ich kann sie bitten, die Heizung aufzudrehen, wenn dir kalt ist, Dad.«

»Ich möchte nur den Mantel.«

»Der Mantel ...«

»Sei vorsichtig damit. Du darfst ihn nicht quetschen oder daran herumziehen. Er ist alt und kann leicht reißen.«

John seufzte innerlich. Verlor sein Vater jetzt auch noch langsam den Verstand? »Okay«, sagte er nach kurzem Zögern.

»Kannst du das für mich tun? Wenn du die Zeit dafür hast?«

»Sicher. In Ordnung.«

»Guter Junge.« Die Fernbedienung war an einem Kabel befestigt, das mit dem Bettrahmen verbunden war. Sein Vater zog die heruntergefallene Fernbedienung am Kabel zu sich hoch und schaltete den Fernseher aus. »Ich bin ein bisschen müde. Falls ich schlafe, wenn du zurückkommst, kannst du den Mantel einfach hier auf den Stuhl legen.«

»Gut.«

»Dann bis später, Johnny«, sagte der alte Mann und drehte sich auf die Seite.

John stand lange in der Tür und beobachtete den Rücken seines Vaters. Sein Nacken wirkte furchtbar verletzlich und ungeschützt. Er blieb noch einen Moment stehen und sah zu, wie der alte Mann schlief. Die Augen seines Vaters, die noch offen waren, sah er nicht.

✤

Ein zweistöckiges, halb freistehendes Eckhaus an der 62. Straße und Eleventh Avenue in Brooklyn – das Haus seiner Kindheit. Straßen, die im Sommer von zahllosen Kindern bevölkert waren. Autos, die sich an den Bordstein drängten, um nicht von einem verirrten Baseball erwischt zu werden. Sommer voller Lachen bis spät in die Nacht, das die Häuser entlang der Straße mit ihren offenstehenden Türen und Fenstern durchdrang. Manchmal, wenn die Luft am späten Abend dünn genug war, tönte der Lärm einer Straßenparty durch das halbe Viertel, und kurz darauf setzte sich die halbe Nachbarschaft immer dem Duft folgend in Bewegung: wilde Tiere auf der Pirsch, den Duft des Vergnügens in der Nase.

Im Winter stieg der Mond früh am Nachmittag hinter den Häusern auf und kroch wie ein wachsames Auge langsam in den Himmel, seine Oberfläche weißlich-gelb und verwirbelt mit scharfen blauen Streifen. Die Winter waren lang und hart. Schneeballschlachten, die unter den jüngeren Kindern oft und ohne jeglichen Anlass ausbrachen, zulasten der zur Arbeit gehenden Väter, für die es fast unmöglich war, es unter dem Ansturm von Schneebällen am Morgen unversehrt zu ihren Autos zu schaffen. Weihnachtliche Lichterketten, die von einem Ende des Blocks zum anderen leuchteten. Kein einziges Haus war ausgenommen von der festlichen Stimmung. Überall war Harmonie, so wie die Dinge in dieser Zeit des Jahres sein sollten.

Als John an diesem kalten, grauen, schneefreien Nachmittag die Eleventh Avenue entlangfuhr, ertappte er sich dabei, wie er unbewusst all diese Erinnerungen heraufbeschwor.

Er stoppte den Wagen vor dem Zuhause seiner Kindheit und blieb für einige Zeit hinter dem Lenkrad sitzen. Inmitten der anderen Häuser der Straße wirkte das Haus seines Vaters wie ein fauler Zahn. Es *hatte* sich seit seiner Kindheit verändert, aber auf die Art und Weise, auf die aus einem jungen letztlich ein alter Mensch wird. Der kleine Flecken Rasen war nicht gemäht, die Steinfassade hatte die Farbe von Pistazien angenommen und war von Stockflecken übersät. Die Fenster waren seit einiger Zeit nicht geputzt worden – seit sein Vater die Diagnose erhalten hatte und Katie schwanger war. Die Auffahrt aus Betonplatten zog sich entlang der linken Seite des Hauses nach oben. Unkraut so stark wie junge Bäumchen spross in den Rissen aus dem Beton. Am hinteren Ende der Auffahrt stand eine kleine Garage, ramponiert und vergessen, an der der Zahn der Zeit und Jahre unfreundlichen, unnachgiebigen Wetters genagt hatten. Bis jetzt war ihm nicht aufgefallen, wie schlecht es um das Gebäude stand, und es schmerzte ihn, es in einem solchen Zustand zu sehen.

Er stieg aus dem Wagen und ging langsam und zitternd vor Kälte die Auffahrt nach oben. Auf der anderen Straßenseite hatte sich an der Ecke eine Gruppe Jugendliche versammelt, die qualmende Zigaretten in hohlen Händen hielten. Das Schloss saß fest, als er versuchte, den Schlüssel zu drehen, und als er es endlich geschafft hatte, die Tür zu öffnen, quietschte sie vor Alter und Vernachlässigung. Das Geräusch schnitt in die Stille des Hauses.

Im Inneren war es dunkel. Alle Vorhänge waren geschlossen. Kaum vermochte er die noch halb vertrauten Formen der Möbel zu erkennen, die Treppe zum zweiten Stock am Ende des Flurs und jenseits der Treppe die Küche mit ihren hässlichen roten und grauen Fliesen und der Formica-Arbeitsplatte. Neben der Tür hing der schwarze Wollmantel seines Vaters an der Garderobe. Auf dem Boden standen zwei kleine Koffer. Als sein Vater erfahren hatte, dass er für Tests einige Zeit ins Krankenhaus musste, hatte er seine Sachen gepackt und sie im Flur neben die Haustür gestellt. Dann hatte der alte Mann ganz unerwartet einen leichten Schlaganfall erlitten und es glücklicherweise noch geschafft, rechtzeitig den Notruf zu wählen. Der Krankenwagen hatte ihn sofort ins Hospital gebracht, ohne die beiden Koffer, die nun wie zwei treue Hunde auf die Rückkehr ihres alten Herrchens warteten. Jetzt, wo er die beiden Koffer ansah, fühlte er plötzlich eine tiefe Traurigkeit in seiner Brust.

Er nahm den Mantel vom Haken und legte ihn über den Arm.

Ohne sich dessen richtig bewusst zu werden, was er tat, ging er durch den Flur tiefer ins Haus hinein und durchquerte das enge Wohnzimmer. Er konnte sich an das Aquarium seines Vaters erinnern, das auf dem Klapptisch an der Wand unter dem großen Spiegel mit dem kupferfarbenen Rahmen gestanden hatte. Er erinnerte sich daran, wie viel Mühe sich sein Vater immer gegeben hatte, das Haus zu Weihnachten zu schmücken. An jeder freien Stelle, an Nägeln, Schrauben und Türklinken, hatten Girlanden und Weihnachtsschmuck gehangen. Und dieses eine Jahr, in dem ein paar Idioten aus dem Viertel die Weihnachtsdekoration von ihrer Veranda gestohlen hatten ...

Die Küche war klein und vollgestopft mit Möbeln, Gerätschaften und Geschirr. Er blieb in der Tür stehen und blickte durch den Raum. Ihm fiel auf, dass er nicht mehr hier gewesen war, seitdem sein Vater im Krankenhaus lag. Es sah aus wie am Ort eines Verbrechens: ungewaschene Töpfe waren über die Arbeitsplatte verstreut und noch verpacktes Hackfleisch gammelte im Waschbecken vor sich hin. Auf dem Herd stand die inzwischen kalte Kaffeekanne.

Er war gerade dabei gewesen, sich Essen zu machen, als er zusammenbrach, erkannte John. Bis zu diesem Moment hatte er nicht weiter darüber nachgedacht, wie die letzten Momente seines Vaters gewesen sein mochten, bevor der Krankenwagen gekommen war und ihn mitgenommen hatte. *Er war gerade dabei gewesen, sich Essen zu machen, und er hätte hier sterben können, in seinem Haus, allein. Es war eine Sache von einer Minute oder zwei …*

Er verließ die Küche und ging zurück zum Flur. Als er an der Treppe vorbeikam, hielt er inne. Er drehte sich um und blickte nach oben. Die Treppe selbst war dunkel, aber offenbar waren im Obergeschoss die Vorhänge nicht zugezogen, sodass etwas Tageslicht hereinfiel und den Flur beleuchtete. Beinahe automatisch hielt er sich am Geländer fest und ging die Treppe langsam nach oben, eine Stufe nach der anderen. Am oberen Ende der Treppe blieb er stehen, reglos und abwartend. Das Haus roch abgestanden und leer. John schreckte auf, als der Wind die Zweige des Baumes im Vorgarten gegen die Fenster schlagen ließ. Die Tür zu seinem Kinderzimmer stand einen Spalt offen. Er überquerte den Flur und schob die Tür sanft etwas weiter auf, ohne sie vollständig zu öffnen.

»Dad, um Himmelswillen«, flüsterte er. Zum ersten Mal fiel ihm auf, wie leer das Zimmer aussah, und eine tiefe Traurigkeit durchzog ihn. Es fühlte sich an, als sei sein Vater schon von ihm gegangen und als stünde er wie ein Verräter im Haus des alten Mannes.

Plötzlich bemerkte er, dass er die kleine Narbe auf seiner Stirn mit einem Finger entlangfuhr.

Sein Telefon klingelte.

Er warf den Mantel seines Vaters über den linken Arm, holte sein Telefon aus der Jackentasche und presste es schnell ans Ohr.

»John, hier ist Tressa. Kannst du mich hören?«

Er hatte erwartet, dass Kersh ihn mit neuen Informationen über Douglas Cliftons Fingerabdrücke anrief. Jetzt Tressa Walkers Stimme zu hören irritierte ihn, und auf einmal war die Erinnerung an die Nacht wieder präsent, in der sie sich im *McGinty's* getroffen hatten. Und daran, wie verängstigt sie gewesen war.

»Ich bin dran, was ist los?«
»Ich habe nur eine Minute …«
»Ich höre.«
»Mickey ist bereit, dich zu treffen. Vor St. Patrick's Cathedral.«
»Vor St. Patrick's?« Er hielt sich das Telefon ans andere Ohr. In Tressas Stimme lag eine gewisse Dringlichkeit, und sie versuchte, möglichst tief zu sprechen, um das zu verbergen. »Sicher. Wann?«
»In dreißig Minuten«, sagte sie und legte auf.

KAPITEL 14

John stand keuchend auf der anderen Straßenseite der Fifth Avenue und blickte auf St. Patrick's Cathedral. Vor ihm teilten die Zwillingstürme der Kathedrale den Himmel. Das Gebäude ragte empor als ein kirchliches Zeugnis sowohl des Menschen als auch Gottes, umgeben von riesigen, aber bedeutungslosen New Yorker Quadern aus Stahl und Glas. Auf den Stufen vor den riesigen Bronzetüren waren zahlreiche Menschen in Bewegung. Er suchte Tressa Walker in der Menge, konnte sie aber nicht entdecken. Warum wollte ihn dieser Idiot unbedingt hier treffen? Es war bescheuert. Er konnte Mickey O'Shay bereits jetzt nicht leiden.

Er ging die Steintreppe der Kathedrale nach oben, immer zwei Stufen auf einmal, und behielt die Hände in den Hosentaschen. Oben hielt er inne und suchte erneut die Menge ab. Noch immer rang er nach Luft nach seinem wahnsinnigen Sprint vom Rockefeller Center und hatte Angst, dass er zu spät war. Tressa Walker war nirgends zu sehen. Vielleicht hatte es sich O'Shay anders überlegt.

»Verdammt«, schnaufte John.

»Hier«, sagte eine Frauenstimme hinter ihm. »John.« Er drehte sich um und erkannte Tressa Walker, die sich in einem dicken grünen Mantel versteckte und im Eingang zur Kathedrale stand. Sie wirkte deutlich kleiner als in der Nacht bei *McGinty's*. Auch ihre Haut sah anders aus, blasser. Vielleicht lag es an der Kälte. Sie hatte ihren Mantel um etwas geschlagen, das sie auf ihre Brust drückte. Erst als John deutlich die kleine Faust aus dem Mantel ragen sah, wurde ihm klar, dass Tressa ihr Baby mitgebracht hatte.

»John«, sagte sie wieder und stieß dabei ein Dampfwölkchen aus, das sich in der kalten Luft vor ihrem Mund formte und wieder auflöste.

»Ich dachte schon, ich bin zu spät.«

»Es ist kalt«, sagte sie. »Komm schon. Drinnen ist es wärmer.«

»Hast du deinen Freund dabei?« Aber John konnte sehen, dass Tressa bis auf ihr Kind allein gekommen war.

»Lass uns reingehen«, wiederholte sie und verschwand hinter den großen Bronzetüren der Kathedrale.

John war in der Nähe Manhattans aufgewachsen und kannte die Kathedrale schon von etlichen Anlässen. Selbst als kleines Kind hatte er durch den Besuch von St. Patrick's zumindest teilweise die Macht der Kirche verstanden. Als guter und gottesfürchtiger Katholik hatte ihn sein Vater einige Male zur Weihnachtsmesse in St. Patrick's mitgenommen. Er erinnerte sich daran, wie er in der Bank neben ihm gesessen und die Kirche und das Geschehen in ihr mit Ehrfurcht betrachtet hatte.

Ihm fiel auf, dass er schwitzte.

Viele Besucher arbeiteten sich langsam durch das Innere der Kirche, wie große Fische, die in einem Aquarium ihre Runden drehten. Neben ihm zog Tressa den Reißverschluss ihres Mantels auf und schüttelte ihr Haar aus dem Kragen, während sie in einem Arm ihr Kind hielt. Sie zu beobachten ließ John staunen, wie merkwürdig und unterschiedlich die Menschen auf dieser Welt waren. Er versuchte sich vorzustellen, wie Katie vor ihm stehen würde, mit ihrem Baby an ihre Brust gedrückt. Allein der Gedanke machte ihn schwindlig. Er konnte fast die Hitze spüren, die vom feurigen Zusammenbruch der Moral überall um ihn herum ausging.

Das Baby begann sich zu melden und schnell steckte Tressa ihm einen Schnuller in den Mund.

»Ist er da?«

»Er ist da vorn«, sagte sie und nickte zum Altar.

Zahllose Bankreihen erstreckten sich vor ihnen, in denen man nichts sah als Leiber in Kleidungsstücken.

»Ich bleibe hier hinten.«

»Machst du Witze? Was zum Teufel soll das?« Ganz offensichtlich waren viel zu viele Menschen in der Kirche, um Mickey O'Shay zu finden. Einige Besucher saßen auf den Bänken, die dem Altar am nächsten waren – eine bloße Ansammlung von Hälsen und Köpfen. »Wo?«

»Ganz vorn«, wiederholte Tressa, »er sitzt ganz vorn.«

Langsam lief er den Gang zwischen den Bänken entlang. Er war sich bewusst, wie seine Schritte auf dem Boden hallten, wie übermäßig laut die Absätze seiner Schuhe waren, hörbar trotz des Tumults der Umgebung um ihn herum. Er war sich seiner selbst fast immer bewusst, sogar in Situationen, die nichts mit seinem Job zu tun hatten. Ein weiterer Vorteil, den es mit sich brachte, in einer eher ruppigen Gegend aufgewachsen zu sein.

Unmittelbar vor ihm, mächtig unter einem Baldachin aus Gold, bescheiden in weißem Alabaster, ragte der große Altar empor.

In der ersten Reihe zu seiner linken Seite saß ein Mann, dessen Gesicht auf den Altar gerichtet war. Er sah nur den Hinterkopf des Mannes – verwehtes, schmutzig-blondes Haar – und schätzte anhand der Haltung, dass er ziemlich jung sein musste. Sein Profil war nicht auszumachen. Nicht, dass es eine Rolle spielte, schließlich hatte er keine Ahnung, wie Mickey O'Shay aussah. Bevor er sich dem Mann näherte, drehte sich John zum hinteren Bereich der Kirche um, als suchte er die Zustimmung von Tressa. Aber das Mädchen war verschwunden.

Am Ende des Gangs neben der ersten Bankreihe blieb er stehen, die Hände in den Hosentaschen, die Augen auf den prächtigen Altar gerichtet. Er unterließ jeden Versuch, auch nur einen Blick auf das Gesicht des Mannes zu werfen. Wenn dieser Typ O'Shay war, würde es so oder so funktionieren. »Das ist schon was, nicht wahr? Bringt einen zum Nachdenken über die Dinge«, sagte er und versuchte, die Aufmerksamkeit des Mannes zu erhalten.

»Du bist John?«

»Mickey?«

»Setz dich.«

John setzte sich, sein Blick war noch immer geradeaus gerichtet. »Das ist gut … dass wir uns treffen können …«

»Du willst die Hunderttausend noch?«, fragte Mickey.

»Sind das dieselben Scheine, die ich beim letzten Mal bekommen sollte?«

»Sind sie. Wieso machst du keine Geschäfte mehr mit Deveneau?«

»Ich kenne keinen Deveneau.«

»Gute Antwort.« Es gab eine Pause. »Wir können das Geschäft gleich jetzt abwickeln«, sagte Mickey einen Moment später.

John drehte sich um und blickte ihn an. Er schätzte, dass Mickey ungefähr so alt war wie er selbst, obwohl er viel älter aussah. Seine

Augen waren verblüffend blau, sein Profil – denn Mickey O'Shay nahm seinen Blick nicht vom Altar – war das eines Chorknaben. Sein sandfarbenes Haar war lang, speckig und auf einer Seite hinter das Ohr gesteckt. Er trug einen stumpf aussehenden, grünen Mantel aus Segeltuch, eine unauffällige Stoffhose und abgewetzte Stiefel. Alles in allem war sein Erscheinungsbild eher enttäuschend. O'Shay saß regungslos da. Der Kragen seines Polyester-Hemds war über den mit einem Reißverschluss versehenen Mantelkragen geschlagen. Er sah aus wie ein aus der Zeit gefallener Exzentriker, wie eine verwirrte und unwissende Hommage an die Dead End Kids, ein Straßenpunk, der irgendwie zu Geld gekommen war und jetzt versuchte, in der Liga über ihm mitzuspielen. Es war nichts Einschüchterndes an ihm, nichts in seinem Blick deutete an, dass er zu rationalem Denken fähig war, dass er in der Lage war, seine Umgebung und *sich* zu organisieren. Er wirkte weniger wie ein Gangster und mehr wie ein Typ, der gerade erfolgreich in seinem Sofa nach Kleingeld für Bier gesucht hatte.

»Jetzt sofort?« John ließ ein kleines Lachen hören. »Du willst den Deal gleich jetzt machen? Ist das dein Ernst?«

»Wieso, was ist los?«

»Ich habe das Geld nicht dabei. Ich musste mir den Arsch aufreißen, um rechtzeitig hierher zu kommen, nur um dich zu treffen. Das Ganze kam etwas plötzlich. Gib mir einen Tag oder zwei, ich organisiere das Geld, und dann ...«

»Du kennst den Preis.«

John drehte sich wieder zum Altar um. »Zwanzigtausend für die Hunderttausend.«

»Hast du einen Stift?«

John blinzelte und tastete die Brusttasche seines Hemdes ab. »Ich ... ich weiß nicht ...«

»Warte.« Mickey fischte in seinem Mantel herum und zauberte einen Bleistiftstummel hervor. »Hier«, sagte er, nahm dann eine der ausliegenden Bibeln in die Hand, schlug sie in der Mitte auf und gab sie John. »Und hier. Schreib mir eine Telefonnummer auf.«

Er schrieb seine Nummer auf Seite 887, genau über eine Textstelle im Buch Jeremia, die besagte: »Selbst wenn du dich mit Lauge waschen und noch so viel Seife verwenden wolltest, deine Schuld bliebe doch ein Schmutzfleck vor meinen Augen.« Er schob die offene Bibel über die Bank zurück zu Mickey, der ohne Interesse den Hauptaltar anstarrte. Als er *endlich* einen Blick nach unten warf, tat er dies nur für eine Sekunde, bevor er sich umdrehte und John direkt ansah.

Etwas flackerte hinter Mickeys eisblauen Augen – etwas, das an einen Funken in der Dunkelheit erinnerte. Aber es war da gewesen und dann verschwunden, zu flüchtig für John, um daraus schlau zu werden.

Mickey riss die Seite aus der Bibel und stopfte sie in seinen Mantel.

»Schätze, du bist kein sehr religiöser Mensch, oder?«, fragte John.

Mickey stand auf und bot dabei einen wenig imposanten Anblick. Sein Blick blieb auf den Altar gerichtet. »Kennst du Tressa schon lange?«

»Seit der Highschool.«

»Wenn bei diesem Deal irgendwas schiefläuft, wird niemand sie mehr kennen. Dich auch nicht.«

Die Worte waren gesagt, und John ließ Mickey gewähren, obwohl er den kleinen Scheißer normalerweise direkt aus der Bank geprügelt hätte. Stattdessen freute er sich darauf, die Handschellen um O'Shays Handgelenke zuschnappen zu lassen. Mehr Genugtuung brauchte er nicht.

»Ich rufe dich an«, sagte O'Shay.

»Wann?«

Aber Mickey O'Shay hatte nichts mehr zu sagen. Er verließ die Bank und mischte sich unter die Touristen und Besucher, bis er im täglichen Tumult von St. Patrick's verschwand.

KAPITEL 15

Früh am nächsten Morgen nippte John in einem kleinen Diner in Midtown an einer Tasse Kaffee und beobachtete eine Kakerlake bei ihrem Marsch über den Tisch. Draußen prasselte der Regen gegen die Fenster des Restaurants. John empfand das Geräusch als sehr beruhigend. Der Uhr an der Wand hinter der Theke zufolge war Kersh zu spät. Und das, obwohl John innerhalb der nächsten Stunde Douglas Clifton einen weiteren Besuch im Krankenhaus abstatten wollte.

Nach einer Weile sah John, wie Kersh mit einer Zeitung über dem Kopf über die Straße eilte. Er war ein breitschultriger Mann, der einiges zusätzliches Gewicht mit sich herumtrug und dessen Laufstil an den humpelnden, gebremsten Galopp eines verletzten Kamels erinnerte. Kersh prallte wie ein Sturmwind gegen die Tür des Diners, riss sie auf und schob sich heftig atmend hinein. John hob die Hand, und Kersh schleppte sich zu seinem Tisch, wo er sich auf einen Stuhl fallen ließ. Kersh versuchte wieder zu Atem zu kommen und rieb sich die nassen Haare.

»Was für ein Wetter«, murmelte Kersh und schüttelte das Regenwasser von seiner Zeitung. Er hatte etwas Kindisches an sich – in seinem Gesicht, seinen Eigenarten, seinen Augen – das John grinsen ließ.

»Du siehst wirklich scheiße aus. Rasierst du dich überhaupt jemals?«

»Du«, sagte Kersh und faltete seine Zeitung auseinander, »hast ab sofort sehr viel wichtigere Sachen zu tun als dich um meine persönliche Hygiene zu kümmern.«

Aus dem Verborgenen der zusammengefalteten Zeitung kam eine Mappe zum Vorschein. Kersh ließ sie auf den Tisch gleiten, öffnete sie und blätterte durch einige Ausdrucke. »Hier sind zwei kleine Informationen für dich«, sagte er, ohne aufzusehen.

»Ach ja?«

Kersh schob John zwei Blatt Papier hin: O'Shays und Kahns Eintragungen beim NYPD. Auf Johns geplantes Treffen mit O'Shay hin, hatte Kersh am vergangenen Abend ihre Informationen aus den

Datenbanken gezogen. John überflog die Seiten und raunte dann: »Ach du Scheiße.«

»Kaum zu glauben, oder? Siehst du diese Anklagepunkte? Entführung, körperliche Gewalt, versuchter Mord, hier und da zur Abwechslung ein Raubüberfall. Sie sind mehrfach verhaftet worden ... *aber kein einziges Mal verurteilt.*« Kersh lehnte sich über den Tisch und trommelte mit seinem dicken Zeigefinger auf eines der Blätter. »Zwei Freisprüche bei Anklagen wegen Mordes aufgrund von Geisteskrankheit für deinen Kumpel O'Shay. Er hat die Hälfte seines Lebens in Gerichtssälen verbracht.«

»Das glaube ich nicht. Nicht bei diesen Jungs.«

»Da steht es schwarz und weiß«, sagte Kersh und winkte einer Kellnerin, um sich eine Tasse Kaffee zu bestellen. »Ich habe da ein ganz schlechtes Gefühl, John. Ich weiß, dass du diesen O'Shay nur für irgendeinen Trottel von der Straße hältst ...«

»Das *ist* er ...«

»Trotzdem. Du solltest diese Scheiße bei jedem Treffen mit diesem Clown im Hinterkopf haben – du weißt, was ich meine? Bei jemandem wie ihm ... du kannst nie sicher sein, was passiert.«

Irgendetwas an der ganzen Sache roch faul. Kersh hatte unleugbar recht – hier stand alles schwarz auf weiß. Aber es wollte ihm einfach nicht gelingen, diesen Kleingangster O'Shay mit den Informationen aus dem Polizeiregister vor ihm zusammenzubringen. Die richtig üblen Jungs hatten ein ganz bestimmtes Äußeres, redeten, kleideten und betrieben ihre Geschäfte auf eine ganz bestimmte Art und Weise. Oft entsprachen sie so sehr dem Klischee und verhielten sich so vorhersehbar, dass es fast lächerlich wirkte. Doch jetzt war John hier, konfrontiert mit der Ausnahme von der Regel, und er war überrascht und ein wenig verärgert über sich selbst, dass er diese Person so völlig falsch eingeschätzt hatte.

»Was gibt es sonst noch?«, fragte er. »Du hast gesagt, du hättest zwei Informationen für mich.«

»Zu Cliftons Fingerabdrücken auf den gefalteten Hundertern.«

»Sie sind aus dem Labor zurück?«, fragte John.

»Sie sind *sauber* wieder zurückgekommen. Seine Fingerabdrücke sind auf keinem einzigen der Scheine.«

»Na, das ist ja fantastisch. Verdammt.«

»Vielleicht war er einfach vorsichtig«, sagte Kersh. »Oder er hatte einfach nur Glück. Das kann passieren. Obwohl ich gedacht hatte, dass wir wenigstens *einen* Schein positiv zurückbekommen …« Kersh trommelte wieder mit seinem dicken Zeigefinger, diesmal auf den Tisch. »Clifton hat auch einige Einträge in den Datenbanken, aber nur Kleinigkeiten.«

»Und die Waffe? Der Schalldämpfer?«

»Hoffentlich bekommen wir die Auswertung bis heute Abend, spätestens bis morgen. Die Kollegen von der Ballistik sind dran.«

John sah wieder auf die Uhr, während Kersh an seinem Kaffee nippte und kleine Ringe über die Oberfläche pustete.

»Eine letzte Sache noch«, sagte Kersh beiläufig und blickte auf seinen Kaffee herab.

»Schieß los.«

»Triff dich nicht mit O'Shay, ohne mir vorher Bescheid zu sagen, John.«

❧

In Douglas Cliftons Krankenhauszimmer hing noch immer derselbe übelriechende Gestank in der Luft. John und Kersh hatten erwartet, den Bewohner des Zimmers genauso verwirrt und geistesabwesend vorzufinden wie am Vortag. Doch als sie die Tür aufstießen, stellte John überrascht fest, dass sich Dr. Kuhmari *tatsächlich* von Kersh hatte einschüchtern lassen und Clifton ohne jegliche Schmerzmittel auskommen musste, soweit John das einschätzen konnte.

Der Mann wand sich mit weit aufgerissenen und blutunterlaufenen Augen im Bett. Er atmete heftig durch zusammengebissene Zähne und krächzte leise dabei. Seine dunklen, kurzen Haare standen durch seinen unruhigen Schlaf auf der Krankenhausmatratze nach allen Seiten ab. Er starrte John und Kersh unverwandt an, sobald sie durch die Tür traten.

Kersh kam gleich zur Sache. »Douglas Clifton, ich bin Special Agent Kersh, Secret Service. Das hier ist Agent Mavio. Erinnern Sie sich an unseren gestrigen Besuch?«

Douglas Clifton, dem wahrscheinlich genau gesagt worden war, warum er an diesem Morgen seine Medikamente nicht verabreicht bekommen hatte, schob sich mit seinen unter der Decke arbeitenden Füßen im Bett nach oben. Seine Augen fixierten Kersh. Clifton beugte seinen verletzten Arm, der noch immer verbunden war und in einer Schlinge über dem Bett hing, entspannte ihn wieder und beugte ihn erneut.

»Ich erinnere mich an gar nichts«, knurrte Clifton. »Was zur Hölle wollen Sie von mir?«

Kersh ging gleich in die Offensive. »Was ist mit Ihrer Hand passiert, Doug?«

»Warum?«

»Ich bin einfach neugierig.«

Clifton kaute auf der Innenseite seiner rechten Wange. »Da kann ich Ihnen nicht weiterhelfen«, grummelte er.

Aber Kersh blieb ruhig und unnachgiebig. »Wirklich – was ist passiert?«

Cliftons Unterlippe zitterte. Der Ausdruck auf seinem Gesicht entsprach dem eines Maultiers, das wiederholt für seine Sturheit geschlagen worden war. »Raus hier«, gab er beinahe flüsternd zurück.

»Sie wollen nicht über den Unfall reden?«, begann John, und Cliftons Blick richtete sich blitzschnell auf ihn. »In Ordnung. Dann lassen Sie uns über die gefälschten Hunderter reden, die Sie verteilt haben.«

Wie der Schatten eines Flugzeuges huschte ein bestimmter Ausdruck über Douglas Cliftons Gesicht, der ihn sofort verriet. Trotzdem sperrte sich der Mann weiter, und seine Unterlippe begann wieder zu zittern. John beobachtete, wie sich die Finger von Cliftons gesunder Hand am Rahmen des Bettes festhielten. »Ich weiß nicht, wovon Sie reden«, sagte er schließlich.

»Wir haben in unserem Büro eine Menge falscher Hunderter, und auf allen sind Ihre Fingerabdrücke«, log John.

Clifton lachte einmal scharf auf und die Winkel seines Mundes formten sich zu einem beunruhigenden Grinsen. »Fingerabdrücke? Beschissene *Fingerabdrücke?* Ernsthaft? Von welcher Hand denn?« Er brachte ein Schluchzen hervor und schloss die Augen. »Das bedeutet überhaupt nichts!«

John zog eine Augenbraue hoch. »Tut es nicht? Sehen Sie mich an.«

Durch halb geschlossene Augen spähte Clifton widerwillig nach oben zu John. »Ich habe damit nichts zu tun.«

»Wir wissen, dass Sie einer Tänzerin in der *Black Box* ein paar gefälschte Hunderter zugesteckt haben.«

»Bullshit.«

»Wir wissen alle, dass Sie hier derjenige sind, der voller Pferdescheiße ist, Doug«, sagte Kersh mit weicher Stimme, die so im Widerspruch zu der von ihr verbreiteten Botschaft stand, dass es fast komisch wirkte. Und doch war Kershs Auftritt hart und direkt. »Sie haben Probleme, sowohl in der Gegenwart« – er nickte in Richtung von Cliftons abgetrenntem Arm – »als auch in Zukunft. Wir haben Ihr Auto auf dem Abschlepphof gefunden, und da waren ein paar interessante Sachen im Kofferraum. Wir werden das Puzzle zusammensetzen. Und dann wird Ihre jetzige Situation wie ein Zuckerschlecken aussehen. Das garantiere ich Ihnen.«

Trotz der Schmerzen und der Angst, die ihn unter der Oberfläche peinigten, wurden Cliftons Augen ruhig und klar und er wirkte auf einmal seltsam heiter. Er legte seinen Kopf auf das Kissen und blickte nach oben an die Decke. Neben dem Bett nahm die Herzfrequenz auf dem Monitor Tempo auf.

»Jetzt sind Sie an der Reihe«, drängte John.

»Ich habe keine Ahnung, wovon Sie reden«, sagte Clifton. Er sprach langsam und deutlich, wie jemand, der die Bedeutung und den Klang jedes Wortes genau kalkuliert hat. »Lassen Sie mich in Ruhe. Ich habe meine verdammte Hand verloren. Wissen Sie überhaupt, was das bedeutet? Denken Sie wirklich, es interessiert mich einen Scheiß, was Sie wollen?«

»Sie sollten besser damit anfangen, einen *Scheiß* darauf zu geben«, sagte John. »Sie haben ein Zimmer mit schwedischen Gardinen gebucht, und es gibt keinen Wackelpudding zum Nachtisch. Ich kann mir auch nicht vorstellen, dass ein Typ mit nur einer Hand im Knast allzu gut klarkommt.«

»Ihr verdammten Wichser kapiert es nicht«, sagte Clifton, und das beunruhigende Grinsen kehrte auf sein Gesicht zurück. »Es ist mir scheißegal, worauf meine Fingerabdrücke sind oder nicht sind oder was ihr in meinem Kofferraum gefunden habt. Ich sage nichts und ich *weiß* nichts. Ich habe das Auto seit Tagen nicht mehr gesehen. Jedes Arschloch kann etwas in den Kofferraum geworfen haben. Und verdammt noch mal, ich gehe andauernd in Klubs und stecke den Mädels laufend Geld zu. Aber schiebe ich jemals einen Hundertdollarschein rüber? Auf keinen Fall!« Clifton schüttelte den Kopf, das verdrehte Lächeln noch immer auf seinen Lippen, und schloss die Augen. Etwas Feuchtes trat in den Falten seiner Augenwinkel hervor. »Ahhhh!« Dann lief eine einzelne Träne seine Schläfe herunter. »Ich bin müde, und ich habe verdammte Schmerzen. Raus hier.«

»Die Sache wird sich nicht einfach so in Luft auflösen«, versprach John.

»*Gehen* Sie«, murmelte Clifton. »Sie beide.«

»Woher haben Sie das Geld, Doug?«, fragte John und hob seine Stimme. »Wer hat Ihnen das Geld gegeben?«

»*Raus hier!*«, schrie Clifton mit aufgerissenen Augen und hochgerecktem Kopf. Seine Augen flammten auf wie zwei Glühbirnen. »*Verschwindet! Haut ab! Haut ab! Haut ab! Raus, raus, raus!*«

Die Zimmertür flog auf und zwei junge Krankenschwestern stürzten herein. Eine rannte sofort zu Cliftons Bett, während die andere John und Kersh zur Seite scheuchte. »Gentlemen, bitte, Sie sollten nicht …«

John zeigte mit dem Finger auf Clifton, wobei seine Augen genauso wild und wachsam waren wie die des Mannes im Bett. *Das bleibt an dir hängen, Kumpel,* sagten seine Augen zu Clifton. *Das verspreche ich dir, Mann. Über kurz oder lang bleibt es an dir hängen.*

Eine der Krankenschwestern beugte sich über Clifton und versuchte verzweifelt, ihn zu beruhigen. Mit seiner gesunden Hand schob Clifton die junge Schwester aus dem Weg, wobei er John unverwandt anstarrte und sein gekürzter Arm sich heftig bewegte. Der Monitor neben dem Bett, der Cliftons Herzfrequenz überwachte, piepte in Sechzehntelnoten und zeigte blinkende Ziffern und unregelmäßige Zickzacklinien.

Kersh griff John am Unterarm. »Komm«, sagte er und zog ihn in den Flur hinaus. »Ich denke, wir haben einen guten Eindruck hinterlassen.«

❧

Später an diesem Abend betrat Kersh allein die große Lobby von One Police Plaza, wo er sich zu Detective Peter Brauman von der Intelligence Division weiterleiten ließ. Peter Brauman hatte ungefähr Kershs Alter, Gewicht und Größe, sodass er Kershs Schatten als seinen eigenen hätte tragen können. Als engagierter, loyaler Kollege hätte es John vermutlich sehr interessiert, dass Peter Brauman zu den wenigen Auserwählten gehörte, die Bill Kersh tatsächlich *mochte*.

Als Kersh den Raum betrat, saß Brauman zurückgelehnt in seinem Stuhl im weichen Schein der Schreibtischlampe und lauschte aufmerksam einem Sportereignis im Radio. Brauman saß mit dem Rücken zur Tür. Kersh beobachtete den Mann einige Zeit, ohne auf sich aufmerksam zu machen, und schmunzelte über die aufgeregten Gesten. Als Brauman zufällig in Kershs Richtung sah, schreckte er zusammen und fiel beinahe vom Stuhl.

»Himmel«, sagte Brauman. »Wegen dir kriege ich noch einen Herzinfarkt.«

»Hart am arbeiten, wie immer, stimmt's Peter?«

»Du bist ein schlaues Kerlchen. Wie geht's dir? Setz dich.« Brauman zog eine Schachtel mit Gebäck zu sich, die auf seinem Schreibtisch stand. »Willst du einen Donut?«

»Nein, ich habe gerade gegessen. Hast du ein paar Minuten?«

»Für dich immer.«

Kersh setzte sich auf einen Stuhl vor Braumans Schreibtisch. Als er saß, bemerkte er ein paar Spritzer Tomatensoße auf seinem Hemd und kratzte mit dem Daumen daran herum. »Gestern Abend habe ich die Datenbank nach zwei Typen durchsucht: Mickey O'Shay und Jimmy Kahn. Junge irischstämmige Kerle von der West Side. Sind ein paar Mal festgenommen, aber nie verurteilt worden. Es sind üble Sachen dabei – Mord, Überfälle, so etwas. Sagen dir die beiden etwas?«

Brauman lehnte sich in seinem Stuhl zurück und stellte das Radio leiser. »O'Shay und Kahn«, wiederholte er. Sein Stuhl knarrte, als er aufstand. Grübelnd ging er auf die Wand aus Aktenschränken in seinem Büro zu. »Wir haben von Informanten einiges über sie in den Akten, die ungefähr zwei Jahre zurückreichen. Gerüchte besagen, dass sie bei einigen Überfällen beteiligt waren, als Kredithaie ihr Unwesen getrieben haben, dazu Erpressung, Gewalt, die übliche Scheiße. Ich habe nur den einen oder anderen Schnipsel.« Er nahm zwei dicke Ordner aus dem Aktenschrank und trug sie zu seinem Schreibtisch. Unter großem Schnaufen setzte er sich wieder. »Angeblich geben sie in Hell's Kitchen den Ton an. Hier.« Brauman schob Kersh die Akte hin. »Das sind ziemlich üble Typen, wie du siehst.«

Kersh pfiff, als er die Seiten durchblätterte.

»Wie gesagt, es ist nichts Konkretes dabei. So wie es aussieht, waren sie an einigen Schießereien beteiligt und haben ihre Hände sogar in einigen Gewerkschaften drin.«

»Du machst Witze.«

»Zumindest ist es das, was wir gehört haben.«

»Was ist mit den Freisprüchen?« Insgeheim vermutete Kersh zwei mögliche Gründe für das Fehlen von Verurteilungen. Erstens: Die Angriffe hatten sich gegen irgendwelches Gesindel von der Straße gerichtet, das wiederum lausige Zeugen abgab. Oder zweitens: O'Shay und Kahn hatten die Opfer so sehr in Angst und Schrecken versetzt, dass sie sich weigerten, gegen sie auszusagen. John hatte so etwas angedeutet, als er berichtet hatte, wie verängstigt Tressa Walker gewesen war, als sie mit ihm über O'Shay und Kahn gesprochen hatte ...

Brauman zuckte mit den Schultern und fuhr sich mit den Fingern durch die Reste seiner grauen Haare. Er sah müde aus. Plötzlich kam Kersh in den Sinn, dass *alle* mittelalten Polizisten müde aussahen. »Freisprüche? Wenn ich raten müsste, würde ich sagen, dass es dem Staatsanwalt schwergefallen ist, jemanden zu finden, der gegen sie aussagt.«

»Wieso das?«

Ganz nüchtern antwortete Brauman: »Weil sie wahnsinnig sind. Absolute Irre. Sie herrschen durch Angst. Einer der beiden – O'Shay, wenn ich mich recht erinnere – hat sich aus einer Anklage wegen Mordes herausgewunden, indem er sich für verrückt hat erklären lassen. Er hat dann ein paar Monate in einer Irrenanstalt irgendwo draußen auf dem Land gesessen. Dann galt er als geheilt und kam frei. Was für ein System. Ich kenne einen Kollegen, der einige ihrer Fälle bearbeitet und sie schon einmal verhaftet hat.« Braumann verschränkte die Hände über seinem üppigen Bauch und lehnte sich noch weiter in seinem Stuhl zurück. Kersh konnte hören, wie die Rollen des Bürostuhls unter seinem Gewicht knackten. »Worum geht es eigentlich genau? Habt ihr etwas gegen sie in der Hand?«

Kersh, der instinktiv geizig war, wenn es um die Herausgabe von Informationen zu seinen Fällen ging, selbst gegenüber Kollegen, sagte nur: »Ihre Namen sind in einem Falschgeldfall aufgetaucht, in dem wir gerade ermitteln. Dachte mir, ich schaue mal, was ich über sie finden kann. Eine Frage: Haben diese bösen Jungs irgendeine Verbindung zu einem Kerl namens Charles oder Charlie Lowenstein? Der Typ soll ein Drucker sein.«

»Sagt mir nichts. Den Namen habe ich nie gehört.«

»Was ist mit diesem Kollegen von dir?«

»Ich kann ihn diese Woche mal anrufen, mal sehen, was er weiß.«

Kersh runzelte die Stirn und rieb sich das Kinn. »Aber nur, wenn du ohnehin mit ihm sprichst. Ist keine große Sache.«

»Also, wenn du die beiden einbuchten willst, herzlich gern. Das würde uns einigen Ärger ersparen. Oh«, sagte Brauman mit hochgezogenen Augenbrauen, »das erinnert mich an etwas. Ich habe ein Geschenk für dich.« Er schob sich auf seinem Stuhl vom Schreibtisch weg und rollte zu einem kleinen Schrank, zog eine Schublade heraus und suchte nach etwas. Einen Moment später fischte Brauman einen Plastikbeutel heraus und rollte zurück. Auf seinem Schreibtisch platzierte er den Beutel auf dem Tischkalender der New York Mets. Der Plastikbeutel enthielt die Pistole und den Schalldämpfer aus dem Kofferraum des Lincoln Towncar von Evelyn Gethers. Außen an den Beutel geheftet waren die Ergebnisse der Ninhydrin-Untersuchung. »Kam aus dem Labor zurück. Volltreffer. Douglas James Clifton ist dein Mann. Wir haben ein paar schöne Fingerabdrücke von der .22er und dem Schalldämpfer.«

Kersh lehnte sich auf seinem Stuhl nach vorn und begutachtete den Beutel. »Douglas Clifton«, murmelte Kersh zufrieden. »Unser einarmiger Bandit.«

Als Brauman fragte, was Kersh damit meinte, schüttelte der Secret-Service-Agent nur den Kopf und nahm sich den letzten Donut.

❧

Zeit.

Zeit ist ein flüchtiges Element. Manchmal ist es ein Abgrund. In den verschwimmenden Augenblicken, die es braucht, um in einem verlassenen Mietshaus um eine dunkle Ecke herumzugehen, wird die Zeit unendlich. Gezogene Waffe, pochendes Herz, Schweiß, der in den juckenden, klebrigen Nacken rinnt – dieser Mensch wird von der Zeit verschluckt. Er wird gefangen gehalten. Nichts bewegt sich, nichts verändert sich. Die Zeit bleibt stehen, und er steht außerhalb der Zeit.

Manchmal ist Zeit wie eine Lokomotive, die durch einen Tunnel im Berg rast. Doch für einen Secret-Service-Agenten gibt es keine Spur, um den Weg zu finden. Dann kommt das Gefühl, die Kontrolle zu verlieren. Es kann eine Ewigkeit sein, die eine Sekunde dauert oder eine Sekunde, die sich bis in die Ewigkeit dehnt ...

Auf dem Nachttisch neben dem Bett klingelte Johns Telefon.

»Nein«, murmelte Katie, »lass es liegen.«

»Kann ich nicht«, sagte John und küsste seine Frau in den Nacken, bevor er sich auf die andere Seite drehte und im Dunkeln mit dem Telefon hantierte. »John.«

»Du klingst komisch. Bist du etwa schon im Bett?« Es war Kersh.

»Nein, nein, leg los. Ich bin wach.«

»Ich dachte mir, das würdest du wissen wollen – wir haben Fingerabdrücke auf der Waffe und dem Schalldämpfer. Douglas Clifton hatte seine Finger überall auf den Dingern.«

»Sehr schön.«

»Na ja, jetzt werden wir sehen, wie die Sache weitergeht«, sagte Kersh. »Er ist nicht gerade der kooperative Typ.«

»Jetzt wird er auspacken.«

»Hoffentlich«, sagte Kersh. »Ihr geht morgen zu Katies Eltern zu Thanksgiving?«

»Den einen Tag, ja. Hast du irgendwelche Pläne?«

»Ich helfe wie jedes Jahr in einer kirchlichen Suppenküche in Jersey. Da kommen vor allem junge Kinder und ihre Mütter, so was halt. Ich bin wahrscheinlich den ganzen Tag da.«

»Du willst mich wohl verarschen ...« Katie hob den Kopf vom Kissen, aber John winkte sie zurück.

Kersh lachte. »Das macht ein reines Gewissen. Ist besser als zur Beichte zu gehen. Wenn es dort oben einen Gott gibt, dann kommt etwas dazu auf mein ganz großes Rentenkonto.«

»Du wirst schon Punkte dafür bekommen, dass du den Tag in Jersey verbringst.«

Kersh lachte wieder. John stellte sich vor, wie sein Kollege in seiner engen Küche an einem kleinen Tisch saß, vor sich aufgewärmte Spaghetti aus der Dose und einen Löffel, um diese hinunterzuschlingen. Vielleicht war im Hintergrund der weiche Rhythmus eines Songs von einer der geliebten Jazz-Platten Kershs zu hören.

»Ich wünsche dir einen schönen Feiertag«, sagte Kersh. »Richte Katie schöne Grüße aus.«

»Mache ich. Gute Nacht.«

Er schaltete das Telefon aus und drehte sich wieder zu seiner Frau um. John drückte seine Lippen in ihren weichen Nacken, während sie in seinen Armen zitterte und lächelte. »Schöne Grüße von Bill Kersh«, sagte er.

»Ist er der große, altmodische Kollege aus dem Büro?«

»Genau der.«

»Irgendwie erinnert er mich«, fuhr Katie fort, »an ein großes, altes, unordentliches Sofa.« Sie hatte Kersh nur einmal getroffen, als sie ihm zufällig an einem Nachmittag in einem Restaurant begegnet waren, und sie war beeindruckt gewesen, was der Mann alles über Kunst, Musik und Theater gewusst hatte.

»Er wird interessiert zur Kenntnis nehmen, was du über ihn denkst.«

»Pass auf, dass du ihn nicht beleidigst.«

»Er wird es nicht persönlich nehmen«, sagte er und vergrub sein Gesicht wieder im warmen, weichen Nacken seiner Frau. »Er würde den Vergleich sogar sehr amüsant finden. Jetzt komm zu mir und hör auf zu reden ...«

❧

Für einen Agenten, der eine langwierige Observation durchführen muss, wird Zeit zum Feind. Für einen Agenten, den plötzlich die glühende Hitze eines unerwarteten Feuergefechts überrollt, wird

Zeit zur Bedrohung. Für einen Agenten, der die respekteinflößende Aufgabe erhält, undercover zu arbeiten, wird Zeit zum Geschenk.

Für John Mavio wurde Zeit zur Entscheidung, und der Zeitpunkt, an dem er sich entscheiden musste, kam am Morgen des Thanksgiving Day.

KAPITEL 17

Thanksgiving. Am Morgen um sieben Uhr dreißig zeigte das Thermometer gerade einmal vierzig Grad Fahrenheit. Die Sonne tauchte nur stellenweise auf, wenn sie die freien Flecken zwischen den metallisch wirkenden Wolken passierte, die sich an die Skyline von Manhattan klammerten. Trotz der frühen Stunde war schon Bewegung im Hause der Mavios. Katie schwirrte um den Tisch in der Küche herum wie eine Biene um eine Blüte und füllte zwei große Teller mit den Cookies, die sie in den letzten beiden Tagen gebacken hatte. Wie sie so leise vor sich hin summte, war sie noch einmal das junge Mädchen, das ihrer Mutter dabei half, das Essen für den Festtag vorzubereiten. Auf der Anrichte neben der Spüle stand ein kleiner Fernseher, auf dem NBC lief, obwohl die Thanksgiving-Parade von Macy's erst in anderthalb Stunden begann.

Im Schlafzimmer wälzte sich John halb wach hin und her. Er hörte das Summen seiner Frau, hörte die Geräusche des Fernsehers, die sich über den Flur in der Wohnung verteilten. Draußen waren sogar schon die Rufe von Kindern zu hören, die in ihrer eigenen Parade die Straße entlang marschierten. Ihre Wohnung lag in einer überwiegend italienischen Gegend. Die Italiener – ganz besonders die *New Yorker* Italiener – lebten geradezu für die Feiertage. Jedes Fest war ein willkommener Anlass, unglaubliche Mengen von Speisen und Getränken vor willigen und eifrigen Verwandten aufzutürmen und die Küchen mit süßem Backwerk und frischem, noch warmem Brot vom Bäcker um die Ecke vollzustopfen. Als Kind hatte John einige Male Thanksgiving mit entfernten Verwandten verbracht, aber meistens war er mit seinem Vater allein gewesen.

Katie stürmte ins Schlafzimmer, riss den Kleiderschrank auf und stellte sich davor, wobei sie eine Hand in die Hüfte stemmte und mit der anderen die Schwellung ihres Bauches hielt. Ohne in die Richtung ihres Mannes zu schauen, rief sie: »Wach auf, wach auf, wach auf! Willst du deinen freien Tag etwa im Bett verbringen?«

»Ich habe gerade noch geträumt. Wie spät ist es?«

»Es ist Morgen.«

»Nein, wirklich? Darauf wäre ich nie gekommen. Deine Cookies riechen gut.«

»Steh auf und mach dich fertig«, sagte sie zu ihm. »Wir haben heute noch ein paar Stunden im Auto vor uns.«

Dank Katies Beharrlichkeit stolperte er aus dem Bett, ließ sich praktisch in die Dusche schieben und bekam eine Jeans und ein Sweatshirt zugeworfen. Und obwohl ein Teil seines Verstandes bereits dabei war, Douglas Clifton zu verhören, war er mit sich im Reinen und bereit dazu, seinen Job wenigstens für die nächsten Stunden abzuschütteln. Es versprach ein schöner Tag zu werden – mit einer angenehmen Fahrt zu Katies Elternhaus, bei der er die Landschaft in sich aufnehmen und wieder etwas Zeit mit seiner Frau verbringen konnte. John hatte Katies voranschreitende Schwangerschaft beinahe als eine Reihe hastig gemachter Schnappschüsse wahrgenommen. So gesehen war John wie ein fern der Heimat lebender Vater, dem ab und zu Fotos von seinem Kind geschickt werden und der überrascht ist, wie sehr es wieder gewachsen ist. Manchmal ertappte er sich dabei, wie er Katie in unbeobachteten Momenten ansah, nur um ihr Bild in seinem Gedächtnis zu speichern. Wenn er sie auf diese Weise ansah, spürte er bei manchen Gelegenheiten tief in sich eine Art Ablehnung. Als wäre es ihr Gefühl der Ablehnung, das so stark ausstrahlte, dass er es als sein eigenes empfand. In einer perfekten Welt hätte Zeit keine Bedeutung, Arbeit wäre nebensächlich, und er könnte eine Ewigkeit damit verbringen, seine Frau zu betrachten.

Gegen acht Uhr frischte der Wind auf, blies heftig gegen die Seite des Gebäudes und ließ die Fenster vibrieren. Die Straßen füllten sich mit Schatten, als die Sonne erneut von einem dichten Wolkenvorhang verschluckt wurde. Während sich seine Frau duschte und anzog, stibitzte er ein paar Haferflocken-Cookies von den gefüllten Tellern und schaute mit geringem Interesse, was im Fernsehen lief. Trotz des kalten Wetters war er gut gelaunt. Es war eine ganze Weile her, seit er sich zuletzt so entspannt gefühlte hatte.

Ein zwitscherndes Geräusch kam aus dem Schlafzimmer: Sein Telefon, das noch auf dem Nachttisch lag.

Familie und Freunde riefen immer ihre Festnetznummer an, sodass ihm gleich klar war, dass der Anruf etwas mit seiner Arbeit zu tun hatte. Sein erster Gedanke war *Kersh*. Er eilte den Flur entlang, schnappte sich das Telefon vom Nachttisch und drückte die grüne Taste.

»Ja?«

»John.« Es war die Stimme eines Mannes – aber nicht die von Bill Kersh. Er kannte die Stimme, aber sein Gehirn benötigte ein paar Sekunden, um ein Gesicht zuzuordnen.

»John«, wiederholte der Mann mit monotoner Stimme.

Es war Mickey O'Shay.

»Ja, hier ist John.«

Am anderen Ende der Verbindung raschelte es. »Wo bist du?«

Er stieß ein zaghaftes Lachen aus und blickte zurück in den Flur. Rasch schlich er durch das Schlafzimmer und schloss leise die Tür. »Zuhause. Ist dort – Mickey?«

»Ich möchte, dass wir uns in einer Stunde treffen.«

»Stimmt etwas nicht?«

»Nein«, sagte Mickey. »Aber ich habe jetzt dein Geld bei mir.«

Er dachte daran, wie Mickey O'Shay zusammengekauert auf der Kirchenbank von St. Patrick's Cathedral gesessen hatte …

»Ist das dein Ernst, Mann?«, fragte er. »Ich habe meinen Teil noch nicht beisammen. Ich habe doch gesagt, dass ich mindestens einen Tag brauche.« Er zwang sich ein kurzes Lachen ab. »Versuchst du, mich hier komplett zu verarschen oder was?«

»Vergiss deinen Teil«, sagte Mickey. »Ich strecke es dir vor.«

Ein immer schneller sinkendes Gefühl überflutete ihn; Mickey hatte ihm keinerlei Spielraum gelassen.

John atmete schwer in das Telefon. »Was zum Teufel meinst du?«

»Es gehört dir«, sagte Mickey. »Ich gehe in Vorleistung. Wenn du es willst, dann komm und hol es dir.«

»Du erzählst besser keinen Bullshit«, sagte er zu Mickey. »Wo treffen wir uns?«

Eine Minute später stand er im Flur und sah Katie dabei zu, wie sie die Teller mit den Cookies mit farbiger Frischhaltefolie umwickelte. Ihre Haare waren noch nass vom Duschen und einzelne Strähnen hingen ihr ins Gesicht. Für eine Weile betrachtete er sie nur still.

Sie blickte auf, und mit den Händen zog sie noch ein Stück Folie straff. Ihr Gesichtsausdruck verriet, dass er nichts zu sagen brauchte. »Wann musst du los?«, fragte sie.

♣

Während er fuhr, sah er sich im Inneren des Autos um, um sicherzugehen, dass alles vorzeigbar und ordentlich aussah. Der Camaro gehörte nicht ihm, ebenso wenig das Kennzeichen und der Fahrzeugschein. Es war ein beschlagnahmtes Fahrzeug, das für Undercover-Missionen verwendet wurde. Die Registrierung war auf einen falschen Nachnamen ausgestellt: Esposito. Denselben Nachnamen verwendete John auf seinem Führerschein und seiner Kreditkarte von American Express. Es war also John Esposito, den Mickey O'Shay kennenlernen würde.

Als er sich umsah, bemerkte er etwas auf dem Rücksitz. Als er an einer Ampel halten musste, sah er genauer hin. Auf dem Sitz lag der zusammengelegte Wollmantel, den er im Haus seines Vaters mitgenommen und dann vergessen hatte.

»Gottverdammt.«

Er fuhr auf die Brücke, auf der bereits dichter Verkehr herrschte. Warum zur Hölle sich Mickey O'Shay ausgerechnet zu Thanksgiving in Manhattan mit ihm treffen musste, war ein Rätsel.

Er sah auf die Uhr im Armaturenbrett des Camaro: 08:35. Die Parade begann genau um neun an der Ecke 77. Straße und Central Park West, würde sich langsam den Park hinunterbewegen und dann auf den Broadway in Richtung Herald Square abbiegen. Das gesamte Ereignis dauerte stets ungefähr drei Stunden von neun Uhr bis zum Mittag, und John wusste aus Erfahrung, dass die Stadt in dieser Zeit ein Irrenhaus war. Mickeys Wegbeschreibung besagte, dass John durch den Theater District fahren und dann im Auto an der Ecke 57. Straße und Ninth Avenue warten sollte. Die Parade selbst würde zu dem Zeitpunkt, an dem er dort ankam, noch weit genug entfernt sein. Aber sein Weg kreuzte die Umzugsroute, und diese war abgesperrt. Das bedeutete, dass er noch weiter in Richtung Downtown fahren musste, um den Broadway südlich des Herald Square zu umgehen.

Verdammter Mist, dachte er. *Nie im Leben schaffe ich es rechtzeitig. Nie im Leben.*

Und Mickey musste sich darüber im Klaren sein.

Entweder ist er nicht ganz frisch im Kopf, oder er hat eine kleine Überraschung in der Hinterhand. Niemand mit klarem Verstand reicht ohne Gegenleistung hunderttausend Dollar in gefälschten Banknoten herüber, es sei denn, der andere Typ ist dein Bruder.

Die kompakte Wölbung seiner Waffe in ihrem Holster drückte gegen sein Kreuz.

Er hatte den Verkehr in Manhattan korrekt eingeschätzt: Unmittelbar hinter der Brücke kam die Blechlawine komplett zum Erliegen. Hupen dröhnten, Autos waren zwischen anderen Autos gefangen, und diejenigen, die die nächste Querstraße hinunterschossen, waren nur Momente später dort eingeschlossen. Er hätte mehr Glück dabei gehabt, ein Dampfschiff in einer Toilettenschüssel zu wenden als diesem Stau zu entkommen. Dann fiel ihm ein, dass er sich vermutlich einen Weg über den Broadway bahnen konnte, indem er seine Dienstmarke vorzeigte, aber letzten Endes hielten ihn seine Instinkte davon ab.

Vor ihm teilte sich der Verkehr in zwei Richtungen. Johns Camaro wurde in einer Spur mitgespült, wobei er sich unsicher war, zu welcher Straße sie führte. Neben ihm ließ der Fahrer eines Honda CRV den Motor aufheulen. Weiter vorn tasteten sich die Autos näher an die Kreuzung heran, und sobald sich auch nur die kleinste Lücke im Verkehr andeutete, schoss die Menge hupend und mit ausgestrecktem Mittelfinger über die Kreuzung.

Der Uhr im Armaturenbrett zufolge war es bereits um neun.

Die Thanksgiving Day Parade von Macy's hatte begonnen.

♣

Er hörte die Musik, bevor er auch nur irgendetwas sah. Die Musik von Spielmannszügen: schlagende Trommeln, laut tönende Blasinstrumente. Und als er dann endlich etwas *sehen konnte,* war es im Wesentlichen eine bunte Masse aus Menschen und Ballons. Zuerst waren nur die kleinen Ballons in den Händen zu sehen, noch nicht die massiven heliumgefüllten Comic-Figuren, die bald den Himmel verdunkeln würden. Er lief durch eine von Holzkisten übersäte und nach Fisch stinkende Gasse und stieß schließlich auf einen übervollen Abschnitt der Parade auf Höhe Eighth Avenue. Der Lärm von Trommlern, Blechbläsern und Tausenden Füßen füllte die Luft. Plötzlich wurde ihm bewusst, dass er der Einzige war, der tatsächlich *lief*, der sich tatsächlich *bewegte*, und dass alle anderen an der Spitze des Zugangs zur Eighth Avenue stehen blieben und versuchten, einen Blick auf die Parade zu erhaschen. Doch alles, was sie sehen konnten, waren Scharen weiterer Zuschauer.

Er hielt inne, um sich eine Zigarette anzuzünden, rauchte sie bis auf den Stummel herunter und warf den Rest in den Rinnstein. Er war mittelgroß und hatte einige Schwierigkeiten, etwas über die Köpfe der Menge auf der Eighth Avenue hinweg zu sehen. Zwei uniformierte Polizisten standen auf der Straße, gestikulierten und teilten die Menge, um einen schmalen Durchgang für diejenigen zu schaffen, die auf die andere Seite wollten. Ein Block weiter nördlich pulsierte der Broadway als das Herz der Parade. Unmittelbar vor ihm ließ jemand eine große Anzahl Ballons los, und er stoppte kurz, um ihnen beim Aufstieg in den Himmel zuzusehen.

Wie ein flohgeplagter Hund kratzte er sich hinter den Ohren, drehte sich um und lief auf der 57. Straße nach Osten, in die entgegengesetzte Richtung der Menge. Jemand stieß gegen seine Schulter, aber er ließ den Kopf unten und sah nicht auf. Hinter ihm durchbohrte der Schrei einer Trompete die Luft.

Zitternd vor Kälte und mit Dampfwolken vor seinem Mund bewegte sich Mickey O'Shay durch die Menge wie ein unsichtbarer Geist.

♣

Es war schon fast zehn Uhr, als John den Camaro auf 57. Straße Ecke Ninth Avenue parkte. Er war etwa eine Stunde zu spät und fühlte sich gereizt, als er der Menschenmenge dabei zusah, wie sie die 57. Straße entlang strömte. Hatte er ihn verpasst? Es war ein furchtbarer Treffpunkt, und John kamen Zweifel, ob Mickey überhaupt jemals vorgehabt hatte, hier aufzutauchen. Ein Gedanke ärgerte ihn am meisten – dass es der kleine Hurensohn war, der hier die Ansagen machte. War er gerade irgendwo hier in der Nähe und lachte sich schief? Plötzlich hatte John eine Eingebung, und sie traf ihn wie ein elektrischer Schlag: Er hatte nicht die leiseste Ahnung, was hier vor sich ging. Schlimmer noch, er hatte keine Ahnung, was in Mickey O'Shay vor sich ging. Zum ersten Mal in den zwei Jahren, die er jetzt beim Secret Service war, war er nicht in der Lage, sich in seine Zielperson hineinzudenken und ihr einen Schritt voraus zu sein. Durch die Windschutzscheibe beobachtete er die Zuschauer, die sich in Gruppen in Richtung Broadway vorarbeiteten. Mit abgestelltem Motor wurde es langsam kalt. John rieb sich die frierenden Hände. Wie lange sollte er noch hier sitzen und warten?

Es klopfte zweimal kurz gegen das Fenster an der Beifahrerseite. Während John den Kopf herumriss, erkannte er schon aus dem Augenwinkel O'Shays schäbigen Mantel und seine unscheinbare Hose hinter dem Fensterrahmen. Nur die Spitzen von Mickeys Fingern ragten aus den Ärmeln seines Mantels heraus.

John lehnte sich über den Beifahrersitz und öffnete die Tür. Ohne zu zögern, kletterte Mickey ins Auto und knallte die Tür zu. Mit ihm kamen der undankbare Gestank von Zigarettenrauch und die bittere Kälte. Mickey schüttelte seine Hand mit den langen Fingern und schnaubte.

»Du bist zu spät«, murrte er. Er betrachtete John von oben nach unten, als schätzte er ab, ob er seine Zeit wert war.

»Das ist nicht dein Ernst. Vielleicht ist es dir nicht aufgefallen, aber da draußen läuft so eine Art große Parade.«

Mickey hatte kein Interesse an Small Talk. Entweder war es das, oder er versuchte immer noch, John zu taxieren. Er lehnte seinen Kopf nach hinten und spähte in den Seitenspiegel auf der Beifahrerseite. »Zu viele Menschen hier«, sagte Mickey. »Du wendest den Wagen und fährst dort vorn in die Gasse auf der rechten Seite.«

John ließ den Motor an, wendete und ließ den Camaro die Straße entlang rollen, bis er die Gasse entdeckte, die Mickey gemeint hatte.

»Genau hier«, sagte Mickey.

Er drehte am Lenkrad und steuerte das Auto in eine leicht ansteigende Seitengasse. Die Gasse verlief direkt hinter dem Roosevelt

Hospital. Mickey ließ ihn das Auto kurz vor der Einfahrt zum Krankenhaus anhalten.

»Ja, das sieht unauffällig genug aus«, überlegte John und blickte in den Rückspiegel. »Aber ich habe genug von der Fahrerei. Was ist das eigentlich für ein Deal, warum gibst du mir das Zeug einfach so? Aber bin dabei.«

»Hast du ein Problem mit Vertrauen?«, fragte Mickey. Er verlagerte seine Sitzposition und John bekam eine weitere Prise Zigarettengeruch ab.

»Nein, habe ich nicht«, sagte John. »Ganz und gar nicht.«

»Ich habe das Geld nicht dabei«, sagte Mickey.

»Willst du mich auf den Arm nehmen? Wenn du das Geld nicht hast, warum zur Hölle sollte ich dann hierher kommen?«

»Ganz einfach«, sagte Mickey, »Bullen arbeiten nicht an Feiertagen.«

»So, jetzt bin ich also ein Bulle?«

»Immer mit der Ruhe«, sagte Mickey. In seiner Stimme lag eine Spur Entspannung – zum ersten Mal, seit John ihn kannte. »Ich wollte nur sehen, ob du auftauchst.«

Der selbstgefällige Blick auf Mickeys Gesicht zusammen mit dem unbekümmerten Tonfall ließ John kochen vor Wut. Vor seinem inneren Auge blitzte das Bild von Katie auf, wie sie untröstlich und niedergeschlagen vor ihren Tellern voller selbstgebackener Cookies saß. »Du kleines Arschloch«, sagte er, »ich hatte etwas vor mit meiner Familie, und du verschwendest hier meine gottverdammte Zeit. Ich sollte dir die Zähne ausschlagen.«

»Du bist also ein ganz harter Kerl«, sagte Mickey noch immer entspannt. Er blickte jetzt nach vorn und machte sich nicht einmal die Mühe, John anzusehen. »Ich mache mir gleich in die Hose.«

»Verpiss dich aus meinem Auto.«

»Nimm dir ein paar Tage Zeit, um das Geld zu organisieren«, sagte Mickey, »ich rufe dich an.«

»Fick dich und deine Hunderttausend.«

Mickey öffnete die Beifahrertür, stieg aus und ließ die Tür zufallen. Er blieb einen Moment neben Johns Auto stehen und sah dabei aus wie jemand, der verzweifelt versuchte, sich an etwas zu erinnern. Dann grub er eine Packung Zigaretten aus den Tiefen seines Mantels, drehte sich um und ging. John beobachtete ihn im Rückspiegel dabei, wie sich in der Gasse entfernte. Er versuchte dem Drang zu widerstehen, aus dem Auto zu springen, den Penner zu schnappen und ihm ein paar Schläge zu verpassen.

Bullen arbeiten nicht an Feiertagen, dachte John. *Außerdem halten Bullen ihre Dienstmarken hoch und nehmen die Abkürzung direkt über die Paradestrecke. Mit anderen Worten: Bullen sind pünktlich.*

»Schöner Start, Kumpel«, murmelte er, »aber ich habe deine Nummer.«

In dem Moment klingelte sein Telefon. Im Rückspiegel behielt er Mickey im Blick und nahm den Anruf an.

»John«, sagte er.

»Hier ist Bill«, sagte Kersh. Die Verbindung war schlecht, er konnte Kersh kaum verstehen. »Ich hasse es ja, dir deinen freien Tag zu versauen, aber ich glaube, das wirst du wissen wollen.«

»Was ist los?« Er sah, wie Mickey auf die 57. Straße einbog und in der Menge verschwand. Eine Sekunde später war es, als habe er nie existiert. »Was?«, wiederholte er. Ein lauter Donnerknall hallte zwischen den Häusern wider, es begann zu regnen.

»Es geht um Douglas Clifton«, sagte Kersh.

»Was ist mit ihm?«

»Er ist tot.«

ANFANG DEZEMBER

KAPITEL 17

Heute fällt es schwer, sich Hell's Kitchen als eine üppige, ländliche Gegend vorzustellen, deren Erscheinungsbild nicht von roten Backsteinhäusern und unter Feuertreppen gelegenen Geschäften bestimmt wurde, sondern durch unzählige Bäche und wucherndes Grasland. Im Laufe der Zeit hatte sich die Region unter dem Druck der Einwanderer, die ihre Heimat verlassen hatten – Holländer, Italiener, Iren, Deutsche – langsam entwickelt. Das Land war fruchtbar und stark, und ab der Mitte des 19. Jahrhunderts wurde die Eisenbahnstrecke entlang des Hudson River der Grundstein, auf dem die rasch wachsende Stadt ruhte. Die Eisenbahn zog rasch immer mehr hoffnungsvolle Einwanderer an, die alle danach strebten, eine Existenz für sich und ihre Familien in dieser tapferen neuen Welt aufzubauen. Nicht lange nach dem Bau der Eisenbahn wuchs auf Manhattans West Side die Industrie, die das Fundament für Leimfabriken und Brennereien schuf, für Schlachthöfe und Sweatshops. Die Luft, die einst rein und unberührt gewesen war, wurde bald vom metallischen Gestank der Schlachthöfe entlang der 39. Straße durchdrungen – so überwältigend, dass im Sommer alles vage nach Blut roch. Mietskasernen wuchsen eng nebeneinander an Orten in die Höhe, die ihre Bewohner Slaughterhouse Street oder Slaughterhouse Place nannten. Die Häuser waren vollgestopft mit Familien, die ihren Lebensunterhalt in den Industriebetrieben verdienten, die ihre Lungen vergifteten und ihre Seelen verdarben. Das Abwasser der Schlachthäuser sammelte sich entlang der Straßen zu blutroten Pfützen. Streunende Hunde fraßen die umherliegenden Schlachtabfälle. Die Wäsche, die auf den Leinen zwischen den Mietshäusern aufgehängt wurde, roch dauerhaft nach frisch getötetem Getier. Die Brauereien auf der West Side kämpften gegen den Geruch der Schlachthöfe mit dem weichen, aromatischen Duft nach Gerste und Hefe an – aber miteinander vermischt ergaben die Gerüche eine Luft, die nur noch feuchter und durchdringender stank. In einem Wimpernschlag waren die grasbewachsenen Felder und Süßwasserbäche verschwunden.

Die frische Luft war weg und kam nicht wieder. Und im späten 19. Jahrhundert war aus Hell's Kitchen schon das geworden, was viele als die Achselhöhle von New York bezeichneten.

Das Verbrechen war immer ein Teil von Hell's Kitchen gewesen, aber erst nach dem Bürgerkrieg hatten die Straßengangs die Macht komplett übernommen. Die Gangs von Hell's Kitchen waren bunt wie die Gerüche in der Luft und das Blut auf den Straßen, und sie tauchten so unvermittelt auf wie Schwärme hungriger Piranhas auf der Suche nach einer Mahlzeit. Es gab die Gorillas, die Tenth-Avenue-Gang (die später als Hell's-Kitchen-Gang bekannt wurde), die Gophers – alle gleichermaßen versiert in der Kunst der Erpressung und geschult in übermäßiger, gnadenloser Gewalt. Von diesen Gangs waren die Gophers die berüchtigtste. Die Gophers waren ungreifbar wie Schatten, aber im Untergrund wirbelten und tanzten sie durch das Arbeiterviertel wie die Teufel. Sie waren überall präsent und gefürchtet. Hinter ihnen ergoss sich ein Fluss aus Blut, der noch dunkler und schmutziger war als die Abfälle der Schlachthöfe auf der 39. Straße. Im Laufe der Jahre wurden sie professioneller und ließen die Kleinkriminalität und die Gewalttaten hinter sich, um schließlich mit ihren blutigen Fingern die Kehle der New Yorker Politik zu umklammern.

Nach dem Ersten Weltkrieg brachen die meisten traditionellen Gangs in Hell's Kitchen unter dem Druck der neuen, komplexeren Gesellschaft auseinander. Andere Nationalitäten zogen nach Hell's Kitchen, und die kulturelle Vielfalt des Viertels wuchs jedes Jahr. Irisch- und italienischstämmige Einwohner waren gezwungen, Platz zu machen für den Ansturm von Puerto Ricanern, Hispanics und Schwarzen. Das Viertel wuchs an Einwohnern und Kulturen, und es passte sich unter Schmerzen an, begleitet von Rassenunruhen und üblen Verbrechen gegenüber bestimmten ethnischen Gruppen. Doch obwohl die kulturellen Unterschiede zunahmen, lebten die Bewohner von Hell's Kitchen nach wie vor nach einem strengen ethischen Code. Abseits der Gangs – manchmal allerdings gerade weil es die Gangs gab – blieb Hell's Kitchen ein verhältnismäßig sicherer, geschützter Ort zum Leben. Sowohl Kriminelle als auch Arbeiter hielten viel auf ihre persönlichen Werte, darunter vor allem

Respekt und Fleiß. Ungeschriebene Gesetze diktierten auch das Mit- und Gegeneinander auf den Straßen, und es gab keine Gnade für diejenigen, die sich nicht an die Regeln hielten. Illegale Drogen unterlagen strikter Kontrolle durch die Gangs, und sie fanden so gut wie nie ihren Weg in die Hände von Unschuldigen. Alle, die die ungeschriebenen Gesetze brachen, wurden schnell und hart bestraft.

In den frühen 40er Jahren hatte eine Gruppe von Schwarzen aus Washington Heights die Straßen von Hell's Kitchen auf der Suche nach Ärger patrouilliert. Eines Abends, nachdem sie zu viel in einer Kneipe auf der 51. Straße getrunken hatten, hatte die Gang aufgedreht und eine ältere italienischstämmige Frau unmittelbar vor ihrer Wohnung ausgeraubt. Zuerst hatte die Frau einigen Spott über sich ergehen lassen müssen, bevor die Männer die Henkel ihrer Handtasche mit einem Rasiermesser durchtrennt und ihr die Tasche mit wenig Mühe aus den Händen gerissen hatten. Auch ihr Gesicht und ihre Arme hatten Schnitte davongetragen, und sie war hart genug geschlagen worden, um ein Auge zu verlieren. Obwohl die alte Frau die anschließende Notoperation und einen längeren Krankenhausaufenthalt überlebt hatte, konnte man dasselbe von den Mitgliedern der Gang aus Washington Heights nicht sagen. Und in der alten und geachteten Tradition von Hell's Kitchen fragte niemand, was mit ihnen geschehen war ... aber alle fanden Trost in dem Wissen, dass sich auf angemessene Weise um die Eindringlinge gekümmert worden war.

Im Jahr 1959, etwa 40 Jahre bevor Paul Simon aus dem Ereignis ein geschmackloses und kurzlebiges Musical machte, waren zwei Jungs in einem Bandenkrieg auf der Tenth Avenue brutal erstochen und getötet worden. Die Morde, die man später die *Capeman Murders* nannte, riefen landesweit Aufmerksamkeit hervor und öffneten dem ganzen Land scheinbar zum ersten Mal die Augen für den Terror der Gangs in den Großstädten. Doch für die Einwohner von Hell's Kitchen war das nichts Neues. Für sie war es die ganz normale Art und Weise, zu leben.

Kinder, die in den 60er und 70er Jahren aufwuchsen, waren wohlvertraut mit der in ihrem Viertel tief verankerten Unruhe und den eisernen Verhaltensregeln, die ihnen ihre Eltern – und ebenso die Straßen – schnell genug beibrachten. Ein Kind von zehn Jahren kannte die berüchtigten Gangmitglieder aus seiner Gegend: die Inhaftierten ebenso wie diejenigen, die in Erziehungsanstalten gesteckt worden waren; diejenigen, die sich um die Buchhaltung kümmerten oder Pakete auslieferten, die in Metzgerpapier verpackt waren; diejenigen, die verprügelt oder getötet worden waren – oder verprügelt *und* getötet. Und da es manchmal der einzige Lebensstil schien, der ihnen zur Verfügung stand, bewunderten viele dieser Kinder einen cleveren Gangster aus ihrem Viertel mit großen Augen auf die gleiche Weise, auf die andere Kinder vielleicht einen Profisportler bewunderten. Für diese Kinder, die in den Seitengassen und Hinterhöfen der New Yorker West Side aufwuchsen, war eine Zukunft in den Händen der Straße fast unvermeidlich.

Heute beherrscht sinnlose Brutalität die Straßen von Hell's Kitchen. Drogen zirkulieren hinter verschlossenen Türen so leicht wie geflüsterte Geheimnisse. Geschäfte und Hochhäuser leiden gleichermaßen unter den Zeichen der Graffiti-Künstler: neonfarbene Wirbel und Schleifen, die keinem anderen Zweck dienen als der Entweihung und Demütigung. In den Reihen der Mietskasernen entlang der Tenth Avenue starren zerbrochene Fenster wie blinde Augen in die Nacht. Die meisten Schaufenster sind mit Drahtgittern versehen oder einfach verbarrikadiert. Der einst friedliche Dewitt-Clinton-Park ist jetzt eine verdunkelte Zuflucht für die Ausgezehrten, die Überdosierten, die Ruinierten, die Hoffnungslosen; in massiven Stahlfässern lodert das Feuer, und ein Dutzend trostlose Schemen drängt sich um sie, um etwas Wärme abzubekommen. Der Gestank der Schlachthäuser ist im Laufe der Zeit verflogen und verdrängt worden vom sauren, ätzenden Geruch des mit Flocken wie von geronnener Milch schäumenden Hudson.

In diesem Tal aus Beton gibt es kein Gesetz.

Hier regiert die Gewalt.

❧

Calliope Candy war ein kleiner Süßigkeitenladen im Stil der 50er Jahre auf der 53. Straße Ecke Tenth Avenue. Im Außenbereich schützte und schmückte eine grün-weiß gestreifte Markise das einzelne, große Schaufenster. Rechts neben dem Fenster stand eine Holztür offen, von der die Farbe abblätterte. Die mit Wasserflecken übersäte Kunststoff-Jalousie vor dem diamantförmigen Drahtgitterfenster war halb zugezogen. Im Inneren dröhnte zwischen einer Reihe von Kaugummiautomaten ein kleiner Heizlüfter. Die Verkaufstheke verlief über die Länge der hinteren Wand, und in dem halb leeren Regal hinter ihr befanden sich Life Savers, Necco Wafers, Beutel mit M&M's und Skittles, verschiedene Sorten Kartoffelchips und Schokoriegel sowie große, durchsichtige Plastikboxen voller Lakritzstangen – Erdbeere, Schokolade und klassisches Lakritz. Auf der Theke stand eine große, verchromte Zapfstation für Softdrinks, unpoliert, voller Kalkflecken und von der Zeit angefressen. An einer Wand stand eine kleine Sitzecke unter einem großen Spiegel, in den das Logo der New York Rangers geätzt war. Neben dem Tisch blinkte ein Scooby-Doo-Flipperautomat. Im Licht des Mittags, das durch das Schaufenster auf ihn fiel, verpasste Mickey O'Shay dem Flipper einen Tritt. Der Automat wimmerte und piepte.

»Zum Teufel noch mal, ich habe dir doch gesagt, dass du aufhören sollst, gegen das Ding zu treten«, sagte Irish von seinem Platz hinter der Theke und richtete seinen Blick auf Mickey. Unrasiert und mit struppigen, zu Spiralen verdrehten Haaren sah Irish aus, als würde er jeden Moment anfangen, Nägel zu spucken. »Wenn du das Teil weiter trittst, machst du es kaputt. Das Ding ist alt.«

»*Du* bist alt«, murmelte Mickey und beobachtete die kleine silberne Kugel dabei, wie sie sich durch den Parcours des Automaten arbeitete. Eine schwarze Lakritzstange ragte aus seinem Mund. »Außerdem hilft es mir, den Highscore nach oben zu treiben.«

»Wen zur Hölle willst du betrügen?«, fragte Irish. Er versuchte gerade, das der neuen Lieferung Lollipops beigelegte Verkaufsdisplay aus Pappe zusammenzustecken, hatte aber keinen Erfolg.

»Pst! Halt die Klappe. Ich versuche, mich zu konzentrieren.«

»Schön. Hauptsache, du steckst deinen Laden nicht in Brand.«

Die silberne Kugel rollte die linke Seite der Maschine herunter und wurde rechtzeitig durch den linken Flipper getroffen, bevor sie im schwarzen Loch an der Unterseite des Kurses verschwinden konnte. Mit der Kraft des Treffers schoss der Ball nach oben, schlug in eine Reihe runder Bumper ein und wurde hin und her geschleudert. Die Lichter blitzten, die Buzzer summten, und orangefarbene und gelbe Lichter spiegelten sich in Mickeys aufgerissenen Augen. Über die Punkteanzeige im Flipperkopf rasten immer neue Zahlen.

»Man muss wohl der gottverdammte Albert Einstein sein, um das Ding hier zusammenzusetzen«, grummelte Irish vor sich hin, ließ vom Papp-Display ab und verstaute es unter der Theke. Er holte ein Schnapsglas mit Whiskey und ein Kartendeck hervor und baute vor sich auf der Theke ein Spiel Solitär auf. Zu seiner Rechten begann ein verzerrtes Spiegelbild seiner selbst auf der verchromten Zapfanlage ebenfalls zu spielen.

Fünf Minuten später parkte Jimmy Kahn seinen Cadillac vor dem Laden in der zweiten Reihe, zog sich aus dem Fahrzeug und schauderte in der kalten Luft. Während er zum Eingang eilte, hielt er seine Mohair-Sportjacke mit der Faust zusammen, holte mit der anderen Hand ein zerkautes Juicy Fruit aus dem Mund und klebte es an die Seite des Münztelefons an der Straßenecke.

»Scheiße noch mal«, sagte Jimmy und rieb sich die Hände, als er eintrat. »Warum zur Hölle muss bei dir immer die Tür offenstehen, Irish? Es ist arschkalt da draußen.« Er beugte sich über den kleinen Heizlüfter, wärmte seine Hände und gab mit der Schuhspitze der Tür hinter sich einen Schubs. Sie bewegte sich knarrend und fiel dann zu.

»Ich finde es erfrischend«, sagte Irish hinter der Theke.

Jimmy stand auf, streckte den Rücken durch und sah faul durch das Schaufenster nach draußen. In früheren Tagen hatte er den natürlichen Körper eines Sportlers gehabt, aber dank hinreichender Vernachlässigung war er davon inzwischen weit entfernt. Jimmy nahm in der kleinen Sitzecke Platz, legte seinen Kopf in den Nacken und rieb sich mit zwei Fingern die Nase. Im Gegensatz zu Mickey O'Shay, der ohne große Erziehung in einem vaterlosen Haushalt aufgewachsen war und sich nichts Besseres vorstellen konnte als das Leben, das er jetzt führte, hatte Jimmy Kahn seine Kindheit in einer anständigen bürgerlichen Familie verbracht. Er hatte sich bewusst dafür entschieden, professionell in die Praktiken krimineller Unternehmungen einzutauchen. Diese Entscheidung hatte er im Alter von neun Jahren getroffen, nachdem er im Treppenhaus des Mietshauses, in dem er mit seinen Eltern wohnte, Zeuge einer Messerstecherei geworden war. Zwei Männer hatten sich einem Teenager genähert, einige drohende Worte ausgestoßen und dann das Treffen damit beendet, dass sie ihm mehrere Male mit einem langen, gebogenen Messer in die Kehle stachen. Nachdem sie seine Taschen geleert und ihm die Schuhe ausgezogen hatten, waren die beiden Männer heimlich, still und leise aus dem Treppenhaus und in das helle Licht des Sommertages geschlüpft. Jimmy, der von der Wohnungstür aus die Quälerei durch das schmiedeeiserne Geländer beobachtet hatte, saß lange Zeit einfach nur da und sah zu, wie sich das Blut über den gelben Fliesenboden ausbreitete. Er betrachtete das Ereignis nicht mit den verklärten Augen eines Jungen, der die beiden Mörder auf irgendeine Art Sockel stellte und aus lauter Ehrfurcht vor ihrer fast übernatürlichen Macht, einem Menschen das Leben zu nehmen, erstarrte. Vielmehr erschien ihm das, was er erlebt hatte, einfach als *Akt des Überlebens* – die Starken verließen das Feld mit einer Handvoll Kleingeld und einem neuen Paar Turnschuhe, während die Schwachen in ihrem eigenen Blut im Sterben lagen. Es war ein schlichtes, nachvollziehbares Konzept, eines, das er auch in seinem jungen Alter zu erfassen vermochte. Die Schwachen sterben und die Starken überleben. Die Täter und diejenigen, denen etwas angetan wird.

So lief es in Hell's Kitchen.

Die Weisheit, die er an diesem schicksalhaften Tag erlangt hatte, befähigte Jimmy schließlich, die Highschool abzubrechen, um in die Unterwelt von Hell's Kitchen einzusteigen. Angetrieben von einer Kraft, die weniger aus Intelligenz, sondern mehr dem unersättlichen Wunsch entsprang, sich und seine Karriere weiterzuentwickeln, widmete sich Jimmy einem Dutzend Raubüberfällen und Gewaltverbrechen auf eine Art, auf die normale Menschen sich ihrem Studium widmeten. Meist ging es um erbärmlich wenig Geld, das kaum der Mühe wert war. Aber seine aggressive Natur entzündete in ihm ein bestimmtes, bedrohliches Verhalten, das sich in seinem Metier als unschätzbar wertvoll erweisen sollte. Jemanden umzubringen, der versucht hatte, ihn über den Tisch zu ziehen, war so alltäglich und notwendig für Jimmy Kahn wie die üblichen Entlassungen für die großen Konzerne auf der ganzen Welt.

»Genug jetzt!«, schrie Irish Mickey an, der immer noch damit beschäftigt war, auf den Flipperautomaten einzutreten. »Dein scheiß Lärm spaltet mir noch den verdammten Schädel!«

Mickey beendete in Ruhe sein Spiel, grinste und klatschte in die Hände, obwohl die Kugel in das Loch rollte und die Anzeige *GAME OVER, GAME OVER* blinkte. »Neuer Highscore!«, jubelte er in den Raum hinein. Von seiner Lakritzstange war nur noch ein Stummel übrig, den er immer noch grinsend mit einem saugenden Geräusch in seinem Mund verschwinden ließ. »Ich könnte mit diesem verdammten Ding spielen, bis die Zahlen alle sind.«

Er setzte sich Jimmy gegenüber an den kleinen Tisch. Mickey wirkte aufgedreht. Während sich Jimmy Kahns Motivation aus seiner persönlichen Macht speiste und er die ihm eigene Brutalität dazu einsetzte, diese Macht zu erlangen, schien sich Mickey O'Shay seiner eigenen Gewalttätigkeit überhaupt nicht bewusst zu sein. Mickey O'Shay, der seit seiner Kindheit geistig instabil war und einige von seinen sechsundzwanzig Lebensjahren in psychiatrischen Einrichtungen verbracht hatte, war wie eine verkorkte Flasche billigen Schaumweins, die jederzeit auf die kleinste Provokation hin in einer wilden Eruption explodieren konnte. Regelmäßig gönnte er sich einen Cocktail aus Antipsychotika, Marihuana und Kokain. Die Substanzen stumpften das letzte Jota von Empfindsamkeit, das noch irgendwo in ihm versteckt sein mochte, bis zur Nichtexistenz ab und verstärkten seine grimmige Neigung zur Gewalt. Mit ihrem Haufen bunt zusammengewürfelter irischstämmiger Gangster hatten die beiden Männer Hell's Kitchen komplett unter ihre Kontrolle gebracht. Angst, Gewalt und Einschüchterung waren die Trümpfe in ihrer Hand. Wie ein Rudel tollwütiger Hunde im Kaninchenstall tobten sie durch die West Side von Manhattan.

»Hast du das Buch mitgebracht?«, fragte Mickey und durchsuchte die Taschen seines Mantels nach Zigaretten.

»Im Auto. Willst du das jetzt erledigen?«, antwortete Jimmy.

»Nein, weißt du, ich muss erst noch mit dem Gouverneur in seiner Villa zu Abend speisen.«

»Auf geht's«, sagte Jimmy. Beide standen auf und stolzierten zur Eingangstür des kleinen Ladens.

Irish sah zu, wie sie nach draußen gingen. Nachdem sie in Jimmys Cadillac geklettert und auf die Tenth Avenue abgebogen waren, holte sich Irish pfeifend einen Karamell-Lutscher der Marke »Sugar Daddy« aus dem Regal, schlenderte zur Eingangstür, zog sie zu und verriegelte sie mehrfach. Dann drehte er sich um, ging durch eine kleine Tür hinter der Theke und betrat am Ende eines kurzen Flurs einen Lagerraum, der nicht nach Pfefferminz und Kaugummi roch, sondern nach heißem Maschinenfett und Metall.

♣

Alphabet City, ein Stadtteil, den der alkalische Gestank des East River durchzog, bestand aus einer Ansammlung von schmutzigen, erbarmungswürdigen Mietskasernen und ärmlichen, feuerverwüsteten Geschäften. Einige der Gebäude waren über die Jahre immer wieder gekauft und verkauft worden. Sie waren wie der Einsatz in einem Poker-Spiel in Las Vegas und Opfer des allmählichen Niedergangs des East Village. Für die Polizei war es nichts Ungewöhnliches, eine von Kugeln durchlöcherte, bereits halbverweste Leiche aus dem Park am Tompkins Square zu ziehen. Zur Normalität des Viertels gehörte auch, dass sich immer ein Dealer finden ließ, der einem verkaufte, was auch immer man begehrte … solange der Preis stimmte. In einigen Stadtteilen New Yorks war es den Behörden gelungen, die Drogenszene weitestgehend unter Kontrolle zu bekommen. Aber in Alphabet City ebenso wie in Hell's Kitchen grassierten die Drogen noch immer, und angehende Geschäftsleute, die oft genug aus den öffentlichen Schulen der Gegend stammten, trieben ihre Verbreitung engagiert voran. Es kam nicht selten vor, dass hinter einer der Mietskasernen eine gefrorene, Anzeichen von Unterernährung aufweisende Leiche gefunden wurde, deren Arme mit schwarzen Flecken übersät und deren schmerzverzerrtes Gesicht in ewiger Qual erstarrt war.

Nur wenige Autos waren auf den Nebenstraßen unterwegs, die Jimmy und Mickey durch das Viertel entlangfuhren. Als waschechte

Kinder von Hell's Kitchen verließ keiner der beiden gern die Sicherheit ihres Viertels, und die Anzahl ihrer Besuche in Alphabet City könnten sie an einer Hand abzählen. Hell's Kitchen gab als Mikrokosmos die ganze Stadt wieder – eigentlich sogar die ganze Welt. Demnach bestand über die gesamte Dauer eines Lebens keine Notwendigkeit, diese Sphäre zu verlassen. Tatsächlich war in neun von zehn Fällen, in denen jemand Hell's Kitchen für einen längeren Zeitraum verließ, der Grund ein Gefängnisaufenthalt irgendwo im Norden des Staates New York.

Zwischen ihnen auf dem Sitz lag ein kleines, in dunkelbraunes Vinyl gebundenes Kassenbuch. Mittig auf dem Buchdeckel war der Name H. GREEN in Goldbuchstaben geprägt. Das Buch war mit Metallspiralen gebunden.

»Wie war das Treffen mit John?«, fragte Jimmy, während er das Auto durch die Straßen steuerte. Obwohl seit dem Treffen zwischen Mickey und John am Thanksgiving-Morgen mehrere Tage vergangen waren, brachte Jimmy das Thema erst jetzt auf die Agenda. So funktionierte er: Fragen wurden dann gestellt, wenn er das Gefühl hatte, dass die Zeit dafür reif war. Punkt.

»Er war sauer, dass er umsonst nach Manhattan gekommen ist.«

»Denkst du, mit dem Typen stimmt was nicht?«

»Nein – aber es ist zu früh, um sicher zu sein.«

»Egal«, sagte Jimmy, »Hauptsache, du bleibst erst einmal sein einziger Ansprechpartner. Es bringt nichts, wenn wir jetzt beide sichtbar werden. Wann trefft ihr euch wieder?«

»Ich habe ihm gesagt, dass er ein paar Tage Zeit hat, um sein Geld zusammenzusammeln«, sagte Mickey. Er zog an seiner Zigarette und blickte uninteressiert aus dem Beifahrerfenster, während er sich mit der Hand im Nacken rieb. Vor ihnen spielte eine Gruppe von Kindern mit einem Ball auf der Straße, und Jimmy verlangsamte das Auto gelassen auf fünfundfünfzig Meilen pro Stunde, bevor er zwischen ihnen hindurchschoss. »Also, wie heißt der Typ noch mal?«

»Wer?«

»Dieser hier.« Mickey tippte mit zwei Fingern auf das Kassenbuch. »*Dieser* Typ.«

»Tony Marscolotti«, sagte Jimmy. »Wir holen uns von Fünftausend von ihm. Überlass mir das Reden. Du sagst nichts – vor allem nicht über das Buch. Wenn jemand danach fragt, sagst du, wir haben es gekauft.«

Mickey schnaubte – ein Geräusch, das seine leichte Missbilligung darüber zum Ausdruck brachte, dass Jimmy überhaupt darauf hinwies: Mickey O'Shay sagte überhaupt *nichts*, zu *niemandem*.

Sie hielten vor einer Reihe kleiner Geschäfte – eine Reinigung, ein Bäcker, ein Friseur, ein Fotoladen – und stiegen aus in die Kälte. Mickey folgte Jimmy auf die andere Straßenseite zu einem kleinen italienischen Feinkostladen. Auf der Bank vor der Tür saßen zwei kleine Kinder mit selbstgestrickten Mützen auf dem Kopf und teilten unter großem Kleckern ein Meatball Sandwich, aus dem die Tomatensoße und der Käse herausliefen. Als Jimmy und Mickey das Geschäft betraten, blickten beide Jungen kurz auf, ohne ihre Köpfe zu bewegen.

Drinnen liefen ein paar Kunden umher, alles Frauen. Im Laden roch es stark nach Provolone und frisch gebackenem Brot. Die Wände waren mit Regalen übersät. Hinter der Theke schnitt ein Teenager, der einen Papierhut trug, Schinken auf und beobachtete sie, sagte aber nichts. Mickey, die Hände in den Manteltaschen und den Kopf gesenkt, als müsste er seine Füße im Auge behalten, schlenderte zu einem Regal voller Konserven. Demonstrativ beiläufig holte er ein Glas grüne Oliven aus dem Regal und schraubte es auf. Dann saugte er aus einer Handvoll Oliven nacheinander die kleinen roten Peperoni heraus und spuckte die grünen Stiele auf den Boden.

Jimmy, der zufällig nach oben sah, bemerkte einen gewölbten Spiegel, der als Diebstahlschutz über der Toilettentür hing. In ihm war verzerrt der gesamte Laden zu sehen. Direkt über ihm drehte sich in schläfrig machender Geschwindigkeit ein lethargischer Deckenventilator. Eine Metallkette, die sich bemerkenswert wenig bewegte, hing aus der Mitte des Ventilators herunter.

Als ein dicker, rotgesichtiger Mann in seinen Vierzigern aus dem Hinterzimmer schlurfte, stellte sich Jimmy vor die Theke, wobei er seinen Oberkörper fast auf die Glasvitrine stützte. Er richtete seinen Blick auf das Sortiment von Fleisch und Käse hinter der Glasscheibe und schaute dann wieder nach oben. Der Teenager mit dem Papierhut auf dem Kopf starrte wieder in seine Richtung. Dann sah der Junge zu Mickey. Mickey war zum anderen Ende der Theke gegangen und stand mit einem Fuß jenseits der Linie, die Kunden davon abhalten sollte, den Verkaufsbereich zu betreten. Nachdem er mit den Peperoni fertig war, kaute er am Inneren seiner Wange weiter.

»Tony Marscolotti«, sagte Jimmy, als der rotgesichtige Mann hinter der Theke an ihm vorbei wollte. Es war keine Frage – Jimmy Kahn hörte sich kaum jemals so an, als wäre er sich über etwas unsicher, noch nicht einmal über den Namen einer Person. Seine Fragen klangen stets wie Aussagen, seine Aussagen wie Anschuldigungen und seine Anschuldigungen wie Todesdrohungen.

Der rotgesichtige Mann wurde langsamer, blickte aber nicht auf. Er war sehr damit beschäftigt, ein Blech mit frisch gebackenen Brötchen zu tragen. »Was kann ich für Sie tun?«, fragte Marscolotti.

»Wir sind hier, um die Zinsen für Horace Green einzutreiben«, sagte Jimmy. Als der Name von Green fiel, hielt Marscolotti inne und stellte das Blech mit den Brötchen auf die Theke. Er hob sein rundes Gesicht und schaute Jimmy Kahn zuerst mit einem Anflug von Furcht und dann Spott an. »Sie sind nicht Green.«

»Wir organisieren das jetzt für ihn.«

Marscolottis kleine schwarze Augen wanderten zu Mickey am anderen Ende der Theke. Marscolotti blickte ihn nur kurz an und wandte seine Aufmerksamkeit rasch wieder Jimmy Kahn zu. »Ich habe mir von Ihnen kein Geld geliehen«, sagte Marscolotti.

»Du schuldest ihm Fünftausend?«

»Wenn Green sein Geld will«, sagte Marscolotti, »dann sagen Sie ihm, er soll kommen und es sich selbst holen. Oder mich anrufen und mir sagen, dass Sie das Geld für ihn holen.«

Mickey tauchte hinter Jimmy Kahn auf. Die Muskeln in seinem Gesicht waren entspannt, sein Blick gleichgültig. Marscolotti bemerkte diesen Blick, und etwas an der Gleichgültigkeit, die er dort sah, erschreckte ihn.

»Du willst, dass er dich anruft?« Jimmy lachte fast. Er legte den Kopf schief und sah dabei Mickey an, der jetzt auch ein halbes Lächeln sehen ließ. »Er will, dass Green ihn anruft, damit er weiß, wer wir sind.«

»Ich möchte, dass Sie meinen Laden verlassen«, sagte Marscolotti.
»Sag ihm, wer wir sind, Jimmy«, sagte Mickey. »Er soll wissen, dass wir zu den guten Jungs gehören.«
»Wir sind nur ein paar irische Jungs aus Hell's Kitchen, die ihr Geld wollen«, sagte Jimmy und sah Marscolotti direkt in die Augen. »Vielleicht hast du von uns gehört – Jimmy Kahn und Mickey O'Shay.«
Als er ihre Namen hörte, fiel Marscolottis Gesichtsausdruck in sich zusammen. Er blinzelte mehrere Male in rascher Folge mit den Augen und die Muskeln in seinem Kiefer zogen sich zusammen wie bei einer Maschine. Bei Tony Marscolotti war der plötzliche Übergang von Feindseligkeit zu Angst ziemlich offensichtlich.
Daraufhin lächelte Jimmy Kahn *tatsächlich* und zeigte eine Reihe weißer, ebenmäßiger Zähne. »Oh, du hast von uns gehört? Denkst du, wir kriegen das jetzt zusammen hin?«
»Green hat Sie beide damit beauftragt, das Geld für ihn einzusammeln?«, fragte Marscolotti. Die Spitze seiner dicken, lilafarbenen Zunge stieß zwischen seinen Lippen hervor und befeuchtete sie.
»Mach dir mal keine Sorgen um Green«, sagte Jimmy. »Hast du die Fünftausend, die du ihm schuldest?«
»Fünftausend.«
Die Worte kamen kränklich aus seinem Mund, als wären sie ohne Substanz. Neben Marscolotti legte der Teenager mit dem Papierhut den in Scheiben geschnitten Schinken beiseite, ging zu einem großen Plastikwaschbecken hinter der Theke und blieb dort mit den Händen auf dem Rand des Waschbeckens und dem Rücken zur Bedrohung stehen.
»Mach sechs daraus«, sagte Jimmy mit wenig Humor. »Betrachte es als *Überweisungsgebühr* dafür, dass du so ein Idiot bist.«
»Ihr Jungs wollt doch nicht …« Aber Marscolottis Worte erstarben in der Luft. Die Gesichtsausdrücke von Jimmy und Mickey, die anfangs gerade einmal geeignet gewesen waren, den Mann zu verärgern, sorgten nun dafür, dass sich sein Mund trocken und seine Zunge zu groß anfühlte.
Eine Frau in einem Nerzmantel näherte sich und legte einige Waren auf die Theke.

»Danny«, rief Marscolotti aus dem Mundwinkel. Der Teenager mit dem Papierhut zuckte zusammen, als er seinen Namen hörte. »Hilf dieser Frau ans andere Ende der Theke, ja?«

Danny drehte sich um und führte die Anweisung aus, ohne seinen Chef oder dessen neue Freunde anzusehen. Er streckte die Hand aus und schob die Gegenstände, die die Frau auf die Theke gelegt hatte, zum gegenüberliegenden Ende.

»Wir haben nicht den ganzen Tag Zeit«, sagte Jimmy.

»Ich habe keine Fünf... äh *Sechstausend*«, korrigierte er sich in letzter Sekunde, »ich habe Green in der letzten Woche Eintausend gezahlt. Hundertfünfzig davon sind Zinsen an ihn.«

»Okay«, sagte Jimmy, »wir behalten den Deal bei. Und jetzt rück die Kohle raus.«

»Ich habe das Geld jetzt nicht hier. Er kommt immer am Ende der Woche.«

»Du verschwendest unsere verfickte kostbare Zeit«, sagte Jimmy. »Du hast überhaupt nichts bezahlt in den letzten Wochen. Green war nicht hier. Schaff die Kohle ran.«

Die Frau an der Kasse neigte den Kopf in ihre Richtung, sah sie aber nicht an. Schnell lenkte Danny ihre Aufmerksamkeit auf einige Waren im Angebot hinter der Theke, als versuchte er, die Frau vor einer kurz bevorstehenden Katastrophe zu retten.

Marscolotti wackelte mit dem Kopf. »Ich sehe nach, was ich hinten habe ...«

»Du findest das Geld besser, sonst nehme ich es aus der verdammten Kasse. Mickey begleitet dich auf deinem kleinen Spaziergang«, sagte Jimmy. Mickey, der die Hände noch immer in den Manteltaschen hatte, war schon auf dem Weg hinter die Theke. Mit seinem herunterhängenden Kopf und den ins Gesicht hängenden Haaren sah er aus wie ein Schüler, der gerade gemaßregelt wird. Aber in seinen Augen war etwas anderes zu sehen – sie waren wie mitleidlose, glühende Kohlen und ließen den Wahnsinn erahnen, der unter der dünnen Oberfläche lauerte. Einmal war Mickey O'Shay im *Cloverleaf* mit jemandem in Streit geraten. Allerdings blieb es bei Mickey nie beim Austausch von Argumenten. Letzten Endes hatte er den Kerl ziemlich übel mit einem Stuhl zugerichtet – eingeschlagener Kiefer,

Handgelenk, Knöchel und einige Rippen gebrochen – und als der Verletzte es schließlich geschafft hatte, nach draußen und zu einem Polizisten zu kriechen, der gerade die Straße entlang lief, war Mickey aus dem *Cloverleaf* gestürmt und hatte dem Typen mit seiner .38er den oberen Teil des Kopfes weggeschossen. Die Uniform des Polizisten war voller Blut gewesen und sein Gesicht weiß vor Entsetzen.

Marscolotti, dem Mickey dicht auf den Fersen blieb, schlüpfte in den Lagerraum hinter der Theke. An allen Wänden standen Regale, voll mit verpackten Waren und Konserven, die noch in den Transportkisten verstaut waren. Die Hitze eines riesigen Steinofens ließ die Farbe von den Wänden abblättern, und der Geruch nach Gewürzen und frisch gebackenem Brot füllte den vollgestopften Raum. In eine Nische an der Rückwand des Raumes war ein kleiner Holzschreibtisch gequetscht worden, der mit Kassenzetteln und weiterem Papierkram übersät war. Darüber hing an einem Nagel in der Wand ein kleines Radio, das leise Eddie Cochrans »Summertime Blues« spielte. Neben dem Radio hing ein gerahmtes Bild einer italienischen Landschaft.

Marscolotti führte Mickey zum Schreibtisch, zog den Stuhl hervor und beugte sich unter einiger Anstrengung bis zur untersten Schublade hinunter. Mickey überflog die Papiere auf dem Schreibtisch, fand aber nichts von Interesse. Als die Schublade aufging, schoss sein Blick erst auf die Hände des Mannes, dann ins Innere der Schublade. Zu sehen waren einige zerknitterte Briefumschläge und eine Metallkiste, die an einen Angelkoffer erinnerte.

»Ich wusste nicht, dass ihr die Geschäftspartner von Horace Green seid«, sagte Marscolotti, zog die Metallkiste aus der Schublade und stellte sie auf seinen Schoß. Er tauchte seine rechte Hand in die große Tasche an der Vorderseite seiner Schürze und fischte einen Schlüsselbund heraus.

»Sind wir nicht«, sagte Mickey. »Er hat uns das Buch verkauft.« *Nachdem wir ihn erschossen und in kleine Stücke geschnitten haben, den miesen Judenbastard,* wollte Mickey eigentlich sagen. Die Erinnerung ließ seine Augen glänzen.

»Green kommt sonst nicht selbst in meinen Laden.«

»Wir sind nicht Green«, sagte Mickey.

»Es ist schlecht fürs Geschäft, wenn ihr vorbeikommt ...«
»Halt die Schnauze und mach die Kiste auf.«

Mit sichtlich zitternden Händen klapperte Marscolotti mit dem Schlüsselbund, bis er den passenden Schlüssel gefunden hatte, steckte ihn ins Schloss der Metallkiste und klappte den Deckel auf. Die Kiste enthielt einige schmale Bündel sortierter Geldscheine, die in verschiedenen Fächern steckten. Bevor Marscolotti die Scheine herausnehmen konnte, war Mickeys Hand schon in der Kiste und riss das Geld heraus wie jemand, der am Reißverschluss einer störrischen Hose zerrte.

»Das ist alles? Mehr hast du nicht?«

Marscolotti schlotterte vor Angst. »Bitte ...«

Mickey schnappte sich die Kiste von Marscolottis Schoß, riss die Fächer heraus, drehte die Kiste um und schüttelte sie. Dann knallte er sie auf den Schreibtisch. Hart schlug sie gegen das Holz und das Geräusch hallte von den Wänden wider.

»Das sieht ja nicht mal nach einem Tausender aus«, sagte Mickey und blätterte durch das Geldbündel. »Das wird so dermaßen nervig mit dir. Das merke ich jetzt schon. Wegen dir werde ich noch austicken.«

»Entspann dich«, flehte Marscolotti. »Ich hole es aus der Kasse.«

»Beweg dich«, sagte Mickey, packte Marscolotti am Kragen und zerrte ihn vom Stuhl. Er schob den kleineren Mann zurück in den Laden. Die Kunden waren inzwischen gegangen. Jimmy stand gegen die Kasse gelehnt und massierte mit einem Finger sanft die Narbe an seinem Kinn. In diesem Augenblick hätte Jimmys Mutter schwören können – wenn sie denn im Raum gewesen wäre – dass ihr Sohn seinem Vater, der ein respektabler Buchhalter und guter Ehemann gewesen war, unheimlich ähnlich sah.

»Wie viel ist es?«, rief Jimmy.

Mickey ging um die Theke herum und schlenderte zu seinem Partner. Mit der rechten Hand wedelte er mit dem kleinen Bündel Scheine. »Das sind gerade mal siebenhundert«, sagte er.

»Schluss mit dem Bullshit«, sagte Jimmy und wandte sich Marscolotti zu, der sich in eine Lücke zwischen zwei Regalen an der Wand zurückgezogen hatte. Er war ein schwergewichtiger Mann und der größte Teil seiner Masse passte nicht in die Lücke.

»Ich sehe in der Kasse nach«, sagte Marscolotti, »ich gebe euch so viel, wie ich kann.«

Aber Jimmy Kahn ließ Marscolotti noch nicht einmal ausreden, bevor er quer durch den Laden zur Eingangstür tänzelte. Unter der Tür steckte ein Holzkeil, den Jimmy mit zwei raschen Fußtritten zur Seite beförderte. Er schlug die Tür zu und riss die Jalousie herunter, die jetzt das Fenster in der Tür vollständig bedeckte. Vor dem Laden sahen die beiden Jungs, die ihr Meatball Sandwich fast aufgegessen hatten, erschrocken auf und nahmen ihre Beine in die Hand, ohne dass es eines weiteren Hinweises bedurfte.

»Um Himmels willen«, stieß Marscolotti atemlos hervor. Er schnaufte laut genug, um das Zimmer akustisch zu füllen.

»Mickey«, sagte Jimmy mit dem Rücken zur Tür. »Mach die verdammte Kasse auf.«

Mickey sprang zurück hinter die Theke und schob Marscolotti beiseite. Danny, der Teenager mit dem Papierhut, stand einen Fuß von der Kasse entfernt. Seine Hände hingen an seinen Seiten herab. Der Teenager beobachtete Mickey unerschrocken mit den Augen einer altertümlichen Statue aus Stein.

»Verpiss dich«, bellte Mickey und stieß den Jungen aus dem Weg. Der Junge stolperte ein paar Schritte, fiel dabei beinahe rücklings über eine Kiste und kam an der Wand zum Stehen. Sein Blick blieb die ganze Zeit auf den Mann gerichtet, der ihn zur Seite gestoßen hatte.

Mickeys Hände schwebten für zwei Sekunden über den Tasten der Kasse, bevor er die Geduld verlor und mit dem Zeigefinger wild auf der Tastatur herumhackte. Doch die Schublade blieb geschlossen, was Mickey nur noch mehr frustrierte. Mit vor Wut zusammengebissenen Zähnen hämmerte er mit den Fäusten auf die Tasten ein. Sein langes Haar schlug wild um sein Gesicht.

»*Fuck-fuck-fuck!*« Speichel spritzte aus seinem Mund, und ein Faden blieb an seinem Kinn hängen.

»Bitte nicht!«, rief Marscolotti flehend und näherte sich Mickey O'Shay einen Schritt. Mickey schlug ein weiteres Mal mit der Faust auf die Tastatur und riss die linke Hand hoch, die sich im Gewirr seines Haares verfing. Unter hektischem Kopfschütteln, die wie kleine spastische Zuckungen aussahen, zog er seine linke Hand aus den Haaren und drosch auf das Oberteil der Kasse ein, als ob es um Leben und Tod ginge. Hinter ihm brannte sich Dannys Blick in seinen Rücken. Für einen Moment sah Jimmy, der leicht grinsen musste, in Dannys Richtung. Er erkannte das Glänzen in den Augen des Jungen wieder: als Hass, als wilde Wut. Sein Blick war hart und wütend, komplex und leidenschaftlich. Angst hatte darin keinen Platz. Jimmy erfasste, dass der Teenager ein stärkerer Charakter war als sein Chef. Hinter der brennenden Wut war ein bösartiges Glitzern in seinen Augen, und er machte auf Jimmy den vertrauten Eindruck eines Menschen, der sein Leben lang immer wieder Unrecht erlitten hatte und missbraucht worden war. Wäre Jimmy Kahn ein anderer Mensch gewesen, hätte er für den Jungen beinahe so etwas wie Bewunderung empfunden.

»Scheiße!« Mickey atmete schwer und ging einen Schritt zurück. Er starrte die Kasse an, wie man einen Gegner taxiert. Als jemand, der sich nichts gefallen ließ, bückte er sich rasch und packte die Kasse an den Seiten, um sie von der Theke zu schieben und auf den Boden zu befördern.

»Nein!«, schrie Marscolotti. Sein Gesicht war rot und fleckig, und seine schmutzigen Finger verknoteten sich nervös ineinander. »Ich mache das schon!«

»Dann los!«, rief Jimmy dem Ladenbesitzer zu. »Und zwar ganz fix.«

Marscolotti zögerte, die Lücke zwischen ihm und Mickey O'Shay zu schließen, und unternahm zwei halbherzige Schritte. Jimmy blaffte ihn ein weiteres Mal an, was Marscolotti endlich in Bewegung setzte. Er griff über Mickeys Schultern, um die Kasse zu öffnen, und betätigte nacheinander zwei Tasten. Die Schublade sprang auf und knallte Mickey fast gegen die Stirn.

Mit einer Hand stützte sich Mickey an Marscolottis Brust ab, was den kleineren Mann nach hinten stolpern ließ. Marscolotti, der bei Weitem nicht so agil war wie sein Angestellter, schaffte es, sich mit einem Fuß in einem Plastikeimer mit Seifenlauge zu verfangen. Sein anderer Fuß hob vom Boden ab, und mit einem überraschten Stöhnen kippte der Mann nach hinten und fiel auf den Fliesenboden. Eine Hand schoss nach oben, vielleicht um sich zu schützen oder nach der

Theke zu greifen, doch es gelang ihm nur, ein hölzernes Schneidbrett voller Tomatenscheiben auf seinem Oberkörper zu verteilen.

Noch immer kochend vor Wut griff Mickey in die Schublade und fing an, bündelweise die Geldscheine herauszuholen. Einige Scheine stopfte er in seinen Mantel, andere warf er auf die Theke. Mit zitternden Wangen packte er eine Handvoll Münzen und schmiss sie quer durch den Laden. Eine zweite Handvoll Münzen flog gegen den gewölbten Spiegel über der Toilettentür. Die Münzen prallten klirrend vom Spiegel ab wie Geschosse von einer Zielscheibe aus Metall. Lachend sammelte Jimmy die übrigen Scheine von der Theke ein. Aus dem Augenwinkel sah er, wie Tony Marscolotti damit kämpfte, wieder auf die Beine zu kommen.

Mickey explodierte. Er war so in Rage, dass er es nicht einmal schaffte, die Schublade zu leeren. Er stemmte seinen rechten Schuh mit der Sohle gegen die hinter ihm liegende Wand, fasste die Kasse wieder mit beiden Händen an den Seiten, holte tief Luft und …

»Nein!«, schrie Marscolotti.

… schob die Kasse über den Rand der Theke. Sie schlug nur wenige Zoll neben Jimmys Füßen auf den Fliesenboden und Plastikteile flogen in alle Richtungen auseinander. Wie ein Wirbelwind aus Haaren und flatterndem Mantel drehte sich Mickey nach Danny um, der über das ganze Drama hinweg Mickeys Rücken angestarrt hatte. Mickeys Rechte riss eine kleine Pistole aus dem Hosenbund. Mit weit aufgerissenen, blutunterlaufenen Augen und zitternden, blassen Lippen, über die der Speichel rann, hob Mickey die Pistole zum Kopf des Jungen und schlug den Lauf gegen seine Schläfe. Der Junge strauchelte, ging auf die Knie und zuckte unter dem plötzlichen Schmerz zusammen, der sich in seinem Schädel ausbreitete.

Mickey betätigte den Abzug nicht, obwohl Jimmy sehen konnte, dass es das war, was er wollte.

»Was starrst du mich an?«, schrie Mickey. Eine dunkle Vene pulsierte an seiner Schläfe. »Was starrst du mich verfickt noch mal andauernd an?«

Mit zitterndem Arm riss Mickey die Waffe vom Kopf des Jungen weg, wirre Haarsträhnen flogen ihm vor die Augen – dann schlug er mit der Waffe wieder in das junge, vorlaute Gesicht und erwischte

Dannys linken Wangenknochen. Unwahrscheinlicherweise gelang es dem Teenager, wieder auf die Füße zu kommen, was Mickeys Wut nur noch mehr anheizte. Immer größer und größer wurden seine Augen, bis sie aussahen, als könnten sie jeden Moment platzen. Wieder und wieder prügelte Mickey mit dem Lauf der Waffe auf das Gesicht des Jungen ein.

»Du bist ein harter Kerl, ja?«, schrie er mit schleimvoll gurgelnder Kehle. »Was? Was, du bist ein ganz harter Kerl?«

Der Junge sagte kein Wort. Reglos und still beobachtete er Mickey nur mit seinem rechten Auge (vor seinem linken befand sich der Lauf von Mickeys Pistole).

»Du *Hurensohn!*«, schrie Mickey und rammte die Pistole heftig genug in das Gesicht des Jungen, um ihn endlich ins Schwanken zu bringen. Dannys Beine klappten unter ihm zusammen, sein Körper schlug hart auf dem Boden auf und sein Kopf prallte gegen die große Holzkiste.

Der Anblick seines besiegten Gegners ließ Mickey, der um Atem ringend über dem Teenager stand, plötzlich entspannen. Das wahnsinnige Leuchten, das noch wenige Augenblicke zuvor in seinen Augen zu sehen gewesen war, war nun völlig verschwunden. Die schweißnassen Haare hingen ihm ins Gesicht. Mickey O'Shay richtete seinen zerknitterten Mantel und steckte die Pistole in eine der zahlreichen Taschen. Immer noch schwer atmend blickte er von oben auf den Jungen herab – der schlau genug war, um zu wissen, dass er besser auf dem Boden blieb – und fuhr sich mit zitternden Fingern durch die Haare. Ihm entfuhr ein abschätziges Lachen.

»Auf geht's«, sagte Jimmy beiläufig von der anderen Seite der Theke. Mickeys Verhalten hatte ihn in keiner Weise beunruhigt. Er hatte Mickey O'Shay in seinen schlimmsten Stunden erlebt. Diese gehörte nicht dazu. »Lass uns verschwinden.«

Mickey drehte sich um und zeigte mit dem Finger auf Marscolotti, der es inzwischen zumindest auf die Knie geschafft hatte. Seine Hose war nass von der verschütteten Seifenlauge.

»Du gehst mir echt ... auf die Nüsse«, sagte Mickey zwischen zwei Atemzügen. »Wir ... sind morgen wieder da. Dann hast du die ... verschissene Kohle für uns.«

Zu entsetzt, um sprechen zu können, zu entsetzt, um auch nur mit Mimik und Gesten zu verstehen zu geben, dass er gehört hatte und verstand, starrte Marscolotti die drohende Gestalt von Mickey O'Shay einfach nur an.

»Hey«, sagte Jimmy und trommelte mit der Hand auf die Theke. »Nun aber *los*.«

Ein Grinsen erhellte Mickeys Gesicht. Er zuckte mit den Schultern und sprang über die Theke. Seine Füße landeten neben den Trümmern von Marscolottis Kasse.

Bevor sie den Laden verließen, warf Jimmy Kahn Marscolotti über die Schulter einen drohenden Blick zu. Dann drehte er sich um und klopfte Mickey auf den Rücken, um ihn in Richtung Ausgang in Bewegung zu setzen. Als sie durch die Tür nach draußen traten, fielen ihre langen Schatten auf die Verkaufstheke und die zerstörte Kasse wie ein Zeichen kommenden, noch drohenderen Unheils.

KAPITEL 18

»Ich habe eine Idee«, sagte John. Das Büro summte vor Geschäftigkeit, und Kersh, der den ganzen Betrieb nicht mochte, hatte sich in die Grube zurückgezogen, um ein paar Berichte zu schreiben. Jetzt waren sie beide hier. Der ältere Agent saß auf einem Stuhl vor seinem kleinen Holztisch und hatte einen Haufen Papiere vor sich ausgebreitet. John, der gerade von einem Außeneinsatz zurück war, lehnte mit verschränkten Armen an der Wand.

»Deine Ideen machen mir Sorgen«, sagte Kersh, ohne aufzublicken.

»Ich habe gerade mit Tressa telefoniert«, sagte John. »Ich habe ihr gesagt, dass ich Mickey erreichen will. Sie hat mir die Adresse eines Süßigkeitenladens in Hell's Kitchen gegeben, wo er angeblich öfter rumhängt.«

Jetzt sah Kersh auf. Sein Gesichtsausdruck war der eines mürrischen alten Schullehrers, der einen scharfen Blick auf einen unbotmäßigen Schüler wirft. »Du denkst, das ist eine gute Idee?«

»Ja, das denke ich«, sagte John. »Vielleicht braucht er einen kleinen Schubs.« Er grinste Kersh schief an. »Er könnte ja meine Nummer verloren haben.«

Er hatte beschlossen, Kersh nichts vom Treffen mit Mickey zu Thanksgiving zu erzählen. Da es ergebnislos geblieben war, würde Kersh wieder nur seine Missbilligung zum Ausdruck bringen, wie er es nach dem Treffen in St. Patrick's Cathedral getan hatte.

Kersh verzog die Lippen und überlegte. Nach einem Moment sagte er: »Ein *Süßigkeitenladen?*«

»So hat sie es mir gesagt.«

»Wo?«, fragte Kersh.

»53. Straße Ecke Tenth Avenue.« Dann sagte er in dem Versuch, Kersh endgültig zu überzeugen: »Mickey weiß, dass ich einen Käufer habe, und Käufer warten nicht ewig. Es ist der richtige Zug. Ich sollte ihm ordentlich auf die Nerven gehen, um endlich an das Geld zu kommen.«

»Also, was ist der Plan?«, fragte Kersh.

»Wir forcieren den Deal. Wenn er das Geld bei sich hat – wir wissen ja, dass er einen Vorrat an Blüten besitzt – organisiere ich noch heute Abend die Übergabe.« John konnte Kersh ansehen, dass auch er der Logik der Straße folgen konnte. »Lass uns das machen, bevor es zu spät ist.«

Kersh seufzte und blätterte in seinen Papieren. »Meine Sorgen fangen an, mir weiche Knie zu machen«, murmelte Kersh. »Okay, du willst das machen? Dann los. Wir fahren getrennt und ich bleibe einen Block oder zwei hinter dir. Glaubst du wirklich, dass dieser Typ in einem Süßigkeitenladen herumhängt?«

John zwinkerte ihm zu. »Wenn nicht, dann spendiere ich dir einen New York Egg Cream.«

☘

Es war spät am Nachmittag, als sie sich nach Hell's Kitchen auf den Weg machten. John, der in Gedanken schon zwei Schritte voraus war, fuhr ein wenig zu schnell.

Die Sonne, die in einer Lücke zwischen den grauen Wolkenbergen auftauchte, stand direkt über ihm, als er auf die Tenth Avenue einbog. Trotz der Kälte waren die Bürgersteige auf beiden Seiten der Straße voller Leben. Knapp über den Spitzen der Hochhäuser, nur unterbrochen durch die skelettartigen Fernsehantennen, senkte sich der wolkenverhangene Himmel in der Farbe kalten Stahls.

Auf der Kreuzung von Tenth Avenue und 53. Straße war weniger Verkehr. Vor allem Pendler waren unterwegs, dazu einige gelbe Taxis, die in nördlicher Richtung auf die Amsterdam Avenue zusteuerten. Weihnachtsdekoration hing in den Fenstern der Geschäfte und Wohnungen: Billige Plastik-Weihnachtsmänner, staubige Girlanden und glanzlose Weihnachtskugeln, die an Bindfäden herabhingen.

Im Fenster von *Calliope Candy* gab es keine Dekoration.

John umkreiste den Block zweimal, bevor er auf einen Parkplatz im benachbarten Block auswich und sich zu Fuß zum Süßigkeitenladen begab. Kersh, das wusste er, würde in Sichtweite des Ladens bleiben, egal ob er dort parken durfte oder nicht.

Obwohl das *OPEN*-Schild noch im Fenster hing, waren keine Kunden anwesend. Das Ladeninnere war klein und eng, die Regale an den Wänden halb leer. Neben der Tür befand sich ein kleiner, lauter Heizlüfter. Hinter der Ladentheke stand ein Mann mittleren Alters mit rötlichem Teint, der ein verblichenes blaues Hemd trug und gerade eine neue Papierrolle in die Kasse einlegte. Er nickte John zu, als dieser sich näherte. Seine Augen waren klein und erinnerten an ein Nagetier. An seinem linken Mundwinkel hatte er eine große, wunde Stelle, an der er scheinbar ohne es zu bemerken fortwährend mit der Zunge spielte.

»Kann ich mit irgendetwas behilflich sein?«, fragte der Ladeninhaber, ohne seine Arbeit zu unterbrechen.

»Ich suche Mickey.«

Der Mann hinter dem Ladentisch zuckte mit seinen massigen Schultern. »Hier arbeitet niemand, der so heißt«, antwortete er.

»Ich weiß«, sagte John. »Man hat mir gesagt, dass er oft hier ist.«

»Wer zur Hölle bist du?«

»Wir kennen uns geschäftlich«, sagte John. »Ich glaube, er will mit mir reden.«

Der Mann beäugte John forschend, versuchte ihn einzuschätzen und sich selbst zu überzeugen, dass er keine größeren Probleme haben würde, sollte es Ärger mit ihm geben. Er war zwar nicht gut in Form, aber er wog locker zweihundertfünfzig Pfund und war weit über sechs Fuß groß. Trotzdem musste ihm sein Gefühl von einer körperlichen Auseinandersetzung abgeraten haben, denn er stöhnte genervt und ging zu einem Telefon, das an der Wand hinter der Theke hing. Er hämmerte eine Telefonnummer in den Apparat und murmelte etwas in seinen Bart, während es klingelte.

»Ja, ich bin's«, sagte der Mann eine Spur zu vertraut. »Ich habe hier jemanden, der dich sucht.«

»Sag ihm, dass es John ist.«

»Sein Name ist John.« Kurze Pause. »Ja«, sagte er. »Keine Ahnung.« Noch eine Pause. »Alles klar.« Er legte auf und wandte sich wieder seiner Kassenrolle zu. »Er ist in fünf Minuten hier. Darf es in der Zwischenzeit etwas sein?«

»Aber sicher. Mach mir einen Egg Cream.«

Der Mann grinste. Er drehte sich um, nahm aus dem Regal hinter sich ein Coca-Cola-Glas, hielt es unter den Getränkeautomaten und zog an einem Hebel. Eine Schleife Schokoladensirup tropfte in das Glas. Dann drückte er mit dem Glas gegen den Hebel für Sprudelwasser, fügte noch etwas Milch hinzu und rührte das Getränk um.

»Ist gerade nicht viel los, oder?«, wunderte sich John, verschränkte die Arme und lehnte sich auf die Theke. Er warf einen Blick über seine Schulter. Durch das Fenster sah er, wie sich die Autos langsam zur Tenth Avenue vorarbeiteten. Zwei kleine Jungs, die sich einen Handball zuspielten, liefen ohne innezuhalten vor dem Fenster des Ladens vorbei. Sie warfen lange Schatten über die Glasscheibe. »Haben die Kinder etwa Angst vor dir?«

Der Mann kicherte einmal – ein knurrendes, an einen LKW erinnerndes Geräusch – und schob John den Egg Cream zu. Er warf einen in Cellophan verpackten Plastiklöffel neben das Glas, während er sich den Sirup vom Finger leckte. »Wie wär's mit einem kleinen Schuss extra?«

»Was?«

Eine Flasche Irish Whiskey tauchte hinter der Theke auf. Der Ladeninhaber öffnete sie und schüttete ungefähr die Menge, die auf einen Esslöffel passt, in den Egg Cream.

»Das macht munter«, sagte der Mann. »Du musst gut umrühren.«

John rührte und nahm einen Schluck. Zuckte zusammen. »Verdammt. Das ist wirklich gut.«

Der Mann lächelte und zeigte eine Reihe teergefärbter Zähne, dann nickte er in Richtung der Straße. »Da kommt dein Mann.«

Mickey kam herein. Er trug einen Nylon-Wintermantel und ein Paar fingerlose Wollhandschuhe. Seine trüben Augen und sein zerzaustes Aussehen deuteten darauf hin, dass Mickey O'Shay gerade erst aufgestanden war. Vermutlich war er durch den Anruf geweckt worden. Er wirkte weder irritiert noch besonders vorsichtig – nicht einmal besorgt – was John eigentlich erwartet hatte. Er stolperte in den Laden und hielt einen Moment vor dem Heizlüfter inne. Dann drehte er sich um, rieb sich an seinem unrasierten Kinn und steuerte auf die kleine Sitzecke neben dem Flipperautomaten zu. Er warf sein Gewicht auf einen der Sitze.

»Setz dich«, sagte Mickey.

John schob sich von der Theke weg, setzte sich Mickey gegenüber und stellte seinen Egg Cream vor sich auf den Tisch. Mickeys Blick glitt kurz darüber hinweg, schien weicher zu werden und richtete sich dann wieder auf John. Als er den Mund aufmachte, schlug sein Atem John über den Tisch hinweg wie ein Schlag entgegen.

»Woher weißt du, dass du mich hier finden kannst?«

»Tressa hat es mir erzählt.«

»Hab ich mir gedacht«, sagte Mickey.

»Hör zu«, sagte er, »ich sage dir, wie ich die Sache sehe. Letzten Monat mache ich mit jemandem einen Deal. An dem Abend, an dem wir uns treffen, fällt die ganze Scheiße in sich zusammen. Ich werde fast erschossen und sehe mich schon in Handschellen, und das Ganze für nichts und wieder nichts. Dann treffe ich auf dich, und du machst einen vernünftigen Eindruck – bis du letzte Woche diese Scheiße mit mir abziehst. Ich habe einen Käufer für das Zeug, wahrscheinlich sogar mehr als einen, also habe ich keine Zeit und keine Lust für Spielchen. Wenn ich nicht der Meinung wäre, ich könnte bei einem Deal mit dir meinen Schnitt machen, wäre ich jetzt nicht hier. Also lautet das Motto: Entweder wir kommen jetzt ins Geschäft, oder wir lassen es.«

Mickey knackte mit den Knöcheln. »Wenn du unsere Art, Geschäfte zu machen, nicht magst, dann ...«

»Wir sind nicht im *Geschäft*. Noch nicht. Und das ist das Problem. Ich will sicherstellen, dass dieser Deal echt ist, nicht nur etwas, was du *hoffst*, liefern zu können.«

Mickey schnaubte und blinzelte mit den Augenlidern. In diesem Augenblick schien er völlig zufrieden damit, bis zum jüngsten Tag halb wach hier in der Ecke zu sitzen und die Knöchel knacken zu lassen. Erneut fühlte sich John durch die demonstrativ entspannte Haltung provoziert und irritiert. Mickey hatte nicht vor, John einen Gefallen zu tun; der Deal sollte ihm selbst maximalen Gewinn bringen. Und doch verhielt er sich scheinbar gleichgültig gegenüber der Aussicht, Geld zu machen, was John bei anderen Gangstern von Mickeys Kaliber noch nie untergekommen war.

»Du redest gern, stimmt's?«, fragte Mickey.

»Mir geht es nur ums Geschäft«, gab er zurück.

»Dein Auto steht draußen?«

»Nächster Block.«

»Fahr es vor den Laden und warte auf mich«, sagte Mickey, zog sich aus der Sitzecke empor und ging zur Tür. Von seinem Stuhl aus konnte John sehen, wie er auf die andere Straßenseite eilte und in der geschwärzten Tür eines zwölfstöckigen Hochhauses verschwand.

»Mach's gut«, sagte er zu dem großen Mann hinter der Theke und stand auf.

»Bezahlst du noch?«, antwortete der Ladenbesitzer und deutete mit einem dicken Finger auf Johns Egg Cream.

♣

Wenige Augenblicke später saß er hinter dem Steuer seines Wagens. Er ließ den Motor laufen, damit die Heizung ansprang. Aufmerksam suchte er die Straßen ab, aber Kershs Limousine war nirgends zu entdecken. Ein paar Autos warteten ebenfalls in zweiter Reihe auf der anderen Seite der Straße, und hinter den Windschutzscheiben waren die unverwechselbaren Formen von Köpfen zu sehen. Die meisten Autos entlang der Straße waren leer und drängten sich wie zu eng stehende Zähne an den Bordstein. Mit ihren häufig fehlenden Radkappen und verbeulten Kotflügeln erinnerten sie ihn an den Lincoln Towncar von Evelyn Gethers am Pier 76.

Vor sich sah er, wie die Sonne langsam hinter der Skyline der Hochhäuser unterging.

Mickey erschien wieder in der Eingangstür seines Mietshauses und überquerte die Straße zu Johns Auto. John fiel auf, dass er beim Gehen nicht einmal aufsah, als interessiere ihn die Welt um ihn herum kein bisschen. Plötzlich wurde ihm bewusst, wie sehr sich Mickey O'Shay von Francis Deveneau und Jeffrey Clay unterschied. Deveneau und Clay gehörten zu den üblichen Kleinkriminellen, die sich damit abstrampelten, etwas Kohle und sich selbst einen Namen zu machen. Sie waren auf die Gelegenheit gestoßen, ein paar komische Geldscheine weiterzugeben, und taten dies mit Hingabe. Tressa hatte ihn mit Jeffrey Clay bekanntgemacht, und es war Clays Gier gewesen, die ihn schließlich zu Francis Deveneau geführt hatte. Und im nächsten Zug wiederum hatte Deveneaus Gier zu ihrem Treffen im Nachtklub geführt, bei dem der großspurige Franzose gleich bereit gewesen war, einen Deal zu machen. Doch jetzt hatte er es mit Mickey O'Shay zu tun, einem arroganten irischen Gauner, der zweifellos sein ganzes Leben damit verbracht hatte, die Eingeweide von Hell's Kitchen zu durchmessen und nach Lust und Laune eine Missetat nach der anderen zu begehen.

Mickey lief zur Beifahrerseite des Camaro, öffnete die Tür und stieg ein. Er schlug die Tür so hart zu, dass die Fensterscheibe schepperte.

»Hier«, sagte Mickey, holte einen großen Umschlag aus seiner Manteltasche und warf sie auf Johns Schoß. »Damit bist du auf der sicheren Seite.«

John nahm den Umschlag, öffnete ihn und spähte hinein. Er schüttelte das Bündel gefälschter Hunderter in seine Hand. Zu seiner Überraschung waren die Banknoten brandneu – faltenlos und unberührt, noch in Banderolen gebündelt. Das deutete darauf hin, dass Mickey O'Shay viel näher am Drucker war – näher an der Quelle – als er ursprünglich angenommen hatte. Jeffrey Clays Geld war zerknittert gewesen, zusammengehalten von Gummibändern, und war vermutlich von Deveneau und dann *noch einmal* von Clay selbst gezählt worden. Entweder vertraute Mickey dem Drucker hinreichend, um die Scheine nicht noch einmal zu zählen, oder er arbeitete unmittelbar mit ihm zusammen. Was auch immer der Grund war, John konnte beinahe spüren, wie die Welt unter ihm beim Anblick der frisch gedruckten Hunderter einen Satz nach vorn machte.

»Sieht gut aus«, sagte er, betastete das Papier und rieb mit dem Daumen über die Druckerfarbe. Er schob das Geld zurück in den Umschlag.

»Also, Johnny-No-Bullshit«, sagte Mickey, »jetzt liegt es an dir.«

»Wie viel ist das hier?«

»Zehntausend.«

»Wie schnell kannst du die anderen neunzig auftreiben?«

»In null Komma nichts«, sagte Mickey. »Und wie sieht es bei dir aus?«

»Heute Abend«, sagte er zu Mickey. »Gib mir drei Stunden. Dann bin ich wieder hier.«

Erneut zog dieses seltsame Desinteresse über Mickeys Gesicht. Trotz seiner hartgesottenen Züge und seiner vom Kokain geröteten Augen sah er wieder wie der junge Chorknabe aus, als der er John bei ihrem ersten Treffen vor dem Altar in St. Patrick's erschienen war.

Mickey warf einen Blick auf die Uhr des Autos. »Sagen wir vier Stunden«, meinte er. »Du fährst auf die Tenth Avenue und hältst vor dem Laden. Dort wartest du im Auto auf mich.«

»Lass mich die Zehntausend mitnehmen«, sagte John. »Es wird dabei helfen, dass mein Geld am anderen Ende leichter in Fluss kommt.«

Mickey zog den Umschlag aus Johns Hand.

»Das lassen wir mal schön.« Mickey kletterte aus dem Auto. Er zögerte einen Moment, bevor er die Wagentür schloss. Vornübergebeugt spähte er ins Innere. »Und sag dieser Schlampe, dass sie aufhören soll zu quatschen. Wenn sie den Mund noch einmal aufmacht und mein Name fällt, wird es das Letzte sein, was sie jemals gesagt hat.«

♣

»Die Scheine sind nagelneu«, sagte er, als sie zurück in Kershs Büro waren. »Er ist geradewegs in seine Wohnung spaziert und kam damit unter dem Arm wieder heraus. Die Scheine sind völlig unberührt. Um das Geldbündel war sogar noch die Banderole.«

»Frisch gedruckt?«, fragte Kersh. Er zog die Augenbrauen hoch. Ohne Zweifel gingen Kersh gerade dieselben Gedanken durch den Kopf, die John gehabt hatte, als der Stapel Hunderter aus dem Umschlag in seine Hand gefallen war. Kersh legte den Telefonhörer auf die Gabel. Er hatte gerade mit Tommy Veccio telefoniert, dem Agenten, der damit beauftragt gewesen war, Mickey O'Shay zu observieren und ihn zu verfolgen, nachdem er *Calliope Candy* verlassen hatte, um das Falschgeld zu holen.

»Wen nehmen wir mit dazu als Unterstützung?«, fragte John.

»Heute Nacht haben wir Veccio und Conners auf ihn angesetzt. Sie halten sich ein paar Blocks vom Laden entfernt«, sagte Kersh und entfaltete auf seinem Schreibtisch eine Karte der New Yorker West Side. Es war früh am Abend. Nur noch wenige Kollegen befanden sich im Büro, schrieben Berichte oder studierten Akten. Kershs Stimme hallte leicht von den Wänden wider. »Ich werde irgendwo auf der Tenth Avenue sein, zwischen 53. und 55. Straße, und den Laden im Auge behalten.«

»Ich will keine direkte Überwachung«, sagte John schnell und dachte dabei an den Agenten, der üblicherweise unmittelbar am Mann blieb und Kontakt zu allen anderen Einheiten hielt, die im Einsatz waren. »Wenn wir diesem Kerl zu sehr auf den Pelz rücken, kriegt er mit, dass etwas faul ist. Dann ist er weg.«

»Ich denke, wir sollten diese Sache mit vollem Einsatz angehen. Vielleicht geben wir dir eine kleine Wanze mit …«

»Auf gar keinen Fall! Wenn dieser Kerl beschließt, mich zu durchsuchen, ist es aus.«

»John …«

»Vertrau mir, Bill«, beharrte er. »Wenn wir zu offensichtlich vorgehen, wird uns Mickey auf die Schliche kommen. Ich habe es unter Kontrolle, okay? Ich habe es unter Kontrolle, wirklich. Alles wird gut.«

»Du glaubst, du bekommst das alles gebacken, aber es ist zu viel«, sagte Kersh leise. »Das ist nicht gut. Du willst zu viel.«

»Ich weiß, was ich tue.«

Resigniert lehnte sich Kersh auf seinem Stuhl zurück. Sein Blick wanderte von John zur Fensterfront, die auf die Stadt und die untergehende Sonne herabsah. *Wie alt er im Licht der untergehenden Sonne aussieht,* dachte John und fragte sich zum ersten Mal, seit er Bill Kersh kannte, warum der Mann nie geheiratet hatte.

»Ich will nur nicht, dass du zu übermütig, zu aggressiv an die Sache herangehst«, sagte Kersh nach einer Weile.

»Wie ein Kind im Süßigkeitenladen«, sagte John.

Bill Kersh lachte nicht.

♣

Nach einem kurzen, zwanzigminütigen Treffen mit Kersh und Agent Conners fuhr John nach Brooklyn zum Haus seines Vaters. Der Himmel war schon in den Abendmodus gewechselt, als er vor dem Haus ankam. Die ganze Fahrt über hatte er sich dazu gezwungen, häufig die Gänge zu wechseln und die Gedanken an das heute Abend bevorstehende Treffen mit Mickey O'Shay im Büro zu lassen. Doch sogar in dem Moment, in dem er das Auto vor dem Haus abstellte, gelang es ihm nicht, Mickeys Gesicht aus dem Kopf zu bekommen.

Er lehnte sich nach hinten und angelte den Mantel seines Vaters vom Rücksitz. Den Stoff zu berühren schickte eine Welle der Scham durch seinen Körper. Erneut schalt er sich dafür, dass er vergessen hatte, seinem Vater den Mantel zu bringen.

Am Tag nach Thanksgiving war sein Vater aus dem Krankenhaus entlassen worden. Geschwächt durch das lange Liegen und die Chemotherapie hatte es der alte Mann nur unter großen Anstrengungen geschafft, aus eigener Kraft das Krankenhausbett zu verlassen. Zu sehen, wie schwer es seinem Vater fiel, sich zu bewegen, machte ihm Sorgen. Unter großen Schmerzen hatte sein Vater am Fuß des Bettes gestanden und sich im Raum nach seinen Sachen umgesehen. John und Katie waren in der Tür zum Krankenzimmer stehen geblieben. Als schließlich ein Pfleger mit einem Rollstuhl hereingekommen war, hatte Johns Vater nur den Kopf geschüttelt.

»Ich bin zu Fuß gekommen«, sagte der alte Mann, »und ich werde das Krankenhaus zu Fuß verlassen.«

»Sir«, versicherte der Pfleger, »alle Patienten werden im Rollstuhl entlassen. Nur damit Sie sicher nach unten und nach draußen kommen. Es ist nichts Persönliches.«

»Dad«, sagte Katie und ging auf ihn zu. Sie nahm ihn an seinem gebrechlichen Handgelenk, führte ihn zum Rollstuhl und half ihm, sich hinzusetzen.

Vor dem Zimmer hatte ein junger Arzt John in die Medikamente seines Vaters eingewiesen – welche Arznei bei Schmerzen verabreicht werden sollte, welche bei schlaflosen Nächten, bei Übelkeit oder was auch immer den Mann sonst plagen mochte. Doch seine Gedanken waren noch zur Hälfte bei Mickey O'Shay, während die andere Hälfte bei dem gerade neu entstandenen Bild verharrte, in dem sein Vater in dem kleinen Haus auf der Eleventh Avenue langsam dahinsiechte. John musste den Arzt bitten, die Anweisungen zu wiederholen, vielleicht sogar für ihn aufzuschreiben, damit er die Informationen überhaupt in seinen Kopf bekam.

Im Haus waren die Lichter an. Er betrat den Flur und hörte Bewegung in der Küche.

»Dad«, rief er.

Katie erschien in der Küchentür. Der gewölbte Bauch unter ihrem Hemd war nass vom Spülwasser. »Sei leise«, sagte sie. »Er schläft.«

»Du bist hier«, sagte er.

»Ich habe Abendessen gemacht. Wir haben uns eine Weile unterhalten. Es war sehr nett.«

Er ging zu ihr und drückte sie an sich.

»Was machst du hier so zeitig?«, fragte sie, entzog sich ihm und ging zurück in die Küche.

»Ich musste etwas Zeit überbrücken, da habe ich einfach seinen Mantel vorbeigebracht.«

»Also musst du noch mal los?«

»Für eine Weile. Wie fühlt er sich?«

Während sie das Geschirr in die Spülmaschine räumte, sah Katie ihn mit zusammengepressten Lippen an. Sie sah müde aus, erschöpft. War es tatsächlich erst vor Kurzem gewesen, dass sie ihm so jung und voller Leben erschienen war? Und jetzt war sie hier und wirkte vielleicht zehn Jahre älter, als sie war, mit lila Vertiefungen unter den Augen und überspannten Linien, die sich um ihren Mund herumzogen.

»Er hat Schmerzen. Ich weiß, dass er tagsüber zu viel herumläuft, aber was soll man dem Mann sagen? *Bleib im Bett und beweg dich nicht?* Er will aufstehen, sich im Haus bewegen. Was soll man da machen?«

Er seufzte und blickte den dunklen Flur entlang, der zurück zur Treppe führte. »Ich werde kurz nach ihm sehen«, sagte er.

»Soll ich dir etwas zu essen machen, bevor du gehst?«

»Ich habe keinen Hunger.«

Im Obergeschoss schimmerte die Abenddämmerung durch die Fenster. Er bewegte sich leise an seinem alten Kinderzimmer vorbei, bis er hineinsehen konnte und die verwelkte Gestalt seines Vaters in seinem eigenen Kinderbett erspähte. Vorsichtig betrat er den Raum, die Dielen knarrten, und er blickte auf die Gestalt des Vaters herab, die sich unter der Bettdecke abzeichnete. Er lauschte dem flachen Atmen seines Vaters.

»John?«, brummte sein Vater und räusperte sich.

»Du bist wach?«

»Schon gut. Komm rein.«

Vorsichtig ging er weiter in den Raum hinein und hängte den Mantel über die Lehne eines Stuhls. »Dein Mantel«, sagte er. »Tut mir leid. Es war eine Menge los, habe ihn im Auto vergessen.«

Sein Vater winkte mit einer schmal gewordenen Hand ab. Ein hellblauer Lichtstrahl kam durch das Schlafzimmerfenster und legte sich über das Bett, wodurch sich in den tiefen Augenhöhlen seines Vaters Schatten ausbreiteten. John drehte den Schreibtischstuhl herum und setzte sich an das Fußende des Bettes.

»Du hast das Zimmer gewechselt«, sagte er.

»Das hier ist näher am Bad. Dein Kopf macht dir Schwierigkeiten?«

Erst als sein Vater ihn darauf ansprach, fiel John auf, dass er unbewusst mit den Fingern seine verblasste Narbe betastete, die vom Haaransatz nach unten verlief. Er war gerade mal dreizehn gewesen und hatte sich schon mit den falschen Jungs eingelassen – ältere Jugendliche, die nach der Highschool auf einmal wie Geister verschwunden gewesen waren. Sein Vater hatte ihm verboten, mit ihnen herumzuhängen, vor allem bei Nacht auf dem Schulhof der 201. Public School, wenn der Spiellärm der Nachbarschaftskinder Platz machte für Straßengangs, Drogensüchtige und gefährliche Ladys. Aber John hatte nicht auf ihn gehört. In einer dieser Nächte waren zwischen ein paar Jungs aus der Nachbarschaft die Worte geflogen und bald auch die Fäuste. John war irgendwie dazwischengeraten. Er erinnerte sich an eine zerbrochene Bierflasche, die in sein Gesicht geschwungen wurde, daran, wie das Blut in seine Augen gelaufen war und sein Hemd durchtränkt hatte. Seine sogenannten Freunde waren wie Kakerlaken auseinandergestoben, im Glauben, er wäre getötet worden …

Er ließ seine Hand fallen. »Es geht schon.«

»Ich erinnere mich an diesen Tag, als wäre es gestern gewesen«, sagte sein Vater. »Zwölf Stiche waren es, als sie dich genäht haben. Die Flasche hat dich ganz schön zerschnitten.«

»Ich hätte auf dich hören und mich vom Schulhof fernhalten sollen. Und von diesen Idioten.«

»Du warst ein eigensinniger Junge.«

»Ich hätte auf dich hören sollen.«

»Soll ich dir etwas Lustiges erzählen?«, fragte sein Vater mit kaum hörbarer Stimme aus dem Bett heraus.

»Etwas zu lachen könnte ich wirklich gut gebrauchen«, antwortete John.

»Als ich heute am Schlafzimmerfenster vorbeigegangen bin, dachte ich, da drüben steht Judy Dunbar.« Judy Dunbar war die bösartige Frau, die in Johns Kindheit im Nachbarhaus gelebt hatte. Eine gemeine, spindeldürre Kreatur mit spitzen Zügen war sie gewesen, die immer ein starkes Misstrauen gegenüber Ärzten an den Tag gelegt hatte und nicht zuletzt aus diesem Grund vor etwa zehn Jahren an Krebs gestorben war. »Ich war gerade aufgestanden, um auf die Toilette zu gehen«, fuhr sein Vater fort, »und wie ich so am Fenster vorbeigehe, sehe ich auf einmal die gute alte Judy Dunbar auf ihrer Veranda stehen, die Arme auf das Geländer gelehnt, und in ihren Garten starren. Habe sie aus den Augenwinkeln gesehen. Natürlich war da niemand, als ich mich umgedreht habe, um noch einmal hinzuschauen. Aber für diesen Bruchteil einer Sekunde, als ich am Fenster vorbeigegangen bin, war ich mir absolut sicher, dass sie es war, dass ich sie tatsächlich sehe. Die gute alte Judy Dunbar. Erinnerst du dich an sie?«

»Aber sicher«, sagte John.

»Was für eine übellaunige, bittere Frau sie war«, knurrte sein Vater und hustete ein wenig Schleim hervor.

»Einmal hat sie meinen Baseballschläger von unserer Veranda gestohlen«, sagte John. »Weißt du noch?«

»Du hast ihr Auto mit einem Baseball erwischt, als du mit deinen Freunden auf der Straße gespielt hast«, sagte sein Vater.

»Es ist gar nichts kaputtgegangen. Der Ball ist nur von einem Reifen abgeprallt. Aber sie kam trotzdem schreiend auf uns zugerannt ...«

»In dieser hässlichen hellgrünen Schürze mit den großen roten Blumen«, fiel seinem Vater ein.

»Ich kann mich an die Schürze erinnern. Sie sah aus wie ein Weihnachtsbaum.«

»Und sie hat Flüche auf euch Kinder abgeschossen wie Indianer Pfeile auf Büffel. Aber ihr habt sie nur ausgelacht.«

»Als wir geschlafen haben, ist sie in dieser Nacht zu unserem Haus geschlichen«, sagte John, »und hat sich meinen Baseballschläger von der Veranda geschnappt. Sie hat nie darüber gesprochen, aber der Schläger lehnte immer hinter ihrer Tür mit dem Fliegengitter, durch das ich ihn sehen konnte. Ich dachte immer, dass sie mich dazu verleiten wollte, bei ihr einzubrechen und mir den Schläger zurückzuholen. Sie hätte einen Freudentanz aufgeführt, wenn ich das getan hätte.«

Sein Vater seufzte und rückte die Decke auf seinem Körper zurecht. In der kurzen Zeit, in der John hier gesessen hatte, war es im Zimmer deutlich dunkler geworden.

»Es ist schön, dass wir uns so unterhalten«, sagte John, der schon wusste, bevor er die Worte aussprach, dass sie unbeholfen und peinlich wirken würden.

Sein Vater verlagerte sein Gewicht im Bett.

John stand auf und strich sich die Hose glatt. »Ich muss los. Soll ich dir noch etwas bringen?«

»Meinen Mantel«, sagte sein Vater, dessen Stimme plötzlich die Kraft fehlte, die verbraucht worden war, um die Geschichte der alten Judy Dunbar zu erzählen.

»Jetzt?«

»Leg ihn einfach aufs Bett.«

»Gut.« Er nahm den Mantel, faltete ihn einmal in der Mitte und legte ihn ans untere Ende des Bettes. »Brauchst du noch etwas?«

»Du gehst arbeiten?«

»Ich muss.«

»Dann sei vorsichtig«, sagte sein Vater.

Unten im Wohnzimmer richtete Katie ein Bild an der Wand aus.

»Ich mache los«, sagte er. »Du bleibst noch?«

»Noch ein bisschen«, sagte sie, »falls er etwas braucht. Außerdem wird es ziemlich einsam in der Wohnung.«

»Bleib hier, ich hole dich ab, wenn ich fertig bin. Dann fahren wir zusammen nach Hause.«

»Das ist mir zu riskant«, sagte sie. »Du kommst nie pünktlich nach Hause.«

KAPITEL 19

Die Nacht zitterte vor Kälte und Graupelschauern.

Zwei sich kreuzende weiße Ketten aus Straßenlaternen, die das Wetter zu einzelnen, stumpfen Lichtpunkten reduziert hatte, markierten den Schnittpunkt von 53. Straße und Tenth Avenue. Auf den Straßen war noch einiger Verkehr unterwegs. Unter dem winterlichen Leuchten der Straßenlaternen wirbelte eine Masse aus Wasser und Eis, schlug gegen die Pfosten und sammelte sich in Pfützen auf den eisglatten Bürgersteigen. Trotz des unkooperativen Wetters versorgten dunkle Straßenecken noch immer bestimmte Bedürfnisse bestimmter Menschen. Einige der Wohnhäuser entlang der Tenth Avenue schienen vor dem Himmel zu erschauern, und die dunklen Schlunde ihrer Türen ließen dann und wann den spähenden Kopf eines Bewohners sehen. Hier waren die Gebäude aufgereiht wie Perlen auf einer Schnur, dicht an dicht standen die Blocks und drückten sich gegen den Nachbarn ... doch im Gegensatz zu Perlen war nichts Attraktives, noch nicht einmal etwas Annehmbares an ihnen. Die zerbröckelnden, zwölfstöckigen Gebäude mit ihren kargen, kleinen Wohnungen wirkten eher wie schwarze, verrottende Zähne, die dicht gedrängt in einem ungastlichen Mund ausharrten.

In einem Süßigkeitenladen namens *Calliope Candy* brannte noch Licht, obwohl das Geschäft für diesen Tag längst geschlossen hatte. Ein paar dunkle Schemen bewegten sich vor dem Licht wie die Silhouetten von Scherenschnittfiguren hinter einem angestrahlten Tuch. Auf die stumpf-grüne Markise über dem Schaufenster prasselte der harte, eisige Schneeregen. Die Wörter *Calliope Candy* waren in weißen Buchstaben auf die Markise gestickt und schimmerten im Licht der Straßenlaternen.

Mehrere Blöcke entfernt lauerte John Mavios rostfarbener Camaro wie ein Raubtier, die Scheinwerfer und der Motor abgestellt. Eingehüllt in die Dunkelheit war das Auto kaum zu sehen. Entlang der Straße parkten noch zahlreiche andere Autos, sodass der Camaro nicht verdächtig oder auf irgendeine Weise ungewöhnlich wirkte –

bis auf ein kleines Detail: Die gegen den Sturm fest verschlossenen Fenster waren beschlagen.

Im Inneren des Autos saß John auf dem Fahrersitz und knetete mit den Fingern die Gummiummantelung des Lenkrads. Er trug Freizeitkleidung, die jedoch ausgesucht wirkte – als wartete er darauf, an diesem Abend eine junge Frau abzuholen: ein Hemd mit offenem Kragen, Jeans, Nike-Schuhe und Lederjacke. Seine Haare, pechschwarz wie der Innenraum des Wagens, waren nass und hingen ihm in die Augen. Mit seiner linken Hand schob er die Haare aus seinem Gesicht. Seine Zähne bearbeiteten geräuschlos einen Streifen Wrigley's Spearmint.

John verlagerte sein Gewicht auf dem Sitz, zog seine Jacke zurecht und holte tief Luft. Plötzlich war ihm warm. In der Innentasche seiner Lederjacke steckte ein dicker gelber Umschlag. Im Inneren des Umschlags befanden sich 20.000 Dollar in Hundertdollarscheinen. Die Scheine waren in zwei ungefähr gleich große Stapel geteilt, die jeweils von fettigen Gummibändern gehalten wurden. Das Geld selbst sah abgenutzt und verschlissen aus, unterschied sich aber sonst nicht von anderen Geldscheinen. Dazu verbreitete es das schwache Aroma von Terpentin. In seiner rechten äußeren Jackentasche trug er seine Waffe – eine halbautomatische, siebenschüssige Walther TPH im Kaliber .22; sechs Schuss im Clip, einer in der Kammer. Die Pistole wurde speziell von der CIA als »Killer«-Pistole eingesetzt und war jener Waffe aus dem Lincoln Towncar von Evelyn Gethers sehr ähnlich. Sie feuerte Hohlspitzgeschosse, lange Patronen, die sich beim Aufprall stark deformierten und vergrößerten. Kurz gesagt: Diese Pistole war eine Waffe, um aus nächster Nähe jemanden zu töten.

In der Ablage im Armaturenbrett lag etwas, das aussah wie ein Feuerzeug – ohne es tatsächlich zu sein.

Im Handschuhfach klingelte sein Telefon. Während er die Uhr in der Mittelkonsole weiter im Blick behielt, beugte sich John zur Seite, riss die Klappe des Handschuhfachs auf und versuchte das Telefon zu fassen zu bekommen. Es klingelte ein zweites Mal, bevor er es schaffte, sich das Gerät ans Ohr zu halten.

»Ja?«, sagte er.

Es war Kersh. »Wir erreichen gerade die Kreuzung. Es sind etliche Passanten unterwegs, aber wir halten uns trotzdem im Hintergrund. In unserem süßen Laden scheint sich etwas zu bewegen.«

»Denk dran, Bill, ich will niemanden in der Nähe von O'Shay sehen. Er schöpft sonst Verdacht.«

»Mach dir keine Sorgen wegen uns. Er wird nichts bemerken.«

Während er die Uhr des Camaro aufmerksam im Blick behielt, stellte er das Telefon aus und legte es zurück ins Handschuhfach. Er erinnerte sich an Thanksgiving und an den kalten, rauchigen Geruch, der von Mickey O'Shay ausgegangen war, als er auf dem Beifahrersitz seines Autos gesessen hatte. Plötzlich stellte John fest, dass er geradezu begierig war, diesen Geruch ein weiteres Mal einzuatmen. Er war ein von Natur aus olfaktorischer Mensch und gehörte damit zu jenen, die ihre Umwelt vor allem über die Nase wahrnahmen. Die Gerüche der Stadt und ihrer Bewohner weckte nicht nur den Agenten in ihm, sondern auch den Jugendlichen, der er einst gewesen war. Es war für ihn wie ein Rausch, wie etwas, das seiner Version von Ambrosia näher kam als alles andere. In seiner Anfangszeit beim Secret Service, in den ersten Monaten undercover, hatte er eine unbewusste Korrelation zwischen dem Dienst – genauer gesagt *seinem ganz speziellen Job* – und den verarmten Straßenzügen hergestellt, in denen er so viele dunkle, einsame Stunden verbracht hatte. Ähnlich wie bei Bankiers der Geruch von frischen Dollarscheinen einen Pawlowschen Reflex auslösen mochte, und ähnlich wie bei Buchhaltern, die ihr Büro mit dem Geruch von Holzstiften und Kohlepapier assoziierten, fühlte sich John mit dem Secret Service verbunden, wenn er den salzigen Gestank Manhattans und seiner vor sich hintrottenden Armen und Beladenen in die Nase bekam. Und jetzt, als er dasaß und wartete, während die Uhr des Camaro langsam immer neue leuchtend-grüne Ziffern anzeigte, konnte er es kaum erwarten, dass die Dinge ins Laufen kamen.

Um sich die Zeit zu vertreiben, dachte er über Douglas Clifton nach – den *toten* Douglas Clifton – der großzügig und unvorsichtig genug gewesen war, um einen Schatz von Fingerabdrücken auf der .22er und dem dazugehörigen Schalldämpfer zu hinterlassen. Nicht, dass dieser Umstand bei der Befragung eines Toten von Vorteil sein würde. Und damit hatte es sich, nicht wahr? Alles nur Sackgassen? Gingen alle Türen nur auf, um ihm vor der Nase wieder zugeschlagen zu werden, bevor er hindurchgehen konnte? Während sich John zu Thanksgiving durch den Verkehr gekämpft hatte, um bei seinem Treffen mit Mickey pünktlich zu sein, und während Bill Kersh armen Familien aus New Jersey heißen Gulasch serviert hatte, musste Douglas Clifton beschlossen haben, einen befreienden Satz aus dem Fenster seines Krankenzimmers zu machen. Der Letzte, der Clifton lebendig gesehen hatte, war Dr. Kuhmari selbst gewesen. Der Arzt hatte noch am frühen Morgen Cliftons Werte überprüft. Als alles in Ordnung schien, hatte der Arzt das Zimmer verlassen, um zu einem späten Thanksgiving-Frühstück zu seiner Familie zu eilen. Er hatte es gerade bis zum Stationszimmer geschafft, um seinem Team einige Anweisungen zu erteilen und seine Klemmbretter abzugeben, als einer der Krankenschwestern aufgefallen war, dass Cliftons Monitore nichts mehr anzeigten. In der Annahme, dass Clifton aus Versehen die Kabel gelockert oder sogar herausgerissen hatte, wie es einigen Patienten ab und zu passierte, war die Krankenschwester ins Zimmer geeilt. Ein paar Sekunden später hatte sie laut aufgeschrien und dann nach dem Arzt gerufen. Vorsichtig hatte sie aus dem Fenster gespäht, es aber nicht über sich gebracht, den blutverschmierten Haufen anzusehen, der mit seltsam verdrehten und mehrfach gebrochenen Gliedmaßen einige Stockwerke unter ihr auf dem Bürgersteig gelegen hatte. Kersh hatte sich später am Abend auf den Weg zum Krankenhaus gemacht, um mit Kuhmari und der Krankenschwester zu sprechen. Noch aus dem Krankenhaus hatte er John angerufen und ihm die Details geschildert.

»Die Mordkommission sieht sich das Ganze an, obwohl es wie ein ziemlich klarer Fall von Selbstmord aussieht«, hatte Kersh gesagt, und John hatte ihm zugestimmt. Jetzt, wo Clifton tot war, spielte es keine Rolle, wie viele gottverdammte Fingerabdrücke sie auf dem Zeug aus dem Kofferraum des Lincoln finden konnten.

Die Digitaluhr im Armaturenbrett zeigte immer neue Ziffern an. John drehte den Zündschlüssel, ließ den Motor des Camaro aufheulen, stellte die Scheinwerfer an und rollte langsam die Straße hinunter. Er fuhr in Richtung Osten auf die Eighth Avenue zu, nachdem er beschlossen hatte, eine kleine Schleife zu fahren, um aus der entgegengesetzten Richtung auf die Tenth Avenue zu stoßen. Nicht, dass Mickey O'Shay solche Details auffallen würden, schätzte er. Es war einfach die Art und Weise, auf die John Mavio operierte.

Einige Minuten später bog der Camaro rechts auf die 51. Straße ab und fuhr entspannt im dritten Gang am St. Clair Hospital vorbei. Er bog ein weiteres Mal rechts ab und steuerte auf der Tenth Avenue auf die Kreuzung von Tenth Avenue und 53. Straße zu. Ein leichter Nieselregen benetzte die Windschutzscheibe. Die Straßen draußen waren tiefschwarz und seelenlos, lediglich der stetige Strom von Scheinwerfern und Rückleuchten durchbrach die Dunkelheit. Als John sich der Kreuzung näherte, leuchteten direkt hinter ihm ein Paar Scheinwerfer auf, viel zu dicht hinter ihm, und er beobachtete aufmerksam ihre Reflexion im Rückspiegel des Camaro. Kurz vor der Kreuzung heulte eine Hupe auf und ein schwarzer VW Jetta schoss rechts an ihm vorbei und verschwand in der Dunkelheit.

Um ihn herum befanden sich einige kleine, zweistöckige Ladengebäude, hinter denen größere Mietskasernen emporragten. Die Markisen vor den Geschäften flatterten im Wind. Die Neonlichter eines Sushi-Restaurants zogen seine Aufmerksamkeit auf sich und er betrachtete die Vorderseite des Ladens – die getönte Scheibe in der Tür, das arabeske Design, das ins Glas geätzt war. Der Wind wehte nasse Fetzen weggeworfener Zeitungen heran und trug sie wieder fort, wie Tumbleweed, das in Westernfilmen durch menschenleere Wüstenstädte treibt.

Mit wachem Blick fuhr er den Wagen langsam an die Kreuzung heran und stellte ihn auf der anderen Straßenseite gegenüber von *Calliope Candy* ab. Im Laden war Licht, aber die Jalousien waren heruntergelassen. An der Ecke waren entlang des Bordsteins einige Autos geparkt, und die Räume zwischen ihnen erinnerten an ein Lächeln voller Zahnlücken. Wenn er die Augen zusammenkniff und die Autos vor ihm im richtigen Winkel betrachtete, konnte John sehen, dass niemand in ihnen saß. Er entspannte sich in seinem Sitz, machte das Fenster zwei Zoll weit auf und holte eine Zigarette aus seiner Jacke. Rasch befiel kalte Luft das Innere des Autos. Er spuckte seinen Kaugummi aus dem Fenster, verfluchte schweigend die Kälte und zündete sich die Zigarette mithilfe des Streichholzbriefchens an, das er im Aschenbecher des Autos aufbewahrte. Er nahm zwei tiefe Züge. Das Auto füllte sich mit blauem Rauch. Wie beiläufig wanderte sein Blick wieder zu der Reihe von Geschäften. Speziell zum Süßigkeitenladen.

Einen Block oder zwei hinter ihm saß Kersh in seiner Limousine und behielt zweifellos Johns Rücklichter im Blick. Und irgendwo vor ihm saßen Tommy Veccio und Dick Conners in einem weiteren Auto und lauschten Kershs gelegentlichen Funkdurchsagen.

Abrupt, wie ein Phantom, das eine Wand durchschreitet, tauchte eine Gestalt aus der Dunkelheit auf und schlurfte über die Straße auf John zu. Gegen das diffuse Licht des Süßigkeitenladens hinter ihm sah die Person wie die animierte Figur in einem Scherenschnitt-Trickfilm aus. Sie bewegte sich mit herunterhängendem Kopf, die Schultern waren gebeugt, das strähnige, lange Haar flatterte im Wind.

Mickey O'Shay.

»Da ist er«, sagte John laut und deutlich, wobei er seine Stimme auf das Armaturenbrett und das Feuerzeug richtete, das kein Feuerzeug war. »Sieht aus, als wäre er aus dem Laden gekommen.«

Als Mickey sich dem Camaro bis auf fünf Fuß genähert hatte, stockte sein Schritt und er schien vorübergehend nicht in der Lage sich zu entscheiden, ob er an der *Vorderseite* oder der *Rückseite* des Autos vorbeigehen sollte, um zum Beifahrersitz zu gelangen.

»Bekloppter Junkie«, murmelte John. In seinem Kopf konnte er fast hören, wie Bill Kersh lachte.

Dann aber schnellte Mickey rasch wie eine Peitsche um die Vorderseite des Autos herum und riss so heftig am Türgriff der Beifahrerseite, dass John schon erwartete, dass sein Gast das Teil gleich in der Hand halten würde. Mickey vergeudete keine Zeit damit, es sich auf dem Sitz gemütlich zu machen, und knallte die Tür zu wie jemand, der scharfe, unverschämte Geräusche sehr mochte.

»Du hast es wohl mit Türen knallen?«, kommentierte John trocken.

Mickey grunzte nur und ließ sich in seinen Sitz fallen. Er sah aus, als hätte er Schwierigkeiten, eine komfortable Position zu finden.

»Zigarette?«, fragte John.

»Nein.«

Im Schein der Straßenlaternen erhaschte er einen Blick auf Mickeys Gesicht. Durch die nassen Haarsträhnen konnte er sehen, wie blutunterlaufen und trübe Mickeys Augen waren. Seine Lippen waren trocken und schälten sich. *Hat sich wahrscheinlich gerade erst irgendeinen Scheiß in die Nase gestopft,* dachte John und wandte sich ab, bevor sein neugieriger Blick Mickey unangenehm werden konnte.

»Scheiß Wetter«, sagte John im Versuch, einen Kommunikationsfaden anzubieten. Aber Mickey O'Shay sah nicht so aus, als suchte er Austausch von Mensch zu Mensch.

»Du hast deinen Teil des Geschäfts?«, fragte Mickey. »Lass mich sehen.«

»Mickey, hast du den Scheiß dabei oder was?« Die Zeit für Spielchen war vorbei, und er zeigte niemals als Erster, was er auf der Hand hatte.

Mickey presste seine sich schälenden Lippen zusammen und steckte eine Hand tief in seinen Mantel. Er zauberte eine braune Papiertüte hervor, die an der offenen Seite mehrfach gefaltet war. Mickey faltete sie auseinander und holte ein ziegelsteingroßes, in mintfarbenes Seidenpapier eingewickeltes Paket heraus. Er gab John das Paket, der es auf seinen Schoß legte und auspackte. Zum Vorschein kamen die gefälschten Hunderter, frisch gedruckt und wie die anderen mit Banderolen versehen. John zog ein Bündel aus dem Stapel, betastete und untersuchte es mit einer Hand. Er warf seine Zigarette aus dem Fensterspalt und bog das Bündel mit beiden Händen mehrfach hin und her.

»Das ist das gleiche Zeug wie beim letzten Mal?«, fragte er.

»Genau das gleiche.«

»Das ist gute Qualität. Ist dein ganzer Scheiß so gut?«

»Absolut. Jetzt lass uns das Geschäft durchziehen.«

Er griff in die Innentasche seiner Jacke und holte den Umschlag mit dem Geld heraus. Er hielt ihn hin und Mickeys Finger schnappten blitzartig danach und rissen ihn auf.

»Zähl es, wenn du willst«, sagte er, »aber es ist alles da.«

»Da habe ich gar keine Sorge.« In seiner Stimme lag eine Abgeklärtheit, die John verriet: *Ich zähle es auf jeden Fall. Und wenn auch nur ein Schein fehlt, bringe ich dich persönlich zur Strecke.*

John ließ eines der gefälschten Geldbündel gegen seinen Oberschenkel schnippen und fragte: »Wie viel davon kannst du besorgen?«

Die rechte Ecke von Mickeys Mundwinkel verzog sich zu einem Grinsen. Sein Blick wirkte unfokussiert, als sei er weit weg. Er rieb sich mit einem Finger die Nase. »So viel du willst«, sagte er schließlich. »Wenn du mehr willst, dann her mit deinem Geld. Aber ich treffe mich mit niemandem außer dir. Und du machst es ebenso.«

»In Ordnung.«

»Wenn du daran denkst, mich übers Ohr zu hauen ...«

»Ich habe kein Interesse daran, irgendjemanden übers Ohr zu hauen. Ich bin ein Mann von der Straße, aber kein Penner.« Er schlug die gefälschten Banknoten wieder in das Seidenpapier ein. Die Ampeln an der Kreuzung wechselten die Farben und ein stetiger Strom von Scheinwerfern, verzerrt durch Regen und Graupel, zog an ihnen vorbei. »Solange du keinen Blödsinn machst.«

»Zickst du immer noch herum wegen Thanksgiving?«, fragte Mickey. Seine Stimme klang ein wenig schärfer. »Komm darüber hinweg.«

Insgeheim erschauerte John, der sich plötzlich des Senders nur zu bewusst wurde, der aussah wie ein Feuerzeug und gerade einmal zwei Fuß von Mickey O'Shays Gesicht entfernt lag.

Verdammt, dachte er und stellte sich vor, wie Kersh sich in seiner Limousine nach vorn lehnte, um Mickeys Worte genau zu verstehen. *Jetzt geigt er mir seine Meinung.*

Er war vorsichtig genug, sich nicht aus der Bahn werfen zu lassen. Mickey hing auf seinem Sitz wie jemand, der auf schlechte Nachrichten vom Arzt wartet. Sein Gesicht war schlaff, mürrisch und fast zu finster.

John reagierte schnell und brachte die Sache voran. »Denkst du, du kannst mir bis morgen Abend ein kleineres Paket organisieren?«, fragte er. »Ich habe noch einen potenziellen Käufer.«

»Wie viel?« Mickey drehte sich um und beobachtete durch sein Fenster den Verkehr.

»Das weiß ich noch nicht genau. Vielleicht Zehntausend.« Er hoffte, der zweite Deal würde einige Informationen über Jimmy Kahn zutage bringen, obwohl es bei Mickeys Abneigung gegen Small Talk nicht leicht werden würde. Zumindest wollte er, dass sich jemand an Mickeys Fersen heftete, wenn er sich auf den Weg machte, um das Falschgeld zu holen.

»War es das?«, fragte Mickey.

»Für jetzt schon«, sagte er. »Ich muss zuerst ein paar Anrufe machen. Gib mir eine Nummer, unter der ich dich erreichen kann. Ich rufe dich am Nachmittag an und gebe dir die Details durch, dann hast du noch ein paar Stunden Zeit, um deinen Teil des Deals zu organisieren. Wenn alles gut läuft, werden wir zusammen eine Menge Geld verdienen.«

»Wir werden sehen«, murmelte Mickey, der jetzt geradeaus durch die Windschutzscheibe starrte. Seine linke Hand tauchte in seinen Mantel, wühlte herum und kam wieder mit einem Bleistift zum Vorschein. Dann riss er aus der braunen Papiertüte einen Streifen heraus und notierte eine Telefonnummer darauf. »Hier«, sagte er und gab John den Papierstreifen. »Das ist die Nummer von *Calliope Candy*. Dort erreichst du mich.«

»Was, *wohnst* du dort?« John kicherte, warf einen Blick auf die Telefonnummer und steckte den Zettel in seine Jacke.

»Es ist der beste Ort, um mich an die Strippe zu kriegen«, sagte Mickey. »Wenn ich nicht da bin, hinterlässt du einfach deinen Namen.«

»Ist dieser Typ so was wie dein persönlicher Anrufbeantworter?«, fragte er und deutete mit dem Kopf auf den Süßigkeitenladen.

Mickey nickte nur in Richtung des Zettels, der sich jetzt in Johns Jackentasche befand. »Wenn sich was ergibt«, sagte er, »ruf diese Nummer an, sag mir Bescheid.«

»Wie sieht es aus mit einem kleinen Preisnachlass?«

Mickey biss sich auf das Innere seiner Wange und unterdrückte ein Lachen. »Aber sicher. Weil ich dich so gern habe.«

Johns Hände bearbeiteten das Lenkrad, dann zuckte er mit einer Schulter. »Du bist ein bisschen teuer«, sagte er und erhöhte den Druck auf Mickey, um zu sehen, ob Mickey die Autorität hatte, den Preis zu senken, wenn er wollte. Er beobachtete seine Augen, versuchte, in ihnen zu lesen, und studierte die Ticks an beiden Mundwinkeln.

»Wenn es dir nicht passt, dann zieh Leine.«

»Denk darüber nach.«

»Wenn morgen Abend zustande kommt«, sagte Mickey, »dann bekommst du den gleichen Deal. Zwanzig Prozent. Ende der Durchsage.«

John schob die gefälschten Banknoten zurück in die Papiertüte und warf sie hinter sich auf den Rücksitz. »Schön, mit dir Geschäfte zu machen«, sagte er zu Mickey.

»Wir werden sehen.« Das war alles, was von Mickey kam. Einen Moment später war er aus dem Auto und sprang durch den Verkehr auf der Tenth Avenue zurück zum Süßigkeitenladen.

♣

Als sie sich wieder im Büro trafen, war Kersh sichtlich verärgert. Ein Mann von geringerer Integrität hätte gewütet, mit erhobener Stimme, vielleicht sogar mit zu blutlosen, weißen Fäusten geballten Händen. Aber Bill Kersh war nicht diese Art Mann. Er setzte sich auf eine Ecke seines Schreibtisches, wobei der Saum seiner zerknitterten Hose zu weit über seine Socken rutschte, und zuckte unruhig mit dem Fuß, der über dem Boden hing. Der Knoten seiner Krawatte war locker und hing vom Hemdkragen herunter, die Krawatte selbst war verdreht wie ein Schlangenmensch. Sein Gesichtsausdruck war der eines enttäuschten Elternteils.

»Was zum Teufel hast du dir dabei gedacht?«, fragte Kersh.

John saß auf Kershs Bürostuhl und beschriftete einige Plastikbeutel. Auf dem Schreibtisch lagen die noch immer in mintgrünes Seidenpapier eingewickelten und in einer braunen Papiertüte verpackten 100.000 Dollar in gefälschten Hundertern.

»Ich wusste, dass du dich darüber aufregen würdest«, sagte er. »Deshalb habe ich nichts gesagt.«

»Also noch mal«, sagte Kersh. »Dieser Typ ruft dich am Morgen von Thanksgiving an und du triffst dich mit ihm, ohne mich auch nur anzurufen? Ohne *irgendjemandem im Büro* Bescheid zu sagen?«

»Es war Thanksgiving. Die meisten Jungs waren nicht einmal im Dienst. Außerdem war dafür keine Zeit. Ich war schon so zu spät dran. Was zur Hölle hätte es gebracht, im Büro anzurufen?«

»Zumindest hätte jemand gewusst, wo du warst«, sagte Kersh. »Es war unvorsichtig. Es war einfach *dumm*.«

John knallte den Plastikbeutel, den er gerade in der Hand hielt, auf den Schreibtisch und sah zu Kersh auf. »Er wollte mir das Geld vorstrecken, ohne Sicherheiten. Was zum Teufel hätte ich tun sollen? Ihm absagen? *Nein danke, Mickey, ich habe heute keine Lust, Geld abzuholen und mir eine goldene Nase zu verdienen?* Komm schon, Bill, du erzählst Unsinn.«

Kersh rutschte von seinem Schreibtisch herunter. Er blieb einen Moment stehen, blickte auf die Reihe der verdunkelten Bürofenster und vergrub seine fleischigen Hände in den Taschen seiner Stoffhose. »Was ist mit deinem Bericht? Was wird in deinem Undercover-Bericht über die Sache stehen?«

John runzelte die Stirn und zuckte mit den Schultern. »Ich hatte vor, es nicht zum Thema zu machen.«

»Oh«, sagte Kersh. »Ah ja. Okay.« Er zog seine Hände aus den Taschen und presste sie flach auf seinen Schreibtisch. Er beugte sich nach unten und halbierte so den Abstand zwischen ihren Gesichtern. »Lass mich dir etwas erklären«, sagte er. Seine Stimme war nicht scharf, nicht moralisierend. Zuhören war Bill Kershs normale Intonation – halb Schlichtheit, halb Herzlichkeit. »*Das ist nicht unsere Art zu arbeiten.* Es gibt Regeln, die wir befolgen, und es gibt Gründe, weshalb wir sie befolgen. Das ist kein Spiel. Ich kann dich nicht gebrauchen, wenn du durch die Straßen turnst und Batman spielst. *Du* kannst das nicht gebrauchen.«

»Ich denke, du übertreibst ein wenig. Entspann dich. Es hat funktioniert, nicht wahr?« Er grinste Kersh schief an – mit dem Gesichtsausdruck, den Katie sein »Leck-mich-am-Arsch-Grinsen« nannte.

Kersh richtete sich auf, seufzte und verschränkte die Arme. An seinem linken Hemdärmel war der Knopf abgefallen, sodass die Manschette offen herunterhing. Einiges heute machte ihm mehr Sorgen als nur die Tatsache, dass John die Details seines Treffens zu Thanksgiving für sich behalten hatte. Tommy Veccio hatte sich gemeldet und berichtet, dass er Mickey O'Shay den ganzen Abend im Auge behalten hatte – aber O'Shay war bis auf den kurzen Weg zwischen seiner Wohnung und dem Süßigkeitenladen nirgendwo hingegangen. Was bedeutete, dass das Geld entweder in O'Shays Wohnung oder im *Calliope Candy* gewesen war.

»John«, begann Kersh, »das hier ist nur ein Job. Er ist vielleicht ein wenig anders als die meisten, aber es ist immer noch ein Job. Chirurgen arbeiten mit der richtigen Ausrüstung – sie spazieren nicht mit ein paar rostigen Messern und Gabeln in der Hand in den OP und machen sich an die Arbeit. Das ist einfach nicht der richtige Weg, das sage ich dir aus Erfahrung. Du denkst, für die Sache lohnt es sich, aber das ist nicht der Fall.« Er rieb sich die Seite seines Gesichtes. »Ich will nur, dass du deine Arbeit als der Profi erledigst, der du sein sollst«, sagte er und fügte nach einer Pause hinzu: »Wie der Profi, der du *bist*.«

John schob sich auf seinem Stuhl zurück und sagte kein Wort.

»Immer diese Regeln«, sagte Kersh. Er löste seine verschränkten Arme, drehte sich um und ging zur Tür des Büros. »Ich hole mir einen Kaffee«, sagte er. »Willst du auch einen?«

»Ich weiß, was ich tue«, sagte John und sah Kersh dabei zu, wie er das Zimmer verließ.

KAPITEL 20

Die Idee hinter dem zweiten Deal mit Mickey O'Shay war in erster Linie, dass Bill Kersh ihn beschatten konnte, um zu sehen, wo er das Geld herbekam. Das Problem war nur, dass Mickey O'Shay nirgendwo hinging. Es war genau, wie Tommy Veccio nach dem ersten Deal berichtet hatte: »Dieser Kerl geht nirgendwo hin, Bill. Er hängt immer an dieser Straßenecke herum, im Süßigkeitenladen. Mehr ist nicht zu sehen. Und noch was«, hatte Veccio mit einem Hauch Humor in der Stimme gesagt. »Der Typ sieht aus wie ein zweitklassiger Gangster aus einem alten Jimmy-Cagney-Streifen. Es würde mich wundern, wenn er überhaupt zwei Gehirnzellen hat, um sie aneinander zu reiben und mal einen Funken zu schlagen. Und der soll eine große Nummer sein?«

Diesmal verlief die Sache auf die gleiche Weise. Am frühen Abend schlüpfte Mickey O'Shay aus seiner Wohnung, überquerte die Straße, betrat *Calliope Candy* und blieb im Laden, bis John auftauchte, um den Deal abzuschließen. Kersh, der seine Limousine weiter westlich entlang der 53. Straße geparkt hatte, saß mit dem Rücken zum Süßigkeitenladen. Im Laufe der Jahre hatte er sich eine unauffällige und effektive Methode angewöhnt, eine Person zu überwachen, ohne sich ihr direkt zuzuwenden. Er nutzte allein den Rückspiegel und die Seitenspiegel seines Autos und war so in der Lage, entspannt hinter dem Lenkrad zu sitzen und alle Geschehnisse in Ruhe zu beobachten, ohne sich jemals dem Verdächtigen zuwenden zu müssen. Vom Auto aus behielt er Mickey im Auge und konnte es nicht fassen, dass er offenbar nirgendwo hingehen musste, um das Falschgeld zu besorgen. Für einige Zeit war Kersh davon ausgegangen, dass er jeden Augenblick aus dem Süßigkeitenladen herauskommen und die Straße entlang gehen würde. Oder vielleicht ein Taxi heranrufen, das in Richtung Times Square oder Theater District fuhr. Doch Mickey O'Shay setzte nicht einen Fuß vor den Süßigkeitenladen. Mehr noch, bis auf ein paar Kinder aus der Nachbarschaft *betrat* niemand den Laden. War es möglich, dass die Kinder das Geld bei sich trugen, dass sie als Boten benutzt wurden? Ausgeschlossen war es nicht, aber Kersh hielt es für unwahrscheinlich. Sie sahen deutlich zu jung aus, als dass Mickey ihnen so wertvolle Ware anvertrauen würde. War das Geld vielleicht bereits irgendwo in dem Süßigkeitenladen versteckt? Oder in O'Shays Wohnung?

Als die Nacht begann, sich die Stadt zu eigen zu machen, fuhr Johns Camaro vor dem Süßigkeitenladen vor. Die Scheinwerfer beleuchteten den Laden. Nach einigen Minuten steckte Mickey den Kopf heraus, hustete einmal in die geballte Faust und überquerte die Straße. Er stolzierte auf seine übliche Weise einher, als hätte er zu viele Filme gesehen, in denen die bösen Jungs die Helden und alle Polizisten korrupt waren.

❦

Wortlos stieg Mickey in Johns Auto ein. Um sie herum verfärbte sich der Himmel zu einem tiefen Purpur, das an blaue Flecken und Quetschungen erinnerte. Ein paar Fußgänger eilten entlang der Tenth Avenue nach Hause. Nicht ein Einziger interessierte sich für den Camaro, der auf der anderen Straßenseite gegenüber *Calliope Candy* stand.

John nickte in Richtung des Süßigkeitenladens.

»Du solltest den Laden kaufen, so viel Zeit, wie du dort verbringst«, sagte er. Mickey sagte kein Wort.

»Hast du es?«, fragte John.

Mickey holte ein weiteres in mintgrünes Seidenpapier eingewickeltes Paket hervor, das jedoch deutlich kleiner war als das erste. Mickey zögerte, es John zu übergeben. Stattdessen behielt er es auf seinem Schoß und faltete das Seidenpapier auf einer Seite ein wenig auseinander. Geldscheine blitzten auf. Zu sehen war ein einzelnes Geldbündel mit einer Banderole – zehntausend Dollar in gefälschten Hundertern.

Mit einer Hand warf Mickey das Paket auf Johns Schoß.

»Prima«, sagte John und untersuchte die Scheine. »Dein Geschäftspartner macht gute Arbeit.«

»Wo ist mein Anteil?«

John faltete das Seidenpapier wieder über dem Geldbündel zusammen und steckte das Paket in die Innentasche seiner Jacke. Er zeigte auf eine Brechstange, die vor Mickeys Füßen auf dem Boden lag. »Gib mir das«, sagte er.

Mickeys Augen schossen von der Brechstange zu John. »Was ist los, zum Teufel?«

»Die Brechstange, bitte.« John öffnete die Fahrertür und schwang ein Bein nach draußen. Kalte Luft schlug ihm ins Gesicht. »Gib sie mir.«

Mickey starrte ihn reglos an.

»Willst du dein Geld oder nicht?«

Mickeys Blick verharrte noch einen Moment auf John – dann beugte er sich vor, packte die Brechstange am Ende mit dem Haken und gab sie John, ohne ein Wort zu sagen. Wenn Mickey irgendwelche Vorbehalte hegte, ihm die Brechstange zu geben – wenn er auch nur eine Sekunde lang gedacht hatte, John könnte das Werkzeug benutzen, um ihm den Schädel einzuschlagen und ihn auf die Straße zu schleifen – dann verbargen seine Augen das vollkommen.

Er nahm die Brechstange und stieg aus.

»Wo gehst du hin?«, rief Mickey ihm ohne auch nur das kleinste Zittern in der Stimme hinterher. Als ob er die Worte bewusst aussprach, um John eine Beklommenheit vorzuspielen, die er nicht empfand. Er blieb auf dem Beifahrersitz und hielt seine Augen auf das geparkte Fahrzeug vor ihm gerichtet.

»Dein Geld holen«, sagte John und ging zum Hinterrad auf seiner Seite des Camaro. Er kniete sich auf die Straße, hebelte die Radkappe vom Rad herunter und holte einen kleinen Plastikbeutel hervor, der im Inneren der Radkappe festgeklebt war. Mickey lehnte sich über den Fahrersitz und beobachtete ihn im Seitenspiegel auf der Fahrerseite. John hämmerte die Radkappe zurück an ihren Platz, stieg wieder ins Auto, knallte die Tür zu und warf die Brechstange auf den Rücksitz.

»Ich habe noch jemanden getroffen, bevor ich hierhergekommen bin – da wollte ich kein Geld an mir haben. Wenn du dieses Auto nächste Woche irgendwo stehen siehst, mach dir keine Hoffnung«, sagte er und warf Mickey die Plastiktüte zu. »Du brauchst gar nicht erst an den Rädern nachzusehen.«

Mickey drehte die Plastiktüte in den Händen. Er öffnete sie, nahm das Geld heraus und blätterte es mit scheinbar geringem Interesse durch, ohne es zu zählen.

»Lass uns über einen niedrigeren Preis reden«, sagte John.

»Ich habe dir gesagt, wie der Deal aussieht.«

»Ich brauche einen *neuen* Deal.« Er klopfte an die Stelle seiner Jacke, wo das Falschgeld in der Innentasche steckte. »Das ist richtig guter Scheiß. Ich will noch mehr bei dir kaufen, Mickey, aber du musst mit dem Preis runter. Bislang zahle ich dir zwanzig Prozent, und ich muss mindestens weitere fünf aufschlagen, damit es sich für mich lohnt. Ich kann eine Menge von der Kohle umsetzen, aber nicht bei fünfundzwanzig Prozent.«

»Das ist nicht mein Problem.«

»Ich will nur, dass du darüber nachdenkst, mit deinen Geschäftspartnern sprichst. Vielleicht sprechen wir beide mit ihnen … ich will mit dir im Geschäft bleiben, Mickey.«

»Wer bist du?«, fragte Mickey daraufhin. Es klang nicht anklagend, sarkastisch oder als läge unter der Frage auch nur eine Spur schwarzen Humors. Es war eine ehrliche Frage. Mickeys Augen ruhten auf ihm und warteten auf die Antwort.

»Was?«

»Wer *bist* du?« Derselbe neutrale Tonfall.

»Ich bin ganz einfach jemand, der Geld verdienen will«, sagte er und ging zum Angriff über. »Wenn du nicht daran interessiert bist, Geschäfte zu machen und Geld zu verdienen, dann sag mir, wer *du* bist.«

Mickey, auf der Innenseite seiner Wange kauend, nickte und fragte: »Wie viele Käufer hast du?«

»Was geht dich das an?« Es war die richtige Antwort, aber er wollte Mickey gleichzeitig ermuntern, weiterzureden und ihm weiter Fragen zu stellen. »Ich bin immer in Bewegung, mache Kontakte, treffe Menschen. Wie ich gesagt habe – ich kann alles umsetzen, was du hast. Und nicht nur diesen Scheiß. *Alles.* Aber der Preis muss stimmen.« Er seufzte, legte seine Hände auf das Lenkrad und starrte nach vorn. Ein dunkelblauer Pontiac fuhr gemächlich entlang der Tenth Avenue hinter ihnen vorbei und bog links auf die 53. Straße ein.

In Mickeys Kopf arbeitete es; John konnte einen Gedanken hinter Mickeys kalten, sonst undurchdringlichen Augen aufflackern sehen. Es war wie eine plötzlich leuchtende Flamme, die mangels Sauerstoff längst verhungert schien.

Doch für Mickey war die Unterhaltung vorbei. »Wenn du noch mehr brauchst«, sagte er und öffnete die Beifahrertür, »ruf mich an. Dann reden über den Preis.«

»Wenn ich dich was fragen darf«, sagte John und blickte durch die Tür zu Mickey. »Bist du immer so freundlich?«

Mickey O'Shay grinste nicht einmal, als er die Beifahrertür zuwarf. »Er geht zurück in den Laden«, sagte er in das Mikrofon am Armaturenbrett. »Muss ja einen höllisch süßen Zahn haben.«

Er startete den Motor, fuhr aber noch nicht los. Er ließ den Motor im Leerlauf und beobachtete Mickey aus dem Augenwinkel.

❧

Kersh, der etwa einen Block entfernt stand, beobachtete Mickey O'Shay ebenfalls. Er sah zu, wie Mickey auf den Bürgersteig vor *Calliope Candy* heraustrat, die Hände in den Taschen und den Blick auf den Verkehr entlang der Straße gerichtet. Er sah aus wie jemand, der auf den Bus wartet. Dann tauchte eine von Mickeys Händen aus dem Mantel auf. Kersh sah, wie er zum Münztelefon vor dem Laden ging und den Hörer abnahm. Er steckte einige Münzen hinein, wählte eine Nummer und blieb mit dem Hörer an einem Ohr an der Straßenecke stehen. Mit dem Daumen der freien Hand kratzte sich Mickey an seinen Vorderzähnen, den langsam rollenden Verkehr auf der Tenth Avenue stets im Blick.

»Na, wen rufst du jetzt an, Kumpel?«, murmelte Kersh zu sich selbst und korrigierte den Rückspiegel seines Autos.

Mickeys Anruf war schnell erledigt. Nachdem er aufgelegt hatte, drehte er sich um und schlenderte zurück zu *Calliope Candy*. Kersh lehnte sich gegen die Kopfstütze und grübelte über Mickey O'Shay und den Süßigkeitenladen nach. Eine Möglichkeit war, morgen einfach in den Laden zu gehen und zu behaupten, er wolle ein paar Pfefferminzbonbons für seinen Neffen kaufen. Einfach, um einen

Eindruck von dem Laden zu bekommen und zu sehen, wer hinter der Kasse stand. Er kam leichter auf Ideen, wenn er seine Umgebung unmittelbar wahrnehmen konnte und wusste, auf welchem Feld seine Gegner operierten.

Kershs Limousine blieb noch für einige Zeit auf der 53. Straße stehen, mit einem Fahrer, der sehr neugierig war, ob Mickey wieder herauskommen und sich irgendwohin auf den Weg machen würde. Aber Mickey O'Shay blieb im Süßigkeitenladen, und rasch kam die Nacht.

Kersh ließ den Motor an, parkte langsam aus und fuhr auf der 53. Straße in Richtung Hudson River. Als er seinen Rückspiegel wieder ausrichtete, sah er Johns Camaro über die Kreuzung von Tenth Avenue und 53. Straße fahren. Ein paar Autos folgten dicht auf dicht. Drei Autos hinter ihm entdeckte Kersh einen blauen Pontiac Sunbird und verspürte ein plötzliches Stechen in der Magengrube.

Jemand verfolgte John.

Zweimal hatte der blaue Pontiac Sunbird die Ecke von Tenth Avenue und 53. Straße umrundet, während Kersh auf der Lauer gelegen hatte – wahrscheinlich sogar öfter, aber es war ihm nicht aufgefallen. Und jetzt folgte das Auto John die Tenth Avenue hinunter.

Scheinwerfer hinter ihm ließen ihn seinen Rückspiegel erneut korrigieren. Schnell bog er mit aufheulendem Motor auf die Eleventh Avenue ab und griff nach seinem Telefon. Der Druck auf den Power-Button ließ nur eine mattgrüne Anzeige aufleuchten. *BATTERIE AUFLADEN* blinkte auf dem Bildschirm.

»Scheiße!«

Er versuchte Johns Nummer anzurufen, aber der Anruf kam nicht durch. *Verdammtes Telefon,* dachte er. *Es hat genug Energie, um mir mitzuteilen, dass die Batterie fast leer ist, aber es reicht nicht einmal mehr für einen lausigen Anruf.* Er versuchte, John über Funk zu erreichen, aber John hatte sein Gerät ausgestellt. Er konnte sein Walkie-Talkie benutzen und Veccio und Conners anfunken, die jetzt auch unterwegs waren … aber dann entschied er sich im letzten Moment dagegen. Der beste Weg, um die Situation zu bewältigen, war so direkt und rücksichtslos wie möglich vorzugehen.

Er brauste die 57. Straße in Richtung Tenth Avenue entlang, wohl wissend, welche Strecken John nehmen konnte, um wieder ins Büro zu kommen. Auf der Kreuzung vor ihm war Stau. Einige ConEd-Männer in orangefarbenen Westen und blauen Helmen hatten eine Seite der Straße aufgestemmt. Der Verkehr war komplett zum Erliegen gekommen. Die Hupen gellten, während unhöfliche Fahrer auf die offene Spur zurasten und weniger aggressiven Verkehrsteilnehmern den Weg abschnitten. Die Ampel verhielt sich nicht zu Kershs Gunsten. Langsam schob er sich bis auf ein paar Fuß an einen weißen Van heran und beobachtete die Kreuzung. Mitten im Verkehr entdeckte er Johns Auto, das versuchte, von der 57. Straße abzubiegen. Und ein paar Autos dahinter entdeckte Kersh den blauen Pontiac Sunbird.

Verdammter Hurensohn ...

Mit zusammengekniffenen Augen versuchte er, das Nummernschild zu entziffern, aber ohne Erfolg. Hinter dem Lenkrad saß ein junger weißer Typ, und er war allein im Auto ...

Verdammt ...

Wahrscheinlich hatte es gar nichts zu bedeuten – vielleicht war da nur jemand, der schon ewig nach einem Parkplatz suchte – und nach allem, was John berichtet hatte, schien Mickey O'Shay kaum jemand zu sein, der in der Lage war, eine spontane Verfolgung zu organisieren. Dennoch hatte er kein gutes Gefühl bei der Sache. Bill Kersh würde kein Risiko eingehen.

Im Rückspiegel seines Autos tauchte ein weiteres helles Paar Scheinwerfer auf. Er kniff die Augen zusammen und verstellte den Rückspiegel etwas, um die blendende Reflexion aus seinem Gesicht zu bekommen. Dann sah er, wie vor ihm Johns Camaro langsam über die Kreuzung fuhr und rechts abbog. Einige Autos hinter John folgte der blaue Pontiac, der dieselbe Richtung einschlug.

Etwas an der Art und Weise, wie sich der Pontiac auf seinem Weg auf die Kreuzung zuschob, war auffällig. Irgendwie fuhr er nachdrücklicher als die anderen Autos. Das Kennzeichen vermochte er noch immer nicht auszumachen.

Stetiger Verkehr war ein Teil der Stadt. Bill Kersh war nicht grundsätzlich gegen Autoverkehr, selbst die manchmal übervollen Straßen machten ihm nichts aus. Zeit, die man in einem Stau festsaß, war sonst eine gute Gelegenheit, Dinge zu reflektieren und einmal für sich zu sein. In diesem Moment jedoch fühlte er sich getrieben und etwas in seinem Inneren nagte an ihm. Sicher, wahrscheinlich war gar nichts – und doch war es bei früheren Einsätzen schon vorgekommen, dass sich jemand einem Undercover-Agenten an die Fersen heftete. Zumal Kersh sehr gut nachvollziehen konnte, weshalb Mickey O'Shay es für eine gute Idee halten mochte, John beobachten zu lassen.

Die Ampel über der Kreuzung war noch immer auf Rot geschaltet. Zwei der ConEd-Männer gaben ihr Bestes und versuchten den Verkehr um den Ausgangspunkt des Problems – einen riesigen Krater in der Mitte der Straße – herumzuleiten.

Los jetzt, donnerte eine Stimme in Kershs Kopf. Er ließ den Motor aufheulen und raste auf die Kreuzung zu. Einer der ConEd-Männer schrie etwas und sprang dann aus dem Weg. Kersh hämmerte auf die Hupe. Der Strom aus Autos, der schon in der Mitte der Kreuzung zum Stillstand gekommen war, begann sich so nah an der Bordsteinkante wie möglich zurückzubewegen oder nach vorn zu schieben. Eine schmale Fahrspur öffnete sich, und Kershs Limousine schoss schnell in die Lücke. Jemand schrie Obszönitäten, Fäuste wurden in die Luft gereckt. Die Limousine zitterte bei aufheulendem Motor und machte erneut einen Satz vorwärts. Begierig, dem Stau zu entkommen, schlüpfte sie durch die Lücke auf die Kreuzung, um auf die andere Seite der 57. Straße zu gelangen.

Als Kersh über die Kreuzung fuhr, stellte er sein Auto längs gegen die Einmündung der 57. Straße, um den abbiegenden Verkehr zu blockieren. Ein zorniges Hupkonzert war die Folge. Vor ihm konnte er noch die kleiner werdenden Rückleuchten von Johns Camaro erkennen, der in die Dunkelheit beschleunigte. Zwei Autos rechts von ihm war der Pontiac Sunbird, gefangen im Stau wie Kershs Auto und die anderen Autos auch. Der Fahrer schien ruhig, sein Gesicht lag im Schatten. Die beiden Autos zwischen ihnen machten es unmöglich, das Kennzeichen zu lesen.

»Sorry«, rief Kersh durch das geöffnete Fenster. Und da er noch eine ganze Weile im Verkehr stecken würde, schaltete er das Autoradio ein und legte eine Art-Blakey-Kassette ein. Das Donnern der Drums ließ die Lautsprecher erzittern und ihn erleichtert ausatmen.

KAPITEL 21

»Tut mir leid«, sagte Kersh. »Hoffe, ich störe nicht allzu sehr.«

Überrascht vom unerwarteten Besuch öffnete John die Wohnungstür und winkte den älteren Agenten herein. »Nein«, sagte er, »überhaupt nicht. Komm rein. Ist alles in Ordnung?«

»Sicher, sicher. Ich war nur gerade in der Gegend. Wie man das eben so macht, nicht wahr?« Kersh schüttelte sich im Hausflur – es hatte an diesem Abend wieder angefangen zu regnen – und schob sich hinein. Seine überdimensionierte Hand umklammerte eine blaue Flasche Chardonnay der Marke Luna di Luna; es schien, als wolle er das Leben aus ihr herauspressen.

Sie betraten die Küche, wobei Kersh ungewöhnlich schüchtern wirkte. »Liebling, du erinnerst dich sicher an Bill Kersh.«

»Katie«, sagte Kersh und nickte einmal.

»Aber sicher«, sagte Katie lächelnd. »Wie geht es Ihnen? Tut mir leid, dass es hier so chaotisch aussieht. Vielleicht können Sie ja meinen Mann überzeugen, endlich etwas von seinem Krempel wegzuräumen.«

»Es sieht wirklich sehr schön aus bei euch«, sagte Kersh und bewunderte die Handwerkskunst der Holzverkleidung, die hübsche Tischdecke auf dem kleinen Tisch und die kleinen Gegenstände, mit denen Katie den Rand der Arbeitsplatte und das Fensterbrett über der Spüle dekoriert hatte. »Herzlichen Glückwunsch.« Dann, als hätte er sich plötzlich an den Chardonnay erinnert, hielt er Katie die Flasche hin.

»Hier. Ein kleines Einweihungsgeschenk.«

»Wow«, sagte sie, nahm die Flasche und drückte Kershs Unterarm mit einer Hand. »Unser erstes Geschenk in der neuen Wohnung.« Sie stellte die Flasche auf die Küchentheke.

»Gar nicht wahr. Du hast die leckeren Brownies von Phyllis Gamberniece vergessen«, sagte John, »bestreut mit feinen Katzenhaaren.« Er ging zum Kühlschrank, nahm ein paar Bier heraus und stellte sie auf den Küchentisch. »Setz dich, Billy.«

»Oh ... ich habe nicht mitgedacht«, sagte Kersh zu Katie, deutete auf die Flasche und blieb unbeholfen in der Küchentür stehen. »Ich meine, Sie werden wahrscheinlich nicht ... oder können nicht ... etwas davon trinken ...« Nervös zog er sich die Hose hoch. »Das Baby. John hat mir erzählt, dass es Ende Februar soweit ist?«

»So ist der Plan«, sagte Katie. Auf dem Weg zur Spüle ging sie an ihrem Mann vorbei und schlug ihm einmal leicht auf die Hüfte. Zwinkerte ihm spielerisch zu. »Schön, dass er sich noch daran erinnert.« Sie warf einen Lappen in die Spüle. »Haben Sie Hunger, Bill? Wir haben noch Spaghetti übrig, die sind noch warm.«

Kersh setzte sich an den Tisch zu John, der den Kronkorken von einer Flasche Bier drehte und sie ihm hinschob.

»Ich will keine Umstände machen«, sagte Kersh.

»Das macht keine Umstände«, versicherte Katie ihm. »Das Essen steht noch auf dem Herd.«

Kersh nahm einen kleinen Schluck von seinem Bier und zuckte mit den Schultern. John fiel auf, dass Kersh das Schulterzucken nicht gut gelang – seine Schultern waren für die Bewegung zu groß und zu nah an seinem Kopf, um natürlich auszusehen. »Na gut«, sagte Kersh, »wenn es keine Umstände macht ...« Er lächelte Katie unsicher an, und plötzlich wurde John bewusst, dass Bill Kersh sich in vielen Lebensumständen gut auskannte, zu denen Frauen jedoch eher nicht gehörten. Genau genommen wusste er so wenig über Frauen, dass er sich in ihrer Gegenwart offenbar unwohl fühlte.

»Ein Teller Spaghetti«, sagte Katie, »kommt sofort.«

»Schau dir diesen Kerl an«, sagte John. »Kommt zu uns nach Hause, trinkt unser Bier und vertilgt unser übrig gebliebenes Essen.«

»Das ist eine prima Vorbereitung auf euer Elterndasein«, gab Kersh zurück.

John stand auf, ging zur Küchentheke und nahm seiner Frau den Teller aus der Hand. »Nimm ruhig dein Bad«, sagte er, »ich übernehme das.«

»Ich kann mich schon um euch kümmern.«

»Ich habe alles voll im Griff.«

Katie hatte dem nichts mehr entgegenzusetzen und wischte sich die Hände am Geschirrtuch ab. »Tut mir leid, dass ich die Spielverderberin gebe«, sagte sie zu Kersh, »aber ich werde mich langsam bettfein machen.«

Kersh stand auf und lächelte. Einen verrückten Moment lang dachte John, sein Kollege würde sich verbeugen und seiner Frau die Hand küssen. Er musste ein Kichern unterdrücken.

Am Ende entschied sich Kersh für ein einfaches: »Gute Nacht.«

Katie verschwand im Flur. Kurz darauf war zu hören, wie die Badtür zuging. Einen Moment später rauschte das Wasser und plätscherte hörbar in die Badewanne.

»Sag mal«, begann Kersh, als John durch die Küche auf ihn zukam und den Teller Spaghetti vor ihn hinstellte. »Wie hast du dieses Mädchen nur dazu überreden können, ein hässliches, arrogantes Arschloch wie dich zu heiraten?«

»Ganz einfach«, sagte er und setzte sich Kersh gegenüber. »Ein Mädchen sagt nicht Nein zu einem Typen mit einer Kanone.«

Kersh lachte. »Ich wusste, dass es nicht dein Charme sein konnte.«

»Du warst heute Abend nicht noch einmal im Büro«, sagte John. »Ich habe auf dich gewartet. Ist etwas passiert?«

»Verkehr«, sagte Kersh, schaufelte sich Spaghetti in den Mund und zog die Augenbrauen hoch. »Etwas *ist tatsächlich* passiert. Zumindest *vermute* ich das. Aber wahrscheinlich ist nichts. Aber du kennst mich – ich bin lieber auf der sicheren Seite.«

»Was ist das Problem?«

»Ich denke, jemand in einem blauen Pontiac ist dir von diesem Süßigkeitenladen aus gefolgt.«

»Scheiße«, sagte John, »ich habe gesehen, wie dieses Auto über die Tenth Avenue auf uns zukam, als wir den Deal gemacht haben.« Er erinnerte sich daran, wie der blaue Pontiac an seinem Camaro vorbeigefahren war.

»Das Auto ist wenigstens zweimal um den Block gefahren, soweit ich das erkennen konnte«, sagte Kersh. »Beide Male ist es auf die 53. Straße eingebogen. Dann, als du auf die Kreuzung zugefahren bist, ist mir aufgefallen, dass der Pontiac dir mit etwas Abstand und ein paar Autos zwischen euch gefolgt ist. Ich bin die Eleventh Avenue hinaufgefahren und die 57. Straße wieder hinunter. An der Kreuzung, an der die Baustelle ist, habe ich ihm dann den Weg abgeschnitten.«

»Bist du sicher, dass er mir gefolgt ist?« Die Vorstellung, Mickey O'Shay könnte jemanden auf ihn ansetzen, schien absurd. »Es gibt eine Million Gründe, weshalb der Typ um den Block gefahren sein kann.«

»Das ist richtig, und ich bin sicher, dass es nichts zu bedeuten hatte, aber ich wollte trotzdem auf Nummer sicher gehen. Und es dich wissen lassen.«

Die ganze Geschichte fühlte sich merkwürdig an. »Ich kann mir nicht vorstellen, dass Mickey dahintersteckt«, sagte John.

»Du hast wahrscheinlich recht«, stimmte Kersh erneut zu. Aber er klang nicht ganz überzeugt. »Ich dachte nur, dass du es wissen solltest. Die Spaghetti sind ausgezeichnet. Ich sollte eine Italienerin heiraten.«

John platzierte das Bier entspannt auf seinem Schoß und lehnte sich in seinem Stuhl zurück. »Du könntest einer italienischen Frau nicht das Wasser reichen«, sagte er, obwohl er noch an Kershs Geschichte zu kauen hatte und seine Gedanken sich um anderes drehten. »Sie würde dir so schnell den Arsch aufreißen, dass dir schwindlig wird.«

»Du hast so wenig Vertrauen«, sagte Kersh. In diesem Moment bemerkte John noch etwas anderes in den Augen seines Kollegen – etwas, das weit mehr Gewicht besaß als die Geschichte, die er gerade erzählt bekommen hatte.

»Was gibt es noch?«, fragte John. »Da ist doch noch etwas ...«

»In der Tat«, sagte Kersh. »Hast du etwas dagegen, wenn ich diesen Chardonnay aufmache?«

Als ein paar Minuten später beide ein volles Glas Chardonnay vor sich hatten, sagte Bill Kersh: »Ich habe die ganze Nacht auf Mickey aufgepasst. Er hat den Laden nicht einmal verlassen, bis du aufgetaucht bist. Nicht für eine Sekunde. Genau so war es, als Tommy ihn überwacht hat.«

Langsam schüttelte John den Kopf. »Ist irgendjemand in den Laden *hineingegangen?*«

Kersh erwähnte die Jugendlichen, aber beiden war klar, dass das nichts zu bedeuten hatte.

»Also hat er entweder einen Vorrat in seiner Wohnung ...«

»Oder in der Wohnung von jemand anderem«, fügte Kersh hinzu.

»Oder im Süßigkeitenladen«, sagte John schließlich.

»Ich weiß nicht«, sagte Kersh. »Denkst du, sie drucken das Geld? Er und Jimmy?«

»Nein – auf keinen Fall«, erwiderte John und schüttelte den Kopf. »Die beiden sind grobschlächtige Kerle, die zuschlagen und sich holen, was sie wollen. Sie sind nicht so fit im Kopf, als dass sie die Scheiße tatsächlich selbst drucken könnten.«

»Was ist mit dem Süßigkeitenladen?«

»Der Typ, der dort arbeitet, muss wissen, wie der Deal läuft«, sagte John. »Der Laden ist so etwas wie Mickeys Büro.«

»Du weißt«, sagte Kersh, »dass der Service uns nicht mehr allzu viel Geld in die Sache versenken lassen wird. Wir haben schon zweiundzwanzigtausend Dollar verpulvert und außer diesem O'Shay nichts vorzuweisen. Bald wird Chominsky von uns verlangen, dass wir ihn festnehmen und versuchen, ihn als Kronzeugen zu gewinnen.«

Chominsky war der für den Außendienst zuständige Agent. Und John wusste, dass Kersh recht hatte. Ernüchtert sagte er: »Der Kerl wird Kahn nie verraten. Nicht in einer Million Jahren.«

»Das weißt du nicht …«

»Ich weiß es *genau*«, sagte er und presste die Fingerkuppen so heftig auf die Tischplatte, dass sie sich weiß färbten. »Ich kann es riechen, wenn ich nur neben ihm sitze. Nicht einen Mucks wird er von sich geben. Und wir müssen Kahn festnageln. Wenn wir beiden etwas anhängen können, machen sie vielleicht zusammen einen Deal und verraten die Quelle. Aber ich sage es dir ganz klar, Mickey wird alleine nicht kooperieren, selbst wenn wir ihn für alle Zeiten einsperren. Der Typ hat sie nicht mehr alle.«

»Jeder lässt sich überreden«, versicherte Kersh. »Loyalität ist niemals unendlich.«

»Ich rede nicht von Loyalität«, sagte John. »Ich denke eher, der Kerl hat einen an der Klatsche. Ich hoffe nur, dass Kahn cleverer ist.« Frustriert schenkte er sich noch etwas Chardonnay ein und kratzte mit dem Daumennagel am Etikett der Flasche herum. Verdammt noch mal, wenn er es nur geschafft hätte, dass sich Mickey ein wenig mehr öffnete … nur ein *kleines bisschen.* »Herrgott noch mal, ich weiß auch nicht.« Er sah zu Kersh auf. »Also, was machen wir?«

»Wir denken nach«, sagte Kersh. »Ich für meinen Teil verbringe noch etwas Zeit in dem Raum, den du so liebevoll *die Grube* nennst. Das ist so was wie mein persönlicher Kommandoraum.«

Sie tranken noch mehr Wein und schwiegen. Es war ein gutes Gefühl – für eine lange Zeit hatte John die Stille eines älteren Mannes nicht mehr so genossen. Ein Teil seiner Gedanken war bei seinem Vater in dessen kleinem Haus. Er stellte sich das Innere des Hauses dunkel vor, wobei die ruhelose Gestalt seines Vaters unter der Bettdecke verborgen blieb. Der andere Teil seiner Gedanken blieb hier bei Bill Kersh, trank Luna di Luna und mochte es. So wie es aussah, tröstete ihn diese Art von Entspannung und Zufriedenheit nur selten mit ihrer Gegenwart – stets war er angespannt, stets auf Achse von einem Ort zum anderen – aber jetzt empfand er beides, und zwar sehr intensiv.

»Trotz deines katastrophalen Sinns für Stil muss sich irgendwann und irgendwo eine Frau für dich interessiert haben. Warum hast du nie geheiratet?«, fragte er Kersh, nachdem er ihnen beiden wieder eingeschenkt hatte.

»Fast hätte ich es getan«, sagte Kersh. Mit aufgeknoteter Krawatte und einer dicken Falte roten Fleisches, die über seinen Hemdkragen hing, lehnte er sich in seinem Stuhl zurück. Auf einem Ärmel trocknete Tomatensoße. Sein Glas Chardonnay balancierte riskant am Rand des Tisches, indem einer von Bill Kershs dicken Fingern auf die Glasbasis drückten. »Es ist keine besonders originelle Geschichte. Wir haben uns verliebt, haben den Spaziergang bei Mondschein durch den Central Park gemacht. Wir haben über das Heiraten gesprochen. Sie wollte unbedingt Kinder ... und ich wollte nichts mit Kindern zu tun haben.«

John lachte.

»Was ist?«, fragte Kersh und ließ ein Grinsen aufblitzen.

»Nichts. Du bist nur ...« Er winkte ab. »Ach, nichts. Was ist falsch an Kindern?«

»Nichts«, sagte Kersh. »Sie sind wundervoll. Fantastisch. So lange es nicht meine sind.«

»Du bist bescheuert.«

»Es ist nicht so, dass ich sie nicht mag; ich *verstehe* sie einfach nicht.«

Lächelnd fuhr sich John mit der Hand durch seine Haare. Er und Kersh hatten sich inzwischen fast durch die ganze Flasche Luna di Luna gearbeitet. »Hatte der Job etwas damit zu tun?«

»Womit?« Auch Kersh schien sich gerade wohlzufühlen.

»Damit, dass du keine Kinder haben wolltest?« Doch selbst nach einigen Gläsern Wein wurde ihm die Intention bewusst, die eine solche Frage implizierte. Plötzlich wünschte er, er hätte nichts gesagt.

»Nein«, antwortete Kersh. »Warum? Liegt dir etwas auf dem Herzen?«

»Nein. Ich war nur neugierig.«

»Bist du sicher?« Kershs Stimme wirkte entspannend und einlullend. John fiel auf, dass es die Stimme war, die Kersh bei Vernehmungen einsetzte. In diesem Moment erkannte John auf einmal die volle Wirkung eines solchen Ansatzes. Vielleicht war es der Alkohol, aber John vermutete, dass es nicht allein daran lag. »Sieh mal«, fuhr Kersh fort, »ich mache diesen Job schon lange. Und im Laufe der Zeit habe ich verstanden, dass es wirklich nur eine Sache gibt, die ich mir jeden Tag vergegenwärtigen muss. Es gibt nur diese eine Sache, die den Job möglich macht.«

»Ja? Und was ist das?«

»*Das es nur ein Job ist.*« Kersh ließ die Worte in der Luft verharren. »Daran musst du dich erinnern, das musst du verstehen, und alles andere wird sich fügen.«

Bill Kersh erschien ihm als Prediger, gekleidet in faltenwerfende schwarze Seide, die Ärmel und die Halskrause goldbestickt, vor einer großen Menge seiner Anbeter stehend, die alle auf der Suche waren nach Antworten auf unbeantwortbare Fragen.

»Du«, sagte John nach einiger Zeit, »hast den Chardonnay ausgetrunken.«

»Du hast dabei geholfen«, entgegnete Kersh.

»Ich habe eine Idee.«

»Was für eine Idee?«

»Was wir mit Mickey machen.« Er stellte sein leeres Glas auf den Tisch, lehnte sich in seinem Stuhl nach vorn und stützte einen Ellbogen auf die Tischkante. »Es ist ein wenig unkonventionell, aber ich denke, wir bekommen es hin.«

»*Alle* deine Ideen sind unkonventionell«, sagte Kersh.

»Tu mir nur einen Gefallen«, sagte er.

»Schieß los.«

»Versprich mir, dass du mir zustimmen wirst, bevor ich dir sage, was es ist.«

Kersh lachte mit zurückgeworfenem Kopf und sein enormer Adamsapfel vibrierte sichtbar in seinem Hals. In dieser Pose ähnelte er erstaunlich einem prähistorischen Tier. Als das Lachen schließlich nachließ, stellte er sein Glas zurück auf den Tisch und sah John mit ein wenig benebelten Augen an. »Vielleicht«, sagte er.

»Kein Rückgrat, der Mann«, kommentierte John.

Kersh hielt inne und ließ die Augen nach links wandern, um die Küchenzeile entlang der Wand zu untersuchen. Schließlich sagte er: »In Ordnung. Aber es ist besser eine verdammt gute Idee. Also – was ist der Deal?«

»Mickey vertraut mir nicht«, sagte er. »Ich denke, er vertraut niemandem so richtig. Ich muss etwas tun, um mir sein Vertrauen zu verdienen, etwas, das uns verbindet und mich mit ihm auf eine Ebene bringt.« Er drehte den Stiel seines Weinglases zwischen zwei Fingern. »Etwas, das er nicht erwartet.«

»Was genau ist nun deine brillante Idee?«

»Was machen Undercover-Agenten immer?«, fragte er und wartete nicht auf Kershs Antwort. »Sie *kaufen*.«

»Und weiter?«, fragte Kersh.

»Sie *kaufen*«, wiederholte John. »Aber sie *verkaufen* nie.«

Mit einer seiner grobschlächtigen Hände rieb sich Kersh über den Unterkiefer. »Ich wusste«, sagte er, »dass ich nicht den ganzen Wein hätte trinken sollen.«

KAPITEL 22

Nachdem er die Flasche Luna di Luna mit Kersh geleert hatte, griff John zum Telefon und rief einen jungen Zollbeamten namens Robert Silvestri an, der am John F. Kennedy International Airport arbeitete. Silvestri war in derselben Gegend von Brooklyn aufgewachsen wie John und hatte sogar das gleiche College besucht. Wie John gehörte er zu der wenigen Jungs aus ihrer alten Nachbarschaft, die es geschafft hatten, ein Leben voller Straßenkriminalität und Mangel zu vermeiden. Während Kersh ihn über sein leeres Weinglas hinweg beobachtete, erklärte John Silvestri die Situation rund um Mickey O'Shay.

»Klingt nach einer richtigen Spaßkanone«, antwortete Silvestri. »Was brauchst du?«

»Ich will den Spieß umdrehen«, sagte er, »ihn ein wenig verwirren. Ich habe mich gefragt, ob ihr Jungs vielleicht etwas habt, dass ich ihm verkaufen könnte – beschlagnahmte Zigaretten, Dope oder was auch immer auf Lager ist.«

Lachend sagte Silvestri: »Du gehst die Dinge immer noch auf deine eigene Weise an, hm?«

»Auf die *einzig richtige* Weise«, sagte er.

»Ich glaube, wir haben genau das, was du suchst«, sagte Silvestri. »Vor zwei Tagen haben wir dreißig Kisten kanadischen Whiskey beschlagnahmt, echt hochwertiger Scheiß. Wenn du einem Haufen Straßenjungs etwas verkaufen willst, kannst du mit Qualitätsschnaps nichts falsch machen.«

Obwohl er die Idee für nicht ganz so charmant und amüsant hielt wie Robert Silvestri, hatte Brett Chominsky der Operation am nächsten Tag zugestimmt. Ein Deal dieser Größenordnung, so hatte John Chominsky versichert, würde garantiert mehr von Mickeys Jungs nach oben spülen, vielleicht sogar Jimmy Kahn selbst – obwohl John insgeheim bezweifelte, dass Kahn tatsächlich persönlich auftauchen würde. Auf der Habenseite stand außerdem, dass sie über weitere dreitausend Dollar Spielgeld verfügen würden, sollte Mickey auf den Deal eingehen.

Chominsky telefonierte selbst mit der Zollabteilung des Flughafens und schickte daraufhin zwei Agenten, um den Ryder-Truck abzuholen und in der Tiefgarage unter ihrem Bürogebäude unterzubringen.

Jetzt blieb für John nur noch eins zu tun: sich mit Mickey zu treffen und den Deal zu forcieren. Er rief im Süßigkeitenladen an. Der Mann am Telefon verkündete, Mickey sei nicht da. John hinterließ eine Nachricht und seine Nummer.

Beflügelt durch den Gedanken, den Spieß umzudrehen und endlich gegenüber Mickey in die Offensive zu gehen, ging er in das im Büro gelegene Fitnessstudio und rannte zwei Meilen auf dem Laufband.

Um halb zwei mittags traf er in SoHo Katie zum Mittagessen, bevor ihr Unterricht begann.

»Ich bin jetzt dermaßen rund«, sagte sie zu ihm, während sie auf Sandwiches kauten und Cokes tranken, »dass es sich lächerlich anfühlt, so auf dem Campus herumzulaufen.«

»Warum?«

»Jeder starrt mich an. Ich fühle mich alt. Für diese Kids bin eine alte Schachtel.«

»Das ist nicht wahr.«

»Doch, *ist* es. Du solltest sehen, wie jung einige von ihnen sind.«

»Du siehst wunderschön aus.«

»Hmmmm.« Sie lächelte. »Du bist heute aber gut gelaunt. Gibt es einen Grund?«

Er zuckte mit den Schultern. »Nein«, sagte er.

»Na gut«, gab sie zurück, »was für Pillen auch immer du nimmst, nimm sie weiter. Vielleicht bist du doch noch zu retten.«

»Was habe ich für ein Glück.«

Um drei Uhr hatte Mickey noch immer nicht auf seinen Anruf reagiert. John rief ein zweites Mal beim Süßigkeitenladen an, und der Mann, der sich wieder meldete, gab erneut an, Mickey sei nicht da.

Um vier Uhr hatte er weitere zwei Meilen auf dem Laufband des Fitnessstudios absolviert.

✤

Er fand sich an seinem Schreibtisch wieder und starrte die Digitaluhr auf Bill Kershs Schreibtisch an, die vom anderen Ende des Büros zu ihm herüber leuchtete. Die Hände in seinem Schoß gefaltet saß er nach hinten gelehnt auf seinem Stuhl und lauschte der Übertragung des Spiels der New York Knicks aus dem kleinen Radio an der Ecke seines Schreibtisches. Draußen verdunkelte sich wieder der Himmel und eine neue Nacht zog herauf. Überall um ihn herum spürte er die unaufhaltsam verstreichende Zeit, als würde eine Kraft die Minuten und Stunden von ihm wegziehen. Es fühlte sich an wie das elektrische Summen einer Stromanlage.

Mickey hatte seine Anrufe nicht erwidert.

Kersh schlenderte ins Zimmer und versuchte, gleichzeitig mit derselben Hand seinen Mantel anzuziehen und einen Starbucks-Kaffeebecher festzuhalten. »Es ist spät«, sagte er. »Ich mache Schluss für heute.« Er trat gegen eines der Beine des Stuhls, auf dem John saß. »Schau nicht so griesgrämig drein. Er wird morgen anrufen. Ratten wie Mickey huschen immer herbei, wenn sie den Geruch von Käse in der Nase haben.«

»Ich weiß.«

»Dann geh nach Hause«, sagte Kersh.

»Ich warte nur darauf, dass du gehst, damit ich deinen Schreibtisch durchwühlen kann.«

»Hauptsache, du lässt die Finger von meinen Pornos.«

»Ab nach Hause, Bill. Wir sehen uns morgen.«

»Gute Nacht, John«, sagte Kersh und verließ langsam das Zimmer.

John blieb noch einige Zeit an seinem Schreibtisch sitzen und beobachtete die hellen Lichter der Stadt, die durch die Fenster hereinschienen. Gelegentlich warf er einen Blick auf sein Telefon. Wenn er jetzt das Büro verlassen würde, wäre er noch rechtzeitig für ein spätes Abendessen mit Katie zu Hause. Vielleicht reichte die Zeit sogar noch für eine Stippvisite bei seinem Vater. Aus irgendeinem unerfindlichen Grund tauchte in seinem Kopf das Bild des vergammelten Hackfleisches auf, das er in der Spüle gefunden hatte, als er den Mantel seines Vaters holen wollte. Das alte Haus auf der Eleventh Avenue ... was würde daraus werden, wenn sein Vater einmal nicht mehr war? Konnte er es einfach so verkaufen? *Wohnen* wollte er dort ganz sicher nicht.

Mickey ... wo zur Hölle bist du?
Zwei Agenten in frisch gebügelten Anzügen mit Schrotflinten in den Händen gingen an seinem Schreibtisch vorbei. Er sah ihnen mit nur geringem Interesse hinterher.
Wo bist du?
Fünf Minuten später verließ er das Büro, noch immer seine Frau und ihre kleine Wohnung in Brooklyn vor Augen. Aber er fuhr nicht nach Hause. Stattdessen steuerte er sein Auto durch das Herz der Stadt in Richtung West Side. Der Verkehr war unerträglich, alle großen Straßen waren verstopft. Ihm war gleich klar, dass er heute Abend weder mit seiner Frau essen noch bei seinem Vater vorbeischauen würde. Es würde, wie so oft, ein langer Abend werden. Und während ein Teil von ihm zu Hause sein *wollte*, ließ ein noch größerer Teil genau das nicht zu. *Konnte* es nicht zulassen.

Es war vollständig dunkel, als er auf die Tenth Avenue einbog und langsam mit dem Verkehr mitschwamm, der durch Hell's Kitchen rollte. Kurz vor der Kreuzung zur 53. Straße verlangsamte er sein Auto, sodass es unmittelbar vor *Calliope Candy* beinahe zum Stehen kam. Im Laden war Licht und ein paar Kunden waren zu sehen: Ein Vater in einem Tweedmantel, zwei junge Mädchen an der Hand; dazu ein dreizehn- oder vierzehnjähriger Junge, der einen Rucksack trug und mit einem Skateboard unter dem Arm an der kleinen Klappe eines Kaugummiautomaten herumfingerte. Hinter der Ladentheke stand niemand.

Kein Mickey O'Shay.

Als er die Tenth Avenue in nördlicher Richtung entlangfuhr, beobachtete er im Rückspiegel die immer kleiner werdende, drohend aufragende Silhouette des Hochhauses, in dem Mickey wohnte.

An der Kreuzung 57. Straße stieß er auf die Baustelle und einen kaum beweglichen Keil aus Autos. Er fuhr von der Tenth Avenue ab und bog rechts auf die 57. Straße ein. Obwohl diese Straße etwas weniger verstopft war, gab es noch immer hinreichend Autos, um ihn am Vorwärtskommen zu hindern. Weiter vorn schienen die Ampeln ausgefallen zu sein.

Wenn er sich umsah, fühlte er sich an sein Thanksgiving-Treffen mit Mickey erinnert. Es hatte genau hier auf dieser Straße stattgefunden.

Ich war eine Stunde zu spät und dieser Bastard war noch hier und hat auf mich gewartet, schoss es ihm in diesem Moment durch den Kopf. *Was soll das für ein Typ sein, der eine volle Stunde an einer Straßenecke herumhängt?*

Als er aus seinem Fenster schaute, bemerkte er einen kleinen, namenlosen Pub knapp jenseits der Kreuzung. In einem verdunkelten Fenster hing ein Guinness-Schild. Darunter leuchtete ein grünes Neon-Kleeblatt.

Weil herumhängen einfach ist, dachte er, *wenn man jemanden durch ein vergittertes Fenster beobachtet.*

Als er den Camaro durch den Verkehr manövrierte, gelang es ihm, sich zu der kleinen Gasse durchzuschlagen, die zur Rückseite des Roosevelt Hospitals führte – dorthin hatte Mickey ihn an jenem Tag fahren lassen. Er stellte das Licht aus und parkte in der dunklen Gasse auf halbem Weg. Die Kälte nach dem Aussteigen ließ ihn zittern. Er zog den Reißverschluss seiner Lederjacke zu und ging zurück zur Straße. Neben ihm raschelten die Ratten unter weggeworfenen Zeitungen und in den riesigen Müllcontainern, die in der Gasse aufgereiht waren.

Der Pub war klein und warm. Er beherbergte nur wenige Tische und Sitzecken im hinteren Bereich und eine Auswahl zusammengewürfelter Hocker vor der Bar. Ein dekorativer Spiegel in der Nähe des Eingangs trug das Wort *Cloverleaf* in kalligrafisch anmutender Schrift, was, wie er annahm, der Name des Pubs war. Am anderen Ende des Raumes stand eine altmodische Jukebox, die eine alte Johnny-Cash-Nummer vor sich hin plärrte.

An diesem Abend waren die Tische und Sitzecken leer. Nur die Hocker an der Bar waren besetzt, und das mit sehr vielfältiger Kundschaft. Er nahm sich den nächstgelegenen Hocker und setzte sich neben eine fleischige Frau mit roten, fleckigen Unterarmen und einem Gesicht, das aussah, als hätte es jemand mit einer Harke massiert. Neben ihr nuckelte ein muskulöser Mann in einem Ledermantel und mit breitem Schnauzbart an einer Flasche Killian's. Verglichen mit dem erstickten Lachen und Trommeln von Fäusten, das vom anderen Ende des Tresens herüberschallte, waren sie relativ still.

Der Barkeeper baute sich vor ihm auf, legte seine Hände auf den Tresen und fragte nach seiner Bestellung.

»Geben Sie mir ein Guinness.«
»Kann ich den Ausweis sehen?«
»Ernsthaft?«
Der Barkeeper sah irritiert aus. »Komm schon, Kumpel.«
John holte seine Undercover-Geldbörse aus der Hosentasche und zeigte den gefälschten Führerschein vor. Zufrieden bewegte sich der Barkeeper wieder zum anderen Ende der Bar, um das Bier zu zapfen.

Er lehnte sich vor und spähte zum anderen Ende der Bar. Dicht zusammen standen dort vier Jungs mit doppelt so vielen Gläsern Bier vor sich. Von den vier Kapuzengestalten kannte John nur einen: Mickey O'Shay.

Der Rest der Jungs in Mickeys Gesellschaft sah ebenso jung aus wie er und wirkte auf die gleiche Weise ungepflegt und minderbegabt. Sie verschmolzen in einem Halbkreis um O'Shay, der nicht als Gleicher unter ihnen stand, sondern als ihre bessere Ausgabe – was offensichtlich wurde an seinem deutlichen, prahlerischen Selbstbewusstsein, das in seinen Gesten, seiner Mimik und seiner Körperhaltung zum Ausdruck kam. Mickey O'Shay so zu sehen brachte John wieder zurück ans College, wie er während einer Prüfung nach oben spähte, um die Gesichter der Betrüger zu studieren, die fleißig von ihren Spickzetteln abschrieben. Und Mickey, sicher aufgehoben in der vertrauten Gemeinschaft seinesgleichen, war der größte Betrüger, den er jemals gesehen hatte.

Ein Gedanke kam ihm. Könnte einer der anderen Kerle Jimmy Kahn sein? Er erinnerte sich, wie unbeeindruckt er von seiner ersten Begegnung mit Mickey gewesen war, nachdem Tressa Walker voller Angst und Respekt von ihm gesprochen hatte. Konnte nicht einer dieser anderen Verlierertypen Kahn sein? Sie alle sahen gleichermaßen mittelprächtig aus.

Mickeys Blick bewegte sich in Johns Richtung. Ein Ausdruck der Irritation huschte über sein Gesicht. Es war ein Ausdruck noch unsicheren Wiedererkennens, stimuliert durch eine Veränderung der Umgebung. John erwiderte den Blick und erhielt ihn länger aufrecht, als Mickey es vermochte. Er sah erst weg, nachdem Mickey den Blick abgewandt hatte. Mickeys Begleiter schienen nichts davon zu bemerken.

»Vier fünfzig«, sagte der Barkeeper und stellte John das Bier hin. Er bezahlte und war sich bewusst, dass Mickeys Blick immer wieder in seine Richtung ging. Er musste nicht aufsehen, um sich dessen sicher zu sein. Er blieb nach vorn gewandt sitzen und nippte an seinem Bier. Es war unangenehm sämig, bestand fast nur aus Schaum und schmeckte wie Motoröl.

Im Spiegel hinter der Bar beobachtete John, wie sich Mickeys Spiegelbild näherte und sich um ihn herum bewegte. Eine Sekunde später tauchte Mickey zu seiner Rechten auf und lehnte sich gegen die Bar.

»Mickey«, murmelte er.

»Was zur Hölle machst du hier?«

»Ein Bier trinken. Wonach sieht es aus?«

»Du kommst hierher, nur um ein Bier zu trinken?«

Er nahm noch einen Schluck und stellte das Glas auf den Bierdeckel.

»Nicht ganz. Ich bin gekommen, weil ich dich suche. Du bist wie der große Unsichtbare, Mickey. Ich habe den ganzen Tag versucht, dich im Laden anzurufen.«

»Ja? Nun, du hast mich gefunden.«

Mickey O'Shay war betrunken. Und mehr als das – John erkannte deutlich, dass er kurz zuvor etwas durch die Nase gezogen oder sich in den Arm gespritzt hatte. Er hatte genügend Drogenabhängige gesehen, sowohl im Dienst als auch in seiner Jugend in Brooklyn, um die tief liegenden Augen und zitternden Wangen derjenigen zu erkennen, die sich gerade auf dem Trip befanden.

»Hat Irish dir gesagt, dass ich hier bin?«, fragte Mickey.

»Wer?«

Mickey schüttelte den Kopf und blinzelte mit den Augen. »Vergiss es. Was willst du?«

»Werden deine Freunde nicht sauer, wenn du sie so ignorierst?«

»Mach dir um die keine Sorgen. Was willst du von mir?«

John nahm sein Bier und stand von seinem Hocker auf. »Komm mit«, sagte er und ging zu einer Sitzecke im hinteren Bereich des Pubs.

Mickey schob sich vom Tresen weg und schaffte es auf wundersame Weise, den Weg zur Sitzecke zu bewältigen, ohne auf die Nase zu fallen. Mickeys Jungs an der Bar brüllten etwas im Chor, kippten jeder einen Whiskey und riefen Mickey hinterher, er würde sie im Stich lassen. Ohne sie einer Antwort zu würdigen, hob Mickey lediglich eine Hand mit der Innenfläche nach außen, wobei er John nicht aus den Augen ließ. Die Kapuzen am anderen Ende der Bar brachen in noch mehr Gelächter aus und bestellten eine weitere Runde Whiskey.

Mickey setzte sich John gegenüber, der sich gerade eine Zigarette mit der Kerze auf dem Tisch anzündete. Er sah Mickey über die Flamme der Kerze hinweg an und hob die Augenbrauen.

»Willst du eine?«, bot er an.

Mickey leckte sich die Lippen. »Her damit.«

Egal ob jemand großartig oder unbedeutend war, ein Objekt zu übergeben, schuf unbewusst eine Hierarchie zwischen zwei Menschen. John, der sich dessen wohl bewusst war, reichte Mickey bereitwillig eine seiner Zigaretten. Während Mickey daran zog, hielt er ihm die Kerze vor das Gesicht und zündete ihm die Zigarette an. Die Flamme zeichnete sein Gesicht nach, auf dem sich deutliche Erleichterung breitmachte.

»Ah«, seufzte Mickey und nahm einen tiefen Zug. Mit den Fingern schob er sich die Haare aus dem Gesicht.

»Alles in Ordnung?«, fragte John. »Du siehst gar nicht mal so gut aus.«

Mickey nahm einen weiteren Zug. Seine Augen waren tiefe Höhlen in seinem Schädel. »Also, was ist los?«

»Ich bin dabei, dir einen Gefallen zu tun«, sagte er. »Mir ist einfach so eine Gelegenheit in den Schoß gefallen, und ich mache dir ein Angebot, bevor ich andere frage.«

»Worum geht es?«

»Ich habe dreißig Kisten kanadischen Whiskey. Wirklich gutes Zeug. Hab mir gedacht, du und deine Freunde könnten daran interessiert sein ...«

»Woher hast du das Zeug?«

»Aus Kanada. Ist doch scheißegal, wo es herkommt.«

»Wie viel willst du?«

John zuckte mit den Schultern und nahm einen Zug von seiner Zigarette. »Hundert Dollar pro Kiste. Dreitausend für alles zusammen. Was hältst du davon?«

Der blasse Rauch seiner Zigarette strömte aus Mickeys Mund, der sich langsam die Hände rieb. Es wirkte wie die Parodie einer Handlung in Zeitlupe. Hinter ihm an der Bar prosteten sich seine Kumpels zu und kippten einen weiteren Whiskey hinunter.

»Der ist so gut?«, fragte Mickey.

»Das ist weniger als der halbe Preis. Erkundige dich.«

»Klingt gut«, sagte Mickey. Seine toten Augen starrten John durch eine dicke Wolke Zigarettenrauch an. »Das ist ein guter Preis. Willst du mit einer anständigen Menge Blüten bezahlt werden?«

John überlegte, dann schüttelte er den Kopf. »Nein«, sagte er. »Dieser Deal ist für jemand anderen. Ich brauche Cash.«

»Ich kann dir morgen Bescheid sagen.«

»Lass dir nicht zu viel Zeit«, sagte er. »Das Zeug wird nicht lange rumliegen.«

John konnte fast hören, wie sich die Rädchen in Mickey O'Shays Kopf drehten.

Mal sehen, wie weit du ihn vor dir hertreiben kannst, sagte eine kleine Stimme, die auf einmal in Johns Kopf auftauchte. *Er ist gerade so durchgeknallt wie eine kaputte Sicherung. Mal sehen, was sonst noch aus ihm herauszubekommen ist ...*

»Na los, ich gebe dir und deinen Freunden eine Runde aus.«

Mickey nahm den letzten Zug von seiner Zigarette, warf den Stummel auf den Boden und trat ihn mit dem Fuß aus. Beiläufiger als John es erwartet hätte, drehte Mickey sich um, um einen Blick auf die laute Gruppe am anderen Ende des Raumes zu werfen. Er sog einmal abschätzig Luft in die Nase, wandte sich wieder John zu und sagte: »Das sind nicht meine Freunde.«

»Ich spendiere ihnen trotzdem ein Bier.«

Die unscheinbare Spur von Zugänglichkeit, die er gerade noch in Mickeys toten Augen wahrgenommen hatte, war jetzt verschwunden. Der Mann, der seinen Blick erwiderte, war wieder der kalte, unempfängliche Kriminelle, der er bei all ihren bisherigen Treffen gewesen war. Welche Tür auch immer John einen Spaltbreit geöffnet zu haben glaubte, war ihm gerade vor der Nase zugeschlagen worden.

Mickey sagte nichts mehr. Er stand einfach auf, wobei sein fettiges Haar vor sein Gesicht fiel wie ein Schleier, und blieb eine beunruhigend lange Zeit über den Tisch gebeugt stehen. Seine Augen waren wieder hart und klar wie Glas, nüchtern, wachsam ... und misstrauisch. Kreditnehmer oder Kreditgeber – auf einmal schien nichts davon noch wichtig zu sein. Alles in allem meinte John, den Ausdruck auf Mickeys Gesicht zu erkennen, wenn auch nur für einen kurzen Moment.

Dann wandte sich Mickey ab und schlenderte zurück an die Bar. Als er wieder zu seiner Gruppe stieß, schlug ihm einer der Jungs auf den Rücken, während ein Zweiter in einem weinerlichen Sopran ein Lied zu singen begann, das wie ein altes irisches Trinklied klang.

Und plötzlich dämmerte ihm, wo er Mickeys Gesichtsausdruck schon einmal gesehen hatte...

Bei *sich selbst.*

Es war der verhärtete, skeptische Blick eines Jungen von der Straße.

❧

John war fast wieder zu Hause, als sein Telefon klingelte. Es war Mickey.

»Lass uns das Geschäft machen«, sagte Mickey. Seine Stimme klang flach. John konnte den Wind in den Hörer von Mickeys Telefon pfeifen hören. »Halt dein Zeug bereit. Ich rufe dich morgen an und sage dir, wo du es hinbringst.«

John schaute auf die Uhr des Autos. Es war kurz vor elf Uhr.

»Das ging ja schnell.«

»Du hast gesagt, du willst die Sache ins Rollen bringen«, sagte Mickey. »Also lass uns loslegen.« Mit einem dumpfen Klick legte Mickey auf.

Irgendwie war mir von Anfang an klar, dass das eine lange Nacht werden würde, dachte er und wählte Kershs Nummer, die er auswendig kannte. Es klingelte mehrmals, bevor eine müde Stimme murmelte: »Hallo?«

»Zieh dir die Schuhe an, Liebling«, sagte John. »Du gehst wieder mit mir aus.«

❧

JFK International ist als größter Flughafen New Yorks stets ein Ort der Hektik. Selbst mitten in der Nacht taumeln Menschen umher wie Patienten auf einer psychologischen Station, mit vor Schlafmangel unfokussierten Augen und mit Armen und Schultern, die mit Koffern, Kleidersäcken und braunen Einkaufstüten überladen sind. Als Kind war John von Flughäfen fasziniert gewesen, und er hatte es genossen, den Flugzeugen beim Abheben und Landen durch die großen Fensterfronten zuzusehen, die auf die Start- und Landebahnen hinausschauten. Damals waren sie nur selten am Flughafen gewesen, immer dann, wenn die wenigen Verwandten, die weiter weg wohnten, ihn und seinen Vater besuchten. Jetzt, als Erwachsener und Secret-Service-Agent, schätzte er Flughäfen nicht mehr für ihre Fähigkeit, den Geist noch nicht erwachsener Jugendlicher herauszufordern; der Zauber war gebrochen worden, als er zum ersten Mal nach Glynco, Georgia, fliegen musste, um seine Ausbildung beim Service zu beginnen.

Es war jetzt dunkel. Die Landebahnen waren bis auf die Linien aus Licht, die über ihre gesamte Länge verliefen, nicht von der Nacht zu unterscheiden. Während er darauf wartete, dass Kersh von der Toilette zurückkam, lehnte sich John gegen einen Stützpfeiler und sah in sich gekehrt durch die großen Fenster nach draußen. Er konnte sich selbst in der Reflexion des Fensters sehen, seine Arme vor der Brust verschränkt, seine Haare zu lang, und seine Haltung noch erschreckend ähnlich derjenigen des Jungen, der er einmal gewesen war. Er stand zu weit von seinem Spiegelbild entfernt, um die Details seines Gesichts ausmachen zu können, aber er war sich ziemlich sicher, dass er sogar noch wie dieser kleine Junge *aussah*. Ähnelte er seinem Vater? Und würde sein Sohn – sollte er einen Sohn *bekommen* – eines Tages aussehen wie er?

Kershs Spiegelbild erschien neben ihm. »Alles in Ordnung bei dir?«, fragte John.

»Oh Mann«, stöhnte Kersh. Er trug Hemd und Krawatte, und seine Hosenbeine endeten zu weit oberhalb der Socken. Kersh stützte sich mit einer verschwitzten Hand gegen den Pfeiler und nahm so etwas Gewicht von seinen Füßen. »Bei mir läuft es. Dünnschiss.«

»Warum zum Teufel hast du dir überhaupt ein Hemd und eine Krawatte angezogen?«

»Ich lege Wert auf gute Kleidung«, sagte Kersh und lehnte sich mit beiden Händen nach vorn gegen den Stützpfosten.

»Genau«, kicherte John, »ich vergaß.«

»John!«, rief eine Stimme über den Korridor.

»Rob«, sagte John und ging dem Mann entgegen. Auf halbem Weg trafen sie sich, und John drückte ihn mit einem Arm an sich. »Wie geht es dir?«

Robert Silvestri, die Hände in die Hüften gestemmt, wippte voller Energie auf und ab. »Alles bestens, Mann, alles bestens.« Er war groß und schlank, und seinen Kopf zierte feingelocktes, schwarzes Haar. Seine Augen waren dunkel und tiefgründig, sein Kiefer perfekt quadratisch.

»Rob«, sagte John, »das ist mein Partner, Bill Kersh.«

»Ist mir ein Vergnügen«, sagte Kersh, stemmte sich vom Stützpfosten ab und schüttelte Silvestri die Hand.

»Rob und ich sind in der gleichen Gegend aufgewachsen«, erklärte er. »Dieser Kerl hat den weitesten Home Run auf der Shore Road geschlagen, den ich je gesehen habe. Ich schwöre bei Gott, das Ding ist meilenweit geflogen. Ich glaube, den Ball hat bis heute niemand gefunden.«

Silvestri lachte. Er hatte ein starkes, maskulines Lachen, das gut zu seinem Gesicht und Körper passte. »Das liegt nur daran, dass du der lausige Hurensohn warst, der den Ball geworfen hat«, sagte Silvestri.

John schüttelte den Kopf und sagte zu Kersh, er solle dem Mann am besten keinerlei Aufmerksamkeit schenken.

»Dann kommt mal mit«, sagte Silvestri und ging den Korridor zurück. John und Kersh folgten, wobei Kersh etwas zurückfiel. »Du hast diesen Plan ganz allein ausgeheckt, Johnny?«

»Es war Kershs Idee«, antwortete John.

»Schieb nicht alles mir in die Schuhe, Kumpel«, murmelte Kersh von hinten.

»Sollte alles kein großes Problem sein«, fuhr Silvestri fort. »Ich habe ein paar Papiere, die ihr ausfüllen müsst, nur damit wir auf der sicheren Seite sind, aber das war es dann auch schon. Ein paar Jungs werden uns helfen, das Zeug aufzuladen. Die Flaschen sind in ordentlich schweren Kisten verpackt. Um die zu tragen braucht es wenigstens zwei Mann. Habt ihr euren Truck beim Hangar abgestellt, wie ich gesagt habe?«

»Steht gleich hier um die Ecke.«

»Haben euch die Wachleute Ärger gemacht?«

»Ja. Wir mussten sie erschießen.«

Silvestri brachte sie zu einer verschlossenen Doppeltür. Er schob einen großen Schlüssel in das Schloss, drehte ihn zweimal komplett um und stieß anschließend eine der Türen mit der Hüfte auf. Gegen die Tür gelehnt winkte er John und Kersh durch, wobei er Kersh aufmerksam musterte.

»Alles gut bei dir, Kumpel? Du siehst ziemlich grün aus im Gesicht.«

»Auf Flughäfen werde ich immer luftkrank«, sagte Kersh und stolperte durch die Tür.

Silvestri machte die Tür hinter ihnen zu und ließ den Raum in Dunkelheit versinken. Dann, nach einer Serie lauter Klicks, gingen nach und nach riesige Scheinwerfer an, die an der hohen Decke installiert waren. Sie fluteten den Raum, der sich als großer Frachthangar herausstellte, mit hellem Licht. Ein Gehweg aus Betonplatten zog sich durch den Hangar, den auf beiden Seiten große, übereinandergestapelte Holzkisten und mit Plastikfolie umwickelte Paletten säumten. Einige der Stapel reichen fast bis zur Decke und ragten wie kleine Hochhäuser vor ihnen auf. In einer Ecke stand ein Gabelstapler so groß wie ein Lkw, auf dessen Seite mit schwarzer Farbe der Schriftzug *The Old Heave Ho* aufgebracht war.

»Das ist ein Anblick, was?«, fragte Silvestri und kratzte sich beiläufig hinter dem Ohr. »Du glaubst kaum, was für einen Mist einige Idioten über die Grenze zu bringen versuchen. Nie im Leben hätte ich mir ausmalen können, wie viele verrückte Wege es gibt, Drogen in unser Land zu schmuggeln. Ich könnte dir ein paar Geschichten erzählen.«

Zwei kräftig aussehende Männer kamen hinter einem Turm aus Holzkisten hervor. Auf ihren Augenbrauen sammelte sich schon der Schweiß, und auf ihren weißen Poloshirts zeichneten sich gelbe Flecken unter den Achseln ab. Einer der beiden – ein dunkelhäutiger Kerl mit schlechten Zähnen – trug über einen Arm gehängt einige Tragegurte.

»Hey, Jungs«, rief Silvestri. »Jerry, machst du uns das Tor auf?«

Jerry, der Mann, der keine Gürtel mit sich herumtrug, winkte mit einem Finger in Silvestris Richtung und eilte auf die andere Seite des Hangars.

Der dunkelhäutige Typ näherte sich und verteilte die Gurte an die drei Neuankömmlinge.

»Mein Kumpel hier wird eine Nummer größer brauchen«, sagte John und pikste mit einem Finger in Kershs Bauch.

»Jetzt ist kein guter Zeitpunkt, mich an der Stelle zu piesacken, Mavio«, sagte Kersh. »Eine ungesunde Explosion könnte diese Hose zerfetzen.«

An der Vorderseite des Hangars begann das große Tor nach oben zu fahren, begleitet vom Geräusch knirschender Zahnräder. Kalte Nachtluft drängte herein.

»Ich zeige dir das Zeug«, sagte Silvestri und legte den Tragegurt um. Er führte sie zu einer Pyramide unbeschrifteter Holzkisten, die nur ein wenig höher als ihre Köpfe gestapelt waren.

John pfiff durch die Zähne. »*Wunderschön.*«

Mit gebeugtem Rücken, seinen Gurt über eine Schulter gehängt, sagte Kersh: »Als ich mir diese Szene in meinen Träumen ausgemalt habe, waren es bei Weitem nicht so viele gewesen ...«

Über ihnen kam das riesige Tor des Hangars scheppernd zum Stillstand.

»Willst du den Whiskey sehen?«, fragte Silvestri, ging um die Pyramide herum und nahm eine große Brechstange von einer Werkzeugwand. Er drückte das verjüngte Ende der Brechstange unter den Deckel einer der Kisten und begann ihn aufzuhebeln. Mit zusammengebissenen Zähnen und rot anlaufendem Gesicht gelang es ihm schließlich, den Deckel aufzubekommen. Aus dem Inneren der Kiste starrten die Korken mehrerer dicht an dicht gepackter Literflaschen Whiskey an die Decke.

»Das ist eine verdammt ordentliche Menge Alkohol«, staunte John. Er ging durch das Tor des Hangars nach draußen, entriegelte die Rolltür zum Laderaum des Ryder-Trucks und schob sie auf.

Kersh beugte sich über eine der Kisten und ließ seine Hände um die untere Kante herumwandern, bis er die beste Stelle zum Anpacken gefunden hatte. »Für diese Dinger hier braucht man mindestens zwei Mann, oder was meint ihr?« Er schnaubte, richtete sich auf und versuchte, die Kiste hochzuheben. Es gelang ihm, die Kiste ein wenig anzukippen, aber sie war deutlich zu schwer für Kersh, um sie allein zu tragen.

John kam in den Hangar zurück. Mit zwei Fingern klopfte er Kersh auf die Schulter. »Lass das die jungen Kerle machen. Das halten deine Knochen nicht aus.«

Kersh stand da und atmete schwer. Er kratzte sich an der Schläfe. »Ich sollte mich darüber mit dir streiten«, sagte er, »aber das werde ich nicht tun.« Er drehte sich um, ging zu einer metallenen Trittleiter und setzte sich auf die oberste Stufe.

»Okay«, sagte John und klatschte in die Hände. »Diese Kisten bewegen sich nicht von allein.«

»Zwei Jungs pro Kiste«, ordnete Silvestri an, dessen Hemd im Wind flatterte. »Die sind verdammt schwer.«

Mit Silvestris Hilfe hob John die erste Kiste auf die Ladefläche des Ryder-Trucks. Bill Kersh sah ihnen von seinem neuen Aussichtspunkt aus zu.

Ungefähr fünfundvierzig Minuten später taumelten sie mit Blasen an den Händen, schwitzend und mit schmerzenden Rücken und Knien auf den Asphalt vor dem Hangar und sogen begierig die frische Winterluft ein. John zwinkerte Kersh zu und ließ seine Schultern in gespielter Erschöpfung herunterhängen ... aber Kersh erkannte in den Augen des jungen Kollegen, dass dieser mehr denn je bereit war, loszuschlagen.

Geduld, Junge, dachte Kersh und zwinkerte zurück.

Um sie herum begann es zu schneien.

KAPITEL 23

Der Geruch nach Formaldehyd und antiseptischer Handseife durchdrang das Bürogebäude von Morton Cheever, dem Gerichtsmediziner des Distrikts. Der Flur war nüchtern gehalten, mit Bodenfliesen in der Farbe von Hustenschleim und knochengrauen Wänden. Die Leuchtstoffröhren an der Decke funktionierten nie alle gleichzeitig, immer gab es mindestens eine Röhre, die ausgefallen war. An der Wand unmittelbar gegenüber eines leer stehenden verglasten Untersuchungsraums waren ein paar metallene Klappstühle aufgereiht. Durch die verschmutzten, teilweise zersprungenen Fenster fielen einige Strahlen Tageslicht herein.

Detective Sergeant Dennis Glumly stand vor einem quadratischen Korbtisch, der in der Mitte des Raumes stand und mit Zeitschriften und – allen voran – Malbüchern überquoll. An der Wand gegenüber hing auf Augenhöhe ein Kalender mit verspielten Kätzchen. Es war Morton Cheevers Art, einen kleinen Witz zu machen und zumindest das Vorzimmer zu den Räumen des Gerichtsmediziners wie das Wartezimmer eines normalen Hausarztes aussehen zu lassen ... oder sogar wie einen Kindergarten. Morton Cheever, so viel wusste Glumly, war ein Mann, der schräge kleine Witze liebte.

Cheever begrüßte ihn vor dem Raum, in dem die Autopsien durchgeführt wurden. Sein beleibter, aber kleiner Körper war in einen weißen Laborkittel gehüllt. Um den Hals trug er eine bunte Krawatte mit Weihnachtsmotiven, deren untere Hälfte mit noch nicht ganz eingetrockneten Flüssigkeiten besprenkelt war, über die Glumly nicht nachdenken mochte. Sein linkes Auge blinzelte so schnell wie der Flügelschlag eines Kolibris, als Cheevers rechte Hand hervorschoss und Glumlys Hand packte. Er drückte zweimal fest zu und rieb sich dann immer wieder mit einem Finger im Auge.

»Na, was treibst du so, Dennis?«

»Alles easy. Was zur Hölle ist mit deinem Auge los?«

»Habe ... Pulver verschüttet ... und etwas davon ... in mein Auge bekommen – *verdammt!*«

Er blinzelte zweimal, riss beide Augen weit auf und starrte Glumly direkt an.

»Sieht ganz schön rot aus«, sagte Glumly.

»Und es schmerzt.« Tränenflüssigkeit lief aus dem Auge und Cheever blinzelte mehrmals. »Patricia geht es gut?«

Glumly nickte. »Sie ist gut beschäftigt. Hat letzte Woche mit einem Yoga-Kurs oder so etwas angefangen. Eine unserer Nachbarinnen hat sie dazu überredet. Die Hälfte der Zeit sehe ich sie jetzt nur in Stretchhose und Stirnband. Ich sage ihr immer wieder, dass sie kein Geld ausgeben muss, um sich gesund zu fühlen. Sie könnte auch einfach nach draußen gehen und eine Runde um den Block laufen. Sport muss nichts kosten. Danke übrigens, dass du mich angerufen hast, Mort.«

»Wart's ab«, sagte Cheever, drehte sich um und führte Glumly weiter den Flur entlang, bis sie vor dem Autopsieraum standen. »Du bist mir vielleicht nicht mehr so dankbar, wenn du gesehen hast, in welchem Zustand dieser Kerl ist.«

Der Raum war klein und schlecht belüftet. Der Geruch traf Glumly wie ein Schlag ins Gesicht und war heftig genug, um ihn zurückzucken zu lassen. Ohne sich zu ihm umzudrehen nahm Cheever ein Glas Vick's Vaporub und hielt es Glumly mit einer dicklichen Hand hin.

»Danke«, murmelte der Detective und rieb sich rasch eine Fingerspitze Vick's unter jedes Nasenloch. »Wie hältst du das nur aus?«

»Es ist wahrscheinlich wie bei den Reinigungskräften im Bronx Zoo«, sagte Cheever. »Nach einer Weile gewöhnst du dich daran.«

In der Mitte des Raumes standen einige Tische aus Edelstahl, von denen die meisten leer waren. Auf dem Tisch, der ihnen am nächsten war, zeichnete sich unter einem fleckigen gelben Laken ein merkwürdiger Klumpen ab. Daneben stand ein kleinerer Tisch, auf dem ein schwindelerregendes Sammelsurium von Messern, Skalpellen und Spritzen lag.

»Ich habe keine Ahnung, was es ist«, sagte Cheever, während er sich ein Paar grüne Gummihandschuhe anzog. »Immer wenn es kalt ist, und immer um die Mittagszeit herum – so wie jetzt – bekomme ich dieses Kitzeln im Hals. Als würde mir immer wieder ein Tropfen

Wasser die Kehle hinunterlaufen, weißt du? Aber immer nur wenn es kalt ist, und nur am Mittag.«

»Du hast eindeutig zu viele Allergien für diesen Job«, sagte Glumly, während sein Blick über die Regale voller Arzneimittel und Gerätschaften strich. Cheevers mit Papierkram übersäter Schreibtisch war in die am weitesten entfernte Ecke des Zimmers verbannt worden. An der Wand hinter dem Schreibtisch hing eine größere Anzahl gerahmter Zeichnungen, die Cheevers Kinder gemalt hatten.

»Jillian hat mal versucht, mit mir dieses Amish-Country-Ding zu machen«, erzählte Cheever. Er durchsuchte das Regal neben dem Tisch und spähte unter verstreutem Papierkram und zusammengelegten Schürzen nach einem bestimmten Gegenstand. »Dieser Landstrich in Pennsylvania, weißt du? Sie hat sich ausgemalt, was für ein Erlebnis das wäre. Ohne Ablenkung durch moderne Technik die Landschaft erkunden, Ruhe, Entspannung. Fünfzehn Minuten, nachdem wir durch eine ländliche Gegend gefahren sind, die noch meilenweit von den Amish entfernt war, war mein Gesicht schon aufgequollen wie ein Ballon. Als hätte ich gerade zehn Runden mit Mike Tyson überlebt. Es war wirklich *übel*. Die Kinder dachten, ich übertreibe maßlos, und ich habe gesehen, wie Jillian versucht hat, ein Grinsen zu unterdrücken ... aber ich schwöre, es hat sich angefühlt, als hätten meine Nebenhöhlen ein bösartiges Eigenleben entwickelt. Das Landleben ist nichts für mich. Keine Ahnung, wie die Amish das hinkriegen. Mir kannst du jeden Tag unseren Smog und unsere verschmutzte, FCKW-haltige Luft verabreichen. Die gute Landluft kannst du behalten. Ah ... da bist du ja, du Miststück ...«

Cheever zog eine kleine Flasche Visine unter einem Bündel von Handtüchern hervor und steckte sie in die Brusttasche seines Laborkittels. Mit einem beinahe elegant aussehenden Schwenk auf den Fersen wandte er sich wieder dem zugedeckten Klumpen auf dem Tisch zu. Er winkte Glumly mit einer Handbewegung zu sich.

»Und hier ist unser Mann der Stunde«, rief Cheever und zog das gelbe Laken zurück wie ein Zauberer auf dem Höhepunkt seines größten Kunststücks.

»Ach du Scheiße«, murmelte Glumly.

Vor ihm auf dem Tisch aus rostfreiem Stahl lag ein teilweise verrotteter, nackter männlicher Torso. Das Wetter und hungrige Tiere hatten ihm stark zugesetzt. Das Gewebe sah kränklich blau aus und hatte eine aufgeschwemmte Textur, die an ein feuchtes Mulltuch erinnerte. Tiefe Schnittwunden, die bis hinunter in den Beckenbereich verliefen, legten die Rippen des Torsos offen. Anstelle der Genitalien fand sich nur noch eine schwammartige Masse verwüsteten, schwarzfauligen Gewebes. Der Kopf und die Gliedmaßen waren abgetrennt worden, die Wundflächen geronnen und schwarz von getrocknetem Blut. Weißliche Knochenstummel ragten aus den Wunden hervor. Glumly musste an einen Vorfall in seiner Schulzeit denken, als ein Kind die Tribüne in der Sporthalle heruntergefallen war und sich dabei der Ellenbogenknochen durch das Fleisch des Armes gebohrt hatte.

»Ein gut aussehender Typ, oder?«, kommentierte Cheever. »Die Enthauptung war die Todesursache.«

Glumly zuckte innerlich zusammen.

»Die meisten Verletzungen, die du siehst, sind ihm post mortem zugefügt worden«, fuhr Cheever fort, »zweifellos von Ratten, Hunden und was auch immer sich an ihm gütlich getan hat, während er in diesem verlassenen Hinterhof lag. Diese verdammten Ratten machen sich immer über die Hoden her. Gut, der abgetrennte Kopf und die Gliedmaßen gehen natürlich nicht auf ihr Konto.« Cheever zeigte mit einem behandschuhten Finger auf die gezackten Schnittstellen in der Haut unterhalb der rechten Schulter. »Die Arme und Beine wurden abgehackt, wahrscheinlich mit einem schweren, eher stumpfen Gegenstand. Ich tippe auf eine Axt. Es muss auch ziemlich hastig zugegangen sein. Beim Kopf sieht es genauso aus.« Dann schob Cheever mit einem leicht schiefen Grinsen hinterher: »Bei *deinem* Kopf.«

»Also ein Volltreffer?«, fragte Glumly.

»Oh ja. Die DNA des Kopfes, den du gefunden hast, stimmt perfekt mit der des Torsos überein. Tut mir leid, das sagen zu müssen, aber das ist dann auch schon der *einzige* Treffer«, fügte er hinzu. Glumly musste Cheever nicht bitten, mehr ins Detail zu gehen – er wusste genau, was der Gerichtsmediziner meinte. Seit zwei Jahren tauchten Körperteile über ganz Manhattan verstreut auf, und die meisten waren noch immer nicht identifiziert.

»Gibt es irgendwelche besonderen Kennzeichen?«, fragte er.

»Da ist etwas Narbengewebe. Aber keine Tätowierungen oder Piercings oder etwas in der Art.« Cheever beugte sich über den Körper und kam dabei mit seinem Gesicht der Brust des Opfers erstaunlich nahe. Mit einem behandschuhten Finger drückte er auf zwei winzige, kreisförmige Einschnitte in der oberen Brusthöhle. Das Geräusch des nachgebenden Fleisches führte dazu, dass sich Glumly der Magen umdrehte. »Siehst du die beiden Stellen?«, fragte Cheever. »Einschusslöcher. Man hat ihm zweimal in die Brust geschossen.«

»Vorhin hast du gesagt, die Enthauptung wäre die Todesursache ...«

»Absolut, so ist es auch«, erwiderte Cheever. »Er wurde angeschossen, aber die Schüsse haben ihn nicht *getötet*. Einer hat den Aortenbogen gestreift. Nur ein paar Millimeter versetzt, und der Schuss wäre tödlich gewesen. Der andere hat erst die linke Lunge kollabieren lassen, ist dann hin- und hergeprallt, hat dabei ein paar Rippen angeknackst und sich dann in der linken Niere eingenistet. Kleinkalibergeschosse, aber sie haben höllischen Schaden angerichtet, als sie im Zickzack durch den Körper gerast sind. Ganz schön viele Knochen sind dabei draufgegangen. Ich habe auch den Rücken geöffnet. Möchtest du einen Blick hineinwerfen?«

»Dein Wort reicht mir völlig.«

»Selbst schuld«, sagte Cheever liebenswürdig.

»Die Kugeln waren noch im Körper?«

Cheever wies mit einem Daumen über seine Schulter nach hinten. »In der kleinen Tupperware-Box auf meinem Schreibtisch. Ich habe sie in eine Plastiktüte eingewickelt. Du solltest heute nicht den Fehler machen, aus Versehen mein Mittagessen mitzunehmen.«

Glumly durchwühlte das Chaos auf Cheevers Schreibtisch, bis er den durchsichtigen Kunststoffbehälter gefunden hatte. Er ließ den Deckel aufploppen und holte einen Plastikbeutel mit Reißverschluss heraus. Im Inneren des Beutels waren die beiden Geschosse zu sehen. Sie waren durch den Aufprall beschädigt und verformt. Trotzdem erkannte er, dass es Geschosse vom Kaliber .22 waren.

»Du sagst mir Bescheid, wenn du noch auf etwas anderes stößt?«, fragte er und stopfte die Plastiktüte in seine Hosentasche.

»Sicher, sicher«, sagte Cheever. Der kleine Mann ließ von der Leiche ab, drückte den Rücken durch und zog jeden Gummihandschuh mit einem hörbaren *Schnapp!* von seinen Händen. »Das erinnert mich daran«, sagte Cheever, »dass ich als kleines Kind einmal einen Finger gefunden habe. Ich spiele mit ein paar Freunden in einem schmutzigen Hinterhof und wühle in einem Berg Müll herum, wie Kinder das nun mal tun, und *Wham!* – auf einmal habe ich diesen Finger in der Hand. Ein gemeines, hässliches Teil – komplett wurmzerfressen und so weiter. Aber ich war fasziniert. Ich hatte keine Ahnung, wie er dorthin gekommen war, und habe meiner Familie kein Wort davon erzählt. Den Finger habe in meinem Zimmer in einem dieser Plastikaufsteller versteckt, in denen man sich einen signierten Baseball ins Regal stellen konnte. Ich hielt es für das großartigste Ding, das ich je gesehen hatte. Nach ungefähr einer Woche fiel der Nagel ab, und danach ging die Sache ganz schön schnell den Bach runter.« Die Hände in seine stattlichen Hüften gestemmt lächelte Cheever bei der Erinnerung und wippte mit seinen Schuhen aus Korduanleder auf dem Fliesenboden auf und ab. »Alles nur ein Scherz, Dennis. Als Kind habe ich Baseballkarten gesammelt.« Er warf seine Gummihandschuhe auf den Tisch und seufzte. »Alle denken, du musst ein verdammt schräger Vogel sein, um diesen Job freiwillig zu machen.«

»Wie kann man nur auf so eine Idee kommen?«, fragte Glumly.

KAPITEL 24

Mickey rief erst am nächsten Tag um fünf Uhr nachmittags an, sodass John sich die meiste Zeit des Tages Gedanken machte, ob er überhaupt anrufen würde. Er verstand Mickey nach wie vor nicht – im besten Fall *noch* nicht – aber das Treffen am letzten Abend im *Cloverleaf* war zumindest ein Hoffnungsschimmer. Zum ersten Mal hatte er Mickey O'Shay ungeschützt in seiner eigenen Umgebung erlebt. Er hatte immer an seine Fähigkeiten als Undercover-Agent geglaubt, aber manchmal – ganz egal, wie gut man seine Rolle spielte – blieben die Menschen misstrauisch. Das lag in der Natur der Sache. Meist bekamen sie nicht mit, dass man ein Spitzel war, und gingen einfach davon aus, man wäre genauso mies wie sie selbst und würde nur auf Zeit spielen, bis man sie übers Ohr haute. Aber wenn Gier als Motivation ins Spiel kam, und wenn diese Gier dazu führte, dass ein Schatz aus dem Verborgenen auftauchte, dann machte es ein gewisses Maß an beiderseitiger Zufriedenheit möglich, die dunkle Schatzkiste zu entriegeln. Der Deal, Mickey und seiner Gang dreißig Kisten Whiskey zu verkaufen, hatte ihn in ganz neue Höhen katapultiert.

Zumindest hoffte er das.

Als Mickey schließlich anrief, weigerte er sich, John die Details zum nächsten Treffen telefonisch zu geben. John stimmte sofort zu, sich unmittelbar auf den Weg nach Hell's Kitchen zu machen. Kersh wollte das volle Überwachungsarsenal aufbieten, aber irgendwie gelang es John, ihn zu überzeugen, die Sache auf kleinerer Flamme köcheln zu lassen. Überraschenderweise zeigte Kersh keinen großen Widerstand und erklärte sich bereit, John im Alleingang abzusichern.

Mickey hielt sich an der Straßenecke vor dem Süßigkeitenladen auf. Gegen das Münztelefon an der Straßenecke gelehnt beobachtete er mit scheinbar unbeweglichen Augen aufmerksam die vorbeifahrenden Autos. Der dichte Verkehr auf der Tenth Avenue ließ John keine Chance auf einen Parkplatz. Der leichte Schneefall der letzten Nacht hatte nicht zu Behinderungen in der Stadt geführt, aber er hatte ausgereicht, um die Straßen mit einer rutschigen Schicht aus Eisschnee zu überziehen. Er versuchte den Camaro direkt vor dem Süßigkeitenladen zu stoppen und überfuhr dabei beinahe den Bordstein. In kurzen Abständen pumpte er immer wieder mit dem Bremspedal, kam langsam zum Stehen und stieß die Beifahrertür für Mickey auf. Hinter ihm hupte ihn eine Frau in einem jägergrünen Lexus an.

»Beeil dich!«, rief er Mickey zu.

Mickey ließ sich langsam in den Wagen sinken, zog die Beine an und knallte die Tür zu.

»Ich kann nicht hier parken«, sagte er.

Mickey pochte mit einem Finger auf das Armaturenbrett. »Fahr einmal um den Block herum.«

Die Frau im Lexus hing noch immer über der Hupe, als John den Camaro zurück in den Verkehr lenkte und dann rechts auf die 54. Straße einbog. Hier war der Verkehr ebenso dicht, und er musste sofort nach dem Abbiegen in die Eisen steigen, um nicht einem der Stadtbusse ins Heck zu rauschen.

»Manchmal hasse ich diese gottverdammte Stadt«, fluchte er leise.

»Wie gut kennst du die West Side?«, war Mickeys erste Frage.

Nicht ein Wort darüber, dass John ihn im *Cloverleaf* überrascht hatte, nicht ein Wort darüber, wie besoffen er während ihres Gesprächs gewesen war. Es war, als säße eine andere Person neben ihm, ein alternativer Mickey O'Shay, ein Doppelgänger.

»Kommt darauf an«, antwortete er.

»Da ist eine Bar namens Pickernell's auf der 53. Straße, auf halbem Weg zwischen Tenth und Eleventh Avenue. Du kennst den Park da unten? Es ist direkt davor.«

»Okay.«

»Du hast einen Truck, richtig?«

»Einen gemieteten«, sagte er.

»Komm damit um acht vor die Bar. Ich werde draußen stehen und auf dich warten. Komm allein. Ich organisiere ein paar Jungs, die uns abladen helfen.«

»Ich bekomme mein Geld bei Auslieferung«, sagte er. Es war keine Frage.

»Du kriegst dein Geld«, sagte Mickey. »Halt den Wagen an.«
»Was?«
»Halt an.«

John fuhr an den Bordstein heran und schaffte es dabei ein weiteres Mal nur knapp, eine Kollision zu vermeiden. Mickey riss die Beifahrertür auf und schwang ein Bein auf den Bürgersteig. »Dieser scheiß Verkehr«, murmelte er und schlug die Tür hinter sich zu. John sah zu, wie er zurück in Richtung Tenth Avenue in der Menge verschwand.

Wie ich diesen Hurensohn hasse, dachte er.

Zurück im Büro stellten sie für das Treffen am Abend ein Team aus drei Agenten zusammen. Sie sahen sich den exakten Standort von Pickernell's auf einer überdimensionalen Karte der West Side an und planten die strategischen Positionen ihrer Überwachungsfahrzeuge. Es würde schwierig werden. Die Lage der Bar zusammen mit dem geringeren Verkehr so weit im Westen bot kaum Möglichkeiten, sich in Sichtweite zu postieren. Schließlich entschied Kersh, dass es das Beste war, ein Fahrzeug in der kleinen Gasse auf der 53. Straße gegenüber der Bar zu platzieren. Eine weitere Einheit aus zwei Agenten würde im Park zurückbleiben. John saß da und hörte zu. Die Kollegen so nah bei sich zu wissen bereitete ihm ein ungutes Gefühl, aber Kersh verteidigte die Positionen beider Einheiten vehement und war nicht geneigt, von seinem Plan abzuweichen.

Nach der Besprechung fand er Kersh grübelnd im Flur, in der Hand eine lauwarme Tasse Kaffee.

»Was ist los?«, fragte er.

»Ich glaube, wir sollten dich heute Abend verkabeln«, sagte Kersh und starrte auf seine Tasse herab.

»Auf keinen Fall.«

»Hör zu«, sagte Kersh und blickte auf. »Du gehst da heute Abend rein und erwartest, mit dreitausend Dollar von Mickey O'Shay wieder herauszukommen. Sobald er und seine Kumpels den Alkohol haben, was soll sie davon abhalten, die Dreitausend zu behalten und dir den Schädel wegzupusten?«

»Für lausige Dreitausend?«

»John, Mann, ich weiß nicht. Seit ich die Akten über Mickey und Kahn kenne, habe ich bei der ganzen Sache ein schlechtes Gefühl.«

»Ich trage kein Abhörgerät«, sagte er fest. »Wir müssen dreißig große Kisten entladen, und sie werden mich verdammt noch mal nicht herumsitzen und Däumchen drehen lassen, während sie die Arbeit allein machen. Ich kann nicht verkabelt sein und dabei körperlich arbeiten, Bill. Das ist lächerlich. Davon abgesehen«, fügte er hinzu, »ob verkabelt oder nicht – wenn sie vorhaben, mich abzuknallen, dann werden sie es so oder so tun.«

»Und was machst *du* dann?«

»Wenn ihr mich verkabelt, müssen auch die Kollegen näher dran sein, um eine Verbindung aufbauen zu können. Das machen wir nicht. Wir setzen nicht die Mission aufs Spiel.«

Es war nicht die Antwort, die Kersh hatte hören wollen. Doch sie entsprach den Tatsachen, das wussten sie beide.

❖

Gegen zehn Uhr kam er nach Hause und warf sich aufs Bett, als Katie gerade aus der Dusche kam. Eingehüllt in ein Handtuch hielt sie ihr Haar mit einer Hand nach oben und zuckte zusammen, als sie ihn auf dem Bett liegen sah.

»Was zum Teufel machst du hier?«, fragte sie nach Luft ringend. »Verdammt, hast du mich erschreckt ...«

»Überraschung!«, sagte er und grinste. »Ich habe nur ein paar Stunden.«

»Dann gehst du wieder raus?«

Er nickte.

»Ich hasse das«, sagte sie und ging zum Schrank.

»Zieh dich nicht an«, sagte er zu ihr. »Komm her.«

Lächelnd ließ sie das Handtuch von ihrem Körper fallen und eilte ins Bett, noch etwas unsicher mit der neuen Form ihres Körpers. Er umarmte sie, küsste sie und barg ihren Kopf an seiner Brust. Ihr Duft war sauber und stark, unbestreitbar weiblich, und er durchdrang seine Nase und seine Lunge mit wilder Intensität. Und doch ... sein Kopf war nicht ganz an diesem Ort. Immer wieder sprang er zwischen ihr und den Ereignissen *da draußen* hin und her, machte einen Abstecher zu Mickey O'Shay und den anderen Dead End Kids.

»Ich habe Dad gefragt, ob ich bei ihm im Haus bleiben soll«, sagte sie.

»Und?«

»Er hat Nein gesagt. Er meinte, du wärest sonst einsam.«

»Was hast du ihm erzählt?«

»Die Wahrheit. Dass du sowieso nie zu Hause bist.«

»Es ist bald vorbei«, versprach er und küsste sie auf die Stirn. »Geht es ihm gut?«

»Hm ...« Sie war schon halb eingeschlafen.

Noch einmal küsste er sie auf die Stirn. Hielt sie an sich gedrückt, spürte der sanften Rundung ihres Bauches an seiner Seite nach.

Sobald er sich sicher war, dass Katie schlief, zog er sich aus dem Bett und schlich in den Flur hinaus, um im Dunkel unruhig hin und her zu laufen, bis es Zeit war zu gehen.

KAPITEL 25

Die Straßen waren dunkel und ruhig. Je näher er den Piers kam, umso mehr wurde er sich bewusst, dass er den Rest der lebendigen Welt hinter sich ließ. Die Fahrerkabine des Ryder-Trucks roch übel, ohne dass er genau sagen konnte, wonach. Die Vinylsitze waren eingerissen, und der herausklaffende gelbe Schaumstoff erinnerte an Organe, die aus einem verstümmelten Körper hervorquollen. Jemand hatte drei Pennies auf das Armaturenbrett des Lieferwagens geklebt, wobei alle drei Lincolns nach oben blickten.

Weiter vorn sah John den immer dünner werdenden Verkehr auf der Eleventh Avenue. Neben der Straße tauchte wie ein dunkler Tintenfleck im Grau der Umgebung der Dewitt Clinton Park auf. Beim Vorbeifahren beobachtete er durch die schmutzige Windschutzscheibe die vorübergleitenden Backsteingebäude am Straßenrand. Die Nacht draußen war kalt, schwarz und reglos. Ab und an landeten ein paar Schneeflocken auf der Windschutzscheibe, die rasch wieder schmolzen. Die Heizung arbeitete laut auf höchster Stufe.

Wie Mickey versprochen hatte, tauchte auf der gegenüberliegenden Seite des Parks auf halbem Weg in die ruhige 53. Straße eine schwarze Markise auf, die sich bis über den Bordstein erstreckte. Darunter hing in einem schmalen Fenster – dunkel und vorahnungsvoll – ein unbeleuchtetes Neonschild mit dem Schriftzug *Open*, und auf der Glasscheibe war in gelben Buchstaben das Wort *Pickernell's* aufgebracht. John trat vorsichtig auf die Bremse und spürte, wie der Truck langsam zum Stehen kam. Er stellte den Ganghebel auf die Parkposition, schaltete die Scheinwerfer aus und blieb sitzen. Der Motor tuckerte im Leerlauf. Aufmerksam beobachtete er die Straße. Auf der Eleventh Avenue fuhren gelegentlich Fahrzeuge an der Kreuzung zur 53. Straße vorbei. Zu seiner Rechten, dem Pickernell's gegenüber, befanden sich eine müllübersäte Gasse und ein eingezäunter Autoteilehandel. Irgendwo dahinten war Kersh und behielt die Bar im Blick.

Die Uhr des Trucks zeigte 2:02 A.M. Er pustete in seine Hände um sie warm zu halten, verlagerte sein Gewicht auf dem Fahrersitz und sah in den Seitenspiegel. Die Straße hinter ihm war leer. Sogar mit geschlossenen Fenstern konnte er den Verkehr auf der Eleventh und Tenth Avenue hören.

Plötzlich tauchte Mickey auf der anderen Seite des Zauns des Autoteilehändlers auf. Im Mondlicht sah er aus wie eine Erscheinung. Unbeweglich stand Mickey für einen Augenblick da. Die Finger seiner linken Hand umklammerten den Drahtzaun. Dann öffnete er ein Tor im Zaun und schlurfte in seinen Stiefeln mit gesenktem Kopf über die Straße. Das rote Auge einer Zigarette glühte in der Dunkelheit.

Mickey riss die Beifahrertür des Trucks auf und kletterte in die Kabine. »Auf geht's«, sagte er zu John, nachdem er die Zigarette zwischen zwei Fingern aus dem Mund genommen hatte.

John legte den Gang ein. »Wohin?«, fragte er.

Mickey zeigte zur Eleventh Avenue. »Fahr dort lang, dann links weg.«

Er nahm seinen Fuß von der Bremse und rollte die 53. Straße entlang, immer auf die Eleventh Avenue zu. Insgeheim hoffte er, dass Kersh äußerst vorsichtig vorgehen würde, sollte er sich dazu entschließen, ihnen zu folgen ... was er wahrscheinlich tun würde, nahm John an.

»Wohin fahren wir?«, fragte er und bog durch eine Lücke im Verkehr auf der Eleventh Avenue links ab.

»Fahr einfach«, sagte Mickey, der nicht in der Stimmung für eine Plauderei zu sein schien. »Ich sage dir, wenn du abbiegen sollst.«

Zu ihrer Rechten zog der sich in die Dunkelheit ausbreitende DeWitt Clinton Park vorbei.

»Ich hoffe, du hast ein paar Jungs dabei«, sagte er zu Mickey. »Das Zeug ist verdammt schwer.«

»Dafür ist gesorgt«, versprach Mickey und rauchte weiter seine Zigarette. Er öffnete das Fenster einen Spalt breit, blies den Rauch hinaus und schnippte den Stummel hinterher. Dann zeigte er mit dem Daumen nach rechts und deutete auf eine der Seitenstraßen, die hinunter zum West Side Highway und den Piers führte. »Hier biegst du ab.«

John drehte am Lenkrad und die Reifen glitten über eine vereiste Stelle. Diesen Abschnitt der West Side kannte er nicht. Zu allem

Überfluss hatte er die Ausschilderung übersehen, sodass er nicht mehr wusste, auf welcher Straße oder in welcher Gegend sie genau waren. Um sie herum schien die Nacht plötzlich dunkler geworden zu sein. Die Straße war kaum breit genug für den Truck. Auf beiden Straßenseiten drängten sich zweistöckige Backsteinbauten aneinander wie Obdachlose, die verzweifelt versuchten, sich warm zu halten. Andere Autos waren nicht zu sehen, obwohl er hören konnte, wie die Fahrzeuge auf der Avenue in beide Richtungen brummten. Die Geräusche schienen von weiter her zu kommen.

»Jetzt langsam«, sagte Mickey. Vor ihnen auf der rechten Seite lag ein kleiner, eingezäunter Parkplatz, der zwischen zwei maroden, ungenutzten Gebäuden eingezwängt war. Das Tor stand offen, und Mickey bedeutete ihm, den Truck hindurch zu fahren. Mit einem Blick in den Seitenspiegel sah John nach, ob Kersh ihnen in diese Straße gefolgt war – er war nirgends zu entdecken – und befolgte die Anweisung.

Der Truck hüpfte über eine Bordsteinkante und wurde durchgeschüttelt, sein Fahrgestell rasselte wie donnernder Applaus.

»Bis ganz zum Ende«, sagte Mickey und wies mit dem Kinn zum hinteren Ende des Parkplatzes. Das Grundstück endete an einem brüchigen Zaun aus Holzlatten, der mit Unkraut, Ranken und wildem Gebüsch überwachsen war. Linkerhand befand sich eine weiß getünchte, gemauerte Garage, die sich an die Rückseite eines der Läden klammerte. Das metallene Garagentor war übervoll mit Graffiti.

Mickey wies ihn an, den Truck zu wenden und rückwärts vor das Garagentor zu fahren.

»Was ist mit Pickernell's?«, fragte er.

»Was?«, gab Mickey zurück. »Ich habe lediglich gesagt, dass ich dich dort treffen würde.« Er öffnete die Beifahrertür und sprang hinaus. »Los geht's.«

John machte den Motor aus und kletterte aus der Fahrerkabine, wobei er sich wieder vor Kälte die Hände rieb. Eine einzelne Straßenlaterne auf der anderen Seite des Holzzauns bot minimales Licht. Mickey war auf der anderen Seite des Trucks; nur sein Schatten, lang und merkwürdig auf dem Asphalt verzerrt, war zu sehen.

Plötzlich drängte sich Bill Kershs Warnung in Johns Gedanken nach vorn: *Sobald du ihm und seinen Kumpels den Whiskey gebracht hast, was soll sie davon abhalten, die Dreitausend zu behalten und dir den Schädel wegzupusten?* Kershs gespenstische Stimme kam an die Oberfläche wie eine weiße Fahne auf dem Schlachtfeld. Doch anstatt die Warnung in seinem Kopf abzuschütteln, benutzte er sie, um sich starkzumachen, um Kraft und Macht aus ihr zu ziehen und sein Selbstvertrauen aufzubauen. Um seinen *Willen* aufzubauen. Er dachte nicht an den Tod, dachte nicht an seine Frau und seinen Vater und sein ungeborenes Kind. In diesem Moment dachte er nur an Mickey O'Shay und sich selbst. Und an die Pistole, die in seiner Jacke verborgen war. Nichts anderes war wichtig, nichts anderes existierte. Er verstand die Flüchtigkeit der Zeit, hatte sie sogar bei der Schießerei in Deveneaus Klub selbst erlebt. Aber jetzt wurde sie ihm zum ersten Mal richtig *bewusst*: Dass das Hier und Jetzt eine flüchtige, lächerliche, unmögliche Sache war, die dich entweder töten oder dein Leben verschonen konnte. Ein Augenblick des Zögerns konnte den Unterschied zwischen einem heißen Bad oder einem Transport in einem Leichensack ausmachen. Vor seinem inneren Auge spielte sich erneut die Szene ab, wie der Albino hinter der Bar zusammengesackt war, seine Augen plötzlich leer und ausdruckslos, und wie sich sein Griff um Tressa Walkers Hals abrupt gelöst hatte. Er hatte Kersh beruhigt – oder es wenigstens versucht – indem er darauf bestanden hatte, dass Mickey und seine Gang nicht blankziehen und ihn töten würden ... aber tatsächlich glaubte er es selbst nicht richtig. In diesem Moment, in dem er auf dem Parkplatz stand und die vergängliche und relative Qualität der Zeit betrachtete, erschien ihm Mickey O'Shay verdächtiger und zweifelhafter denn je.

Mickey kam zur Rückseite des Trucks und zündete sich eine neue Zigarette an. Er klapperte mit den Zähnen vor Kälte. Er drehte sich um, was sein Profil vorübergehend ins Licht der einzelnen Straßenlaterne auf der anderen Seite des Zauns tauchte.

John, die Hände in die Taschen gesteckt, ging zu ihm. »Kann ich eine von dir schnorren?«

Mickey wühlte in seiner Manteltasche herum, bis er eine zerknitterte Packung Kools gefunden hatte. Er schüttelte eine heraus, und John zog sie aus der Packung und steckte sie zwischen seine Lippen.

Mit Mickeys Feuerzeug zündete er die Zigarette an und atmete tief genug ein, um seine Lunge mit Rauch zu füllen.

»Hammer«, murmelte er und atmete aus. »Zumindest sind meine Lungen jetzt warm.«

Ein Knall hallte über den Parkplatz, gefolgt von dem schleifenden Geräusch rostiger Zahnräder. Ein Streifen gelben Lichts fiel auf sie, als sich das metallene Garagentor nach oben bewegte. In dem sich verbreiternden Korridor aus Licht konnte John mehrere Beinpaare sehen, die sich in der Garage bewegten.

»Deine Jungs wissen, wie man Eindruck schindet«, murmelte er und nahm noch einen Zug von der Kool.

Durch das offene Garagentor schlenderten drei Männer auf den Parkplatz. Nur ihre Silhouetten, abgegrenzt durch das stumpfgelbe Hintergrundlicht aus der Garage, waren unscharf sichtbar.

Als sie näherkamen, erkannte er zumindest einen von Mickeys Jungs aus dem *Cloverleaf* wieder – einen kleinen, drahtigen Kerl mit hektischen Augen. Der Mann unmittelbar zu seiner Rechten war ein wenig kräftiger und hatte ein rundes, teigiges Gesicht, das oben in einer roten Strickmütze auslief. Der Dritte war größer als die anderen beiden, mit einem Gesicht, das irgendwie klarer definiert war. Die Augen lagen tief in seinem Schädel und schufen die Anmutung grüblerischer Bedachtsamkeit, und seine breite Brust zeichnete sich unter dem Pullover und der karierten Sportjacke ab. Während die anderen beiden perfekt in Mickey O'Shays Clique zu passen schienen, wirkte er ein wenig exzentrischer, etwas klüger, ein bisschen weniger aggressiv.

Mickey schnippte seinen Zigarettenstummel in die Nacht. »Jungs«, begrüßte er die beiden Männer, die hinter dem Größeren herauskamen. Dann wandte er sich John zu. »Das ist mein Partner, Jimmy Kahn.«

»Wie geht's?«, fragte John und drückte zweimal fest Jimmys Hand.

Jimmy musterte ihn von oben bis unten. »Schöner Truck.«

»Wart's ab, bis du siehst, was drin ist«, sagte er. Indem er Mickeys berühmtes Kopfnicken imitierte, deutete er auf die Garage. »Was ist das?«

»Gehört zum hinteren Bereich einer Bar«, sagte Jimmy. »Ein Lager.«

»Bevor wir weitermachen«, sagte er, »will ich sicher sein, dass wir uns beim Geld einig sind.«

»Dreitausend«, sagte Jimmy.

»Hast du sie dabei?«, fragte er.

Jimmy rieb sich mit einem Finger unter der Nase. »Hilf uns, den Scheiß abzuladen – dann kriegst du dein Geld.«

Ohne ein weiteres Wort wandte sich John ab, die Fahrzeugschlüssel klimperten in seiner Hand, und er ging zurück zur Fahrerkabine. Er spürte, dass ihre Augen auf ihn gerichtet waren. Jetzt hatte er ihre volle Aufmerksamkeit, und er sah sogar, wie sich Mickeys Schatten bewegte, als er die Fahrertür öffnete und hineinkletterte. Ohne Zögern ließ er den Motor an.

Mickey tauchte vor dem Fenster auf. »Was zur Hölle machst du da?«

»Wenn du das Zeug da hinten im Laderaum willst«, sagte er, »dann gibst du mir jetzt mein Geld.«

Lachend ging Mickey zwei Schritte zurück und ließ seine Arme locker herunterhängen. Er drehte sich zu Jimmy Kahn um und rief: »Hey, Jimmy! Dieser Typ will seine Kohle! Lass uns die Sache über die Bühne bringen!« Er hob seine Hand, die offene Handfläche auf John gerichtet. »Na komm schon.«

John machte den Motor wieder aus und sprang aus dem Fahrzeug.

»Hier«, sagte Jimmy und fischte aus seiner Jackentasche ein Bündel Geldscheine in einem bunten Plastikbeutel. Mit einer abrupten Bewegung hielt er John das Geld hin, wobei Jimmys Augen unbehaglich auf ihm lagen. Er nahm das Geld und öffnete den Plastikbeutel. »Ist das alles?«

»Dreitausend«, sagte Jimmy.

John grinste. »Ich hätte einen höheren Preis verlangt, wenn ich gewusst hätte, dass ich hier körperlich arbeiten soll.« Er warf Jimmy den Schlüssel des Lastwagens zu, der ihn mit einer schwungvollen Handbewegung auffing.

Jimmy ging zur Rückseite des Trucks und schloss die Rolltür auf. Er winkte einem der beiden anderen Männer, ihm zu helfen. Zusammen schafften sie es, die Tür nach oben zu schieben. Jimmy blieb auf der Trittstufe unterhalb der Rolltür stehen und blickte für einige Sekunden in den Laderaum des Trucks, ohne ein Wort zu sagen.

»Also?«, begann John.
»Das sind alle dreißig?«, fragte Jimmy.
»Alle dreißig. Zähle sie.«
Jimmy blieb weiter auf der Trittstufe sehen und wandte sich an den dünneren der beiden namenlosen Männer. »Hol mir einen Hammer und einen Schraubenzieher aus der Garage«, befahl er dem Handlanger, der sich daraufhin umdrehte und nach hinten eilte.

Wie viele Jungs mögen für sie arbeiten?, fragte er sich. Allein durch seine Präsenz war offensichtlich, dass Jimmy Kahn die Ansagen machte – und doch hatte Mickey ihn als Partner bezeichnet. *Diese beiden Blödmänner sollen die Köpfe hinter der ganzen Operation sein?* Er hatte die perfekt gefälschten Banknoten vor Augen, frisch gedruckt und mit Banderolen versehen. Druckten sie das Geld selbst? *Und Irish,* erinnerte er sich. *Vergiss nicht, dass Mickey an diesem einen Abend eine Person namens Irish erwähnt hat.*

Der dürre junge Mann kehrte mit einem Hammer und einem großen Schraubenzieher mit flachem Kopf zurück. Er gab Jimmy die Werkzeuge, der das dünne Ende des Schraubenziehers im Spalt unter dem Deckel der Kiste ansetzte. Sobald der Schraubenzieher richtig platziert war, schlug er mit dem Hammer auf das hintere Ende und trieb ihn tief unter den Deckel. Der Spalt wurde größer, Holz knarrte und zersplitterte. Einen Moment später brach der Deckel der Kiste ein Stück auf.

Jimmy ließ die Werkzeuge auf den Boden fallen, schob einen Finger unter den Deckel und hob ihn an. Dabei zog es die Nägel aus dem Gehäuse, und mit einem Ruck nach oben gelang es ihm, den Deckel vollständig zu lösen. Auch den Deckel warf er auf den Boden, ohne ihn weiter zu beachten.

»Eins, zwei, drei ...« Er zählte die Flaschen in der Kiste, beugte sich dann nach vorn und holte eine heraus. Die Flasche mit einer Hand am Hals haltend ließ er die bernsteinfarbene Flüssigkeit in der Flasche kreisen, während er das Etikett begutachtete.

»Sieht gut aus«, sagte Mickey, der sich neben John gestellt hatte.
»Ist mir scheißegal, wie es *aussieht*«, murmelte Jimmy und schraubte die Flasche auf. Er nahm zwei große Schlucke, zuckte zusammen

und entblößte die Zähne. Dann schraubte er sie wieder zu, nickte zu sich selbst und warf sie Mickey zu.

Mickey nahm ebenfalls einen Schluck und machte dann das gleiche Gesicht wie Jimmy. Er wischte sich den Mund mit dem Ärmel seines Mantels ab und sagte: »Das Zeug schmeckt wie *Pisse!*« Dann lachte er scharf auf und stieß dabei eine kleine Dampfwolke aus, die sich im Nachtwind verlor. »Nein, nein«, sagte er, »es ist wirklich gut.«

»Es ist gut«, wiederholte Jimmy und sprang vom Truck herunter. »Kanadischer Whiskey. Guter Deal. Woher kommt das Zeug?«

»Kanada«, sagte John.

Jimmy grinste mit dem rechten Mundwinkel. »Nein«, sagte er, »das meine ich nicht.«

»Schon klar. Aber was macht das für einen Unterschied?«

»Das ist dein Deal?«, fragte Jimmy.

»Zum größten Teil.«

Die Hände in die Hüften gestemmt ging Jimmy zurück zur Ladefläche des Trucks und rechnete. »In Ordnung«, sagte er schließlich, »lasst uns den Scheiß reinbringen und an der hinteren Wand stapeln.«

Die beiden Handlanger machten sich sofort ans Werk, kletterten in den Ryder-Truck und hoben eine der Kisten hoch.

»Sie sind schwer?«, rief Mickey ihnen zu, während er sich schon den zweiten oder dritten Schluck Whiskey genehmigte.

»Verflucht schwer«, antwortete der stämmige Mann, hielt die Kiste an einem Ende und kletterte rückwärts vom Truck herunter, wobei er fast den Halt verlor.

»Der Truck hat eine Rampe«, sagte John. »Klappt sie aus. Ihr brecht euch sonst noch die Knochen.«

»Scheiße«, murmelte der stämmige Kerl. »Lass die Kiste runter, Sean.«

John drehte sich um und beobachtete Jimmy und Mickey, wie sie zu einer Steintreppe neben der Garage gingen und immer wieder die Flasche Whiskey hin und her reichten. Gemeinsam bewegten sie sich wie Teile der gleichen Maschine, und jede Spur von Hierarchie, die John ursprünglich zwischen ihnen erkannt zu haben glaubte, war wie ausgelöscht. Jetzt sah er ganz deutlich, dass sie *tatsächlich*

Partner waren, halbe-halbe, genau in der Mitte. Ihre Körpersprache, die Vertrautheit, mit der sie sich nebeneinander bewegten, war eindeutig.

Sie setzten sich auf die Steintreppe und die Flasche wanderte wieder in Jimmys Hand. John wandte seinen Blick ab. Auf der Straße fuhr langsam ein Auto vorbei, und er hoffte, dass es nicht Kersh war. Aber das Auto hielt nicht an und fuhr weiter die Straße zu den Docks entlang.

»Stopp, stopp, sie rutscht mir aus der Hand!«, rief der Dünne – Sean – und sein Kompagnon kämpfte damit, die schwere Kiste unfallfrei auf den Boden zu bekommen.

»Wartet«, rief John und half ihnen, die Kiste vom Truck herunterzuheben. »Hier.« Er öffnete den Riegel direkt über der Stoßstange des Trucks und zog eine Stahlrampe unter der Ladefläche hervor. »Schiebt sie vorsichtig hinunter«, sagte er. »Und nichts zerbrechen.«

Sean zog die Kisten an die Rampe, und John und der stämmige Kerl – er stellte sich als Donny vor – trugen sie zusammen in die Garage. In der Garage, außerhalb von Mickeys und Jimmys Blickfeld, testete er Donny.

»Kennst du die Jungs schon lange?«

»Wen? Mickey und Jimmy? Irgendwie schon.«

»Sie sind gute Kerle, oder?«

Donny zuckte mit den Schultern. »Die sind schon okay.« Der Mann schien unbeeindruckt.

Zurück am Truck half John, die nächste Kiste herunterzuholen, als Jimmy seinen Namen rief und ihn zu sich winkte. »Komm schon her ...«

Er ging zu der Steintreppe, auf der Mickey und Jimmy saßen. Der Whiskeystand in der Flasche hatte sich jetzt bis zum Etikett verringert.

»Setz dich«, sagte Jimmy. »Lass diese Penner das machen.«

»Ganz meine Meinung«, sagte er und setzte sich auf einen Stapel ausrangierter Holzbretter. Er atmete tief aus und fuhr sich mit den Fingern durch seine Haare.

»Hier«, sagte Jimmy und stupste ihn mit der Whiskeyflasche am Arm an. »Das wärmt dich schnell auf.«

»Danke.« Er nahm einen Schluck, behielt ihn einen Moment im Mund und ließ ihn dann die Kehle hinunterrinnen. Der Whiskey brannte sich seinen Weg nach unten. Plötzlich war ihm bewusst, wie kalt seine Hände und Füße waren. Er nahm einen zweiten Schluck und gab die Flasche an Mickey weiter.

»Wo kommst du her?« Jimmy hatte die Frage gestellt, ohne John dabei anzusehen. Er war damit beschäftigt, Donny und Sean beim Entladen des Ryder-Trucks zuzuschauen.

»Brooklyn«, sagte er. »Bath Avenue.«

»Woher kennst du Tressa Walker?«

»Wir sind auf dieselbe Highschool gegangen«, antwortete er.

»Welche?«

»Lafayette. Kennst du die Gegend?«

»Bath Avenue«, überlegte Jimmy und nahm Mickey die Flasche ab. »Bist du der Typ, der die neuen Deals organisiert? Gehörst du zu den Guineas?«

»Ich mache mein eigenes Ding«, erklärte er Jimmy. »Aber jeder ist mit jemandem verbunden. Zu wem gehörst du?«

Jimmy setzte wieder sein halbes Grinsen auf und warf den Kopf in Mickeys Richtung. »Zu diesem Typ hier«, sagte er.

Der Drang war groß, nach dem Falschgeld zu fragen. Aber wenn er es jetzt erwähnte, wäre es zu auffällig. Wie wenn jemand eine Granate in ein MG-Nest wirft – und dann die Soldaten in alle Richtungen davonstieben. Möglicherweise gelang es ihm, sich der Sache indirekt zu nähern. Vielleicht würde Jimmy Kahn unvorsichtig genug sein und sich verquatschen. Aber er glaubte nicht daran, dass Jimmy Kahn so einfach zu knacken war.

Die Flasche kam wieder zu ihm zurück, und er nahm einen weiteren Schluck. Danach bekam der Parkplatz Schlagseite und begann sich nach links zu neigen. Neben ihm zeigte Mickey auf die beiden Männer, die den Truck entluden und murmelte dabei etwas Unverständliches zu Jimmy. Jimmy jedoch hatte ihn offenbar verstanden, denn er kicherte leise, als er John die Flasche aus der Hand nahm. John vermochte noch nicht einzuschätzen, was für ein Typ Jimmy war – dafür war es noch zu früh – aber er kannte Mickey gut genug, um wahrzunehmen, dass Mickeys undurchdringlich scheinende Fassade immer brüchiger wurde. Mit jedem Schluck aus der Flasche wurde er wieder zu dem zugänglichen Kerl, der er im *Cloverleaf* gewesen war. Das war Mickeys Maximum an Umgänglichkeit, nahm er an. Mit etwas Glück würde Mickey von allein über das Falschgeld reden ...

Als die Flasche erneut bei ihm Station machte, bemerkte er, dass ihn Mickey aus den Augenwinkeln beobachtete. Ein betrunkenes Grinsen drohte, sich seiner Lippen zu bemächtigen. Er nahm zwei große Schlucke und sah Mickey an.

»Oh Mann ...« Am liebsten hätte er seinen Kopf zwischen den Beinen herunterhängen lassen und laut gestöhnt, aber jetzt nachgeben kam nicht infrage. Er gab die Flasche an Mickey weiter, wobei ihm auffiel, dass Mickeys Hände verschwommen aussahen. Und seine ebenfalls.

Wunderbar. Jetzt werde ich unter den Tisch gesoffen.

Mickey trank und reichte Jimmy die Flasche. Jimmy goss sich so viel hinter die Binde, dass es eine kleine Teetasse hätte füllen können. Sie tranken wie Soldaten im Feld, ihre Körperhaltung entspannte sich mehr und mehr, ihre Unterhaltung wurde immer fließender und lockerer. Sie unterhielten sich einige Zeit über Hockey und ihren Highscore auf irgendeinem Flipperautomaten, wobei Jimmy stets die beiden Jungs im Blick behielt, die den Lastwagen entluden, während Mickey sich auf die zirkulierende Flasche konzentrierte.

Der Plan war ein voller Erfolg. Er hatte einen Curveball geworfen, und sie hatten den Schläger geschwungen. Jetzt wussten sie, dass er ein Player war, ein Go-to-Guy, und das entspannte sie zumindest ein wenig. Jetzt würde es keinen oberflächlichen Bullshit mehr mit Mickey O'Shay geben. Er war jetzt in der nächsten Phase des Spiels.

Bei der letzten Kiste, die noch aus dem Truck zu holen war, setzte Donny die Last auf der Stoßstange des Ryder-Trucks ab (das Fahrzeug bewegte sich unter dem Gewicht der Kiste), und der kleinere Typ – Sean – blieb einfach neben ihm stehen. Nachdem er wieder zu Atem gekommen war, stand Donny auf und machte mit ausgestreckten Armen ein paar Schritte auf sie zu. Trotz der Kälte war sein Gesicht rot und schweißnass und er keuchte wie ein Hund.

»Hoffe, ihr Wichser habt euch nicht überanstrengt, uns beim Arbeiten zuzusehen«, sagte Donny. »Eure Flasche sieht höllisch schwer aus.«

»Halt ja die Schnauze«, knurrte Mickey und rappelte sich auf.

Auch Jimmy stand auf und warf die leere Flasche hinter sich ins Gras. Er öffnete seinen Reißverschluss und entleerte einen heißdampfenden Urinstrahl auf die Steintreppen. Ohne ein Wort verschwand er um die vordere Ecke der Garage, zweifellos, um die Arbeit seiner Männer zu inspizieren.

»Ihr habt *alles* getrunken?«, stöhnte Donny und blickte an der Steintreppe vorbei auf die leere Whiskeyflasche im Gras. »Gottverdammt.«

Mit verschwommenem Blick sah John, wie Mickey ihn durch die nassen Strähnen seiner Haare anstarrte.

Sieh mich nicht so an, dachte er. *Ich schlage dich gleich unangespitzt in den Boden, Mickey Maus.*

»Alles klar«, murmelte John und streckte Mickey die Hand entgegen. Doch Mickeys Gesicht blieb reglos und abweisend. Nach kurzem Zögern, und ohne sie auch nur einmal anzusehen, packte Mickey Johns Hand und schüttelte sie einmal fest. »Wo ist Jimmy? Ich will mich verabschieden.«

»Jimmy ist weg«, sagte Mickey, drehte sich in einem losen Halbkreis um und ging in Richtung der Rückseite der Garage davon.

»Was? Jetzt schon?«

Mickey gab keine Antwort. Mit John zugewandtem Rücken lief er auf seine übliche Art und Weise, die Hände in den Hosentaschen und den Kopf tief nach unten hängend. Als er ihn so verschwinden sah, kam wieder tiefe Frustration in John hoch, stärker als jeder Alkohol. Sie sitzen zusammen, trinken zusammen und unterhalten sich entspannt – und dann haut der Bastard einfach ab? Als wäre er nie hier gewesen. Nicht nur, dass sich Jungs von der Straße so nicht verhielten; als *Mensch* hatte man sich nicht so zu verhalten. Verdammt, es fühlte sich an, als hätten sie ihn in einem schwachen Moment kalt erwischt.

Mickeys Schatten verschwand um die Ecke der Garage wie ein Gespenst. Etwas, das Tressa Walker bei ihrem Treffen vor einem Monat bei *McGinty's* gesagt hatte, kam ihm wieder ins Gedächtnis. Im Kontext des gerade Erlebten ergaben ihre Worte unerwartet mehr Sinn als an jenem Abend: *Jungs wie die hast du noch nie gesehen.*

Mochte sein. Aber das bedeutete nicht, dass er sie nicht so hart wie möglich bearbeiten konnte.

Härter, wenn es sein musste.

Rasselnd und knallend kam das Garagentor herunter. Es schlug hart auf dem Boden auf, was sich in Johns Kopf wie der Knall einer abgefeuerten Pistole anhörte. Dann wurde das Tor von innen verschlossen. Einige Augenblicke später hörte er, wie auf der Straße jenseits des Zauns Autotüren knallten und der Motor eines großen Wagens angelassen wurde. Unbeweglich stand er auf dem Parkplatz und lauschte. Das Geräusch des Autos entfernte sich und seine Scheinwerfer leuchteten durch die Latten im Holzzaun am anderen Ende des Parkplatzes.

Jungs wie die hast du noch nie gesehen.

Es war die Stimme eines Geists, eines Propheten.

KAPITEL 26

»Mach es dir nicht zu bequem«, sagte Kersh, als John gerade dabei war, sich in seinen Bürostuhl sinken zu lassen.

»Was ist los?«

»Chominsky wartet auf uns in seinem Büro.«

John zog seine Lederjacke aus und hängte sie über den Stuhlrücken. »Was auch immer es ist, lass uns sagen, Veccio sei schuld.«

»Wie geht es dir heute Morgen?«

John rieb sich die Schläfen und sagte: »Könnte nicht besser sein.«

Kersh nahm ein großes Wörterbuch von Johns Schreibtisch, hielt es ein paar Fuß über die Tischplatte – und ließ es fallen. Einige Köpfe im Büro drehten sich um. Das Geräusch schlug in Johns Kopf ein und knallte durch seine Ohren.

»Verdammt noch mal«, murmelte er.

Grinsend sagte Kersh: »Das hast du davon, wenn du mit Iren säufst.« Dann reichte er ihm eine heiße Tasse Kaffee. »Hier«, sagte er. »Nur damit du weißt, dass ich an dich gedacht habe.«

»Geh du schon mal vor«, sagte er. »Ich muss noch mal für kleine Jungs.«

»Nimm eine Aspirin«, sagte Kersh. »Du siehst beschissen aus.«

♣

Bill Kersh klopfte zweimal kurz an die Tür und betrat Chominskys Büro. Chominsky saß hinter seinen Schreibtisch. An einer Ecke seines Schreibtisches stand eine Schachtel voller Donuts und vor ihm saßen zwei Männer in Anzügen. Beide drehten sich zur Bürotür um, als John und Kersh hereinkamen. Den Mann, welcher der Tür am nächsten war, erkannte Kersh sofort – es war Peter Brauman, der einen frisch gebügelten Anzug und eine Krawatte trug. Der zweite Mann, der eine Hand flach auf seinen Schoß gelegt hatte und mit der anderen einen Fruchtshake hielt, wirkte zunächst eher abweisend und etwas gereizt.

Kersh nickte Brauman zu. »Peter.«

»Wie geht's dir, Bill?«

»Soweit, so gut.«

Chominsky schob sich in seinem Stuhl nach vorn. »Wo ist Mavio?«

»Er braucht noch ein paar Minuten«, sagte Kersh, nahm sich einen Stuhl und setzte sich neben Peter Brauman. »Was ist los?«

»Bill«, sagte Chominsky, »das ist Detektiv Sergeant Dennis Glumly, NYPD.«

»Bill«, begann Glumly, »wir haben eine Einheit, die Mickey O'Shay und Jimmy Kahn seit inzwischen fast zwei Jahren überwacht. Wir beobachten den Süßigkeitenladen auf der Ecke 45. Straße und Tenth Avenue, dazu observieren wir O'Shays Wohnung und noch einige Orte in der Gegend. Wir haben in der Nähe sogar einen Loft gemietet und für die Operation ein provisorisches Hauptquartier am John Jay College eingerichtet.«

»Warum beobachtet das NYPD die beiden?«, fragte er.

Glumly blinzelte. Er hatte lange, feminine Wimpern und stahlfarbene Augen. »Die gleiche Frage wollte ich Ihnen stellen«, sagte er in durchaus sachlichem Ton. »Vor ein paar Wochen habe ich Sie in Ihrem Auto in der Nähe der Kreuzung am Süßigkeitenladen gesehen. Um es kurz zu machen: Sie sind mir dort noch ein paar Mal aufgefallen, dazu noch ein anderes Auto, das nach einer Bundesbehörde roch. Da wurde ich neugierig.«

»Wir ermitteln gegen O'Shay und Kahn wegen Geldfälschung«, sagte Kersh.

Glumly nickte. »Überrascht mich nicht. Die Jungs machen alles, was Kohle bringt.«

»Bill«, warf Peter Brauman ein, »als du an dem Abend bei mir warst, habe ich offenbar nicht deutlich genug klargemacht, wie übel die Burschen sind.«

»Ich habe die Berichte gelesen«, sagte Kersh.

Brauman schüttelte den Kopf. »Du verstehst nicht ...«

Es klopfte kurz an der Bürotür und alle sahen auf. John trat ein, schloss die Tür hinter sich und nickte den Männern zu.

Chominsky begann, sie einander vorzustellen. »John, das ist ...«

Dennis Glumlys Fruchtshake fiel zu Boden. »Verdammte *Scheiße!*« Es sah aus, als würde er gleich von seinem Stuhl fallen. Unverwandt starrte er John an. Glumlys Gesicht flammte auf in einem Ausdruck von Verwirrung und Schock, und er hob seine Hände, als wolle er sich ergeben.

»Verdammte *Scheiße!*« Er konnte nicht anders, als erneut zu fluchen.

Peter Brauman ging es ähnlich. Er sah aus, als hätte ihm gerade jemand einen Betonklotz auf die Füße geworfen und ihm dann ins Gesicht geschlagen. Auch er konnte seinen Blick nicht von John abwenden; er starrte ihn an, als wolle er sich wieder und wieder von der Realität überzeugen.

»Verdammte *Scheiße* ...«

John, der gerade dabei war, einen weiteren Stuhl an den Tisch zu stellen, blieb wie angewurzelt stehen. »Habe ich etwas verpasst?«

»Ich verstehe nicht ...«, sagte Chominsky.

Kersh sah Peter Brauman an und schüttelte ihn am Arm. »Was zur Hölle ist los, Pete?«

Dann, völlig unvermittelt, schnaubte Peter Brauman ein erstauntes Lachen heraus und rieb sich mit einer Hand das Gesicht.

Dennis Glumly sah John direkt an und sagte: »Brett ... du wirst es nicht glauben ...« Der Detective schüttelte den Kopf, als versuchte er, wieder einen klaren Blick auf die Dinge zu bekommen. Zu John sagte er: »Ich bin Dennis Glumly, NYPD.«

»John Mavio.«

»John«, wiederholte Glumly. Dann lachte auch er. »Das darf doch nicht wahr sein! John, wir haben ...« Er fand keine Worte. Schließlich, nachdem er seine Gedanken für einen Moment geordnet hatte, sagte Glumly: »Wie lange ermitteln Sie schon verdeckt?« Seine eigenen Worte schienen ihn noch immer zu überraschen.

John runzelte die Stirn. »Was ist los?«

Ebenso verwirrt wandte sich Brett Chominsky an Glumly, während er mit einem Finger über die linke Seite seines Gesichts fuhr. »Dennis?«

Glumly sah John an, seufzte und sagte: »Ich habe gerade Agent Kersh erklärt, dass wir Mickey O'Shay und Jimmy Kahn seit knapp zwei Jahren überwachen. Und wir haben seit den letzten Wochen auch Sie im Visier.«

»Mich?« Er setzte sich neben Kersh auf den Stuhl. Dann durchfuhr es ihn, und er grinste. Er konnte einfach nicht anders. »Ihr habt gedacht, ich wäre ein echter Gauner, hm? Ein weiterer Mitspieler …« Er zwinkerte Kersh zu und sagte: »Da ist dein blauer Pontiac.«

»Verdammt«, murmelte Glumly, nun ebenfalls grinsend. »John, Mann … *wie zur Hölle sind Sie diesen Kerlen so nah gekommen?*«

»Einen Augenblick«, sagte John. »Warum sind Sie hier?«

Glumly berichtete nun auch John, wie ihm die Fahrzeuge des Secret Service rund um *Calliope Candy* aufgefallen waren. »Wir sind davon ausgegangen, dass es um eine große Sache gehen muss, wenn ihr Jungs euch darum kümmert.«

»Es geht um Falschgeld«, sagte John.

Glumly nickte. »Das habe ich gehört.«

Kersh winkte mit der Hand. »Stopp, noch mal einen Schritt zurück, bitte.« Er drehte sich zu Brauman und sagte: »Also, was genau hat es jetzt auf sich mit diesen Typen? Du hast gesagt, du hättest mir nicht alles erzählt, als ich an dem Abend bei dir war …«

»Sie sind Bestien«, unterbrach Glumly, ohne auf Braumans Antwort zu warten. »Etwa fünfzig ungelöste Mordfälle in der ganzen Stadt hängen mit ihnen zusammen. Es geht hier um absolut brutale Scheiße – Hinrichtung mit Schusswaffen, Verstümmelung, Menschen, die in kleine Stücke zerhackt und deren Überreste wie Vogelfutter verstreut wurden. Im vergangenen Jahr habe ich über die West Side verteilt einzelne Gliedmaßen aufgesammelt. Einige Fälle sind wahrscheinlich Auftragsmorde, die anderen zur Einschüchterung. Die ganze West Side ist in Angst vor ihnen wie erstarrt, und wir machen uns ernste Sorgen. Vor sechs Monaten habe ich O'Shay als Hauptverdächtigen in einem Mordfall verhaftet – er hat irgendeinen Typen auf der Toilette einer Bar abgeschlachtet. Hat ihm in die Knie geschossen, die Augen ausgestochen und ihm dann zwei Kugeln in den Kopf verpasst. Zehn, vielleicht ein Dutzend Gäste waren in der Bar, aber nicht einer wollte als Zeuge aussagen. Ich hatte einen Spitzel, der es Mickey zurechnete, aber er war nicht dabei und auch nicht bereit, als Zeuge auszusagen. Jedes Mal, wenn wir sie beinahe haben, ändern unsere Kontakte ihre Meinung oder verschwinden einfach spurlos.« Mit ausdruckslosem Gesicht fügte Glumly hinzu: »Oder wir finden sie im Fluss.«

John beobachtete Glumlys Augen, die sich wieder auf ihn richteten. Er hatte alle Details der Geschichte begierig aufgesogen und fragte sich nun, wie ein paar Kleinganoven aus Hell's Kitchen es in so kurzer Zeit so weit hatten bringen können. Wenn es stimmte, was Glumly sagte, dann verstand er plötzlich, weshalb Tressa Walker so angsterfüllt gewesen war an diesem Abend im *McGinty's*. Er verstand jetzt auch, wie schwer es für sie gewesen sein musste, zu ihm zu kommen und auszupacken, ihn mitzunehmen in ihre Welt.

Glumly sah John an und sagte: »Wie Teenager hängen sie den ganzen Tag an Straßenecken und in diesem Süßigkeitenladen herum. Ab und an fahren sie zum Madison Square Garden und sehen sich ein Hockeyspiel an, aber das war es dann auch.« Glumly deutete mit dem Kinn auf John. »Als Sie aufgetaucht sind, dachten wir, vielleicht kommen wir jetzt weiter. Ein neuer Akteur.«

»*Wir* sind schon weitergekommen«, sagte er zu Glumly.

»Ja«, sagte Glumly, lehnte sich in seinem Stuhl zurück und ließ sein linkes Bein auf und ab wippen. Er bemerkte seinen verschütteten Shake und beugte sich über die Armlehne seines Stuhls, um den Becher aufzuheben und in die halb leere Schachtel mit Donuts auf Chominskys Schreibtisch zu stellen. »Ja, Sie haben gottverdammt noch mal recht, mein Junge. Keine Ahnung, wie zum Teufel Sie das hingekriegt haben, aber Sie sind ein Geschenk des Himmels. Ich hätte nie gedacht, dass man ihnen undercover so nah kommen könnte. O'Shay und Kahn vertrauen eigentlich nur der Scheiße, mit der sie aufgewachsen sind.« Seine Züge verdunkelten sich. »Aber Sie kennen diese Jungs nicht so wie ich.« In Glumlys Stimme lag jetzt ein Respekt, den John nicht von ihm erwartet hatte. Es passte so gar nicht zu seinem sonstigen Auftreten. »Du machst Geschäfte mit ihnen, du denkst, alles ist gut, und dann fallen sie plötzlich ohne einen erkennbaren Grund über dich her. Ohne dass du es kommen siehst.«

»Ich kann auf mich aufpassen.«

Kersh warf John einen finsteren Blick zu und wandte sich dann an Glumly. »Wer steckt hinter ihnen, wer sind die Hintermänner?«

»Die Gang besteht tatsächlich im Wesentlichen aus Mickey und Jimmy«, sagte Glumly. »Sie haben ein paar feste Kräfte, aber alle anderen sind nicht mehr als Lückenfüller und Tagelöhner. Sie kriegen jeden Jungen aus der Gegend. Diese Arschlöcher haben eine verflucht hohe Reputation auf der Straße, und sie ziehen mehr Scheiße an als die New Yorker Kanalisation.«

»Sie verbreiten sich wie Krebs über die West Side«, fügte Peter Brauman hinzu.

»Nicht in einer Million Jahren hätte ich gedacht, dass es irgendjemandem gelingen würde, in den inneren Kreis zu kommen«, fuhr Glumly mehr zu sich selbst fort.

»Was wollen Sie von mir?«, fragte John. Plötzlich spürte er die Blicke von Kersh und Chominsky auf sich.

Ein humorloses Grinsen umspielte Dennis Glumlys Mundwinkel. John war gleich klar, dass er ein Mann war, der solche Direktheit schätzte. »Ich will, dass Sie die beiden für uns hinter Schloss und Riegel bringen«, sagte Glumly schlicht. »Nicht nur für uns, für *alle*.« Er hob eine Hand, als wolle er einen Eid ablegen. »Ich verstehe, dass Sie Ihrem Falschgeldfall nachgehen«, fügte er hinzu, »aber Sie sind jetzt drin und können eine verdammte Menge Informationen herausholen. Und Sie sind ein Zeuge, der vor Gericht aussagen wird. Darauf können wir die Anklage aufbauen.«

»Moment, Moment – nicht so schnell«, unterbrach Kersh. »Uns geht es darum, diese Kerle für ihre Falschgeldaktion zur Rechenschaft zu ziehen, und wir wollen ihre Quelle trockenlegen.« Kersh drehte sich um und wandte sich jetzt vor allem an John. »Wenn die beiden so wahnsinnig sind, wie Detective Glumly sie beschreibt, dann ist es das Beste, so schnell wie möglich reinzugehen und wieder zu verschwinden.«

Glumly blieb hartnäckig. Immer noch an John gewandt sagte er: »Sie haben den Schlüssel zum Königspalast, mein Junge. Wir werden keine weitere Chance bekommen, die so gut ist wie diese. Wir werden alles tun, um Ihnen zu helfen. John, Sie können zwei Jahre verschwendete Zeit in etwas Sinnvolles verwandeln.«

»Deswegen ist John aber nicht da reingegangen«, beharrte Kersh.

»Warte«, sagte John zu ihm. Sofort missfiel Kersh der Tonfall. »Warum sollen wir die Chance nicht nutzen? Ich bin drin. Solange die Dinge gut laufen ...«

»John ...«

»Nein.« Er wandte sich von Kersh ab und sah Chominsky direkt an. »Boss, was denken Sie?«

Chominsky setzte sich in seinem Stuhl nach vorn und stützte sich mit den Ellenbogen auf seinen Schreibtisch. »Lasst uns darüber nachdenken«, sagte er.

♣

Bevor sich der Tag dem Ende zuneigte, wurde John in Roger Biddlemans Büro gerufen. Er hatte das Treffen erwartet, obwohl er durchaus auch als glücklicher Mann nach Hause gegangen wäre, wenn er den ganzen Tag nichts von ihm gehört hätte. Der Anruf von Biddleman erreichte ihn genau zwanzig Minuten, nachdem John und Brett Chominsky entschieden hatten, dass John die Chance nutzen und das Risiko eingehen würde.

Als das Licht des Tages über St. Andrews Plaza nachließ, saß der stellvertretende U.S.-Bezirksstaatsanwalt Roger Biddleman im feinen Dreiteiler hinter seinem Schreibtisch und beschäftigte sich mit seinem Telefon, als John sein Büro betrat.

Das Erste, was ihm auffiel, war Biddlemans freundliches Lächeln. »*John*«, sagte Biddleman und dehnte dabei seinen Namen in beeindruckende Länge, bis er ihm maximale Bedeutung verliehen hatte. Er verstaute schnell sein Telefon in einer Schreibtischschublade. »Nehmen Sie Platz.«

Er ließ sich in einen Stuhl fallen, der absichtlich weniger als zwei Fuß von Roger Biddlemans Schreibtisch entfernt platziert worden war.

»Wie geht es Ihnen?«, fragte Biddleman.

»Um ehrlich zu sein ... habe ich gerade einen ziemlichen Kater.«

»Äh ...« Die linke Augenbraue des Staatsanwalts wölbte sich. Schnell wandte er den Blick ab und begann durch eine Reihe ausgedruckter Papier auf seinem Schreibtisch zu blättern. »Brett Chominsky hat mich auf den neuesten Stand gebracht, wie es um Ihre Ermittlungen rund um Mickey O'Shay und Jimmy Kahn steht. Ihr Kunststück mit dem kanadischen Whiskey war übrigens eine nette Idee.«

Kunststück?, dachte er. *Verpiss dich.*

Während er in seinen Papieren las, sagte Biddleman: »Sie haben sie beim Verkauf von Falschgeld erwischt ... zwei Mal ...«

»Nein.«

Biddleman sah auf. »Wie bitte?«

Er sagte: »Nur O'Shay. Kahn ist beteiligt, aber ich habe ihn noch nicht am Haken.«

»Kahn ...« Biddleman blätterte durch seine Papiere. Schließlich warf er den ganzen Stapel einfach auf den Schreibtisch und starrte John mit seinen nagetierähnlichen Augen an. »Das könnte eine große Sache sein, John. Diese Typen ...« Er klopfte auf den Stapel Papiere. Er hatte seine Hausaufgaben gemacht. »Diese Typen sind ziemlich übel. Wenn sie nur die Hälfte dessen gemacht haben, was das NYPD ihnen zurechnet, werden beide eine sehr lange Zeit hinter Gittern verbringen.«

John schob sich auf seinem Stuhl zurecht. Zweifellos malte sich Biddleman schon die Schlagzeilen aus. Der Fall war der feuchte Traum eines Staatsanwalts.

»Ich stimme zu, das Telefon des Süßigkeitenladens abzuhören. Auch das Münztelefon an der Ecke und das Telefon in Mickeys Wohnung hören wir ab«, fuhr Biddleman fort. Er hatte sich Mühe gegeben, zugänglich und freundlich zu erscheinen ... aber Johns feindseligen Blick konnte er nicht länger ignorieren. »Wir hatten unsere Meinungsverschiedenheiten«, sagte er mit einer Spur Kapitulation in seiner Stimme. »Ich gebe zu, dass ich manchmal ...« – er hielt inne – »... etwas *unflexibel* sein kann. Aber Sie verstehen das sicher.« Er lachte, abrupt und ohne Fröhlichkeit. »Jedenfalls möchte ich, dass Sie eines wissen: Von nun an haben Sie meine vollständige und ausdrückliche Unterstützung in diesem Fall. Wir werden dieses Ding zusammen knacken, John. Sie sind ein guter Agent; Sie kriegen die Dinge geregelt.«

»Als ich das letzte Mal hier war, war ich für Sie die größte, außer Kontrolle geratene Nervensäge, die diszipliniert werden muss. Woher der plötzliche Sinneswandel?«

Biddleman bewegte sich unbehaglich und schien entnervt von Johns Tonfall. »Ich war verärgert. Das Durcheinander mit der Polizei, die Schießerei und das alles.« Er zuckte halbherzig mit den Schultern und richtete sich dann in seinem Stuhl auf. »Ich werde das Gefühl nicht los, dass Sie immer noch sauer auf mich sind«, sagte er mit zusammengekniffenen Augen und presste die Lippen fest aufeinander.

»Gut«, sagte John und stand auf. »Für eine Sekunde dachte ich, Sie hätten mich falsch verstanden.«

※

In ihrer dunklen und stillen Wohnung ging John leise ohne Schuhe den Flur entlang. Eine kleine Lampe über der Spüle in der Küche warf ein düsteres Licht auf die Arbeitsplatte. Ein einzelner Teller und eine einsame Tasse halbvoll mit Kaffee standen auf dem Küchentisch. Daneben lag eine Serviette in Form einer zerknitterten Kugel, als wäre sie im Zorn zusammengeknüllt worden.

Barfuß schlich er zum Schlafzimmer und blieb einige Zeit in der Tür stehen. Seine Augen liebkosten die sanften Kurven seiner Frau aus der Ferne. Ihm fiel auf, dass sein Privatleben in den letzten Monaten aus nicht mehr als unzähligen Momenten wie diesem bestanden hatte: Er stand allein im Dunkeln und beobachtete, wie sein Leben ohne ihn weiterging. Er fühlte sich wie an ein fest verankertes Rad gefesselt, flach auf dem Rücken liegend und unfähig, sich zu bewegen.

Die Zeit stand nicht still, auch nicht für John Mavio.

Er erinnerte sich an einen Sommernachmittag auf Coney Island, kurz nachdem sie sich kennengelernt hatten. Wie Katies Lachen hell erklang in der feuchtwarmen Luft, rautenförmige Schweißtropfen über ihren glatten Hals rannen und ihre Stirn benetzten. Sie hatte einen Schuh bei der Fahrt mit dem Tilt-A-Whirl verloren und dann in ihrer Handtasche noch einen Streifen unbenutzter Tickets von einem früheren Besuch im Park gefunden; er hatte den Hammer auf das Strength-O-Meter sausen lassen und die Glocke zum Klingeln gebracht. Mit schöner Ironie hatte sie ihm am Shoot-For-Loot-Stand einen Plüsch-Panda geschossen, ein hässliches Ding mit gruseligen roten Augen. Was hatten sie darüber gelacht. Sie hatte ihn den Bären des Teufels genannt. Im Laufe der Zeit war er verloren gegangen.

Zeit ...

Als wäre er Katies Schutzengel, blieb er in der Tür zum Schlafzimmer stehen. Unbeweglich, für sehr, sehr lange Zeit.

ENDE
DEZEMBER

KAPITEL 27

Auf dem Betonfußboden war Blut.

Dino »Smiles« Moratto lag paralysiert auf dem Boden, wie eine Schildkröte, die jemand auf dem Rücken kreiseln lässt. Seine Augen verrieten eine Feuersbrunst aus Angst, Wut und blankem Entsetzen, die sich in ihm gesammelt hatte. Aus seinem linken Nasenloch ergoss sich ein scharlachrotes Band aus Blut. Wie ein Fluss folgte es den Konturen seines Gesichts, entlang der scheußlichen Narbe, die ein ewiges Grinsen in die linke Seite seines Mundes gefräst hatte, über die geschwollene Wange und lief schließlich in die Mulde seines linken Ohres. Neben dem Kopf sammelte sich eine Lache aus Dinos Blut, als wäre eine Wasserleitung geplatzt. Eine kleinere, irgendwie dunklere Pfütze war von seinem linken Arm zu einem in Rottönen schillernden Regenbogen verschmiert worden. Sein Mund ging geräuschlos auf und zu, seine Zunge schob sich gegen die schlechte Luft nach vorn und sein langes Haar lag gefächert wie das zum Rad aufgestellte Schwanzgefieder eines Pfaus hinter seinem Kopf auf dem Boden.

Mickey O'Shay stand über ihm und atmete schwer. Seine Hände waren noch zu Fäusten geballt, die Knöchel blutverschmiert. Sie verharrten in der Position, von der aus sie Dino »Smiles« Moratto gerade auf den Boden geschickt hatten.

Hinter Mickey traten ein paar Kerle in groben Mänteln und Cargohosen – unter ihnen John Mavio – verlegen von einem Bein aufs andere, wobei die meisten von ihnen stillschweigend hofften, dass der Kampf endlich vorüber war. Von einem kleinen Tisch auf der anderen Seite des Raumes erklang aus einem Radio »I Want To Take You Higher« von Sly and the Family Stone.

Niemand bewegte sich. Und für einen kurzen Moment schien es, als würde das auch für immer so bleiben.

Dann machte etwas hinter Dinos Augen klick – erwachendes Bewusstsein, vielleicht – und er schaffte es, sich auf die linke Seite zu drehen, wobei sein Gesicht im zähflüssigen Sirup seines eigenen

Blutes zu liegen kam. Er krallte eine Hand nach oben und versuchte schwach, in der Luft Halt zu finden. Die Bewegung hatte etwas ganz Erbarmungswürdiges an sich. Er war wie ein verwundetes Tier, unbewusst der Ereignisse, die ihn zu einem solchen Zustand geführt hatten ...

Der Raum war dunkel und geräumig, wenngleich mit einer niedrigen Decke, und befand sich direkt unterhalb der Bar des *Cloverleaf*. Am Wochenende diente der Raum als unterirdisches Refugium für professionelle Spieler, die ihren Geschäften nachgingen: Karten, Würfel, was auch immer gerade angesagt war. Mit Schweißflecken übersäte, fettige Dollarscheine, Fünfer, Zehner, Zwanziger und Fünfziger bedeckten in diesen Nächten die Tische. Wurden Boxkämpfe übertragen, zog man einen kleinen Schwarz-Weiß-Fernseher hinter der Bar hervor und stellte ihn in einer Ecke auf. Zigarrenrauch und billiges Aftershave durchdrangen die muffige Luft und vermischten sich mit den unersättlichen Jubelschreien hinterlistiger Gauner und testosteronüberladener Schläger.

Dino wälzte sich auf dem Boden, tief in seinem Hals rasselte es. Aus seiner Nase blutete es noch immer in Strömen. Das Blut hinterließ kleine Pfützen auf dem Betonfußboden.

»Du Spaßvogel«, sagte Mickey O'Shay und ließ endlich die Arme nach unten sinken. Über die letzten Tage hatte er sich ein kleines Bärtchen am Kinn wachsen lassen, in dem sich gerade zwei helle rote Kügelchen von Dino Morattos Blut festklammerten. »Du bist echt ein harter Typ, Moratto, du verdammter Guinea-Bastard. Du bist wirklich ein knallharter Kerl mit deiner eingeschlagenen Fresse.«

Der Abend hatte begonnen wie jeder Abend mit Mickey O'Shay: unter einem bleichen Schleier aus Marihuana-Rauch und Alkohol. Mickey, John und irgendein namenloser Typ waren später, als es schon längst dunkel gewesen war, ins *Cloverleaf* eingefallen. Wie üblich war Mickey geradewegs auf der Toilette verschwunden, während John und der namenlose Typ sich ein Bier bestellt hatten. Mickey war vor allem dem Alkohol zugetan – Bier, Whiskey, Bourbon, Irish Cream, einfach alles, was er in die Finger bekam. Aus reiner Angeberei hatte der Irre am Abend zuvor ein Schnapsglas voller Feuerzeugbenzin heruntergekippt, während John daneben gestanden und zugesehen hatte. Den Rest des Abends hatte er damit verbracht, auf sich selbst zu erbrechen, wobei seine Augen nicht leerer waren als zu irgendeinem anderen Zeitpunkt des Tages. Häufig beschloss Mickey, seine tägliche Dosis Toxine durch das Rauchen mehrerer Joints zu sich zu nehmen. Und wenn er Lust hatte, zog er sich mit solcher Begeisterung eine Line Koks oder zwei in jedes Nasenloch, das man denken konnte, der Akt an sich bereite ihm sexuelle Befriedigung.

Als Mickey von der Toilette zurückgekommen war, hatten seine Augen gerötet und trübe ausgesehen. Obwohl sie noch einen Moment zuvor auf dem Weg zum *Cloverleaf* angeregt über Eishockey und die New York Islanders philosophiert hatten, hatte Mickey einfach wortlos einen Hocker neben John gestellt und sich hingesetzt. Ebenso wortlos hatte er mit einer knappen Geste beim Barkeeper ein Bier bestellt. John, der Situationen schnell erfasste, war gleich klar gewesen, dass er jetzt besser kein Gespräch anfing. Mickey O'Shay war sozial unfähig, beinahe bis an den Punkt einer psychischen Störung. Er pflegte keinerlei Umgangsformen, redete, wenn ihm danach war und ignorierte sonst alle anderen.

Einige Typen hatten ziemlichen Krach veranstaltet, und man hatte Mickey ansehen können, wie sehr sie ihm langsam auf die Nerven gingen. Ein Großmaul mit einer Narbe im Gesicht hatte einen seiner Kumpels zu einer Runde Armdrücken herausgefordert, und Mickey hatte sich beiläufig umgedreht, um sich die Sache anzusehen. Wie er so dagestanden hatte, sein Bier in kleinen Schlucken trinkend und mit einem Ellbogen an die Bar gelehnt, hätte man meinen können, er wäre kurz davor, einzuschlafen. Als die Runde beendet und das Narbengesicht zum Sieger erklärt worden war, hatte sich die Gruppe abgewandt und war den kleinen Korridor hinunter marschiert, der zu einer Betontreppe führte, die wiederum in der unterirdischen Spielhölle endete.

Wortlos war Mickey von seinem Hocker aufgestanden, hatte sein Bier stehen lassen und sich der Gruppe angeschlossen. John war Mickey und den anderen Männern in den schmalen Korridor gefolgt. Der Mob hatte sie zum Ende des Korridors und durch eine kleine, in die Dielen geschnittene Falltür über die Betontreppe nach unten geführt.

Die unterirdische Bar hatte nach Urin, Alkohol und Zigarettenrauch gestunken. Die Männer hatten sich im Raum verteilt und sich mit lauten, dröhnenden Stimmen unterhalten. Mickey, der gegen den Türrahmen gelehnt stehen geblieben war, hatten sie keine Beachtung geschenkt. Es war, als wäre er ein Geist gewesen, der sich auf einer anderen Ebene befand – unsichtbar beinahe, bis an den Punkt der Nichtexistenz in dieser physischen Welt.

Dann war etwas geschehen, woran sich John später nur noch als ein verstörendes Durcheinander von Ereignissen erinnerte.

Dino Moratto, der Sieger im Armdrücken, hatte den anderen etwas zugerufen und dabei sein Gesicht zu einem schiefen Grinsen verzogen. Dann war er zu einem kleinen Radio gegangen, das auf einem Tisch in der Ecke stand, hatte es eingeschaltet und die Sender durchlaufen lassen.

Einige Augenblicke lang war Mickey in der Tür stehen geblieben, weiterhin unbemerkt von Dino und seinen Freunden. Die Anlässe, die Mickey in Rage versetzten, waren keine vernünftigen, kalkulierbaren, *nachvollziehbaren* Anlässe: Er war ein Vulkan, der nach Belieben und ohne Provokation explodierte.

Hals über Kopf war Mickey völlig unvermittelt auf Dino zugestürmt und hatte ihm die Faust ins Gesicht getrieben. Der plötzliche Ausbruch hatte John wie auch die meisten anderen Zuschauer instinktiv einen Schritt zurücktreten lassen. Sofort war Blut aus Dinos Nase geschossen. Ein zweiter Schlag von Mickey, und für einen Moment hatte es so ausgesehen, als würden einige von Dino Morattos Kumpels ihm beispringen ... aber dann war *etwas geschehen.* Irgendwie, durch die Gnade Gottes, mussten sie den mörderischen Schimmer in Mickey O'Shays Augen entdeckt haben, denn alle waren mitten in der Bewegung abrupt stehen geblieben. Auf einmal war keine Farbe mehr in ihren Gesichtern gewesen und ihre Lungen hatten reglos in ihren Brustkörben verharrt. Das Klopfen von schlagenden Herzen hatte den Raum erfüllt.

»Was ...«, hatte Dino gerade noch hervorgebracht, bevor ihn ein erneuter Schlag erwischt hatte.

Mickeys Schläge waren nicht mehr als brutale, sinnlose Grausamkeit gewesen, hatten kein Ziel verfolgt. Die meisten Schläge waren ungenau und hatten seinen Gegner mehrmals eher zufällig an den Ohren und Wangenknochen getroffen. Dino hatte gestöhnt, sich zusammengekauert und versucht, sich irgendwie zu verteidigen ... doch vergeblich. Ohne Vorwarnung war Mickey über ihn hergefallen und hatte immer wieder unerbittlich auf ihn eingeprügelt.

Jetzt, als Dino stöhnend und sabbernd zu seinen Füßen lag, fuhr sich Mickey mit blutigen Fingern durch die Haare. Mit zwei Schritten war er beim Radio, nahm es vom Tisch und zerschmetterte es auf dem Boden.

Lass es gut sein, dachte John. So unberechenbar wie Mickey war, war er durchaus in der Lage, den Bastard zu töten oder ihm und seinen Freunden auf die Straße zu folgen und sie alle zu erschießen. Er war sich bewusst, dass jeder draußen ausgetragene Konflikt Kersh alarmieren würde, der in seinem Auto in einer Gasse nicht weit von hier saß. Wenn Kersh herkommen musste, würde alles zur Hölle fahren. Und zwar verdammt schnell.

Lass gut sein, dachte John wieder.

Aber die Dinge waren nicht gut.

Mickey stolzierte zurück zu Dino Moratto, der noch auf dem Fußboden lag. Hinter ihm näherten sich langsam Dinos Freunde. Trotz Mickeys Reputation wollten sie zweifellos etwas unternehmen, obwohl bis jetzt noch niemand den Mut hatte aufbringen können. Mickey ging in die Hocke, streckte die Hand aus und riss die Gesäßtasche von Dinos Hose herunter. Er griff nach Dinos Brieftasche, nahm sie aus wie einen toten Fisch und stopfte die wenigen Scheine, die er finden konnte, in seinen Mantel. Dann stand er auf, ließ die Brieftasche auf Dinos Kopf fallen und kicherte.

In den zwei Wochen, in denen John in die hoffnungslose und gewalttätige Welt von Mickey O'Shay eingetaucht war, hatte er zu verstehen begonnen, was Mickey ausmachte: Er war und blieb ein Rätsel. Mickey zu *verstehen* bedeutete, ihn *nicht* zu verstehen. Es bedeutete, sich bewusst zu sein, dass er sich jeden Augenblick herüberlehnen und dir gut gelaunt auf den Rücken klopfen konnte ... oder dich mit zusammengekrallten Fingern am Hals packen. Keine noch so lange Zeit undercover hätte ihn darauf vorbereiten können, mit einem solchen Monster umzugehen. Und langsam, während die

Tage vorüberkrochen und er immer mehr Zeit mit den Jungs von der West Side verbrachte, begann das Tuch über dem Gemälde herunterzurutschen, und bald würde das ganze Bild als das zu erkennen sein, was es war.

Zum größten Teil hielt sich Jimmy Kahn aus der Sache heraus. Er lebte in einem komfortablen Apartment an der Upper West Side, fuhr einen Cadillac – er war tatsächlich der letzte der West-Side-Boys, der überhaupt noch einen Führerschein besaß – und schien der Einzige zu sein, der einen Sinn für Ehrgeiz hatte, der über die nächste Flasche hinausging. Wenn er nicht präsent war, was ziemlich oft vorkam, kümmerte sich sein Junge Mickey um die Straßen und das Geschäft, wobei er brutal und einschüchternd genug vorging, um eine ganze Gruppe von Jimmy Kahns zu ersetzen. Und Detektiv Glumly hatte Recht: Alle anderen waren nicht mehr als Handlanger, ein paar Bullshit-Straßenköter, die etwas Geld damit verdienten, ihre Muskeln bei Mickeys und Jimmys Geschäften einzusetzen.

Und es gab *zahlreiche* Geschäfte: Erpressung, Raub ... sie hatten ihre Finger überall drin. Klug waren sie nicht unbedingt. Aber schlau, wie Ratten, wie Diebe. Wenn sie über eine Kiste voller Rosenkränze stolperten, würden sie versuchen, sie beim Pfandleiher zu Geld zu machen. Mit großen Mengen, ganz egal wovon, ließ sich in ihren Augen immer etwas Profit schlagen. Doch trotz ihres Mangels an traditionellem Geschäftssinn, der die italienische Mafia auf die Titelseiten gebracht hatte, scheffelten sie die Kohle mit vollen Händen. Die kryptischen Gespräche, die er mitbekam, wenn er mit Mickey unterwegs war, dazu die Informationen von den Abhöraktionen, die Roger Biddleman so begeistert unterstützt hatte, ließen Johns Bild von Mickey O'Shay und Jimmy Kahn immer größer und detailreicher werden. Das Gleiche galt für den Umfang ihrer Verbrechen.

Sie bekamen ihren Anteil von der Hafenarbeitergewerkschaft und den Fabriken am Fluss. Sie trieben Geld ein von der Theatergewerkschaft und bekamen noch mehr Geld aus dem Theater District. Sogar die Fahrer, deren Job es war, die prominenten Schauspieler und Musiker zu ihren Auftritten zu chauffieren, zahlten Prozente an die irischen Jungs aus Hell's Kitchen. Sie waren die Könige, die aus Nichts Geld machten. Sie gingen zu den Vorarbeitern der örtlichen Baustellen und Abbruchunternehmen und sorgten dafür, dass zwei oder drei ihrer Jungs auf die Lohnliste kamen und zweimal im Monat auftauchten, um ihre Schecks abzuholen. Allein ihre Namen und ihre Reputation lösten hinreichend Furcht bei allen aus, die von ihnen gehört hatten. Niemand sagte Nein zu ihnen, niemand stand ihnen im Weg, niemand versuchte, an ihnen vorbei Geschäfte zu machen. Mickey O'Shay und Jimmy Kahn beließen es nicht dabei, jemandem die Fenster einzuschlagen. Wer vorhatte, sie zu übervorteilen, der plante besser gleich, sie zu töten.

Doch trotz aller Abhörberichte und Gespräche, die John und der Secret Service verfolgt hatten, blieb Jimmy Kahn ungreifbar. Er war stets in der Nähe, tauchte aber nie wirklich auf der Bühne auf. Und obwohl die West-Side-Boys oft von ihm sprachen – vor allem Mickey – reichte es nicht für eine Anklage. Nach zwei Wochen hatte der Secret Service genug zusammen, um Mickey für Jahre hinter Gitter zu bringen … aber zu Jimmy Kahn gab es nichts wirklich Greifbares.

♣

Zurück oben im *Cloverleaf* setzte sich Mickey wieder an seinen Platz an der Bar und trank sein Bier weiter. Er sagte kein Wort. Getrocknetes Blut verklebte seine Haare. Dann sah er John und den anderen Typen an und sagte: »Ich muss pissen«, woraufhin er zur Toilette stolperte.

Einige Zeit später kletterten Dino Moratto und seine Kumpels aus dem Untergeschoss nach oben und sammelte sich um den Tresen. Dino hielt sich ein blutnasses Stück Zeitung unter die Nase. Seine Augen waren blutunterlaufen und sahen aus, als würde er jeden Moment zusammenklappen.

Als Mickey zurückkam, blickte er nicht einmal in Dinos Richtung. Er setzte sich einfach wieder auf seinen Barhocker und bestellte ein frisches Bier und einen Wild Turkey Bourbon. Mickey bestellte nie für andere mit, ganz egal, in wessen Gesellschaft er sich befand. Wenn er trank, war er ganz und gar allein mit sich und blendete den Rest der Welt vollkommen aus.

Der Barkeeper stellte Mickey die Getränke hin und schwang sich dann zu Dino Moratto am Ende des Tresens. Dino und seine Jungs waren im Aufbruch begriffen, die Hälfte von ihnen war schon auf dem Weg zur Tür. Johns Anspannung nahm wieder zu, als er sah, wie langsam sie sich bewegten. Auch die Augen ihres namenlosen Begleiters neben ihnen waren weit aufgerissen und außerstande, den Blick von dem vorübergehenden Mob abzuwenden. Nur Mickey rührte sich nicht und schien überhaupt nichts davon zu bemerken. Mit einem Finger fuhr er durch sein leeres Schnapsglas und leckte ihn ab.

»Ach du Scheiße. Was zur Hölle ist mit dir passiert?«, fragte der Barkeeper Dino, als er sich durch die Menge zur Tür bewegte.

Für einen kurzen Augenblick schaute Mickey *tatsächlich* auf. Sein Blick traf im Spiegel auf den von Dino, und ihre Augen unterschieden sich fundamental in Stärke und Einschüchterungskraft. Noch nicht einmal *mit Blicken* konnte Dino Moratto Mickey das Wasser reichen.

Dino sah schnell zur Seite. »Nichts«, war alles, was er sagte, bevor er und seine Gruppe in die Nacht verschwanden.

Nachdem er etwa zwei Wochen immer wieder mit Mickey unterwegs gewesen war, wusste John, dass er nicht den Hauch einer Chance hatte, sich jemals mit ihm anzufreunden. In der Welt dieses Kriminellen existierte so etwas wie Freundschaft nicht. Sie hatten sich in Autos und in Klubs getroffen, in Bars und Pizzaläden überall auf der West Side. Junge irische Ganoven hatten Mickeys Gruppe umschwirrt wie Fliegen einen Misthaufen. Die ganze Zeit hatte er auf ein neues Häppchen Information gehofft, hatte einfach aus dem Gefühl heraus, dass etwas geschehen könnte, in die Sache investiert. Doch in der ganzen Zeit gab es nichts Geschäftliches, keine Deals, die dazu hätten beitragen können, Mickeys Grundmisstrauen gegenüber John abzumildern und so weiteren Zugang zu seinem unmittelbaren persönlichen Umfeld zu erhalten, vielleicht sogar zu Jimmy Kahn. Von Anfang an hatte Kersh die Idee nicht gefallen; er war strikt dagegen gewesen, dass John seine Undercover-Rolle intensiver ausspielte als unbedingt nötig. Kersh hatte immer die Meinung vertreten, dass es ganz und gar keine gute Idee war, verdeckt nach

Informationen zu fischen und zu viele Fragen zu stellen. Der Secret Service hatte einen Pakt mit dem NYPD geschlossen, mit Roger Biddleman als Kopf der Operation, aber John traf seine eigenen Entscheidungen. Auf ähnliche Weise verhielt es sich mit Detective Dennis Glumly und dem NYPD, die es Johns Erfahrung überließen, wie weit er ging. Alles, was sie wollten, waren Waffen aus Hell's Kitchen, die hoffentlich ballistisch mit den ungelösten Mordfällen zusammenzubringen waren, aber sie akzeptierten, dass John das Steuer in der Hand hielt. Dem Secret Service ging es vor allem darum, das Falschgeld-Netzwerk auszuheben, aber auch die Kollegen trieben John nicht vor sich her. So gab es eigentlich nur zwei Männer, die den langsamen Fortgang der Operation ungeduldig verfolgten.

Der eine war Roger Biddleman, der plötzlich zu John Mavios neuem besten Freund mutiert war – oder was Biddleman dafür hielt. Der stellvertretende Bezirksstaatsanwalt verbrachte jeden Tag mehrere Stunden damit, in allen möglichen Dokumenten nach Mickey O'Shay und Jimmy Kahn zu recherchieren und sich mit dem NYPD über die Verbrechen auszutauschen, die man ihnen zuschrieb. Für Biddleman war John zu seinem wichtigsten Werkzeug geworden: Er war der längste verfügbare Stock, mit dem er die schlafende Kobra anstoßen und provozieren konnte.

Der andere war John selbst.

Die kurze Version war: Er wollte Jimmy Kahn.

Mickey verließ das *Cloverleaf* etwa zwanzig Minuten nach Dino Moratto und seinen Freunden. Er ging, ohne etwas zu sagen und ohne einen Cent auf der Theke zu hinterlassen. Allein tauchte er in die Nacht.

Kranker Typ, dachte John, nippte an seinem Bier und sah zu, wie Mickeys schemenhafte Form am einzigen Fenster vorüberzog.

Neben ihm trank ihr namenloser Begleiter sein Bier aus und fing an, in seinen Manteltaschen nach Geld zu suchen, um seinen Deckel zu zahlen. Ein einzelner Dollar hier, eine Handvoll Kleingeld dort – alles, was er fand, holte er aus seinem Mantel heraus und formte daraus auf dem Tresen einen unorganisierten Haufen. John beobachtete ihn aus dem Augenwinkel. Der Typ war jung, vielleicht achtzehn, und hatte auf einer Wange einen ins Violette changierenden blauen Fleck. An seinem Verhalten jedoch war nichts Jugendliches. Seine Züge waren hart, seine Stirn krausgezogen in Gedanken oder hilfloser Verwirrung. Unten hatte der Junge mit einem Ausdruck subtiler Verehrung auf dem Gesicht dabei zugesehen, wie Mickey Dino Moratto bearbeitete. Jetzt, wo Mickey fort war, sah er irgendwie verloren aus.

John schob sein Bierglas zur Seite. Er holte eine Zigarette aus seiner Hemdtasche, zündete sie an und inhalierte. Die Augen des namenlosen Jungen trafen sich mit seinen im Spiegel über der Bar. »Wie heißt du?«

»Ashleigh.«

John nickte in Richtung Eingangstür. »Wirst du dich die ganze Nacht an ihn dranhängen?«, fragte er.

»Nein«, antwortete Ashleigh nach einer kurzen Pause, die besagte, ja, genau das war sein ursprünglicher Plan gewesen.

»Kennst du ihn lange?«

»Eigentlich nicht«, gab er zurück. Er schien sich unwohl dabei zu fühlen, über Mickey zu reden. »Ich kenne ihn, weil wir in derselben Gegend wohnen. Und du?«

Der Barkeeper wischte mit einem Tuch am anderen Ende der Theke herum und ließ sich dabei besonders viel Zeit.

»Nein«, sagte er. »Ich kann wirklich nicht sagen, dass ich ihn kenne.«

Der Junge zählte sein Geld ab und ließ kein Trinkgeld auf dem Tresen liegen. Auf dem Weg zur Tür drehte er sich um und nickte John zu. »Wir sehen uns«, sagte Ashleigh.

KAPITEL 28

Sean Sullivan, der sanftmütige Junge, der beim Entladen des Whiskeys geholfen hatte, war jemand, der sich selbst schnitt. Seine beiden Arme waren von den Handgelenken über die Ellbogen bis hin zu den Schultern von Narbengewebe überzogen. Die dünnen, geröteten und leicht hervorquellenden Linien auf seiner Haut waren so zahlreich, dass man fast geneigt war zu glauben, es müsse eine optische Illusion sein.

»Habe ich mit einem Rasiermesser gemacht, als ich fünfzehn war«, erzählte er beinahe stolz. Er und John saßen in einer kleinen Nische hinten im *Cloverleaf*, und eine Wolke aus Zigarettenrauch wallte um ihre Köpfe. An diesem Abend war der Pub ziemlich gut besucht. Einige von Mickeys und Jimmys Kumpels standen zusammengedrängt an der Theke, kippten Schnapsgläser voll mit Whiskey hinunter und knurrten sich gegenseitig in betrunkenem Geplänkel an. »Hab mir die ganze Scheiße hier aufgeschlitzt.«

»Wozu, zum Teufel?«, fragte John.

»*Wozu?*« Die Frage schien keinen Sinn zu ergeben. »Ich habe es verdammt noch mal *einfach getan.*« Der Junge krempelte seinen anderen Ärmel hoch. »Schau dir das an.« Noch eine Landkarte aus Narben wurde sichtbar. Sean zeigte auf eine besonders hervorstechende Narbe, die deutlich wie ein sechsseitiger Stern geformt war. »Der Stern vom verfickten David. Du weißt, was das ist? Es ist ein Judenstern. Zur Erinnerung an Jacob Goldman. Damit ich ihn nie vergesse. Du weißt, wer Jacob Goldman ist?«

John schüttelte den Kopf. »Nein.«

»Natürlich nicht«, sagte Sean jetzt mehr zu sich als zu John. »Irgendwann erzähle ich dir mal von ihm.« Der Junge lächelte schwach. So, wie das Licht jetzt sein Gesicht traf, schien er fast keinerlei Haut zu haben – er war nur ein Schädel mit Augen. »Ich bin heute Abend in guter Stimmung«, fuhr Sean fort, »und ich werde mir das nicht dadurch verderben, dass ich über diesen Hurensohn rede.«

Ein verzerrter Schatten fiel über den Tisch. John sah auf und erkannte Mickey O'Shay, der über ihm stand, eine Zigarette zwischen den Lippen und mit Augen, die hohl und glasig aussahen.

Mickey blickte Sean Sullivan an. »Verpiss dich.«

Sean zog sich am Tisch nach oben und arbeitete sich durch die Menge in Richtung des Tresens. Er wirkte schüchtern dabei, wie jemand, der sich seiner eigenen Präsenz schämte. Ohne Zögern warf sich Mickey auf den soeben freigewordenen Platz gegenüber von John und zog gierig an seiner Zigarette. Seine Finger hatten braune Flecken vom Nikotin.

»Was ist los?«, fragte John.

»Wieso kannst du nicht mehr Geld umsetzen?«

John lehnte sich zurück und überflog die Gäste, die am Tresen standen. Er spürte, wie sich sein Magen zusammenkrampfte und sein Herz einen Schlag oder zwei übersprang, als sein Blick auf Bill Kersh fiel, der am Tresen saß und an einem Gin Tonic nippte. Kersh sah in seine Richtung, doch er schien unfokussiert und eher damit beschäftigt, immer wieder Nachschub aus einer Schüssel mit ungesalzenen Brezeln zu fischen. Doch dann schärfte sich sein Blick, und Kersh sah ihn tatsächlich *direkt* an. Es schien wie eine Ewigkeit, als ihre Blicke sich trafen.

»Ich habe es dir schon gesagt, Mickey, dein Preis ist gottverdammt noch mal einfach zu hoch. Solange ich zwanzig Prozent Aufschlag bezahlen muss, nimmt mir keiner den Scheiß ab.«

»Du brauchst bessere Kunden«, gab Mickey zurück.

»Wenn du weiter Geschäfte machen willst, musst du mit dem Preis runtergehen. Setz dich mit deinem Lieferanten zusammen. Ich komme mit, und wir versuchen, einen besseren Deal auszuhandeln.«

Mickey war anzusehen, dass es in ihm arbeitete.

Etwas ungeduldig fragte John: »Also, was ist?«

Mickeys Blick schoss nach oben, seine Augen schienen in ihren Höhlen hin und her zu zucken, bevor er sich fing und John unmittelbar ansah. Mit tonloser Stimme fragte Mickey: »Was ist mit Waffen? Meinst du, du kannst ein paar Waffen verticken?«

KAPITEL 29

Das ruhige Dahinströmen des Hudson, vermischt mit dem Verkehr entlang des West Side Highway, ergab eine ewige Symphonie. Das schieferfarbene Wasser war kalt und schlammig und umspülte die Eisenpfähle der Piers. In den Sommermonaten waren die Piers warm und voller Leben. Im Winter dagegen waren sie so unwirtlich wie eine arktische Landschaft. Sogar die Dockarbeiter in ihren Cordmänteln und dicken Hosen und Hemden aus Leinen schienen in dieser Zeit des Jahres weniger eindrucksvoll, als ob sich etwas in ihnen mit dem Lauf der Natur verlangsamte und gefror.

Während John neben seinem Camaro stand, eine Zigarette rauchte und einen Kaffee trank, wanderte sein Blick über die Piers. Hinter ihm ragte der große, drohende Rumpf der *Intrepid* in den stahlgrauen Himmel, fest vertäut mit Eisenketten am Pier 86. Vor ihm schob ein Hindu einen Hotdog-Wagen vorbei, dessen gelb-weiß-gestreifter Schirm sich schnell im Wind drehte. Am Straßenrand parkten einige Autos, und zumindest ein paar Besucher gingen die Promenade entlang, obwohl es an diesem Nachmittag bitter kalt und windig war. Eines der Autos am Straßenrand gehörte Bill Kersh.

John nahm einen mühevollen Schluck Kaffee. Er spürte, wie sich eine Erkältung ankündigte, die sich langsam ihren Weg durch seinen Körper bahnte. Vermutlich war er etwas anfälliger, seit er sich mit wenig Schlaf und zu unkonventionellen Uhrzeiten die Nächte mit Mickey O'Shay um die Ohren schlug. Schon am vergangenen Abend hatte er gemerkt, wie sich das Fieber über seine Wirbelsäule und seinen Nacken auszubreiten begann. Unter seinen Augen lagen tiefe, braune Höhlen und seine Haut hatte einen gelben Teint angenommen. Ob von der ausbrechenden Erkrankung oder vom Schlafmangel – wer wusste das schon so genau.

In den letzten Wochen war er nur wenige Stunden zu Hause gewesen. Und die knappe Zeit, die er gehabt hatte, hatte er still und leise in der Dunkelheit ihrer Wohnung zugebracht, wie ein Dieb und ein Fremder. Entweder hatte Katie schon im Bett gelegen und geschlafen, oder sie hatte die Nacht bei seinem Vater verbracht. So oder so – stets hatte er sich allein gefühlt. Und wenn ihn in diesen Nächten endlich doch der Schlaf übermannt hatte, war es ein unruhiger und kräftezehrender Schlaf gewesen, wie ein Halbschlaf am Nachmittag, sein Kopf voller greller, kreischender Bilder und laut knallender Phantomschüsse.

Er trank seinen Kaffee aus und warf den Styroporbecher in den nächsten Mülleimer. Der Kaffee wärmte ihn kaum. Kurz innehaltend sah er auf den Hudson hinaus und versuchte so viel inneren Frieden aus dem mächtigen Fluss zu ziehen wie möglich. Viel war es nicht.

Er sog den letzten Rest Leben aus seiner Zigarette, warf den Stummel ins Wasser und drehte den Kopf zur Seite. Der Wind peitschte seine Haare gegen sein Gesicht. Zwischen zwei anderen an der Promenade geparkten Autos konnte er das Heck von Kershs Limousine erkennen.

Ein zerbeulter Toyota näherte sich dem Camaro und hielt an. Der scheppernde Auspuff erbrach eine schwarze Abgaswolke. Der Fahrer ließ den Motor laufen. John konnte durch die verschmutzten Scheiben zwei Personen im Auto ausmachen – den Fahrer und eine zweite Person auf dem Rücksitz.

Eine der hinteren Türen öffnete sich, und Mickey O'Shay stieg aus. Ein kleiner Teil von ihm hatte gehofft, dass Jimmy Kahn bei diesem Waffendeal dabei sein würde, aber der Fahrer war nicht Kahn – nur ein weiterer Handlanger.

»Du bist zu spät«, sagte er und sah zu, wie Mickey zum Kofferraum des Wagens ging. An diesem Nachmittag waren Mickey O'Shays Augen unbelebt und langsam. »Hier draußen friert man sich den Arsch ab, und du kommst zu spät.«

»Komm her«, sagte Mickey und winkte ihn zum Kofferraum des Toyota. Mickey steckte den Schlüssel ins Schloss und öffnete die Klappe.

Vom Bordstein aus spähte John in den Kofferraum, wo er zwei zu Knäueln zusammengeballte Wolldecken, ein Paar Cordhosen, einen alten Hockeyschläger und weiteren sinnlosen Trödel sah. Mickey schob das meiste Zeug beiseite und griff nach dem Rand der

Kofferraummatte. Wie ein Arzt, der einen Verband entfernt, rollte er die Matte mit übertriebener Sorgfalt zur Seite. Er trug schwarze Wollhandschuhe mit abgeschnittenen Fingern.

In der Mulde, in der sich normalerweise das Ersatzrad befand, kam ein großer, weißer Beutel aus Segeltuch zum Vorschein, der mit einem Kordelzug verschlossen war. Während Mickey die behandschuhte Rechte zur Faust ballte und etwas Atemwärme hineinblies, kämpfte er mit der verbliebenden Linken damit, den Beutel aufzubekommen. John machte den Schritt vom Bordstein nach unten und stellte sich neben ihn. Der Kofferraum stank nach Abgasen und Benzin. Er zitterte vor Kälte unter seiner Lederjacke und dem Sweatshirt, spürte aber gleichzeitig, wie ihm Schweißtropfen den Nacken hinunterliefen.

Fieber, dachte er. *Ich fürchte, mich hat gerade das gottverdammte Fieber erwischt.*

Auf einmal durchzog seinen ganzen Körper eine unendliche Müdigkeit. Sein Kopf fühlte sich plötzlich zu groß und zu schwer für seinen Hals an. Der Kaffee, den er gerade getrunken hatte, schien eine schlechte Idee gewesen zu sein. Er stöhnte leise und schob die Hände in die Taschen seiner Lederjacke, wobei die rechte Hand seine Waffe berührte.

»Okay«, stieß Mickey hervor, und eine kleine Dampfwolke stieg aus seinem Mund. Er zog eine halbautomatische Pistole Kaliber .32 aus dem Beutel und legte sie in den Kofferraum.

»Du hast gesagt, das wäre eine neue Pistole. Sie sieht schmutzig aus.«

Mickey zuckte mit den Schultern. »Die liegt schon eine Weile herum.«

»Wie viele hast du noch?«

»Im Moment vielleicht ein Dutzend«, sagte Mickey. »Ungefähr hundert nächste Woche. Zweihundert pro Stück, kein Rabatt. Hast du Interesse?«

Er nickte und spähte über den Rand des Kofferraums. *Ungefähr hundert nächste Woche?*, dachte er. *Um Himmels willen!*

»Was ist mit der hier?«, fragte Mickey. »Nimmst du sie gleich mit?«

»Kann ich machen«, sagte er, »aber ich habe das Geld jetzt nicht dabei.«

»Nimm sie«, sagte Mickey. »Ich vertraue dir. Du bezahlst, wenn du sie verkauft hast.«

Die Fahrertür öffnete sich und ein ernst aussehender junger Kerl mit einem runden Gesicht und tiefliegenden Augen stieg aus. Im rechten Mundwinkel hing ein nicht angesteckter Zigarrenstummel und auf dem Kopf trug er eine bunte Strickmütze der New York Islanders. Seine vollen Lippen waren lila vor Kälte und erinnerten an zwei Streifen frisch geschnittene Leber.

»Alles klar«, sagte John. Mickey steckte die .32er schnell in den Beutel zurück, zog den Kordelzug zu und setzte sich auf die Stoßstange des Toyota. John nahm das Bündel mit der Waffe und packte es in den Kofferraum des Camaro. Der Junge mit der Zigarre stand gegen die offene Fahrertür gelehnt und versuchte glücklos, das Ende des Zigarrenstummels mit einem unkooperativen Zippo anzuzünden. Unter dem Rand seiner Strickmütze hervor beäugte er John. Wie als Zeichen der Anerkennung nickte er ihm einmal zu und blickte dann mit einiger Enttäuschung auf sein Zippo.

»Wie geht es Jimmy?«, fragte John, schlug den Kofferraum des Camaro zu und kam zurück zum Heck des Toyotas. Seine Nase lief, und seine Augen begannen im Wind zu tränen. Er konnte spüren, wie sich seine Muskeln zusammenzogen. »Habe ihn nicht lange gesehen.«

Mickey machte die Kofferraumklappe des Toyota zu, setzte sich darauf und zupfte seine Handschuhe zurecht. »Bist du heute Abend mit dabei?«, fragte Mickey und ignorierte die Frage.

»Kommt darauf an. Was gibt es?«

»Eine gute Gelegenheit«, sagte Mickey. »Ich weiß doch, wie viel Spaß es dir macht, Geld zu verdienen.«

♣

Die .32er war wie ein frühes Weihnachtsgeschenk für Dennis Glumly. Mit einem aufgeregten Ausdruck auf seinem Gesicht – oder vielmehr dem Ausdruck, der Aufregung bei ihm am nächsten kam – bestaunte er die Waffe auf Johns Schreibtisch wie ein Kind ein nagelneues Fahrrad in einem Schaufenster. Nachdem John Glumly und Chominsky von seiner jüngsten Begegnung mit Mickey berichtet hatte, stürmte der NYPD-Detective mit der Pistole aus dem Büro, um sie ballistisch und auf eventuelle Fingerabdrücke untersuchen zu lassen. Wenn sich die Waffe mit einem der ungelösten Mordfälle in Verbindung bringen ließ, hatten sie vielleicht etwas gegen Mickey O'Shay in der Hand. Und wenn *Kahns* Fingerabdrücke auf der Waffe waren ... nun, dann wäre das der erste und bislang einzige tatsächliche Beweis, den sie gegen den Mann hatten.

Kersh befand sich in der Grube, ging Berichte durch und nippte an einer Diät Coke.

»Versteckst du dich etwa?«, fragte John, der hinter ihm den Raum betrat.

»So wie immer. Wie läuft der Deal heute Abend?«

Er berichtete Kersh, was Mickey ihm gesagt hatte – dass er um elf Uhr vor dem Süßigkeitenladen sein sollte, um ein wenig Kohle extra zu machen.

»Wenn wir Glück haben, trifft er sich mit seiner Quelle«, sagte er, zog sich einen Stuhl an den Tisch und setzte sich Kersh gegenüber. In der Wärme der Grube fühlte er sich ein bisschen besser, aber er wusste, dass sein Fieber allmählich weiter anstieg. »Ich habe ihn immer wieder genervt, endlich seinen Preis zu drücken.«

»Mal sehen«, sagte Kersh. Er klang nicht allzu überzeugt.

»Ich will sie dazu kriegen, noch einen richtig großen Deal zu machen«, sagte John, »und hoffentlich lockt das Kahn aus der Reserve. Wenn wir ihn mit schmutzigen Fingern erwischen, können wir die Sache zu Ende bringen.«

»Und wenn er nicht auftaucht?«, fragte Kersh. »Wenn er sich überhaupt *nie* persönlich einmischt? Was machen wir dann? Jagen wir diesen beiden Bastarden dann die nächsten zwanzig Jahre hinterher, John?« Kersh, vielleicht selbst etwas erschrocken über seinen plötzlichen Ausbruch, hielt inne und entspannte sich wieder. »Sieh mal«, fuhr er fort, »mir fällt auf, wie du dich immer mehr in den Fall eingräbst, dich darin verstrickst, und das macht mir Sorgen.«

»Darüber haben wir schon gesprochen.«

»Den ganzen letzten Monat bist du mit diesen Arschlöchern im Schlamm herumgekrochen, hast dich jeden Abend halb um den

Verstand gesoffen, bis dir *schlecht* war – und wofür? Um zu verstehen, wie sie *ticken?* In der Hoffnung, jemand erzählt dir *vielleicht* etwas über irgendeinen Bullshit, den sie vor acht Monaten in Queens angestellt haben? Deswegen sind wir nicht hier, John. Und es ist die Sache nicht wert.«

»Vertrau mir«, sagte er, »und wir werden den ganzen Sumpf trockenlegen. Mir geht es gut, und ich kann auf mich selbst aufpassen. Ich werde jetzt nicht einfach aufgeben, nach all dem, was wir in die Sache reingesteckt haben, nur weil es schwierig wird. Du kennst mich, Bill.«

»Ich weiß«, erwiderte Kersh. »Genau das macht mir Angst.«

KAPITEL 30

Um dreiundzwanzig Uhr hatte sich der Verkehr auf der Tenth Avenue deutlich gelichtet. John fuhr mit seinem Camaro am *Calliope Candy* vor, die Heizung auf höchster Stufe und die Scheibenheizung eingeschaltet. An den Händen trug er lederne Handschuhe – warm genug, um die kalte Luft fernzuhalten und gleichzeitig hinreichend flexibel, um den Fahrer nicht zu behindern. Den Reißverschluss seiner Jacke hatte er bis zum Hals zugezogen, und er spürte, wie ihm der Schweiß aus den Achselhöhlen die Seiten hinunterlief. Aber trotz der Hitze im Wagen war sein Gesicht kalt, seine Lippen fühlten sich taub an und in der Mitte seiner Hände endete ein schwaches Pochen, das seinen ganzen Körper durchdrang.

Im Laden brannte noch Licht, aber die Jalousien waren heruntergezogen, sodass es unmöglich war, ins Innere zu sehen. Zu seiner Linken rollten Autos die Straße entlang. Ein paar Menschen eilten über die Kreuzung, die Kragen ihrer Mäntel fest zugezogen.

Eine Straßenlaterne beleuchtete die Ecke von Tenth Avenue und 53. Straße, nur wenige Fuß von der Telefonzelle vor dem *Calliope Candy* entfernt. Etwas abseits stand eine Gestalt mit dem Rücken zu John in der Dunkelheit, gebeugt vor Kälte, das Gesicht vom Licht der Straßenlaterne abgewandt. Die Gestalt war definitiv männlich, aber zu klein, als dass es Mickey hätte sein können. Der Körper des Mannes hatte etwas Ruheloses an sich. Unruhig wippte er auf und ab, den Blick starr auf die Kreuzung vor sich gerichtet.

Als hätte er Johns Gedanken gelesen, bemerkte der Mann das Auto und bewegte sich darauf zu, hüpfte vom Bordstein – *Mickey hüpft nicht,* dachte er – und näherte sich der Fahrertür. Die Gestalt beugte sich nach unten, das Gesicht nur wenige Zoll vom Fenster entfernt, und spähte ins Innere des Wagens.

Es war Sean Sullivan.

Er ließ das Fenster herunter.

»Hey, John.«

»Sean«, sagte er. »Was zum Teufel machst du hier draußen?«

»Mickey hat gesagt, ich soll ihn hier treffen«, sagte Sean, wobei er mit den Zähnen klapperte. »Hat gesagt, er nimmt mich irgendwohin mit.«

Johns Blick ging unmittelbar zum als Feuerzeug getarnten Sender. Es lag in einer Ablage im Armaturenbrett und war auf den Beifahrersitz gerichtet. Draußen war es stürmisch; mit einer gewissen Wahrscheinlichkeit hatten sich Sean Sullivans Worte im Wind verloren. Aber wenn nicht, dann hatte Bill Kersh, der einen Block entfernt an der Ecke Tenth Avenue und 52. Straße stand, zweifellos alles mitgehört.

»Du kommst mit uns mit?«, fragte er Sean.

Der Junge zuckte mit den Schultern. »Von dir hat er nichts gesagt.«

»Wo ist Mickey gerade?«

»Da drin«, sagte Sean und nickte mit dem Kopf in Richtung des Ladens.

»Na los, setz dich schon in den Wagen, bevor du dir die Eier abfrierst.«

»Scheiße – danke, Mann.«

Sean eilte um die Vorderseite des Wagens, während John die Beifahrertür entriegelte. Dann kletterte er in den Camaro und ließ sich in den Sitz fallen wie jemand, der den ganzen Tag auf den Beinen gewesen war. Er zog die Tür zu – nicht wie Mickey, der sie zuzuknallen pflegte – und hielt sofort seine Hände vor die Lüftungsschlitze im Armaturenbrett.

»Scheiße noch mal«, sagte Sean und sah ihn an. »Mann, du siehst gar nicht gut aus. Bist du krank?«

»Ein bisschen.«

»Erkältung?«

»Keine Ahnung«, sagte John. »Wahrscheinlich.«

»Habe gerade eine hinter mir ...«

»Weißt du, was der Plan für heute Abend ist?«, fragte John.

»Nein«, sagte Sean und rieb sich die Hände, um sie aufzuwärmen. »Er hat nur gesagt, ich soll ihn hier treffen, um elf. Das ist alles.«

John konnte einige der Narben an Seans Händen sehen, während er sie vor die Lüftungsschlitze hielt. Gegen seine kalte, weiße Haut boten die auffälligen rosafarbenen Verfärbungen den maximalen

Kontrast. »Woher kennst du Mickey?«, fragte er und spähte an Sean vorbei zur Vorderseite des Süßigkeitenladens. Immer noch keinerlei Bewegung.

»Sie kennen meinen älteren Bruder. Die letzten zwei Jahre war er auf Rikers Island.«

»Bist du oft mit den beiden unterwegs?«

»Ab und an«, sagte Sean. Er war jung und beeindruckt von der rücksichtslosen Gewalt, die Mickey und Jimmy an den Tag legten, von der Macht, die ihre Namen verströmten. In seinen Augen waren sie groß und unantastbar – das war John klar, wenn er den Jungen nur ansah, und durch die Art und Weise, wie der Junge ihn anblickte. Wahrscheinlich waren sie eine größere Inspiration für ihn, als es jeder andere männliche Erwachsene jemals gewesen war. Für Sean Sullivan waren die beiden irischen Kapuzenträger von der West Side Helden, und für sie zu arbeiten war ein Privileg.

Trotz allem war er beinahe noch ein Kind – vielleicht achtzehn oder neunzehn – und seine Bewunderung für Mickey O'Shay und Jimmy Kahn schien eine schmerzliche, komplizierte Sache zu sein.

»Hier bei uns machen viele Jungs etwas Kohle, indem sie für Jimmy und Mickey arbeiten«, sagte Sean. »Hab mir gedacht, das kann ich auch.«

»Machst du noch mehr für sie als Whiskeykisten von Lastwagen herunter zu wuchten?« Er versuchte, es wie einen Witz klingen zu lassen.

»Scheiße, na klar«, sagte Sean. Seine sich leicht überschlagende Stimme deutete darauf hin, dass er John für jemanden hielt, den es zu beeindrucken galt.

»Zum Beispiel?«

»Irgendwelches Zeug«, sagte Sean. »Nur einfache Sachen.«

»Wo kommst du her?«, fragte John.

»Genau von hier.«

»Du wohnst noch in dieser Gegend?«

»Natürlich«, sagte Sean.

Wenn er sich den Jungen so ansah, bekam John das Gefühl, dass dies ein potenziell bedeutsamer Abend für Sean Sullivan zu werden versprach. Er hatte angefangen zu schwitzen.

»Hey«, sagte Sean und öffnete die Tür. »Da kommt er.«

Mickey kam aus dem Laden und wirkte so abwesend wie üblich. Der Stiel eines Tootsie-Lutschers ragte zwischen seinen Lippen hervor. Er näherte sich dem Wagen und verwies Sean mit einem knappen Wink seines Daumens auf den engen Rücksitz des Camaro. Sean quetschte sich mit einigen Schwierigkeiten nach hinten, während Mickey den Tootsie-Lutscher auf die Straße warf.

Als alle im Auto saßen, bedeutete Mickey ihm, die Tenth Avenue hinunterzufahren.

»Was soll das?«, fragte John, bevor er vom Parkplatz herunterfuhr. »Du hast nichts davon gesagt, dass der Junge mitkommt.«

»Und?«

»Nichts und – ich bin doch kein gottverdammter Taxifahrer, der jemanden abholt und irgendwo hinbringt.«

»Es gibt da einen Laden auf der 85. Straße«, sagte Mickey. »Das *Samjetta*. Kennst du das?«

»Nein.«

»Bar und Restaurant. Unser Ziel liegt auf der gegenüberliegenden Straßenseite«, sagte Mickey. Wie bei seinen Telefonaten vom Münzfernsprecher auf der Tenth Avenue, vom Telefon in seiner Wohnung und dem Apparat im Süßigkeitenladen redete er verkürzt, geradezu kryptisch, sodass der Hörer seine Intentionen interpretieren musste.

John bog auf die Tenth Avenue ein und sagte: »Was ist auf der gegenüberliegenden Straßenseite?«

»Ein Schnapsladen.«

Die meiste Zeit fuhren sie schweigend, nur Sean plapperte unentwegt vom Rücksitz aus. Er redete allen möglichen Unfug in dem Versuch, gar nicht erst Langeweile aufkommen zu lassen. Zudem war offensichtlich, dass er Mickey beeindrucken oder ihm zumindest beweisen wollte, dass er dazugehörte. Tatsächlich aber gehörte Sean Sullivan wohl nicht ganz dazu. Wenn John an den ruhigen, stillen Ashleigh dachte, der im *Cloverleaf* den ganzen Abend über kein Wort gesagt hatte, und an den Typen in der Islanders-Wollmütze, der Mickey gefahren hatte, als er John die .32er verkauft hatte, dann wusste er, dass Sean Sullivan nicht zu ihnen passte. Was John Sorgen machte. War es so offensichtlich, dass auch er nicht dazu passte? War das die Aktion, um das Unkraut auszumerzen?

Während er den Camaro nach Norden steuerte, warf er einen flüchtigen Blick in den Rückspiegel, um zu sehen, ob Kershs Wagen ihnen folgte.

Er war nirgends zu entdecken.

Als die Tenth Avenue zur Amsterdam Avenue wurde, verdichtete sich der Verkehr. Mickey verlor die Orientierung und ließ sie einige Male um den Block fahren. Schließlich fuhren sie in Richtung Westen, bis sie auf den Riverside Drive trafen.

»Was zur Hölle geht hier ab, Mickey?« Er konnte schon die Lichter des Henry Hudson Parkways am anderen Ende des Riverside Parks sehen.

Mickey kratzte sich am Kopf und murmelte mehr zu sich selbst, John solle umkehren und zurück in Richtung Amsterdam Avenue fahren.

Der Verkehr wurde dichter, und sobald sie die Amsterdam Avenue erreicht hatten, erinnerte Mickey sich wieder.

»Stopp-Stopp-Stopp«, rief er und lehnte sich in seinem Sitz nach vorn, um durch die Frontscheibe zu sehen. Einige Geschäfte und Restaurants säumten die Straße, die hin und wieder aus der Dunkelheit durch die Lichter der vorbeifahrenden Fahrzeuge hervorgehoben wurden.

»Wo?«, fragte er. Auf der anderen Straßenseite sah er das *Samjetta*, das sich als ein familienfreundliches Steakhaus mit einer Backsteinfront erwies, die von roten und gelben Neonlichtern bestrahlt wurde. Es wirkte nicht gerade wie ein Ort, mit dem Mickey O'Shay irgendeine Verbindung haben konnte.

»Fahr langsamer.« Mickey drehte sich um und schaute aus seinem Fenster, wobei seine Nase nur zwei Inches von der Scheibe entfernt war. Er zeigte auf die dem *Samjetta* gegenüberliegende Straßenseite. »Irgendwo dort ... äh ... siehst du den Schnapsladen da vorn? Da in der Gasse? Da fährst du rein. Fahr am Laden vorbei und halte dahinter.«

Auf der einen Seite der schmalen und dunklen Gasse befand sich der Schnapsladen, auf der anderen Seite Pat's Waschsalon. John manövrierte den Camaro hindurch und hielt neben einem Haufen zusammengeschobener Mülltonnen. Auf einer Seite der Gasse war eine Reihe Türen ohne Klinken in die Backsteinwand eingelassen. Im Rückspiegel erhaschte er einen flüchtigen Blick auf Seans kalkweißes Gesicht. Der Junge sah aus, als würde er sich gleich in die Hose machen.

Er hatte schon lange mit sich ausgemacht, dass er Mickey ohne Zögern erschießen würde, sollte er irgendetwas Merkwürdiges auch nur entfernt riechen. Jetzt, zwischen den Backsteinwänden der beiden Läden, tauchte der Gedanke wieder in seinem Kopf auf. Er wusste, dass es nicht funktionieren würde, Mickey festzunehmen. Wenn er beschloss durchzudrehen, würde er keine Chance haben, ihn zu überwältigen. Mickey würde ihm keine Gelegenheit bieten. Er wäre wie das Wildschwein in der Falle: Ihn freizulassen oder in einen Käfig zu sperren waren keine Optionen. Die einzige Möglichkeit war, ihn zu töten.

Mickey stieg aus und ging die Gasse entlang zu einer der Türen in der Backsteinmauer. Sean beeilte sich, ihm zu folgen, drückte sich schon gegen den Beifahrersitz ab und zog sich aus dem Auto. Beim Aussteigen stolperte er fast und schaffte es gerade noch, seinen Aufschlag auf dem Boden zu verhindern, indem er sich mit beiden Händen in letzter Sekunde an der Wand abstützte.

»In einer Gasse kurz vor der 85. Straße, neben der Amsterdam Avenue«, sprach John in den Sender auf dem Armaturenbrett. »Hier sind ein paar Hintertüren. Sieht aus, als ob sie zu Lagerräumen von Geschäften gehören. Wir gehen hinein.«

Er steckte den als Feuerzeug getarnten Sender in seine Jackentasche, obwohl er sich relativ sicher war, dass er nicht länger in Kershs Reichweite sein würde, sobald er das Gebäude betrat. Er stellte den Motor ab und stieg aus. Bewusst nahm er hinter sich den dröhnenden Verkehr auf der 85. Straße wahr; Autos, die hin und her rauschten und im lauten Leerlauf vor den Geschäften hielten. Mickey klopfte an eine Tür, die vermutlich in den hinteren Bereich des Schnapsladens führte, und wartete, während er mit dem rechten kleinen Finger im Ohr bohrte. Wie jemand, der sich plötzlich an etwas Wichtiges erinnerte, holte er eine zerknautschte Zigarette aus der Innentasche seines grünen Mantels und steckte sie hinter sein anderes Ohr.

Als sich John näherte, knarrte die Tür und öffnete sich einen Spalt. Aus dem Inneren kam kein Licht. Mickey schob bestimmt und ohne zu zögern die Tür mit einer Hand auf. Ihm auf den Fersen folgte Sean Sullivan, der mit offenem Mund und weit aufgerissenen Augen über die Türschwelle schlich. John zählte lautlos bis drei. Er hatte keinerlei Gefühl dafür, was ihn erwarten mochte – ein Kugelhagel oder laut brüllendes Gelächter. Er vernahm weder das eine noch das andere.

Mit einem letzten Blick zur belebten Straße am Ende der Gasse betrat er langsam das Gebäude und hörte die Tür hinter sich ins Schloss fallen.

Um ihn herum herrschte Dunkelheit.

☘

Bill Kersh, der in seinem auf der Amsterdam Avenue geparkten Auto saß, kaute unkonzentriert an seinem linken Daumen.

»Verdammter Junge«, murmelte er. Seine Gedanken kreisten um ihre Unterhaltung in der Grube vor ein paar Stunden. Es waren nicht so sehr Johns Worte, die ihm Sorgen bereiteten – er war jung, wollte etwas erreichen und war bereit, Risiken einzugehen. Und vieles von dem, was er gesagt hatte, ergab Sinn. Nein, was Kersh wirklich Sorgen bereitete, war die Art und Weise, wie der Junge *ausgesehen* hatte: Wie jemand, dessen Koffeinhoch nachzulassen beginnt. John war bis in die Haarspitzen angespannt gewesen, und er steckte viel zu tief drin in diesem Fall. Er hatte wieder diese maschinenhafte Qualität an sich gehabt, die Kersh schon in der Nacht, in der sie den kanadischen Whiskey entladen hatten, aufgefallen war. Das Maschinenhafte war noch da, aber es hatte sich verändert. Seine Hartnäckigkeit hatte inzwischen etwas enorm Dringliches an sich und drohte den Jungen langsam um seinen sonst klaren Verstand zu bringen. Kersh befürchtete, wenn John noch weiter in diese Richtung stürmte, dann …

Aber er wollte nicht länger darüber nachdenken. Hoffentlich war bald alles vorbei. Brett Chominsky gehörte nicht zu denen, die sich von der Meinung eines Roger Biddleman beeinflussen ließen, und er würde den Stecker ziehen, wenn die Zeit um war, egal wie nahe John den erhofften Beweisen bis dahin gekommen war.

Zumindest *hoffte* Kersh das.

Als er die Geschäfte in der Allee gegenüber betrachtete, fiel ihm auf, dass sich Pat's Waschsalon und ein Schnapsladen am Eingang der Gasse gegenüberstanden. Im Schnapsladen brannte Licht und im Fenster summte ein pinkfarbenes Neonschild: *OPEN*.

Kersh war hin- und hergerissen. Sein Instinkt sagte ihm, John nach ein paar Minuten zu folgen, in den Laden zu gehen, sich als Kunde auszugeben und zu versuchen, einen ersten Eindruck von der Lage zu bekommen. Doch er kannte John, und ein Teil von ihm – wie klein auch immer – sagte ihm, es sei besser zu warten, dem Jungen eine Chance zu geben und zu sehen, was passieren würde.

❧

»Wo zum Teufel ist der Lichtschalter?«, fragte Mickey irgendwo vor ihm in der Dunkelheit.

Seine Augen versuchten noch, sich anzupassen, aber John konnte schon in der Ferne des Raumes einen schwachen Streifen aus gelbem Licht auf dem Boden ausmachen. Licht, das durch einen Spalt unter einer Tür hindurch schien, vermutete er. Es roch stark nach Zigarrenrauch und Provolone.

Er hatte die Hand in der Jackentasche. Die Finger umschlangen den Griff seiner Waffe, als das Licht anging.

Sie standen in einem Lagerraum, in dem ein großer Ventilator in einem Gehäuse an der gegenüberliegenden Wand brummte. Um sie herum stapelten sich bis in Schulterhöhe Paletten voller Bier, einige auf Handkarren und noch in Zellophan eingewickelt. An die Wände waren verschiedene *Playmates* geklebt, und über einer Kiste Amstel Light hing ein Bleistift an einem fettigen Stück Bindfaden von einem Nagel in der Wand.

Ein breitschultriger Mann mit grauen Haaren stand neben einer geschlossenen Tür, die vermutlich in den Laden hinausführte. Er machte einen leicht übellaunigen Eindruck. In seinem T-Shirt und seiner karierten Flanell-Pyjamahose sah er aus, als wäre er gerade geweckt worden.

»Schrei nicht so herum, Mickey«, sagte der Mann und kratzte sich in der Falte seines unrasierten Kinns. »Was zur Hölle ist nur mit dir los?«

Ohne auch nur das geringste Interesse an einer Unterhaltung zog Mickey die Plastikfolie von einer der Paletten herunter, nahm einen der bunt bedruckten Pappkartons und riss ihn auf. Sean sah Mickey durch zwei Bierstapel hindurch ausdruckslos zu, aber es war deutlich zu sehen, wie sehr seine Finger in den Hosentaschen arbeiteten.

Seufzend sagte der Mann an der Tür: »Es ist warm.«

»Mir egal«, sagte Mickey, zog eine Flasche heraus und drehte den Kronkorken ab. Mit zwei großen Schlucken leerte er sie zur Hälfte, wobei sich etwas Bier über sein T-Shirt ergoss.

»Was machen wir hier, Mickey?«, fragte John und blickte von Mickey O'Shay zu dem Kerl in der karierten Flanellhose.

Der Mann in der Flanellhose sah ihn an. »Wenn deine Kumpels Bier wollen, Mickey, dann bezahlen sie dafür. Ich mache das hier nicht aus Nächstenliebe.«

»Mach einen Spaziergang«, sagte Mickey, was den Mann dazu brachte, sich nach vorn in seinen Laden zurückzuziehen.

John wandte sich Mickey zu, der scheinbar uninteressiert auf einer der Bierpaletten saß und sein Bier austrank. »Kommen wir jetzt langsam mal zum Punkt?«

»Ich weiß, dass du ein Typ bist, der die Dinge zu Ende bringt, John«, sagte Mickey. »Der Barkeeper auf der anderen Straßenseite muss verschwinden. Dafür gibt es fünf große Scheine, die ihr beiden euch teilt.«

»Machst du Witze?«, fragte er.

Mickey gab keine Antwort und machte sich nicht einmal die Mühe, ihn anzusehen.

»Wer ist dieser Typ?«, fragte er. »Und warum ich und der Junge?«

»Denk nicht darüber nach«, sagte Mickey. »Das ist völlig egal. Worauf es ankommt, ist, ob ihr zwei den Job macht oder nicht. Der Barkeeper heißt Ricky Laughlin. Ich gebe euch die Waffen für den Job. Ihr könnt sie zusammen mit dem Geld behalten, wenn die Sache erledigt ist.«

»Warum machst du es nicht selbst?«

»Der Typ *erwartet*, dass ich es mache«, antwortete Mickey fast mit einem Lachen.

Das ist es nicht. Er will mich testen, mich unter seine Kontrolle bringen.

Mickey schob sich von der Bierpalette herunter und ließ seinen Mantel von den Schultern rutschen. »Er ist jetzt gerade drüben«, sagte Mickey. »Geht rein, schaut euch den Typen an, checkt den Laden aus. Ruft mich in ein paar Tagen an, wenn ihr den Job wollt.«

Mickey hatte nichts mehr zu sagen, nahm sich zwei weitere Bierflaschen aus dem Karton und bestückte seinen Mantel damit.

John sah Sean an, der dabei war, seine Finger gegen den Stoff seiner Hose bis auf die Knochen abzuarbeiten. Sean sah ihn ebenfalls an und schien unsicher, ob er etwas sagen sollte oder nicht. In seinen Augen war ein Feuer – es war der Ausdruck eines Jugendlichen, wenn sein alter Herr ihm zum ersten Mal die Schlüssel für den Familienwagen anvertraute.

»Los jetzt«, sagte John, drehte sich um und ging zur Tür.

Sobald sie draußen waren, warf er einen vorsichtigen Seitenblick zur Mündung der Gasse. Keine Spur von Kershs Auto. Wenn Kersh ihnen gefolgt war, dann verhielt er sich smart und blieb einen oder zwei Blocks zurück.

»Heilige *Scheiße!*«, rief Sean und ging schnellen Schrittes an Johns Seite auf die Amsterdam Avenue zu. »Hat er dir jemals einen Hit angeboten?«

»Nein.«

»Gottverdammt! Ich meine, wie geil ist das denn? Das ist der Hammer.«

Sie stoppten am Straßenrand und warteten auf eine Lücke im Verkehr. Auf der anderen Straßenseite spiegelten sich die Lichter des *Samjetta* in den Pfützen und auf den Windschutzscheiben der vorbeifahrenden Autos. Er warf zwei schnelle Blicke in beide Richtungen. Kershs Limousine war nirgendwo zu sehen, was nichts bedeutete. Bill Kersh war ein Meister in der Kunst der Tarnung.

»Das *Samjetta*«, sagte John nur für Kersh, der nun in Reichweite des Senders in seiner Tasche sein konnte. »Sieht aus wie ein Steakhaus.«

»Was meinst du, was hat dieser Laughlin angestellt?«, fragte Sean.

»Keine Ahnung.«

Durch eine Lücke im Strom von Autos huschten sie über die Straße wie Ratten. Sean stolperte beinahe in einer tiefen Pfütze und ließ eine Reihe übler Schimpfworte folgen. Trotz der großen Neonbuchstaben, die knapp über ihren Köpfen *The Samjetta* ankündigten, drehte Sean sich um und war kurz davor, einfach weiter die Straße entlang zu laufen.

»Hey«, rief John ihm zu und öffnete die Tür zum Restaurant. »Hier drüben, Sean.«

In dem Augenblick, bevor sie das Restaurant betraten, waren ihre Spiegelbilder in den getönten Fenstern entlang der Amsterdam Avenue zu sehen.

Das Samjetta war ein gemütliches Restaurant mit etlichen Tischen und Sitzecken auf der rechten Seite hinter der Eingangstür. Links befand sich eine lange Bar aus Mahagoni. An den Wänden wechselten sich braune Ziegel und poliertes Holz ab. An diesem Abend war das Restaurant gut besucht, nur wenige Tische waren noch frei. An der Bar sammelten sich vor allem Männer in Business-Anzügen, die in kleinen Gruppen zusammensaßen.

Sean steuerte sofort auf die Bar zu, aber John packte ihn am Unterarm und zog ihn zu einem der leeren Tische.

Der Junge wirkte genervt. »Was ist los?«

»Wir setzen uns hier hin.«

»Ist er das?« Sean konnte kaum an sich halten und beäugte gespannt den Barkeeper.

»Ich weiß nicht. Könnte sein.«

Der Barkeeper war groß und schlank und trug seine schwarzen Haare raspelkurz geschnitten. Er hatte ein Ziegenbärtchen, und sein linkes Ohrläppchen zierte ein Diamantstift. Von seinem Platz aus konnte John die blauen Linien einer Tätowierung auf seinem Hals ausmachen.

»Ich denke, das ist er«, sagte Sean und war nicht imstande, seinen Blick von dem Mann abzuwenden.

»Hey!« John trommelte mit einem Finger auf den Tisch, um die Aufmerksamkeit des Jungen auf sich zu ziehen. »Du willst das wirklich durchziehen, hm?«

»Was? Den Hit? Scheiße, na klar. Warum?«
»Hast du schon mal was von diesem Kerl gehört?«
»Ricky Laughlin?« Sean schüttelte den Kopf. »Noch nie.«
»*Irgendetwas* muss er getan haben.« John betrachtete Sean. »Was ist das für ein Stern, den du dir in den Arm geritzt hast? Du hast gesagt, du würdest es mir später erzählen.«

Jetzt endlich schien Seans Konzentration ganz auf John gerichtet. Herausgerissen aus seinem Gedankenstrom drehte der Junge sich um und sah ihn direkt an. Langsam wich die Erregung aus seinem Gesicht.

Er presste seine Finger auf die polierte Oberfläche des Tisches, so wie er sie vor ein paar Minuten gegen den Stoff seiner Hose gepresst hatte. Es sah aus, als wollte er Falten aus dem Holz streichen.

»Du meinst Jacob Goldman«, sagte Sean.
»Ja, das ist der Name, den du genannt hast, denke ich.«
»Er ist einfach jemand, an den ich mich erinnern möchte.«
»Und die Person ist so wichtig, dass du dir einen Stern in deinen Arm ritzen musst?«

Ohne Zögern sagte Sean: »Für mich ist er das.«
»Komm schon«, hakte John nach. »Erzähl mir, was passiert ist.«
Als ob er seine Geschichte untermalen wollte, rollte Sean den Ärmel hoch und zeigte seinen vernarbten Oberarm. Unter dem harten Licht über dem Tisch wirkten die Narben beinahe lilafarben und übergroß aufgequollen.

»Jacob Goldman war ein Typ, der viel Geld hatte«, sagte Sean. »Er war viermal verheiratet. Seine vierte Frau war meine Mutter, und sie ist mit ihm abgehauen. Ich habe keine Ahnung, wohin sie gegangen sind, nicht einmal ob sie noch mit ihm verheiratet ist. Das«, sagte er und zeigte auf die sternförmige Narbe, »erinnert mich an dieses Arschloch. Jeden Tag. Und eines Tages werde ich ihn finden. Alles Geld der Welt wird ihn dann nicht retten können.«

»Und dazu musstest du dir den Arm aufschneiden?«
»Ich sehe es jeden Tag«, antwortete Sean Sullivan schlicht.
»Deshalb folgst du Mickey O'Shay überallhin, oder?«
Verlegen zuckte Sean mit den Schultern. »Wo kommst du her?«
»Brooklyn.«

»Hier bei uns bist du entweder für Mickey und Jimmy, oder du bist gegen sie. Dann machen sie dich fertig. So viel ist Fakt. Diese Jungs verstehen keinen Spaß. Aber wenn du etwas Geld verdienen willst, sind sie es, zu denen du gehen musst.«

»Wie gut kennst du sie?«

»Wir kennen uns ziemlich gut«, sagte Sean. John konnte sehen, dass er log, dass der Junge nicht mehr zu Mickey und Jimmys Gang gehörte als er selbst. »Ich mache ein paar Jobs für sie. Hier gibt es niemanden, der ihnen vorschreibt, wie man Geschäfte macht. Nicht einmal die Bullen. Die haben verfickt noch mal Schiss vor ihnen, Mann.« Die rechte Seite seines Mundes verzog sich zu einem halben Grinsen. »Alle Bars zahlen ihnen Prozente. Die meisten Gewerkschaften auch. Wann immer in Hell's Kitchen Geld gemacht wird, bekommen Mickey und Jimmy ihren Anteil.«

»Was ist mit denen, die nicht zahlen wollen? Was ist mit den Bars, die keine Prozente zahlen?«

»Zeig mir eine einzige«, sagte Sean ernst. »Alle haben verdammte Angst, ihnen könnte etwas zustoßen. Sogar die Guineas machen mit ihnen gemeinsame Sache.«

»Unmöglich, du verarschst mich doch. Die *Italiener?*«

»Es stimmt aber«, beharrte der Junge, der jetzt auf eine verdorbene Art voller Stolz strahlte. »Hör zu«, fuhr er fort, »willst du was Verrücktes hören? Ich meine, was absolut Durchgeknalltes?«

»Was?«

»Ich habe es nur gehört, ich war nicht dabei …«

»Also?«, drängte John.

Sean lehnte sich so nah zu ihm herüber, wie es der Tisch zwischen ihnen zuließ. Seine Stimme ging eine Oktave nach unten. »Da gab es diesen Buchmacher, einen jüdischen Bastard namens Horace Green, der eine Weile als Kredithai Schulden in Hell's Kitchen eingetrieben hat. Mickey und Jimmy haben davon Wind bekommen und ihm einen kleinen Besuch abgestattet. Sie haben ihm gesagt, dass sie etwas vom Kuchen abhaben wollen. Dafür würden sie ein wachsames Auge auf ihn haben und aufpassen, dass ihn niemand übers Ohr haut. Schutzgeld, nicht wahr? Nun, Green antwortet ihnen: Vergesst es. Er hat schon die Italiener hinter sich und kann keine irischen

Penner von der West Side gebrauchen, die ihm auf die Nerven gehen. Für ein paar Nächte bleibt alles ruhig. Dann taucht Green wieder im Viertel auf, um ein wenig Geld zu kassieren, wahrscheinlich bester Laune und so, und genehmigt sich am Ende des Tages ein paar Drinks in einem Laden um die Ecke. Später, als er mitten in der Nacht nach Hause will, sind da Mickey und Jimmy und lehnen entspannt an seinem Auto. Dieser Bastard Green versucht, sich um sie herum zu lavieren, brabbelt irgendetwas wie ein verdammtes Baby, aber Jimmy und Mickey, die lassen einen Fisch nicht so einfach vom Haken – du weißt, was ich meine?«

»Was machen sie dann?« Seine Stirn war heiß vor Fieber, seine Hände unter dem Tisch pochten wieder.

»Sie machen ihn kalt«, sagte Sean tonlos. »Jimmy schießt ihm zweimal in die Brust, dann nehmen sie seine Schlüssel und werfen ihn in den Kofferraum seines eigenen Autos. Sie fahren zu irgendeiner Lagerhalle und – stell dir die Scheiße vor – *der Motherfucker im Kofferraum lebt immer noch, als sie dort ankommen.*«

»Ernsthaft?«

»Ich schwöre bei Gott, John, genau so habe ich die Geschichte gehört.«

»Also töten sie ihn schließlich in diesem Lagerhaus ...«

»Sie haben ihn zerstückelt«, sagte Sean. Dieses vage Lächeln war wieder auf seinem Gesicht zu sehen, und seine Augen glänzten und quollen über vor Stolz. Er war wie ein Vater, der mit dem letzten Homerun seines Sohnes in der Little League angibt. »Sie haben den Bastard mit einer Axt in Stücke gehackt – seinen Kopf, seine Beine, seine Arme. Sie haben ihn zerlegt wie einen Fisch in Chinatown. So lassen sie die Typen verschwinden, das habe ich oft genug gehört. Sie nennen es *den Houdini machen.*«

»Wo hast du das gehört?«

Sean winkte ab. Es war nicht der entscheidende Punkt. »Ich habe es eben gehört. Und du kennst noch nicht einmal den besten Teil der Geschichte. Sie schnappen sich das Buch, in dem die ganzen Kredite eingetragen sind, ziehen durch die Stadt und sammeln das Geld dieses Kerls ein! Als ich das gehört habe, dachte ich, Mann, das ist der verrückteste Scheiß aller *Zeiten.* Kannst du dir das vorstellen?«

»Ich denke, der Typ, der dir die Geschichte erzählt hat, hat dich voll verarscht«, sagte er.

»Auf keinen Fall, Mann. Ich meine, ich kenne diese Jungs. Das sind nicht nur Geschichten. Genau so ist es hier in der Gegend.«

John drehte sich um und sah zum Barkeeper, der gerade mit einer attraktiven asiatischen Frau in beigefarbenen Hosen und rotem Sweatshirt flirtete. Ohne Sean anzusehen fragte John ihn, wie viele andere Mickey und Jimmy getötet hatten.

Sean Sullivan zuckte mit den Schultern. Er sah plötzlich sehr, sehr jung aus im gedimmten Licht des Restaurants.

»Auf der Straße erzählt man sich«, sagte Sean, »dass sie eine Menge Typen auf dem Gewissen haben.«

KAPITEL 31

Für einen Augenblick machte die Aufnahme von Sean Sullivans Stimme alle sprachlos, die sich in Brett Chominskys Büro versammelt hatten. Dann, als Chominsky sich nach vorn beugte und das Tonbandgerät ausschaltete, war ein deutlich hörbares Ausatmen von der Stelle zu vernehmen, an der Roger Biddleman vor der großen Fensterfront stand.

Kersh, der das Gespräch über Johns Sender am vergangenen Abend mitgeschnitten hatte, saß mit verschränkten Armen vor Chominskys Schreibtisch. Sein Blick war unfokussiert und abwesend. Er hatte sich heute Morgen nicht rasiert und sein Kinn sah aus wie ein vollbestücktes Nadelkissen.

John stand mit dem Rücken an die Wand gelehnt neben der geschlossenen Bürotür und vergrub die Hände in den Hosentaschen. Während der Mitschnitt lief, war sein Blick immer wieder von Kersh zu Chominsky zu Biddleman und zurück gesprungen, als sei er Zuschauer eines Ballspiels zwischen den drei Männern. Jeder hatte einen anderen Gesichtsausdruck: Kersh blickte finster, Chominsky war eine ungewöhnliche Unsicherheit anzumerken und Roger Biddleman sah aus wie jemand, der gerade vier Asse beim Poker erhalten hatte und verzweifelt versuchte, ein neutrales Gesicht zu machen.

»Ach du Scheiße«, sagte Chominsky, der als Erster sprach. »Wer ist der Junge noch mal?«

»Sean Sullivan«, antwortete John. »Er ist vielleicht neunzehn. Hat erzählt, dass er seit fünf Monaten Jobs für Mickey und Jimmy erledigt.«

»Glauben Sie ihm?«

»Ich glaube, dass jemand ihm diese Geschichte *erzählt* hat«, sagte er.

»Aber glauben Sie die *Geschichte?*«, fragte Chominsky.

»Das tue ich, ja.«

Chominsky runzelte die Stirn. »Sind Sie krank? Sie sehen krank aus.«

»Es geht mir gut.«

Chominsky wandte sich an Kersh. »Bill?«

»Green ... Horace Green ...«, murmelte Kersh zu sich selbst. Er schob sich in seinen Stuhl zurück und runzelte die Stirn. »Dieser Name klingt so vertraut. Horace Green ...« Er hielt inne und sah dann zu Chominsky nach oben. »Ich denke«, sagte Kersh, »wir müssen uns zuerst überlegen, was wir mit diesem geplanten Auftragsmord machen.«

»Ricky Laughlin«, sagte John.

Chominsky fragte John, warum um alles in der Welt Mickey ihm den Job angeboten hatte.

»Um zu sehen, wer ich wirklich bin«, antwortete er ruhig. »Und weil er glaubt, er kann mich unter seine Kontrolle bringen.«

Kersh warf ihm einen raschen Blick zu.

»Wann erwartet Mickey eine Antwort?«, fragte Chominsky.

»In ein paar Tagen.«

»Irgendwelche Vorschläge, Bill?«

Seufzend löste Kersh seine verschränkten Arme und legte die Handflächen flach auf die Knie. Er sah aus wie jemand, der sich gerade auf sein Gebet vorbereitete. »Wir lassen John den Job annehmen«, sagte er. »Gleichzeitig sorgen wir dafür, dass die Jungs vom NYPD auf diesen Laughlin zugehen und ihm klarmachen, dass ihn jemand im Hudson sehen möchte, am liebsten in Betonschuhen. Wir nehmen ihn in Schutzhaft und bringen ihn in eines unserer Safe Houses nach Queens, bis die Sache vorbei ist.« Er sah John an, und seine Augen waren ausdruckslos. »Man kann niemanden beseitigen, wenn er verschwunden ist.«

Biddleman hatte aufmerksam zugehört. Safe House, Auftragsmord und Schutzhaft waren Schlüsselbegriffe für Fälle, die Karrieren nach oben katapultieren konnten. Wenn sie noch länger darüber sprachen, würde dem stellvertretenden Bezirksstaatsanwalt zweifellos der Speichel auf den Teppich tropfen. Doch es gelang ihm, kühl zu bleiben und einen professionellen Gesichtsausdruck aufzusetzen. Er hielt seine Hände in Höhe der Taille ordentlich zusammengefaltet und verbarg seine Raubtieraugen hinter einem Schleier mäßiger Besorgnis.

»Den Houdini machen«, murmelte Chominsky zu sich selbst und holte die Kassette aus dem Rekorder. »Was für ein Haufen Bestien. Hier«, er gab Kersh die Kassette, »machen Sie ein paar Kopien.«

Kersh stand auf, aber die Falten in seiner Hose blieben. Er verließ das Büro, gefolgt von Roger Biddleman, der sich Zeit ließ, um den Raum zu durchqueren. Er hielt inne, um John zuzulächeln.

»Gute Arbeit, John.«

John nickte nur und sah zu, wie der Staatsanwalt in den Flur verschwand.

»Was ist mit Ihnen?«, fragte Chominsky und lehnte sich in seinem Stuhl zurück. »Wie geht es Ihnen bei der Geschichte?«

»Was meinen Sie?«

»Ich meine, Sie sehen aus, als hätten Sie Malaria. Und ich bin mir bewusst, wie viele Stunden Sie investiert haben, um diesen Kerlen näher zu kommen. Sind Sie sicher, dass es Ihnen gut geht?«

»Ich fühle mich scheiße, aber ich kriege das hin. Ist nur eine Erkältung. Und ich habe nicht allzu gut geschlafen in letzter Zeit.«

»Wann kommt das Baby?«

»Februar.« Dass Brett Chominsky sein ungeborenes Kind erwähnte, war in etwa so, als würde Muhammad Ali zu den Grundlagen der Kernphysik ausführen. Soweit er sich erinnern konnte, hatte er gegenüber Chominsky nicht einmal erwähnt, dass seine Frau schwanger war.

»Sie stimmen mit Bills Ansatz überein, wie wir mit diesem Job und Laughlin umgehen sollten?«

Er nickte. »Hört sich gut an.«

»John«, begann Chominsky und beugte sich auf seinem Stuhl nach vorn, »wenn Sie das Gefühl haben, die Sache wächst Ihnen über den Kopf …«

»Nein!« Seine Stimme klang härter, als er es gewollt hatte. »Ich habe ein gutes Gefühl. Noch ein wenig mehr Zeit, und wir können die Sache ein für alle Mal zu Ende bringen.«

Chominsky starrte ihn noch einige Momente lang schweigend an, bevor er sich wieder aufrichtete und sich seinem Schreibtisch zuwandte. »Sie sollen nur wissen«, sagte Chominsky und sah nicht in seine Richtung, »dass wir jederzeit alles stoppen können, wann immer Sie das für nötig halten.«

»Ich weiß«, sagte John und drehte sich zur Tür. »Ich weiß.«

Sobald er draußen auf dem Flur war, zog sich John schnell auf die Toilette zurück. Dort ließ er kaltes Wasser über seine Hände laufen und langsam kehrte das Gefühl in sie zurück. In seinem Kopf spielte sich die Szene ab, wie ihn Mickey an ihrem Tisch im *Cloverleaf* aus rot umrandeten Augen angestarrt und mit hartem und unnachgiebigen Gesicht gefragt hatte: *Was ist mit Waffen? Meinst du, du kannst ein paar Waffen verticken?* Und damit verknüpft tauchte der gespenstische Sean Sullivan mit seiner Horrorgeschichte auf: *Sie haben ihn zerlegt wie einen Fisch in Chinatown. So lassen sie die Typen verschwinden, das habe ich oft genug gehört. Sie nennen es den Houdini machen.*

Hinter ihm ging die Toilettentür auf und Roger Biddleman kam herein. Der Staatsanwalt sah zweimal in Johns Richtung und lächelte dann sein Spiegelbild an.

»Bin nur hier, um diese Pisse nicht nur aus meinem Kopf zu kriegen«, sagte Biddleman und grinste.

John drehte den Wasserhahn zu und kämpfte mit einer Handvoll Papierhandtücher.

»Ziemlich beeindruckend, dass Sie den Jungen dazu gebracht haben, sich so zu öffnen«, sagte Biddleman. Er stellte sich vor ein Urinal und erleichterte sich mit großem Behagen.

»Es ist nicht viel mehr, als mit diesen Typen zu reden.«

»Nun, ich war auf jeden Fall beeindruckt.« Der Staatsanwalt schüttelte ab und ging zu den Waschbecken. Anstatt sie zu waschen, lehnte er sich mit den Händen in den Hüften über das Becken, um seine Nasenlöcher im Spiegel zu untersuchen. »Wissen Sie, was fantastisch wäre? Wenn wir Mickey auf Band hätten, wie er darüber spricht, diesen Wucherer Green zerstückelt zu haben. Ich meine, können Sie sich vorstellen, was das für einen Eindruck auf eine Jury machen würde, wenn sie hören könnte, wie der Mann selbst sein brutales Verbrechen beschreibt?« Biddleman drehte sich um und blickte ihn nun direkt an, die Hände nach wie vor in die Hüften gestemmt. »Ich würde mich freuen, wenn wir hier auf gleicher Linie sind. Oder zumindest ... im selben *Team* spielen.«

»Sie wollen, dass ich Mickey nach Details über den Mord an Green frage? Und versuche, seine Antwort aufzunehmen?« Schon als die Worte seinem Mund verließen, wusste er, dass Roger Biddleman recht hatte. Es war nicht nur die Vorstellung, Mickey O'Shay für eine sehr lange Zeit hinter Gitter zu bringen, die etwas in ihm entfachte; es war vor allem die Unsicherheit, wie er Mickey dazu bringen sollte, diese Informationen preiszugeben. Das war ein neues Niveau, ein neues Level, das gemeistert werden wollte. Wie er Kersh gesagt hatte, hatte er nicht vor, irgendetwas für Roger Biddleman zu tun. Er tat das alles nur für sich, um zu sehen, wie weit er kommen würde, wie tief er in die Welt von Mickey O'Shay und Jimmy Kahn eintauchen konnte.

Plötzlich bekam er Lust darauf, Mickey über Horace Greens Tod auszuhorchen.

Er drehte sich um und sah Biddleman an, der mit dem Rücken zum Spiegel stand und seine Hände noch immer in die Hüften stemmte.

»Ich werde mich darum kümmern.«

❧

Katie lernte am Küchentisch im Haus von Johns Vater, als er eintraf. Sie hörte ihn kommen, aber drehte sich nicht sofort um und sah nicht sofort von ihrem Lehrbuch auf. Als er in der Küchentür stehen blieb und ein lautes Geräusch mit dem Reißverschluss seiner Lederjacke machte, sagte sie schließlich: »Oben unter dem Waschbecken ist Tylenol. Nimm etwas, bevor du eine Lungenentzündung bekommst.«

Er stellte sich hinter sie und legte ihr sanft eine Hand auf den Kopf. Wie ein neugieriger Vogel auf einem Zweig spähte er über ihre Schulter und versuchte zu erkennen, womit sie beschäftigt war.

»Prüfungen?«, fragte er.

Sie klappte das Buch zu. Drehte sich auf ihrem Stuhl um. Sah ihn an. »Du siehst nicht gut aus.«

»Ich bin nur müde.«

»Bist du heute Abend wieder unterwegs?«

»Nein«, sagte er und zog seine Jacke aus, »heute Abend bin ich hier. Oder zu Hause. Wo immer du sein möchtest.«

»Hast du Hunger? Ich habe gerade Thunfisch-Sandwiches gemacht, aber ich kann dir auch etwas Warmes kochen.«

Er hängte seine Jacke über eine Stuhllehne und schüttelte den Kopf. »Wie geht es Dad?«

Für einen Moment blieben ihre Augen unbeweglich auf ihn gerichtet. In dieser Sekunde erschien sie ihm wie eine Fremde. Sie wirkte nicht mehr jung und voller Energie. In den vergangenen Wochen hatte sich etwas in ihr verändert – und er konnte es sehen. An ihrem Gesicht, an ihren Augen, an den kleinen Falten um ihren Mund. War es tatsächlich erst vor Kurzem gewesen, dass er an sie als junges Mädchen gedacht hatte? Sie auf Coney Island vor Augen gehabt hatte, wie sie einen Schuh auf dem Tilt-A-Whirl verlor? Was war eigentlich aus diesem rotäugigen Panda geworden, den sie für ihn gewonnen hatte?

»Er ist wirklich sehr krank, John«, sagte sie. Tränen füllten ihre Augen. »Ich meine… weißt du … das Ende kommt immer näher, und …« Aber ihre Stimme verlor sich.

»Und?«, fragte er, aber sie schüttelte nur den Kopf. »Was?«

»Nichts.«

»Ich werde nach ihm sehen«, sagte er und wusste nicht, was er sonst sagen sollte. Selbst als er sich abwandte und den Flur zur Treppe hinunterging, konnte er den Blick seiner Frau auf sich spüren.

Im Obergeschoss schien das schwache gelbe Licht aus dem kleinen Bad im Gang. Die Tür zu seinem alten Kinderzimmer stand halb offen und ließ ein dünnes Lichtband auf den sonst dunklen Teppich fallen.

Sein Vater lag in seinem Kindbett. Der alte Mann drehte den Kopf in seine Richtung, als er das Zimmer betrat.

»Hey, Dad, wie fühlst du dich?«

»John …« Die Stimme seines Vaters klang dünn wie Papier. John begann zu zittern. »Ich brauche … hilf mir … hoch …«

»Dad … was?«

»Ins Bad«, brachte sein Vater geradeso heraus und schob die Bettwäsche von seinem verkümmerten Körper.

»Warte«, sagte er, »ich helfe dir.«

Es war beinahe, als zöge er eine leere Hülle nach oben. Der alte Mann konnte keine hundert Pfund mehr wiegen. Mit einer Hand umschloss er das Handgelenk seines Vaters, spürte Knochen und erschauderte. Seine zweite Hand stützte den alten Mann im Rücken. Es fühlte sich an, als berührte er eine exotische Wüstenpflanze. Er fühlte sich hilflos, machtlos, unendlich klein. Er hasste sich für seine Schwäche, hasste sich für seine Unfähigkeit, die Dinge reparieren zu können, die Dinge wieder in Ordnung bringen zu können.

»Hast du deine Medikamente genommen?«

Aber sein Vater war zu schwach, um zu antworten.

Obwohl das Bad nur ein paar Fuß entfernt war, schien der Weg dorthin unendlich zu sein. Gemeinsam stolperten sie wie kleine Kinder, wie zwei Generationen einer nicht lebensfähigen Art. Auf halber Strecke ertappte er sich bei dem Wunsch, die Reise möge endlich vorbei sein, das Licht möge über sie kommen, denn sein Kopf drehte sich jetzt immer schneller und beschleunigte wie eine außer Kontrolle geratene Lokomotive …

»Hilf mir«, sagte der alte Mann und versuchte, die Badtür zu öffnen.

»Entspann dich, Dad, ich habe die Tür …«

Im Bad war es übermäßig hell. Er zuckte zusammen, griff das Handgelenk seines Vaters fester und versuchte, dem väterlichen Rücken mehr Halt zu geben. Durch den Baumwollpyjama konnte er spüren, wie sich die Schulterblätter des alten Mannes verschoben.

Hier im Licht standen sie beide ungeschützt.

»Brauchst du … Dad, soll ich dir …«

Er versuchte, den alten Mann aus dem Pyjama zu schälen und gleichzeitig die Balance zu halten. In seinen Armen fühlte sich sein Vater wie nicht existent an, wie ein Requisit, wie eine schwache Erinnerung an die Person, die er einmal gewesen war.

»Scheiße, *Dad* …«

Sein Vater war nicht mehr bei sich. Mit einem Arm wedelte der alte Mann wild herum und schlug die Hand seines Sohnes beiseite. Einer seiner nackten Füße hob sich einen Inch oder zwei vom Fliesenboden, die Zehen wurden starr … dann stampfte er mit der Ferse auf.

»Dad …«

Ein schaumiges Rinnsal aus Erbrochenem tropfte auf der Vorderseite des Pyjamas seines Vaters herunter. Schockiert und entsetzt riss

John den Kopf nach oben und stellte fest, dass von den Augen seines Vaters nur noch das Weiße zu sehen war. Der um sich schlagende Arm bewegte sich weiter außer Kontrolle und die Finger formten unablässig sinnlose Signale.

»Katie! Katie!« Von einem Augenblick auf den anderen brach sein Vater in seinen Armen zusammen. Er hielt ihn, so fest er konnte, und spürte dabei, wie die Krämpfe den Körper des alten Mannes zerrissen. »Katie! Ruf einen Krankenwagen!«

Es knallte auf den Treppenstufen – Schritte? – und plötzlich schienen die Lichter im Bad zu grell und zerhackten das Geschehen in eine Abfolge comicartiger Szenen. Mit ohrenbetäubendem Lärm knallte der WC-Deckel auf das Porzellan.

John stand inmitten der Fieberkrämpfe seines in seinen Armen zuckenden Vaters und die Welt verformte und drehte sich vor seinen Augen.

☘

Der Abend endete in einer blendenden Wahnwelt aus zu hellem Krankenhauslicht und dem Gestank nach Latex und Desinfektionsmittel.

John starrte unverwandt geradeaus auf die nackte Wand, während Katie mit dem Kopf an seiner Schulter schlief. Sein Gesicht war ausdruckslos, die Augen zu einem stumpfen Grau verblichen. Katies stetiges Atmen half nur wenig dabei, seinen Schock zu lindern.

Eine junge Ärztin trat in den Flur und klickte mit einem Kugelschreiber. »Mr. Mavio?«

Vom Rest der Intensivstation mit einem grünen Plastikvorhang getrennt lag sein Vater bewusstlos in einem Bett, das viel zu groß für ihn aussah. In nur wenigen Monaten war aus ihm ein Schatten des Mannes geworden, der er einmal gewesen war.

»Ihr Vater hat einen schweren Schlaganfall erlitten, verursacht durch einen Druckaufbau in dem Gewebe, das den Tumor umgibt. Er ist derzeit bewusstlos, aber sollte er jemals das Bewusstsein wiedererlangen, wird das einhergehen mit einer vollständigen Dysfunktion aller motorischen Fähigkeiten einschließlich der Sprache. Seiner papillären Reaktion zufolge ist auch der Verlust der Sehkraft zu erwarten ... Hörverlust ... Lähmung ...«

Die Worte um ihn herum verblassten und lösten sich auf wie Rauchfetzen.

»Danke«, sagte er zu der Ärztin und ging wieder auf den Flur hinaus.

Katie schlief noch immer im Wartezimmer, ihr Kopf lag schief an der Lehne ihres Stuhls. Er blieb für einen Moment stehen und beobachtete sie, bevor er den Flur zur Toilette hinunterging.

Dort weinte er auf seine Weise, lautlos und unhörbar.

KAPITEL 32

Corky McKean, einer der beiden Brüder, denen das *Cloverleaf* gehörte, hatte ein Gesicht wie ein ausgepeitschter Pitbull und eine Wirbelsäule, die so krumm war wie die Konturen eines Holzstoßes. Seine Hände waren riesig, Hände eines Holzfällers, die an den Fingerspitzen in verdrehten, schwarzen Nägeln endeten. Seine von Akne geplagten Wangen erinnerten an zwei Tic-Tac-Toe-Spielflächen, die von einer Nase so flach wie ein Flaschendeckel getrennt wurden.

Corky versah meist tagsüber seinen Dienst und blieb nur selten nach Einbruch der Dunkelheit im *Cloverleaf*. Der plötzliche Schneesturm, der die Stadt kurz vor seinem routinemäßigen Verschwinden überfallen hatte, ließ ihn hinter dem Tresen herumlungern und auf einem Bierfass sitzend eine Macanudo-Zigarre rauchen. Er war bekannt dafür, dass er Schnee hasste – geradezu fürchtete, wie einige sagten – seit er irgendwo auf dem flachen Land von einer eisigen Straße abgekommen und in einen Baum gekracht war. Jetzt starrte er fortwährend durch das schmale Fenster des *Cloverleaf* nach draußen und sah rauchend dabei zu, wie der Sturm zunahm. Er hoffte, der Schnee würde bald nachlassen, denn zu Hause warteten eine Dose Baked Beans und ein paar Pornostreifen auf ihn, auf die er sich begierig zu stürzen plante.

John kam mit einem Windstoß voller Schnee durch die Tür und beeilte sich, auf die Toilette zu kommen. Dank der zahllosen Besuche in den letzten Wochen empfand er inzwischen ein Gefühl der Vertrautheit, wenn er das *Cloverleaf* betrat. Während er den Raum durchquerte, nahm er unauffällig und nebenbei die Gesichter an den Tischen und am Tresen in den Blick. Einige kannte er – Boxie, der alte Schluckspecht, saß am Ende des Tresens; auch der Junge mit der bunten Strickmütze der New York Islanders war da und lag fast auf einem der Tische an der Rückseite des Raumes – und andere sagten ihm nichts.

Außer ihm war niemand auf der Toilette. John drückte die Tür zu einer der Kabinen auf, ging hinein und versuchte vergeblich, sie von innen mit dem defekten Türriegel zu verschließen. Die Kabine war winzig, kaum groß genug, um sich zu drehen, geschweige denn sich tatsächlich hinzusetzen. Die Rückseite war mit kunstlosen Graffiti beschmiert, dazu kamen mindestens zwanzig verschiedene Telefonnummern. Hinter ihm drückte sich der fleckige Rand der Toilettenschüssel in seine Kniekehlen.

John zog seine Jacke aus und schob seinen Fleece-Pullover nach oben. Im Innenfutter des Pullovers befand sich eine eingenähte Tasche, in der ein Rekorder in der Größe einer Audiokassette verstaut war. Vom Rekorder ging ein Kabel aus, das an seine Brust geklebt war und über den gesamten Oberkörper bis zu einem kleinen Mikrofon verlief, das kurz unter dem Ausschnitt seines T-Shirts angebracht war. Er richtete den Rekorder vor seinem Bauch aus und strich die Jacke glatt. Er hasste es, verkabelt zu sein, aber wusste, dass das besser funktionierte als ein drahtloses Mikrofon. Mit dem Aufnahmegerät unter seinem Pullover konnte er die Gespräche zuverlässig aufnehmen, und niemand musste dem *Cloverleaf* gefährlich nahe kommen, um alles mitzuschneiden.

Am Waschbecken zog John seine Handschuhe aus und steckte sie in die Gesäßtasche seiner Jeans. Er drehte den Wasserhahn auf und wartete, bis das Wasser warm war, bevor er seine Hände unter der dampfenden Flüssigkeit fest aneinanderrieb.

Als er wieder zum Tresen kam, hatte jemand einen U2-Song auf der Jukebox ausgewählt. Die Jukebox spielte das Lied mit weichem, leisen Ton. Er setzte sich auf einen der Barhocker und rieb sich mit den Handrücken über die Augen. Seine Krankheit befand sich nun in einem merkwürdigen Schwebezustand, in dem sie sich entweder dafür entscheiden würde, ihn in Ruhe zu lassen oder einen letzten, verheerenden Angriff zu führen.

Corky McKean stand von seinem Bierfass auf, drückte das Leben seiner Zigarre im gläsernen Aschenbecher aus und schlenderte zu ihm. »Was soll es sein?« Er deutete mit einem Finger auf die Kaffeemaschine, die auf einem Stapel durchtränkter Magazine auf dem Tresen stand. »Kann ich eine Tasse davon haben?«

Corky holte etwas Undefinierbares aus seinen Zähnen, drehte sich um und durchwühlte eine Kiste voller Tassen. Er fand eine, die halbwegs sauber war, goss sie halbvoll mit Kaffee und stellte sie vor John hin. John hob die Tasse hoch und bemerkte voller Ironie, dass die Buchstaben NYPD groß und weiß über eine Seite verliefen. Der Kaffee war lauwarm und schmeckte wie Backpulver, aber er beschwerte sich nicht.

Seit der Secret Service, Roger Biddleman und Detective Glumly von der NYPD die Aufnahme von Sean Sullivan hatten, waren zwei Zusammenhänge klar geworden. Detective Glumly zufolge hatte er vor Kurzem einen abgeschlagenen Kopf und die Überreste eines männlichen Torsos entdeckt, in dessen Brust sich zwei Einschusslöcher befanden, die von einer Pistole Kaliber .22 stammten. Nachdem er Sean Sullivans Ausführungen gehört hatte, hatte Glumly die zahnärztlichen Daten aller Horace Greens in der Stadt und im Umkreis beschaffen und durchsuchen lassen. Einer der Datensätze passte zu den Zähnen des abgetrennten Kopfes: Horace Green aus Queens, New York.

Der zweite Zusammenhang betraf die .22er, die im Lincoln von Evelyn Gethers gefunden worden war. Es war diese Pistole gewesen, mit der jemand Green zweimal in die Brust geschossen hatte. Eine zweite Suche nach Fingerabdrücken brachte dasselbe Ergebnis wie die erste – nur die Abdrücke des toten Douglas Clifton fanden sich auf der Waffe. Diese Informationen brachte etwas in Johns Kopf in Bewegung, obwohl er nicht ganz den Finger darauf legen konnte, was es war. Es gab jetzt neben dem Falschgeld noch eine Verbindung zwischen Douglas Clifton, Mickey und Jimmy: einen *Mord*. Aber wie fügten sich die Puzzleteile zusammen? Jedes Mal, wenn John das Gefühl hatte, kurz vor der Lösung der Gleichung mit ihren zahlreichen Unbekannten zu stehen, zerstoben seine Gedanken wie ein Haufen Staub in einem Windstoß.

Ein kalter Luftzug traf seinen Rücken.

Mickey betrat das *Cloverleaf* allein. Als er die Tür hörte, drehte sich John um und beobachtete, wie Mickey die Schwelle überschritt. Seine dick besohlten Stiefel hinterließen Pfützen aus Schneematsch auf dem Holzfußboden. Mickey sah nach oben, ihre Blicke trafen sich. Doch der kranke Typ setzte sich nicht zu ihm. Stattdessen ging Mickey ans andere Ende des Tresens und suchte sich einen Platz für sich allein. Als Corky McKean sich mit seinem kaputten Gesicht zu ihm umdrehte, bestellte Mickey ein Schnapsglas mit Irish Cream und ein Guinness – was er als Milchshake zu bezeichnen pflegte.

John behielt Mickey über den Rand seiner Kaffeetasse im Blick. *Schon jetzt ist er zwanzig Minuten zu spät,* dachte er, *und das Arschloch sitzt da, trinkt Bier und tut so, als würde er mich nicht kennen.* Und doch war es genau dieses Verhalten, das John von Mickey zu erwarten gelernt hatte.

Als John seinen Kaffee ausgetrunken hatte, stellte er die Tasse hin und verschränkte seine Hände auf dem Tresen, wobei er gar nicht erst versuchte, seine Verärgerung zu verbergen. Mickey blickte fortwährend in seine Richtung und konnte mit Sicherheit sehen, dass John immer wütender wurde, aber er reagierte nicht und wandte sich wieder seinem Bier zu. Sein etwas entrückter Gesichtsausdruck erinnerte an den eines kleinen Kindes.

Schließlich stand John auf, bezahlte und ging zur Tür.

»John.« Mickeys Stimme hatte nichts Dringliches, war geradezu beiläufig.

Er drehte sich um, klappte den Kragen seiner Jacke hoch und sagte kein Wort. Ein Streifen Mondlicht aus dem einzigen Fenster neben der Tür verlief über sein Gesicht. Grinsend und kopfschüttelnd winkte ihn Mickey zu sich und bedeutete ihm, sich neben ihn zu setzen. Verärgert ging er zurück und nahm sich den Barhocker neben Mickey.

»Was soll die Scheiße?«, fragte John. »Ich dachte schon, du würdest vielleicht beobachtet.«

»Hast du mit Sullivan über den Job gesprochen?«, fragte Mickey, drehte sein leeres Bierglas auf den Kopf und hielt es nach oben.

»Wir machen es.«

Noch immer grinsend nickte Mickey. Ihre Gesichter waren einander zu nah; er konnte den Alkohol riechen, den Mickey in Wellen verströmte. Der Gestank schlug ihm auf den Magen. Die Augen seines Gegenübers sahen aus wie die schwarzen, seelenlosen Augen eines Welses.

»Gut«, sagte Mickey. »Lass uns von hier verschwinden. Wir holen die Waffen. Hast du dabei, was du mir für die andere schuldest?«

»Im Auto.«

»Einwandfrei.«

Draußen stiegen sie in den Camaro und fuhren in Richtung des Süßigkeitenladens und Mickey O'Shays Wohnung.

»Das Geld ist unter deinem Sitz«, sagte John.

Mickey lehnte sich nach vorn, griff nach unten und zog vier Fünfzig-Dollar-Scheine hervor, die von einer Büroklammer zusammengehalten wurden. Wortlos faltete er das Geld und steckte es in die Innentasche seines Mantels.

»Warum bist du nicht einfach direkt zu mir gekommen wegen des Jobs?«, fragte John, nachdem sie einige Zeit stumm nebeneinander gefahren waren. »Was soll der Junge, was soll Sullivan bei der Geschichte?«

»Wovon redest du?«, fragte Mickey. Er saß leicht nach vorn gebeugt, mit stumpfen Augen, und seine Zunge drückte gegen das Innere seiner Wange.

»Das ist nicht gerade ein Zwei-Mann-Job«, fuhr John fort. »Und ich könnte die ganzen Fünftausend gebrauchen.«

»Ich sorge nur dafür, dass der Job erledigt wird«, sagte Mickey. »Ich zahle Fünftausend dafür. Was auch immer du mit dem Jungen ausmachst, ist deine Sache.«

»Wir haben uns ein paar Drinks genehmigt, als wir uns dieses Restaurant angeschaut haben«, sagte er und erzwang ein Grinsen. »Gottverdammt, hat mir der Junge vielleicht eine verrückte Geschichte aufgetischt, über dich und Jimmy und so einen jüdischen Kredithai ...«

»*Was?*« Mickeys plötzliche Wut klang wie ein Anschlag auf einer verstimmten Gitarre. Unmittelbar saß er starr und kerzengerade auf seinem Sitz und seine langen Haarsträhnen bewegten sich in der heißen Luft aus der Lüftungsanlage.

»Er hat erzählt, dass ihr euch diesen Kerl geschnappt, ihn in Stücke geschnitten und ihm sein Buch abgenommen habt. Ihr hättet dann die im Buch erfassten Schulden eingetrieben. Ich fand, das war die verdammt lustigste Geschichte, die ich je ...«

»Was zum Teufel redest du da?«, spuckte Mickey aus und drehte sich frontal zu ihm um, wobei er seinen rechten Arm über die

Mittelkonsole legte. Irgendetwas, das Mickey O'Shays äußere Erscheinung zusammengehalten hatte, war soeben zersprungen. Sein Blick ähnelte jetzt zu sehr dem Blick an jenem Abend, an dem er Dino »Smiles« Moratto zusammengeschlagen hatte. »Was zur Hölle geht dich das an?«

»Verdammt, Mickey, entspann dich! Scheiße, lehn dich zurück und entspann dich! In Ordnung? Was zum Teufel ist das Problem?«

»Sullivan hat dir das erzählt?«

»Ja ...«

»Wo hat er das gehört? Wer hat es ihm gesagt?«

»Keine Ahnung. Ich habe nicht nachgefragt.«

»Was hat er sonst noch gesagt?« Mickey atmete jetzt schwer, seine Nasenlöcher bebten und seine Lippen waren fest aufeinandergepresst. »Dieses kleine Arschloch ...«

»Nichts hat er sonst gesagt, nichts – was ist los? Mickey, Mann, komm wieder runter!«

Mickey schwieg einige Sekunden und sein Blick schien sich von der Seite in Johns Kopf bohren zu wollen. John konnte den Schock und den Zorn geradezu schmecken, die in Wellen von Mickey ausgingen wie die Hitze verbrennenden Kerosins von einem Flugzeugtriebwerk. Dann, wie ein ausgehender Motor, ließ sich Mickey langsam in den Beifahrersitz zurücksinken, legte den Kopf nach hinten und die Hände flach auf die Knie. Er atmete wieder langsamer, aber angestrengt. Mickey starrte geradeaus durch die Frontscheibe: »Warum erzählst du mir das, verdammt noch mal?« Seine Stimme klang wieder leise und unauffällig, aber die knisternde Anspannung schwang noch immer mit.

John zuckte mit den Schultern. Aus den Augenwinkeln riskierte er einen Seitenblick auf Mickey, bevor er wieder auf die Straße sah. »Es war nur Gerede. Vergiss es. Aber wenn du es scheiße findest, was der Junge sagt, warum bringst du ihn mit mir zusammen?«

»Halt einfach die Klappe.«

Er hatte plötzlich keinerlei Zweifel mehr, dass Mickey und Jimmy das Verbrechen tatsächlich begangen hatten, von dem Sean Sullivan erzählt hatte. Und nicht nur das – die verborgene Wut, die rapiden Stimmungsschwankungen und Wandlungen in Mickeys Verhalten verstärkten diese Einschätzung und zwangen John, sich zu fragen, wie viele Menschen Mickey O'Shay und Jimmy Kahn noch auf dem Gewissen haben mochten.

Er ließ den Wagen die Tenth Avenue entlang schnurren. Der Schneematsch schälte sich von den Reifen. Die Straßen waren halbwegs geräumt, aber auf den Bürgersteigen türmte sich die kaltweiße Masse. Ein paar Fußgänger kämpften sich durch den Schnee, die Köpfe gesenkt, eingehüllt in dicke Wintermäntel und wehende Schals.

Vor Mickeys Wohnkomplex brachte er das Auto zum Stehen. Den Motor ließ er laufen. In der ganzen Zeit, die er mit Mickey O'Shay verbracht hatte, war er nicht einmal in seiner Wohnung gewesen. Er stellte sich eine Singlewohnung vor, nackte Wände und bröckelnder Putz, dazu herumliegende Bierflaschen, kaum Kleidung, ein ungemachtes Bett mit fleckigen, vergilbten Laken.

»Warte hier«, sagte Mickey und stieg in die Nacht hinaus. Aber er ging nicht nach oben, wie John vermutet hatte. Stattdessen eilte er über die Straße und stürmte ins *Calliope Candy*.

»Er geht in den Laden«, sagte er und trommelte mit seinen behandschuhten Fingern aufs Lenkrad. Einige Autos fuhren auf der Tenth Avenue vorbei. Kershs Limousine schwamm im Strom mit. John sah den Rückleuchten von Kershs Wagen hinterher, der die Tenth Avenue weiter nach Norden fuhr und dann links auf die 53. Straße einbog. Um ihn herum war Dunkelheit und ein leichter Schneefall hinterließ eine dünne weiße Schicht auf der Frontscheibe des Camaro. Eher gleichgültig beobachtete er die Szenerie und dachte an die Winter seiner Kindheit in Brooklyn.

Mickey erschien wieder auf der anderen Straßenseite mit einer braunen Papiertüte unter dem Arm. Selbst unter dem Schein der Straßenlampe wirkte er, als könne er jeden Moment mit der Ziegelsteinfassade des Ladens verschmelzen und unsichtbar werden, wenn er nur wollte. Doch Mickey gehörte nicht zu den Menschen, die fähig waren, sich über lange Zeit versteckt zu halten. Typen wie er blieben nie lange im Verborgenen, egal wie gefährlich es für sie war. Es gab immer etwas, das sie aus ihren Löchern und wieder ins Rampenlicht lockte, irgendeinen Köder, der an einem Haken vor ihrer Nase baumelte und ihren Appetit weckte. Alle Schaltkreise in

Mickeys Körper waren mit einer zentralen Schnittstelle verbunden, die von Gier und glühendem Wahnsinn angetrieben wurde.

Mit klappernden Zähnen sprang Mickey zurück in den Wagen und schlug die Tür zu. Er öffnete die Tasche auf seinem Schoß, spähte hinein und griff mit einer Hand nach etwas. Er zog eine .25er Beretta heraus und reichte sie John.

»Da drin ist noch eine für Sean«, sagte Mickey, »plus Munition. Und schau mal hier.«

Mickey holte einen schmalen Karton aus der Tasche und schob den Deckel auf. Der Karton war mit Zeitungspapier ausgestopft. Als Mickey das Papier beiseiteschob, kam ein kurzes, schwarzes, zylindrisches Metallrohr zum Vorschein, das an einem Ende mit einer Öffnung von der Größe einer Zehn-Cent-Münze und am anderen Ende mit einem Gewinde versehen war: ein Schalldämpfer.

»Ach du Scheiße. Woher hast du den?«

»Hab da so einen Typen, der sie für uns herstellt. Prima Qualität. Was meinst du? Kriegst du ein paar davon los?«

»Ohne Probleme, sofort. Wie viele hast du?«

»Eine Handvoll«, sagte Mickey, »aber die sind schon verkauft. In ein paar Tagen kann ich dir welche beschaffen.«

»Wie viel?«

Mickey zuckte mit den Schultern. »Zweihundert.«

»So viel kosten allein die Waffen«, gab John zurück.

»Hundertfünfundsiebzig«, sagte Mickey, »aber mehr ist nicht drin. Außerdem«, fuhr er fort und legte den Schalldämpfer zurück in den Karton, »kannst du überall Waffen bekommen. *Diese* Teile aber ...«

»Kann ich das Exemplar hier kaufen?«

»Du hast das Geld dabei?«

»Nein, aber du weißt, dass ich mein Wort halte. Ich kann es dir morgen geben.«

»Wie ich gesagt habe«, murmelte Mickey und stopfte den Karton in seine Manteltasche, »die hier sind schon verkauft.«

John nahm die Tasche von Mickeys Schoß, durchsuchte sie und nahm die zweite Pistole in Augenschein. Er nickte, packte beide Waffen wieder ein, rollte die Tasche zusammen und verstaute sie auf dem Rücksitz.

»Hast du mit deinem Typen über die Prozente auf das Falschgeld gesprochen?«

»Weißt du«, sagte Mickey, »ich habe tatsächlich darüber nachgedacht. Auf fünfzehn Prozent kann ich runtergehen.«

»Nein«, sagte er. »Das ist noch zu hoch, Mickey. Da bleibt nichts für mich.«

Mickey schob seine Unterlippe nach vorn. »Okay«, sagte er, »zehn Prozent.«

John hoffte nur, dass Mickey sein Gefühl beinahe überheblicher Freude nicht mitbekam, das sich auf seinem Gesicht auszubreiten drohte. Zehn Prozent, das bedeutete, dass sie das Geld höchstwahrscheinlich doch direkt vom Drucker bezogen. Und wie plötzlich Mickey mit dem Preis heruntergegangen war ...

»Zehn Prozent ... *aber hier ist der Deal*«, fügte Mickey mit ansteigender Stimme hinzu. »Du kaufst uns eine Million ab.«

Er stieß ein Lachen aus und wandte sich von Mickey ab. »Eine *Million?* Scheiße, Mann, baust du das Zeug in deiner *Wohnung* an?« Er pfiff und lehnte seinen Kopf an die Kopfstütze. »Das ist eine Menge Geld, das ich erst mal aufbringen muss. Bei zehn Prozent bin ich bei hunderttausend.«

»Ist das ein Problem?«, fragte Mickey.

»Ja«, sagte John, »aber es ist einen Versuch wert. Ich werde einige Zeit brauchen, um Kunden zu organisieren. Bevor ich so einen Deal mache, will ich sicher wissen, dass ich die Käufer habe.«

»Wie lange?«

»Mindestens ein paar Wochen. Aber ich bin interessiert. Zehn Prozent ergibt einen ordentlichen Anteil für mich.«

»Ich weiß«, sagte Mickey.

»In der Zwischenzeit«, sagte er, »schau mal, was mit diesen Schalldämpfern geht.«

»Wie viele willst du?«

Er überlegte.

»Ist fünf okay für dich?«

»Kein Problem.«

»Mal sehen, wie schnell ich sie an den Mann kriege, dann geht vielleicht mehr.«

»Mach keinen …« Mickeys Worte erstarben, als sein Blick sich auf etwas knapp hinter Johns Kopf fokussierte. Gerade als er dabei war, sich umzudrehen, ertönte ein schnelles Klopfen gegen das Fenster auf der Fahrerseite.

Hinter dem Fenster stand ein Polizist in Uniform, nur wenige Zoll von seinem Gesicht entfernt.

Ohne darauf zu warten, dass John das Fenster herunterließ, zeigte der Polizist mit zwei Fingern auf die Kreuzung. Mit bleichem Gesicht und zusammengezogenen Augenbrauen schrie er: »Schaffen Sie das Auto hier weg! Sie können hier nicht stehen. Weg hier! Los!«

Er legte den Gang ein, als Mickey die Beifahrertür öffnete. Einen wahnsinnigen Augenblick lang hatte er vor Augen, wie Mickey eine Pistole aus dem Hosenbund zog und das Magazin in den Uniformierten leerte, der daraufhin blutüberströmt an der Hauswand hinter ihm zusammenbrach. Es war erschreckend, wie schnell sein Kopf in der Lage war, dieses Bild heraufzubeschwören. Als sei er sich schon lange sicher, wie nahe am Abgrund Mickey wirklich war – wie *abseitig*, wie *unberechenbar* – und wie schnell die Dinge richtig übel werden konnten.

»Weg hier!«, brüllte der Polizist wieder. Seine Spucke flog gegen das Fenster. »Jetzt!«

Mickey schlug die Tür zu und eilte über die Straße zum *Calliope Candy*. Die obere Hälfte des Kartons, in der der Schalldämpfer war, ragte aus seiner Manteltasche wie ein Knochen. Die Straßenlaterne an der Ecke malte seinen Schatten in großen Sprüngen in die wachsende Schneedecke auf dem Bürgersteig.

Er drehte sich kein einziges Mal um.

♣

John rollte einen Stressball in seinen Händen hin und her, hatte ein Bein auf seinen Schreibtisch gelegt und sagte: »Sie versuchen jetzt den ganzen Rest von dem Zeug auf einen Schlag loszuwerden. Deshalb haben sie die Prozente reduziert. Und deshalb wollen sie, dass ich die ganze Million nehme.«

Kersh, auf dessen Gesicht sich das Licht seines Computerbildschirms widerspiegelte, nickte. Beiläufig zerpflückte er einen Styroporbecher und rollte die abgebrochenen Stücke zu kleinen, weißen Kugeln. Sie hatten gerade das Band angehört, das John zuvor aufgenommen hatte. An der Stelle, an der John versucht hatte, aus Mickey etwas über den Mord an Horace Green herauszukitzeln, stand Kersh auf und lief vor seinem Schreibtisch auf und ab, wie ein Basketballfan, dessen Team sieben Sekunden vor Spielende fünf Punkte zurücklag.

»Bei einem so großen Deal«, fuhr John fort, »muss Kahn auftauchen.«

»Jimmy Kahn«, murmelte Kersh zu sich selbst. Jeden Tag hatte er Johns Aufnahmen durchgehört, und jeden Tag war er am Ende wieder enttäuscht worden. Mickey hatte seine schmierigen Finger überall, aber in Bezug auf Jimmy Kahn gab es noch immer nichts Handfestes. Sogar wenn die beiden telefonierten, sprachen sie so kryptisch oder oberflächlich, dass es nichts als Zeitverschwendung war, sich das anzuhören.

»Noch etwas«, sagte er. »Ich vermute, sie stellen die Schalldämpfer im Süßigkeitenladen her.«

»Glumly hat heute Laughlin festgenommen«, sagte Kersh. »Den Barmann.«

»Und?«

»Der große Kerl ist zusammengebrochen wie ein kleines Mädchen«, sagte Kersh. »Wenn er Angst vor Mickey O'Shay hat, behält er es für sich. Hat gesagt, dass er niemanden kennt, der hinter ihm her sein könnte – aber Glumly hat seine Akte gezogen. Der Typ ist schon ein paar Mal verhaftet worden, wegen Rauschgiftdelikten. Meistens Marihuana.«

»Es kann eine Million Gründe geben, weshalb Mickey ihn tot sehen will.« Er schüttelte den Kopf und rieb sich die Stirn. »Oder es gibt überhaupt keinen Grund ...«

»Glumly hat den Barkeeper für eine Weile an einen sicheren Ort in Queens gebracht. Kabel-TV, warme Mahlzeiten. Wahrscheinlich der beste Ort, an dem der Penner jemals gelebt hat.«

»In der Zwischenzeit«, sagte John, »sollten wir zusehen, dass wir das Geld für den großen Deal auftreiben. Hoffen wir, dass Kahn auftaucht, denn der Boss wird es nicht gern sehen, wenn die Hunderttausend ohne Ergebnis verschwinden.«

»Vielleicht ist Kahn auch bei den Schalldämpfern dabei«, sagte Kersh. »Das würde mindestens fünfzehn Jahre für ihn bedeuten.«

Er sah Kersh an, dass ihm der Deal über eine Million Dollar nicht geheuer war. Aber John zweifelte daran, dass Kahn erscheinen würde, nur um ihm Schalldämpfer zu verkaufen. Bisher war er nur aufgetaucht, wann John etwas verkauft hatte. Und selbst wenn Kahn dabei sein würde, musste John ihn direkt mit dem Deal in Verbindung bringen. Seine bloße Anwesenheit würde nicht ausreichen. Sie hatten genug, um Mickey lebenslang hinter Gitter zu bringen, aber Kahn würde irgendwann wieder auf den Straßen sein Unwesen treiben. Und in der Zeit, die er in ihrem Umfeld verbracht hatte, war John klar geworden, dass es mit Jimmy Kahn auf den Straßen immer einen neuen Mickey O'Shay geben würde. Das war das eigentliche Problem. Um die Sache erfolgreich zu Ende zu bringen, mussten sie beide kriegen, und zwar richtig. Bill Kersh mochte mit der billigen Lösung zufrieden sein, Jimmy Kahn einzulochen, aber John war es nicht.

»Wie dem auch sei«, sagte Kersh übertrieben laut, »es ist spät und ich bin müde. Ich gehe nach Hause und schaue Discovery Channel, bis ich einschlafe. Sie bringen eine hammermäßige Reportage über prähistorische Haie, die ich schon lange sehen will.« Er stand auf und arbeitete sich mit Mühe in seine Jacke. »Du solltest auch heimgehen. Du siehst aus, als fehlten dir ungefähr acht Monate Schönheitsschlaf.«

Kersh ging, und John lauschte noch eine Weile den Schritten seines schweren Kollegen, die über den Büroflur knarrten. Da war das vertraute Summen des nahenden Aufzugs, das *Kling!*, als er die Etage erreichte, und das lethargisch klingende, schleifende Geräusch, als sich der Aufzug öffnete. Nach ein oder zwei Sekunden schlossen sich die Türen wieder, das Summen setzte erneut ein, und er hörte zu, wie der Aufzug langsam nach unten fuhr.

Mit geschlossenen Augen lehnte er sich in seinem Stuhl zurück und knetete den Stressball mit einer Hand. Die Ereignisse der vergangenen zwei Monate rasten durch seinen Kopf wie ein Video im

Zeitraffer. Erst als das Telefon auf seinem Schreibtisch klingelte, schreckte er auf und merkte, dass er eingeschlafen war.

Es war einer der Kollegen von der Wache. »John. War mir nicht sicher, ob du immer noch hier bist.«

»Was ist los?«

»Hier ist eine Frau, die dich sehen will. Sie sieht ziemlich fertig aus.«

»Ihr Name?«

»Sie sagt, ihr Name sei Tressa Walker.«

Der Ball rollte an den Rand des Schreibtisches, hielt einen Augenblick inne … und fiel dann herunter. Er hüpfte ein paar Mal und kullerte dann über den Boden zu der Front aus großen, raumhohen Bürofenstern. John blickte zu den Fenstern auf und sah in sein eigenes Gesicht, das ihn als Spiegelbild anstarrte.

»Ich bin gleich da«, sagte er und legte auf.

KAPITEL 33

In einem kleinen, fensterlosen Verhörraum im Erdgeschoss des New Yorker Secret-Service-Büros saß Tressa Walker am Ende eines langen, rechteckigen Tisches. Ihre weißen, zu Fäusten geballten Hände waren auf ihren Schoß gepresst. Als John die Tür öffnete und den Raum betrat, sah die junge Frau nervös auf. Für den Buchteil einer Sekunde sah sie aus, als wollte sie aufspringen und aus dem Zimmer stürzen. Angst und Verwirrung zeichneten sich auf ihrem Gesicht ab und verzogen die Falten in der Nähe von Mund und Augen zu traurigen Angelhaken. Fast einen Monat war es her, seit er sie zuletzt gesehen hatte, aber es wirkte, als sei das Mädchen um zwanzig Jahre gealtert.

»Tressa«, sagte er, ging in den Raum hinein und schloss die Tür hinter sich. »Was machst du hier? Du kannst hier nicht einfach so vorbeikommen. Wenn du reden willst, hättest du mich anrufen sollen.«

Er nahm sich einen Stuhl auf ihrer Seite des Tisches und setzte sich neben sie. Einen Platz zwischen ihnen ließ er frei. Ihre Augen hatten Mühe, ihm zu folgen, ja überhaupt länger auf etwas gerichtet zu bleiben. Sie sah deutlich ängstlicher aus als an dem Abend im *McGinty's*. Die Furcht in ihrem Gesicht ließ ihn sich in seinem Stuhl nach vorn lehnen, und auf einmal sorgte er sich, etwas wäre falsch gelaufen, schrecklich falsch gelaufen.

»Was?«, fragte er. »Was ist los?«

»Sie stellen Fragen nach dir«, sagte sie mit zitternder Stimme. Es war, als würde sie einem Priester ihre Sünden beichten, peinlich berührt von ihren Untaten und voller Furcht vor den Konsequenzen. »Mickey und Jimmy. Sie laufen im Viertel herum und fragen nach dir. Heute Abend haben sie mich gesehen, mir den Weg verstellt und mich nach dir ausgefragt. Ich habe nicht ... ich meine ... als ich sie gesehen habe, wusste ich sofort, das etwas nicht stimmt. Verdammter Mist.« Ihr Körper zitterte. »John, was zum Teufel ist los? Warum braucht ihr so lange?«

»Beruhige dich erst einmal.«

Sie nickte mehrmals schnell hintereinander, formte ihre Lippen zu einem Kreis und holte tief Luft.

»Was wollten sie wissen?«, fragte er. »Was hast du ihnen erzählt?«

»Ich habe ihnen überhaupt nichts erzählt«, beharrte sie. »Sie haben mich in die Enge getrieben und mich zu *Tode* erschreckt. Ich dachte ...« Sie verstummte, doch sie brauchte nichts weiter zu sagen. Tressa Walker hatte gedacht, dass sie sterben würde.

»Was haben sie dich gefragt?«, hakte er nach. »Was haben sie über mich gesagt?«

»Nein, da war nichts«, sagte sie und schüttelte den Kopf. Mit zitternden Fingern holte sie eine Zigarette aus ihrer Handtasche und schaffte es gerade so, sie anzuzünden. »Es war nur ... sie wollten alles mögliche Zeug wissen ... ich weiß nicht ...« Sie nahm einen heftigen, tiefen Zug und inhalierte den Rauch. Das Innere ihrer Wangen berührte sich fast. »Sie haben mich mit Fragen überschüttet, auf die ich nichts sagen konnte, John. Ich hatte furchtbare Angst. Sie haben mir Fragen gestellt, auf die ich keine Antwort geben konnte. Und wenn ich Mist baue und das Falsche erzähle, dann *wissen* sie es. Diese Kerle machen keine Spielchen. Warum zum Teufel dauert es so lange, bis sie hinter Gitter sind?«

»Wir arbeiten daran.« Er versuchte, sicher und überzeugend zu klingen. »Wir sind nah dran, aber es braucht seine Zeit. Du musst dich einfach nur beruhigen. Es ist alles in Ordnung.«

»Ist es *nicht*. Sie versuchen immer noch, das Geld über Francis loszuwerden, weißt du, aber er hat keine Käufer mehr. Und gottverdammt, er hat zuviel Schiss, überhaupt noch mit ihnen Geschäfte zu machen.« Wieder zog sie heftig an ihrer Zigarette, und für einen Augenblick dachte John, ihre Augen würden gleich nach hinten in ihren Kopf fallen. »Es dauert zu lange, und das gefällt mir nicht. Ich will raus aus der Stadt, jetzt, weg von ihnen. Ich habe kein gutes Gefühl. Diese Sache mit dem Zeugenschutz, über die wir gesprochen haben – du musst mich *jetzt* hier rausholen ...«

»Hör mir zu, Tressa. Du musst ruhig bleiben. Sie klopfen dich nur ab, das ist alles. Wir haben einige Deals laufen, und sie fangen an, mir zu vertrauen ...«

»Sie vertrauen niemandem.«

»Wenn wir dich jetzt wegbringen«, fuhr er fort, »sieht das verdächtig aus. Es ist besser für dich, hierzubleiben, bis die Sache ausgestanden ist. Sie versuchen nur, dich unter Druck zu setzen, sie wollen sehen, ob du etwas weißt. Solange du *nichts* sagst, brauchst du dir keine Sorgen machen.«

Aber er sah es ihrem Blick und den nervösen Bewegungen ihrer Augen an, dass jeder weitere Druck der Jungs von der West Side sie zusammenbrechen lassen würde, unabhängig davon, was ihr für Folgen drohten. Was noch vor einem Monat wie ihr Ticket aus Hell's Kitchen ausgesehen hatte, schien jetzt wie ein Todesurteil.

»Sie haben versucht herauszufinden, wo du herkommst und mit wem du schon zu tun hattest«, erklärte Tressa. »Sie haben jedem in Hell's Kitchen deinen Namen genannt, wollten wissen, ob irgendjemand schon einmal von dir gehört hat. John, wenn sie herausfinden, dass du beim Secret Service bist, werden sie mich verdammt noch mal aufschneiden, mir *Schmerzen* ...«

»Entspann dich.«

In diesem Moment wurde ihm bewusst, wie zerbrechlich das Fundament war, auf das sie diesen ganzen Fall gebaut hatten. Ein Wort – ein Versprecher, ein falsches Zucken, *irgendetwas* Unpassendes – und eine Menge Menschen waren in höchster Gefahr.

»Die Sache ist fast vorbei«, sagte er zu ihr. Es war ein Versprechen, das er mehr sich selbst als ihr gab. »Nur noch eine Weile, dann schnappen wir sie. Halt einfach durch und sei schlau. Es wird nichts Schlimmes passieren.«

Sie sah auf ihren Schoß herab und sagte: »Das hoffe ich.«

Doch sie klang, als hätte sie schon aufgegeben.

KAPITEL 34

Am Morgen des 23. Dezember, ungefähr fünfzehn Stunden bevor jemand eine Pistole auf seinen Kopf richtete, erwachte John Mavio früh und gut gelaunt. Während er in seine Hose schlüpfte, drehte er sich zur Seite, um Katie anzusehen, die im Bett neben ihm schlief. Sie bewegte und streckte sich über die ganze Breite des Bettes. Sie hatte sich daran gewöhnt, allein zu schlafen; er konnte es schon daran sehen, wie sich ihr Körper zu einem Komma zusammenzog und dabei im Schlaf beide Seiten des Bettes gleichzeitig in Beschlag nahm. So hatte er sie in den vergangenen Tagen oft vorgefunden, wenn er in der Nacht nach Hause kam.

Leise ging er über den Flur und schlich in das Gästezimmer im vorderen Teil ihrer Wohnung. Hier standen noch die Kisten vom Umzug, wobei vor allem sein Zeug übrig war. Der Fernseher und der Videorekorder standen auf einem massiven Holzschemel. Neben dem Fernseher hatte Katie einen verzweifelt aussehenden, künstlichen Tannenbaum aufgestellt und weihnachtlich dekoriert.

Stumm und umhüllt von grauem Morgenlicht fing er an, die Weihnachtsgeschenke für seine Frau einzupacken.

In den Tagen seit Tressa Walkers Überraschungsbesuch im Büro hatte er zwei weitere Waffen von Mickey gekauft, die weder mit irgendwelchen ungelösten Mordfällen in Verbindung gebracht werden konnten, noch Jimmy Kahns Fingerabdrücke aufwiesen. Und im Verlauf dieser Tage wuchs das erdrückende, eindringliche Gefühl, die Dinge zu Ende bringen zu müssen. Es fühlte sich an wie eine eiternde Erkrankung mitten in seiner Magengrube. Jedes Mal, wenn er sich mit Mickey traf, fiel es ihm schwerer, Tressas Gesicht auszublenden. Der nervöse Klang ihrer Stimme echote ständig in seinem Kopf. Er fürchtete, dass es nur eine Frage der Zeit war, bis die Risse in der Struktur seiner Undercover-Operation sichtbar wurden.

»Du bist früh auf«, sagte Katie von der Tür aus.

»Habe ich dich geweckt?«

»Nicht du«, sagte sie. »Das Telefon. Hast du es nicht gehört? Bill Kersh ist dran.«

Kershs Stimme klang deutlich energievoller als sonst.

»Was ist los, Bill?«

»Tut mir leid, dass ich deinen freien Tag ruiniere, aber wir müssen auf die Piste.«

»Was ist los?«

»Du errätst nie, wer mich gerade angerufen hat.«

❧

Morris, Evelyn Gethers Butler, stand vor einer Reihe von Geschäften entlang der Bowery. In seiner grauen Stoffhose von Brooks Brothers, seinem Nadelstreifenhemd und dem langen schwarzen Mantel wirkte er fehl am Platz inmitten der heruntergekommenen Straßen und baufälligen Gebäude. Noch auffälliger war Morris' schwarzer El Dorado, der frisch poliert glänzte und im Leerlauf auf der Straße zwischen verlassenen VW-Käfern und einem alten, seiner Chromteile beraubten Comet tuckerte.

Gleich nach Kershs Anruf war John ins Büro gefahren und hatte sich mit ihm getroffen. Jetzt saßen sie beide in Kershs Limousine, die hinter Morris' Cadillac zum Stehen kam. Morris stürzte auf die Beifahrertür zu und begann zu reden, bevor John auch nur einen Fuß aus dem Wagen setzen konnte.

»Ich dachte, ich sollte Sie anrufen, Sie sollten Bescheid wissen. Es ist ... kommen Sie mit ... es ist da oben.«

Die Straße stieg leicht an. John und Kersh folgten Morris den Bürgersteig entlang. Zu ihrer Linken drängten sich fünfstöckige Mietshäuser gegen den farblosen Himmel. Rechts stand ein Drahtzaun vor einigen verfallenen Läden mit blinden Fenstern und ausgeblichenen Schildern. Rolltore aus Metall verdeckten einige der Einfahrten, die meisten mit großen Vorhängeschlössern und dicken Ketten versehen.

»Das Lager hier gehört uns seit Jahren«, fuhr Morris fort. »Das Zeug gehört alles Mr. Gethers. Seine Frau hat sich nach seinem Tod geweigert, die Sachen wegzuwerfen. Stattdessen hat sie alles hierher bringen lassen. Es ist kompletter Schrott, wirklich, aber für sie ist der ideelle Wert entscheidend.«

Morris führte sie durch den Zaun zu einem der alten Läden. Mit ihren Backsteinfassaden säumten sie die Straße, identische Gebäude, die metallenen Rolltore mit Graffiti besprüht. Über einigen waren Zahlen aufgemalt, aber die Zeit und die Elemente hatten sie verblassen lassen, sodass die meisten kaum lesbar waren.

Während Morris in seinem Mantel nach den Schlüsseln suchte, rieb sich John die behandschuhten Hände und blies warmen Atem in seine Handflächen. Es war der Tag vor Heiligabend, aber diese Gegend hier ließ keinen Gedanken daran aufkommen. Die Straßen sahen verlassen aus und die Fenster in den Gebäuden waren wie blinde, weit aufgerissene Augen. Soweit er sehen konnte, stammte das einzige Rot und Grün von den freudlosen Lichtern der Ampeln an den Kreuzungen.

»Hier sind wir«, murmelte Morris und fand den passenden Schlüssel. Er bückte sich und schob den Schlüssel in die gezackte Öffnung des Vorhängeschlosses. Das Schloss war so groß wie die Faust eines erwachsenen Mannes. Der Bügel sprang auf und Morris schob ihn von der Kette herunter, die das riesige Rolltor verschlossen hatte. »Ich brauche etwas Hilfe ...«

John bückte sich ebenfalls, rieb noch einmal seine Hände, packte das Rolltor an der Unterkante und half Morris, es nach oben zu schieben. Es ging erstaunlich leicht auf. Über ihren Köpfen rollte das Tor rasselnd in seine Halterung und klirrte dabei metallisch. Das Geräusch aufeinanderschleifender Zahnräder hallte durch den trüben Nachmittag. Ein letzter Stoß – und das Tor rastete oben ein.

Hinter dem Rolltor befand sich eine Tür, die sich mit der einfachen Drehung des Türknaufs öffnen ließ. Morris hielt die Tür auf und ließ die anderen eintreten.

Der hinter der Tür liegende Raum war dunkel. Es dauerte ein paar Augenblicke, bis ihre Augen sich angepasst hatten, während sie hineingingen.

»Was ist das für ein Geruch?«, fragte Kersh, der kleine, schlurfende Schritte machte und hörbar die Luft in die Nase zog.

John bemerkte es auch. Es roch wie der Computerraum im Büro, wenn die Tintenstrahldrucker heiß liefen.

Morris tastete an der Wand nach einem Lichtschalter. Es klickte, das Licht ging an und warf Schatten in Ecken und Spalten.

John pfiff leise.

Auf den ersten Blick wirkten die Gegenstände, die den Raum füllten, wie entsorgtes Zeug aus dem Keller des Museum of Natural History. An den Wänden stapelten sich verpackte Holzkisten, unbeschriftet und in vielen unterschiedlichen Größen. In der Mitte des Raumes türmten sich zahllose alte, wahllos zusammengestellte Artefakte zu einer dreidimensionalen Collage: morsche Möbel; mehrere kopflose Schaufensterpuppen; eine große schimmlige Matratze, die zu einem umgekehrten V aufgestellt war; ein staubiger Lederkoffer mit Messingschnallen; die Innentür eines Hauses, komplett mit Knauf und Scharnieren; ein Bücherregal übersät von Drähten, Kabeln und Schläuchen, die sich wie Schlangen zusammenrollten. Und das war erst der Anfang. Der Raum zog sich weiter nach hinten, der größte Teil war in Schatten gehüllt. Mit jedem Schritt kamen mehr und mehr von Charles Gethers' vergessenen Hinterlassenschaften zum Vorschein, die über den Boden verstreut waren und an ein großes Feld aus Stalagmiten erinnerten.

»Kommen Sie ganz nach hinten«, sagte Morris, der sich schon einen Weg durch den Müll bahnte. Es war, als müssten sie einen Hindernisparcours absolvieren. »Wie ich schon sagte«, fuhr der Butler fort, »Mrs. Gethers nutzt diesen Raum hier seit einiger Zeit. Offenbar bezahlt sie die Stromrechnung, aber wie Sie sich denken können, kommt nur selten jemand hierher, und die Rechnung fällt eher schmal aus. Allerdings«, fügte er hinzu und schwang ein Bein mit Mühe über eine große Keramiklampe, »habe ich vor Kurzem die Stromrechnung für die letzten Monate erhalten. Die Kosten sind förmlich explodiert. Ich dachte erst, es sei ein Fehler, also habe ich beim Stromanbieter angerufen – aber sie haben darauf bestanden, dass alles korrekt ist. Daraufhin bin ich zum Lager gefahren, um nachzusehen, was zum Teufel los ist. Dann habe ich das hier entdeckt.«

Morris hielt plötzlich inne. John stolperte beinahe in seinen Rücken. Hinter ihm grunzte Kersh und stieß die Keramiklampe um, die Morris noch eben gerade so verschont hatte.

Das Erste, was John auffiel, waren die beiden großen Maschinen, die an der Rückwand des Raumes standen. Er erkannte sie sofort: Offsetdruckmaschinen. Das war der Geruch, der Kersh und ihm beim Betreten des Lagerraums in die Nase gestiegen war – der Geruch von Druckerschwärze. Von einer Menge Druckerschwärze. Er bemerkte, wie Kersh sich neben ihm aufrappelte, dann in seiner Bewegung innehielt und genauso verblüfft auf die Druckmaschinen starrte wie John. Als sie ihren Blick endlich abwandten, sahen sich zwei erstaunte Gesichter an, als wären sie Zwillinge.

Hier wurde das Geld gedruckt.

Doch die Druckmaschinen waren nicht der Grund, weshalb Morris sie hergeführt hatte. Der Butler ignorierte die Maschinen und zeigte auf einen Haufen Kleidung auf dem Boden. Daneben stand eine Sporttasche mit einem Aufdruck der New York Jets, die mit schwarzen Flecken übersät war. Mehr Druckerschwärze, getrocknet zu einer sirupartigen Masse, fand sich auf dem Betonboden hinter der Tasche.

»Die gehören ihm. Clifton«, sagte Morris. »Ich erkenne seine Kleidung.« Er wandte sich den Agenten zu. »Der Bastard hat hier gelebt.«

John wurde klar, dass Morris wahrscheinlich keine Ahnung von Douglas Cliftons Sprung aus dem Fenster seines Krankenhauszimmers im letzten Monat hatte. Und obwohl das Wissen darüber dem Butler zweifellos große Befriedigung verschafft hätte, erwähnte John die Tatsache mit keinem Wort.

Stattdessen umrundete er langsam die Druckmaschinen. »Diese Maschinen«, sagte er. »Mr. Gethers ...«

»Hat im Verlagsgeschäft gearbeitet«, sagte Morris. »Das war sein Metier. Wie Sie wissen, hat es ihn zu einem sehr reichen Mann gemacht. Die beiden hier waren seine ersten Druckmaschinen, soweit ich weiß, als er Prototypen von Magazinen entwickelte und Probedrucke machte ... solche Sachen.« Morris räusperte sich. »Stimmt etwas nicht? Was ist mit den Kleidungsstücken? Was ist mit Mr. Clifton?«

»Hatte er Zugang zu diesem Ort?«, fragte John den Butler.

»*Offensichtlich* hatte er diesen«, sagte Morris, »obwohl weder ich noch Mrs. Gethers davon bis jetzt eine Ahnung hatten.«

»Sonst noch jemand?«

»Wie – sonst noch jemand?«

»Hatte sonst noch jemand Zugang zu diesem Ort?«, fragte John. Er bückte sich und spähte hinter eine der Maschinen. Dann drehte er sich um und warf einen Blick auf den Kleiderhaufen und die Jets-Tasche. Die einzelnen Kleidungsstücke schienen wie zusammengebacken und sahen steif aus. Sie waren lange Zeit nicht getragen worden.

»Nur ich und Mrs. Gethers«, sagte Morris. Dann, nach einer Pause, fügte er eher widerwillig hinzu: »Und jeder andere, dem unser Freund Clifton den Schlüssel gegeben hat, nehme ich an. Denken Sie, er kommt heute Abend hierher zurück?«

In Anbetracht der Sauerei, die Clifton auf dem Bürgersteig unter seinem Fenster hinterlassen haben musste, sagte John: »Das bezweifle ich.« Er beugte sich nach vorn und betrachtete die verschüttete Druckerschwärze auf dem Boden aus nächster Nähe. »Bill ... sieh dir das an ...«

»Was?«, fragte Kersh und blickte John über die Schulter.

»Das ist keine Druckerschwärze.«

»Was ist es dann?« Aber im letzten Moment verschluckte Kershs Hals die Frage, und John war klar, dass der ältere Kollege plötzlich *genau* wusste, worum es sich handelte.

»Blut«, sagte John. »Geronnenes Blut. Fast getrocknet.«

»Was ist los?«, fragte Morris und machte einen zögerlichen Schritt auf die Sporttasche zu. »*Blut?* Wessen Blut?«

Wenn ich raten müsste, dachte John, *würde ich sagen, dass Douglas Clifton an dieser Stelle seine Hand eingebüßt hat.*

»John.« In Kershs Stimme war ein aufgeregtes Zittern zu hören. Er spürte, wie eine von Kershs Händen seine Schulter packten. »John ... sieh dir das an ...«

Er drehte den Kopf in die Richtung, in die Kershs Finger wies. Sein Blick fiel auf einen Rubbermaid-Mülleimer, aus dem zahlreiche Blätter grün bedruckten Papiers ragten. Kersh ging hin, kippte den Mülleimer mit dem Fuß an und spähte hinein. Mit einer Hand fischte er ein paar zerknitterte Blätter heraus und untersuchte sie, indem er sie ins Licht hielt. Auf vielen der weggeworfenen Blätter waren unvollständig gedruckte Hundert-Dollar-Scheine zu sehen.

Morris hob eine Augenbraue und sagte: »Was ist das denn?«

»Abfall«, sagte Kersh und warf das Papier wieder in den Mülleimer. »Vom Andruck.«

»Wie bitte?«

John hob einige Kleidungsstücke hoch. Sie waren feucht und steif, und obwohl er den Stoff nur an einer Ecke anfasste, bewegte sich auf einmal der ganze Haufen. Große, schwarze Kakerlaken hatten sich in den nassen Öffnungen und dunklen Falten eingenistet. Sie stoben auseinander wie Staub, sobald das Licht sie traf. Der starke, metallische Geruch von Blut vermischte sich mit dem feuchtkalten Geruch nach Schimmel, der ihm den Magen umdrehte.

Er griff über den Kleiderhaufen hinweg, kämpfte mit dem Reißverschluss der Jets-Tasche, zog ein paar mal heftig daran und schaffte es schließlich, die Tasche zu öffnen.

»Bill.« Seine eigene Stimme klang sehr weit weg. »Bill, hier habe ich dein Weihnachtsgeschenk.«

In der Sporttasche, eingewickelt in ein paar Tücher, waren die Druckplatten und Negative für den Druck gefälschter Hundertdollarscheine.

Und vergraben unter den Druckplatten und Negativen lag eine Million Dollar in gefälschten Banknoten.

♣

Zurück im Büro machten sich John und Kersh daran, die Beweise zu sichern und das Falschgeld in Plastiktüten zu verstauen. John hätte das Lager am liebsten so hinterlassen, wie sie es vorgefunden hatten, damit Mickey und Jimmy keinen Verdacht schöpften. Aber ihm war klar, dass sie gezwungen waren, das Geld zu beschlagnahmen. Jetzt saß er an seinem Schreibtisch, hatte die Scheine schon mehrfach gezählt, die Druckqualität untersucht und die Seriennummern abgeglichen. Sie passten zu den Banknoten, die er bisher von Mickey erhalten hatte. Diese Scheine waren wie die anderen Geldbündel mit Banderolen versehen und druckfrisch. Sie *rochen* sogar neu.

»Das war sie«, sagte er zu Kersh, der ihm gegenüber saß. »Das war die Million, die ich ihnen abnehmen sollte.«

»Ich kann mir immer noch nicht vorstellen, wie es ihnen gelungen ist, so viele Scheine zu drucken«, sagte Kersh. »Oder wie sie Lowensteins Platten und Negative in ihre schmierigen Finger bekommen haben.«

»Ich rufe Mickey an«, sagte John unvermittelt, »und organisiere den Deal mit den Schalldämpfern noch heute Abend.«

»Heute Abend? John, morgen ist Weihnachten.«

»Wir brauchen kein ganzes Team. Nur du und ich. Wir ziehen die Sache schnell durch.«

»Du hoffst, Kahn selbst verkauft dir die Schalldämpfer?«

Das tat er. Natürlich hätte er Jimmy Kahn viel lieber auf das Falschgeld festgenagelt, aber sie hatten keine Beweise, die direkt zu ihm führten. Und jetzt, da ihre Blüten auf geheimnisvolle Weise aus dem Lager verschwunden waren, würde der Eine-Million-Dollar-Deal abgeblasen werden … es sei denn, sie hatten noch Geld an einem anderen Ort versteckt, was er für unwahrscheinlich hielt. Sie hatten Mickey O'Shay dermaßen bei den Eiern, dass sie ihn für den Rest seines Lebens hinter Schloss und Riegel bringen konnten. Und wenn das Geschäft mit den Schalldämpfern das Einzige war, was sie Jimmy Kahn anhängen konnten, dann war das besser als nichts. Für den Moment weigerte er sich, überhaupt darüber nachzudenken, dass ihnen Kahn komplett durch die Lappen gehen konnte.

»Ich denke, wir sollten das Tempo erhöhen«, sagte er zu Kersh.

Kersh seufzte. »Was ist nur los? Macht niemand mehr Pläne für die Feiertage?«

KAPITEL 35

Die Nacht trug eine Stille in sich, die eine unmittelbar bevorstehende Katastrophe anzukündigen schien. Unter der düsteren Blässe des mitternächtlichen Mondes waren die Straßen nass und abweisend. Leichter Verkehr floss in konstanten Wellen nach Norden. Durch die Frontscheibe des Camaro konnte John in vielen der Fenster warmes, gelbes Licht sehen. Weihnachten in Hell's Kitchen, das war wie die meisten Dinge etwas anderes als in den übrigen Teilen der Stadt. Times Square und der Theater District, die im Osten an Hell's Kitchen grenzten, feierten festlich geschmückt, mit schimmernden Lichtern, Glitzer und Glamour. Die gehobeneren Gegenden entlang der Upper West Side am Rande des frostüberzogenen Central Parks freuten sich auf Feiertage voller neuer Verheißungen. Aber die Einwohner von Hell's Kitchen hielten es anders. Ihre Festtage waren persönlich, leise und heilig, und man verbrachte sie nur mit den nächsten Familienmitgliedern und in der Sicherheit des eigenen Zuhauses. Für sie gab es keine glitzernden Lichter oder Straßenschmuck. Hier gab es keine Verheißungen, keine Hoffnungen auf eine gute Zukunft.

Am Telefon war Mickey überraschend zugänglich und bemüht gewesen, sich mit ihm zu treffen. »Fünf Schalldämpfer sitzen hier auf meinem Schoß und warten auf dich«, hatte er eine Spur zu kumpelhaft gesagt. Katie dagegen war ganz und gar nicht erfreut, dass ihr Mann zu Weihnachten Überstunden schob.

In diesem Moment, in dem seine Augen zwischen der Uhr im Armaturenbrett und dem erleuchteten Fenster von *Calliope Candy* hin und her sprangen, hoffte John einfach nur, dass Mickey sich zur Hölle noch mal beeilen würde. Wie üblich waren die Jalousien des Süßigkeitenladens heruntergelassen, aber er konnte wie in grauem Nebel schemenhafte Figuren ausmachen, die sich im hinteren Teil des Ladens bewegten. Die Anzahl der Personen war nicht klar zu erkennen.

Eine Figur erschien an der Ecke von Tenth Avenue und 53. Straße – in sich gesunken, die Schultern nach unten hängend. Er wusste sofort, dass es Mickey O'Shay war.

»Mickey kommt die Tenth Avenue herunter«, sagte er in den Sender. »Er ist allein.«

Mickey stieg in den Wagen, schlug die Tür zu und fuhr sich mit den Händen durch die Haare. Er atmete übertrieben lange aus und bedeckte seine Seite der Frontscheibe mit einer Wolke aus Dampf.

»Du bist aber gut gelaunt«, sagte John und beobachtete Mickeys Profil, das sich vor dem Fenster des Süßigkeitenladens als Silhouette abhob. »Du bekommst wohl dieses Jahr zu Weihnachten alles, was du dir gewünscht hast.«

»Beinahe«, sagte Mickey und wandte sich ihm zu.

»Verdammt …« Er deutete mit dem Finger auf Mickeys Gesicht. »Du hast da …«

»Was?«

»Deine Nase blutet.«

Ein dicker, dunkler Tropfen aus Blut arbeitete sich von seinem linken Nasenloch langsam über seine Lippen. Es war ein Wunder, dass ihm der Geschmack noch nicht aufgefallen war.

»Scheiße«, murmelte Mickey, klappte die Sonnenblende auf seiner Seite herunter und betrachtete sein Spiegelbild in dem kleinen, rechteckigen Spiegel. Er berührte den Blutstropfen mit einem Finger, so zart, als würde er feine Seide betasten. »Na so was …« Er zog einen seiner fingerlosen Wollhandschuhe aus und presste ihn gegen sein linkes Nasenloch, wobei er den Kopf leicht zurücklehnte. In dieser Position verharrte er für einige Minuten – John sah die Zeit auf der Uhr verstreichen – bis die Blutung aufhörte. Mickey stopfte den blutigen Handschuh in die Brusttasche seines Mantels.

»Weißt du«, sagte John, »Sean und ich sitzen jetzt seit über einer Woche draußen vor diesem Restaurant herum. Laughlin, der Barkeeper, macht keinerlei Anstalten aufzutauchen. Ich verschwende meine Zeit damit.«

»Ja«, sagte Mickey, »ich habe gehört, dass er nicht in der Gegend ist.«

»Also was soll das Ganze?«

Mickey zuckte mit den Schultern und betrachtete erneut seine Reflexion im Spiegel der Sonnenblende. »Wenn du ihn siehst, mach ihn kalt. Wenn nicht, vergiss die Sache.«

»Einfach so? Ich könnte diese Fünftausend gut gebrauchen.«

»Was zur Hölle soll ich machen? Der Typ ist ein besoffener Hurensohn mit einem zu großen, verdammt losen Mundwerk. Irgendwer hat ihn entweder zuerst abgeknallt, oder er hat sich einfach zu Tode gesoffen. Soll mir beides recht sein.« Die Vorstellung schien eine Saite in Mickey anzuschlagen und seine Mundwinkel gingen nach oben und verzogen sich zu einem hässlichen Grinsen. Er wandte sich vom Spiegel ab. Mit noch immer blutbefleckten Lippen fragte Mickey: »Hast du die Kohle?«

»Ja«, sagte John. »Wo sind die Schalldämpfer?«

Mickey blinzelte mit den Augen wie in Zeitlupe. »Oben in meiner Wohnung«, sagte er. »Komm, wir holen sie schnell.« Eine seiner Hände, diejenige, die noch einen Handschuh trug, bearbeitete schwach den Türgriff.

»Warum hast du sie nicht einfach mitgebracht?«

»Fünf Stück habe ich jetzt da«, sagte Mickey mit seltsam emotionsloser Stimme.

»Geh hoch und hole sie«, sagte John.

Dasselbe hungrige Grinsen umspielte wieder Mickeys Lippen. »Komm schon«, sagte er. »Komm mit nach oben.«

Er mochte den Ausdruck auf Mickeys Gesicht nicht und erinnerte sich wieder an Tressa Walkers nervöse Warnung, erinnerte sich daran, wie sie gezittert hatte und wie ihr Blick durch den Raum geirrt war.

Sie stellen Fragen nach dir ...

»Es ist arschkalt draußen. Warum bringst du die Dinger nicht einfach mit?«, fragte er und wurde sich plötzlich der Waffe in seiner Jackentasche bewusst.

Aber Mickey verhielt sich weicher als sonst, was wahrscheinlich dem Koks zuzurechnen war, und er ließ nicht locker. »Komm schon. Ich zeige sie dir. Fünf Stück. Auf geht's.« Und bevor John auch nur ein weiteres Wort sagen konnte, stand Mickey schon auf dem Bürgersteig.

In dem Augenblick, in dem er seine Tür öffnete, durchschüttelte ein heftiger Windstoß seinen Körper. Es war verdammt kalt. Er konnte spüren, wie das Fieber seinen Bauch rumoren ließ und fühlte ein mechanisches Pochen, das aus der Mitte seines Kopfes kam.

Mickey war schon halb auf der anderen Straßenseite.

Er fühlte sich verwundbar, als er ihm über die Straße folgte. Der Verkehr auf der Tenth Avenue war bis auf ein paar vorbeifahrende Autos zum Erliegen gekommen. Irgendwo in der Dunkelheit, das wusste er, verfluchte Bill Kersh gerade schweigend seinen Namen.

Das Geld für die Schalldämpfer steckte in einem Umschlag in der Innentasche seiner Jacke. Sobald sie in Mickeys Wohnung waren – und sobald die Schalldämpfer aufgetaucht waren – würde er Mickey sagen, das Geld sei noch unten im Auto. Solange Mickey nicht dachte, er hätte das Geld bei sich, würde er hoffentlich keine Dummheiten in der Wohnung anstellen ...

Mickey schlüpfte in den Eingang zu einer der Mietskasernen und verschwand in der Dunkelheit. John eilte über die Straße. Seine Schritte hallten dumpf auf dem Asphalt und er sprang über den Bordstein auf der anderen Seite. Die rechte Hand am Griff seiner Waffe in der Jackentasche ging er durch den Hauseingang und folgte Mickey in einen kalten, grün gefliesten Korridor. Die Lüftungsanlage pumpte kalte Luft in den Flur. Über ihren Köpfen summten kaum noch glimmende Leuchtstoffröhren. Sie klangen lebendig und wütend, als wären sie voller Bienen.

Am Ende des Korridors verharrte Mickey vor einem Aufzug. Er sah nicht in Johns Richtung, so als sei dieser überhaupt nicht anwesend. Mit Leichtigkeit hätte Mickey mit den gefliesten Wänden verschmelzen können, wenn er gewollt hätte.

Die Aufzugstüren öffneten sich, und John erwartete – *etwas*. Das weiche *Kling!* ertönte, und seine Hand fasste die Waffe in der Tasche fester, den Finger am Abzug; bereit, auf alles zu schießen, was ihm aus dem Aufzug entsprang. Aber es kam nichts.

Schweigend betrat Mickey den Aufzug und hielt ihm die Tür auf.

Der Aufzug summte langsam nach oben und kam auf der neunten Etage rüttelnd zum Stehen. Die Tür öffnete sich und Mickey blieb mit dem Rücken gegen die Wand stehen. Seine Augen waren nun klarer, als John es jemals an ihm erlebt hatte.

»Du gehst schon mal vor aufs Dach«, sagte Mickey. »Ich komme mit den Schalldämpfern nach.«

Sie stellen Fragen nach dir.

Mickey trat in den Flur hinaus und der Aufzug schloss sich hinter ihm. John drückte den Knopf für die oberste Etage.

Auf dem Dach stürmte der kalte Wind heftig und unerbittlich. In dem Moment, in dem er das geteerte Dach betrat, spürte er, wie sein Körper sich dem Wind unterwarf. Vor ihm erstreckten sich die Lichter der Stadt bis in alle Ewigkeit.

Er zog die Jacke dichter um seinen Körper und ging einige Schritte von der Tür weg auf das Dach hinaus. Der eisige Wind zerrte unerbittlich an ihm, und er spürte, wie sein Fieber mit erschreckender Schnelligkeit zurückkehrte. Seine behandschuhten Hände zitterten, als sie die Jacke um ihn herum festhielten. Seine Kopfschmerzen erreichten ein Allzeithoch.

Er trat näher an den Rand des Daches. Zwölf Stockwerke unter ihm arbeiteten sich die Fahrzeuge durch die Einbahnstraßen von Hell's Kitchen wie Ratten in einem Labyrinth, an dessen Ende keine Belohnung wartete.

Hinter ihm schlug die Metalltür auf, die zum Dach führte. John wirbelte herum.

Mickey erschien halb verdeckt von der Dunkelheit in der Tür und schlurfte zu der Stelle, an der John stand. Mickeys Hand hielt eine Beretta, Kaliber .25, in Höhe der Taille, die zur Seite zeigte und wie eine Erweiterung seines Körpers wirkte.

Der Wind und im Hintergrund das Rauschen des Verkehrs waren alles, was John hören konnte.

Mickey trat an den Rand des Daches und warf beiläufig einen Blick nach unten. Gleich einem Vogel schien er unbeeindruckt von der Höhe. Mickeys Blick strich über die Dächer hinweg und verharrte dann auf Johns Gesicht. Seine Augen waren blutunterlaufen und sahen roh aus, die Pupillen vergrößert auf die Größe eines Stecknadelkopfes.

»Bist du nervös?«, fragte Mickey und richtete seinen Blick wieder auf die Stadt.

»Ich friere.«

Aus seiner Manteltasche holte Mickey einen Schalldämpfer hervor. Emotionslos begann er, ihn auf die Mündung der Beretta zu schrauben. Sein vom Wind zerzaustes Haar bedeckte sein Gesicht.

»Es gab ein paar Probleme«, sagte Mickey, den Blick auf die Lichter der Stadt gerichtet.

»Zum Beispiel?«

»Wir haben deine Nummernschilder überprüft«, sagte Mickey, der sich jetzt umdrehte und ihn direkt ansah. Das Leben schien aus ihm gewichen und er wirkte so hart wie Granit. »Sie passen nicht zu deinem Auto.«

»Na und?«

Langsam fuhr Mickey fort, den Schalldämpfer aufzuschrauben. »Du tauchst auf wie aus dem Nichts. Niemand weiß, wer zum Teufel du bist.«

»Umso besser für dich«, sagte er. »Niemand sucht nach mir.«

»Was ist mit Ricky Laughlin passiert?«

Ein Donnerschlag in der Ferne schien das Gewicht der Frage zu unterstreichen.

»Mickey«, sagte er und zog die Jacke fester um seine Brust, »wenn du etwas zu sagen hast, sag es.«

Mickey O'Shay richtete die Waffe auf Johns Kopf.

Augenblicklich schien die Welt zu gefrieren. Alles, was noch wenige Momente zuvor wichtig gewesen war, hatte plötzlich aufgehört zu existieren. Die Welt in all ihrer Unendlichkeit war jetzt reduziert auf den Atem zweier Säugetiere. John sah Mickey O'Shay an. In seinem Körper war keinerlei Angst – nur hemmungsloser Hass auf seinen Gegner und auf die Tatsache, dass *seine* Welt so vollständig ausgelöscht werden konnte durch eine beliebige Handlung, durch ein unwürdiges *Nichts*, ein mieses *Bullshit-Nichts*. Auf diesen Punkt war alles hinausgelaufen, und er hatte schon ihrer beider Tod vor Augen, ihre beiden Körper, die sich in der Luft drehten und neben dem Gebäude auf die Straße klatschten. Er würde heute Abend hier sterben, und er akzeptierte sein Schicksal ... aber er weigerte sich, allein zu sterben. Ein Sprung, bevor Mickey die Waffe abfeuern konnte, ein starker Stoß, und sie würden beide über den Rand des Daches taumeln ...

Mickey drehte sich um und richtete die Waffe auf den Horizont der Stadt, zog den Abzug und gab zwei schnelle Schüsse ab. Die Pistole bäumte sich in seiner Hand auf, der Schalldämpfer hustete zweimal kurz und stieß eine Rauchwolke aus.

John begann wieder zu atmen.

»Hörst du das?«, fragte Mickey und grinste. »Klingt wie ein gottverdammter Babyfurz.« Er feuerte noch zweimal über die Straße hinweg. Ein Schuss schlug in ein Fenster des Wohnhauses auf der gegenüberliegenden Seite der Tenth Avenue ein und zerschmetterte es. Mickey schien es nicht zu bemerken. Immer noch grinsend und mit glühenden Augen hielt er John die Waffe hin. »Willst du auch mal?«

KAPITEL 36

Es war der Morgen des 24. Dezembers, aber für Hell's Kitchen war es nur ein weiterer Tag.

Mickey saß unter ein paar Strahlen Tageslicht am Tresen, bestellte einen Drink und beobachtete die Lichter der Jukebox am anderen Ende des Raumes. Corky McKean trug eine Krawatte, auf der Misteln abgebildet waren und stellte das Getränk vor Mickey ab, ohne sich die Mühe zu machen, ihn anzusehen.

»Heute Abend habe ich Spätschicht, Mickey. Verdammte Feiertage.«

Mickey hörte den Mann kaum. Sein Gehirn fühlte sich an, als drehte es sich langsam in seinem Kopf, und er merkte, dass eine Migräne im Anzug war. Einmal, er war sechzehn gewesen, hatte ihn eine Migräne dermaßen überfallen, dass er oben auf der Treppe eines Wohnhauses bewusstlos zusammengebrochen und nach unten gestürzt war. Als er zwei Tage später aufgewacht war, hatte er sich in einer Stützkonstruktion in einem Krankenbett wiedergefunden, mit einer gebrochenen Nase, drei gebrochenen Rippen, einem gebrochenen Handgelenk, einem verstauchten Steißbein und einer Reihe von Platzwunden.

Über John Esposito und das Falschgeld nachzudenken machte seine Kopfschmerzen nur noch schlimmer. Je nach Stimmungslage schwankte Jimmy Kahns Meinung von Esposito, und andauernd überschüttete er Mickey mit seinen Verdächtigungen. An manchen Tagen war sich Jimmy sicher, dass Esposito ein Spitzel war. An anderen Tagen wusste er nicht, *wer* der Kerl nun wirklich war, wollte aber trotzdem mit ihm Geschäfte machen. Jimmys Meinungsschwankungen waren kurz davor, Mickey den Rest zu geben. Er respektierte Jimmys Meinung, aber an diesem Punkt konnte er zweimal darauf scheißen, wer Esposito war oder nicht war und was für einen Hintergrund er hatte. Seit über einem Monat machten sie zusammen Geschäfte. Wenn etwas Übles bevorstand, dann war die Sache schon längst ins Rollen gekommen. Nicht, dass er Angst hatte. Außerdem ... Spitzel oder nicht, wenn Espositos Zeit vorbei war, wurden keine Wetten mehr angenommen. Gute Nacht.

Es schien jetzt eine Million Jahre her zu sein, seit sie ins Falschgeldgeschäft eingestiegen waren. Tatsächlich waren es gerade mal ein paar Monate, unmittelbar nachdem sie sich diesen jüdischen Buchmacher vorgenommen hatten. Green ...

Horace Greens Tod war für den Bastard ganz passend gewesen: langsam und schmerzhaft. Das Einzige, was Mickey O'Shay mehr verachtete als einen Kredithai, der in seinem Viertel Geld eintrieb, war ein *jüdischer* Kredithai, der in seinem Viertel Geld eintrieb. Und der Abend, an dem er und Jimmy ihn überrascht hatten, als er aus dem *Cloverleaf* kam ... verdammt, der Gesichtsausdruck des Bastards war *unbezahlbar* gewesen.

»Ich dachte, wir hätten dir klargemacht, dass du hier nicht mehr herkommen sollst«, hatte Jimmy gesagt. Sie hatten sich an Greens Auto gelehnt und sich kein Stück bewegt.

»Und jetzt trinkt er auch noch einen bei uns«, fügte Mickey hinzu.

Jimmy war unerbittlich. »Wie viel hast du heute Abend eingesammelt?«

Green erklärte, das ginge sie nichts an. Aber er sah ängstlich aus.

»Geld aus unserem Viertel zu holen«, sagte Jimmy, »geht uns *sehr wohl* etwas an. Was meinst du, Mickey?«

»Ich meine, wir sollten sein Buch nehmen und nachschauen, wie viel er eingesammelt hat.«

Es gab ein kurzes Handgemenge, bis sie Greens Buch in den Händen hielten, aber der Buchmacher hatte letztlich keine Chance. Jimmy hatte die Seiten durchgeblättert und das Buch dann an Mickey weitergegeben. Zu sich selbst lächelnd hatte Mickey gesagt: »Läuft wohl ziemlich gut für dich, Green.« Dann hatte er das Buch in seinen Hosenbund gesteckt.

»Gib es mir zurück«, sagte Green. Seine Stimme zitterte ebenso wie sein Körper, mit dem er sich am Kofferraum seines Wagens abstützte.

»Du brauchst es nicht mehr«, sagte Jimmy, zog eine .22er aus seiner Jacke und richtete sie auf Horace Greens Brust. Sie standen nur ein paar Fuß auseinander.

»Wir übernehmen den Laden.«

Jimmy feuerte zweimal, und Greens Körper brach über dem Kofferraum seines Autos zusammen, knickte an der Taille ein und fiel dann auf die Straße. Sie schnappten sich seine Autoschlüssel, wuchteten Greens Leiche in den Kofferraum und fuhren zu einem Lagerraum unten an den Piers. Dort, in der Abgeschiedenheit des Lagers, ließen sie den Kofferraum aufschnappen, um nachzusehen, was für Schätze Green noch dabeigehabt hatte ... und stellten fest, dass Green noch lebte.

Mickey brach sofort in Lachen aus. »Jimmy, Jimmy, *Wahnsinn!* Dieser Wichser hält durch!«

Jimmy wies mit einem Daumen über seine Schulter und murmelte: »Zieh ihn raus.«

Sie hatten das Lager schon zuvor für solche Zwecke genutzt und es mit entsprechenden Gerätschaften ausgestattet. Jimmy ging in eine Ecke und zog ein Stück Sackleinen von einem Stapel Werkzeuge herunter. Ruhig wählte er eine Axt aus und brachte sie zurück zu Greens Auto. Inzwischen hatte Mickey es geschafft, den Buchmacher herauszuziehen und auf den Betonboden fallen zu lassen.

Zu ihren Füßen kämpfte Horace Green auf dem Rücken, Blut durchtränkte sein Hemd und seine Krawatte und sprudelte aus seinem Hals. Es sah aus wie bei einem Wurm, der mit einem scharfen Stock aufgespießt worden war.

»Gut«, sagte Jimmy und kniete sich über Green. »Ich gebe dir eine letzte Chance, uns mit einem Anteil am Geschäft glücklich zu machen. Mr. Green, was halten Sie davon?«

Green hustete einen Blutklumpen aus. Sein Gesicht hatte die Farbe von totem Fisch, seine Augen waren weit aufgerissen, blind und starrten geradeaus.

Jimmy beugte sich über Greens Gesicht und hielt sein Ohr über den Mund. Mit einer hohen, an eine Cartoonfigur erinnernde Stimme brachte Jimmy durch den Mundwinkel heraus: »*Nimm dir einfach das Buch, Jimmy! Nimm dir einfach das Buch!*«

Mickey begann zu lachen.

»Das ist aber nett von Ihnen, Mr. Green«, sagte Jimmy wieder mit seiner eigenen Stimme. Er stand auf und hob die Axt über die Schulter.

»Schon hart, zu sehen, wie wieder ein Laden endgültig zumacht ...«

Die Axt sauste herab. Mickey brach erneut in Gelächter aus. Dann beruhigte er sich und sah Jimmy bei der Arbeit zu. Jimmy schwang die Axt wie ein Wahnsinniger, seine Zähne knirschten, auf seiner blassen Haut und in seinem kurz geschnittenen Haar waren Blutspritzer. Als er müde wurde, reichte er Mickey die blutverschmierte Axt und ließ ihn die Sache zu Ende bringen. »Mach weiter«, sagte Jimmy, »bis nichts mehr übrig ist.«

Das Blut breitete sich schnell auf dem Betonboden aus. Mickey hatte es unter seinen Schuhen, in seinen Haaren, auf seiner Kleidung. Doch er arbeitete wie ein Profi, verlor sein Ziel niemals aus den Augen und wurde nicht langsamer, obwohl seine Hände Blasen bekamen und die Muskeln anfingen, zu verkrampfen.

Als Green hinreichend zerstückelt worden war, ließ Mickey die Axt zu Boden fallen, ging an Jimmy vorbei, der rauchend auf einem umgekehrten Plastikeimer saß, und erbrach sich in der Ecke. Jimmy sagte kein Wort. Als sein Magen leer war, wischte sich Mickey den Mund mit dem Ärmel ab, taumelte zu Jimmy Kahn hinüber und schnorrte eine Zigarette.

Am Ende behielten sie von Greens Auto nur die Nummernschilder und die Negative für den Druck des Falschgeldes. Am Anfang wussten sie nicht einmal, was genau sie vor sich hatten – mit Falschgeld hatten sie zuvor nichts am Hut gehabt, und von Drucktechnik hatten sie keine Ahnung. Aber dann dämmerte es ihnen schnell, über welchen Schatz sie gestolpert waren.

»Wir behalten sie«, sagte Jimmy.

»Wofür? Um sie zu verkaufen?«

»Um sie zu behalten«, sagte Jimmy.

»Wie funktioniert das überhaupt? Was genau ... was macht man damit?«

Jimmy zuckte nur mit den Schultern. Er zog einige Plastiktüten von einer Rolle.

»Was meinst du, warum hatte er sie in seinem Kofferraum?«, fragte Mickey.

»Sehe ich aus wie seine Mutter? Woher zur Hölle soll ich das wissen? Hier – hilf mir mal dabei, ihn einzupacken.«

Sie wussten nichts mit den Druckplatten anzufangen, bis ungefähr einen Monat später Douglas Clifton, einer ihrer Handlanger, mit einigen Neuigkeiten auf der Bühne erschien.

Clifton hatte seit einer Weile das Bankkonto einer reichen alten Schachtel von der Upper East Side angezapft. In kurzer Zeit war es ihm gelungen, hinter das Lenkrad des Wagens der alten Dame zu gelangen, einen Schlüssel zum Haus ebenso wie sein eigenes Schlafzimmer mit Kleiderschrank (komplett mit Garderobe) zu erhalten und an ihr Geld zu kommen.

»Wie alt ist die Tante?«, hatte Mickey ihn einmal gefragt.

Mit wenig Interesse hatte Clifton geantwortet: »Keine Ahnung. Vielleicht sechzig.«

»*Sechzig?* Scheiße noch mal, die ist so alt wie meine Großmutter! Die musst du *ficken?*«

Nach einiger Weile hatte Clifton Wind von einem alten Lagerraum in der Bowery bekommen, den die alte Frau besaß. Er klaute die Schlüssel und machte sich eines Tages in den Süden Manhattans auf, um sich den Ort anzusehen. Das Lager wirkte auf ihn wie ein Museum voll mit altem Schrott. Aber weil Clifton Scheiße nicht von Zuckerwürfeln zu unterscheiden vermochte, kamen ihm Mickey und Jimmy in den Sinn. Die beiden mochten durchaus interessiert daran sein, hier einmal durchzugehen und zu schauen, was sich davon zu Geld machen ließ. Eines Nachmittags folgte ihm Mickey, um sich das Lager anzusehen. Unbeeindruckt hatte er Clifton mitgeteilt, dass es hier nichts gab, was auch nur einen Cent wert war … und dann hatte er die beiden Druckmaschinen entdeckt, und die verbogenen und verrosteten Räder in seinem Kopf hatten sich zu drehen angefangen.

»Was ist das?«

»Keine Ahnung«, sagte Clifton.

»Sieht aus, als ob man damit irgendwas drucken kann …«

Clifton verstand die Bedeutung der Geräte erst, als Jimmy Kahn mit Mickey einen Ausflug zum Lager machte. Und *ja*, sie waren sich einig, dass sie Druckmaschinen vor sich hatten. Sie erklärten Clifton die Sache mit den Druckplatten und den Negativen und wie sie Horace Green dazu gebracht hatten, ihnen seine Schätze zu überlassen. Clifton schien die Geschichte gleichzeitig zu amüsieren und abzustoßen, und auf einmal wurde die Pistole, mit der sie Green zweimal in die Brust geschossen hatten, im Kofferraum des Lincoln Towncar verstaut, mit dem Clifton herumfuhr.

Jetzt kam Harold Corcoran ins Bild.

Corcoran war ein kleiner Gauner, der einmal als Druckergehilfe für eine Druckerei in der Bronx gearbeitet hatte. Wenn er die Zeit gefunden und das Geld gestimmt hatte, hatte er alle möglichen Dokumente für einige der Gangs in der Gegend gefälscht. Im Laufe der Zeit hatte ihn jedoch seine Vorliebe für Kokain und Marihuana den Job gekostet und ihn in ein Gefängnis irgendwo nördlich von New York gebracht. Er saß drei Monate ein und war dann wieder auf der Straße, wo er sich noch am Tag seiner Entlassung erneut nasse Füße holte.

Durch einige gemeinsame armselige Jobs in Hell's Kitchen hatte sich Corcoran mit Jimmy Kahn angefreundet, und Corcorans Vater hatte sogar Jimmys Eltern gekannt. Eines Oktoberabends fuhr Jimmy zusammen mit einem Griechen mit scharf geschnittenem Gesicht namens Moonie Curik und einem neunzehnjährigen Botenjungen namens Gavin »Duster« O'Toole nach Long Island, um einen Spirituosenladen auszunehmen. Es kam zu einem Handgemenge, und Jimmy schoss dem Typen hinter der Theke zweimal ins Gesicht, was ihn auf der Stelle tötete. Es war Harold Corcoran gewesen, der Jimmy, Curik und O'Toole in seiner Wohnung auf Long Island Unterschlupf gewährte, bis sich der Staub gelegt hatte.

Corcoran war ein Kerl, der nicht leicht zu finden war. Es kostete Jimmy einige Tage, um ihm auf die Spur zu kommen. Aber als er es endlich geschafft hatte, lief Corcoran beinahe der Speichel aus dem Mundwinkel bei der Aussicht, Teil einer Falschgeldoperation zu sein. Als er darum bat, die Druckmaschinen in Augenschein nehmen zu können, führten ihn Jimmy und Mickey noch am selben Tag zum Lager in der Bowery. Dort sah sich Corcoran die Maschinen an und nickte einmal. Er war beeindruckt.

»Du kannst die zum Laufen bringen?«, fragte Jimmy.

»Sicher«, antwortete Corcoran. »Ich meine, es braucht etwas Geld, um loszulegen – Ausrüstung, Material und so weiter – aber ihr habt die Maschinen, die Druckplatten und die Negative, und das ist normalerweise der schwierigste Teil.«

»Über wie viel Geld reden wir?«, wollte Mickey wissen. Er war kein Freund davon, Typen wie Harold Corcoran einen Haufen Cash in die Hand zu drücken. Er hatte sogar vorgeschlagen, dass Jimmy und er die Druckmaschinen alleine in Betrieb nehmen sollten, scheiß auf alle anderen. Aber Jimmy war seit Längerem geschäftlich mit den Italienern unterwegs, und von ihrer Geschäftstüchtigkeit hatte einiges auf ihn abgefärbt. Mickey hatte schon immer auf den schnellen Dollar gesetzt, wohingegen Jimmy allmählich begann, die Dinge zu *organisieren* und Fäden zu ziehen. Es war Jimmys Idee gewesen, sich Zugänge zu den Gewerkschaften, den Klubs, den Baufirmen zu verschaffen. Jimmy Kahn strebte nach Höherem.

»Muss ich mal durchrechnen«, sagte Corcoran. »Wir brauchen Papier, Tinte ...«

»Kümmere dich um die Zahlen«, unterbrach ihn Jimmy, »und dann gibst du uns eine Antwort.«

In der Zwischenzeit machte sich Jimmy daran, Kontakte mit potenziellen Käufern zu knüpfen. Seine Vorstellung war, ein paar Millionen Dollar zu drucken und das Falschgeld in größeren Paketen an vier oder fünf unterschiedliche Kunden zu verkaufen, die sich dann auf eigene Rechnung weiter darum kümmerten. Mickey und er würden mehr Geld verlangen können, wenn von ihrer Produktion noch keine Banknoten in Umlauf waren, soviel wusste Jimmy. Indem sie die Blüten an alle Kunden gleichzeitig verkauften, wäre sichergestellt, dass Mickey und er einen ordentlichen Gewinn machten. Zu seinem Leidwesen hatte Jimmy zwar einen guten Plan, aber keine guten Geschäftspartner. Weder Jimmy noch Mickey hatten eine Ahnung, wie man Falschgeld an den Mann brachte, und es stellte sich als schwierig heraus, die passenden Kontakte zu knüpfen. Francis Deveneau war ein möglicher Kontakt – er konnte die Blüten durch seinen Klub und sein Netzwerk schleusen. Aber es stellte sich als komplizierter heraus, als sie gedacht hatten.

Mickey und Jimmy tauchten gelegentlich im Lager auf, um die Operation zu überwachen, aber vom Drucken verstanden sie kaum etwas. Eines Abends, als Jimmy zu später Stunde allein im Lager herumschlich, stolperte er über einen Mülleimer voller zerknüllter Geldscheine, alles Hunderter. Später konfrontierte er Corcoran mit seiner Entdeckung, der ihm versicherte, dass der Druckvorgang eine Menge Fehldrucke mit sich brachte, und dass er ihm vertrauen müsse. Das Problem war: Jimmy vertraute ihm *tatsächlich*.

In den ersten vier Monaten schien es, als liefe die Produktion des Falschgelds reibungslos. Doch bevor sie auch nur eine einzige Banknote verkauft hatten, war Jimmy eines Abends im *McGinty's* von einem irischen Typen in Anzug und Krawatte namens Danny Monahan angesprochen worden. Nach ein wenig Small Talk hatte Monahan einen druckfrischen Hundert-Dollar-Schein aus seiner Hemdtasche gezogen und ihn vor Jimmy auf den Tresen gelegt.

»Sieh dir das an«, sagte Monahan, und ein ungestümes Grinsen machte sich auf seinem Gesicht breit. »Was meinst du?«

»Das hier?«, fragte Jimmy, hob den Hunderter hoch und nahm ihn in Augenschein. »Ist das eine Fälschung?«

»Sieht gut aus, nicht wahr?«

»Woher hast du das?«

»Irgendein Typ. Habe mir gedacht, dass du vielleicht interessiert bist.«

»Auf jeden Fall«, sagte Jimmy und betastete den Schein. »Kann ich den hier mitnehmen?«

»Ich kann dir einen ganzen Stapel verkaufen«, bot Monahan an. Er war älter als Jimmy und der Rest der West-Side-Gang und hielt sich mit einem erträglichen Job als Buchhalter über Wasser. Doch Jimmy kannte ihn, er machte öfter Geschäfte verteilt über die ganze West Side. Monahan war keine feste Größe in Hell's Kitchen, eher ein Spätzünder, der trotz seines fortgeschrittenen Alters versuchte, sich ein Stück des Kuchens abzuschneiden. Für Jimmy Kahn und Mickey O'Shay waren Typen wie Danny Monahan ein Witz – so einen heuerten sie höchstens an, wenn es wieder jemanden zu beseitigen gab – aber die gefälschte Banknote fiel Jimmy ins Auge. Am folgenden Abend zeigte er sie Mickey.

»Ich war im Lager und habe mir angeschaut, wie die Sache läuft«, sagte Jimmy zu ihm. »Dieser Schein hier ... es ist einer von unseren.«

»Was?!« Mickey hielt ihn gegen das Licht und untersuchte ihn genau. Der Schein sah echt aus.

»Ich habe alles beobachtet«, fuhr Jimmy fort. »Nachts, als Corcoran dichtgemacht hat, habe ich ein paar Scheine aus dem Müll gefischt und mit nach Hause genommen.« Er zog Mickey den Schein aus der Hand und knallte ihn auf den Tresen. An diesem Abend waren sie wieder im *Cloverleaf,* und die anderen Gäste wussten, dass man bei Fäusten, die auf Tische knallten, besser nicht aufsah. »Das ist einer von unseren«, fuhr Jimmy fort. »Die Seriennummern passen.«

»Was soll das heißen?«

»Es heißt«, sagte Jimmy, »dass Corcoran mit seinen fünf Prozent nicht zufrieden ist und er die Scheiße an uns vorbei vertickt.«

Jimmy hatte für beide, Harold Corcoran und Douglas Clifton, eine Beteiligung von fünf Prozent ausgehandelt für jeden Deal. Jetzt, zumindest nach Jimmys Ansicht, fickte sie einer der Bastarde – oder beide – in den Arsch und verkaufte die Scheiße in der ganzen Stadt.

Das erschien Mickey nicht plausibel. »Bist du sicher?« Er vermochte sich beim besten Willen nicht vorzustellen, wie jemand glauben konnte, er könne sie über den Tisch ziehen und damit durchkommen.

»Es sind verdammt noch mal dieselben *Seriennummern*«, wiederholte Jimmy.

»Diese Wichser«, knurrte Mickey. »Ich habe dir gesagt, dass wir ihnen zu viel Luft lassen, dass wir sie näher beobachten sollten. Was jetzt?«

Es gab eine Pause, als Jimmy ihre Optionen betrachtete. Über eine Million Dollar gefälschter Banknoten war bereits gedruckt. Wenn sie es schlau anstellten, konnten sie an den Mann bringen, was sie hatten – bevor die Scheine, die Corcoran oder Clifton oder wer auch immer verkauft hatte, groß in Umlauf kamen.

An einem der Abende im Lager hatten Jimmy und Mickey ganz unverfänglich nach dem Geld gefragt. Wie erwartet hatte Corcoran bestritten, dass er hinter ihrem Rücken etwas von dem Falschgeld verkauft hatte.

»Ich weiß nicht«, sagte Jimmy. »Du gibst ganz schön viel Geld aus, um diese Scheiße zu drucken, Harold …«

Frustriert von ihren Vorwürfen sagte Corcoran: »Jimmy, Mann, es braucht eine Menge Material für die Produktion. Und siehst du den

Ausschuss? Siehst du, was wir wegwerfen müssen? Es kostet eben eine Stange Geld, die Scheiße zu drucken, Mann.«

Sie ließen es dabei bewenden, obwohl weder Mickey noch Jimmy glaubten, dass Harold Corcoran ihnen die Wahrheit gesagt hatte. Einige Zeit später stolperte Mickey in einem Klub über Corcoran und er schnappte ihn sich und verlangte von ihm zu wissen, was zur Hölle wirklich los war.

»Hey, hey, hey«, sagte Corcoran, der eine Hand abwehrend nach oben hielt. Er saß mit einem Freund an der Bar, einem schwarzen Kerl namens Fee Williams. »Ich habe es dir doch schon gesagt, Mickey. Ich weiß nichts davon. Ich verkaufe kein Geld an euch vorbei, Mann. Denkst du, ich bin verrückt? Jetzt beruhige dich. Komm, der nächste Drink geht auf mich.«

Mickey, der mit einigen Kumpels im Klub war, verspürte nicht das Bedürfnis, mit einem Verräter und einem Dieb zu trinken. »Entweder packst du jetzt ein für alle Mal aus«, sagte er zu Corcoran, »oder du und dein Niggerfreund, ihr tretet noch heute Abend vor euren Schöpfer.«

»Weißt du was?«, sagte Corcoran daraufhin. Sein Tonfall war ganz und gar nicht entschuldigend. »Du bist ein verrücktes Stück Scheiße, Mickey – weißt du das? Du hast vielleicht Nerven, mir so was zu unterstellen. Ich würde euch beide doch nicht verarschen. Jimmy ist wie Familie für mich. Wenn du denkst, ihr werdet beschissen, dann solltest du lieber zu deinem Kumpel Clifton gehen, statt deine Zeit bei mir zu verschwenden ...«

Schwer zu sagen, was Mickey am Ende dazu brachte, in dieser Nacht sowohl Harold Corcoran als auch Fee Williams zu ermorden, als sie aus Toby's Bar auf die 41. Straße traten. Aber es ging nicht nur um das Falschgeld. Ein Teil der Ursache lag in Corcorans Auftreten – wie er Mickey seine Hand vor das Gesicht gehalten und wie er mit ihm vor seinen Jungs geredet hatte. Auch Fee Williams mochte dazu beigetragen haben, Corcorans schwarzer Freund, dass Mickey austickte: Mickey war ein überzeugter Rassist, für den Schwarze, Hispanics, Italiener und alle anderen, die nicht seiner Vorstellung von »weiß« entsprachen, es verdienten, in den heißesten Tiefen der Hölle zu brennen. Oder es war einfach seine Laune an diesem Abend. Jedenfalls warteten Mickey O'Shay und seine Jungs, als Corcoran und Williams aus Toby's Bar kamen.

»Mickey ...« Das war alles, was Corcoran noch sagen konnte.

Ein Messer blitzte in Mickeys Händen auf. In einer schnellen, entschlossenen Bewegung schoss es hervor, versank im weichen Fleisch der Kehle von Fee Williams und nagelte den Mann gegen die Ziegelmauer der Gasse.

Corcoran rannte, aber er kam nicht weit. Er stolperte und stürzte der Länge nach auf die Straße. Über ihm zogen Mickey und seine Jungs ihre Kreise und starrten auf seinen erschöpften Körper herab. Jemand hielt ihn unten, und dasselbe Messer schnitt seine Zunge heraus. Danach hatte auf einmal jemand einen Hammer in der Hand, und in einem Ausbruch von Wahnsinn schlugen die Jungs von der West Side Harold Corcoran abwechselnd zu einer blutigen Masse.

Mickey hoffte nur, dass Corcoran lange genug lebte, um die schlimmsten Schmerzen mitzubekommen.

Jimmy war später nicht gerade begeistert, dass Corcoran so eilig entsorgt worden war. Ohne Harold Corcoran fehlte ihnen der Drucker, was bedeutete, dass zu den Scheinen, die Corcoran vor seinem Tod gedruckt hatte, keine neuen hinzukommen würden. Mickey schlug vor, Corcorans Hinweis zu folgen und sich Douglas Clifton vorzunehmen.

»Vielleicht«, vermutete Mickey, »haben sie noch irgendwo einen Stapel Scheine versteckt.«

Wenn Douglas Clifton etwas von ihrem Falschgeld versteckt hatte, würden sie es herausbekommen. Auf die eine oder die andere Weise.

Clifton verbrachte viel Zeit im Lager und hoffte, unter dem Schrott von Evelyn Gethers verstorbenem Mann ein paar verkaufbare Antiquitäten zu finden. An dem Abend, an dem Jimmy und Mickey zu ihm kamen, lag er halb im Koma, weil er zu viel Gras geraucht hatte. Auf seinem Gesicht spross ein ungepflegter, etliche Tage alter Bart. Als das Tor aufging und Mickey und Jimmy hereinkamen, rappelte sich Clifton mühsam vom Boden auf und schaffte es zumindest, halbwegs ansprechbar zu wirken.

»Hey ...« Clifton lehnte sich gegen die Wand, sein Gesichtsausdruck schien immer wieder zu verschwimmen. Das gesamte Lager war voller verrauchter Luft, alles stank nach Hanf. Clifton vermochte nur langsam und undeutlich zu sprechen. »Ach, ihr seid es …«

Jimmy war nicht in Stimmung für Spielchen. »Was hast du mit unserem Geld gemacht, Doug?«

Clifton rieb sich mit der Hand im Nacken, schaffte es gerade so, sich umzudrehen, und ließ seinen Blick über die beiden Druckmaschinen und die daneben stehende Tasche voller Falschgeld schweifen. »Was soll damit sein?«, fragte er mit kratzigem und trockenem Hals. »Es ist alles hier …«

»Du und Harold Corcoran, ihr habt uns beschissen«, sagte Mickey, »ihr habt die Scheiße an uns vorbei verkauft. Wie viel ist noch übrig? Wie viele Scheine, von denen wir nichts wissen, habt ihr gedruckt?«

Trotz seines Zustandes war unmittelbar die Angst in Cliftons Augen zu sehen. »Ich würde euch niemals hintergehen! Verdammt, das ist *so*. Sehe ich aus wie ein Idiot?« Er versuchte sich an einem Lachen, das vor allem verängstigt klang. Es war erbärmlich. »Ich weiß nicht … ich meine, ihr … was zur Hölle weiß ich denn vom Geld drucken?«

Jimmy war unerbittlich und zeigte keinerlei Emotion. »Wie viel hast du übrig gelassen, Doug?«

»Nein!«, schrie Clifton mit geballten Fäusten und rotem Gesicht. Er kannte die Geschichten, die über die Brutalität der beiden West-Side-Boys zirkulierten, er wusste, welche Jobs sie durchgezogen hatten und welche Menschen dabei auf der Strecke geblieben waren.

Mickey umkreiste die Druckmaschinen, die Hände entspannt in den Taschen. Vor ihm ergoss sich sein Schatten über den Betonboden.

Jimmy ging einen Schritt auf Clifton zu. »Wie wäre es, wenn wir einen Deal machen, hm?«, fragte er.

Misstrauisch stammelte Clifton: »W-was für ein Deal?«

Mickey packte Cliftons Schultern von hinten und zog ihn mit erstaunlicher Kraft zu Boden. Clifton, zu bekifft und zu erschrocken, um zu reagieren, fiel nach unten wie ein nasser Sack. Sein Kopf schlug auf dem Beton auf und er heulte wie ein verletzter Kojote. Er kämpfte damit, sich zur Seite und weg von Mickey zu drehen, aber Mickey hielt ihn ohne Schwierigkeiten am Boden. Seine Hände gruben sich in das Fleisch von Cliftons Oberarmen. Mit breitem

Grinsen beugte sich Mickey über Clifton. Ihre Nasen berührten sich fast und Mickeys nasse Haarsträhnen hingen ihm ins Gesicht.

Jimmy zog ein langes Messer aus der Jacke. Er setzte sich rittlings auf Cliftons Beine, presste seine Oberschenkel mit seinen Knien zusammen und machte ihn so restlos bewegungsunfähig.

»Der Deal ist«, sagte Jimmy und griff Cliftons rechtes Handgelenk mit der Geschwindigkeit und Genauigkeit einer angreifenden Schlange, »dass *du* etwas genommen hast, was *uns* gehört«, und er drückte die Spitze des Messers langsam in das zarte Fleisch von Cliftons Hand, »und *wir* dafür etwas nehmen, das *dir* gehört.«

Jimmy stieß das Messer bis zum Anschlag durch Cliftons Hand. Die Messerspitze traf mit einem dumpfen metallischen Geräusch auf den Betonboden. Douglas Clifton schrie, und heißer, widerlicher Atem stieß Mickey ins Gesicht. Aus der Wunde in Cliftons Handgelenk ergoss sich dunkles Blut. Er wand sich und versuchte, auf die Beine zu kommen, aber sein Entsetzen und der Schmerz lähmten ihn.

Immer weiter stach Jimmy auf Cliftons Handgelenk ein. Er hielt nur kurz inne, als die Messerklinge auf Knochen traf. Jimmy fletschte die Zähne und arbeitete sich mit dem Messer durch Knochen und Knorpel. Cliftons Blut spritzte ihm ins Gesicht.

In nicht einmal zwei Minuten war die Angelegenheit erledigt. Als er fertig war, stand Jimmy langsam auf. Der Adrenalinstoß und die Anstrengung ließen ihn hörbar atmen. Er hielt das blutige Messer in der einen Hand und Douglas Cliftons abgetrennte rechte Hand in der anderen.

»Ein guter Deal, oder?«, sagte Jimmy und stakste ein paar Schritte rückwärts.

Mickey ließ Clifton los und stand ebenfalls auf. Aller Kampfeswille war aus Cliftons Körper gewichen. Sogar jetzt war er gerade einmal in der Lage, sich zusammenzurollen wie ein Fötus im Mutterleib. Seinen gekürzten rechten Arm versteckte er unter seinem Hemd. Sein Rücken bebte, aber er stand noch zu sehr unter Schock, um auch nur ein einziges Schluchzen hervorzubringen.

»Du bringst uns das Geld, das du und Corcoran uns gestohlen habt«, befahl ihm Jimmy, dessen Schatten über Cliftons gequältem Körper lag. »Wir sehen uns in ein paar Tagen. Wenn wir zurückkommen und du das Geld nicht hast, schneide ich dir das nächste Stück ab. Kapiert?«

Clifton brachte keine Antwort heraus, aber es war offensichtlich, dass er kapiert hatte.

Letzten Endes kapierten sie es *immer*.

Mickey nahm Clifton den Schlüssel zum Lager ab, schrie den Verletzten an, zur Hölle noch mal aus seinen Augen zu verschwinden, und verschloss das Tor. Und wie jeder Straßengangster, der in der kalten Umarmung von Hell's Kitchen aufgewachsen war, hielten Jimmy und Mickey Wort: Kurze Zeit später besuchten sie Clifton im Bellevue Hospital, und sie konnten sich kaum zurückhalten, sich vor Lachen auszuschütten über den erbärmlichen Anblick dieses Hurensohns.

»Was ist los?«, fragte Jimmy und stellte sich neben Cliftons Bett. »Du begrüßt uns nicht mehr per Handschlag?«

Offenbar stand Clifton so sehr unter Schmerzmitteln, dass er keine Gesichter erkannte. Aber beim Klang von Jimmy Kahns Stimme weiteten sich seine Augen. Er wandte sich der Stimme zu und seine Lippen fingen an zu zittern.

»Du siehst echt scheiße aus, Stummel«, sagte Mickey, der neben der Tür gegen die Wand gelehnt stand. Mit der linken Hand schloss er die Tür. »Riecht auch übel hier drin.«

»Ahh ...« Clifton versuchte zu sprechen.

»Wir sind wieder da, genau wie versprochen«, sagte Jimmy. »Wie sieht es jetzt aus – erzählst du uns, wo das Geld ist, oder müssen wir wieder bei dir persönlich etwas abheben?«

Cliftons Augen wurden glasig. Seine trockenen, sich schälenden Lippen arbeiteten, aber es kam kein Ton aus seinem Mund. Jimmy streckte den Arm aus und drückte Cliftons verbundenen Armstumpf. Vor Schmerz verzog Clifton sein Gesicht zu einer Grimasse. Aus zugekniffenen Augen quollen Tränen hervor, während die Lippen zusammengebissene Zähnen entblößten.

»Es wird langsam und schmerzhaft, Stummel.« Jimmy flüsterte fast, nur ein paar Zentimeter waren seine Lippen von Cliftons Ohr entfernt. »So viel kann ich dir versprechen. Dein Kumpel Corcoran verrottet schon auf irgendeinem Müllhaufen. Sei schlauer als er, sag uns, wo du das Geld versteckt hast.«

»Ich schwöre ...«, brachte er zwischen zwei Atemzügen hervor, »ich *weiß* nichts – gar nichts – von irgendwelchem verschwundenen *Geld* ...«

»Ohne Zunge wird es dir schwerfallen, uns weiter anzulügen, Stummel«, sagte Mickey von der Wand aus.

Clifton begann zu weinen.

»*Fuck*«, stöhnte er. »Oh, mein Gott ...«

Die Zähne schlugen in seinem Schädel aufeinander, er riss sich so gut er konnte zusammen und starrte Jimmy mit ausdruckslosen Augen an. »Corcoran hat ... ein paar Scheine extra gedruckt ... hat sie einem Typ verkauft ... Patrick Nolan ...«

»Patty Nolan?«, fragte Mickey. Sie hatten in der Vergangenheit einige Geschäfte zusammen gemacht.

»Corcoran hat es in der Stadt verkauft«, fuhr Clifton fort, sein Gesicht noch immer schmerzverzerrt, »und Nolan ist nach ... Florida ... Boston ... fuck, was weiß ich gefahren.« Er atmete tief ein, seine Augenlider flatterten. Für einen Moment dachte Mickey, Clifton würde ohnmächtig.

»Wo ist Nolan jetzt?«, fragte Jimmy und sah zu Mickey hinüber. Mickey zuckte nur mit den Schultern und verschränkte die Arme.

»Weiß nicht«, krächzte Clifton.

»Hast du irgendwas von dem Geld? Weißt du, wo es ist?«

»Nolan hat alles.«

»Dieser Hurensohn«, murmelte Mickey von seinem Platz neben der Tür aus.

»Ich bin ein fairer Typ«, sagte Jimmy und gab Cliftons verletzten Arm frei. »Wir kommen wieder, wenn es dir besser geht. Inzwischen nimmst du besser Kontakt mit Nolan auf und bringst ihn dazu, dir das Falschgeld zu geben.«

Aber Douglas Clifton würde mit Patrick Nolan keinen Kontakt mehr aufnehmen.

Am nächsten Morgen würde er aus dem Fenster springen ...

♣

Jetzt, immer noch im *Cloverleaf*, immer noch dasselbe Getränk vor sich, spürte Mickey, wie seine Migräne zunahm, wenn er sich an diese Ereignisse erinnerte. Was für ein gottverdammtes Durcheinander. Und jetzt, da Clifton und Corcoran tot waren, hatten sie keinen Ansatz mehr, Patrick Nolan zu finden. Sie überprüften die meisten von Nolans Lieblingsorten und befragten einige seiner Freunde, aber niemand wusste, wo er steckte. Als John Esposito auftauchte, waren sie wieder im Geschäft. Aber Jimmy regte sich mehr und mehr über die ganze Situation auf und wurde immer misstrauischer. Das Falschgeld war jetzt nicht mehr als eine Erinnerung daran, wie sie von Corcoran, Clifton und Nolan beschissen worden waren. Jimmy wollte nur noch eines: Diesen ganzen Mist endlich hinter sich lassen. Aber Mickey pfiff auf die Vergangenheit – sie machten Geld mit Esposito, und das war es, was für ihn zählte.

Hinter ihm öffnete sich die Tür des *Cloverleaf* und ließ einen kalten Luftzug in den Raum. Mickey drehte den Kopf leicht und sah, wie Jimmy Kahn mit roter Nase und rissigen Lippen hereinkam. Er trug ein ordentliches Hemd und eine karierte Sportjacke, die Haare waren zurückgegelt.

»Bist du bereit?«, fragte Jimmy.

»Warte noch etwas. Bestell dir einen Drink.«

»Keine Zeit für Drinks. Komm schon.«

Widerwillig folgte Mickey ihm auf die Straße und sprang auf den Beifahrersitz von Jimmys Cadillac. Die längste Strecke des Weges legten sie schweigend zurück.

»Wieso treffen wir uns so früh mit diesen Jungs?«, fragte Mickey, nachdem es ihm zu langweilig geworden war, am Radio herumzuspielen.

»Sie wollten sich um diese Zeit treffen«, antwortete Jimmy. Er drehte den Kopf zur Seite und sah Mickey an. »Du hättest wenigstens saubere Klamotten anziehen können.«

»Die *sind* sauber. Außerdem«, fügte er hinzu, »will ich niemanden beeindrucken. Schon gar nicht diese verfluchten Italiener. Ich verstehe nicht, warum wir mit diesen Arschlöchern unsere Zeit verschwenden. Ich traue denen nicht über den Weg.«

»Wenn wir über Hell's Kitchen hinaus Geschäfte machen wollen, wenn wir echtes Geld machen wollen, dann sind das die Typen, zu denen wir gehen müssen.«

»Die sollen sich in den Arsch ficken. Die haben Angst vor uns. Warum zum Teufel sollen wir mit denen zusammenarbeiten, wenn wir sie einfach verjagen können?«

Jimmy runzelte die Stirn. »Sei kein Idiot.«

»Das ist mein Ernst.«

»Halt einfach die Klappe und lass mich reden.«

Sie hielten vor einem noblen italienischen Restaurant auf der Canal Street. Die Fassade aus roten Ziegeln, getönte Glasscheiben, eine königsblaue Markise und jede Menge Kerzen, die auf der anderen Seite der Fenster flackerten. Im Auto checkte Jimmy seine Waffe und schob sie dann zurück in seine Jacke. Mickey hatte nichts gegen Jimmys Bestrebungen, groß rauszukommen – immerhin hatten sie dazu beigetragen, dass sie es *bis hierhin* geschafft hatten – aber er verstand nicht, warum sein Partner so auf die Italiener versessen war. Für Mickey waren sie Gestalten aus der Welt von gestern, Überbleibsel einer vergessenen Zeit, Dinosaurier, kurz davor, im Genpool unterzugehen. Ihre Geschäfte waren kompliziert und ineinander verwoben, sie hatten überall ihre Finger drin, aber ihr Einfluss war nicht sehr beeindruckend. Tatsächlich hatten er und Jimmy in nur wenigen Jahren mehr in der West Side auf die Beine gestellt als der Mob in einem Jahrzehnt. Sie gehörten zu einer aussterbenden Rasse, die versuchte, in einer neuen Gesellschaft zurechtzukommen. Warum Jimmy Kahn sie für so wichtig hielt, erschloss sich Mickey nicht.

Das Restaurant war still, dunkel und kaum besucht. Die Wände aus Ziegelsteinen waren mit Knoblauchkränzen und Regalen voller Konserven mit rot-weiß-grün gestreiften Etiketten geschmückt. Durch die eingebauten Lautsprecher an der Decke war Dean Martin zu hören.

»Die haben nicht mal eine Bar«, murmelte Mickey und folgte Jimmy durch das Restaurant. Jimmy sprach einen silberhaarigen Mann in dunklem Anzug und Krawatte an, der in seinen frühen Siebzigern sein mochte. Der Mann nickte einmal, warf einen kurzen Blick über Jimmys Schulter auf Mickey und zeigte dann auf eine

Holztür am anderen Ende des Restaurants. Jimmy bedankte sich und winkte Mickey, ihm durch die Tür zu folgen.

Sie betraten einen dunklen Raum aus Ziegelsteinwänden mit einer niedrigen Decke und einer leeren Bühne, in deren Mitte metallisch glänzende Pole-Dance-Stangen montiert waren. Sitznischen waren an den Wänden im Halbkreis um die Bühne herum gruppiert, und an der Wand gegenüber der Bühne befand sich eine gut sortierte Bar. Das gedimmte Licht, das Spots an der Decke und Kerzen verbreiteten, hüllte den Raum mehr in Dunkelheit, als das es ihn erhellte. Mickey konnte mit Mühe ein paar Gestalten ausmachen, die in einer der Sitznischen zusammensaßen, Karten spielten, rauchten und an Cocktails nippten.

Er und Jimmy näherten sich. Jimmy ging voran. Einer der Männer sah zu ihnen auf. Er war übergewichtig und kahlköpfig, höchstwahrscheinlich mitten in seinen Fünfzigern. Unter seinen Obsidianaugen hingen dicke, fleischige Hautsäcke. Seine Nase war riesig und hatte so große Poren wie ein Seeschwamm. Mickey erkannte ihn von einem Zeitungsfoto, das Jimmy ihm vor einiger Zeit gezeigt hatte: Angelo Gisondi.

»Jimmy«, sagte Gisondi und ließ ein schiefes Lächeln aufblitzen. Seine Zähne waren vollkommen gleichmäßig und perfekt weiß gebleicht. »Schön, dich zu sehen. Ich bin froh, dass du gekommen bist.«

»Das ist mein Partner, Mickey O'Shay«, sagte Jimmy und nickte in Mickeys Richtung.

»Freut mich, dich kennenzulernen«, sagte Gisondi.

Mickey nickte desinteressiert.

»Kommt mit«, sagte Gisondi und zog sich unter einigen Schwierigkeiten von seinem Sitz hoch. Er klopfte mit einem großen, juwelenbesetzten Ring an seinem kleinen Finger auf die Tischplatte und ließ seine Begleiter ihr Pokerspiel ohne ihn fortsetzen. Dann führte er sie zu einer Sitzecke im hinteren Bereich des Klubs. »Kann ich euch Jungs etwas zu trinken anbieten?«

»Nein, danke«, sagte Jimmy und setzte sich Gisondi gegenüber. Mickey, immer noch unbeeindruckt, setzte sich neben seinen Partner. Ohne große Motivation hing er auf seinem Platz und trommelte mit den fettigen Fingern seiner rechten Hand auf den Tisch.

Gisondi stellte sein Getränk vor sich. »Jimmy«, sagte er, »ich muss sagen, ich bin beeindruckt von dem, was ich über dich gehört habe.« Lächelnd wandte sich der alte Mann Mickey zu. »Was ich von euch *beiden* gehört habe. Ihr seid jung und mischt überall mit, habt viele Kontakte. Das ist gut. Noch mal, ich bin wirklich beeindruckt. Wie es bei allen Dingen ist; man fängt klein an und allmählich ... breitet man seine Flügel aus. Man lernt, wem man vertrauen kann und wen man im Auge behalten muss. Man lernt eine Menge.« Immer noch lächelnd hob Gisondi einen Zeigefinger. Es war dick wie eine Wurst. »Man lernt, wie wichtig Geld und wie wichtig Freunde sind. Habe ich recht?«

Für Mickey klang das ganze Gelaber wie ein großer Haufen dampfender Scheiße – wer war der Typ überhaupt? Hielt er Jimmy und ihn für ein paar Penner von der Straße, die in den letzten zwei Jahren Radkappen geklaut hatten?

»Ja«, sagte Jimmy und nickte.

»Weil man es sich nicht leisten kann, diese Dinge als selbstverständlich zu betrachten,« fuhr Gisondi fort, »egal wie viel Geld du machst oder wie viele Freunde du zu haben *glaubst*.«

Am anderen Ende des Klubs brachen Gisondis Freunde in Lachen aus. Jemand zündete eine Zigarre an. Mickey hörte, wie Pokerchips gezählt und über den Tisch geschoben wurden.

»Jimmy«, fuhr Gisondi fort, »ich will mit euch arbeiten. Ich bin bereit, ausgewählte Geschäfte zu finanzieren, euch sogar meinen Schutz zu gewähren. Für einen gewissen Anteil. Ich denke, das wäre gut für uns alle.«

»Wie viel Prozent?«, fragte Mickey und blickte scharf auf.

»Unser Anteil soll vernünftig und akzeptabel sein«, antwortete Gisondi. »Über Details können wir zu einem späteren Zeitpunkt sprechen. Jetzt gibt es dringlichere Fragen zu klären. Darf ich ehrlich zu euch sein?«

»Sicher«, sagte Jimmy.

Eine kleine, eidechsenartige Zunge schoss aus Gisondis Mund, feuchte seine Unterlippe an und verschwand dann wieder. »Einige eurer Aktionen haben für Stirnrunzeln bei meinen Partnern gesorgt. Um der Wahrheit die Ehre zu geben: Nicht jeder glaubt, dass wir von gemeinsamen Geschäften profitieren können. Ich halte diese Meinung für falsch, aber ich denke *tatsächlich*, ihr solltet etwas berücksichtigen, damit sich diese Geschäftsbeziehung als lukrativ erweisen kann.«

»Was ist das?«

»Wir leben nicht in den 1920er Jahren, Jimmy. Die Tage, in denen man Bars zusammenschoss und Menschen einfach auf der Straße tötete, sind vorbei. Männer wie wir arbeiten nicht mehr auf diese Weise. Das überlassen wir den Niggern in Harlem. Ihr müsst aufpassen. Zu viel Aufmerksamkeit von den Falschen ist eine üble Sache, Jimmy, und sie macht die Arbeit nicht leichter. Talente wie eure verdienen es, respektiert und richtig eingesetzt zu werden und nicht für schnellen Beifall über die ganze Stadt verschleudert. Was ich dir sage, ist die Wahrheit. Manchmal bringt ein subtiles Vorgehen bessere Ergebnisse.«

»Okay«, sagte Jimmy, »das ergibt Sinn, Mr. Gisondi. Ich schätze Ihr offenes Wort. Mickey und ich werden Ihr Angebot besprechen. In der Zwischenzeit – darf ich Sie um einen Gefallen bitten?«

»Immer raus damit, Jimmy.«

»Da ist dieser Typ, mit dem wir seit einiger Zeit Geschäfte machen. Er heißt Johnny Esposito, kommt aus Brooklyn. Haben Sie jemals von ihm gehört?«

Gisondi schmatzte mit den Lippen, sein Blick ging zwischen Jimmy und Mickey hin und her. Dann schüttelte er langsam den Kopf. »Esposito? Nie gehört.«

»Es würde uns helfen, wenn Sie sich nach ihm erkundigen. Vielleicht kennt einer Ihrer Partner den Namen.«

»Macht dieser Kerl euch Ärger?«

»Nein«, sagte Jimmy, »er ist ein neues Gesicht auf der Bühne. Ich will nur wissen, wer er ist – das ist alles.«

Gisondi lächelte. Er sah aus wie ein Hai. »Das ist gut«, sagte er. »Sicher, Jimmy, ich frage ein wenig herum, mal sehen, was dabei herauskommt.«

Jimmy schüttelte Gisondis Hand. Mit noch ausgestreckter Hand drehte sich Gisondi zu Mickey um. Das Haifischgrinsen war noch auf seinem Gesicht. Mit einem Nicken schüttelte Mickey die Hand des alten Mannes und erhob sich leise.

»Noch eine Sache, Jimmy«, sagte Gisondi, der sitzen geblieben war. »Es gibt einen Kredithai, Horace Green, der in eurer Gegend Geschäfte macht. Er ist seit einiger Zeit verschwunden. Niemand hat ihn mehr gesehen, weißt du? Ich habe mich gefragt, ob ihr vielleicht etwas gehört habt, etwas wisst …«

»Horace Green?«, fragte Jimmy. Er schüttelte den Kopf und fügte hinzu: »Nein. Nie von ihm gehört.«

KAPITEL 37

»Hat Esposito gestern Abend die Schalldämpfer gekauft?«, fragte Jimmy, während er es sich neben Mickey in einer Sitzecke im *Cloverleaf* gemütlich machte. Sie waren die meiste Zeit schweigend von Gisondis Restaurant zurückgefahren, das Autoradio leise im Hintergrund, und Mickey hatte immer wieder einen Schluck aus einer Flasche Bourbon genommen, die in eine braune Papiertüte gehüllt war. Wie Ebbe und Flut schwankte ihre Beziehung zwischen tatsächlicher kommunikativer Ebbe und einem regelrechten Konversationsfluss. Sogar wenn sie unter sich waren, horteten sie Worte wie ein Geizknochen seine Goldmünzen, und sie sprachen kaum, wenn es nichts zu sagen gab. Heute Abend aber war Jimmy offensichtlich sehr mit Johnny Esposito beschäftigt.

»Hat alle fünf gekauft«, sagte Mickey und berichtete seinem Partner kurz von den Ereignissen auf dem Dach. Als er fertig war, bemerkte er einen Blick auf Jimmys Gesicht, der Unbehagen in ihm auslöste. »Was denn?«, fragte Mickey genervt.

»Dieser Typ«, murmelte Jimmy. Um sie herum war das *Cloverleaf* ungewöhnlich voll und laut. Auf der Jukebox trällerte Dean Martin »You Belong to Me«, und für einen Augenblick war das helle Lachen einer Frau aus dem Lärm herauszuhören. »Dieser verdammte Typ«, fuhr Jimmy fort. »Etwas an ihm gefällt mir überhaupt nicht, Mickey.«

»Du machst dir zu viele Sorgen.«

Aber Jimmy sah nicht so aus, als würde er sich Sorgen machen. Nachdenklich traf es eher; seine Augenbrauen waren zusammengezogen und seine Stirn in Falten gelegt, die Augen zusammengekniffen und auf die Tischplatte konzentriert. Hinter ihm lachte eine Gruppe junger Männer lauthals über einen Witz und einer der Jungs stieß Jimmy versehentlich gegen die Schulter, aber er bemerkte es kaum.

Nein, Jimmy sorgte sich ganz und gar nicht.

Er *dachte nach*.

»Wir machen Geld mit ihm«, fuhr Mickey fort, sauer darüber, dass seine Abendplanung aus Trinken, Rauchen und in den Rausch abtauchen von den paranoiden Gedanken seines Partners gestört wurde. »Was zum Teufel macht es jetzt noch für einen Unterschied?«

Jimmy antwortete nicht. In Gedanken versunken zog er sich am Tisch nach oben und ging langsam an die Bar.

Die Tür des *Cloverleaf* öffnete sich und Mickey konnte den Verkehr auf der 57. Straße hören. Patrick Nolan kam herein, bei ihm eine gut aussehende Brünette. Offenbar kannte er einige der Gesichter an der Bar, denn er lächelte und hob die Hand zum Gruß. Dann führte er seine Begleitung an den einzigen unbesetzten Tisch im Raum. Mickey beobachtete, wie die beiden ein paar Worte wechselten, bevor Patty Nolan in Richtung der Toiletten verschwand.

Mickey stand auf.

In der engen Toilette fand sich Patrick Nolan allein wieder. Er summte einen Song von Prince und genoss es, sich zu erleichtern. Dann spazierte er zum Waschbecken, um sich die Hände zu waschen und im fleckigen Spiegel seine Zähne zu inspizieren. In Gedanken war er ganz und gar bei der Brünetten, die an seinem Tisch saß. Seine Reise nach Miami und Harold Corcorans Falschgeld waren in diesem Moment so weit weg wie der Mond.

Die Toilettentür ging auf. Im Spiegel über dem Waschbecken tauchte Mickeys Gesicht auf. Nolan sah nach oben, drehte sich um und starrte ihn an.

Patrick Nolan zu sehen ließ die Erinnerung an die Ereignisse des vergangenen Jahres auf ihn einstürzen: Horace Green; die Negative und die Druckplatten; die Druckmaschinen; Johnny Esposito; Douglas Clifton und Harold Corcoran; wie Corcoran wie ein verletzter Hund geschrien hatte, während Mickey ihm die Zunge aus dem Mund schnitt. Und nun ... Patrick Nolan.

Er kannte Nolan aus dem Viertel. In der Vergangenheit hatten sie ein paar Deals zusammen durchgezogen, und zu der Zeit hatte er den Mann sogar respektiert für das, was er aus sich machen wollte. Aber das war lange her und die Dinge hatten sich geändert. Jetzt beschäftigte sich Patty Nolan mit Bullshit-Deals, die klein und schonungslos gesagt eher erbärmlich waren. Nolan war in seinen

Dreißigern, sah aber zehn Jahre älter aus. Mit etwas härterer Arbeit, den richtigen Verbindungen und ein wenig mehr Motivation hätte Nolan zu einem der mächtigsten Player in Hell's Kitchen werden können. Er war gut gewesen bei Raubüberfällen, Erpressung, sogar Morde gingen auf sein Konto – aber im Herzen war und blieb er ein kleiner Straßengangster.

»Patty Nolan«, sagte Mickey von der Tür aus und grinste. »Lange nicht gesehen. Hast du dich versteckt?«

»Mickey ...« Nolan sprach den Namen langsam aus. Er erwiderte Mickeys Grinsen und wandte sich dann wieder dem Waschbecken zu. Einmal warf er beim Händewaschen einen Blick auf Mickeys Spiegelbild. Auf seiner linken Stirnseite pochte eine Vene. »Scheiße, Mann, wie geht's dir?«

»Nicht schlecht. Wo warst du, Patty?«

Nolan hielt den Blick auf das Waschbecken gerichtet. Er drehte den Wasserhahn zu und rieb sich die Hände wie jemand, der versuchte, ein Feuer zu entzünden, und schüttelte die Tropfen von seinen Händen in das Becken. »Hatte geschäftlich auswärts zu tun. Du weißt ja, wie es ist.«

»Ach so?«

»Na, du weißt schon ...«

»Eine gut aussehende Braut hast du angeschleppt. Hast du sie bei deinem Geschäft auswärts aufgegabelt?«

Nolan lachte nervös. »Ist Jimmy auch hier?«

»Keine Ahnung«, sagte Mickey.

»Na ja«, sagte Nolan und ging auf den Papiertuchspender zu, »grüß ihn von mir. Und Frohe Weihnachten. Dir auch, Mickey.« Es gab keine Papiertücher mehr. Scheinbar sauer – als enttäuschte ihn der Mangel an Hygieneartikeln – schnaubte Nolan und rang sich ein weiteres Grinsen ab, während er seine Hände an der Hose abwischte. Als er sich der Tür zuwandte, nickte er Mickey noch einmal zu, schob sich an ihm vorbei und ging den schmalen Flur entlang.

Mickey beobachtete, wie Patty Nolan verschwand. Dann, bevor er wieder in den Gastraum zurückging, drehte er sich um und sah sein Bild im Spiegel über dem Waschbecken. Er konnte die beginnende Migräne fühlen, die in einem Bogen aus seinem Nacken über den

Hals bis zur Schädeldecke nach oben stieg. Sein Spiegelbild erschien ihm verschwommen und fremd. Er kniff die Augen zusammen und versuchte, ihm vertraute Gesichtszüge auszumachen ... und stellte fest, dass er es nicht konnte.

Er grinste.

Gewinner, dachte er.

Zurück an der Bar leierte sich die Jukebox durch einige psychedelische Nummern aus den Siebzigern. Das Licht war gedimmt und das Geschrei der zahlreichen Gespräche vermischte sich mit dem Klirren der Bierflaschen beim Anstoßen. Corky McKean stand hinter der Bar, rauchte eine fette kubanische Zigarre und trug noch immer seine Krawatte mit den Mistelzweigen. Corky genoss es, an den Abenden während der Feiertage zu arbeiten: Die Trinkgelder fielen etwas großzügiger aus.

Mickey verbrachte den Rest des Abends an einem der Tische, umgeben von ein paar Jungs aus dem Viertel. Er trank nur mäßig, was für ihn ungewöhnlich war, und rauchte nur eine Zigarette. Einer nach dem anderen verließen die Gäste das *Cloverleaf,* verstreuten sich in die Nacht und stolperten auf den dunklen, nassen Straßen unter dem Winterhimmel ihrem Zuhause entgegen. Dann sah Mickey, wie Patty Nolans Mädchen aufstand, ihm die Schulter drückte und aus der Tür schlüpfte. Nolan blieb, zog sich an seinem Tisch nach oben und stolperte an die Bar. Dort blieb er mit einigen seiner Freunde. Drinks wurden bestellt und herumgereicht. Jemand schrie etwas über die Yankees, aber Mickey konnte die Worte nicht verstehen.

Ein paar weitere Gäste gingen. Es war Heiligabend, und selbst sie, der Bodensatz von Hell's Kitchen, hatten irgendwo einen Ort, wo sie hingehörten. Mickey O'Shays lebhafteste Erinnerung an Weihnachten war, als er die Feiertage als Fünfzehnjähriger in einem Jugendknast nördlich von New York verbracht hatte. Er erinnerte sich an das Schneetreiben vor dem Fenster in der Cafeteria und wie der grotesk fette Junge, der neben ihm saß, plötzlich einen Anfall bekommen und nach seiner Mutter geschrien hatte – seine Mutter – wo blieb seine Mutter nur? Einige der Mitinsassen hatten Witze über den fetten Jungen gerissen, einige ihn verflucht und Dinge auf ihn geworfen, und andere hatten ihn amüsiert angestarrt. Auch Mickey hatte ihn angesehen ... aber auf seinem Gesicht war weder Vergnügen noch Mitgefühl gewesen, auch kein Spott. Er hatte ihn einfach nur angestarrt, hypnotisiert von der Art und Weise, wie der Körper des fetten Jungen zitterte, wie das Fleisch in flügelförmigen Lappen von seinen Oberarmen hing, wie ihn schließlich zwei Wärter aus der Cafeteria zogen. An diesem Abend, wie als Weihnachtsgeschenk für sich selbst, ließ er immer wieder die Szene des zitternden, kreischenden fetten Jungen in seinem Kopf ablaufen. Und er genoss es.

Um elf stand Mickey auf und ging den schmalen Flur hinunter zur Falltür, die in den unterirdischen Klub führte. Mit einer Hand an der Wand stieg er die Treppe hinunter und blieb einige Zeit verschwunden. Als er wieder auftauchte, war Jimmy Kahn, der seine Sportjacke zurechtzupfte, nicht weit hinter ihm.

»Ein Killian's«, rief Mickey Corky McKean zu, ließ die flache Hand auf den Tresen knallen und setzte sich auf den leeren Hocker neben Patty Nolan.

Nolan drehte sich um und sah Mickey von oben nach unten an. Dann geriet der Bereich weiter hinten im Pub in seinen Blick, wo Jimmy Kahn gegen die Jukebox gelehnt stand.

Corky McKean verließ seinen Platz hinter dem Tresen und kehrte einen Augenblick später mit Mickeys Bier zurück. Corky schwang sich ein Handtuch über die gebeugte Schulter, drehte sich erneut um und machte sich auf den Weg in den Lagerraum des *Cloverleaf*.

Es lag eine spürbare Anspannung in der Luft, die bei Patrick Nolans restlichen Trinkkumpanen ein plötzliches Unwohlsein auslöste. Gleichzeitig stellten sie ihre noch halbvollen Gläser auf den Tresen, warfen sich Jacken und Mäntel über die Schultern und standen auf, um zur Tür zu gehen. Nolan hatte offenbar auch die spontane Eingebung, das *Cloverleaf* zu verlassen, denn er trank seinen Gin Tonic mit einem großen Schluck aus und begann, sich den Mantel zuzuknöpfen.

»Warte mal«, sagte Mickey und sah an Nolan vorbei. »Bleib noch etwas.«

»Es ist spät«, sagte Nolan und arbeitete sich weiter mit den Knöpfen an seinem Mantel ab.

Jimmy kam zu ihnen geschlendert und setzte sich auf den Barhocker auf der anderen Seite von Patrick Nolan. Erst jetzt wurden Nolans Finger langsamer und hörten schließlich ganz auf, sich zu bewegen. Nolan sah weder Jimmy noch Mickey an und legte seine Hände flach mit gespreizten Fingern auf den Tresen.

Mickey trank sein Killian's Schluck für Schluck und sagte kein Wort. Gelegentlich warf er einen flüchtigen Blick auf Nolans Spiegelbild im Spiegel über der Bar, aber vor allem war er mit seinem Bier beschäftigt.

Jimmy lächelte und griff in seine Manteltasche. »Du hast ganz schön Farbe abbekommen«, sagte er zu Nolan. »Wo warst du?«

»Hier und dort. Was ist los, Jimmy?«

»Mickey und ich, wir haben etwas für dich.« Jimmy zauberte eine kleine weiße Schachtel hervor, um die ein rotes Geschenkband gebunden war. Er stellte sie auf den Tresen, pochte zweimal mit dem Zeigefinger darauf und schob sie dann Nolan hin. »Das ist für dich. Ein Geschenk.«

Mickey stand von seinem Hocker auf und ging zur Jukebox. Er wählte eine Sam-Cooke-Nummer, drehte sich um und machte sich auf den Weg zur Eingangstür. Nolan riss den Kopf herum, als das Geräusch eines sich drehenden Türriegels zu hören war.

»Na los«, sagte Jimmy. »Mach es auf.«

»Was ist das?«

»*Öffne* es.«

Nolans Blick verharrte einen Augenblick auf Jimmy. Dann blickte auf die kleine weiße Schachtel mit dem roten Band. Mit Mühe brachte er eine Hand nach oben und zog den Knoten auf. Im polierten Mahagoni der Bar konnte er sehen, wie Mickey hinter ihm vorbei ging. Er nahm einen tiefen Atemzug, packte das Geschenk aus und hob den Deckel ab.

Mit fragendem Blick starrte Patrick Nolan auf das Objekt in der Schachtel. »Was zur Hölle *ist* das?« Im nächsten Moment wusste er plötzlich *genau*, was er vor sich hatte: die Zunge eines Menschen. »Oh Scheiße ...«

»Du verstehst nicht?«, fragte Jimmy und nahm die Schachtel und den Deckel in die Hand. »Ich zeige es dir.« Er legte den Deckel wieder auf die Schachtel, hielt sie an sein Ohr und bewegte den Deckel wie den Mund einer Puppe. Mit gekünstelt hoher Stimme sagte Jimmy: »Du hast uns verarscht, Patty! Du hast uns beklaut!«

Patrick Nolan sah auf einmal sehr wütend aus. »Scheiße, was soll das alles, Jimmy?«

Jimmy lächelte nur und schob die Schachtel zurück zu Nolan.

Hinter ihnen zog Mickey einen Stuhl von einem der Tische weg, hob ihn über den Kopf und holte aus, um ihn neben Nolan auf dem Tresen zu zertrümmern. Nolan schrie, sprang auf und hielt sich einen Arm vor die Augen. Der Stuhl zerbarst in Stücke. Auf einer von Mickeys Händen war Blut zu sehen, als er ein halb zerbrochenes Stuhlbein packte, es abriss und dann wie einen Taktstock schwang.

»Du hast uns beschissen, Nolan!«, rief Mickey und zeigte mit dem Stuhlbein auf ihn.

Mit so viel Gelassenheit, wie er aufbringen konnte, versicherte Nolan, er habe keine Ahnung, wovon die Rede war.

Mickey stieß Nolans Schulter mit dem Stuhlbein an. »Das Falschgeld. Wie viel hast du vertickt? Wie viel ist noch übrig?«

»Es ist *nichts* mehr da«, sagte Nolan, »und ich habe euch nicht beschissen. Ich habe einen Deal mit Corcoran gemacht. Wenn ihr damit ein Problem habt, klärt es mit ihm.«

»Du bist voller Scheiße«, sagte Mickey finster. Nolan war von Anfang an klar gewesen, dass er sie hinterging – Mickey konnte es an Nolans Augen sehen, an der Art und Weise, wie er ihn auf der Toilette angesehen hatte und daran, dass er versucht hatte, Mickey den ganzen Abend aus dem Weg zu gehen.

»So funktioniert das nicht, Patty«, sagte Jimmy. Nolan warf ihm nur einen kurzen Seitenblick zu. Er schien sich nicht wohl dabei zu fühlen, Mickey zu lange aus den Augen zu lassen. »Das ist unser Geschäft, und du machst es kaputt. Wie viel Geld hast du gemacht mit unseren Blüten?«

»Nein«, sagte Nolan schnell, »vergiss es. Ich hatte einen Deal mit Corcoran. Ich wusste nicht, dass er euch bescheißt.«

»Du lügst«, sagte Jimmy.

»Spiel keine Bullshit-Spiele mit mir, Jimmy«, sagte Nolan. Sein Gesicht war rot, seine Augen zusammengekniffen. »Ich habe diese Straßen länger kontrolliert als du, ich weiß, wie es läuft. Wenn ihr denkt, dass ihr mich einschüchtern könnt, seid ihr auf dem Holzweg. Ich bin keiner von den Jungs, die noch den Geruch eurer Scheiße gut finden.«

Nolan stand auf und schob sich von der Bar weg. Seine Wut stieg in Wellen in ihm auf und schien beinahe die Luft zum Kochen zu bringen. Mit den Händen in den Taschen ging er schnell auf die Tür zu, hielt dann inne, drehte sich um und sah sie direkt an. Er stieß ein paar Mal mit dem Finger in Mickeys Richtung in die Luft. »Wenn dieser kleine Wichser mir nach draußen folgt, reiße ich ihm den verfickten Schädel ab.«

Schwer atmend, mit weißen Knöcheln an der Faust, die das Stuhlbein umklammerte, stand Mickey da. Sein Brustkorb hob und senkte sich wie bei einem Gorilla. Er drehte sich um und sah Jimmy an.

Jimmy winkte ab. »Lass ihn gehen«, murmelte er leise und stand auf, um die Tür zu entriegeln.

Nolan starrte Mickey an, die Augen voller Hass. Seine bleichen Wangen zitterten. Schließlich ließ Mickey das Stuhlbein fallen. Aber er starrte Nolan unverwandt direkt in die Augen.

»Du ...«, begann Nolan, wurde aber sofort gegen den Tresen geschleudert, gefolgt von einem Geräusch, das wie eine knallende Peitsche klang. Hinter ihm stand Jimmy, in der Hand den hölzernen Kleiderständer, dessen polierte Holzstange mit einer kreisförmigen Stelle voller Haare und Blut verunziert war. Ohne zu zögern ließ Jimmy die Klauenfüße des Kleiderständers in Patrick Nolans Nacken einschlagen.

Nolan schrie und sackte zu Boden. Eine Hand krallte sich zusammen und versuchte, Jimmy zu packen.

Mickey hob sein Stuhlbein auf, schwang es und zielte auf Nolans Kopf. Er schaffte es nur einmal, ihn zu treffen, bevor Nolan das Stuhlbein zu fassen bekam und es Mickey aus der Hand riss. Er sprang auf, Blut lief ihm über die Stirn und in die Augen, stürzte vorwärts und rammte Mickey mit dem Kopf in die Brust. Mickey verschlug es den Atem, und er knallte mit dem Rücken gegen die Wand, wo Nolan plötzlich mit seinen Fäusten über ihn herfiel.

Jimmy schwang noch einmal den Kleiderständer, der auf Nolans Rücken in zwei Hälften zerbrach. Wieder schrie Nolan auf, aber in seiner Wut schlug er weiter auf Mickey ein.

Eine von Mickeys Händen schaffte es, sich an der Wand nach oben zu schlängeln und ein paar Dartpfeile zu greifen, die in der Scheibe über seinem Kopf steckten. Mit geschlossenen Augen schwang er die Faust voller Dartpfeile in Richtung von Nolans Kopf. Es gab ein nasses, knirschendes Geräusch und warme Flüssigkeit spritzte auf Mickeys Knöchel, als die Pfeile seitlich in Patrick Nolans Gesicht und seinen Nacken eindrangen.

Nolans Fäuste stoppten plötzlich, und Mickey öffnete die Augen. Vor ihm waren Patrick Nolans weit aufgerissene Augen. Die Pupillen waren lächerlich klein. Die blutverschmierte linke Seite seines Gesichts war mit den bunten Federn der Dartpfeile verziert. Nolans Kiefer klappte geräuschlos auf und zu, Blut strömte aus seinem Mund. Er sah verloren aus, voller Schmerzen, ängstlich und geschockt. Aber das waren nur vorüberziehende Emotionen, denn einen Augenblick später zuckte sein Körper wie unter einem Stromstoß, und seine Augen konzentrierten sich wieder auf Mickey.

»*Uhhh* ...« Seine Hände schlossen sich um Mickeys Hals und würgten ihn mit aller Kraft. Mickey trieb einen Ellenbogen in Nolans Gesicht, was die Dartpfeile weiter ins Fleisch hineinschob. Aber nichts konnte den Mann stoppen ...

Bis Jimmy neben ihm auftauchte und ein Zehn-Zoll-Messer in Patrick Nolans Bauch stieß.

Unmittelbar fielen Nolans Hände von Mickeys Hals herunter.

Keuchend und spuckend krümmte sich Mickey an der Wand und schob sich mit den Beinen außerhalb von Nolans Reichweite. Aber Patrick Nolan würde nie mehr nach etwas greifen. Mit einer Reihe schneller, aufwärts geführter Stöße vergrub Jimmy immer wieder die lange Klinge in Nolans Verdauungsorganen. Mit jedem Stoß zuckten Nolans Schultern zusammen. Schließlich ließ Jimmy von ihm ab. Seine Arme waren von oben bis unten mit Blut besudelt. Das Messer steckte noch in seinem Bauch, als Nolan mit komisch tänzelnden Schritten gegen die Wand stolperte. Seine Augen starrten nur noch blind geradeaus.

In einem Wutanfall sprang Mickey hoch und stürzte sich auf Nolan. Er packte den Mann mit einer Hand an den Haaren, mit der anderen an der Schulter und trieb Nolans Gesicht mit voller Wucht in die Wand. Brüllend drehte er Nolan um, schob ihn vor sich her und stieß sein Gesicht durch die Glasabdeckung der Jukebox. Das Glas barst, elektrische Funken sprangen hin und her. Sam Cookes Stimme verlangsamte sich augenblicklich zu einem stumpfen, gebremsten Bariton, bevor sie komplett erstarb. Nolans Körper zuckte noch ein paar Mal. Sein Gesicht hing in der Jukebox und war gespickt mit Glasscherben. Blut lief an der Vorderseite der Jukebox nach unten und sammelte sich am Boden zu einer Pfütze.

Fast völlig außer Atem gelang es Mickey, ein ersticktes Lachen herauszubringen.

»Sieh dir das an«, sagte er. »Patty Nolan hatte gerade seinen Durchbruch im Musik-Business.«

»Los jetzt«, sagte Jimmy und griff nach dem Kragen von Nolans Mantel. Mit einem kräftigen Ruck gelang es ihm, Nolan aus der Jukebox zu ziehen. Glasscherben rieselten auf den Boden. Wie die Puppe eines Bauchredners lag Patrick Nolan da, seine blicklosen Augen unfokussiert auf die Decke gerichtet. Durch die Wucht, mit der sein Gesicht das Glas der Jukebox getroffen hatte, waren die meisten Dartpfeile aus Gesicht und Hals herausgerissen worden. Ein paar gezackte Glasscherben ragten aus den Schnittwunden am Hals und an den Wangen.

»Jetzt sieht er gar nicht mehr so gut aus«, meinte Mickey und taumelte zum Tresen, um sein Killian's auszutrinken. Im Flur stand Corky McKean und beobachtete sie schweigend. Er hatte die Arme verschränkt und klopfte mit dem Fuß auf dem Boden.

Kurze Zeit später setzte ein leichter Schneefall über Manhattans West Side ein, und Mickey O'Shay und Jimmy Kahn versenkten die Leiche von Patty Nolan im Hudson River. Sie arbeiteten schweigend und sprachen erst wieder, als sie die Leiche entsorgt hatten und im Cadillac auf dem Heimweg waren.

»Ich habe über das übrige Falschgeld und diesen Typen Esposito nachgedacht«, sagte Jimmy. Das grelle Licht der Straßenlampen zog über sein blasses Gesicht hinweg, während er fuhr.

Auf dem Beifahrersitz nickte Mickey, während er aus dem Fenster sah. »Esposito«, flüsterte er vor sich hin. »Esposito-ito-ito…«

»Ich habe nachgedacht«, wiederholte Jimmy. Während sie auf die Tenth Avenue einbogen und ihre Fahrt vor dem *Calliope Candy* endete, sagte er: »Wir machen es wie folgt …«

Irgendwo über dem Fluss füllte ein Wintergewitter den Himmel.

KAPITEL 38

Im *Cloverleaf* war nicht viel los.

John war gerade hereingekommen, zog seine Lederhandschuhe aus und ließ seinen Blick durch den Raum schweifen. Der Barkeeper starrte ausdruckslos aus dem Fenster auf den frisch gefallenen Schnee, der im trüben Grau des Nachmittags glanzlos blieb. An der Stelle an der Wand, an der die Jukebox gestanden hatte, befand sich jetzt ein weiterer Tisch. Dort saßen Mickey und Jimmy, pulten an den Etiketten ihrer Bierflaschen herum und sahen auf dem kleinen Fernseher über der Bar ein Basketballspiel. Mickey bemerkte John, kümmerte sich aber nicht weiter um ihn. Stattdessen nahm er einen weiteren Schluck Bier und wandte sich wieder dem Fernseher zu.

Es war der 31. Dezember, der letzte Tag des Jahres. In den vergangenen beiden Tagen hatte es immer wieder leicht geschneit und Schneematsch verteilte sich auf den Straßen und Bürgersteigen. John und Katie hatten einen kräftezehrenden Weihnachtsmorgen im Krankenhaus am Bett seines Vaters verbracht. Da sie für den alten Mann nichts mehr tun konnten, hatten ihn die Ärzte in ein Zimmer auf demselben Flur verlegt, außerhalb der Intensivstation. »Ein nettes, ruhiges Zimmer«, hatte einer der Ärzte zu John gesagt. »Auf der Intensivstation ist es hektisch. Hier können Sie bei ihm sitzen und werden nicht gestört.« Ruhig oder nicht, in Wirklichkeit war es der Raum, in den die Menschen zum Sterben verlegt wurden.

»Das wäre nicht passiert, wenn sie ihn gleich hierbehalten und sich um ihn gekümmert hätten«, hatte er leise gesagt.

»Das weißt du nicht«, hatte Katie gemeint. Sie hatte hinter ihm gestanden, mit einer Hand auf seiner Schulter.

»Er war zu oft allein.«

»War er nicht«, hatte sie fest gesagt. »Wir waren beide da, so oft wir konnten.«

»Ich nicht.«

»John, du warst bei ihm in der Nacht, als es passiert ist, genau wie ich. Es gab nichts, was wir hätten tun können. Wir wussten, wohin die Reise geht. Wir wussten …« Sie hatte noch mehr zu sagen gehabt, aber ihre Stimme hatte sich im Grau des Krankenhauszimmers verloren.

»Glaubst du, er hat Schmerzen?«, hatte er sie gefragt.

»Ich weiß nicht«, hatte sie ehrlich geantwortet. »Wie geht es dir?«

»Mir geht es gut. Mach dir um mich keine Sorgen.«

»Ich mache mir *immer* Sorgen um dich.«

♣

Sie waren zum Weihnachtsessen bei Katies Familie gewesen. John hatte den halben Abend damit verbracht, an seinen Vater zu denken, und den Rest der Zeit an die West Side Boys und ihr Falschgeld. Er rief sich den Abend auf dem Dach ins Gedächtnis, als Mickey die Waffe auf ihn gerichtet hatte. Fünf Schalldämpfer. Auf den Schalldämpfern selbst waren keine Fingerabdrücke zu finden gewesen, aber auf den Schachteln hatten sie nicht nur Mickeys Fingerabdrücke entdeckt, sondern auch die eines Mannes namens Glenn Hanratty, den seine Kumpels auf der West Side nur »Irish« nannten. Irish war der Besitzer des *Calliope Candy*. Kersh hatte die Fingerabdrücke auf den Schachteln mit denen auf einer Packung Junior Mints abgeglichen, die er im *Calliope Candy* gekauft hatte, und zwar direkt aus den Händen von »Irish« Hanratty selbst. Und dennoch … sie hatten nichts, um Kahn festzunageln, und John konnte sich des Gefühls nicht erwehren, dass die Zeit ablief.

John nahm sich einen leeren Stuhl und setzte sich neben Mickey und Jimmy an den Tisch. Der Schmerz in seinen Händen war zurück und er presste abwechselnd seine Daumen in die Handflächen, um die Taubheit herauszuarbeiten.

»Lange nichts gehört von euch«, sagte er. »Habe schon gedacht, dass ihr vielleicht eure Meinung geändert habt.«

»Magst du ein Bier?«, fragte Jimmy und hob einen Finger zu Corky McKean hinter der Bar hoch.

John warf einen Blick auf das Basketballspiel und sah dann Mickey an. Die Haut unter seinem rechten Auge war lila-schwarz und glänzend, das Augenlid leicht geschwollen. Zwei inzwischen vernarbte Platzwunden durchbrachen das Fleisch an der Spitze seines Wangenknochens.

»Was ist denn mit dir passiert?«

Mickey kicherte und nahm einen Schluck Bier. »Ein Weihnachtsgeschenk,« sagte er.

»Steht dir gut«, sagte John, und Mickey kicherte erneut. Der Barkeeper kam, stellte eine Flasche Killian's auf den Tisch und schlenderte dann wortlos wieder davon. John trank einen Schluck. Der Geschmack ließ ihn zusammenzucken. Es war zu kalt und zu früh am Tag, um mit den West Side Boys zu trinken. Er stellte die Flasche auf den Tisch und wandte sich wieder Mickey zu. »Also, was ist los?«

Mickey hatte ihn vor einer Stunde angerufen und verlangt, dass sie sich im *Cloverleaf* trafen. Die Agenten, die die angezapften Telefone überwachten, hatten sofort Bill Kersh kontaktiert. Er hatte sich daraufhin mit John im Büro getroffen und ihn verkabelt – für den Fall, dass Jimmy Kahn über das Thema Falschgeld plauderte. Zwar hatte es bislang keinerlei Reaktion darauf gegeben, dass das Geld und die Druckplatten im Lager in der Bowery entdeckt worden waren. Dennoch – die Chancen standen gut, dass Mickey und Jimmy es bereits herausgefunden hatten. Vielleicht redete Jimmy jetzt endlich, und deshalb trug John das Abhörgerät. Jetzt, da er mit Jimmy Kahn am selben Tisch saß, schien dieser Gedanke nur noch lächerlich zu sein. War dieser Kerl so schlau, oder hatte er bislang einfach Glück gehabt?

»Nichts ist los«, sagte Mickey, ohne seinen Blick vom Fernseher zu nehmen. »Hab dich lange nicht gesehen. Wollte sicher gehen, dass du noch in der Gegend bist.«

»Wohin hätte ich gehen sollen?«

Mickey zuckte mit den Schultern und schob sich eine fettige Haarsträhne aus den Augen. »Keine Ahnung«, sagte er. »Manchmal verschwinden Menschen einfach.«

»Nun«, sagte er, »ich bin noch hier. Und ich habe immer noch Interesse.«

Mickey kaute auf dem Inneren seiner Wange herum und nickte nur. Er wirkte vollkommen desinteressiert. Wenn sie nicht mit ihm über den Deal sprechen wollten, warum hatten sie ihn dann hierher kommen lassen? Die ganze Zeit, seit er sie kannte, durch alle Stimmungsschwankungen hindurch, war eine Sache stets klar gewesen: Sie gehörten nicht zu den geselligen Typen. Sie hingen nicht mit Kumpels aus dem Viertel ab, sie *unternahmen* nichts. Sogar die Zeit, die sie beim Trinken verbrachten, diente weniger dem Spaß und der Erholung, sondern half lediglich, die langen Stunden des Tages vor einem Abend voller Verbrechen und Gewalt zu überbrücken.

Als weder Mickey noch Jimmy antworteten, sagte er: »Zehn Prozent sind okay, aber ich habe ein Problem damit, das ganze Geld vorzuschießen …«

Mickeys Blick schwang in seine Richtung. »Trink dein Bier.« Die Worte schienen aus Mickeys Mund zu fallen und lagen greifbar und nass auf dem Tisch. Mickeys Blick ruhte noch einen Augenblick auf John und vermittelte deutlich, dass Mickey im Moment nicht in der Stimmung für Geschäfte war. Jimmy Kahn neben ihm blickte nur auf das Basketballspiel und schien ungerührt von der Welle des Unbehagens, die eben über ihren Tisch gelaufen war.

John starrte zurück zu Mickey, ohne zu blinzeln, bis sich Mickey schließlich wieder dem Fernseher zuwandte.

Er wollte über das Geld reden, aber den Bogen nicht überspannen. Er bestellte noch eine Runde Bier für sich und Mickey. Quälend langsam trank John sein Bier. Jimmy und Mickey sahen das Basketballspiel, und wenn sich die Gelegenheit ergab, beobachtete John sie. Sie hatten etwas dermaßen Hochmütiges an sich, dass in ihm das Bedürfnis wuchs, ihnen beiden die Fresse zu polieren. Und während die Minuten vergingen und das Tageslicht in die Dämmerung überging, nahm seine reizbare Stimmung mehr und mehr zu.

Schließlich zog er einige Scheine aus seiner Jackentasche und warf sie auf den Tisch. »Es wird spät«, sagte er. »Ich glaube, ich mache los.«

»Warte«, sagte Jimmy und stand auf. »Bleib noch für einen letzten Drink.«

Jimmy ging an die Bar und lehnte sich gegen einen der Hocker, während er darauf wartete, dass Corky McKean aus dem Raum hinter dem Tresen zurückkam.

Es gab einen Moment unangenehmer Stille zwischen ihm und Mickey. Der missbilligende Ausdruck war zurück in Mickeys Augen, aber ein Hauch von etwas anderem schien seine Züge milder werden zu lassen. Was war es?

Dann endlich sagte Mickey: »Hast du Glück gehabt und konntest ein paar Kunden organisieren?«

»Ein paar.«

»Was meinst du, wie viel Zeit brauchst du noch?«

Er hat darauf gewartet, dass Jimmy den Tisch verlässt, erkannte er. *Auf diese Weise kann er mit mir über alles reden, und zwar ohne seinen Partner.*

Jimmy *war* schlau.

»Ich habe Schwierigkeiten damit, das ganze Geld vorab aufzutreiben«, sagte er. Vielleicht sorgte der Hinweis auf ein Problem dafür, dass Mickey Jimmy hinzu holte, um einen neuen Deal auszuhandeln.

»Zehn Prozent, das ist ein guter Deal«, sagte Mickey.

»Das ist es nicht«, sagte er. »Es ist nur ... einige meiner Kunden haben kein gutes Gefühl dabei, so viel Geld vorzustrecken. Weißt du, was ich meine?«

»Acht Prozent«, sagte Mickey.

John hatte seine Hände aneinander gerieben, während sie sich unterhielten. Jetzt stoppte er und starrte Mickey an. »Was?«

»Acht Prozent«, wiederholte Mickey. »Aber du trägst zusammen, was du hast, und wir ziehen das Geschäft in zwei Tagen durch.«

Anscheinend wussten sie nicht, dass das Geld weg war. Und aus irgendeinem Grund wollten sie es verzweifelt loswerden. Acht Prozent, das war lächerlich wenig.

»Kriegst du das hin?«, fragte Mickey.

»Achtzigtausend in zwei Tagen«, murmelte er und überlegte. »Ja, das müsste klappen.«

Mickey schien sich zu entspannen. »Gut«, sagte er, lehnte sich in seinen Stuhl zurück und holte sich sein Bier auf den Schoß. »Gut.«

»Kann ich dich etwas fragen«, sagte John und nickte zur Bar und zu Jimmy Kahn hinüber. »Er vertraut mir nicht, oder?«

»Jimmy?«

»Ich muss es nicht haben, meinen ganzen verdammten Tag zu verschwenden, nur damit er den Tisch verlässt ...«

Mickey leerte sein Bier und sagte: »Mach dir keine Gedanken über Jimmy.«

Irgendwann weit nach Einbruch der Dunkelheit verließ John das *Cloverleaf* und überquerte die 57. Straße zu seinem Auto. Er startete den Motor und funkte Kersh an, der in seinem eigenen Auto etwas weiter die Straße hinunter saß. Kersh war überrascht, dass Mickey den Preis so sehr gesenkt hatte, und er hatte ganz und gar kein gutes Gefühl bei Mickeys plötzlichem Ausbruch von Großzügigkeit. John dagegen war nur froh, dass der Deal endlich vereinbart war. In zwei Tagen, sobald Mickey feststellte, dass das Geld fehlte, würde Jimmy Kahn auf den Plan treten. Da führte kein Weg herum. Mickey war verrückt, aber nicht so verrückt, dass er die Sache mit John allein durchzog. Soweit Mickey und Jimmy wussten, hatte John bei verschiedenen Kunden in der Stadt Geld eingesammelt, die nun auf ihr Falschgeld warteten. Weder Mickey noch Jimmy würden sich diese Gelegenheit durch die Lappen gehen lassen.

Jimmy würde sich schmutzig machen müssen …

♣

John bog auf die 57. Straße ein und zwang sich, sich auf das Fahren zu konzentrieren. Er musste zwei Leben führen, und die letzten beiden Monate hatten ihn ausgelaugt. Er fühlte sich wie jemand, der hoch oben an einem Drahtseil hing und sich drehte, wobei das Gewicht seines eigenen Körpers das Seil mehr und mehr belastete. Es war der letzte Tag des Jahres, und er konnte nur hoffen, dass das neue Jahr ein Gefühl der Gelassenheit mit sich bringen würde.

Er würde mit Katie ins Krankenhaus fahren, und zusammen würden sie einige Zeit mit seinem Vater verbringen. Dann würden sie zusammen nach Hause fahren und den Rest des Jahres zu zweit sein, in den Armen des jeweils anderen, im Dunkeln.

Er bemerkte nicht, dass er verfolgt wurde.

KAPITEL 39

Ein dunkler Flur in einem Mietshaus. Durch die Wände war das leise Weinen eines Babys zu hören. Dann, nach ein paar Augenblicken, hörte das Weinen auf.

Mickey O'Shay schlich eine schmale Treppe hinauf. Sein Schatten strich wie ein langgezogenes schwarzes Tuch über die Wand neben ihm. Im zweiten Stock hielt er inne, bevor er eine große Metalltür aufstieß und hindurchging. Der Flur stank nach Urin und Schimmel, und über allem lag ein saurer Geruch wie der einer verrottenden Zitrusfrucht. Der weiche Bodenbelag aus Kunststoff dämpfte seine Schritte. Irgendwo lief ein Fernseher zu laut. Am Ende des Ganges erstarrte eine Katze und blickte ihn direkt an. Ihre Augen reflektierten das Licht der einzigen Lampe, die in der Mitte des Flurs an der Decke angebracht war.

Wie ein Dieb schlich Mickey den düsteren Korridor entlang, bis er vor einer Wohnungstür anhielt. Er zog eine Hand aus der Manteltasche und klopfte zweimal laut an die Tür. Dann schob er seine Hand zurück in den Mantel, drehte seinen Kopf beiläufig nach jeder Seite und nahm den Flur der Länge nach in Augenschein. Die Katze starrte ihn immer noch an, mit Augen glühend wie Scheinwerfer.

Riegel wurden zurückgeschoben. Die Tür öffnete sich einen Spalt, und Tressa Walker spähte hervor. Als sie Mickey auf der anderen Seite erkannte, schien alles Leben aus ihrem Gesicht zu weichen.

»Mickey ...«

»Wie geht's dir, Tressa? Bist du allein?«

»Ja.« Das Wort war aus ihrem Mund, bevor sie es verhindern konnte. »Was willst du?«

»Frankieboy ist nicht da?«

»Ich habe ihn lange nicht gesehen. Was willst du?«

»Jimmy hat dein Geld, unten im Wagen«, sagte er. »Wir haben eine Weile gebraucht, bei dir vorbeizukommen.« Es war Teil der Abmachung gewesen, dass sie Tressa fünf Prozent für jeden Deal mit Esposito überließen, da sie es war, die John mit ihnen bekannt gemacht hatte. Aber so wie Mickey tickte, hatte er ihr nicht einen Cent zukommen lassen, so lange er dachte, dass er damit durchkommen würde.

Jetzt, wo Geld im Spiel war, schien die Angst etwas von dem Mädchen abzufallen. »Warum hast du es nicht einfach mit hochgebracht?«

»Ich wollte nicht, dass Frankie es sieht. Komm mit nach unten.«

Gier birgt die Tendenz in sich, die Urteilsfähigkeit herabzusetzen und die Augen zu blenden, sodass sie die Wahrheit nicht erkennen. Wäre Tressa Walker ein anderer Mensch gewesen, hätte sie vielleicht durchschaut, wie absurd Mickeys Behauptung war. Aber da sie in einem Zuhause voller Gewalt auf der West Side aufgewachsen war und schon in jungen Jahren Erfahrung mit harten Drogen und groben älteren Männern gemacht hatte, war es *unmöglich* für Tressa Walker, jemals ein anderer Mensch zu sein.

Sie nahm ihren Mantel und trat in den Flur. »Aber nicht zu lange«, sagte sie zu Mickey. »Mein Baby schläft drinnen.«

Schnell gingen sie das Treppenhaus hinunter und hinaus in die Kälte des Innenhofs unter dem Wintermond. Schnee bedeckte den Boden und reflektierte das Mondlicht. In diesem Augenblick, als sie über den Hof gingen, musste Tressa bewusst geworden sein, wie grotesk die Situation war, denn sie hielt plötzlich mitten in der Bewegung inne und blieb auf einmal reglos stehen. Mickey drehte sich um und starrte sie finster an. Seine Gestalt war vornübergebeugt, wirkte aber bedrohlich in der Dunkelheit.

»Was ist?«, fragte er.

»Wo …« Sie räusperte sich. »Wo ist Jimmy?«

»Im Auto«, antwortete er, »habe ich doch gesagt. Was ist los? Willst du dein Geld oder nicht?«

Und zum zweiten Mal an diesem Abend zwang sie sich, Mickey O'Shay zu folgen.

Jimmy Kahns Cadillac brummte auf der Tenth Avenue im Leerlauf vor sich hin. Schneeflocken tanzten vor den Scheinwerfern. Mickey beschleunigte leicht seinen Schritt und öffnete die Hintertür des Cadillac für Tressa.

Sie stand am Bordstein und beobachtete den Verkehr, unwillig, in das Auto zu steigen.

»Komm schon«, sagte Mickey, »es ist arschkalt hier draußen.«

Er legte ihr eine Hand auf den Rücken und drängte sie auf den Rücksitz. Es war die Kraft in seiner Hand, die ihren Willen brach und sie dazu brachte, auf den Rücksitz des Cadillac zu klettern. Mickey stieg neben ihr ein und schlug die Tür zu.

Jimmy saß allein vorn, rauchte eine Zigarette und hielt mit einer Hand das Lenkrad. Seine dunklen Augen überflogen ihre Erscheinung im Rückspiegel. Dann setzte er das Auto in Bewegung und kurbelte am Lenkrad, bis sie sich in den Verkehr auf der Tenth Avenue einfädelten.

»Wohin fahren wir?«, fragte sie mit zitternder Stimme.

»Entspann dich«, sagte Mickey, holte eine Packung Camel aus dem Mantel und schüttelte eine Zigarette heraus, der er mit dem Mund aufnahm. Er zündete sie mit einem zerfledderten Streichholzheftchen an, das aus dem Black-Box-Stripclub stammte. »Genieß einfach die Fahrt.«

Sie zog ihre Knie an die Brust und lehnte sich gegen die Tür, so weit weg von Mickey O'Shay, wie sie vermochte. Ihr Gesichtsausdruck war wie erfroren, ausdruckslos, ihre Augen weit aufgerissen. »Mickey ...« brachte sie heraus. Ihre Stimme klang rau, als sei es nicht ihre eigene.

»Erzähl uns von Esposito«, sagte Mickey. Er nahm einen langen Zug von seiner Camel und blies den Rauch gegen das Dach des Cadillac. In kurzer Zeit füllte sich das gesamte Auto mit dichtem, blauen Rauch.

Ein kleines Stöhnen entrang sich ihrem Hals.

»Wer ist er wirklich?«, fragte Jimmy vom Vordersitz aus und sah sie wieder im Rückspiegel an.

»Ich habe euch doch schon alles erzählt«, sagte sie und lehnte sich mit zusammengeballten Fäusten nach vorn. »Alles was ich weiß, wisst *ihr* auch.«

»Du lügst«, sagte Mickey. Seine Stimme war heiter und sanft, wie Eis, das in der Sonne schmilzt. »Ich habe es so gottverdammt satt, Lügnern zuzuhören.«

»Wir wollen nur die Wahrheit wissen, Tressa«, sagte Jimmy. »Du hast diesen Kerl angeschleppt, von dem niemand jemals zuvor gehört hat. Wir wollen einfach nur wissen, wer zum Teufel er ist.«

»*Ich habe euch alles gesagt!*«, schrie sie und war augenblicklich erschrocken über die Grimmigkeit und den Terror in ihrer Stimme. Eine einzige Träne rollte ihre rechte Wange herab und sie begann leise zu schluchzen.

»Beruhige dich«, sagte Jimmy. »Mickey, gib ihr eine Zigarette – sie soll sich beruhigen.«

»Gute Idee«, sagte Mickey. Er lehnte sich zu ihr herüber und hielt ihr seine Zigarette hin. »Nimm einen Zug. Vielleicht fängst du *dann* an zu erzählen.«

Wie eine angreifende Schlange schoss Mickeys Hand vor, packte Tressas Kinn und presste ihr Gesicht gegen das Fenster des Cadillac. Sie schrie und versuchte, den Kopf wegzudrehen. Sie wollte sich wehren, ihre Arme schlugen hoffnungslos um sich, als Mickey versuchte, ihr die Zigarette in den Mund zu stecken. Er lachte, bis eine ihrer Hände seine verletzte Wange traf. Er brüllte und schlug ihr mitten ins Gesicht, hielt ihr Kinn noch fester und zwang das brennende Ende der Zigarette in ihr linkes Nasenloch. Sie schrie und trat wild um sich, ihr Hinterkopf knallte gegen das Fenster, während Mickey die Zigarette tiefer in ihre Nase trieb. In seiner Wut drückte er ihre Nasenflügel zusammen und hörte, wie die Glut der Zigarette ihr Fleisch verbrannte. Er schüttelte ihren Kopf noch einmal heftig am Kinn, stieß sie gegen die Tür und ließ von ihr ab. Die Zigarette rutschte aus ihrer Nase, sie schluchzte und stöhnte. Mickey beobachtete sie emotionslos. Er holte eine weitere Zigarette aus der Packung, zündete sie an und inhalierte.

»Willst du das noch einmal probieren, Tressa?«, fragte Jimmy. »Was du über diesen Typen weißt, sagst du uns besser jetzt.«

Sie verfluchte ihn und versuchte die Tür zu öffnen. Mickey schlug ihr erneut ins Gesicht.

Jimmy fuhr den Caddy in eine schmale Gasse abseits der Tenth Avenue, zwischen hochstehenden schwarzen Mietshäusern. Die Motorhaube des Autos traf ein paar Metallmülleimer, die sich laut klappernd über die Gasse verteilten. Jimmy Kahn fluchte leise. In einem der Fenster ging Licht an. Mickey starrte darauf und rauchte seine Camel bis auf den Filter.

Das Auto hielt abrupt und Jimmy schwang sich schnell aus dem Fahrersitz. Er riss Tressas Tür auf, zerrte sie heraus und hielt ihr die

Hand auf den Mund. Es steckte noch einiges an Kampfeswillen in ihr, und als Jimmy sie um die Vorderseite des Wagens trug, strampelte sie mit den Beinen und schlug mit ihren Fäusten auf Jimmys Arme ein.

Mickey kletterte aus dem Wagen, grinste und folgte ihnen in die Gasse.

»Hilf mir, Scheiße noch mal«, knurrte Jimmy ihn an.

Unter einigen Schwierigkeiten packte Mickey Tressas Beine und schlug ihre Knöchel gegeneinander. Der Körper des Mädchens wurde starr vor Schmerzen, ihre Augen verdrehten sich und alle Energie schien auf einmal aus ihr entwichen zu sein.

Hinter ihnen, halb verborgen im Schatten eines Mietshauses, tauchte eine dunkle Gestalt auf und rief etwas in einer tiefen, unverständlichen Stimme.

Jimmy bellte eine Antwort zurück und schaffte es mit Mickeys Hilfe, Tressa in Richtung des Gebäudes zu schaffen. Sie trugen sie rasch durch einen kleinen Hinterhof und über eine Steintreppe nach oben. Die große Gestalt trat unter das Licht der Veranda und die Gesichtszüge von Irish wurden sichtbar. Gekleidet in eine hellgrüne Windjacke und eine Baseballmütze mit dem Schriftzug »Coors Light« öffnete Irish die Tür und winkte die Jungs mit seiner fleischigen Hand herein.

»Kommt schon, kommt schon ...«

Tressa gelang es mit einem weiteren heftigen Tritt, sich aus Mickeys Griff zu befreien, und beinahe erwischte sie ihn mit dem Fuß direkt im Gesicht. Er packte ihre Knöchel erneut, drückte sich mit seinem Gewicht auf sie und fühlte, wie sich unter ihrer Haut die Konturen ihrer Knochen abzeichneten.

»Elende Nutte«, knurrte er. Er hatte wenig Geduld mit unkooperativen Zeitgenossen.

Im Inneren schien zu helles Licht und der starke Geruch von frisch gebrühtem Kaffee füllte die Küche. In der Sekunde, in der Irish die Tür zuwarf und verschloss, ließen Jimmy und Mickey Tressa auf den Küchenboden fallen. Sie schlug hart auf, knallte mit dem Kopf auf die Fliesen, versuchte aber weiter, zu entkommen. Wie ein gefangenes Tier drehte sie sich auf den Bauch und kroch auf allen vieren auf die verschlossene Küchentür zu. Jimmy hob einen Fuß und stemmte ihn ohne große Anstrengung gegen ihren Kopf, was ihren Fortschritt zum Erliegen brachte. Mickey sah nur grinsend zu.

»Warum macht ihr nicht noch mehr Krach?«, brummte Irish, zog den Reißverschluss seiner Windjacke auf und warf seine Coors-Light-Baseballmütze auf den Küchentisch. Neben dem Waschbecken stand ein kleines Transistorradio. Irish stellte es an, fand eine laute Rockstation und drehte die Lautstärke auf. Er wandte sich Jimmy zu und zeigte auf das Wohnzimmer. »Raus mit ihr aus der Küche.«

Mickey bückte sich, packte Tressa an den Beinen und zog sie über den Küchenfußboden. Sie kämpfte, um sich auf die Seite zu drehen, und ihr T-Shirt rutschte über ihre Taille und zeigte weiches, weißes Fleisch. Sie krallte nach dem Fliesenboden wie eine Cartoonfigur, die gerade von einem Staubsauger aufgesaugt zu werden drohte. Der Anblick ließ Mickey laut auflachen.

Jimmy folgte ihnen ins Wohnzimmer. Ein Sessel stand gegen eine Wand gelehnt, die Kissen voller Blutflecken. In diesem Sessel hatte Ray-Ray Selano in der Nacht gesessen, in der Jimmy ihn erschossen hatte. Mickey schaffte es, Tressa vom Boden in den Sessel zu wuchten.

Sie klammerte sich sofort daran fest, so wie Katzen sich an den Rand eines Wasserbeckens klammern, um nicht nass zu werden. Ihre Augen waren weit aufgerissen, ihre Pupillen praktisch nicht vorhanden, und ihr ganzer Körper schüttelte sich vor Angst.

Irish steckte den Kopf in den Raum. »Wollt ihr einen Kaffee?«

»Bring mir ein Messer«, sagte Jimmy.

»Fangt bloß nicht an, sie hier aufzuschneiden«, sagte Irish. »Das hier ist kein verdammter Schlachthof, Jimmy.«

Mickey zündete sich noch eine Zigarette an und lehnte sich gegenüber von Tressa Walker an die Wand. Er musterte sie mit Geringschätzung. Für ihn war diese ganze mühsame Angelegenheit nichts als eine verdammte Zeitverschwendung. Es war ihm egal, was diese Nutte jetzt über Esposito erzählen würde – der Penner steckte schon jetzt tief in der Scheiße. Jimmy dagegen machte sich seine eigenen Gedanken. Er spielte gern jede Hand bis zuletzt aus – etwas, was er sich bei den Italienern abgeschaut hatte, schätzte Mickey – und er hasste es, wenn er nicht alle Details kannte und nicht über jede einzelne Information verfügte. Er hatte sich im Laufe des vergangenen Jahres verändert, so viel verstand Mickey. Jimmy war berechnender geworden, professioneller, langweiliger. Mickey mochte Langeweile ganz und gar nicht. Es gab nichts, was Mickey O'Shay mehr hasste auf der Welt, als Geschäfte, die zu langsam vorankamen. Und aus irgendeinem Grund trieb dieser Typ Esposito Jimmy in den Wahnsinn ... was wiederum *Mickey* in den Wahnsinn trieb. Vor einem Jahr hätte sich Jimmy nicht die Mühe gemacht, irgendwelche Banalitäten aus Tressa Walker herauszuquetschen – sie hätten den Deal mit Esposito zu Ende gebracht und fertig. Wenn die Dinge schiefliefen und alles in die Luft flog, was hätte das schon ausgemacht? Aber die Italiener hatten seinem Partner eine Gehirnwäsche verpasst, hatten ihm irgendwie eingeflößt, dass es wichtig sei, die Dinge *umsichtig* anzugehen. Mickey hatte keine Geduld für solchen Bullshit. Nach all den zahllosen Geschäften, die sie in der Vergangenheit zusammen durchgezogen hatten, begann Jimmy Kahn ihm langsam auf die Nerven zu gehen.

Irish betrat das Zimmer und hielt ein Schnitzmesser mit einer sechs Zoll langen Klinge in der Hand. Er gab es Jimmy, ohne ihn anzusehen. Seine Augen klebten an dem sich windenden jungen Mädchen in seinem blutbefleckten Sessel.

»Wer ist sie?«

»Frankie Deveneaus Mädchen«, sagte Jimmy und legte das Messer auf den Couchtisch. Sein Zweck war Einschüchterung, und diesen schien es gut zu erfüllen: Die Augen des Mädchens wanderten zu dem Messer, als ob sie magnetisch von ihm angezogen würden, und etwas tief in ihr schien nachzugeben. »Sie hat diesen Esposito angeschleppt.«

»Stimmt mit Esposito etwas nicht?«, fragte Irish.

»Könnte ein Spitzel sein«, sagte Jimmy und starrte Tressa direkt an. »Stimmt das?«, fragte er sie und hob seine Stimme. »Ist dieses Arschloch ein Spitzel?«

»Ich hab genug«, sagte Irish, leckte sich die Lippen und schlenderte zurück in die Küche. Über die Schulter rief er: »Denk dran – du sollst nicht an ihr herumschneiden, Jimmy.«

»Wir müssen überhaupt keinen Scheiß machen«, sagte Jimmy und kniete sich neben den Sessel, »solange du unsere Fragen beantwortest.«

Tressa Walker ähnelte überhaupt nicht mehr dem Mädchen, das Mickey abgeholt hatte. Ihr Gesicht war rot und fleckig, ihre Augen waren zu wässrigen Schlitzen zusammengekniffen. Ihre Zähne schlugen aufeinander, als hätte sie fiebrigen Schüttelfrost, und der Schweiß lief ihr über das Gesicht. In ihrem Schoß verdrehte sie die Finger heftig genug, um die Knöchel knacken zu lassen.

»Beruhige dich«, sagte Jimmy zu ihr. Dann sah er Mickey an und sagte: »Beruhige sie.«

»Was zur Hölle soll *ich* denn machen?«

»Himmelherrgott ...« Jimmy stand auf und ging einen Schritt zurück. »Tressa ... Tressa ...« Er musste ihren Namen zwanzig Mal wiederholt haben, bevor ihr Schluchzen nachließ. Neben ihm nahm sich Mickey das Messer vom Tisch und entfernte sich mit der Klinge den Dreck unter den Fingernägeln. Jimmy machte weiter: »Wo hast du John kennengelernt, Tressa?«

Aus triefenden roten Augen blickte sie gehetzt zwischen Jimmy und Mickey hin und her. Mit leiser Stimme sagte sie: »An der Highschool.«

»Wie hast du ihn mit Deveneau zusammengebracht?«

»Äh ...« Sie schien die Frage nicht zu verstehen. Sie zitterte wieder stärker, ihre Fingernägel gruben sich in die Armlehnen des Sessels.

»Du hast ihn zu Deveneau gebracht, richtig?«, fragte Jimmy.

»Ja ...«

»Wo hast du ihn getroffen – wo hast du John getroffen – bevor du ihn zu Deveneau gebracht hast?«

»Habe ihn ... zu ... zuerst zu Jeffrey Clay gebracht«, brachte sie heraus.

»Wie auch immer«, bellte Jimmy. »Wo zum Teufel kommt dieser John her?«

Sie begann wieder zu weinen.

Mit den Händen in die Hüften gestemmt wandte sich Jimmy ab und rieb sich mit einer Hand das Kinn.

Mickey hatte genug. Sollte Jimmy doch Angelo Gisondi und den Rest der Italiener beeindrucken, wann er wollte. Das hier war völliger Bullshit. Er ging auf Tressa zu, die zu kreischen anfing und versuchte, sich aus dem Sessel hochzuziehen. Sie hatte innerhalb einer Sekunde erkannt, dass neue Schmerzen auf sie zukamen. Schnell war Mickey über ihr, drückte ihr sein Knie in die Hüfte und hielt sie fest. Er packte sie im Gesicht, genau wie er es im Cadillac getan hatte. Das Mädchen stieß mit heißem Atem einen Schrei voller Entsetzen aus.

Er blieb auf ihr, hielt sie unten und sah ihr direkt in die Augen. »Wer ist er?«, flüsterte Mickey und presste sein Gesicht auf ihres. Er konnte ihren sauren Schweiß riechen, den ihr Körper in Wellen ausstieß. »Wer ist er, wer ist er, wer ist er?«

Hinter ihm wandte sich Jimmy der Szene zu. Er hatte seine Arme verschränkt und lehnte an der gegenüberliegenden Wand. Frust und Zorn waren in sein Gesicht gegraben. Mickey sah ihn einmal kurz angewidert an und kümmerte sich dann wieder um das Mädchen.

Mickey schlug ihr ins Gesicht. Ihr Kopf peitschte zur Seite, und ihr verschwitztes, zerzaustes Haar berührte Mickey im Gesicht.

»Wer ist er?« Die Frage war zu einer grausamen Litanei geworden.

Ein weiterer Schlag peitschte ihren Kopf in die andere Richtung. Sie stand zu sehr unter Schmerzen und war zu betäubt, um auch nur noch einen Ton von sich geben zu können.

»Sag uns, wer er ist«, sagte Jimmy von der gegenüberliegenden Wand aus.

Der Klang von Jimmys Stimme zerbrach ein Gefäß voller Hitze in Mickeys Wirbelsäule, und er konnte spüren, wie eine Spannung in ihm aufkochte und durch seinen gesamten Körper raste. An Tressas linker Hand riss Mickey sie aus dem Sessel. Sie rutschte auf den Teppich herunter wie eine Stoffpuppe. Sofort versuchten ihre Finger, sich im Teppich festzukrallen, und ihre Schultern zogen sich unter dem dünnen Stoff ihres Mantels zusammen.

»Raus damit!«, schrie Jimmy das Mädchen an. Sein Schatten lag plötzlich bedrohlich auf ihrem kraftlosen Körper.

Mickey trat ihr in die Rippen und sie schrie und rollte sich auf die Seite. Mit zusammengebissenen Zähnen machte sie ein Geräusch wie ein zerstochener Autoreifen, aus dem die Luft entweicht. Er schrie sie an, ohne sich bewusst zu sein, dass es der Frust auf Jimmy Kahn war, der ihn anstachelte. Erst als Tressa sich gegen die Wand drückte und sich wie ein Fötus zusammenzog, ließ er von ihr ab.

»Wir machen das die ganze Nacht, wenn wir müssen«, versprach ihr Jimmy. »Sag uns, wer er ist. Ist er ein Spitzel? Ein Bulle? Ist er der verdammte Papst?«

»Noch besser«, warf Mickey ein, »wer bist *du?* Bist du ein verdammter Spitzel, Tressa? Bist du ein verdammter Spitzel?«

Sie stammelte etwas Unverständliches.

Mickey beugte sich nach unten und zog Tressa an ihrem Mantel auf die Beine, die aber zu schwach waren, um ihr Gewicht zu halten. Wie ein nasses Tuch hing sie in seinen Armen. Nach einem Moment schaffte sie es doch, zu stehen. Die Haare klebten ihr im Gesicht und sie atmete wimmernd. Mit offener Handfläche schlug ihr Mickey ins Gesicht, und sie stolperte zurück gegen die Wand. Als sie davonzulaufen versuchte, packte er sie im Rücken an ihrem Mantel und zog sie wieder zu sich. Sie wand sich aus dem Mantel und rannte zur Eingangstür. In ihrer Panik schlug sie mit ihrem Gesicht und ihrer Brust gegen die Tür und ihre Hände rüttelten verzweifelt am Türknauf. Aber die Tür war verschlossen, ihr Weg endete hier. Sie presste den Kopf gegen die Tür, sackte auf den Boden und weinte.

Mickey kam auf sie zu und packte sie an den Haaren. Sofort stand sie auf. Wie ein Höhlenmensch schüttelte er sie an den Haaren.

Ihre rechte Hand war geschwollen und sah gebrochen aus. Sie hielt sie gegen ihre Brust gedrückt. Aus einem Nasenloch rann Blut und tropfte auf ihr T-Shirt. Tressas Knie klappten zusammen und sie stürzte wieder zu Boden. Mickey stand über ihr und hatte ein Büschel verschwitztes Haar in der Hand.

Mickey trat ihr auf den Knöchel. Sie stöhnte und wand sich auf dem Teppich, wortlos, ihr Stöhnen dennoch flehend und erbärmlich.

Jimmy Kahn trat neben Mickey und blickte auf ihren Körper herab. »Du solltest besser daran denken, das Richtige zu sagen«, erklärte er, »bevor es zu spät ist und du überhaupt nichts mehr sagen kannst.«

Für einen Augenblick sah es aus, als würde sie zu sprechen anfangen. Eine Hand kam nach oben, ihre Finger strichen über den Stoff von Mickeys Hose. Sie flüsterte etwas. Ihre Stimme klang nass vor Blut und zitternd vor Angst. Mickey hockte sich hin, schob seine rechte Hand um ihren Kopf herum und presste seine Finger in das weiche Fleisch ihres Nackens. Mit einem Ruck brachte er ihr Gesicht gegen seines, Wange an Wange. Oszillierende Hitze trat von ihr aus und ihre Haare waren feucht vor Schweiß.

»Was?«, sagte Mickey und atmete in ihr Gesicht. Ihr ganzer Körper schüttelte sich im Griff seiner rechten Hand. Sie war wie ein neugeborener Vogel, gerade aus dem Ei geschlüpft, blind und hilflos und verwundbar. Bei dieser Vorstellung fing sein Herz an, schneller zu schlagen. »Was? Sag es mir ...«

Ihr Mund war blutverschmiert. Sie spitzte ihre nassen Lippen, Blut lief aus ihren Mundwinkeln.

Mit all der Kraft, die sie aufbringen konnte, schwang sie ihre rechte Faust und traf Mickeys verletzte, geschwollene Wange.

Massive, quälende Schmerzen erblühten wie Feuerwerk am dunklen Himmel seines Körpers und schossen wie ein Blitzschlag von seinem Gesicht in den Hinterkopf. Einen Augenblick später schlossen sich seine Finger um das Fleisch ihres Halses mit solcher Kraft, dass er spüren konnte, wie das Blut durch ihren Körper pulsierte. Er hob sie auf die Füße, aber sie weigerte sich, zu stehen. Er hielt sie mit einer Hand oben und schlug ihr mit der Faust ins Gesicht – einmal, zweimal, immer wieder. Es gab kein Schreien mehr, nur noch das dumpfe Geräusch der Einschläge in taubes Fleisch. Jeder Faustschlag brachte weitere Ströme karminroten, frischen Blutes.

Jimmys heisere, wütende Stimme ertönte direkt hinter ihm: »Mickey!« Mit einer letzten Kraftanstrengung schleuderte Mickey Tressa Walker quer durch den Raum. Für einen Moment sah es so aus, als landete sie wieder auf ihren Füßen. Aber dann gaben ihre Beine komplett nach und sie stürzte mit dem Gesicht zuerst gegen die Wand, dann gegen den Heizkörper. Sie taumelte. Schüttelte sich. Kippte um und schlug der Länge nach auf den Teppich, wo sie ohne Regung liegen blieb.

Eine hellrote Sternschnuppe verschmierte die Seite des Heizkörpers.

Und der Raum war still, bis auf die angespannte Atmung zweier Männer.

❧

Mickey ging auf die Veranda im Hinterhof, um frische Luft in seine Lunge zu bekommen. Er schüttelte seine langen Haare, bis sie vor seinen Augen waren, und steckte seine blutigen Hände in die Manteltaschen. Neben ihm stand Irish, rauchte eine Zigarre und lehnte sich über das Geländer der Veranda. Die Coors-Light-Baseballmütze saß wieder auf seinem Kopf. Von hinten sahen seine Schultern gute vier Fuß breit aus. Er war die ganze Zeit auf der Veranda gewesen.

Jimmy stand neben Irish, beugte sich über das Geländer und rauchte eine Zigarette. Als Mickey nach vorn kam, blickte Jimmy giftig in seine Richtung. Mickey faltete die Hände und stützte sich mit ihnen auf dem schmiedeeisernen Geländer ab. Seine Hände sahen aus wie rohes, frisch geschnittenes Rindfleisch.

Ohne ihn anzusehen, sagte Irish: »Du kümmerst dich um dieses Durcheinander da drin, Mickey?«

Mickey zündete seine Zigarette an. Jimmys und Mickeys Blicke trafen sich. »Sie wusste überhaupt nichts«, sagte Mickey. Es war sein Versuch, die Situation wieder zurechtzubiegen.

Jimmy seufzte und atmete eine Rauchwolke in die Nacht. »Hat dich jemand gesehen, als du zu ihrer Wohnung hochgegangen bist?«

»Nein«, sagte Mickey. Er hatte nicht eine Seele bemerkt.

»Deveneau wird jetzt anfangen herumzuschnüffeln«, sagte Jimmy. Er sog das Leben aus seiner Zigarette und drehte sich zu Mickey um, damit er ihn im Profil sehen konnte. Im schwachen Licht des Hinterhofs sah er wie eine grob gehauene Skulptur seiner selbst aus. »Das ist dir klar, oder?«

»Deveneau soll sich verpissen«, sagte Mickey.

»Nein«, sagte Jimmy ruhig und schüttelte den Kopf. Mit dem Fingernagel kratzte er die abgeplatzten Lackteilchen vom Metallgeländer und schnippte sie in die Nacht. »Ich will nicht ständig aufpassen müssen, dass mir dieses Arschloch ein Messer in den Rücken stößt.«

»Überhaupt kein Problem«, sagte Mickey und blies eine Rauchwolke in den Himmel. »Wir legen einen fantastischen Start ins neue Jahr hin.«

Er hatte Francis Deveneau sowieso nie gemocht.

☘

Francis Deveneau und sein guter Freund Bobby »Two-Tone« Sallance standen vor Deveneaus Klub und rauchten. Ihre Stirnen glänzten vor Schweiß trotz der niedrigen Temperatur.

»Du solltest eine Ladies Night veranstalten«, sagte Bobby Two-Tone, »wie einige der Klubs in Downtown. Drinks gratis und dieser ganze Scheiß. So bekommst du die Mädchen. Meistens hängen bei dir nur die Jungs ab, Frankie. Ein gottverdammtes Würstchenfest. So sollte es nicht sein.«

»Was zum Teufel weißt du davon, wie man ein Geschäft führt?«

»Ich meine ja nur, Frankie«, sagte Bobby Two-Tone. »Hippendorf's macht das immer am Mittwochabend. Mann, mittwochs hast du da alles voller Röcke, von Wand zu Wand. Und sie verlieren kein Geld, weil alle Jungs sich den Arsch aufreißen, um in den Laden zu kommen und den Mädchen hinterherschnüffeln zu können. Nimm zwanzig Dollar Eintritt von diesen Deppen, kein Problem. Glaub mir, Mann, es ist eine verdammt brillante Idee.«

»Sicher«, sagte Deveneau uninteressiert. Er drehte sich gerade um und warf einen zufälligen Blick auf den Verkehr auf der Straße, zitternd vor Kälte, als er den langsam fahrenden Cadillac entdeckte, der um die Kurve schlich. Ohne großes Interesse beobachtete er den Caddy für ein paar Sekunden, bevor er seine Zigarette austrat und zurück in den Klub ging. Er dachte sich nichts beim Anblick des Autos – es war nur eines von einer Million Autos, die jeden Abend vor dem Klub vorbeifuhren.

Die Sache bei den Nachtklubs in Manhattan war, dass es einer Katastrophe bedurfte, um die Gäste vom Kommen abzuhalten. Und für Deveneaus Klientel zählte eine Schießerei im Keller, die schon einen Monat her war, nicht als Katastrophe. Glück für ihn.

Deveneau bahnte sich einen Weg durch die tanzende Menge, kam an der Bar vorbei und blinzelte Sandra zu, die hinter der Bar arbeitete. Ein Finger klopfte auf seine Taille, der andere strich über das kleine Stück glatter Haut unter seiner Nase. Dann überquerte er die Tanzfläche und ging einen unbeleuchteten Korridor aus Ziegelsteinwänden hinunter. Hier absorbierten die Wände das Hämmern der elektronischen Musik. Der Flur vor ihm schien sich zu bewegen, zu schwanken. Ein Pärchen, das sich neben einem Münztelefon neckte, bemerkte kaum, wie er vorbei torkelte und auf die Toilette stolperte.

Ein paar Jungs beugten sich über eines der Waschbecken. Sie hatten den Spiegel abgenommen und quer über das Becken gelegt, um schöne gerade Linien Kokain zu konsumieren. Deveneau hatte sie schon einmal gesehen und zeigte mit dem Finger auf einen von ihnen. Der Mann winkte ihm zu, schlug ihm mit einer fleischigen Hand auf den Rücken und drängte ihn, eine Line zu ziehen.

»Ahhhh …« Was er auch tat, und zwar mit Begeisterung.

Dann drehte er sich um, versuchte mit einer Hand den Reißverschluss seiner Hose aufzubekommen und lehnte sich mit flatternden Augenlidern nach vorn gegen das nächste Pissoir. Das Geschwätz der Männer hinter ihm schwoll in seinem Kopf an wie ein Ballon. Dann war ein Klappern zu hören, dazu das Quietschen von Turnschuhen auf dem Fliesenboden.

Er murmelte mit singender Stimme etwas vor sich hin. Niemand antwortete. Als er sich umdrehte, standen zwei Männer hinter ihm. Er brauchte eine Sekunde, um seinen Verstand wieder anzukurbeln. Sein Gesicht füllte sich mit einem krummen Lächeln.

»Mickey … Jimmy …«

Jimmy Kahn legte eine Pistole an und schoss Francis Deveneau in die Kehle. Deveneau wurde nach hinten gegen die Mauer geschleudert und sackte gegen das urinbespritzte Pissoir. Er presste eine Hand gegen seine Kehle, seine Augen drangen aus ihren Höhlen. Blut quoll in kleinen Sturzbächen durch seine Finger und lief über sein Hemd und seine Hose, bis es sich auf den schmutzigen Fliesen in einer Pfütze sammelte.

Er öffnete den Mund, um etwas zu sagen, aber kein Ton kam heraus. Nur Blut.

Die ganze Welt kippte und drehte sich, und er sah Jimmy Kahn, der die Waffe in sein Gesicht drückte. Sie sah riesig aus, scheußlich, falsch …

Dann …

Nichts.

☘

Ein leichter Nieselregen fiel, als Jimmy vor dem *Calliope Candy* hielt. Der Auspuff stieß weiße Wölkchen auf, die rasch vom Wind zerstreut wurden. Ein Strom von Autos zog auf der Tenth Avenue vorbei.

Mickey sprang aus dem Wagen, die .25er Beretta in den Bund seiner Jeans gesteckt, den Mantel eng um seinen Körper gezogen, und lief zum Münztelefon an der Ecke. Sein Herz raste, sein Körper pumpte Adrenalin durch alle Blutgefäße. In seinem Kopf war ein Summen – ein Rasseln – das ihn an klappernde Zähne erinnerte. Doch ihm war nicht kalt. Er brannte lichterloh.

Unter dem konischen Lichtschein der Straßenlaterne hob Mickey den Hörer ab, warf ein paar Münzen in den Schlitz und wählte. Er klopfte seine Taschen ab und fand einen Bleistiftstummel und sein Black-Box-Streichholzheft. Er wartete, während in der beißenden Kälte der Wind um ihn herum peitschte. Er spürte die Kälte und den Wind kaum. Sogar sein schmerzendes Gesicht, geschwollen und verletzt vom Kampf mit Patty Nolan, machte ihm nichts aus.

Nachdem es längere Zeit geklingelt hatte, ging Ashleigh Harris ans Telefon.

»Hier ist Mickey. Hast du die Adresse von Esposito für mich?«

»Aber sicher«, sagte Ashleigh und gab Mickey die Adresse, die er auf das Black-Box-Streichholzheft schrieb.

»Hat er dich bemerkt, als du ihm gefolgt bist?«

»Auf keinen Fall«, sagte Ashleigh. Im Hintergrund spielte laute Musik.

»Sicher?«

»Absolut.«

Mickey legte auf und starrte auf die Adresse von Johnny Espositos Zuhause. Einen Augenblick lang verweilte er unter dem Schein der Straßenlampe.

Auf seinem Gesicht war etwas, das einem Lächeln sehr ähnlich sah, als er zurück in Jimmy Kahns Cadillac kletterte.

KAPITEL 40

»Das Telefon klingelt«, flüsterte Katie.
»Ich weiß«, sagte er. »Ich will einfach nicht aufstehen.«
»Los, hoch mit dir«, sagte sie und zog ihn spielerisch an den Haaren.
Er hob den Kopf von ihrer Schulter und rollte auf seine Seite des Bettes. Sein linker Ellenbogen kam auf einer Schachtel Kleenex zu liegen und zerdrückte sie. »Möchtest du etwas aus der Küche?«, fragte er und strich auf dem Weg zum Flur über das Babybettchen, das am Fuß ihres Bettes stand.
»Orangensaft«, rief sie hinter ihm her und trompetete dann mit ihrer Nase in ein paar zusammengeknüllte Papiertücher.
In der Küche nahm er den Hörer von der Wand und hielt ihn ans Ohr. »Hallo?«
»Hier ist Kersh.«
»Was ist los?« Er hörte es Kershs Stimme sofort an, dass es Schwierigkeiten gab.
»Bleib ruhig«, sagte Kersh. »Wir haben es gerade abgehört – Mickey hat deine Adresse. Jemand muss dir nach Hause gefolgt sein. Der Anruf war vor 30 Sekunden, John. Ich glaube, sie sind auf dem Weg zu dir.«
Sein Magen sackte eine Etage tiefer. Die Wände der Küche schienen sich um ihn zu schließen. »Verfluchte Scheiße, sag mir, dass das ein Scherz ist.«
»Ich bin schon auf dem Weg zu euch. Verstärkung ist auch unterwegs. Sie treffen mich gleich dort. Wir werden die Sache ein für alle Mal regeln ...«
Er fühlte sich wie ein schlafender Hund, den sein Herrchen gerade aus einem fahrenden Auto geworfen hatte. Die Tatsache, dass er so dumm gewesen war, es Mickey und Jimmy so leicht gemacht hatte, ihm *nach Hause* zu folgen ... der Gedanke machte ihn schier verrückt vor Wut.
»Warte. Schreib dir diese Adresse auf«, sagte er und gab Kersh die Anschrift, die zum Haus seines Vaters auf der Eleventh Avenue ge-

hörte. Er sprach so leise wie möglich, flüsterte fast, damit Katie ihn nicht hören konnte. Plötzlich fühlte sich ihre Wohnung widersinnig klein an. »Du brauchst nicht erst hierher zu fahren, wir verschwinden. Ich bringe Katie dorthin – es ist das Haus meines Vaters – und ich will, dass du dort bist. Sie soll dort nicht allein …«

»*Allein?*«

»Fahr einfach hin, Bill. Wir treffen uns dort.«

Er eilte zurück ins Schlafzimmer und schnappte sich ein Paar Jeans aus dem Schrank.

»Wo ist mein Saft?«, murmelte Katie verschlafen.

»Schatz«, sagte er, »du musst aufstehen. Kersh hat angerufen. Ich muss dich aus dem Haus bringen.« Er zog sich die Hose an und kam dann an Katies Seite, um ihr beim Aufstehen zu helfen. Er hielt sie an einem ihrer Unterarme, der sich kalt anfühlte.

»John …«

»Es hört sich schlimmer an, als es ist«, sagte er. »Mach dir keine Sorgen. Wir gehen nur auf Nummer sicher. Zieh dir Schuhe an und einen Mantel. Ich bringe dich zu Dads Haus.«

Für einen Augenblick erstarrte sie am Fuß ihres Bettes. Eine Hand ergriff das Gitter des Babybettchens. »Mein Gott, John – *was ist passiert?*«

Er schaffte es irgendwie, ein Lächeln abzurufen. Er streichelte ihre Wange und sagte: »Ich alter Dummkopf. Ich reagiere nur etwas über. Aber wir sollten jetzt gehen.«

»John …« Es hörte sich an, als wäre sie sehr weit weg.

»Komm schon«, drängte er.

Sie bedeckte seine Hand mit der ihren und drückte seine Handfläche an ihre weiche Wange. »Du versprichst mir, dass ich mir keine Sorgen zu machen brauche?«

»Das tue ich«, sagte er. »Ich verspreche es dir. Jetzt zieh dich an.«

Während sie ein Paar Trainingshosen und Schuhe herausholte, kontrollierte er die Fenster zur Straße und spähte durch die Vorhänge. Jede Menge Autos parkten entlang der Straße, und ein paar Fahrzeuge bewegten sich über die Kreuzung. Die Zeit reichte nicht – sie würden es nicht schnell genug schaffen, hier herauszukommen.

»Du bist fast fertig?«, rief er seiner Frau zu.

»Meine Schuhe ...«, sagte sie und eilte aus dem Schlafzimmer. »Ich kann nicht ...«

»Bleib von den Fenstern weg.«

Sie bewegte sich nicht, sagte kein Wort – sie blieb einfach stehen in ihrem Mantel, den sie über das Nachthemd geworfen hatte. Das stumpfe orangefarbene Licht aus dem Flur fiel auf ihre linke Seite. Unbeweglich und starr sah sie ihn einfach nur an. Als wäre sie sich plötzlich unsicher, wer er war und was er tat ...

»Jetzt komm«, sagte er und zog sie in den Flur zum Schuhschrank. »Deine Schuhe ... hier drin sind sie ...«

Er fand irgendwelche Schuhe, bückte sich und zog sie ihr an. Sie bewegte sich wie ein Wesen aus Holzstücken, die mit Metallscharnieren verbunden waren. Als sie über den Flur liefen, konnte er den Küchentisch sehen, den Herd, den Kühlschrank – all jene Alltagsgegenstände, die sein *Zuhause* ausmachten. Beinahe schienen sie voller Leben zu pulsieren, voller Energie zu sein, zu vibrieren.

»Mach deinen Mantel zu«, sagte er zu Katie und stürzte dann den Flur hinunter zum Schlafzimmer. Er öffnete seinen Nachttisch, holte seine Pistole heraus und steckte sie in den Hosenbund seiner Jeans. Er fischte seine Undercover-Brieftasche heraus, die speziell für die verdeckte Operation zusammengestellt worden war und warf sie auf das Bett. Auf dem Nachttisch lagen seine echten Papiere, die er in die Hosentasche stopfte.

Zurück auf dem Flur hatte Katie sich nicht ein Stückchen bewegt. Sie stand immer noch an der Eingangstür. Ihr Mantel war falsch zugeknöpft und hing schief über ihren Schultern wie bei einem kleinen Kind, das sich plötzlich inmitten einer riesigen und furchtbaren Aufregung wiederfand. Und vielleicht war sie in diesem Moment genau das.

John schloss die Tür auf, trat in den Hausflur hinaus und sah sich um. Alles war dunkel und ruhig. Er nahm seine Frau bei der Hand, führte sie im Dunkeln zur Treppe und zog die Wohnungstür zu. Katie sagte noch immer kein Wort und machte nur, was ihr gesagt wurde. Ihr Mund war zu einem Schlitz unter der Nase zusammengepresst, ihre Augen waren weit aufgerissen und wirkten benommen. Er dankte Gott insgeheim dafür, dass sie zumindest funktionierte.

Was er hätte tun sollen, wenn sie hysterisch geworden oder sich aus welchem Grund auch immer geweigert hätte, die Wohnung zu verlassen, mochte er sich lieber nicht vorstellen.

Katie war hochschwanger und hatte Schwierigkeiten, die Treppe so schnell hinunterzugehen, wie er es wollte. Unten im Hausflur spähte er durch die diamantförmigen Fensterscheiben an der Tür auf die Straße. Er konnte den Camaro sehen, der nicht weit von der Tür zwischen einem blauen Van und einem roten Toyota am Straßenrand stand. Beide Autos kannte er. Auf der Straße waren nirgendwo Scheinwerfer zu sehen.

Hinter ihm durchbrach das Geräusch einer knarrenden Tür die Stille, in der sonst nur Atemzüge zu hören gewesen waren. Er wirbelte herum und legte eine Hand schützend auf Katies Bauch, während die andere die Waffe aus dem Hosenbund riss und in den Flur richtete.

Phyllis Gamberniece starrte sie von ihrer Wohnungstür aus an. Lockenwickler waren über ihren ganzen Kopf verteilt, und ihren enormen Körper zierte ein Bademantel aus lilafarbenem Frottee mit aufgestickten Sonnenblumen. Die Frau erstarrte auf der Stelle zu einem leblosen Objekt. Dann verschwand sie ohne das kleinste Geräusch in ihrer Wohnung und knallte die Tür zu. Riegel klackten.

Katie neben ihm blieb stumm. Doch ihr Blick war auf seine Waffe gerichtet, die er schnell wieder unter sein Hemd steckte.

Es waren gerade einmal ein Dutzend Schritte von der Tür zur Straße, aber sie schienen eine Ewigkeit für den Weg zu brauchen. Der Camaro – ihre Zufluchtsstätte – schien wie ein Schiff, das gerade den Hafen verließ, zu weit, um aufzuspringen, zu weit, um hinzuschwimmen.

Dann, wie durch ein Wunder, saßen sie im Auto.

Zuerst war er dankbar gewesen für das Schweigen seiner Frau, aber als sie zum Haus seines Vaters fuhren, machte es ihm mehr und mehr Sorgen. Er warf einen verstohlenen Blick auf den Beifahrersitz und war berührt, wie unschuldig und ängstlich sie aussah. Noch mehr berührte ihn ihre Stille, ihre Kraft. Und doch ... wie viel davon war Tapferkeit und wie viel war betäubtes und entsetztes Schweigen?

»Katie? Baby?«

»Mir geht es gut«, flüsterte sie kaum hörbar. »Fahr einfach.«

Er rieb ihr linkes Knie. Sie fühlte sich unnachgiebig und kalt an, sogar durch ihre Trainingshose. Wie eine Leiche.

»Ich möchte, dass du mir zuhörst, okay?« Sein Ton war nicht länger beschwichtigend, sondern fordernd. Er war noch nie in einer Situation wie dieser gewesen und wusste nicht, was er tun sollte, was er sagen sollte, was jetzt das Beste war. »Katie?«

»Ich höre.« Ihr Blick blieb auf die Straße vor ihr gerichtet, sie weigerte sich, sich zu ihm umzudrehen und ihn anzusehen.

»Alles okay?«

»*Ja.*« Irritation schwang in ihrer Stimme mit. Es war gut, den Gefühlsausdruck – *irgendeinen* Gefühlsausdruck – zu hören. Zumindest klang sie lebendig.

»Bill Kersh wird uns bei Dads Haus treffen. Noch ein paar andere Kollegen werden auch da sein. Sie bleiben bei dir, du bist also nicht allein, und wenn ich zurückkomme …«

»Zurück von wo?« Aber sie kannte die Antwort. »Unsere Wohnung? Du wirfst mich raus und fährst dann zurück in die Wohnung?«

Was sollte er darauf sagen? Sie war nicht Bill Kersh – es würde sie nicht beruhigen, dass er ein erfahrener Agent war und es wäre ihr egal, ob seine Undercover-Operation aufging und Mickey O'Shay und Jimmy Kahn ins Gefängnis kamen. Tatsächlich hatte Katie noch nie von Mickey O'Shay und Jimmy Kahn gehört, wusste gottverdammt überhaupt nichts von den bösartigen irischen Gangstern von Manhattans West Side, obwohl sie ihn einen großen Teil seiner Lebenszeit kosteten. Vor all dem hatte er sie bewahrt, beschützt. Zumindest zum Teil.

Aber jetzt nicht mehr, dachte er und umklammerte das Lenkrad des Camaro fester, als er durch die Straßen raste. *Jetzt nicht mehr. Weil es jetzt zu ihr nach Hause gekommen ist.*

Zuhause. *Sein* Zuhause.

Ihr Zuhause.

»Ich werde die Sache in Ordnung bringen.« Das war alles, was er ihr versprechen konnte. »Okay? Ich bringe die Sache in Ordnung.«

Katie sagte nichts.

Kershs Auto stand schon vor dem Haus von Johns Vater, als der Camaro sich näherte. John ließ den Motor laufen, sprang heraus und eilte zur anderen Seite, um Katie zu helfen. Aber sie wollte keine Hilfe und schaffte es, das Auto aus eigener Kraft zu verlassen. In diesem Moment zog Tommy Veccio in einem nicht als Dienstwagen erkennbaren Auto um die Ecke und kam schaukelnd auf der anderen Straßenseite zum Stehen.

Schnell war Kersh, dessen reichlicher Bauch über den Bund seiner Hose ragte, an Johns Seite. Sein Gesicht sah im Mondlicht grau und teigig aus. Er sah aus wie der Tod.

John hatte den Arm um Katie gelegt und führte sie auf die Veranda. Bill Kersh blieb unmittelbar neben ihnen. John konnte sehen, dass Kersh Neuigkeiten hatte und beinahe explodierte, sie loszuwerden, sich aber vor Katie zurückhielt.

Als sie im Haus waren, funkte Kersh Veccio an und rief ihn hinzu, um die Situation zu beschleunigen. Katie, die ihren Mantel noch anhatte, ging in die Küche, schaltete das Licht ein und lehnte sich gegen die Wand. John eilte an ihr vorbei, zog einen Stuhl unter dem Küchentisch hervor und bedeutete ihr, sich zu setzen.

»Ich will nicht sitzen«, sagte sie rundheraus.

»Katie …«

»Ich will nicht sitzen, John.«

Aus dem Flur rief Kersh seinen Namen. Er fühlte sich hin- und hergerissen, in der Mitte geteilt, sodass beide Hälften seines Körpers sich uneins darüber waren, in welche Richtung sie sich bewegen sollten. Seine Frau sah verloren, versteinert, wütend aus. Wenn er sie ansah, spürte er ein brennendes, ungutes Gefühl in der Magengrube, das sich wie ein Korkenzieher durch seine Eingeweide arbeitete. Schließlich sagte er Katie, er sei gleich zurück und ging dann in den Flur zu Kersh, der am Fenster zur Straße stand.

»Vor etwa einer Stunde wurde Francis Deveneau auf der Toilette seines Klubs erschossen«, sagte Kersh mit leiser Stimme. »Es gab keine Zeugen, aber ich habe ein starkes Gefühl, dass es unsere Jungs waren. Mittlerweile habe ich versucht, Tressa Walker zu Hause zu erreichen. Rate, was passiert ist.«

»Es ging niemand ans Telefon«, sagte John tonlos.

Das verlorene Gefühl, das ihn zuvor in ihrer Wohnung überfallen hatte, war wieder da, tausendfach verstärkt.

Tressa Walkers Stimme durchzog seine Gehirnwindungen wie die Dämpfe eines Phantoms: *Sie fragen nach dir. Ich kann ihnen auf ihre ganzen Fragen keine Antworten geben, John. Ich habe Angst.*

Und was war seine Antwort gewesen? Jetzt, wo er hier stand, stellte er fest, dass er sich nicht daran erinnern konnte.

»War am Telefon die Rede davon, dass ich ein Agent bin?«

Kersh schüttelte den Kopf. Seine Lippen waren fest aufeinandergepresst. »Nein. Aber das bedeutet gar nichts ...«

»Ich gehe zurück in die Wohnung. Dann sehen wir, ob sie kommen«, sagte er. »Du bleibst hier bei meiner Frau.«

»Ich komme mit, für den Fall, dass du aufgeflogen bist.«

»Nein, auf keinen Fall – bleib bei meiner Frau. Veccio soll auf der Straße aufpassen. Ich will, dass meine Frau sicher ist. Ich kann sonst nicht klar denken.« Er zog seine Brieftasche hervor und gab sie Kersh. »Wir wissen nicht, was los ist«, sagte er. »Noch nicht. Das könnte alles nichts miteinander zu tun haben. Lass uns die Sache ausspielen.«

»Du könntest auch einfach nicht da sein, wenn sie bei eurer Wohnung auftauchen, *wenn* sie denn dort auftauchen ...«

»Bill«, sagte er, »ich muss da sein. Wenn sie unsere Wohnung auseinandernehmen und meinen richtigen Namen auf irgendeiner Scheiße finden, wenn sie irgendetwas finden, dann ist dieser Fall erledigt und Tressa gleich mit.«

»Und was ist, wenn du dich irrst?«, fragte Kersh und griff nach Johns Arm. »Was, wenn sie schon wissen, dass du ein Agent bist, und nur kommen, um dich zu töten?«

Schwer atmend bohrte sich Kershs Blick direkt in Johns Augen und sein Griff um Johns Arm wurde fester. Die Sekunden tickten davon – viel zu viele von ihnen. John spürte, wie ihm der Boden unter den Füßen weggezogen wurde.

Sie stellen Fragen nach dir.

Weitere Sekunden krochen vorbei. Durch die Vorhänge vor dem Fenster leuchteten die Scheinwerfer eines weiteren Autos, das vor dem Haus zum Stehen kam. Er hörte Türen knallen und dann von fern das gedämpfte Murmeln der Kollegen.

Und obwohl Kersh recht hatte, wusste er, dass er nicht zulassen konnte, dass es auf diese Weise endete.

»Mach dir keine Sorgen«, sagte er zu Kersh. »Pass auf meine Frau auf.«

KAPITEL 41

Auf der Straße vor seinem Wohnhaus war nichts Ungewöhnliches zu entdecken. Er stellte den Camaro am Straßenrand ab und sprang heraus. Schnell ging er auf die Haustür zu. Es war kalt, der Schnee auf dem Boden verwirrte sein räumliches Sehen. Feuchtwarme Wolken stiegen aus den Kanaldeckeln auf und wurden im Wind zerrissen. Jede noch so kleine Bewegung zog seine Aufmerksamkeit auf sich.

Als er das Gebäude betrat, zog er seine Waffe und ging dicht an der Wand entlang. Der Flur war dunkel und ohne Geräusche. Langsam schlich er die Treppe hinauf zu ihrer Wohnung. Bei jedem Knarren der Treppe zuckte er zusammen und seine Atemzüge kamen in langsamen, angestrengt kontrollierten Wellen. Als er fast oben war, konnte er schon von der Treppe aus sehen, dass die Wohnungstür noch geschlossen war. Erleichterung überkam ihn. Sie waren nicht gekommen.

Und vielleicht kommen sie überhaupt nicht, überlegte er.

Aber dann dachte er an Francis Deveneau und Tressa Walker ...

An drehte am Türknauf. Er war noch verschlossen. Noch einmal verspürte er das Gefühl der Erleichterung. Er fing an, sich zu beruhigen.

Er würde im Haus seines Vaters anrufen und Katie wissen lassen, dass alles in Ordnung war. Wie hatte er ihren leeren Gesichtsausdruck gehasst, ebenso ihre Schweigsamkeit, nachdem sie die Wohnung verlassen hatten. Erst kurz bevor er vom Haus seines Vaters wieder aufgebrochen war, hatte er sie dazu bringen können, sich an den Küchentisch zu setzen. Aber sie hatte sich geweigert, ihren Mantel und ihre Schuhe auszuziehen. Er hatte ihr versprochen, dass alles gut werden würde, und er glaubte fest daran. Aber seine Worte taten wenig, um ihr die Angst zu nehmen.

Er schob seinen Schlüssel ins Schloss und hörte, wie der Bolzen sich drehte. Dann schob er die Tür auf. Seine Augen waren weit geöffnet und gewöhnten sich langsam an das schwache Licht im Flur. Nur hier war das Licht an und warf Schatten in die anderen Räume.

Wenn er konzentrierter an die Sache herangegangen wäre, hätte er alle Lampen einschalten müssen, bevor sie gegangen waren. Nichtsdestotrotz – hier war niemand.

Er zog die Tür heran und verschloss sie von innen. Sein Schatten erstreckte sich über die Länge des Flures mit seinem schwarz-weiß karierten Boden. Die Innenfläche seiner rechten Hand umklammerte schweißfeucht und rutschig den Griff der Pistole. Schweiß lief seinen Arm herunter und tränkte den gerippten Stoff am Ärmel seiner Jacke. Vom Flur aus spähte er ins Gästezimmer. Seine freie linke Hand hielt Kontakt mit der Wand. Es war kalt, sein Atem wurde zu kleinen Dampfwolken. Doch seine Stirn war mit Schweißperlen bedeckt.

Er machte das Licht an, zuckte zusammen und untersuchte das Zimmer. Nichts. Auch die Fenster waren verschlossen. Er zog den Vorhang zur Seite und inspizierte die im Dunkeln liegende Straße. Keine Bewegung.

In diesem Augenblick erinnerte er sich an die Missbilligung, die sein Vater ausgesprochen hatte, als er in den Secret Service eingetreten war. *Ein glorreicher Polizist mit einem College-Abschluss,* hatte sein Vater gesagt. *Ein junger, verheirateter Kerl, und du willst auf den Straßen herumlaufen und dein Leben aufs Spiel setzen? Wofür, John? Warum? Mach etwas Besseres aus dir.*

Er betrat die Küche und ging zum Telefon, seine Hand griff nach dem Hörer. Dann gefror er mitten in der Bewegung.

Da war ein lautes, metallisch klingendes Geräusch, das aus dem Schlafzimmer kam.

Und – *warum war es hier so kalt?*

Sein Griff um die Pistole wurde fester. In diesem Augenblick war ihm nichts präsenter als die Glätte des Griffs, das Gewicht der Waffe und die Vertiefungen der Bolzen und Schrauben am Gehäuse. Er schlich über den Flur und hielt inne, bevor er in das dunkle Schlafzimmer blickte. Ja, hier drin war es auf jeden Fall kalt. Zu kalt. Und dieses Geräusch … dieser metallische Klang …

Mit der Waffe im Anschlag betrat er das Schlafzimmer. Fest setzte er seine Schritte auf den Teppich. Das Erste, was er bemerkte, war das Mondlicht, das in dem kleinen Standspiegel auf Katies Bettseite reflektiert wurde. Sein Blick schoss zur anderen Seite des Zimmers.

Das Fenster war zerbrochen, der Teppich darunter mit Glasscherben übersät. Draußen vor dem Fenster schwang die Feuerleiter im Wind und schlug immer wieder gegen die metallene Fluchttreppe.

Verdammte Scheiße ...

Gerade als er sich umdrehen wollte, traf es ihn mit voller Wucht in den Rücken. Er ging zu Boden. Die Waffe purzelte aus seiner Hand und schlug dumpf auf dem Teppich auf. Als er sich aufrichtete, spürte er die Hände des Eindringlings auf seinem Rücken, während ihm ein Knie gegen den unteren Teil seiner Wirbelsäule gedrückt wurde. Übler Mundgeruch wehte in sein Gesicht. Das Licht ging an und blendete ihn vorübergehend. Jemand traf ihn mit einem Gegenstand am Hinterkopf und riss ihn heftig auf die Füße.

Mickey stand vor ihm, die Faust in Johns Hemdkragen gekrallt. In der anderen Hand war eine große halbautomatische Maschinenpistole. Die Mündung der Waffe drückte gegen Johns Stirn. Mickey atmete schwer, seine Zähne klapperten und seine Augen waren wie zwei kaputte Nebelscheinwerfer.

Hinter Mickey stand Jimmy Kahn an der Wand, die Hand noch immer am Lichtschalter. Reglos wie eine Wachsfigur stand er da, sein Blick konzentriert auf John gerichtet.

»Was soll die *Scheiße!*«, schrie er und schlug Mickeys Hand weg. Sein Herz hämmerte in der Brust; das pochende Geräusch schien den Raum zu füllen. Zitternd atmete er tief aus und der Raum neigte sich leicht unter seinen Füßen. Er machte zwei Schritte zurück in Richtung des Bettes und atmete schwer. Mickeys Waffe blieb auf ihn gerichtet.

»Was ... so eine *Scheiße* ... soll das denn?« Seine Stimme zitterte vor Wut – mehr Wut, als er jemals empfunden hatte.

»John«, begann Jimmy von anderen Ende des Zimmers aus.

»Fick dich«, fauchte er. »Was für ein Deal soll das sein, mich zu überfallen? Und wer zur Hölle seid ihr, in meine Wohnung einzubrechen ...«

»Wer zur Hölle bist du?«, fragte Mickey. »Wer zur Hölle bist *du*, Johnny?«

Mit geballten Fäusten brannte er seinen Blick in Mickey – es war alles, was John tun konnte, um nicht mit der Faust auszuholen und den Hurensohn jetzt und hier zu töten. Ob er eine Waffe hatte oder nicht, er würde das Gesicht des Bastards zerfetzen.

»Nimm die verdammte Waffe aus meinem Gesicht«, schnaubte er. Seine Stimme war fest, furchtlos, voller Wut. Er ballte die Fäuste so heftig, dass sich seine Fingernägel in das weiche Fleisch seiner Handflächen gruben. »Jetzt, sofort.«

Mickeys Hand zitterte. »Spiel nicht den harten Mann«, sagte er zu ihm.

»Du nimmst diese Pistole aus meinem verdammten Gesicht oder niemand verlässt heute Abend lebend diese Wohnung. Verstehst du mich?«

Mickey schwankte nicht. Die Waffe blieb auf Johns Kopf gerichtet. Jimmy machte ein paar Schritte ins Zimmer, beugte sich vor und spähte in den offenen Kleiderschrank. Seine Stiefel hinterließen schlammige Spuren auf dem Teppich. Beiläufig drehte er sich um und ging zur Kommode. Er öffnete die oberste Schublade und wühlte sich durch die Kleidungsstücke. Er zog die Schublade heraus und kippte den Inhalt auf den Teppich. Mit dem Fuß stieß er zusammengerollte Socken und Unterwäsche zur Seite.

»Spiel nicht den harten Mann«, wiederholte Mickey. Es war die Stimme eines Roboters, einer Maschine, einer fremdartigen Wesenheit, die keine Emotionen kannte. Mickey behielt John permanent im Blick, ohne Notiz von den Aktivitäten seines Partners zu nehmen. Um zu betonen, wie ernst es ihm war, presste er die Mündung der Waffe an Johns Schläfe. Sie fühlte sich kalt und heiß zugleich an.

John blinzelte nicht, bewegte sich nicht. Seine rechte Hand brannte darauf, die Pistole von seinem Kopf weg und Mickey aus der Hand zu schlagen.

»Was wollt ihr?«, fragte er und beobachtete, wie Jimmy auf Katies Seite des Bettes ging. Es schmerzte, ihn hier in seinem Schlafzimmer zu sehen. Jimmy und Mickey gehörten nicht hierher. Sie waren hier so fehl am Platz wie zwei Hyänen auf dem Gipfel eines antarktischen Eisbergs.

Jimmy zog die Bettdecke zurück und untersuchte die Laken. Er bückte sich und spähte unter das Bett.

»Was wollt ihr?«, wiederholte er. Die Mündung der Waffe zuckte gegen seine Stirn. Mickey zitterte. Aber nicht aus Angst, sondern vor überbordender Freude.

Wir werden alle heute Abend sterben, dachte er. *Wir alle drei, hier in diesem Raum.*

Jimmy stand wieder auf und bemerkte Johns Undercover-Brieftasche auf dem Bett. Er warf einen Blick in Johns Richtung, ging dann zur Brieftasche und hob sie auf. Er schüttete ihren Inhalt auf das Bett und betrachtete einige der verschiedenen Visitenkarten und Streichholzheftchen. Jimmy begutachtete den Führerschein. Anscheinend überzeugte sie ihn. Er warf er sie auf das Bett und ging zum Babybettchen. Er spähte über das Gitter. »Du hast ein Baby?«, fragte Jimmy.

»Was wollt ihr?«

»Du und ich, wir bringen in zwei Tagen ein wichtiges Geschäft über die Bühne, Johnny«, sagte Mickey, trat einen Schritt zurück und senkte die Waffe auf Johns Brust. »Eine Menge Geld ist im Spiel. Wir wollen nur wissen, mit wem wir es zu tun haben.«

Jimmy spazierte in den Flur. Einen Augenblick später hörte John, wie die Küchenschubladen scheppernd auf den Boden geleert wurden. Danach die Schränke. Geschirr ging klirrend zu Bruch. Als Jimmy zurückkam, hatte er eine Hand in seine Hosentasche gesteckt, die andere fuhr durch seine Haare.

Zu Mickey sagte Jimmy: »Das hier sieht nicht nach einem Bullen aus.« Dann drehte er sich zu John um und fragte: »Wo sind deine Frau und dein Baby?«

»Bei ihrer Mutter.«

»Glück für sie«, kicherte Mickey.

Um sie herum atmeten die Wände – ein und aus, Lungen aus Stein und Mörtel. Der Teppich bewegte sich in Wellen und die Lichter schwankten, blinkten und knisterten in seinem Kopf. Er war sich jedes Moleküls in seinem Körper bewusst, war sich des Blutes bewusst, das sein Herz durch seine Adern und Arterien pumpte.

Mickey biss sich in die Innenseite seiner Wange und entfernte sich einen weiteren Schritt von John. Hinter ihm lehnte sich Jimmy an die Wand. Immer noch fummelte er mit den Fingern in seinen Haaren herum.

»Leg dich aufs Bett«, sagte Mickey.

Irgendein zerebraler Autopilot schaffte es, das Steuer zu übernehmen. Es fühlte sich an, als würde sich sein Körper aus eigener Kraft bewegen …

Wenn Mickey den Deal über eine Million Dollar nicht erwähnt hätte, der nach wie vor in zwei Tagen abgewickelt werden sollte, hätte er sich niemals hingelegt. Stattdessen würde er Mickey die Waffe aus den Händen schlagen und dem Hurensohn die Kehle herausreißen. Dann hätte er sich Kahn vorgeknöpft, der wahrscheinlich zu diesem Zeitpunkt seine Pistole gezogen haben würde, um ihn auf der Stelle zu erschießen.

Rückwärts kroch er auf das Bett.

»Leg dich hin«, sagte Mickey.

Er ließ sich langsam auf sein Kissen herunter. Der ganze Raum schien unglaublich klein. Die Decke drückte gegen sein Gesicht, und er konnte hören, wie sein Atem durch seine Kehle pfiff.

»Du siehst aus wie in einem Sarg«, sagte Mickey. »Schläfst du hier?« Mit der Pistole zeigte Mickey auf das leere Kissen auf Johns linker Seite und sagte: »Und deine Frau schläft bestimmt hier.«

Mickey betätigte den Abzug und feuerte einen Schuss in das Kissen. John zuckte zusammen und fühlte, wie das ganze Bett vibrierte.

»Und dein Baby hier drüben«, fuhr Mickey fort und zeigte mit der Waffe auf das Bettchen. Dann gab er zwei weitere Schüsse ab. Ein Schuss schlug mit einem gedämpften Geräusch in die Matratze ein, während der andere das hölzerne Geländer durchschnitt und Splitter durch die Gegend jagte. »Du verstehst, worauf ich hinaus will?«, fragte Mickey und legte die Pistole wieder auf ihn an. »Wenn du ein Bulle bist oder ein Spitzel, bist du Geschichte. Es ist mir egal, ob du der verdammte Polizeipräsident bist. Das wird völlig egal sein.«

»Wir werden sehen, wie gut du die Hitze aushältst«, sagte Jimmy und ging zurück in den Flur.

Die Waffe nach wie vor auf John gerichtet zog sich Mickey langsam aus dem Zimmer zurück. Ein mörderisches Grinsen zerriss sein Gesicht und verdrehte und verzerrte seine Züge. Für einen verrückten Moment sah er aus wie eine Halloween-Maske mit tiefliegenden Augenhöhlen und Reißzähnen.

»Dann bis in zwei Tagen«, sagte Mickey und verschwand im Flur. »Und mach dir nicht die Mühe, aufzustehen. Wir finden selbst nach draußen.«

Er spürte immer noch die Vibrationen des Schusses im ganzen Bett. John blieb liegen und hörte, wie sich Mickeys und Jimmys Schritte über den Flur entfernten. Er hörte das Klacken der sich öffnenden Bolzen und das Quietschen der Wohnungstür, bevor sie krachend wieder zugeschlagen wurde, sodass der Türrahmen wackelte. In der Entfernung hörte er ihre Schritte auf der Treppe und ihr durch die Wände gedämpftes Lachen.

Auf dem Nachttisch neben dem Bett zeige der Wecker 1:28 Uhr an. Es war der erste Tag des neuen Jahres.

JANUAR

KAPITEL 42

Leg dich aufs Bett.

Mickey O'Shays Worte klangen noch immer quälend in seinem Kopf nach. Und er sah noch immer, wie das Mündungsfeuer von Mickeys Pistole ausbrach, wie der erste Schuss in Katies Kissen direkt neben seinem Kopf gegangen war. Dann der zweite und dritte Schuss in das Bettchen seines ungeborenen Kindes.

Leg dich aufs Bett.

Er saß allein in der Grube, hatte seine Füße auf einen zweiten Stuhl gelegt und rieb sich mit zwei Fingern die Schläfen, während seine leeren Augen das Bücherregal anstarrten. Zwei Nächte waren seit den Ereignissen bei ihnen zu Hause vergangen, und seine Wut war zu einer grüblerischen Sorge abgestumpft, die sich in seinem ganzen Körper mit der Bösartigkeit eines Giftes verteilte. An diesem Morgen, als er neben seiner Frau in seines Vaters Haus aufgewacht war (es war entschieden worden, dass sie dort blieben, bis die West-Side-Boys verhaftet waren), hatte er sich gefühlt, als wäre sein Körper voller Scherben aus heißem, zerbrochenem Glas und scharfkantigen Steinen. Neben ihm lag die stille und reglose Gestalt seiner Frau. Sie wirkte wie benommen seit jener Nacht und weigerte sich, darüber zu sprechen, weigerte sich, mit *ihm* zu sprechen. Das beschäftigte ihn am meisten. Er wünschte, er könnte alle ihre Ängste und Schmerzen auf seine Schultern nehmen, zusammen mit seinem eigenen Bündel an Problemen. Katie verdiente nichts von alledem. Und er hasste sich dafür, dass er ihr diese Last aufgebürdet hatte.

Doch jetzt gab es kein Zurück mehr. Er hatte der Bestie ins Auge geschaut – er war der einzige Mensch mit einer Seele, der diese Tiere von nahem persönlich gesehen hatte – und er wusste, dass jemand sie stoppen musste. Das hier ging über den Job hinaus, ging auch über persönlichen Antrieb hinaus. Diese Kerle waren das reine Böse. Und John wusste, dass er der Einzige war, der dem ein Ende machen konnte.

In den vergangenen zwei Tagen hatte Mickey O'Shay immer wieder angerufen. John hatte nicht abgehoben. Es war Teil ihrer Strategie, aber tatsächlich machte ihn die Vorstellung krank, mit dem Hurensohn reden zu müssen. Am dritten Tag, nachdem Mickeys ständige Anrufe nachließen, rief John *ihn* an. Mickey O'Shays Stimme am anderen Ende zu hören, reichte aus, sein Blut wieder zum Kochen zu bringen.

»Wo warst du, John, ich habe versucht ...«

»Hör mir zu, du Scheißkerl. Mit dir Geschäfte zu machen ist so ziemlich das Letzte, wozu ich Lust habe, nach der Scheiße, die ihr in meiner Wohnung abgezogen habt.«

Mickey schnaubte am anderen Ende der Leitung.

»Aber ich habe eine Menge Kunden, die auf diesen Deal warten. Und einen Ruf zu verlieren«, fuhr er fort. »Wir machen es heute Abend. Dann sind wir durch. Danach will ich euch nie wieder sehen müssen. Hast du verstanden?«

Mickey seufzte. »Da ist ein Park, drüben bei ...«

»Scheiß auf den Park. Du triffst mich heute Abend bei *Nathan's* auf Coney Island. Du machst hier keine Ansagen mehr. Und ich will, dass Kahn bei dem Deal dabei ist. Ich vertraue dir kein verschissenes Stück. Genaugenommen ist es mir egal, ob du da bist oder nicht. Kein Kahn, kein Deal.«

»Jimmy ist ...«

»Er ist da, oder ich verschwinde wieder.«

Einen Moment herrschte Stille am anderen Ende der Leitung, während Mickey die Situation überdachte. Am Ende stimmte er zu und legte auf.

Nach dem Aufruf besprach sich der leitende Agent der Operation, Brett Chominsky, zunächst mit Bill Kersh und rief dann John in sein Büro. Als John hereinkam, saß Kersh bereits auf einem der bequemen Lederstühle vor Chominskys großem Schreibtisch. John fiel auf, wie er in der Tür zögerte. Dann trat er ein und setzte sich.

»Mickey weiß, dass das Geld weg ist«, sagte Chominsky ohne Umschweife. »Wir haben es durch die Abhörprotokolle verifiziert. Die Tatsache, dass die Sache immer noch läuft, kann nur eines bedeuten.«

»Und das wäre?«, fragte er.

»Hier«, sagte Chominsky und drückte auf einem Tonbandgerät am Rand seines Schreibtisches auf *Play*. »Hören Sie zu.«

Die Aufnahme startete inmitten eines Gesprächs. Es war ein Telefongespräch zwischen Mickey und Jimmy – John erkannte ihre Stimmen sofort – und während sie sprachen, drehte Chominsky die Lautstärke auf.

»Wenn wir die Sache heute Abend durchziehen«, sagte Mickey, »brauche ich dich dort. Ich mache das auf keinen Fall allein.«

»Ich werde da sein«, hörte er Jimmy sagen.

»Alles klar«, sagte Mickey. In seiner Stimme lag ein unsicheres Zittern, und er klang ganz und gar nicht wie er selbst. »Wenn die Sache gut läuft, machen wir eine Menge Kohle.«

Chominsky stellte das Band aus. In seinen Stuhl zurückgelehnt musterte er John.

»Sie treffen sich mit Ihnen, um Sie abzuzocken«, sagte Chominsky. »Sie haben kein Falschgeld mehr, und sie reden immer noch davon, Kohle zu machen. Sie haben nicht vor, einen Deal abzuwickeln, John. Sie wollen Ihnen das Geld abnehmen.« Der bestürzte Ton von Brett Chominskys Stimme verriet zudem noch etwas anderes: Er war sicher, ob Mickey und Jimmy planten, ihn zu töten.

»Nicht unbedingt«, sagte John. »Sie könnten irgendwo noch ein Versteck haben, von dem wir nichts wissen.«

»Sie haben nicht von einem anderen Versteck oder neuem Falschgeld gesprochen«, warf Kersh ein. John sah, dass Kersh die Sache schwer auf der Seele lag.

»Das bedeutet nicht, dass es keines gibt«, sagte er. Aber wahrscheinlich hatten Chominsky und Kersh recht: Mickey und Jimmy hatten vor, ihn heute Abend zu töten und ihm das Geld abzunehmen. Trotz allem war John durch diesen Gedanken nicht blockiert. Er fühlte sich schlauer, schneller, *besser* als Mickey O'Shay und Jimmy Kahn. Und wenn er Chominsky und Kersh überzeugen musste, dann würde er sie überzeugen.

»John«, sagte Chominsky, »wir müssen alle Szenarien betrachten und dann vom Schlimmsten ausgehen. Es ist ziemlich offensichtlich, was sie vorhaben.«

»Du musst das nicht tun, John«, fügte Kersh hinzu.

»Doch, muss ich.«

»Sie werden dich *töten*, John«, sagte Kersh. »Die ganze Sache ist uns schon vor langer Zeit aus den Händen geglitten. Wir sollten den Stecker ziehen.« Er drehte sich zu Brett Chominsky um. »Die Sache wird nicht gut enden.«

»Sie werden nichts tun, solange sie mein Geld nicht gesehen haben«, versicherte John. »Wir platzieren einen Wagen mit dem Geld ein paar Blocks von *Nathan's* entfernt. Ich treffe mich mit ihnen, sage, ich will zuerst das Falschgeld sehen. Ob sie es nun haben oder nicht. So bekomme ich Kahn dazu, darüber zu reden. Dann bringe ich sie zu dem Wagen mit dem Geld. Sobald wir dort sind, werden sie festgenommen.« Kersh und Chominsky sahen nicht überzeugt aus, also ergänzte er: »Wir haben es auf Band. Kahn wird dort sein. Das ist unsere Chance, ihn dranzukriegen. Auch wenn sie mir eine Falle stellen, können wir ihn zumindest auf Verschwörung festnageln. Es ist immer noch unser Spiel.«

»Meinst du«, sagte Bill. »O'Shay ist nicht mehr ganz klar im Kopf. Wir können nicht wissen, was er tun wird. Bei dem Umfang dieses Deals, dazu bei dem Mist, den er bei dir zu Hause abgezogen hat, macht er sich wahrscheinlich Sorgen, *du* könntest versuchen *ihn* auszunehmen. Wenn du ohne das Geld auftauchst, könnte er ausflippen und dir die Lichter gleich auf dem Bürgersteig ausknipsen.«

»Das wird er nicht tun«, beharrte er.

»Das weißt du nicht …«

»Er wird es nicht tun, Bill. Glaub mir. Ich war lange genug in der Nähe dieses Typen, um riechen zu können, was er vorhat. Er ist verrückt, aber er wird es nicht riskieren, achtzigtausend Dollar zu verlieren.« In seinen eigenen Ohren klang es fast so, als versuchte er vor allem, sich selbst zu überzeugen. In Wahrheit wusste er ganz und gar nicht, wie er Mickey einschätzen sollte. Sicher war nur, dass er selbst alles tun würde, damit die Sache gut ausging. Er konnte mit der Situation umgehen. »Vertraut mir.«

»Wider besseres Wissen, John, *habe* ich dir vertraut«, sagte Kersh, »und dieses Vertrauen hat dich auf das Dach eines Mietshauses mit einer Pistole am Kopf geführt. Und dann sind diese Irren vor drei

Tagen in deine verdammte Wohnung eingebrochen. Wir haben die Kontrolle verloren.«

Er hatte niemandem davon erzählt, vor allem nicht Kersh und Katie, dass Mickey ihm eine Waffe vors Gesicht gehalten und ihn gezwungen hatte, sich auf das Bett zu legen. Und dass Mickey dann auf das Kissen seiner Frau und das Babybett geschossen hatte. Soweit Bill Kersh wusste, waren Mickey und Jimmy lediglich aufgetaucht, hatten ein paar Fragen gestellt, ein paar Schubladen ausgeschüttet und waren wieder verschwunden. Und soweit es Katie betraf, war überhaupt niemand aufgetaucht.

»Ich habe die Nase voll, alle überreden zu müssen«, sagte er schließlich. Zu Chominsky gewandt sagte er: »Ich habe die Nase voll von diesem ganzen verdammten Fall. Jetzt wollen Sie das Handtuch werfen, nach allem, was ich durchgemacht habe? Ist es das, was Sie wollen? Aber ich bin nicht bereit, das zu tun. Sie denken wohl, ich will hier auf eine Selbstmordmission, dass ich ein Arschloch bin, aber das ist unsere einzige Chance, Kahn festzunageln.« Wütend starrte er Bill Kersh an. »*Sie* legen ihre Waffen nicht nieder, und ich will verdammt sein, wenn *wir* es tun.«

»Letzten Endes«, sagte Chominsky, »liegt es bei Ihnen, John. Wenn Sie dazu bereit sind ...«

»Wir können es schaffen«, versicherte er dem leitenden Agenten.

»Sollten wir dich nicht besser verkabeln?«, schlug Kersh vor.

»Auf keinen Fall. Wenn sie ein Abhörgerät finden, bin ich *wirklich* ein toter Mann. Ich nehme nur den Sender mit.«

»Der kleine Sender hat nur eine begrenzte Reichweite«, warf Kersh ein.

»Ich trage kein Abhörgerät. Wenn sie mich abtasten und es finden ...«

»Alles klar«, unterbrach Chominsky. »Briefen Sie die Einheit, bereiten Sie alles vor. Wir treffen uns in zwei Stunden wieder.«

Jetzt, kurze Zeit später, saß er allein in der Grube und ging die Details des Plans in seinem Kopf durch. Hier war es ruhig, aber die Stille bedrückte ihn. Er hatte Kersh einmal gefragt, wie er es so lange hier unten in der schweigenden Stille aushalten konnte, und der ältere Kollege hatte nur geantwortet: »Weil ich keine Angst davor habe, mir selbst beim Denken zuzuhören.« Er hatte keine Angst – er war überzeugt, dass er sowohl mit Mickey als auch Jimmy klarkommen würde – aber doch nagte noch etwas an ihm, in seiner Magengrube, tief im Stammhirn. Die ungebrochene Stille in der Grube gab ihm zu viel Zeit, um über zu viele andere Dinge in seinem Leben zu grübeln. Vor allem über Katie und seinen Vater. Er stellte sich Bill Kersh als einen Mann vor, der keine Schwierigkeiten hatte, nachts einzuschlafen. Der, sobald sein Kopf auf dem Kissen lag und die Augen geschlossen waren, schon auf halbem Weg ins Reich der Träume war. Er selbst dagegen konnte sich nicht erinnern, wann er das letzte Mal eine ganze Nacht richtig gut geschlafen hatte. Selbst in diesem Moment stand er unter Strom und wartete ungeduldig darauf, sich mit den beiden West Side Boys zu treffen und endlich den Deckel über dieser Sache zu schließen.

Kersh kehrte mit zwei Styropor-Tassen mit Kaffee zurück. Er stellte sie wortlos hin und ließ seinen massigen Körper auf einen der Stühle fallen, die um den Tisch standen. Auf dem Tisch lag eine Karte von Coney Island. Mit Fettstift hatte Kersh einige Straßenecken und Kreuzungen markiert.

Als er Kersh ansah, konnte John sich vorstellen, was im Kopf seines Kollegen vorging. Er machte sich Sorgen über die geplante Festnahme heute Abend, dachte aber zweifellos auch an den zusammengesunkenen, leblosen Körper von Francis Deveneau, den Dennis Glumly auf der Toilette von Deveneaus Klub entdeckt hatte, die Kehle und ein Teil des Schädels weggeschossen. Hinzu kam Tressa Walker. Nachdem auf seine mehrfachen Anrufe niemand geantwortet hatte, war Kersh zu ihrer Wohnung gefahren. Niemand hatte auf sein Klopfen an der Tür reagiert, obwohl die Geräusche eines laufenden Fernsehers zu hören gewesen waren. Nachdem er dem Wachmann seine Dienstmarke vor die Nase gehalten hatte, war er in Tressas Wohnung gelassen worden. Das Erste, was er feststellte: Der Fernseher war *nicht* an, und die Geräusche, die er gehört hatte, kamen aus dem Schlafzimmer, hinter der geschlossenen Tür. Es war das Weinen von Tressa Walkers Baby, verlassen und schmutzig, hungrig und allein in der Wohnung. Plötzlich schien alles noch viel schlimmer zu sein.

»Okay«, sagte der ältere Agent jetzt und nippte an seinem Kaffee. »Lass uns die Sache noch einmal durchspielen.« Er tippte mit dem Fettstift auf einen hingekritzelten Stern auf der Mermaid Avenue. »Hier steht das Auto mit dem Geld – der Camaro. Im Umfeld richten wir vier Überwachungspunkte ein.« Mit dem Fettstift malte er vier Kreise um den Stern auf der Mermaid Avenue herum. »Du bringst Mickey und Jimmy zum Camaro, und vier Teams stehen bereit, sie festzunehmen.« Er folgte mit dem Stift der Karte nach unten und stoppte auf der Surf Avenue, die entlang der hölzernen Strandpromenade von Coney Island verlief. »*Nathan's* ist ... hier«, sagte er und zeigte auf die Stelle. »Wir sollten hier zwei weitere Autos stehen haben, um dich zu decken.«

»Ich denke, das ist zu viel«, sagte John.

Kersh fuhr fort, als hätte John nichts gesagt. »Ich werde dort oben sein, an der Ecke Surf Avenue und 15. Straße. Veccio wird bei mir im Auto sitzen. Ich laufe die Straße entlang und behalte alles im Auge. Ein weiteres Auto stellen wir an eine der Parkuhren am Schweikerts Walk. Wenn Mickey und Jimmy auftauchen, wirfst du einen Blick auf das Falschgeld und bringst sie dann direkt zum Camaro. Wenn sie das Falschgeld nicht bei sich haben – und es ist eine Menge Papier, also haben sie es vermutlich ohnehin nicht am Mann – musst du kein Problem daraus machen. Bring sie einfach zum Auto.« Er legte den Stift beiseite. Der rollte über die gesamte Karte und kam kurz vor dem Rand des Tisches zum Stehen. Ohne John anzusehen, sagte Kersh: »Wenn sie wollen, dass du irgendwohin mitkommst, lass die Finger davon. Alle werden bis aufs Äußerste angespannt sein – vor allem die beiden. Wenn sie das Geld haben, wird es wahrscheinlich in ihrem Auto sein. Lass es dir zeigen, dann bring sie direkt zum Camaro.«

»Ziemlich einfach«, sagte John.

»Ja, genau.« Es gab keine Betonung in Kershs Stimme. »Wir sollten jetzt wieder zu Chominsky gehen«, sagte er.

»Bill«, sagte John, »ich weiß, dass du das nicht tun willst ...«

Seufzend nippte Kersh an seinem Kaffee und sagte: »John, du musst heute Abend eine sehr wichtige Entscheidung treffen.« Kersh konnte ihm nicht ins Gesicht sehen und starrte stattdessen weiter auf die Karte von Coney Island. »Du kannst diese Sache wie ein Profi angehen und deinen Job machen, oder du kannst dich darin vergraben und zulassen, dass es dein ganzes Leben frisst. Ich bin nicht dein Vater und ich versuche nicht länger, dich von meiner Meinung zu überzeugen. Du bist dein eigener Herr. Du musst nur eines verstehen: Dieser Deal – dieses Geld, diese Typen von der West Side – all das ist nicht endgültig, nicht entscheidend. Wichtig ist«, fuhr er fort und schlug mit der Hand gegen sein Herz, »was auf dich zu Hause wartet, wenn all das vorbei ist.« Er machte eine abschätzige Handbewegung über die Karte hinweg. »Nicht diese Scheiße.«

Darauf gab es keine Antwort. Wie konnte er Bill Kersh klarmachen, dass er das tun *musste*, dass er erfolgreich sein *musste*, das lange Rennen zu Ende bringen *musste*, das er im November gestartet hatte? Dass er sich nicht mehr im Spiegel anschauen könnte, wenn er aufgab? Und seltsamerweise rief sein Kopf das Bild seines Vaters in seiner Feuerwehrkleidung hervor – das Bild, das auf der Werkbank in der Garage gestanden hatte, als er ein kleiner Junge war – und wie der heutige Abend ein Teil von dem war, was ihn komplettieren würde, was ihn zu einem wertvollen Menschen machen würde. Es war leicht, aufzugeben und nach Hause zu gehen; es war schwer, die Dinge bis zum Ende durchzukämpfen … und noch schwieriger war es, als Sieger vom Platz zu gehen. Er wollte diesen Fall nicht zu Ende bringen für Roger Biddleman oder Brett Chominsky oder Bill Kersh oder sonst irgendjemanden. Er stieg in den Ring, um *für sich selbst* zu gewinnen.

Aber wie er Kersh diese Dinge erklären sollte, wusste er nicht. Stattdessen stand er auf und begann, die Karte von Coney Island zusammenzurollen. Er beeilte sich und sah nicht auf.

»Na los«, sagte er nach einem Moment. »Setzen wir uns mit Chominsky zusammen, bevor es zu spät wird.«

♣

Das Telefon klingelte mehrmals, bevor seine Frau den Hörer abnahm.

»Ich bin es«, sagte er. »Ich wollte dich nur wissen lassen, dass ich an dich denke. Geht es dir gut?«

»Es ist okay. Ich bin froh, dass du angerufen hast«, sagte sie. Sie klang sehr klein am anderen Ende der Leitung.

Es fühlte sich gut an, ihre Stimme zu hören, obwohl es auch ein starkes Gefühl der Unruhe in ihm auslöste. Er fühlte sich schuldig, schuldig an allem ...

»Es wird vorbei sein, noch heute Abend«, versprach er. »Ich weiß, die letzten Wochen waren verrückt, aber nach heute Abend wird es anders sein. Ich verspreche es dir.«

»Mach dir keine Sorgen um mich«, sagte sie. »Mir geht es gut. Ich vertraue dir, John. Du kümmerst dich um diese Sache, dann kommst du zu mir nach Hause.«

»Ich werde zusehen, dass es nicht allzu spät wird«, sagte er, hielt inne und legte dann auf.

Draußen ließ ein starker Wind die Bürofenster vibrieren.

KAPITEL 43

Coney Island pulsierte wie ein Herzschlag in der Nacht. Die blinkenden Lichter vor dem dunklen Horizont setzten die Masse der Fußgänger entlang der Surf Avenue eindrucksvoll in Erscheinung. Kein Wetter war zu kalt, kein Abend zu spät, um die Menschen an diesen Ort zu locken. Schallendes Lachen war eine beständige Melodie im Hintergrund. Die Geräusche zahlloser Füße auf den Bürgersteigen und der hölzernen Promenade, unablässiges Stimmengemurmel, die Karnevalsmusik des Karussells und das ungeduldige Knurren und Brummen des undurchdringlichen Autoverkehrs entlang der Avenue vervollständigten den Soundtrack. Hier waren die in der Luft liegenden Aromen gleichermaßen alltäglich und einzigartig: geschmolzene Butter und Popcorn, Pommes frites und Senf, Bonbons und kandierte Äpfel, karamellisierter Zucker und der Geruch frisch gerösteter Erdnüsse. Und dahinter lagen der saure Geruch des Ozeans und eine Spur Schmierfett, mit dem die Fahrgeschäfte ihre Gondeln und Wagen in unablässiger Bewegung hielten.

John hielt auf der gegenüberliegenden Seite der Surf Avenue inne und starrte über die Straße mit ihren Menschenmassen und Werbetafeln, die über die gesamte Länge der Promenade verliefen. Das Neonglitzern von *Clam Bar* über *Sea Food* bis hin zu *Delicatessen* floss zu einer verschwommenen Lichterflut zusammen. Die gelb-grünen Markisen von *Nathan's* dominierten den Bürgersteig, schmutzig, alt und grellbunt wie abgetakelte Prostituierte. Die Ausgabefenster entlang des Bürgersteigs waren voller dunkelhäutiger Servicekräfte, die große Mengen Essen an zahllose hungrige Menschen verkauften, selbst in der Kälte. Und über und hinter den Markisen und Neonschildern zeichneten sich die farbigen Lichter von *Astroland* vor dem dunklen Hintergrund ab. Das *Wonder Wheel* drehte sich träge; der *Cyclone* klammerte sich schwarz und leise an den dunklen Winterhimmel. Und von überall her erfüllten die begeisterten Rufe und Schreie und das Kreischen von kleinen Kindern, Jugendlichen und Erwachsenen die Nacht.

Er stellte den Camaro auf der Mermaid Avenue ab. Um ihn herum waren vier unsichtbare Einheiten postiert, bereit zuzuschlagen, sobald er Mickey O'Shay und Jimmy Kahn zum Auto führte. In der Kälte stapfte er die Straße hinunter zur Surf Avenue. In der Lederjacke war seine Pistole verstaut, ebenso der Sender in Form eines Feuerzeugs. Er zog den Reißverschluss seiner Jacke zu und eilte durch die dunkler werdenden Straßen, die Hände in den Taschen und den Kopf gesenkt.

Er fühlte sich voller Energie. Die Knochen seines Körpers schienen unter Strom zu stehen und voller Aufregung zu summen. Er fühlte sich lebendig. Für einen Moment hallte die Stimme seiner Frau in seinem Kopf nach, aber sie war nur kurz präsent und dann wieder so schnell verschwunden, wie sie erschienen war. Heute Abend ging es um alles, und nichts durfte seine Konzentration stören.

Rasch überquerte er die Surf Avenue, schlüpfte durch die engen Räume zwischen den Stoßstangen und mischte sich unter die Menge auf dem Bürgersteig. Niemand, vom kleinsten Straßenjungen bis zum reichsten Unternehmer, war fehl am Platz in Coney Island. Prächtige Limousinen standen neben verbeulten Pick-up-Trucks. Wohlhabende Geschäftsleute und Politiker arbeiteten sich durch die Masse der Geschlagenen und Verarmten, ohne sie eines Blickes zu würdigen. Junge und Alte vermischten sich an jeder Straßenecke. Coney Island war die einzige wahrhaftige Attraktion von New York, die für die Einheimischen ebenso da war wie für die Touristen.

Einige uniformierte Polizisten standen in einer Gruppe von einem Delikatessengeschäft und unterhielten sich laut. Er stoppte, die Hände in den Taschen. Die Haare hingen ihm vor den Augen. Er genoss den Duft nach Kuchen und Süßigkeiten und gerösteten Erdnüssen. Etwas entfernt hörte er das Getöse der Achterbahn, das sich mit dem Maschinenlärm eines vorbeifahrenden Zuges vermischte.

Fassungslos stellte er fest, dass er in diesem Augenblick an seinen Vater denken musste. Als Kind war John oft mit ihm hier gewesen. Und obwohl er sich nicht genau an diese Tagesausflüge erinnern konnte – zumindest nicht im Moment – so erinnerte er sich doch an kleine Besonderheiten; die kühle Sommerbrise, die vom Ozean herüberwehte und dafür sorgte, dass sich die Härchen an seinen Armen und in seinem Nacken aufstellten; die Musik der Dampforgeln, die entlang der Avenue zu hören war; die Marionettenspieler und Stelzenläufer auf der Strandpromenade; der heftige Geruch schwitzender Menschen in der U-Bahn-Station Stillwell Avenue. Jetzt stand er hier und vermochte trotz dieser Erinnerungen kaum zu begreifen, dass all das zu seinen Lebzeiten stattgefunden hatte und er tatsächlich einmal so jung gewesen war.

Er fand seinen Weg durch die Menschenmassen vor *Nathan's* und blieb unter einem riesigen gelben Schild stehen, das besagte: »This is the original NATHAN'S Famous Frankfurter & Soft Drink Stand«.

Zitternd vor Kälte harrte John in der Menge aus. Neben ihm versuchte ein Jahrmarktschreier mit einem Zylinder in den Farben der amerikanischen Flagge auf dem Kopf, die Aufmerksamkeit einer Gruppe von Jugendlichen auf sich zu ziehen. Ein großer hispanisch aussehender Mann ging die Avenue entlang und trug ein kleines Kind in seinen Armen, während eine faserige, rosafarbene Masse über seinen Rücken lief; dem Kind war offenbar schlecht geworden und es hatte sich über den Rücken des Vaters erbrochen, ohne dass dieser es bemerkt hatte.

Durch eine Lücke in der Menge sah John, wie Bill Kersh den Bürgersteig entlangging. Kersh schob das letzte Stück eines Hotdogs von *Nathan's* in den Mund und wischte sich die Hände an der Hose ab. Obwohl Kersh nicht offensiv in seine Richtung blickte, wusste er, dass der Mann ihn sogar in diesem Moment im Auge hatte. Bill Kersh hatte durchaus eine gewisse voyeuristische, an einen stets aufmerksamen Geier erinnernde Qualität an sich.

Auf der anderen Straßenseite stand Kershs Limousine. Eine zweite Einheit parkte irgendwo hinter ihm auf dem geschotterten Seitenstreifen vor Schweikerts Walk. Schweikerts Walk selbst war eine schmale asphaltierte Straße mit Parkautomaten auf beiden Seiten, die direkt zur Riegelmann-Promenade führte, der Strandpromenade direkt am Atlantischen Ozean.

Ein starker Windstoß ging dem Schrei eines kleinen Kindes in der Menschenmenge voraus ...

Vor ihm teilte sich die Menge und Mickey O'Shay schlurfte hindurch. Er trug die für ihn übliche Kleidung: grüner Segeltuchmantel, ungewaschene Kakihose, abgerissene schwarze Stiefel. Sein Mantel war halb offen und John konnte das Gewebe von Thermounterwäsche darunter erkennen.

Mickey hielt den Kopf gesenkt und die Hände in den Taschen. Seine langen Haare waren zu einem Pferdeschwanz gebunden. Eine lose Strähne hing ihm über das rechte Auge und bewegte sich im Wind. Mit seinen tiefliegenden Schultern und gebeugtem Rücken sah er trügerisch klein aus. Es war »Mickey's Walk«, Mickey O'Shays Art und Weise, in der Menge zu verschwinden.

Und er brauchte ein paar Sekunden, um zu erkennen, dass Mickey *allein* war.

Etwa drei Fuß von ihm entfernt hob Mickey den Kopf. Seine Augen waren wie zwei Achatsteine mit zahllosen Blautönen, und sie waren atemberaubend klar. Unter ihnen zeichneten sich dunkle Schatten auf seiner kränklich aussehenden Haut ab wie eine Maske. Die Verletzung auf seiner Wange hatte sich lila-grün verfärbt. Seine Lippen waren ein bloßer Strich in seinem Gesicht und rissig vor Kälte.

Sogar jetzt, nach allem, was geschehen war, verwunderte es John immer noch, wie sehr er darauf brannte, Mickey hinter Gitter zu bringen. Das Einzige, was ihn jetzt davon abhielt, dem Bastard die Fresse zu polieren, war die sehr reale Möglichkeit, dass Mickey O'Shay eine äußerst lange Zeit im Gefängnis vor sich hatte.

»Wo ist Kahn?«

»Im Auto, mit dem Geld«, sagte Mickey. Sein Blick konzentrierte sich auf seine Schuhe, wodurch er aussah wie ein Kind auf einem Schulspielplatz, das von den anderen gemieden und verspottet wurde. Es war schwer, in ihm noch den Anschein des unschuldigen Chorjungen von St. Patricks Cathedral zu sehen; er war jetzt der Wahnsinnige aus seiner Wohnung, der Verrückte, der ihm auf dem Dach eine Waffe an den Kopf gehalten hatte. Mehr als alles andere auf der Welt wollte er diesen Hurensohn hinter Gitter bringen ...

»Ich habe größte Lust, dir den Schädel einzuschlagen«, sagte John und starrte Mickey an. »Wenn du irgendeine Scheiße abziehst, mache ich dich direkt auf der Straße kalt.«

»Keine Scheiße«, sagte Mickey hinreichend ruhig.

»Dann gehen wir«, sagte er ungeduldig. »Ich folge dir.«

Er war darauf vorbereitet, dass Mickey darauf bestand, zuerst Johns Teil des Deals zu sehen, aber Mickey entgegnete nichts. Stattdessen drehte er sich einfach um und schlurfte durch die Menge zurück in die Richtung, aus der er gekommen war. John folgte ihm und nahm die Gesichter der Menschen in Augenschein, an denen sie vorbeigingen, in der Hoffnung, dass eines der Gesichter zu Mickeys Partner gehörte.

Sie überquerten die Surf Avenue, und die Zahl der Passanten nahm ab. Leichter Regen begann zu fallen. John nahm ein wenig Tempo auf, aber Mickey blieb bei seiner Geschwindigkeit. Er hatte erwartet, dass Mickeys Auto entlang der Surf Avenue stand, aber Mickey ging die 15. Straße weiter nach oben, ohne anzuhalten. John folgte ihm, beobachtete die geparkten Autos am Straßenrand und versuchte gleichzeitig, den langsamen Verkehr in seinem Rücken bewusst wahrzunehmen. Auf halbem Weg zur Mermaid Avenue fiel ihm auf, dass er den Griff seiner Waffe in der Jackentasche umklammerte. Es war eine unbewusste Handlung, und er fragte sich insgeheim, wie lange er die Waffe schon so hielt.

»Wo zum Teufel hast du geparkt?«, fragte er und zitterte im weichen, aber kalten Regen.

»Ich hätte mir einen Hotdog holen sollen«, murmelte Mickey zu sich selbst und ignorierte Johns Frage.

Sie überquerten die Mermaid Avenue und bogen links ab, wobei sie in der Nähe der Gebäude entlang der Straße blieben. Im Regen waren hier nur wenige Leute zu Fuß unterwegs, obwohl die Straße selbst überquoll vor Scheinwerfern und übernervösen Fahrern. Nur ein paar Blöcke entfernt versteckten sich die für die Überwachung zuständigen Einheiten in den Schatten und beobachteten den Camaro. Ohne den dünnen Nebel, der langsam vom Wasser nach oben kroch und die Gassen einhüllte, hätte er den Camaro sogar sehen können …

Mickey blieb neben einem geparkten Cadillac stehen. Der Motor des Autos lief und blies seine Abgase in die Straße. Jemand bewegte sich hinter dem Lenkrad, als sie sich näherten. Mickey tastete seinen Mantel ab, fischte eine Zigarette aus einer der Taschen und versuchte, sie im Regen anzuzünden. Er verbrauchte drei Streichhölzer, bis es ihm gelang. Dann öffnete sich die Fahrertür, und Jimmy Kahn sah John über das Dach des Autos hinweg an. In der Dunkelheit sah Jimmy aus wie eine Leiche.

»Jimmy«, sagte er und klang vielleicht etwas überraschter, als er tatsächlich war.

»Esposito«, sagte Jimmy. »Bist du bereit?«

»Ich bin hier, oder?«, gab er zurück. »Aber ich sehe kein Falschgeld.«

Jimmys Gesicht war im trüben Straßenlicht nur halb sichtbar. Er sagte nichts. John blickte zu Mickey, dessen Kopf nach unten gerichtet war, sodass seine Augen nicht erkennbar waren. Sie waren wie zwei identische Buchstützen – oder wie ein scheußliches Biest, das mittendurch geteilt worden war, um zwei Wesen zu bilden. Der Regen nahm zu, aber niemand schien es zu bemerken.

Mehrere Herzschläge lang blieben sie im Regen stehen, ohne ein Wort zu sagen. Grüblerisch und uninspiriert zog Mickey an seiner Zigarette. Der Rauch umhüllte seinen Kopf, bevor er sich in der Luft auflöste. Der Regen prasselte herab und ein träger Nebel kroch langsam um ihre Knöchel herum. Auf der Mermaid Avenue schien der Verkehr fast zum Erliegen zu kommen.

Jimmy stieg wieder in den Cadillac.

An Mickey gewandt sagte John: »Moment mal, stopp – was ist der Plan? Was ist los?«

»Komm schon«, sagte Mickey und schnippte seine Zigarette auf den Bürgersteig, bevor er die Beifahrertür des Cadillac öffnete. »Steig ein. Wir bringen dich zum Falschgeld.«

»Wovon redest du? Das Geld ist nicht hier?«

»Wir holen es jetzt«, sagte Mickey. Er winkte John, auf dem Beifahrersitz Platz zu nehmen. Dann ging Mickey einen Schritt zurück, öffnete die Hintertür und kletterte hinein.

Auf dem Bürgersteig, allein in der regnerischen Dunkelheit, hatte John plötzlich das Gefühl, dass etwas ganz und gar nicht stimmte. Es war ein instinktives Gefühl … und eines, das er sich auszureden versuchte. Diese Typen würden ihn nicht töten, ohne sein Geld zu sehen. Es war sein einziger Anker, seine einzige Sicherheitslinie.

Er setzte sich auf den Beifahrersitz neben Jimmy Kahn und schlug die Tür zu.

Die Sitzpolster im Inneren rochen vage nach Marihuana. Bis auf die beleuchteten Instrumente im Armaturenbrett war es dunkel. Trotzdem sah er die Details; die Risse in den Ledersitzen; die überfüllten Aschenbecher in den Türverkleidungen; das zersprungene Licht in der Mitte des Dachhimmels. Die beschlagene Windschutzscheibe begann klar zu werden, nachdem Jimmy die Lüftung angestellt hatte, während er einen Blick in den Seitenspiegel warf. Rechts von John ertönte ein scharfes, brummendes Geräusch. Einer der Lüftungsschlitze im Armaturenbrett vibrierte in seinem Kunststoffgehäuse.

»Wohin fahren wir?«, fragte er.

»Dahin, wo das Geld ist«, antwortete Mickey hinter ihm. John stieg Mickeys Körpergeruch in die Nase: Kampfer und Chlorid, Schweiß und Schmutz, Zigarettenrauch und Alkohol …

»Ich habe dir gesagt, du sollst mich nicht verarschen, Mickey.«

»Entspann dich.«

Jimmy drehte am Lenkrad und bog auf die Mermaid Avenue ab. Sie schwammen mit dem Verkehr mit, trafen auf die Stillwell Avenue und fuhren nach links in nördlicher Richtung. Einige Minuten herrschte Stille, bis John erkannte, dass sie im Begriff waren, auf den Belt Parkway in Richtung Westen aufzufahren.

»Belt Parkway«, sagte er vor allem für die Teams, die den Sender abhörten … wenn sie noch Empfang hatten. »Wir fahren zurück in die City?«

»Immer entspannt bleiben«, sagte Mickey. Er starrte John an, die Lichtkegel der Natrium-Straßenlaternen zogen über ihn hinweg. Die Schatten der Regentropfen auf der Scheibe besprenkelten sein Gesicht wie sehr dunkle Sommersprossen.

»Was läuft hier?«

Mickey holte eine Pistole hervor und legte auf ihn an.

✤

Kersh, der ein paar Stände weiter vorn stand, hatte Mickey in der Menge entdeckt, bevor John ihn gesehen hatte. Mickey war allein – das war das Erste, was Kersh auffiel. Das Zweite war, dass Mickey mit dem Kopf nach unten ging. Die meisten neigten dazu, mit aufrechtem Kopf und die Menschen im Blick durch die Menge zu laufen, wenn sich ihr Partner in der Nähe befand. Mickeys Blick war auf den Boden gerichtet.

Über seinen Knopf im Ohr konnte Kersh das meiste von Johns und Mickeys Gespräch mitverfolgen, obwohl die Musik und die zahllosen Geräusche in der Umgebung es schwierig machten. Er hatte nicht erwartet, dass der Deal gleich in aller Öffentlichkeit über die Bühne gehen würde, und doch machte sich ein unangenehmes Gefühl in seiner Magengrube breit, als er sah, dass Mickey das Falschgeld nicht dabei hatte. Doch nach wie vor ... eine große Menge Geld war im Spiel. Alle Beteiligten würden vorsichtig sein.

Um hinreichend Abstand zwischen ihnen zu lassen, wartete Kersh, bis John und Mickey die Surf Avenue überquert hatten. Dann eilte er zu seiner Limousine, die an der Ecke Surf Avenue und 15. Straße stand. Er kletterte auf den Beifahrersitz. Tommy Veccio saß hinter dem Steuer.

»Hinterher«, sagte Kersh, und Tommy versuchte, aus der Parklücke auf die Straße zu fahren. »Wenn der Abstand zu groß wird, sind wir außer Reichweite des Senders.«

Die Limousine machte einen Satz nach vorn und kam abrupt wieder zum Stehen. Veccio blickte in den Seitenspiegel und fluchte. Hier war eindeutig zu viel Verkehr.

»Oh Mann«, seufzte Kersh.

»Sie sind zu Fuß unterwegs«, sagte Veccio. »Sie werden nicht weit kommen.« Mit zusammengekniffenen Augen las Veccio die Straßenschilder und starrte dann auf die sich schnell bewegenden Umrisse von John Mavio und Mickey O'Shay. »Bringt er ihn jetzt zum Camaro?«

»Keine Ahnung«, sagte Kersh und kaute auf seiner Unterlippe. Er ließ die beiden nur noch als Schemen erkennbaren Männer nicht aus den Augen, die weiter die Straße entlangliefen. Leichter Regen fiel auf die Windschutzscheibe, und Kersh griff über Veccios Arme hinweg und schaltete die Scheibenwischer ein.

»Was ist mit Jimmy Kahn?«, fragte Veccio.

Soweit es den Knopf im Ohr betraf, hatte Kersh nichts von Kahn gehört. Mehr konnte er Tommy Veccio nicht sagen.

»Hörst du sonst noch etwas?«, fragte Veccio und sah zu, wie Kersh an seinem Ohr herumfummelte.

»Nur den Verkehr«, sagte Kersh. »Ich glaube nicht, dass sie reden.«

An der Kreuzung von 15. Straße und Mermaid Avenue entdeckte Kersh John, der vor einem viertürigen Cadillac unter einer Straßenlaterne stand. Mickey war neben ihm, und auf der anderen Seite des Autos an der Fahrertür stand eine weitere Person.

»Das ist Jimmy Kahn«, sagte Kersh und zeigte durch die Windschutzscheibe. Er nahm Veccios Walkie-Talkie und funkte die Überwachungseinheiten weiter unten an der Mermaid Avenue an. Langsam und deutlich schilderte er, was sie sahen.

»Sie unterhalten sich«, sagte Veccio.

»Ich bekomme nicht alles mit«, sagte Kersh.

»Sollen wir näher heranfahren?«

»Nein«, sagte Kersh. »Bei mir kommen ein paar Satzfetzen an …« Er sah scharf auf, kniff die Augen zusammen und spähte durch die Windschutzscheibe. »Hört sich an, als … als hätten sie das Falschgeld nicht dabei …«

Über die Kreuzung hinweg sah Kersh, wie John in den Cadillac stieg.

In das Walkie-Talkie sagte Kersh: »John ist gerade in den Caddy eingestiegen. Sie fahren los. Sieht aus, als fahren sie … so ist es, sie fahren die Mermaid Avenue nach Osten. Ich höre, dass sie das Falschgeld holen wollen. Alle Einheiten sollen sich bereithalten. Wir nehmen die Verfolgung auf.« Zu Veccio sagte er: »Folge ihnen, aber nicht zu nah.«

»Bei diesem Verkehr ist es wahrscheinlich egal.«

»Hauptsache du bleibst dran.«

Tommy Veccio öffnete sein Fenster einen Spalt, um etwas Luft in den Wagen zu bekommen, und sagte: »Keine Chance.«

❧

»Leg die Hände auf das Armaturenbrett«, sagte Mickey. Seine Waffe zeigte auf Johns Hinterkopf.

»Du bist wohl ...«

»Jetzt, sofort.«

Er atmete tief ein und brachte langsam seine Hände nach vorn. Der Cadillac geriet kurz ins Schleudern, jemand hupte. Draußen, in der kalten und regnerischen Nacht, lebten Millionen Menschen ihr eigenes Leben.

»Ihr werdet mich abzocken?«, flüsterte er fast.

»Entspann dich doch endlich, Johnny«, wiederholte Mickey. Seine Stimme war weich und er sprach sehr deutlich, wie ein Priester, der während der Beichte vertraulich antwortet. »Entspann dich. Wir reden hier über sehr viel Geld. Wir wollen nur sichergehen, dass die Sache korrekt abläuft. Wir brauchen keine Scheiße.«

Die Pistole blieb an Johns Hinterkopf, als sich Mickey über den Beifahrersitz lehnte und anfing, ihn mit der freien Hand abzutasten. Er ertastete etwas in einer der Taschen, steckte die Hand hinein und holte das falsche Feuerzeug und eine Packung Zigaretten heraus. Ohne Interesse warf er beides auf den Boden und suchte weiter. Als seine Hand auf die Waffe stieß, zögerte er, grub dann mit der Hand tief in Johns Tasche und fischte die Pistole heraus. Im Rückspiegel sah John, wie Mickey die Pistole begutachtete, sie in einer Hand umdrehte, bevor sie in seine Manteltasche steckte.

»Zieh dein Hemd hoch«, sagte Mickey.

»Du ...«

»Hoch-hoch-hoch-hoch-hoch«, sagte Mickey O'Shay mit zitternder Unterlippe und zuckender Pistole in der Hand. Das grelle Licht der Highway-Beleuchtung ließ Mickeys Gesicht im Rückspiegel beinahe skelettartig erscheinen. Oft hatte er unscheinbar ausgesehen, wie der perfekte Chorknabe, unschuldig und unwichtig. Jetzt aber, unter dem Licht der Wahrheit, wurde die Realität offensichtlich. Vor John stand ein Monster mit hasserfüllten Augen, bleicher, feuchter Haut und strähnigen Haaren, die abstanden wie die Stacheln eines giftigen Seeigels. Die Waffe, die er hielt, war unbedeutend. Entscheidend war das Feuer, das tief in seinen Augen brannte, das seit so vielen Jahren in der Seele dieses Mannes hauste, sodass alle

Rationalität und alles Mitgefühl und alle *Berechenbarkeit* längst zerstört waren. Was blieb, war ein massiges Raubtier der Straße, dessen Geist im Laufe der Zeit durch zahllose Ausgeburten psychotischer Handlungen schrecklich entstellt worden war. Und es lag eine Aura um ihn, sogar unter dem Schein der Straßenlaternen, die darauf hinwies, dass ein Teil von Mickey O'Shay am liebsten alle Pläne über Bord werfen würde, die er und sein Partner gefasst hatten – um John sofort und auf der Stelle umzubringen.

John zog sein Hemd nach oben.

Mickeys kalte und klebrige Hand schlug gegen sein Fleisch und tastete nach einem Abhörgerät, nach irgendetwas.

»Verdammt noch mal«, grummelte Mickey, dessen Finger wie stumpfe Haken gegen Johns Rippen stießen. »Du schwitzt wie ein Bastard.«

»Du hältst eine Waffe an meinen Kopf, Arschloch.«

Er vermochte seine Augen nicht von Mickeys Reflexion im Rückspiegel abzuwenden. Die Situation erinnerte ihn an die Nacht auf Mickeys Dach und er spürte die unerschütterliche Kraft einer mörderischen Energie, die wie über einen lebendigen Draht durch Mickeys Körper summte. Und ein ähnliches Gefühl hatte auch seinen Körper durchströmt. Er erinnerte sich an das Bild, das in jener Nacht aus den Tiefen seines eigenen Kopfes aufgetaucht war – Mickey umzustoßen, ihre rutschenden, Schmutz aufwirbelnden Füße, und schließlich ihrer beider Körper, die durch die Kraft des Stoßes über den Rand des Daches getrieben wurden. Die Welt hätte sich um sie herum gedreht, wieder und wieder, Boden und Himmel im stetigen Wechsel, zwölf Stockwerke nach unten, elf, zehn, acht, fünf ...

Neben ihm beschlug das Fenster von seinem Atem. Er fuhr mit den Fingern über die Plastikverkleidung des Armaturenbretts. Sein Mund fühlte sich plötzlich ausgedörrt und trocken an. Mickeys Stimme hallte noch in seinen Ohren nach, und John hatte das Gefühl, dass sein Verstand plötzlich die Schnellvorlauftaste drückte: Er sah ein Handgemenge, in dem Mickey O'Shay ihn überwältigte und in den Kopf schoss; er sah, wie Katie mitten in der Nacht von einem zusammengebrochenen Bill Kersh aufgeweckt wurde, der ihr die schlechten Nachrichten überbrachte; Katie, die an der Seite seines Vaters weinte; Katie im Entbindungsraum, die unter Klagen, Schluchzen und Schmerzen ihr Kind zur Welt brachte.

Nichts davon wird geschehen. Ich bringe sie zum Camaro und dann folgt der Zugriff.

»Wohin fahren wir?«, hörte er sich erneut fragen. Seine Stimme klang sehr weit weg.

Neben ihm sagte Jimmy: »Wie wir es dir schon gesagt haben.«

»Zum Geld«, fügte Mickey hinzu.

☘

»Bleib dran, Tommy«, sagte Kersh. Er beugte sich im Beifahrersitz nach vorn, eine Hand auf das Armaturenbrett gepresst, die Augen noch immer zusammengekniffen. Der Verkehr entlang des Belt Parkway war dicht und er wollte auf keinen Fall riskieren, den Cadillac aus den Augen zu verlieren. »Dort – sie nehmen die nächste Ausfahrt.«

»Wo zum Teufel wollen sie hin?«, sagte Veccio. »In die City zurück jedenfalls nicht …«

»Nein«, murmelte Kersh. Seine Augen klebten geradezu an den Rückleuchten des Cadillacs. Als sie auf die Ausfahrt fuhren, setzte die Limousine beim Bremsen fast auf. Sie reihten sich in den Verkehr auf der Straße ein und der Geruch von verbranntem Gummi durchzog das Auto.

Der Cadillac bog ein weiteres Mal ab. Veccio blieb zwei Autos hinter ihm. Der Regen nahm zu und ließ die Scheinwerfer und Straßenlaternen hinter der Windschutzscheibe verschwimmen wie auf einem abstrakten Gemälde.

»Auf welcher Straße sind wir?«, fragte Kersh.

»Äh …«

»Was machen sie hier draußen?«, wunderte sich Kersh. Er holte das Walkie-Talkie hervor und rief die Einheiten, die auf der Mermaid Avenue standen. »Sie fahren immer noch«, gab er durch. »Alle bleiben, wo sie sind. Sie müssen zurückkommen, um den Deal abzuschließen. Wir bleiben an ihnen dran.«

Sie fuhren an einer Reihe von Geschäften vorbei, und eine Vielzahl bunter Lichter wusch über ihre Gesichter und täuschte sie über ihre tatsächliche Entfernung hinter dem Cadillac. Ein Stau an der Kreuzung vor ihnen füllte den Abend mit dem unaufhörlichen Aufheulen von Autohupen und hochdrehenden Motoren. Kersh beobachtete, wie der Cadillac um das Chaos herumkurvte und dabei gegen einen Bordstein stieß. Der Cadillac hielt für einen Moment inne, gefangen hinter einer Reihe anderer Autos, bevor es ihm irgendwie gelang, sich einen Weg durch das Durcheinander zu bahnen. Er sprang über den Bordstein und zog davon. Ein zweites Auto, angestachelt von der Idee des Cadillacs, versuchte das Gleiche, blieb aber auf dem Bordstein hängen. Rasch bewegten sich die Rückleuchten des Cadillacs die Straße hinauf und hinein in die Dunkelheit.

»Du musst das Ding hier in Bewegung halten«, sagte Kersh mit bemüht ruhiger Stimme.

»Hier ist kein Durchkommen«, sagte Veccio und klang irritiert über die ganze Situation. »Sieh dir dieses Arschloch an ...«

Weiter vorn beobachtete Kersh die Rückleuchten des Cadillacs, bis sie ganz in der Nacht verschwunden waren.

»Verdammt«, sagte er und versuchte ruhig zu bleiben, während sich seine Fingernägel in das Armaturenbrett gruben.

Sie brauchten mehrere Minuten, um sich durch den Stau an der Kreuzung zu arbeiten. Als sie endlich wieder freie Fahrt hatten, war der Cadillac nirgends mehr zu sehen. Veccio trieb die Limousine die Straße hinauf, ging dann aber vom Gas, bis das Auto auf eine moderate Geschwindigkeit verlangsamte.

»Was jetzt?«, fragte Veccio.

»Fahr einfach diese Straße weiter«, schlug Kersh vor. »Vielleicht sehen wir sie.«

»Verdammt ...«

»Es ist alles in Ordnung«, sagte Kersh. »John weiß, was er tut. Sieht aus, als hatte er recht – sie müssen irgendwo hier ein zweites Lager haben.«

»Das gefällt mir nicht«, sagte Veccio.

»Bieg in die Straße da vorn ab«, sagte Kersh. »Ich denke ...« Er erstarrte, seine Augen weiteten sich, sein Herz schien in seiner Brust stillzustehen. Das einzige Geräusch war ein leises, unablässiges Ticken in seinem linken Ohr.

Mit einem kaum hörbaren, kläglichen Flüstern sagte Bill Kersh: »Heilige Scheiße ...«

☘

John sah hinter dem Fenster die Lichter von Brooklyn vorbeiziehen. Seine Hände lagen noch immer auf dem Armaturenbrett vor ihm. Der Regen wurde stärker. Draußen grollte donnernd die Nacht und ein kurzer Blitz erleuchtete den Horizont.

Der Cadillac befand sich auf der nach Norden führenden Spur der 65. Straße.

Das Gebiet kannte er, nur ein paar Blocks entfernt war er aufgewachsen – die Lichter des Schnapsladens und des Lebensmittelladens, der die ganze Nacht geöffnet hatte, am Ende des Blocks, die gleich aussehenden Häuser auf beiden Seiten der Straße. Unmöglich langsam rollte der Cadillac die 65. Straße entlang, und plötzlich wirkte alles vertraut – jede Straßenecke, jeder Hauseingang, jeder Laternenpfahl, jeder Riss im Straßenbelag und jeder Feuerhydrant. Je länger sich das Fahrzeug durch diese Gegend bewegte, umso unwohler wurde ihm, auf solch vertrautem Territorium mit diesen Monstern unterwegs zu sein.

John kannte das Viertel, kannte die Leute. Mickeys und Jimmys Falschgeld konnte überall und bei jedem sein. In Johns Jugendjahren war gerade diese Gegend ein blühendes Netzwerk von Kleinkriminellen gewesen. Im Laufe der Zeit war das Netzwerk zu einer wuchernden Metropole von Gangstern, Auftragsmördern und Dieben gewachsen.

Jimmy Kahns Cadillac holperte über den Asphalt und kam ruckartig an einer Ampel zum Stehen. Der Caddy war das einzige Auto vor der Ampel. Mit seinen Händen, die nach wie vor auf dem Armaturenbrett lagen, konnte John die Vibrationen des Motors fühlen. Durch die Windschutzscheibe sah er, wie die glühenden Scheinwerfer des Autos die Regenschauer beleuchteten.

Ein Seitenblick auf Jimmys Schoß zeigte den Griff einer Pistole, die aus Jimmys Hosenbund ragte.

Er starrte auf die Ampel und hatte das Gefühl, es würde niemals grün werden.

Und dann wurde es grün.

Hinter ihm ging eine der Türen auf und Mickey sprang hinaus in die Nacht. Die Tür knallte zu und ließ John zusammenzucken. Er wirbelte herum und sah noch durch das Beifahrerfenster, wie Mickey über die leere Straße rannte und im verschwommenen Licht der Straßenlampen entlang der 65. Straße verschwand.

»Was zur Hölle ...« John wurde in seinem Sitz zur Seite geschleudert, als Jimmy das Lenkrad des Cadillacs in einer maximalen Drehung herumriss und das Gaspedal durchdrückte. Das Auto machte einen Satz nach vorn über die Kreuzung. Die Hinterreifen schlingerten über den nassen Asphalt. Das Licht der Scheinwerfer huschte über die Schaufenster, und der scharfe Gestank von Abgasen füllte das Auto.

Verwirrt drehte sich John um und starrte Jimmy an, der die 65. Straße zurück zum Belt Parkway raste. Die Tachonadel drehte sich immer weiter.

»Was zum Teufel machst du?«

»Wo zum Teufel ist dein Geld?«, gab Jimmy zurück. »Raus damit, sofort.«

»In der Nähe von *Nathan's*. Was *wird* das hier? Wo zur Hölle ist Mickey hin?«

»Der Deal hat sich erledigt. Wir nehmen dein Geld. Wenn du damit ein Problem hast«, sagte Jimmy, »bist du tot. Und deine Frau auch.«

Die Worte trafen ihn wie ein Hammerschlag. Er nahm eine stetig zunehmende Hitze wahr, die durch seine Beine nach oben kroch, sich in seinem Körper ausbreitete und seine Arme bis in die Fingerspitzen entlang lief. Sein Körper fing zu zittern an, zu überladen, und seine Ohren hörten nur noch gedämpft, als seien sie mit Baumwolle gefüllt.

»Wenn Mickey nicht in zwanzig Minuten von mir hört«, fuhr Jimmy fort, »bedeutet das, dass die Sache schiefgelaufen ist, und dann wird Mickey die Hölle lostreten.«

Um ihn herum begann sich die Welt zu drehen.

»Du und deine Frau, ihr müsst nicht für das Geld von anderen sterben.«

Dann brach es aus ihm heraus. Außer sich stürzte er sich in einem Reflex auf Jimmy Kahn, krallte nach ihm, ruderte wild mit den Armen. Mit aller Kraft schlug John seine Handballen seitwärts in Jimmys Gesicht, zerkratzte sein Gesicht, seine Augen, spürte die Festigkeit seines Fleisches, die Knochen unter dem Gewebe und die Beschaffenheit und Temperatur seiner Haut. Jimmy hatte den Angriff nicht erwartet. Sein Kopf wurde nach links gegen das Fenster gestoßen und hinterließ Schlieren von Blut und ausgerissene Haare auf der Scheibe.

Jimmys Hände rissen am Lenkrad, das Auto sprang vorwärts, brach aus seiner Spur aus und steuerte in den Gegenverkehr. Um sie herum schienen sich die Lichter der Stadt zu drehen, ins Unwirkliche verzerrt durch die regennasse Windschutzscheibe.

John packte Jimmys Haare mit zwei Händen und knallte seinen Kopf immer wieder gegen das Fenster, bis das Glas endlich zerbarst. Eiskalter Regen und beißender Wind brachen in den Wagen herein. Ein Schauer aus Glasscherben, Regen und Wind traf Jimmys Gesicht, sodass er nichts mehr sehen konnte. Eine von Jimmys Händen ließ das Lenkrad los und krallte blind nach Johns Gesicht.

John brachte ein Bein über die Mittelkonsole und stemmte seinen Fuß auf das Gaspedal. Das Auto stürmte durch den Verkehr. Dann ging er vom Gas herunter und trat mit voller Wucht auf die Bremse. Das Auto drehte sich wild, und Jimmy knallte mit dem Kopf gegen das Lenkrad.

John packte Jimmy mit einer Hand am Hals und drückte zu, bis er fühlte, wie das Blut durch Jimmys Venen pulsierte. Dann riss er den Kopf des Mannes nach vorn und schlug ihn immer wieder gegen das Lenkrad. Jimmy gab ein ersticktes Stöhnen von sich und hustete eine Blutfontäne auf das Armaturenbrett. Seine linke Hand schoss nach oben, und er versuchte blind, an der Decke Halt zu finden.

Vor ihnen teilte sich der Gegenverkehr in der Mitte, Scheinwerfer rasten auf beiden Seiten an ihnen in wellenförmigen Schlangen aus Licht vorbei, Hupen gellten, Reifen quietschten auf der nassen Straße. John fühlte, wie die Reifen wieder Haftung bekamen, erneut ausbrachen, unwirksam über den Asphalt rutschten und dann das Auto vorwärtsschießen ließen wie eine Rakete. Die unzähligen erleuchteten Schaufenster waren plötzlich überall um sie herum, riesig und sehr real. Es gab einen scheppernden Knall, und der Cadillac sprang über den Bordstein auf der gegenüberliegenden Straßenseite. Ein Geräusch wie ein Schuss donnerte durch die Nacht, als einer der Vorderreifen platzte und das Fahrzeug vorwärts und zur Seite geschleudert wurde. Die Lichter eines der Schaufenster liefen in schwindelerregender Unschärfe über die Frontscheibe – dann Ziegelsteine – dann Straße – dann noch mehr Lichter.

Mit einem knochenbrechenden Aufprall krachte der Cadillac direkt in das Schaufenster einer Apotheke. Das Auto kam mit einem Ruck zum Stehen. Beton und Glas regneten darauf herab. Große Ziegelsteine und Bruchstücke schmetterten in einem tosenden Durcheinander von Einschlägen auf die zerbeulte Motorhaube, die Windschutzscheibe und das Dach, während eine weiße Staubwolke das Fahrzeug umgab.

Die Gewalt des Aufpralls schleuderte ihn und Jimmy gegen das Armaturenbrett, und er fühlte einen plötzlichen Blitz aus Schmerzen in seinem Brustkorb und in seinem Oberschenkel. Sein Kopf schlug gegen ebenfalls gegen das Armaturenbrett und wurde wieder zurückgeschleudert, und eine fantastische Vorstellung voller bunter Farben blühte unter seinen Augenlidern. Die Fahrertür sprang auf, und eiskalter Regen peitschte ihnen ins Gesicht.

John drückte Jimmy Kahns Kopf nach unten, riss ihm die Waffe aus dem Hosenbund und kletterte über Jimmy hinweg auf den Bürgersteig.

Er fing an zu rennen.

♣

»Ach du Scheiße!«, schrie Kersh. »Tommy!«

Veccio drehte am Lenkrad, und das Auto wechselte zwischen den Spuren und schoss über die nasse Straße. »Ich sehe es. Verdammt *noch mal!*« Schaukelnd kam die Limousine vor dem Bordstein zum Stehen. Eine Mauer aus Schaulustigen, vom Wetter dicht zusammengedrängt, stand wie erschrockenes Vieh vor der größtenteils zerstörten Vorderseite einer Apotheke. Kersh hatte schon seine Tür aufgerissen und einen Fuß auf den Boden gesetzt, bevor Veccio den Schalthebel auf die Parkposition stellen konnte. Zu viele Menschen, zu viel Chaos. Kersh kämpfte sich durch die Menge, schob Schultern und Ellbogen und Knie beiseite, bis er zum inneren Kreis der Umstehenden durchbrach und stoppte. Sein Herz schlug wie verrückt in seiner Brust.

Hier stand der Cadillac, dem sie gefolgt waren, frontal in das Gebäude gerammt. Die Motorhaube war zusammengefaltet wie ein Akkordeon, Dampf und der Geruch von verbranntem Gummi erfüllten die Luft. Die Tür auf der Fahrerseite stand offen.

Kersh zog seine Waffe und näherte sich dem Fahrzeug.

Jimmy Kahn lag reglos hinter dem Lenkrad. Die linke Seite seines Körpers war von einer Mischung aus Schneeregen und Blut getränkt, ein Bein sackte auf den Bürgersteig. Auch sein Gesicht und seine Kopfhaut waren blutbedeckt und wiesen zahlreiche Schnittverletzungen und Schürfwunden auf. Aber er war noch am Leben.

Veccio drängte sich durch die Menge und riss seine Augen auf beim Anblick des wie ein Teleskop zusammengeschobenen Cadillacs. Er fing sofort an, die Gaffer zu vertreiben, auch wenn viele nicht bereitwillig gingen und in einem Halbkreis um die Unfallszene stehen blieben. Auf der Straße verlangsamten die Autos ihre Fahrt, um besser sehen zu können.

»John!«, schrie Kersh und blickte in den Cadillac. Dort war sonst niemand zu sehen. »John!« Die Waffe noch immer auf Jimmy gerichtet überflog er die Menge nach irgendeinem Hinweis auf John. »Das darf doch nicht wahr sein!«

Veccio erschien an Kershs Seite und starrte auf Jimmy Kahn.

»Wo ist John?«, fragte er Kersh.

Und obwohl er plötzlich dachte, dass er die Antwort wusste, sagte er nichts. Stattdessen zog er sein Mobiltelefon aus der Jacke und knallte es auf die Motorhaube des Cadillac. »Hier. Fordere ein Auto an, um diesen Hurensohn einzusammeln.«

»Wohin gehst du?«

Als sie die 65. Straße entlanggefahren waren, hatte Kersh die Gegend fast augenblicklich erkannt ... obwohl sein ursprünglicher Gedanke ihm zuerst völlig unplausibel erschienen war. Er war erst vor ein paar Nächten hier gewesen, nur ein paar Blocks entfernt ...

Das Haus von Johns Vater ...

»Wohin gehst du?«, schrie Veccio wieder.

Bill Kersh setzte sich hinter das Steuer seiner Limousine und gab keine Antwort.

♣

Die Welt um ihn herum löste sich auf, während John zum Haus seines Vaters rannte. Sein Körper bestand vor allem aus Schmerzen. Seit dem Aufprall konnte er nur noch verschwommen sehen und in seinem Kopf pochte es an tausend verschiedenen Stellen. Jimmys Pistole in seiner rechten Hand fühlte sich gewichtslos an. Zeit war keine wahrnehmbare Größe mehr, unscharf und durcheinander, und er hatte keinerlei Vorstellung davon, welchen Vorsprung Mickey hatte. Vor ihm lag die Kreuzung zur Eleventh Avenue, und er richtete seinen Kopf auf, schloss für einen Moment die Augen und bewegte seine Arme und Beine mit aller Kraft. Regen und Wind kamen in dichten Stößen und nahmen ihm die Sicht. Es fühlte sich an, als würden kalte, nasse Nägel in seinen Körper getrieben. Seine Lungen brannten, sein Atem war heiß und sauer.

Er bog auf die Eleventh Avenue ein und fiel fast zu Boden, als er um die Kurve rannte. Es regnete jetzt in Strömen und peitschte aus allen Richtungen. Er warf sich nach vorn und zwang sich, weiterzurennen. In einer abscheulichen Unschärfe schien die Straße vor seinen Augen zu kippen und zu schwanken – und in diesem Moment sah er vor sich in der Dunkelheit die gebeugte Gestalt von Mickey O'Shay, der sich auf dem Bürgersteig auf das Haus seines Vaters zubewegte.

Mickey O'Shay.

Etwas in ihm zersprang. Irgendwie schafften es seine Beine, noch schneller zu werden. Mickeys schlurfende Gestalt war plötzlich nah, sehr nah ...

In seinem Kopf tauchte ein Blitzlichtbild auf: Mickey auf dem Dach des Mietshauses, die Waffe auf ihn gerichtet. Dann Katies

Stimme am Telefon – *Ich vertraue dir, John.* Die gesammelten Befürchtungen von Kersh, die plötzlich durch seinen Verstand schossen wie die Spitzen einer Million weißglühender Nadeln. In diesem Augenblick sah er seinen Vater, sterbend in einem frischbezogenen weißen Krankenhausbett, Katies Hand haltend. Ihre Münder bewegten sich, aber keine Worte waren zu hören ...

Dann war er bei Mickey wie eine Dschungelkatze, und alle Schmerzen und die Erschöpfung waren wie ausgelöscht vom Adrenalin, das sein Zorn durch seinen Körper pumpte.

Mickey drehte sich erschrocken um, gerade als John ihm Jimmy Kahns Pistole über das Gesicht zog. An seiner Hand spürte er Mickeys nachgebendes Fleisch, dann die Festigkeit seines Schädels. Mickey taumelte rückwärts und verlor das Gleichgewicht. Atemlos brach er auf dem Bürgersteig zusammen. Über seine linke Wange zog sich eine klaffende, blutige Wunde.

Mickey bekam keine Gelegenheit, wieder zu sich zu kommen.

Angetrieben von rücksichtsloser Wut warf sich John auf Mickey, die Zähne zusammengebissen und mit wild zuschlagenden Fäusten. Er packte Mickey an den langen Haaren und schlug seinen Hinterkopf immer wieder auf den Beton. Blut und Regenwasser spritzten in eisigen Fontänen um ihn herum auf. Mickey gab keinen Ton von sich. Mit seiner rechten Hand prügelte John mit dem Griff von Jimmy Kahns Waffe auf Mickeys Gesicht ein, fühlte, wie Mickeys Kiefer nachgab, spürte, wie der rechte Wangenknochen brach. Ein lautes Summen machte sich in seinem Kopf breit und seine Augen veranstalteten merkwürdige Dinge, denn Mickeys Bild vor ihm verdoppelte und verdreifachte sich. Regenwasser und Blut stachen ihm in die Augen. Ein Brennen war in Johns Gesicht und lief den Hals hinunter: Mickeys Fingernägel, die sich in sein Fleisch krallten. Doch er ließ nicht nach. Hass verzehrte ihn, und unbändige Wut trieb ihn an. Die in seinem Körper gefangene Hitze brannte sich geradewegs durch die Oberfläche seiner Haut. Es war, als bräche tief in seinem Inneren ein Vulkan flüssigen Wahnsinns aus. Unablässig bearbeitete John Mickey mit der linken Faust. Und jedes Mal, wenn seine Faust Mickeys Gesicht traf, fühlte er den Wahnsinn wachsen und sich vermehren und wuchern – und ihn mit der göttlichen Fähigkeit ausstatten, für die Ewigkeit weiterzumachen.

Ich vertraue dir, John. Wie sie ausgesehen hatte, als sie ihm erzählt hatte, dass sie schwanger war, dass sie Eltern werden würden ... wie sie aussah, wenn sie schlief, in sich zusammengerollt ...

Mickey schwang eine Faust nach oben, erwischte John am Kinn und griff blitzschnell in seinen grünen Mantel, um seine Waffe hervorzuholen. Nur unscharf nahm John die Bewegung wahr, und Mickey gelang es, die Waffe nach oben zu bringen – sicher und stark war sie in der regnerischen Nacht – und dann, mit zitternder Hand, holte er mit ihr aus ...

John taumelte nach hinten, sein Verstand griff ins Leere, sein Körper war angespannt wie ein Draht kurz vorm Zerreißen.

Dann entleerte er Jimmys Waffe in Mickey O'Shays Körper.

Er hörte keine Schüsse. Er hörte *überhaupt nichts.* Mickeys Augen flatterten im Mondschein und sein Mund hustete einen Schwall Blut. Sein Körper, halb aufgerichtet auf dem Boden, zitterte heftig, fiel dann nach hinten und klatschte gegen den Bordstein. Mickeys Waffe fiel auf die Straße. Ein Bein zuckte. Er konnte sehen, wie sich Mickeys Brust hob, einmal, zweimal – und dann stoppte.

Die Welt drehte sich weiter. Geräusche begannen, wieder in seinen Kopf vorzudringen, zu laut, zu überwältigend. Zum Bersten wütend verfolgte er wie aus weiter Entfernung, dass er sich auf die Füße erhob. Das leere Klicken von Jimmys Waffe in der rechten Hand war ihm kaum bewusst ... und kaum bewusst war ihm, dass er immer wieder mit wilder Brutalität in Mickeys Rippen trat. Er vermochte keinen bestimmten Gedanken oder eine bestimmte Emotion zu fassen. Sie alle flossen durch ihn hindurch wie Ladungen elektrischen Stroms.

Und dann, als wäre er gegen eine Mauer gelaufen, fühlte er die Welt auf sich einstürzen. Schmerzen explodierten in seinem gesamten Körper und seine Beine waren wie Gummi. Er fühlte, dass er zu zittern begann, zu zögern, zu schwanken. Dann fiel er auf Mickeys gebrochenen Körper.

Blut tränkte die Vorderseite von Mickeys Mantel. Sein Gesicht, schlaff und mit offenem Mund, starrte blind in den Regen hinauf. Blutspuren, die zu hell schienen, liefen aus seinem Mund.

Mickey O'Shay war tot.

Sich schüttelnd lag John da und glaubte, Polizeisirenen zu hören, die die Straße entlang eilten. Dann den aufheulenden Motor eines Autos auf der Straße ganz in seiner Nähe. Als er nach unten blickte, sah er, dass er immer noch ein Büschel von Mickeys Haaren mit seiner linken Faust umklammerte. Zu seiner Rechten spürte er die drohende Präsenz des Hauses seines Vaters über ihm und sah sein im herabstürzenden Regen doppelt erscheinendes Bein in der regenvollen Rinne. Es gelang ihm, seinen Kopf in Richtung des Hauses zu drehen.

Eines der Fenster im Obergeschoss war erleuchtet. Katies Silhouette war im Fenster, der Straße zugewandt. Sie blickte auf ihn herab …

Katie …

Er hatte es zu ihr nach Hause gebracht. Nach allem, er getan hatte, um seine beiden Leben getrennt zu halten, hatte er es wie ein gemeiner Verbrecher zu ihr nach Hause gebracht. Der Gedanke traf ihn wie ein Vorschlaghammer in der Brust und er brach fast zusammen unter dem Gewicht seines eigenen unausweichlichen Schreckens.

Er hörte nicht Bill Kershs Stimme hinter sich, hörte nicht das Heulen der Sirenen, die sich auf der 62. Straße näherten, hörte nicht das Prasseln des Regens überall um ihn herum.

Seine Augen blieben auf seine Frau gerichtet.

Er wollte zu ihr gehen, stellte jedoch fest, dass er sich nicht mehr bewegen konnte.

KAPITEL 44

Er erwachte früh im weichen Licht eines neuen Morgens. Er verließ das Schlafzimmer und ging in den Flur, barfuß. Der Boden fühlte sich kalt an. In der Küche hielt er an der Spüle inne. Draußen war die Welt mit Schnee bedeckt, noch unberührt von der Mühsal des Tages. Der Himmel war grau, wolkenlos und ohne jegliche Vögel.

Einige Zeit lang durchstreifte er die Wohnung und tat nichts, außer einem gelegentlichen Gedanken zu folgen. Mehrmals dachte er vor der offenen Schlafzimmertür nach, während seine Augen das zarte Terrain seiner schlafenden Frau nachverfolgten.

Im Badezimmer stand er einige Minuten nackt vor dem Spiegel über dem Waschbecken. Unter dem Badlicht sah seine Haut deutlich zu rosafarben aus. Ohne großes Interesse blickte er zur Leuchte über dem Spiegel. Er dachte darüber nach, wie seine Frau gescherzt hatte, sie sollten ein Fenster in die Decke einbauen. Als er jetzt daran dachte, brachte er ein halbes Lächeln hervor. Aber das Lächeln hielt nicht lange an.

Das Duschwasser war kalt, und er wartete nicht darauf, dass es warm wurde. Er wusch sich schnell und mit geschäftsmäßiger Professionalität. Nur einmal zögerte er, um dem Wasser zuzusehen, wie es wirbelnd im Abfluss verschwand. Für ein paar Sekunden hypnotisierte ihn der Anblick, beruhigte und entnervte ihn gleichzeitig. Sein Kopf fing an zu schmerzen und er drückte zwei Finger auf den vorspringenden Stirnknochen über seinem rechten Auge. Ihm wurde bewusst, dass er den ganzen Morgen Kopfschmerzen gehabt hatte. Aber erst jetzt hatte er den Schmerz tatsächlich empfunden.

Es war schon einige Wochen her, seit Tressa Walkers Körper entdeckt worden war. Eingehüllt in ein Laken und begraben unter prallen Müllsäcken, weggeworfenen Suppendosen und zusammengelegten Pappkartons hatte man sie in einer Gasse hinter einem Friseursalon in Hell's Kitchen gefunden. Sie war zu Tode geprügelt worden.

Die Kinderfürsorge hatte das Sorgerecht für ihre Tochter, Meghan, übernommen und sie ins Roosevelt Hospital bringen lassen, damit ihre Lungenentzündung behandelt werden konnte.

Er drehte das Wasser zu und trocknete sich rasch ab, was seinen Augen Zeit verschaffte, auf dem beschlagenen Spiegel zu verweilen.

Ein Fenster in der Decke wäre schön, dachte er. *Es ist mir egal, auf welcher Etage wir wohnen – ein Fenster in der Decke wäre schön.*

Bevor er die Wohnung verließ, blieb er wieder in der Tür zum Schlafzimmer stehen.

Es schmerzte ihn, dass sie dem Ganzen so nahe gekommen war. Doch durch alle Schwierigkeiten hindurch war sie bewundernswert stark geblieben – stärker, als er es jemals für *möglich* gehalten hätte – und er stellte fest, dass *er* derjenige war, den die Ereignisse jener Nacht wirklich verändert hatten, dass *er* derjenige war, der nach vorn blicken und die Sache abschließen musste. Sie hatte vom Fenster aus alles gesehen in dieser Nacht. Er war sich nicht sicher gewesen, wie sie hinterher reagieren würde, aber sie hatte ihn überrascht und war sehr ruhig und verständnisvoll geblieben. Seltsamerweise, und aus welchem Grund auch immer, war es ihre Anteilnahme, die ihm am meisten wehtat. Dies war seine Schuld. Alles davon. Er hatte es ihr angetan, und es lastete schwer auf ihm. Und obwohl sie die Situation verständnisvoll aufgenommen hatte und scheinbar unverändert war, auch nachdem sie alles mitangesehen hatte, konnte er nicht anders als sich zu fragen, was sie jetzt von ihm hielt. Manchmal fragte er sich, ob sie an ihn mit derselben verwirrten Angst dachte, mit der Tressa Walker von Mickey O'Shay und Jimmy Kahn gesprochen hatte.

Er ging zum Flurschrank, suchte automatisch nach seiner Lederjacke – und hielt inne. Dort, zwischen seiner Lederjacke und einer von Katies Jacken, war der schwarze Wollmantel seines Vaters. Er zog ihn heraus und starrte ihn einen Augenblick an, versuchte sich zu erinnern, wie der Mantel hierher gekommen war. Er konnte sich nicht erinnern, aber zog ihn trotzdem an. Die Ärmel waren zu lang und er fühlte sich in den Schultern zu eng an.

Sein Vater war allein im Krankenhaus gestorben – in der Nacht, in der er Mickey O'Shay gejagt und auf der Straße getötet hatte. Drei Tage später, an einem kalten und bewölkten Nachmittag, war der alte Mann auf dem Greenwood Cemetery begraben worden. John und Katie waren noch einige Zeit am Grab geblieben, umweht vom eiskalten, scharfen Wind, berührt sowohl von der Schlichtheit als auch der Endgültigkeit des Lebens. Als der Wind zugenommen hatte und der Nachmittag in den Abend übergegangen war, hatten sie sich vom Grab abgewandt und waren zum Auto zurückgegangen. Keiner von ihnen hatte zum anderen ein Wort gesagt.

Draußen in der Kälte zog er den Mantel seines Vaters fester um seinen Körper, zitternd im kalten Wind, und ging die Veranda hinunter.

Leichter Schnee begann zu fallen.

❦

Die Kollegen sorgten dafür, dass sich die Tageszeitungen auf Bill Kershs Schreibtisch stapelten, wann immer sie Informationen über den Falschgeldfall enthielten. Sie taten dies teils aus gutem Willen, teils aus schweigender Ehrfurcht, denn sie hatten nie – und würden nie – eine Undercover-Operation übernehmen. Und obwohl Kersh den guten Willen schätzte und auch die stille Verehrung, schlug er die Zeitungen nicht ein einziges Mal auf.

»Du bist aber schon früh da«, sagte John, der hinter Kersh auftauchte und ihm leicht auf die Schulter klopfte.

»Berichte«, sagte Kersh. »Am Morgen kann ich besser denken, bevor irgendetwas Neues passieren kann. Was machst du hier? Ich dachte, Chominsky hätte gesagt, du sollst ein paar Tage freinehmen.«

»Ich hatte frei. Kein Bedarf mehr. Und heute ist der Termin mit Sullivan.«

Nach Jimmy Kahns Verhaftung hatte der Secret Service so viele von Kahns und Mickeys Helfern und Kontaktleuten verhört, wie sie auftreiben konnten. In den meisten Fällen sagte niemand ein Wort, und es gab keine belastenden Beweise, um sie dazu zu bringen, auszusagen. In anderen Fällen *gab es* Beweise: Glenn Hanratty, den die meisten der zwielichtigen Gestalten in Hell's Kitchen nur als »Irish« kannten, wurde aufgrund seiner Fingerabdrücke auf den Verpackungen der Schalldämpfer verhaftet, die John von Mickey gekauft hatte. Unmittelbar nach seiner Verhaftung hatte Biddleman einen Durchsuchungsbefehl für *Calliope Candy* erwirkt. Als sie das Hinterzimmer durchsuchten, wurden weitere Schalldämpfer entdeckt, ebenso die Ausrüstung, um sie herzustellen. In einer Kiste Tootsie Pops fand sich eine große Sammlung von Handfeuerwaffen. Das NYPD überprüfte noch die Ballistik, und wahrscheinlich würden sie dafür noch einige Zeit brauchen.

Sean Sullivan, der Junge, der mit John darauf angesetzt worden war, Ricky Laughlin zu töten, war die einzige Person, die zumindest halbwegs zu kooperieren bereit war. Sean war jung und leicht zu beeindrucken, und John hatte das Gefühl, dass er mit einer gewissen Wahrscheinlichkeit tatsächlich in den Zeugenstand gehen würde.

»Horace Green«, sagte Kersh.

John blickte von seinem Schreibtisch auf und rieb sich die Hände. Er konnte die Taubheit nicht von ihnen abschütteln. Ein Souvenir aus seiner Zeit auf den eiskalten Straßen von Hell's Kitchen. »Was?«

»Erinnerst du dich daran, dass ich gesagt habe, der Name kommt mir bekannt vor?«, fragte Kersh. Er tippte mit einem Finger auf einen der Ausdrucke auf seinem Schreibtisch. »Das hier ist die Telefonliste von Charlie Lowensteins Haus in Queens. Lowensteins Frau hat ein paarmal einen Horace Green angerufen. Ich werde ihr heute Nachmittag einen Besuch abstatten.« Kersh runzelte die Stirn. »Geht es dir gut?«

»Ja. Na klar.«

»Was ist mit Katie?«

»Sie kommt klar«, sagte er, ungewiss, ob das überhaupt der Wahrheit entsprach.

Kershs Blick verweilte auf ihm. »Du lässt mich wissen«, sagte er nach einem Moment, »wenn ich etwas tun kann.«

John nickte nur und wandte sich ab.

♣

Wolken verdeckten den Himmel, und am Nachmittag fing es leicht zu schneien an.

»Willst du etwas trinken?«, fragte er Sean Sullivan und setzte sich ihm in einem Diner in Lower Manhattan gegenüber. »Kaffee?«

Sean schüttelte den Kopf. Der Junge hatte nicht richtig geschlafen und die Haut um seine Augen hatte die Farbe faulenden Zahnfleisches. Er war gerade vor fünf Minuten aufgetaucht, gekleidet in eine steife Skijacke, deren Reißverschluss er bis zum Kinn hochgezogen hatte. Als Sean die Jacke auszog, konnte John durch das Gewebe seines Hemdes frische Verbände an beiden Armen sehen. Er schnitt sich wieder.

»Ich will, dass du verstehst, wie wichtig deine Aussage als Zeuge ist, Sean«, fuhr er fort. »Zwischen uns – wenn wir die richtigen Dinge sagen, geht Jimmy für eine sehr lange Zeit ins Gefängnis. Und das heißt für dich, dass du nichts zu befürchten hast.«

»Ja«, sagte Sean, doch er klang nicht restlos überzeugt. Er hatte noch nicht zugestimmt, bei Jimmy Kahns Prozess auszusagen. Aber John war zuversichtlich, dass der Junge es tun würde, wenn sie ihn in die richtige Richtung schoben. Sean Sullivan brauchte nur jemanden, der seine Hand hielt. Nicht zu vergessen, dass der Secret Service auch gegen ihn ermittelte. Wenn er nicht aussagte, würde auch er im Gefängnis landen.

»Wir machen Folgendes«, sagte er. »Wenn der Prozess beginnt, holen wir dich aus der Stadt und quartieren dich irgendwo in einem schönen Hotelzimmer ein. Ein Agent wird die ganze Zeit auf deine Sicherheit achten.«

»Ist das so was wie Zeugenschutz?«

»So in der Art.«

Seans Hände, die auf der Tischplatte lagen, zitterten. »Wo ist Jimmy jetzt?«, fragte der Junge.

»In Untersuchungshaft«, antwortete John.

»Ich meine, wie ist das«, stammelte Sean, »er wird nicht auf Kaution rauskommen oder so was?«

»Keine Chance, Sean.«

Sean kaute an seiner Unterlippe. Seine Augen hüpften nervös zwischen John und der klebrigen Tischplatte hin und her. Er knackte mit den Knöcheln und stieß immer wieder mit einem Knie von unten gegen die Tischplatte. »Meinst du ... kann ich schon jetzt so einen Agenten haben? Um auf meine Wohnung aufzupassen und so?«

Mickey O'Shay war tot und Jimmy Kahn hinter Gittern, also sah er eigentlich keinen Grund dafür. Aber um dem Jungen die Angst zu nehmen, sagte er zu.

»Und Jimmy – er wird nicht wissen, dass ich das mache, *wenn* ich das mache?«

»Nicht bis zum Prozess«, versprach er ihm.

Er kaute weiter an seiner Unterlippe. Etwas in seinen Augen erinnerte John an Tressa Walker, daran, wie verängstigt sie gewesen war an dem Abend bei *McGinty's*, als sie anfing, mit ihm über Mickey O'Shay und Jimmy Kahn zu reden.

Dann, nach einer Zeitspanne, die ein ganzes Leben zu umfassen schien, sagte Sean Sullivan: »Okay. Ja, ich mache es. Ich werde aussagen.«

❧

Seit Mickeys Tod und Jimmys Verhaftung war Roger Biddleman allmählich zu einer prominenten Figur im New Yorker Büro geworden. Er lief durch die Gänge in dunklen Anzügen, die eng genug waren, um seine Ellenbeugen gerade zu zwingen, und bewegte sich mit einer lebhaften Schnelligkeit, die besser zu einem Model auf dem Laufsteg gepasst hätte. Unmittelbar nachdem der Fall gelöst worden war, hatte er John mit einem Händedruck gelobt und ihm auf den Rücken geklopft. Dann hatte er das gesagt, was Staatsanwälte immer sagten, wenn sie wussten, dass sie auf das richtige Pferd gesetzt hatten, in Worten, die sie mehr wie distinguierte moderne Kunsthändler erscheinen ließen als Anwälte. Er war ein wenig unzufrieden gewesen, dass Mickey O'Shay getötet worden war, aber er gehörte nicht zu denen, die verlorenen Dingen nachtrauerten. Stattdessen konzentrierte er sich auf das, was vor ihm lag. Und als die Tage kamen und gingen, war John froh festzustellen, dass Roger Biddlemans Interesse an ihm, jetzt, da seine Arbeit fast abgeschlossen war, rasch abnahm.

Ein interessantes Puzzlestück kam in Bill Kershs Gespräch mit Ruby Lowenstein zutage, der Frau von Charlie Lowenstein. Abgemagert und verzweifelt hatte sie nicht lange gebraucht, um Kersh anzuvertrauen, wie mittellos sie dastand, seit ihr Mann eingesperrt war. Das Leben war zu teuer geworden, sagte sie, und sie hätte es nicht verdient, darunter zu leiden, dass ihr mieser Ehemann im Gefängnis saß. Schon vor einiger Zeit hatte sie Lowenstein bei einem Besuch im Gefängnis damit konfrontiert. Schließlich, müde vom Gejammer seiner Frau, hatte er ihr gesagt, sie solle einen Freund von ihm kontaktieren, ein guten jüdischer Kerl aus seinem alten Viertel, um einige seiner alten Sachen abzuholen und zu sehen, was er tun konnte. Bei diesen alten Sachen handelte es sich um nichts weniger als die Druckplatten und Negative für die Herstellung gefälschter Hunderter. Der gute jüdische Kerl aus seinem alten Viertel war zufällig niemand anders als Horace Green.

So kam die Verbindung zustande: Green hatte die Druckplatten und Negative abgeholt und versucht, sie als Gefallen für einen alten Freund zu verkaufen ... aber bevor er das tun konnte, war er in eine kleine Straßensperre geraten. Die Straßensperre hatte aus zwei jungen Iren aus Hell's Kitchen bestanden, die Green zerstückelt und sich die Druckplatten und Negative unter den Nagel gerissen hatten.

Wie es seiner Art entsprach, bekam der allgegenwärtige Roger Biddleman schnell Wind von Kershs neuesten Informationen. Er machte Notizen, führte Telefongespräche und hatte mit jedem Tag ein breiteres Lächeln auf den Lippen. In diesen Tagen entwickelte er die ärgerliche Gewohnheit, andauernd mit einem Bic-Stift auf jede verfügbare Fläche im Büro zu klopfen. Er fing auch damit an, das Mittagessen auszulassen, und hatte nach nur zwei Wochen sichtbar abgenommen.

Für Roger Biddleman war das Leben nie besser gewesen.

❦

Um Sean Sullivan zu beruhigen, organisierte ihm der Secret Service bis zum Ende des Prozesses ein Hotelzimmer in Jersey. Dreimal am Tag, in wechselnder Rotation, sahen Agenten nach ihm. An einem grauen, bewölkten Dienstag kam Dennis Glumly mit Tommy Veccio im Hotel an, in der Hoffnung, mehr Informationen aus Sullivan herauszubekommen. Vielleicht wusste er etwas über weitere Morde.

Veccio klopfte zweimal an die Hotelzimmertür und rief nach Sullivan. Der Junge antwortete nicht.

»Vielleicht ist er nach draußen gegangen?«, fragte Glumly.

»Er sollte im Zimmer bleiben«, sagte Veccio. Er klopfte wieder und rief Sullivans Namen. Immer noch keine Antwort. Er drehte den Türknauf. Das Zimmer war verschlossen.

»Hast du keinen Schlüssel?«, fragte Glumly.

»Nein ... Sullivan hat immer gleich die Tür aufgemacht.«

Beide Männer tauschten einen Blick leichten Unbehagens aus. Einige Minuten später schlurfte eine alte Hindufrau vor Dennis Glumly über den Korridor zu Sean Sullivans Tür. Sie holte ein Schlüsselbund hervor, gleichzeitig zogen Glumly und Veccio ihre Waffen. Die alte Frau schloss Sean Sullivans Hotelzimmertür auf. Die Tür schwang auf und die Frau wich zurück.

Veccio trat zuerst ein, gefolgt von Glumly.

»Sean!«, rief Glumly. »He, Sullivan!« Mit finsterem Blick drehte er sich zu Veccio um, der das Zimmer durchquert hatte und auf die geschlossene Badtür zuging, und sagte: »Wenn dieser verdammte Junge abgehauen ist ...«

Veccio schob die Badezimmertür auf. »Oh, das darf doch nicht ... um Himmels...«

Glumly eilte an Veccios Seite, während die alte Hindufrau ihren Kopf ins Bad steckte.

Das Bad war feucht, der Spiegel über dem Waschbecken beschlagen, und in der Luft hing der Geschmack von Kupfer.

Sean Sullivan lag nackt in der Badewanne und weichte in ein paar Inches lauwarmem Wasser ein, das rosa gefärbt war. Seine Augen waren offen, glasig und starrten blind auf die gegenüberliegende gefliese Duschwand. Sein linker Arm lag auf dem Wannenrand und war vom Handgelenk bis zum Ellenbogen aufgeschnitten. Eine Blutlache hatte sich unter seinen tropfenden Fingerspitzen auf dem Boden gesammelt. Sein rechter Arm lag auf der Brust, ebenfalls mit Schnittverletzungen, und blutete gegen sein blasses Fleisch und in die Wanne.

Gefangen im Nest seiner Schamhaare lag wie ein gefangener Fisch ein Rasiermesser, dessen Klinge vor Blut glänzte.

KAPITEL 45

Die Nachricht kam kurz vor dem Wochenende.

Roger Biddleman, der vor einer glühenden Landschaft der Gebäude von Lower Manhattan stand, drehte sich vom Fenster weg, als John und Kersh das Büro betraten. Er lächelte. Sofort ging er auf beide Männer zu und schüttelte ihnen fest die Hände, bevor er hinter seinem Schreibtisch Platz nahm und seinen Gästen zuwinkte, sich ebenfalls zu setzen. Das ganze Büro atmete die schwachen Aromen von Zedernholz und Pfeifenrauch. Stapel von Aktenmappen lehnten sich gegen die Seite von Biddlemans Schreibtisch.

»Als Erstes«, sagte Biddleman, während John und Kersh sich hinsetzten, »will ich zum Ausdruck bringen, wie sehr ich die Arbeit schätze und bewundere, die Sie bei diesem Fall geleistet haben. Besonders Sie, John. Mickey O'Shay war ein Irrer. Ich kann mir nicht einmal ansatzweise vorstellen, wie es gewesen sein muss. Es ist natürlich unglücklich, dass es so geendet hat. Ich hätte ihn gern vor Gericht gestellt. Aber«, und seine Stimme fiel eine Oktave, »das Wichtige ist, dass Sie ihn von der Straße entfernt haben.«

John spürte eine leichte Unruhe am Horizont aufsteigen. »Und nun«, sagte er, »machen wir Kahn den Prozess.«

Biddleman presste seine Lippen zusammen und rieb sich mit zwei steifen Fingern über seine Stirn, was weiße Streifen auf seiner Haut hinterließ. »Es wird keinen Prozess gegen Jimmy Kahn geben«, sagte Biddleman.

Johns Blick schoss zu Kersh, dann zurück zu Roger Biddleman. »Was meinen Sie?«

Biddleman rutschte unbehaglich auf seinem Stuhl hin und her. Sämtliche Liebenswürdigkeit war aus seinem Gesicht gewichen. »Kahns Anwalt hat mit dem Secret Service einen Deal ausgehandelt.«

John fühlte sich wie jemand, dem man gerade einen Betonblock auf den Schoß geworfen hatte. »Wovon reden Sie?«

Mit tonloser Stimme sagte Roger Biddleman: »In den Augen der Italiener hat Kahn an Reputation gewonnen. Er hat Verbindungen zum Gisondi-Klan drüben in Brooklyn. Wir werden Kahn einsetzen, um sie dranzukriegen.«

»Oh Mann, das glaube ich nicht. Das kann nicht Ihr Ernst sein. Sie lassen ihn laufen?«

»Nein, nicht ganz«, sagte Biddleman. »Er wird auf Verschwörung plädieren, das kostet ihn ungefähr ein Jahr. Dann fängt er an, für uns zu arbeiten. Die Zeit im Gefängnis wird seinen Ruf bei den Italienern sogar noch verbessern.«

Er starrte Biddleman ungläubig an. Sein Körper war taub. Es kostete ihn große Anstrengung, den Blick abzuwenden und Bill Kersh anzusehen. »Du bist auch dafür?« Und ohne auf eine Antwort zu warten, wandte er sich rasch wieder dem Staatsanwalt zu. »Weiß Chominsky davon?«

»Ich wollte zuerst mit Ihnen beiden sprechen«, sagte Biddleman. Dann, als Reaktion auf Johns sichtbare Ablehnung, fügte er hinzu: »Aber unsere Entscheidung ist endgültig.«

»Wir können diesen Kerl für über dreißig Jahre hinter Gitter bringen«, sagte er und zeigte mit dem Finger auf Biddleman, »und Sie lassen es zu, dass er nur für irgendeine beschissene Kleinigkeit angeklagt wird ...«

»Es gibt hier viele Dinge zu berücksichtigen«, beharrte Biddleman. »Diese Entscheidung wurde nicht übereilt getroffen ...«

»Warum?« Er starrte Biddleman mit solch einer Intensität an, dass er das feine Netz der Adern auf seiner Nase ausmachen konnte. »Was zum Teufel geht hier vor sich? Dieser Hurensohn war unser größter Fang seit Langem, und jetzt, einfach so, nach allem, was ich durchgemacht habe, er ist nicht mehr wichtig? Helfen Sie mir, das zu verstehen ...«

Biddleman faltete die Hände auf dem Schreibtisch. Seine Finger bohrten sich mit solcher Kraft in seine Haut, dass die Fingerkuppen weiß wurden. »Es ist ein kompliziertes Geschäft«, sagte Biddleman sachlich. »Ziele ändern sich, Prioritäten verschieben sich. Sie haben großartige Arbeit geleistet. Ohne Sie hätten wir diesen Punkt nie erreicht. Jetzt folgt der nächste Schritt.«

»Also lassen Sie diese Bestie wieder auf die Straße, nur um in zehn Jahren irgendeinen neunzigjährigen italienischen Typen überführen zu können? Sie müssen den Verstand verloren haben! Unsere Informantin wurde getötet, ein Zeuge hat Selbstmord begangen, ich habe meine Familie in Gefahr gebracht – und wofür?« Er drückte sich aus seinem Stuhl, sein Gesicht war rot angelaufen, und seine Hände drohten, zu Fäusten zu werden. »Und Sie machen einfach immer weiter und weiter!«

Kersh hob eine Hand. »John ...«

Er drehte sich zu Kersh um. »Und du sitzt hier und hörst dir das an?«

Kersh sah unnachgiebig und emotionslos aus. »Das ist nicht dein persönlicher Kreuzzug. Du verschwendest deine Zeit. Ich habe es dir gesagt ...«

»Ich mache da nicht mit«, sagte er. »Ich gehe zur Presse ... in jede gottverdammte TV-Show.« Er sah Biddleman mit festem Blick an, der ihn von seinem Schreibtisch aus mit den Augen eines völlig Unbeteiligten beobachtete. »Sie werden dafür geradestehen.«

»Wenn Sie das tun«, sagte Biddleman schlicht, »dann sind Sie Geschichte. Ich sorge dafür, dass das FBI Sie für Behinderung der Strafverfolgungsbehörden einbuchtet.«

Er wollte nicht eine Sekunde länger mit Roger Biddleman im selben Raum sein. Wenn er den Mann nur ansah, dachte er an die Monate, die er auf den Straßen und fort von seiner Familie verbracht hatte, während sein Vater starb und seine Frau allein zu Hause war. »Wo ist Ihr Chef?«, bellte er Biddleman an. »Holen Sie ihn. Ich will mit Ihrem gottverdammten Chef sprechen.«

Biddleman stand hinter seinem Schreibtisch auf. Große Schweißtropfen saßen in seinen Augenbrauen. Auch seine dünnen Lippen waren schweißbedeckt, blieben aber fest aufeinandergepresst. »Sie müssen verstehen, dass wir nur versuchen, das Beste zu tun. Sie wissen das, John. Wir arbeiten uns auf der Leiter nach oben. Sie haben Ihren Teil dazu beigetragen ... und jetzt müssen wir weitermachen.«

»Wie dumm ist das denn? Das hier ist kein normaler Fall! Ich weiß wie die Sache läuft – aber dieser Kerl ist ein Wahnsinniger! Mit ihm lässt sich nicht arbeiten.«

»Jetzt, da O'Shay weg ist ...«, unterbrach Biddleman.

»Mickey O'Shay war nur das halbe Problem! Sie haben nur die Hälfte des Krebsgeschwürs herausgeschnitten! Wenn Sie Kahn gehen lassen, wird er sich einen neuen Mickey O'Shay *heranziehen!* Sie wissen, wie dieser Kerl tickt!« Er konnte fühlen, wie sein Zorn tief in seiner Magengrube kochte. Er atmete tief ein und hatte ein verbranntes Gefühl in der Kehle. »Ich sage es Ihnen hier und jetzt – Sie machen einen großen gottverdammten Fehler.«

»Ich hoffe nicht. Aber das ist nicht Ihre Sorge«, sagte Biddleman.

»Das glaube ich nicht ...«

»John ...«, sagte Kersh neben ihm. Er erhob sich von seinem Stuhl. »Ich bin weg. Lass uns gehen.«

»Du hast nichts dazu zu sagen?«, fragte er Kersh.

»Nein«, sagte Kersh. »Lass uns gehen.«

♣

»Was ist das?«, fragte Kersh und betrat die Grube. Seine fleischigen Arme waren vor seiner Brust verschränkt. »Ich dachte, du hasst diesen Ort ...«

John sah vom Tisch auf. Er saß dort schon eine Weile, rauchte eine Zigarette und versuchte, mit der Information fertig zu werden, die Roger Biddleman an diesem Tag wie eine Bombe auf ihn abgeworfen hatte. Er fühlte sich leer und ausgenommen wie gefangener Fisch. Über diesen Fall nur nachzudenken sorgte dafür, dass sich ihm der Magen umdrehte. In gewisser Weise berührte es ihn sogar peinlich, und beinahe fühlte er sich närrisch und naiv.

»Ich kann das einfach nicht glauben«, sagte er zu Kersh. »Es ist einfach nicht zu fassen. Jetzt hocke ich hier und grüble über diese Scheiße nach. Ich habe mir das selbst eingebrockt.« Er schüttelte den Kopf und blies Rauch an die Decke. »Alle haben bei der Geschichte gutgemacht, nur wir nicht.«

Kersh biss auf seine Unterlippe. »Ich denke nicht, dass O'Shay richtig gut dabei weggekommen ist«, sagte er. »Oder diese anderen Arschlöcher, die sich auf keinen Deal einlassen können.«

»Du bist ein sehr praktisch denkender Mann«, sagte er.

»Die Wahrheit ist oft eine schrecklich aggressive Waffe«, sagte Kersh.

»Also, was machen wir jetzt?«

»Ich weiß nicht, was du machst«, sagte Kersh, »aber ich werde nach Hause gehen und eine schöne heiße Dusche nehmen. Dann lege ich eine Platte von Charlie Parker auf, esse ein paar schön gezuckerte Cornflakes und gehe ins Bett. Ich bin todmüde.«

John schüttelte den Kopf und drückte seine Zigarette aus. »Ich wünschte, ich könnte mit dieser Sache so umgehen wie du.«

»Irgendwann wirst du dazu in der Lage sein«, sagte Kersh beiläufig, als spielten seine Worte keine Rolle. »Aber jetzt ist unsere Arbeit getan, wir sind raus aus der Sache. Biddleman hat zumindest *damit* recht.« Seine Lippen formten ein Lächeln. »Aber ich weiß, was du geleistet hast, Junge. Und du hast mich schwer beeindruckt.«

John gab Kersh ein müdes Lächeln zurück, schob sich vom Tisch weg und lehnte sich in seinem Stuhl zurück. Er rieb sich das Gesicht mit den Händen. Sein Blick fiel auf den Mantel seines Vaters, der über einer Stuhllehne hing.

Kersh runzelte die Stirn und entfaltete langsam seine Arme. »Menschenskinder«, murmelte er schließlich und drehte sich um, »geh nach Hause, John.«

»Warte.«

»Was?«

»Du wusstest es«, sagte John. In Biddlemans Büro hatte Kersh enttäuscht gewirkt … aber nicht wirklich überrascht und noch nicht einmal verärgert. »Du wusstest, dass dieser Fall von Anfang an verflucht war …«

Bill Kersh zuckte nur mit den Schultern. »Zu viele Interessen, zu viele Personen, die ihre Finger mit drin haben. Man verliert leicht aus den Augen, was eigentlich der Kern der Sache ist. Ich habe das schon erlebt. Und es wird wieder passieren.« Der ältere Agent hielt inne. »Du hättest diesen Fall nie zu deiner Zufriedenheit abschließen können, John. Du hast dich selbst zum Scheitern verurteilt. Was du hineingesteckt hast, hättest du niemals zurückbekommen, und das war es, was ich versucht habe, dir zu erklären. Aber du wolltest nichts davon hören, weil du deine *eigenen* Interessen verfolgt hast.« Kersh lächelte schwach. Er sah zerzaust, müde und tief in Gedanken aus. »Denk darüber nach.«

John rieb sich die Augen und sagte: »Worüber soll ich nachdenken?«

Kersh lächelte müde. »Du musst lernen, dein Herz in das zu investieren, was wichtig ist.«

Es gab nichts, was er darauf antworten konnte.

»Gute Nacht, John.«

Er sah Bill Kersh nach, der sich umdrehte und ging. Von seinem Platz am Tisch lauschte er den Schritten des älteren Agenten, die sich über den Flur entfernten, bis nichts mehr zu hören war.

Sein Blick fiel erneut auf den Mantel seines Vaters. Es hing nachlässig gefaltet über der Lehne eines Stuhls, das Innere halb nach außen gekehrt. Er konnte die Innentasche sehen, die in das Futter genäht war … und er sah, dass etwas aus der Tasche ragte.

Er beugte sich vor und zog den Gegenstand heraus. Es war ein dicker weißer Umschlag mit einem eingeprägten Markenzeichen auf der Rückseite. Im Inneren befand sich eine Grußkarte, auf der sich zwei Comicmäuse Rücken an Rücken gegenseitig stützten – eine ältere Maus mit Brille und einem Gehstock und eine jüngere Maus mit einer Propellermütze und einem roten Ballon in der Hand. Er öffnete die Karte und sah die zitternde, konzentrierte Handschrift seines Vaters. Einige Wörter waren durchgestrichen und neugeschrieben worden, aber er konnte den Text gut genug erkennen:

Mein Sohn,

ich habe gesehen, wie du von einem kleinen Jungen mit großen Augen zu einem Teenager aufgewachsen bist, und dann schließlich zu einem Mann mit eigener Familie. Ich liebe dich, Katie und das Baby sehr.

Ich weiß, ich habe es dir in deiner Kindheit nicht einfach gemacht und wir hatten unsere Probleme. Aber du darfst meine Strenge nicht missverstehen – ich habe als Vater das getan, von dem ich glaubte, dass es für meinen Sohn das Beste war. Du warst ein guter Junge, John, und du bist ein guter Mann geworden, ein guter Ehemann, und bald wirst du auch ein guter Vater sein. Ich liebe dich, Junge, und bin stolz auf dich und all das, was du geschafft hast. Ich hätte mir keinen besseren Sohn wünschen können.

Danke für ein wundervolles Leben.

In Liebe,

Dad

»Oh Mann, Dad.« Er spürte, wie sich eine Flut von Emotionen in ihm erhob – Wut, Frustration, Trauer – und fühlte sich zutiefst verletzt durch die verlorene Zeit und die Worte, die er seinem Vater nicht mehr sagen konnte.
Ich liebe dich, Dad.
Leise weinte er.

KAPITEL 46

Er betrat schweigend die dunkle Wohnung, zog seine nassen Schuhe aus und ließ sie an der Haustür stehen. In Socken ging er den Flur entlang und schlüpfte aus dem Mantel seines Vaters, den er in den Kleiderschrank hängte.

Im Schlafzimmer stand er mehrere Sekunden neben dem Bett und lauschte, wie seine Frau schlief. Sein Körper sah blau und blass aus unter dem Mondschein, der durch das Schlafzimmerfenster hereinkam. Leise schlich er um das Bett herum auf seine Seite, wo er sich vorsichtig setzte, um Katie nicht zu wecken.

Sie rollte sich trotzdem zu ihm herum.

»Träume ich?«, flüsterte sie.

»Ich bin es. Ich habe versucht, leise zu sein.«

»Bist du echt oder ein Traum?«

Er lächelte. »Ich bin echt.«

»Du musstest noch spät arbeiten?«

»Nein«, sagte er. »Ich war in Dads Haus auf dem Heimweg. Ich musste noch etwas holen.«

Er lehnte sich vor und stellte ein gerahmtes Foto auf den Nachttisch neben dem Bett. Er konnte das Bild in der Dunkelheit nicht sehen, aber das war egal – er wusste genau, was darauf zu sehen war. Sein Vater stand da und trug seinen Feuerwehranzug – stark, kraftvoll, unberührbar.

Er zog seine Kleidung aus und schlüpfte unter die Decke neben seine Frau.

»Es tut mir leid«, sagte er und küsste ihr auf die Stirn. Sie schlang ihre Arme um ihn. Gewärmt durch ihren Körper fühlten sich seine Hände nicht länger kalt und taub an.

»Es tut mir … es tut mir einfach leid …«

»Was denn?« Ihr Glaube an ihn hatte niemals geschwankt, ihr Vertrauen hatte nie infrage gestanden. Sie war so viel stärker gewesen, als er es sich je hatte vorstellen können. In vielerlei Hinsicht war sie viel stärker als er.

»Ist nicht so wichtig«, sagte er. »Ich nehme einige Zeit frei. Ich will hier bei dir sein. Ich dachte, wir könnten etwas Zeit zusammen verbringen, vielleicht ein Baby haben.«

Sie lachte leise in sich hinein und er konnte ihren heißen Atem an seinem Hals spüren. »Wo wir von Babys sprechen«, sagte sie, »ich habe den perfekten Namen.«

»Ach ja?«

»Wir nennen ihn John«, sagte sie, »nach seinem Vater.«

»Und seinem Großvater.« Mit einem Finger zeichnete er leicht die Konturen ihres Gesichts nach. »Du bist sicher, dass dieses Kind ein Junge wird?«

»Einhundert Prozent. Bist du nervös?«

»Dass ich Vater werde? Ich denke schon. Vielleicht ein bisschen. Ich weiß es nicht.«

»Du wirst es gut machen«, sagte sie zu ihm.

Er zog sie in der Dunkelheit zu sich heran.

»Ich gebe mein Bestes«, versprach er.

– ENDE –

RUN - SEIN LETZTER DEAL
Ein Waffenhändler wird unfreiwillig zum Rächer – eine Hommage an das Action-Kino der 80er- und 90er-Jahre, mit halsbrecherischem Tempo.

WWW.LUZIFER.PRESS

TO DIE FOR - GNADENLOSE JAGD

Kalt. Unbarmherzig. Britisch. Ein Hard-Boiled-Krimi in der Tradition der Gangster-Romane eines Raymond Chandler.

WWW.LUZIFER.PRESS

LUZIFER
VERLAG